LA SCRIBE

Antonio Garrido

LA SCRIBE

Roman

Traduit de l'espagnol par Maryvonne Ssossé

ÉDITIONS FRANCE LOISIRS

Titre original : *La Escriba*

Édition du Club France Loisirs,
avec l'autorisation des Éditions Presses de la Cité.

Éditions France Loisirs,
123, boulevard de Grenelle, Paris
www.franceloisirs.com

Le Code de la propriété intellectuelle n'autorisant, aux termes des paragraphes 2 et 3 de l'article L. 122-5, d'une part, que les « copies ou reproductions strictement réservées à l'usage privé du copiste et non destinées à une utilisation collective » et, d'autre part, sous réserve du nom de l'auteur et de la source, que les « analyses et les courtes citations justifiées par le caractère critique, polémique, pédagogique, scientifique ou d'information », toute représentation ou reproduction intégrale ou partielle, faite sans le consentement de l'auteur ou de ses ayants droit ou ayants cause, est illicite (article L. 122-4). Cette représentation ou reproduction, par quelque procédé que ce soit, constituerait donc une contrefaçon sanctionnée par les articles L. 335-2 et suivants du Code de la propriété intellectuelle.

© Antonio Garrido, 2008
© Ediciones B, S.A., 2008
© Presses de la Cité, un département de place des éditeurs, 2009, pour la traduction française
ISBN : 978-2-298-02900-0

Année 799 de Notre-Seigneur Jésus-Christ.
Citadelle de Wurtzbourg. Basse Franconie.

Et le diable arriva pour s'établir.

Je ne sais pas pourquoi j'écris : Theresa est morte hier, et peut-être vais-je la suivre de près. Aujourd'hui, nous n'avons rien mangé. Ce qui s'est produit dans le scriptorium nous touche à peine. Tout est désert. La ville se meurt.

Gorgias posa la tablette de cire sur le sol et s'allongea sur le grabat. Avant de fermer les yeux, il pria pour l'âme de sa fille. Puis le souvenir des terribles journées qui avaient précédé la famine ne laissa place à nulle autre pensée.

NOVEMBRE

1

Le jour de la Toussaint, le soleil ne se leva pas sur Wurtzbourg. Les journaliers quittèrent leurs maisons dans la pénombre. En allant aux champs, ils se désignaient mutuellement le ciel sale, enflé comme le ventre d'une énorme vache. Les chiens reniflaient l'air, leurs hurlements signalaient l'approche de la tempête, mais hommes, femmes, enfants poursuivaient leur chemin, défilant comme une armée sans âme. Peu après, un vortex de nuages boucha le firmament, puis vomit brutalement des trombes d'eau qui éveillèrent l'effroi des paysans les plus aguerris, persuadés de voir survenir la fin du monde.

Theresa dormait encore lorsque sa belle-mère vint la prévenir. Abasourdie, la jeune fille écouta le martèlement de la grêle qui menaçait de crever les claies du toit et comprit que le temps pressait. En un clin d'œil, les deux femmes ramassèrent le pain et le fromage qui traînaient sur la table, rassemblèrent quelques vêtements dans un baluchon improvisé. Après avoir verrouillé portes et fenêtres, elles se mêlèrent aux désespérés qui couraient en masse se réfugier dans la partie haute de la ville.

Elles remontaient la rue des Arches lorsque Theresa s'aperçut qu'elle avait oublié ses tablettes de cire.

— Continue, mère. Je reviens tout de suite.

En dépit des protestations de Rutgarde, la jeune fille fit demi-tour et disparut dans la foule de paysans trempés jusqu'aux os qui fuyaient en sens inverse. Nombre de ruelles s'étaient transformées en ruisseaux qui charriaient des paniers brisés, des morceaux de bois, des poules noyées et des haillons. Elle évita le passage des Tanneurs en sautant par-dessus un chariot coincé entre deux maisons effondrées, descendit par la rue Vieille, puis atteignit l'arrière de sa maison. Un gamin tentait d'y pénétrer. Elle lui donna une bourrade, mais, au lieu de s'enfuir, il se précipita vers une autre habitation et s'y glissa par une fenêtre. Tout en le maudissant, Theresa entra chez elle, courut jusqu'à un coffre d'où elle tira les instruments d'écriture, ses tablettes de cire, ainsi qu'une bible couleur émeraude. Elle se signa, fourra le tout sous sa cape, puis se hâta de rejoindre sa belle-mère.

Sur le chemin de la cathédrale, elle évita plusieurs ruelles noyées sous la boue, vit quelques toits s'envoler, tourbillonnant comme des feuilles mortes. En contrebas, l'eau jaillit soudain en un flot puissant qui balaya les cahutes du faubourg, laissant un sillage de décombres.

Les jours suivants, les prières des paysans n'empêchèrent pas la pluie d'inonder les champs, transformés en étangs. Puis la neige s'installa, le Main gela, emprisonnant les barques des pêcheurs. Enfin, les congères bloquèrent les cols qui permettaient aux habitants de Wurtzbourg d'accéder à la plaine de Francfort. L'approvisionnement en vivres et en marchandises cessa. Les grands froids décimèrent le bétail et ravagèrent les récoltes. Peu à peu, les réserves s'épuisaient et la famine s'étendit. Certains paysans cédèrent leurs terres à vil prix, ceux qui n'y étaient pas parvenus durent vendre leur propre famille. Quant aux insensés qui abandonnèrent l'abri des remparts pour fuir dans les bois, nul n'entendit plus jamais parler d'eux. D'autres recommandaient leur âme à Dieu avant de se jeter du haut des ravins, poussés par le désespoir. Du jour au lendemain, il devint presque impossible de se déplacer dans Wurtzbourg. A chaque instant, on risquait de s'embourber, il fallait éviter les bâtiments qui menaçaient de s'effondrer. Les gens s'enfermaient chez eux, dans l'attente d'un miracle. Mais les gamins, sourds aux mises en garde de leurs aînés, se retrouvaient hors des murailles en quête de rats à faire rôtir. Quand ils en attrapaient un, ils poussaient de grands cris et défilaient en chantant dans la grand-rue, brandissant fièrement le produit de leur chasse.

Au bout de deux semaines, les premiers cadavres apparurent dans les rues de la citadelle. Les plus chanceux reçurent une sépulture dans le petit cimetière de l'église en bois dédiée à sainte Adèle. Toutefois, le nombre des fossoyeurs volontaires décrut rapidement et bientôt les berges des ruisseaux furent jonchées de morts comme en temps de peste. Certains corps gonflaient, tels des crapauds, mais, le plus souvent, les rats les dévoraient avant. Nombre d'enfants dépérissaient sous les yeux de leurs mères, qui cherchaient en vain autre chose que de l'eau à poser sur la table. A la fin du mois, l'odeur de la mort imprégnait la ville, comme portée par le refrain funèbre des cloches de la cathédrale.

Heureusement pour Theresa, les ateliers diocésains offraient un travail régulier à un petit nombre de laïcs, lesquels recevaient une mesure de grain par semaine.

Elle était apprentie à la parcheminerie, une activité qui lui inspirait des sentiments contradictoires. Certes, elle différait de celle des rares femmes qui travaillaient, cantonnées aux tâches domestiques ou à la satisfaction des désirs masculins. Mais elle supportait mal les regards impudiques des bourreliers, les commentaires sur ses seins, les frôlements lascifs. En contrepartie, à la fin de la journée, elle était heureuse de se retrouver seule avec les parchemins. Alors, elle empilait les folios fraîchement arrivés du scriptorium et, au lieu de coudre les cahiers, elle s'octroyait quelques instants de lecture. Polyptiques, psautiers, textes patristiques et même codex païens, le plaisir de la découverte compensait les rigueurs de sa besogne.

Gorgias, son père, remplissait la fonction de scribe au scriptorium épiscopal, non loin de l'atelier où elle travaillait. Deux ans plus tôt, quand Ferrucio, le précédent apprenti parcheminier, s'était sectionné les tendons dans un moment d'inattention, Gorgias avait proposé sa fille pour le remplacer. Toutefois, Theresa s'était heurtée d'emblée à l'hostilité de Korne, le maître de l'atelier. La prétendue instabilité des femmes, leur penchant pour les chamailleries et les ragots, leur incapacité à soulever de lourds fardeaux, sans mentionner la fréquence de leurs menstrues, étaient selon lui incompatibles avec une tâche qui requérait adresse et sagesse à parts égales. Néanmoins, Theresa savait lire et écrire, un atout indéniable dans cet atelier où l'intelligence était plus rare que les muscles. Grâce à cette aptitude et au soutien de son père, la jeune fille avait finalement été engagée.

En apprenant la nouvelle, Rutgarde avait poussé les hauts cris. Elle aurait admis ce choix si Theresa avait été attardée ou infirme. Or, c'était une jeune fille ravissante. Un peu maigre, peut-être, mais elle avait les hanches larges et la poitrine généreuse, des dents blanches et saines, comme on en voyait peu. A sa place, n'importe qui aurait cherché un bon mari pour prendre soin d'elle. Mais Theresa préférait perdre sa jeunesse enfermée dans un vieil atelier, se consacrant à des tâches inutiles, exposée aux racontars qui couraient sur les femmes fréquentant les hommes d'Eglise. Pis encore : Rutgarde était convaincue que le véritable coupable n'était autre que le père de la jeune fille. Theresa avait succombé aux idées absurdes de Gorgias, qui avait la nostalgie de sa Constantinople natale et ne cessait de radoter sur les bienfaits du savoir et la grandeur des auteurs antiques, comme si ces sages allaient le récompenser d'un plat de pois chiches. Les années passeraient et, un beau jour, Theresa se retrouverait flétrie et édentée ; alors, elle regretterait de ne pas avoir d'homme pour la protéger et la nourrir.

Le dernier vendredi de novembre, Theresa se réveilla plus tôt que d'habitude. Avant la famine, elle avait coutume de se lever à l'aube pour nettoyer la cour et s'occuper des poules, mais depuis longtemps il ne restait plus de grain à distribuer, pas plus que de poules à nourrir. Elle mesurait néanmoins sa chance : la tempête qui avait dévasté le faubourg avait laissé les murs de leur maison intacts. Ni son père ni sa belle-mère n'avaient été blessés.

En attendant l'aube, la jeune fille se blottit sous les couvertures et songea aux épreuves qui l'attendaient quelques heures plus tard. La semaine précédente, Korne s'était vivement élevé contre l'idée de lui faire passer l'examen qu'elle avait sollicité pour devenir compagnon. En apprenant les intentions de Theresa, il s'était emporté, objectant que jamais une femme n'avait occupé un tel poste. Theresa lui avait alors rappelé qu'elle avait accompli les deux années exigées par les règles de la confrérie, qui permettaient à tout apprenti de solliciter son admission au grade de compagnon.

« A tout apprenti capable de soulever de lourdes charges », avait rétorqué Korne d'un air dégoûté.

Toutefois, la veille, le maître parcheminier était venu annoncer à Theresa qu'il accédait à sa requête et que l'examen aurait lieu le lendemain.

Malgré la joie qu'elle ressentait, Theresa s'interrogeait sur les raisons de ce brusque revirement. En dépit de ses inquiétudes, elle se sentait capable de réussir l'épreuve. Elle savait distinguer un parchemin en peau d'agneau d'un autre en chevreau, pouvait tendre les peaux humides et les fixer sur un tambour mieux que Korne lui-même, nettoyait les marques de flèches et les traces de morsures jusqu'à laisser les cuirs aussi blancs et lisses que les fesses d'un nouveau-né. C'était tout ce qui importait.

Pourtant, le jour de l'examen, en se levant, elle ne put réprimer un frisson d'appréhension.

Elle décrocha à tâtons la couverture râpée qui séparait son grabat de celui de ses parents, s'en enveloppa et noua un morceau de corde autour de sa taille. Elle sortit ensuite, prenant soin de ne pas faire de bruit. Après s'être soulagée dans la cour, elle fit sa toilette à l'aide d'une poignée de neige gelée, puis regagna la maison en courant. A l'intérieur, elle alluma une petite lampe à huile et s'assit sur un coffre. La flamme éclairait faiblement l'unique pièce. Le foyer, un simple trou tapissé d'une galette de terre humide, brûlait au centre.

Comme les braises commençaient à faiblir, Theresa ajouta un peu de tourbe et tisonna le feu à l'aide d'un bâton. Puis elle ramassa une marmite au cul noirci et entreprit de racler les restes de bouillie qui adhéraient au fond. Une voix s'éleva dans son dos.

— Par tous les diables, on peut savoir ce que tu fabriques ? Reviens te coucher !

Theresa se retourna vers son père, confuse de l'avoir réveillé.

— Je n'arrive pas à dormir. C'est à cause de l'examen, s'excusa-t-elle à mi-voix.

Gorgias s'étira et approcha du feu, l'air contrarié. La lampe éclaira un visage osseux sous une masse de cheveux blancs. Il s'assit près de Theresa et la serra contre lui.

— Je ne t'en veux pas, ma fille. C'est à cause de ce froid qui finira par nous tuer tous. Et oublie ces restes dont même les rats ne voudraient pas. Ta mère nous trouvera de quoi déjeuner. Je te conseille d'oublier ta pudeur, et, la nuit, d'utiliser cette couverture pour dormir au lieu de la laisser suspendue au milieu de la pièce comme un rideau.

— Ce n'est pas de la pudeur, père, prétendit-elle. Je ne veux pas vous déranger pendant que je lis.

— Tes raisons m'importent peu. Un beau matin, on te retrouvera raide comme un bout de bois.

Theresa sourit et se remit à racler la marmite. Elle offrit une part de sa récolte à Gorgias, qui la dévora tout en l'écoutant.

— Je suis préoccupée, père. Hier, quand Korne a accepté que je passe l'épreuve, j'ai distingué dans son regard une lueur qui m'a inquiétée.

Gorgias sourit et lui ébouriffa les cheveux.

— Tu en sais plus sur les parchemins que Korne en personne. Ce qui agace ce vieux grincheux, c'est que ses fils, après dix ans de métier, soient toujours incapables de distinguer une peau de bourrique d'un codex de saint Augustin. Tout à l'heure, il te donnera des folios à relier, ce que tu feras à la perfection, et tu deviendras la première femme compagnon de Wurtzbourg. Que cela plaise ou non à Korne.

— Il ne permettra pas qu'une femme...

— La belle affaire ! Korne est peut-être maître parcheminier, mais le véritable seigneur de l'atelier est le comte Wilfred. N'oublie pas qu'il sera présent lui aussi.

— Je l'espère !

Sur ces mots, Theresa se leva. Gorgias suivit son exemple, puis s'étira comme un chat. L'aube pointait.

— Bien. Laisse-moi le temps de nettoyer les stylets et je t'accompagnerai à l'atelier. Il ne convient pas qu'une jolie fille se déplace seule dans la citadelle à cette heure.

Pendant que Gorgias préparait ses instruments, Theresa contempla le labyrinthe tracé par la neige sur les toits de la cité. Le soleil levant baignait les maisons d'une douce teinte ambrée. Dans le faubourg, à l'abri des murailles, de simples cabanes se tassaient les unes contre les autres. A l'inverse, dans la partie haute, les constructions fortifiées se dressaient fièrement sur les places et le long des passages. Theresa avait du mal à comprendre qu'une ville aussi belle se soit transformée en un horrible cimetière.

— Par l'archange Gabriel, tu étrennes enfin ta nouvelle robe !

Theresa sourit devant l'enthousiasme de Gorgias. Plusieurs mois auparavant, à l'occasion de son vingt-troisième anniversaire, il lui avait offert une jolie robe, aussi bleue qu'un ciel d'été. Se préparant à partir, elle s'approcha de la paillasse occupée par sa belle-mère et embrassa celle-ci sur la joue.

— Souhaite-moi bonne chance.

Rutgarde s'exécuta de mauvaise grâce, mais, dès qu'ils eurent tourné le dos, elle pria pour que la jeune fille rate son épreuve.

D'un pas léger, père et fille montèrent le chemin de la forge. Gorgias marchait au milieu de la chaussée, évitant les recoins sombres. De la main droite, il tenait une torche et, du bras gauche, il serrait sa fille contre lui, à l'abri de sa cape. Au niveau de la tour de guet, ils croisèrent un groupe de sentinelles descendant vers les remparts. Peu après, ils passèrent le sommet de la montée et tournèrent dans la rue des Cavaliers, qui débouchait sur la place de la Cathédrale. Ils longèrent celle-ci jusqu'à apercevoir l'atelier long et bas derrière le baptistère.

Il ne leur restait plus que quelques pas à faire pour atteindre l'entrée, lorsqu'une ombre surgit de l'obscurité et se jeta sur eux. Gorgias eut à peine le temps d'écarter Theresa. La lame d'un couteau accrocha brièvement la lumière, et le scribe lâcha la torche, qui dévala la pente. Theresa poussa un grand cri en voyant les deux hommes rouler sur le sol. Elle se précipita vers l'atelier, espérant y trouver du secours. Mais elle eut beau tambouriner contre la porte et la bourrer de coups de pied, personne n'ouvrit. Désespérée, elle fit demi-tour et se mit à courir en appelant à l'aide.

A cet instant, elle entendit la voix de son père qui lui ordonnait de fuir. Theresa se retourna. Les deux adversaires, qui s'empoignaient toujours dans la neige, disparurent soudain derrière un talus. La jeune fille se souvint alors des soldats qu'ils avaient croisés un peu plus tôt et elle reprit sa course pour les rattraper. Néanmoins, elle s'arrêta de nouveau avant d'atteindre la tour de guet. A la réflexion, elle n'était pas certaine de les retrouver, et encore moins de les convaincre de la suivre. Revenant sur ses pas, elle aperçut deux hommes qui s'affairaient autour d'une forme ensanglantée. En approchant, elle reconnut Korne et l'un de ses fils qui tentaient de soulever le corps inerte de son père.

Le maître artisan se tourna vers elle.

— Pour l'amour de Dieu, entre vite et dis à ma femme de mettre un chaudron d'eau à chauffer. Ton père est gravement blessé.

Sans hésiter, Theresa grimpa quatre à quatre l'escalier qui menait aux mansardes où vivait le maître parcheminier. Réveillée par les appels de Theresa, une grosse femme à demi nue apparut à la lueur d'une chandelle, le visage ensommeillé. Elle se signa.

— Par tous les saints ! Qu'est-ce que c'est que ces cris ?

— C'est mon père. Vite, pour l'amour de Dieu !

L'épouse de Korne descendit en tentant de se couvrir et elle arriva en bas au moment où son mari et son fils passaient la porte.

— Et cette eau, femme ? Elle n'est pas encore chaude ? rugit Korne. De la lumière ! Il nous faut plus de lumière.

Theresa courut jusqu'à l'atelier. En fouillant parmi les outils éparpillés sur les tables de travail, elle trouva des lampes à huile, malheureusement vides, mais finit par dénicher deux bougies sous un tas de chutes de cuir. L'une d'elles roula sous une table et disparut dans l'obscurité. La jeune fille se hâta d'allumer l'autre. Entre-temps, Korne et son fils avaient dégagé une table pour y allonger Gorgias. Le parcheminier ordonna à Theresa de nettoyer les blessures pendant qu'il choisissait un couteau, mais la jeune fille ne lui prêtait pas attention. A la lueur de la bougie, elle considérait d'un air horrifié la profonde entaille au poignet de son père. Elle n'avait jamais vu pareille blessure. Le sang s'en écoulait à gros bouillons, imprégnant vêtements, peaux et codex. Un des chiens de Korne s'approcha de la table et commença à laper les gouttes qui éclaboussaient le sol. Son maître l'écarta d'un coup de pied.

— Eclaire-moi, lança-t-il à Theresa.

La jeune fille approcha la flamme de l'endroit qu'il lui indiquait. Il arracha alors une peau tendue sur un châssis, puis l'étala sur le sol. A l'aide d'un couteau et d'une baguette, il la découpa en lanières, qu'il noua ensuite pour former un long cordon.

— Ote-lui ses vêtements, dit-il à Theresa. Et toi, femme, où donc est l'eau que je t'ai demandée ?

— Dieu du ciel ! Mais qu'est-il arrivé ? interrogea la femme, affolée.

Korne abattit son poing sur la table.

— Trêve de bavardages ! Vas-tu apporter cette satanée marmite ?

Theresa entreprit de dévêtir son père mais, à son retour, l'épouse de Korne l'écarta d'un geste ferme et s'en chargea elle-même. Lorsque Gorgias fut déshabillé, la femme le lava avec soin à l'aide d'une chute de cuir trempée dans l'eau chaude. Korne examina attentivement les blessures de Gorgias. Il en avait plusieurs dans le dos et sur les épaules, mais la plus préoccupante était sans conteste celle du poignet droit.

— Verse de l'eau ici, demanda Korne à Theresa en soulevant le bras de Gorgias.

La jeune fille obtempéra, sans se soucier du sang qui éclaboussait sa robe.

Le parcheminier se tourna vers son fils.

— Mon garçon, cours à la forteresse chercher le médecin. Dis-lui bien que cela ne peut attendre.

Le jeune homme une fois sorti, Korne s'adressa à Theresa.

— Maintenant, à mon signal, je veux que tu plies son bras et que tu le presses contre sa poitrine. Tu as compris ?

Theresa acquiesça sans quitter son père du regard. Les larmes roulaient sur ses joues.

Le parcheminier noua le cordon de cuir au-dessus de la blessure et fit plusieurs tours avant de le serrer fortement. Un bref instant, Gorgias parut reprendre connaissance. L'hémorragie cessa. Korne donna le signal à Theresa et celle-ci replia le bras du blessé comme il le lui avait indiqué.

— Bien. Les autres blessures ont l'air moins graves, même si nous devons attendre l'avis du médecin pour en être sûrs. Il a aussi des contusions, mais apparemment pas de fractures. Nous allons le couvrir pour qu'il se réchauffe un peu.

A cet instant, Gorgias fut pris d'une quinte de toux. Il entrouvrit les paupières et découvrit Theresa en pleurs.

— Grâce au ciel, tu es là, murmura-t-il. Tu n'as rien, ma fille ?

— Non, père. J'ai couru après les soldats pour qu'ils viennent à ton aide, mais je n'ai pu les rejoindre. Et quand je suis revenue...

Elle s'interrompit, étouffée par les sanglots. Gorgias lui prit la main et l'attira vers lui. Puis il essaya de dire quelque chose, mais la toux le reprit et il perdit connaissance.

L'épouse de Korne emmena doucement Theresa à l'écart.

— Il doit se reposer, maintenant. Et cesse de pleurer, toutes ces larmes n'arrangeront rien.

La jeune fille acquiesça. L'espace d'un instant, elle envisagea d'aller trouver sa belle-mère, mais elle abandonna aussitôt cette idée, décidant qu'il valait mieux ranger l'atelier en attendant l'arrivée du médecin. Lorsqu'on en saurait plus sur la gravité des blessures de Gorgias, il serait temps d'avertir son épouse. De son côté, Korne, une jarre d'huile en main, s'affairait à remplir les lampes.

Lorsqu'il eut terminé, la pièce était entièrement illuminée. Theresa ramassa les aiguilles, les couteaux, les maillets, les parchemins et les pots de colle qui traînaient entre les tables de travail et les châssis. Ensuite, comme à son habitude, elle tria les outils et les nettoya avec soin avant de les ranger sur les étagères. Pour finir, elle rejoignit son établi, vérifia les réserves de talc et de poudre de polissage, ainsi que la propreté du plan de travail. Puis elle retourna veiller son père.

Au bout d'un long moment, elle vit enfin arriver Zénon, le chirurgien – un petit homme sale, aux cheveux en bataille, qui empestait la sueur et la vinasse. Sa besace à l'épaule, il semblait à moitié endormi. Il entra sans saluer et jeta un bref coup d'œil à la ronde avant de se diriger vers Gorgias. Puis il ouvrit son sac et en tira une petite scie, plusieurs couteaux et un coffret, d'où il sortit des aiguilles et un rouleau de fine cordelette. Après avoir disposé ses instruments sur le ventre du blessé, il réclama davantage de lumière. Il se cracha ensuite dans les mains, insistant sur le sang séché qui adhérait à ses ongles, avant d'empoigner la scie d'un geste décidé. Theresa pâlit quand il l'approcha du coude de Gorgias, mais par bonheur il ne l'utilisa que pour trancher le garrot posé par Korne. Le sang recommença à couler, mais le médecin ne parut pas s'en inquiéter.

— Bien posé, quoiqu'un peu trop serré, commenta-t-il. Il reste des lanières ?

Korne lui tendit un long ruban de cuir dont il se saisit sans quitter son patient des yeux. Il le noua avec adresse et commença à recoudre le poignet blessé avec autant de désinvolture que s'il farcissait une dinde.

— Tous les jours, c'est la même chose. Hier, c'est la vieille Berthe qui s'est retrouvée les tripes à l'air dans la rue Basse. Et il y a deux jours, on a découvert Sidéric, le tonnelier, à l'entrée de sa cour, le crâne défoncé. Et tout ça pour voler quoi ? Le malheureux n'avait même pas de quoi nourrir ses enfants !

Zénon semblait bien connaître son métier. Il recousait les chairs et suturait les veines avec la dextérité d'une couturière, crachant à intervalles réguliers sur son couteau pour le nettoyer. Il passa ensuite aux autres blessures, les recouvrant d'un onguent noirâtre qu'il tirait d'une écuelle en bois. Pour finir, il banda le poignet de Gorgias à l'aide de quelques mouchoirs de lin qu'il prétendit fraîchement lavés, malgré les taches qui les constellaient.

— Bien, voilà qui est fait, dit-il enfin en s'essuyant les mains sur sa poitrine. Avec des soins, d'ici quelques jours...

— Il sera guéri ? termina Theresa.

— Peut-être que oui... Ou peut-être que non.

Le petit homme éclata d'un rire retentissant, puis il fouilla de nouveau dans sa besace pour en extraire cette fois un flacon de cristal rempli d'un liquide sombre. Theresa imagina qu'il s'agissait d'un remède, mais Zénon ôta le bouchon et but au goulot.

— Par saint Pancrace, cette liqueur réveillerait un mort ! Tu en veux un peu ?

Le petit homme agitait le flacon sous le nez de Theresa qui refusa son offre. Il le proposa alors à Korne, qui but deux longues gorgées.

— Les blessures au couteau sont comme les enfants. On les fait toutes de la même manière, mais aucune ne ressemble à l'autre, plaisanta Zénon. Qu'elles guérissent ou non ne dépend pas de moi. Le bras est bien recousu, mais il se peut que les tendons aient été touchés. Il n'y a plus qu'à attendre. Si dans une semaine il n'y a ni pustules ni abcès...

Il sortit une petite bourse de sa chemise et la tendit à Theresa.

— Tiens. Applique-lui ce mélange de poudres plusieurs fois par jour et ne lave pas trop la blessure. Quant à mes honoraires...

Le petit homme donna une claque sur les fesses de la jeune fille.

— ... inutile de s'en inquiéter, le comte Wilfred me paiera.

Il entreprit de ranger ses instruments sans cesser de ricaner.

Theresa était rouge d'indignation. Elle détestait ces familiarités. Si Zénon n'avait pas soigné son père, Dieu lui était témoin qu'elle aurait fracassé le flacon sur le crâne de cet imbécile. Mais, avant qu'elle ait pu protester, le chirurgien ouvrit la porte et sortit en fredonnant.

Entre-temps, la femme de Korne était redescendue avec quelques galettes au saindoux.

— Gardes-en une pour ton père, dit-elle à la jeune fille en souriant.

— Je vous remercie. Hier, nous n'avons eu qu'une écuelle de bouillie. Chaque jour nous avons encore moins à manger que la veille. Ma mère dit que nous avons de la chance, mais en vérité elle est si faible qu'elle peut à peine quitter son lit.

— Nous sommes tous logés à la même enseigne. Sans le comte Wilfred, nous en serions réduits à manger nos doigts.

Theresa mordit délicatement dans une des galettes. La bouchée suivante, plus grosse, lui permit de discerner la douceur du miel et le parfum de la cannelle. Elle inspira profondément comme pour emprisonner toutes ces saveurs et passa la langue sur ses lèvres afin de ne pas en perdre une miette. Elle glissa le reste dans la poche de sa jupe afin de le rapporter à sa belle-mère. Elle s'en voulait un peu de se régaler alors que son père gisait inconscient sur la table, mais elle avait eu trop faim pour éprouver longtemps des remords.

Une quinte de toux attira soudain son attention. Gorgias se réveillait. Elle courut vers lui, voulant l'empêcher de se redresser, mais il la repoussa. L'air égaré, il fouillait la pièce d'un regard anxieux.

— Mon sac ? Où est-il ?

— Calme-toi, lui dit Korne. Il est là, près de la porte.

Gorgias descendit de la table à grand-peine. Un rictus de douleur figea ses traits un instant. Après une brève hésitation, il s'accroupit près du sac, l'ouvrit et commença à fouiller de sa main valide parmi ses instruments. Visiblement contrarié, il renversa la besace, dont le contenu se répandit par terre. Les plumes et les stylets s'éparpillèrent en roulant.

— Qui l'a pris ? Où est-il ?
— Où est quoi ? demanda Korne.

Gorgias le regarda avec colère, parut sur le point de dire quelque chose, puis il se mordit la langue et détourna la tête. Après avoir de nouveau cherché dans ses instruments, il retourna la besace. Enfin convaincu qu'il ne restait rien à l'intérieur, il se releva et marcha vers une chaise sur laquelle il se laissa tomber. Les yeux fermés, il murmura une prière pour le salut de son âme.

2

Au milieu de la matinée, des voix de jeunes gens ramenèrent Gorgias dans le monde des vivants.

Jusque-là, le scribe, hagard, était resté inaccessible aux conseils de Korne comme aux gestes de tendresse de Theresa. Soudain, il leva les yeux pour requérir la présence du maître parcheminier. Si celui-ci parut satisfait de constater que le blessé allait mieux, il changea d'expression lorsque Gorgias lui demanda ce qu'était devenu son agresseur.

— Quand nous sommes venus te secourir, le gredin s'était déjà enfui.

Gorgias grimaça, puis il se leva et se mit à arpenter l'atelier, tel un fauve en cage. Tout en faisant les cent pas, il tentait de se rappeler le visage de son adversaire, mais l'obscurité et la soudaineté de l'agression ne lui avaient pas permis de l'identifier. Conscient de son état de faiblesse, il demanda à l'un des fils de Korne de l'accompagner au scriptorium.

Après le départ de Gorgias, l'atelier retrouva son effervescence habituelle. Les apprentis saupoudrèrent de la terre sur les traces de sang et nettoyèrent la table, pendant que les compagnons déploraient le désordre. Après une brève prière pour le rétablissement de son père, Theresa se mit au travail. Elle commença par trier les chutes de cuir les plus abîmées et les rassembla dans le tonneau où on les laissait pourrir. La barrique étant sur le point de déborder, elle en transféra le contenu dans les jarres de macération – après cette étape, le vieux cuir serait broyé et chauffé pour devenir de la colle. Puis, la tête couverte d'un sac pour se protéger de la pluie, la jeune fille sortit dans la cour et se dirigea vers les bassins.

Ceux-ci, au nombre de sept, se répartissaient autour d'un puits central. Cette disposition facilitait le transfert des peaux écorchées, grattées et découpées de l'un à l'autre. La jeune fille observa les peaux blanchâtres flottant sur l'eau comme des cadavres. Elle détestait leur odeur acide et pénétrante.

Un jour où elle avait pris froid, Theresa avait demandé à Korne de la dispenser de travailler aux bassins, car l'humidité et les substances caustiques lui irritaient les poumons. Elle n'avait récolté qu'un ricanement de mépris. Depuis, dès que Korne le lui ordonnait, elle relevait sa jupe, gonflait sa poitrine au maximum et retenait sa respiration en pénétrant dans les bacs pour déplacer les dépouilles fripées.

— Ça te répugne toujours autant ? fit une voix dans son dos. Ou jugerais-tu ce travail indigne d'un parcheminier ?

En se retournant, Theresa découvrit le sourire perfide de Korne. La pluie ruisselait sur son visage grotesque. Comme toujours, il empestait l'encens, dont il abusait pour dissimuler son odeur aigre. Elle lui aurait volontiers expliqué le fond de sa pensée, mais elle se contenta de baisser la tête. Après tant de sacrifices, elle n'allait pas céder aux provocations.

— Je dois dire que je te plains, continua le maître artisan. Avec ton père blessé, tu n'es pas dans les meilleures dispositions pour passer un examen de cette importance. Par égard pour Gorgias, je suis disposé à reporter l'épreuve.

Theresa respira, soulagée. L'image de son père ensanglanté ne quittait pas son esprit, ses mains tremblaient, et même si l'énergie ne lui faisait pas défaut, ce report lui laisserait le temps de se ressaisir.

— Je vous remercie. Quelques jours de délai seraient les bienvenus.

— Quelques jours ? Oh, non. L'ajournement de l'épreuve implique que tu doives attendre l'année prochaine. Ainsi le veut le règlement. Je me figurais que tu le savais.

Theresa reconnut à regret que Korne avait raison. Cependant, compte tenu des circonstances, elle avait espéré que le maître parcheminier ferait une exception.

— Eh bien ?

Les mains moites, le cœur battant, Theresa ne savait que dire. Elle n'avait pas envie d'attendre douze mois. D'un autre côté, si elle échouait à l'examen, elle n'aurait aucune chance de le repasser, du moins tant que Korne régnerait sur l'atelier. Le maître verrait dans son échec la confirmation de ce qu'il répétait à qui voulait l'entendre : les femmes n'étaient bonnes qu'à enfanter.

Le temps passait. Korne se mit à tambouriner du bout des doigts sur le couvercle d'une barrique.

Theresa s'était presque résignée à renoncer mais, au dernier moment, elle résolut de ne pas gâcher cette chance de prouver à Korne qu'elle surpassait ses fils. Si, pour une raison quelconque, elle ratait son examen, elle pourrait toujours le repasser dans quelques années. A bien y réfléchir, Korne était déjà âgé... Elle releva donc la tête et annonça qu'elle était prête à subir l'épreuve et à en accepter le résultat.

Korne l'écouta d'un air impassible.

— Bien. Puisque tel est ton désir, que le spectacle commence !

Theresa s'apprêtait à franchir le seuil de l'atelier quand le maître la rappela.

— On peut savoir où tu vas ?

Theresa le regarda, déconcertée.

— Je pensais affûter mes couteaux en attendant l'arrivée du comte. Et aussi préparer les...

— Le comte ? Que vient-il faire dans cette histoire ? dit Korne, feignant l'étonnement.

Theresa en resta muette. Son père lui avait pourtant assuré que Wilfred serait présent.

— Ah, oui ! continua le parcheminier avec une moue affectée. Gorgias m'en a vaguement touché un mot. Mais hier, quand j'ai rendu visite au comte, il semblait si occupé que j'ai jugé inutile de le déranger pour si peu.

A cet instant, Theresa comprit que Korne n'avait pas aidé son père par charité. Sa proposition de reporter l'examen n'avait pas non plus été dictée par la bienveillance. S'il avait porté secours à Gorgias, c'était en sachant que l'avenir de l'atelier, et par conséquent le sien, dépendait de la survie du scribe. Et dire que, pendant quelques instants, elle l'avait cru sincère ! Elle se retrouvait livrée au bon vouloir de cet imbécile ; son savoir-faire lui était aussi utile qu'un chaudron percé. Tout semblait perdu. La jeune fille se préparait à accepter l'inévitable quand son visage s'illumina. Une idée venait de lui traverser l'esprit.

— C'est dommage, dit-elle avec aplomb. Mon père m'a non seulement affirmé que le comte Wilfred assisterait à l'épreuve, mais qu'il désirait conserver mon premier parchemin, car il se tenait informé de mes progrès. Je dois y apposer ma marque, comme vous le savez.

Le sourire narquois de Korne s'effaça brusquement. Il n'avait aucun moyen de vérifier que tel était le désir de Wilfred, mais quand bien même, il trouverait toujours un moyen d'y contrevenir. Quoi qu'en dise ou qu'en pense le comte, cette gamine ne réussirait pas son épreuve. Du moins, pas tant qu'il serait maître de l'atelier.

Korne convoqua le reste des ouvriers. Apprentis et compagnons se rassemblèrent dans la cour, comme devant une scène. Les plus jeunes se bousculaient pour être au premier rang. Un gamin en poussa un autre, qui tomba dans un bassin, ajoutant à la confusion générale. Les compagnons se mirent à l'abri de la pluie, alors que l'humidité ne semblait pas gêner les apprentis. L'un d'eux arriva avec un panier de pommes, qu'il distribua à la ronde. A cet instant, Korne tapa plusieurs fois dans ses mains pour retenir l'attention de son public improvisé.

— Comme vous le savez, la jeune Theresa a sollicité son admission comme compagnon. Elle prétend être plus maligne que vous autres, que mes fils et même que moi. Une femme qui chie dans ses jupes et court se réfugier sous ses couvertures en entendant un chien japper ! Pourtant, elle a le front, que dis-je ? l'audace, d'aspirer à un métier par nature réservé aux hommes !

Un apprenti lança un trognon de pomme à Theresa, déclenchant les rires de ses camarades. Un autre fut très applaudi en imitant une jeune fille apeurée. Korne poursuivit son discours.

— Quelqu'un veut-il m'expliquer comment une femme pourrait à la fois travailler ici et s'occuper de son mari ? Qui préparera son dîner et lavera ses vêtements ? Qui s'occupera de ses enfants ? Ou alors les amènera-t-elle ici, pour faire entrer son troupeau de filles dans le métier ? Et l'été, quand la sueur colle son corsage sur sa poitrine, elle voudrait peut-être que nous regardions ailleurs ? A moins qu'elle nous offre ses fruits en récompense de nos efforts ?

Les ouvriers se poussèrent du coude avec des clins d'œil et des rires égrillards. Theresa s'avança. Jusque-là, elle avait gardé le silence, mais sa patience était à bout.

— Si un jour j'ai un mari, la manière dont je m'en occuperai ne regardera que moi. Et quant à mes seins, puisqu'ils vous intéressent tant, je me ferai un plaisir d'en informer votre épouse afin qu'elle comble les manques dont vous semblez souffrir. Maintenant, si cela ne vous dérange pas, j'aimerais commencer.

La colère saisit Korne. Il ne s'attendait pas à ce que Theresa réagisse, et encore moins à ce que les apprentis acclament ses paroles. Il se baissa et choisit une pomme véreuse dans le panier. Puis il vint se camper devant Theresa et mordit lentement dans le fruit avant de l'approcher, luisant de salive, de la bouche de la jeune fille.

— Tu en veux ?

Korne ébaucha un sourire devant la grimace de dégoût de Theresa. Un asticot se tortillait dans le cœur pourri de la pomme. Sans se troubler, l'homme mordit ver et pulpe, puis jeta le reste du fruit. Tout en mastiquant, il s'approcha du dernier bassin et ôta la planche qui le recouvrait.

— Voici ton épreuve. Apprête une peau et tu obtiendras le titre que tu convoites.

Le traitement des peaux ne faisait pas partie du travail d'un compagnon, mais il n'était pas question que Theresa se dérobe. Korne lui avait indiqué le bassin le plus profond, celui qui recevait les peaux fraîchement dépouillées. Elle s'approcha du bord, observa la couche de sang et de graisse qui flottait à la surface de l'eau, puis, à l'aide d'un bâton, chercha la peau qu'elle devait travailler. Malgré plusieurs passages, elle ne remonta pas la moindre parcelle de cuir. Elle se retourna, quêtant une explication.

— Entre dans l'eau, lui indiqua Korne.

La jeune fille se déchaussa et laissa ses bottes à proximité du bassin. Puis, rassemblant ses jupes, elle plongea les jambes dans l'eau en retenant son souffle. Des morceaux de peau et des caillots de sang flottaient à la surface. Ensuite, sous le regard attentif des apprentis, elle s'immergea dans le bassin jusqu'au ventre.

La morsure du froid lui arracha un gémissement.

Elle marqua une brève pause, puis elle respira à fond et disparut sous l'eau. Quand elle refit surface, une pellicule grasse recouvrait sa tête. Elle cracha, s'essuya le visage. La chaux la brûlait à travers ses vêtements et elle était transie de froid, mais elle poursuivit sa progression, de l'eau jusqu'au menton. Ses pieds nus s'enfonçaient dans la boue pendant qu'elle agitait les bras sous l'eau, cherchant une prise. Soudain, elle trébucha contre quelque chose qu'elle tâta du bout du pied, sans parvenir à l'identifier. L'idée de renoncer lui traversa l'esprit, mais elle pensa à son père, à la confiance qu'il plaçait en elle. Après avoir rempli ses poumons, elle plongea et ses mains frôlèrent une masse visqueuse. Ce contact lui donna la nausée, mais elle surmonta son dégoût, et ses doigts finirent par s'arrêter sur ce qui ressemblait à un chapelet de cailloux. En insistant, elle reconnut une rangée de dents. Epouvantée, elle faillit ouvrir les yeux et être aveuglée par la chaux. Elle lâcha la mâchoire et regagna l'air libre. Pendant qu'elle toussait et vomissait, les restes putrides d'une tête de vache remontèrent à la surface.

Les apprentis se rapprochèrent, lançant des plaisanteries. L'un d'eux tendit la main à la jeune fille comme pour l'aider, mais, quand elle s'en saisit, il la lâcha brusquement et la laissa retomber à l'eau. L'épouse de Korne, qui avait assisté à la scène, sortit alors dans la cour, apportant des vêtements secs. Après avoir écarté les gamins, elle tira Theresa hors du bassin. La jeune fille grelottait comme un chiot. La femme de Korne la recouvrit d'une cape et la guida vers sa maison. Alors qu'elles s'apprêtaient à franchir le seuil, la voix du maître parcheminier s'éleva.

— Qu'elle se change et revienne travailler.

En regagnant l'atelier, sa robe mouillée sur le bras, Theresa découvrit sur son établi une dépouille toute fripée. A l'aide d'une petite pelle en bois, elle l'étala et élimina l'excès d'eau. Un examen lui révéla des restes de chair et de graisse adhérant encore au cuir, lequel portait de multiples traces de morsures. La bête avait dû être tuée par des loups et écorchée quelques jours plus tôt. Theresa remarqua aussi des marques d'abcès et des lésions caractéristiques des animaux âgés. Cette peau était bonne à jeter aux rats.

— Ne souhaites-tu pas devenir compagnon parcheminier ? Alors, voici ton épreuve, déclara Korne en souriant. Prépare donc le parchemin que tu tiens tant à montrer à Wilfred.

Tout en sachant que la demande était impossible à satisfaire, Theresa n'émit aucune protestation. Nettoyer et assouplir une dépouille exigeait plusieurs jours de travail, et des pauses dans le traitement afin de permettre aux caustiques et aux rinçages successifs de faire leur effet. Néanmoins, elle n'était pas disposée à s'avouer vaincue. Armée d'une brosse de crin, elle frotta et draya tout ce que les vers n'avaient pas dévoré. Lorsqu'elle en eut terminé avec l'intérieur, elle retourna la peau et racla le poil avec énergie. Après plusieurs rinçages, elle essora le cuir, puis l'étala afin de repérer les endroits où le poil adhérait encore. Elle chercha ensuite le coffre de genêt afin d'appliquer l'acide et fut étonnée de constater qu'il avait disparu. Korne l'observait, esquissant un sourire de temps à autre. Par instants, il s'éloignait comme s'il avait des choses plus importantes à faire, mais il ne pouvait s'empêcher de revenir vers la jeune fille. Theresa avait décidé de ne pas lui prêter attention. La disparition du coffre n'était sans doute pas un hasard. Au lieu de poursuivre ses recherches, elle recueillit une pelletée de cendre, la mélangea avec le crottin laissé par les mulets dans la cour et fit pénétrer la pâte ainsi obtenue dans les pores du cuir. Ensuite, à l'aide d'un couteau à la lame courbe et émoussée, elle élimina les derniers poils.

Maintenant, il lui fallait tendre la peau pour former une sorte de tambour, opération délicate au cours de laquelle les endroits les plus fragiles risquaient de céder. A l'aide de cordelettes, elle fixa quelques cailloux au pourtour de la peau, puis elle monta celle-ci sur le châssis et la tendit au moyen des liens attachés à ces poids. Elle poussa un soupir de soulagement en constatant que la peau résistait. Il ne lui restait plus qu'à la faire sécher devant le feu avant de la découper. Elle plaça le châssis près du foyer qui brûlait au centre de l'atelier. Cet endroit n'était pas seulement le plus chaud, mais aussi le mieux éclairé. Tout autour, de précieux manuscrits attendaient sur les établis qu'on les répare.

Theresa s'installa près du feu, s'interrogeant sur la provenance de la dépouille qu'elle venait de traiter. Il y avait longtemps que le bétail se faisait rare. A sa connaissance, seul Wilfred disposait encore de quelques têtes. Korne avait sans doute acquis celle-ci auprès d'un des intendants du comte. L'état de la peau témoignait de sa volonté de la mettre en difficulté.

Le maître parcheminier approcha du feu. Il passa le doigt sur le tambour luisant d'humidité et lança à la jeune fille un regard peu amène.

— Je vois que tu t'appliques. Tu finiras peut-être par y arriver.

— Je fais de mon mieux.

— Et cette cochonnerie est le mieux que tu puisses faire ?

Korne sortit son couteau avec un sourire mauvais et l'approcha du cuir.

— Tu as vu les marques ? C'est là que la peau cédera.

Mais Theresa était sûre d'elle. Elle avait soigneusement vérifié le cuir et placé les tenseurs de manière à éviter toute rupture.

— Ça n'arrivera pas, répondit-elle crânement.

La colère brilla dans le regard de Korne. Lentement, il entreprit de passer son couteau sur le cuir tendu, comme un tueur sur le cou de sa victime. Le tranchant râpait la peau, produisant une poussière ténue. Theresa ne quittait pas des yeux la lame qui s'approchait d'une des marques, puis commençait à peser sur la surface fragile. Les yeux de l'homme étincelaient à la lueur dansante du feu et un rictus découvrait ses gencives édentées.

— Non !

Sourd aux supplications de Theresa, Korne enfonça le couteau. La peau sauta de son support, les lambeaux volèrent au-dessus des têtes comme des feuilles mortes tandis que la plus grande partie tombait dans le foyer.

— Oh ! On dirait que tu as mal calculé la tension du tambour, ce qui par malheur te ramène à ta triste condition d'apprentie.

La jeune fille serra les poings. Elle avait supporté le froid et l'humiliation, traité une peau inutilisable jusqu'à en faire un parchemin acceptable. Elle avait mis toute son âme dans cette épreuve, et Korne la condamnait simplement parce qu'elle était une femme.

Le maître parcheminier la tira de ces pensées en la saisissant brutalement par le bras. Il colla ses lèvres contre son oreille.

— Tu pourras toujours gagner ta vie en massant la peau d'un ivrogne, lui glissa-t-il en riant.

C'était plus qu'elle n'en pouvait supporter. Elle se dégagea d'un geste brusque et s'apprêta à quitter l'atelier, mais Korne lui barra la route.

— Aucune catin ne me traitera de cette manière, grinça-t-il, soulignant son propos d'une gifle.

Theresa tenta de se protéger, mais Korne l'empoigna violemment ; elle perdit l'équilibre et fut projetée contre le châssis, qui vacilla. Le temps parut suspendu pendant quelques secondes, puis la carcasse en bois s'abattit sur le foyer dans un énorme vacarme. Un essaim de braises s'éparpilla aux quatre coins de l'atelier. On se serait cru dans une forge. Les étincelles s'entrecroisaient, fusant jusqu'aux établis les plus éloignés. Certaines atteignirent les codex et, en un clin d'œil, les étagères s'enflammèrent.

Avant que Korne puisse intervenir, quelqu'un avait ouvert les fenêtres sans réfléchir. Alimenté par le vent, le feu commença à lécher la charpente. Le maître de l'atelier eut le temps de ramasser quelques paquets de folios avant qu'une branche enflammée ne s'abatte tout près de Theresa. Sans prêter attention à la jeune fille, Korne ordonna aux apprentis de prendre tout ce qui avait de la valeur et de fuir. Les garçons obéirent, se bousculant dans la panique. Attrapant les outils à leur portée, ils détalèrent comme si le diable était à leurs trousses. L'un d'eux s'approcha de Theresa et, tant bien que mal, la tira à l'écart des flammes. Cependant, dès qu'il vit que la jeune fille reprenait ses esprits, il l'abandonna à son sort.

Lorsque Theresa réussit à se relever, elle se crut dans l'antichambre de l'enfer. Le feu dévorait tout et menaçait de l'encercler. Un craquement se fit entendre au-dessus de sa tête. Elle pensa que le toit allait s'effondrer mais, en regardant attentivement, elle comprit que la progression des flammes était ralentie par la neige accumulée. Balayant l'atelier du regard, elle constata qu'il était impossible de gagner la rue. Son unique chance de salut était de passer par la cour. Elle aperçut une pile de codex sous une tablette. Se protégeant la tête de sa jupe encore mouillée, elle rassembla autant de manuscrits qu'elle pouvait en tenir dans ses bras et courut vers la cour. Dans un coin de celle-ci, un châtaignier se dressait jusqu'aux toits qui touchaient les auvents de la cathédrale. Theresa utilisa un pan de sa jupe pour transporter les codex. Elle s'apprêtait à monter à l'arbre quand un cri provenant de l'atelier l'arrêta.

Lâchant son fardeau, elle se précipita à l'intérieur et fut immédiatement aveuglée par la fumée. Elle avança dans la fournaise en retenant son souffle et finit par découvrir l'épouse de Korne, recroquevillée derrière un rideau de flammes. Elle hurlait comme un cochon sur le point d'être sacrifié et Theresa constata avec horreur que ses vêtements commençaient à se consumer. Elle progressait tant bien que mal vers la femme prise au piège lorsque le toit craqua au-dessus du foyer central. Les branches qui formaient le lattis pliaient sous le poids de la neige. Ayant repéré une grande pelle, Theresa la ramassa et en frappa le point faible de la charpente. La toiture craquait toujours, et Theresa redoubla d'efforts jusqu'à ce qu'un bruit assourdissant l'interrompe. Le lattis était sur le point de céder. Asphyxiée par la fumée, la jeune fille chercha un peu d'air et mania la pelle de toutes ses forces. Une masse de neige s'abattit à travers la brèche qui venait de s'ouvrir dans le toit, étouffant les flammes qui séparaient les deux femmes.

— La main ! Pour l'amour de Dieu, donnez-moi la main !

L'épouse de Korne ouvrit les yeux. Elle se leva, baisa la main de Theresa, puis la suivit vers les bassins, courant aussi vite que le lui permettaient ses jambes.

3

Arrivé au scriptorium, Gorgias s'aperçut qu'il avait oublié sa sacoche à l'atelier. Après avoir maudit sa distraction, il se rassura en songeant au double fond spécialement conçu pour y dissimuler le parchemin qui l'occupait depuis quelque temps. Sans cette précaution, son agresseur aurait été en possession d'un document de la plus haute importance. L'homme avait toutefois réussi à emporter un brouillon comportant quelques-uns des passages les plus compromettants. Pis encore, ce vol allait empêcher Gorgias de respecter les délais qui lui étaient impartis.

Le scribe examina sa blessure. Le bandage que lui avait posé Zénon n'était plus qu'un emplâtre sanglant. De sa main valide, il enleva les linges souillés, puis posa son bras sur une table éclairée. En s'efforçant de remuer les doigts, il constata que les articulations jouaient à grand-peine. La blessure continuait à saigner et il essaya de tendre les fils qui la fermaient, mais la douleur le fit rapidement renoncer. La plaie frémissait comme si son cœur palpitait juste sous la peau. Inquiet, il demanda à un serviteur d'aller quérir le médecin. En attendant Zénon, il s'assit et réfléchit à l'attaque dont il avait fait l'objet.

Aucun doute, l'assaillant connaissait la valeur inestimable du parchemin.

Le grincement de la porte tira Gorgias de ses pensées. Le domestique était de retour et demanda la permission d'entrer. Il était suivi du médecin, visiblement mal disposé.

— Que Dieu me libère des lettrés ! Au moindre malaise, les voilà qui se mettent à pleurnicher comme des vieilles dans une veillée funèbre.

— J'ai du mal à remuer les doigts et la blessure n'arrête pas de saigner, se plaignit Gorgias.

Zénon approcha une lampe du bras du scribe.

— Vous devrez rendre grâce au ciel si on arrive à éviter l'amputation.

Gorgias ne répondit pas. Le médecin fouilla dans sa besace.

— Il ne me reste plus de renouée. Avez-vous les poudres que je vous ai prescrites ?

— Elles sont restées à l'atelier, avec mon sac. Je les enverrai chercher plus tard.

— A votre guise. Mais je dois vous prévenir : si les autres blessures sont bénignes, ce bras, en revanche... Ne manquez pas de le soigner, sinon, d'ici une semaine, même les cochons n'en voudront pas. Et si vous perdez le bras, soyez certain que vous perdrez la vie. Maintenant, je vais ajuster la suture pour arrêter l'hémorragie. Ça va faire mal.

Gorgias fit la grimace, autant à cause de la douleur que parce qu'il devinait que le médecin ne se trompait pas.

— Mais comment une blessure superficielle...?

— Que ça vous plaise ou non, les choses sont ainsi. Les gens ne meurent pas seulement de scrofules et de pestilence. Au contraire, les cimetières sont pleins de personnes en bonne santé qui ont gagné l'au-delà à cause de simples égratignures. Une fébricule, quelques convulsions, et c'est l'adieu à cette vallée de larmes. Je ne connais peut-être pas les méthodes de Galien, mais j'ai vu mourir tant de gens que je suis capable de distinguer les signes avant-coureurs des mois avant qu'ils ne descendent dans la tombe.

Ayant terminé, le petit homme rassembla ses instruments et les fourra dans sa besace. Gorgias demanda alors au domestique de patienter dehors. Le jeune homme obtempéra.

— J'aimerais que vous me fassiez une faveur, dit le scribe au chirurgien.

— Si c'est en mon pouvoir...

— Je préférerais que le comte ne soit pas informé de la gravité de ma blessure. Je travaille sur un manuscrit auquel il porte un intérêt particulier. S'il croit que je vais prendre du retard, cela risque de lui déplaire.

— Je ne vois pas comment vous pourriez faire autrement. Il faudra compter au moins trois semaines avant que cette main soit capable de saisir une plume. En imaginant que son état n'empire pas. Sachant que le comte paye mes honoraires, vous conviendrez avec moi que je ne peux lui mentir.

— Ce n'est pas ce que je vous demande. Il vous suffira de ne pas l'informer de la gravité de ma blessure. Quant à vos honoraires...

Gorgias passa la main gauche dans une poche de sa chemise et en sortit plusieurs pièces de monnaie.

— C'est plus que ce que vous donnera le comte, souligna-t-il.

Le regard brillant de convoitise, Zénon prit l'argent, l'examina, puis il embrassa les pièces et les rangea.

Avant de franchir le seuil, il ajouta cependant :

— Reposez-vous et laissez la blessure mûrir. Si vous remarquez des abcès ou des grosseurs, envoyez quelqu'un me quérir sans retard.

— Ne vous inquiétez pas, je suivrai vos conseils. Et maintenant, si cela ne vous dérange pas, dites au serviteur de venir.

Zénon sortit sur un clin d'œil. Gorgias considéra le domestique qui venait d'entrer. Le jeune homme, imberbe et dégingandé, ne paraissait pas très dégourdi.

— Je veux que tu te rendes à la parcheminerie et que tu demandes à ma fille le remède que m'a prescrit le médecin. Avant cela, tu passeras prévenir le comte que je l'attends au scriptorium.

— Mais, maître Gorgias, le comte se repose, balbutia le jeune homme.

— Eh bien, réveille-le ! Dis-lui que j'ai besoin de le voir de toute urgence.

Le serviteur sortit à reculons. L'écho de son pas pressé décrut rapidement.

Les petites lampes posées sur les pupitres qu'elles peinaient à éclairer donnaient au scriptorium une allure fantomatique. Filtré par la grille qui protégeait l'étroite et unique fenêtre, l'éclat du jour révélait une imposante table de bois où manuscrits, encriers, plumes et stylets s'entassaient dans le plus grand désordre, mêlés aux poinçons, racloirs et buvards. La salle disposait d'une autre table, dont le plateau vide contrastait avec l'encombrement du premier. Contre le mur nord, de robustes étagères flanquées de deux cierges accueillaient les manuscrits les plus précieux. Leur dos était traversé de gros anneaux reliés à des chaînes fixées au mur. Sur les rayons supérieurs, on avait entreposé les psautiers d'usage commun, chacun accompagné d'une bible araméenne. Les autres étagères croulaient sous des dizaines de volumes non reliés, missives, recueils d'épîtres, cartulaires d'origines diverses, qui disputaient l'espace aux polyptiques et aux registres.

Gorgias songeait encore à son agression quand un long grincement annonça l'ouverture de la porte. Il détourna brièvement la tête, aveuglé par la vive clarté d'une torche. Quand le domestique s'écarta, une étrange silhouette trapue se découpa dans la lumière. De l'autre côté du seuil, une voix cassée se fit entendre.

— Dites-moi, mon bon Gorgias, quelle est donc cette urgence qui vous afflige tant ?

Un grondement rauque et soutenu l'interrompit. Un des chiens de Wilfred avança vers Gorgias, entraînant un autre molosse à sa suite. Leurs harnais se tendirent et le chariot auquel étaient attelées les deux bêtes progressa pesamment en crissant sur ses grossières roues de bois. Au commandement de leur maître, les chiens se couchèrent, et le chariot s'arrêta. Gorgias se retrouva face à la tête grotesque de Wilfred, inclinée sur son épaule droite selon un angle inhumain. Le comte lâcha les rênes et tendit ses mains aux chiens, qui les léchèrent avec dévotion.

— Chaque jour, il me devient plus difficile de diriger ces diables, dit Wilfred, le souffle court. Mais Dieu sait que ma vie serait triste sans eux.

Malgré l'habitude, l'apparence du comte impressionnait toujours Gorgias. Wilfred vivait dans une espèce de machine roulante sur laquelle il dormait, mangeait et déféquait. A la connaissance du scribe, il en allait ainsi depuis qu'on l'avait amputé des jambes, alors qu'il était encore un jeune homme.

Gorgias s'inclina.

— Oubliez les politesses et dites-moi ce dont il s'agit. Que s'est-il passé ?

Le scribe détourna le regard, ne sachant par où commencer. A cet instant, un des chiens bougea, déplaçant brusquement le chariot. Gorgias constata qu'une des roues grinçait et s'agenouilla pour l'examiner.

— C'est une des chevilles... Avec les secousses, elle a dû se détacher et tomber. Les planches se sont décalées, elles risquent de lâcher. Vous feriez bien de confier le siège au menuisier.

— Vous ne m'avez quand même pas réveillé pour inspecter mon chariot !

Gorgias leva la main pour s'excuser et Wilfred remarqua le bandage autour de son poignet.

— Dieu du ciel ! Que vous est-il arrivé ?

— Oh, ce n'est rien ! Un incident sans importance. Sur le chemin de l'atelier, un pauvre diable m'a fait quelques égratignures. On a appelé le médecin et il a absolument tenu à me bander. Mais vous connaissez ces médicastres, s'ils ne recouvrent pas ou n'emplâtrent pas quelque chose, ils s'imaginent qu'on ne va pas les payer pour leur travail.

— C'est bien vrai. Mais dites-moi, vous pouvez vous servir de votre main ?

— Oui, c'est juste un peu douloureux.

— Alors, quelle est cette urgence ?

— Il s'agit du codex. Je ne vais pas aussi vite que je l'espérais.

— Bien. *Aliquando bonus dormitat Deus.* Il ne s'agit pas d'aller vite, mais d'arriver à temps. A quoi est dû ce retard ? C'est la première fois que vous m'en parlez.

Le comte faisait un effort visible pour surmonter sa contrariété.

— Le fait est que je ne voulais pas vous inquiéter. J'ai pensé pouvoir me débrouiller avec les plumes qui me restaient, mais j'ai dû trop les tailler...

— Je ne comprends pas. Vous avez des dizaines de plumes à votre disposition.

— Oui, mais ce ne sont pas des plumes de jars. Comme vous le savez, il n'en reste plus à Wurtzbourg.

— Eh bien, continuez avec celles que vous avez. Je ne vois pas en quoi c'est important...

— L'encre ne descend pas assez lentement, d'où un risque de coulures qui peuvent gâcher la feuille entière. N'oubliez pas que j'utilise du vélin ; la surface en est si délicate que la moindre erreur peut avoir des conséquences irréparables.

— Pourquoi ne pas utiliser un autre type de parchemin ?

— C'est impossible. Du moins, si vous tenez toujours à réaliser vos projets.

Wilfred s'agita sur son siège.

— Que proposez-vous, alors ?

— J'ai pensé à épaissir l'encre. Avec le bon liant, j'arriverais à la faire couler plus lentement. Deux semaines devraient me suffire pour y parvenir.

— Faites le nécessaire, mais si vous tenez un tant soit peu à votre tête, arrangez-vous pour que le manuscrit soit prêt à la date convenue.

— J'ai déjà commencé à préparer ce liant. Ne vous inquiétez pas.

— Très bien. Puisque nous sommes ici, j'aimerais jeter un coup d'œil au parchemin. Si vous voulez être assez aimable pour me l'apporter...

Gorgias serra les dents. Pas question de révéler à Wilfred qu'il prendrait du retard à cause de l'agression.

— J'ai bien peur que cela ne soit impossible.

— Pourquoi ?

— Parce qu'il n'est pas ici. Je l'ai laissé dans l'atelier de Korne.

— Par tous les diables, que fait-il là-bas, à la merci du premier venu ? gronda le comte.

Les chiens s'agitèrent.

— Pardonnez-moi, mon père. Je sais que j'aurais dû vous consulter avant de prendre cette décision. Mais hier soir, à la dernière heure, je me suis rendu compte qu'une des pages commençait à peler. Je n'ai pas pu en déterminer la cause mais, lorsque cela se produit, il convient d'enrayer immédiatement la progression du mal. Pour ce faire, j'avais besoin d'un acide que Korne a coutume d'utiliser. Connaissant sa méfiance naturelle, j'ai jugé préférable de laisser le manuscrit là-bas avant de lui demander le produit. De toute façon, à l'exception de Theresa, personne ne sait lire à l'atelier, et un parchemin parmi des centaines d'autres n'attirera pas l'attention.

— Tout cela paraît judicieux, mais je ne comprends pas ce que vous faites ici au lieu d'être là-bas, occupé à appliquer cet acide. Terminez ce que vous avez à faire et rapportez le document au scriptorium. Par ailleurs, au nom de ce que vous avez de plus cher au monde, ne m'appelez pas « mon père ». Cela fait des années que je n'ai pas revêtu l'habit.

— Il sera fait comme vous l'ordonnez. Je partirai dès que j'aurai pris mes lames sur le pupitre. Cependant, je souhaiterais vous entretenir d'un autre sujet.

— Je vous écoute.

— Le délai dont j'ai besoin pour préparer la nouvelle encre...

— Oui... ?

— Si Votre Grâce le permet, j'aimerais être autorisé à ne pas venir au scriptorium durant ce temps. Chez moi, je dispose du matériel nécessaire et j'y serai plus tranquille pour mes essais. De plus, je dois trouver certains ingrédients dans la forêt et il me faudra probablement passer la nuit hors des murailles.

— Dans la forêt ? Dans ce cas, je demanderai au *praefectus* un soldat pour vous escorter. Si vous avez été attaqué à l'abri des murailles, ce matin, imaginez ce qui pourrait vous arriver de l'autre côté.

— Ce ne sera pas nécessaire. Je connais bien les environs, et Theresa peut m'accompagner.

— Ha ! s'esclaffa Wilfred. Même si vous avez pour Theresa l'œil d'un père, cette jeune fille attire les hommes comme s'ils étaient en rut. Une fois que les brigands l'auront flairée, vous n'aurez même pas le temps de vous signer. Occupez-vous du manuscrit, moi je m'occupe de vous. Ce soir, je vous enverrai un soldat.

Gorgias préféra ne pas insister. Il avait projeté de consacrer ces journées à rechercher l'homme qui l'avait attaqué, mais ce serait difficile avec un soldat sur les talons. Cependant, il résolut de changer de sujet pour ne pas renforcer les soupçons de Wilfred.

— A combien estimez-vous le retard du roi ?
— Charlemagne ? Je ne sais pas. Un mois. Deux, peut-être. Le dernier courrier annonçait le départ imminent d'un convoi de vivres.
— Mais les cols sont fermés.
— En effet. Pourtant, il faudra bien qu'ils arrivent. Nos réserves ne dureront pas longtemps.

Gorgias acquiesça.

— Bien, ajouta Wilfred. Si vous n'avez besoin de rien d'autre…

Le comte empoigna les rênes, les harnais des chiens se tendirent. Il fit claquer son fouet et les molosses entreprirent de faire tourner le chariot. Wilfred allait sortir lorsqu'un serviteur fit irruption en criant comme s'il venait de voir le diable.

— L'atelier ! Par Dieu ! Il est la proie des flammes !

4

Devant ce qui restait de l'atelier, Gorgias pria le ciel pour que Theresa ne se trouve pas sous les décombres. Les flammes avaient consumé les murs extérieurs, provoquant l'effondrement du toit, dont les matériaux avaient, à leur tour, alimenté l'incendie. Le lieu s'était alors transformé en une immense fournaise. Des curieux s'étaient rassemblés pour contempler le spectacle. D'autres, plus intrépides, s'efforçaient de secourir les blessés, de sauver quelque chose d'utile ou d'étouffer les dernières braises. Le scribe finit par remarquer Korne, assis sur un tas de madriers. Dans ses vêtements noircis, le dos voûté, la mine défaite, on aurait dit un miséreux.

— Grâce au ciel, je t'ai trouvé ! As-tu vu Theresa ?

Le parcheminier leva la tête en sursautant comme s'il venait d'entendre le nom du diable. D'un bond, il se jeta à la gorge de Gorgias.

— Ta maudite fille ! J'espère qu'il ne reste que de la cendre de ses os !

Avec l'aide de deux voisins venus les séparer, Gorgias parvint à se dégager. Les deux hommes excusèrent le comportement du parcheminier, mais le scribe avait eu l'impression que l'emportement de Korne et ses propos indignés manquaient de sincérité. Après avoir remercié les voisins de leur intervention, il s'éloigna pour continuer ses recherches.

Il constata que le feu n'avait pas seulement ravagé l'atelier et le logement de Korne, mais s'était aussi propagé aux écuries et aux magasins contigus. Par chance, les écuries étaient vides et, à sa connaissance, les magasins ne contenaient pas de grain. Les pertes se limiteraient donc aux bâtiments. Tous ceux dont les toits avaient été détruits étaient d'ores et déjà condamnés.

En revanche, le mur de pierre que Korne, las d'être volé, avait fait construire entre l'atelier et la cour intérieure en remplacement de l'ancienne palissade avait résisté aux flammes et protégé les bassins.

Une main tremblante se posa sur l'épaule de Gorgias. C'était Bertrade, l'épouse du parcheminier.

— Quel malheur ! gémit-elle, les yeux pleins de larmes. Quel terrible malheur !

— Pour l'amour de Dieu, Bertrade ! Avez-vous vu ma fille ?

— Elle m'a sauvée ! Vous m'entendez ? Je lui dois la vie !

— Oui, oui, j'ai entendu. Mais où est-elle ? Elle est blessée ?

— Je lui ai dit de ne pas y retourner. D'oublier les livres, mais elle ne m'a pas écoutée…

Gorgias secoua Bertrade par les épaules.

— Au nom de ce que vous avez de plus cher, dites-moi où est ma fille.

La femme le regarda fixement. Ses yeux rougis paraissaient contempler l'autre monde.

— Nous avons fui l'atelier pour échapper aux flammes, parvint-elle à expliquer. Dans la cour, Theresa m'a aidée à escalader le mur. Elle a attendu que je sois à l'abri, ensuite elle m'a dit qu'elle retournait chercher les manuscrits. Je lui ai crié de ne pas le faire, je l'ai implorée de me rejoindre, mais vous savez combien elle peut être têtue... Elle est retournée vers les flammes. Tout à coup, on a entendu un grand craquement et le toit s'est effondré. Vous comprenez ? Elle m'a sauvée et après tout s'est écroulé...

Le scribe considéra les ruines avec horreur. Les dernières braises crépitaient, une fumée grisâtre planait comme le présage d'un dénouement macabre.

S'il avait eu toute sa raison, Gorgias aurait attendu que l'incendie soit complètement éteint, mais, contournant les poutres qui lui barraient le chemin, il pénétra dans un chaos de traverses, d'étais et de piliers, indifférent aux flammèches qui lui léchaient les talons. La chaleur intense lui brûlait les yeux et les poumons. A travers le nuage de cendres et d'étincelles, il distinguait tout juste ses mains, mais cela ne l'arrêta pas. Il avançait, écartant les décombres, criant de temps à autre le nom de Theresa. Pendant qu'il tentait de s'orienter, un appel à l'aide s'éleva derrière lui. En arrivant près des cuves, il reconnut la voix de Johan Petitpied, le fils de Hans, le tanneur, un gamin qui allait sur ses douze ans. Une grosse poutre le clouait au sol.

Faute de secours, Johan ne tarderait pas à mourir. Gorgias rassembla ses forces et tenta de soulever le madrier. Malheureusement, celui-ci ne bougea pas d'un pouce. Il arracha un morceau de son bandage et l'utilisa pour éponger le visage de Johan.

— Ecoute-moi. Je vais avoir besoin d'aide pour te sortir de là. A cause de mon bras blessé, je ne peux pas déplacer la poutre. Alors, voilà ce que nous allons faire. Tu sais compter ?

— Jusqu'à dix.

Malgré la grimace de douleur, la fierté de l'enfant était manifeste.

— Bien ! Maintenant, je veux que tu respires à travers ce linge. Toutes les cinq respirations, tu devras crier ton nom aussi fort que tu pourras. Tu as bien compris ?

— Oui, maître Gorgias.

— Je vais aller chercher de l'aide et, quand je reviendrai, je t'apporterai un morceau de gâteau et une bonne pomme. Tu aimes les pommes ?

— Non, je vous en prie ! Ne me laissez pas !

— Je ne te laisse pas, Johan. Je vais revenir avec du monde.

— Ne partez pas, monsieur ! Je vous en supplie !

Le gamin s'accrochait à la main du scribe en sanglotant.

Même si Gorgias parvenait à trouver de l'aide, l'enfant ne tiendrait pas. L'air était irrespirable. Johan mourrait brûlé ou asphyxié.

Sans plus réfléchir, Gorgias s'accroupit et empoigna la poutre à deux mains. Jambes fléchies, il s'arc-bouta jusqu'à sentir son dos craquer. Mais, même alors, il continua à forcer comme si sa vie en dépendait. Les points de sa blessure sautèrent l'un après l'autre, sectionnant peau et tendons, mais il poursuivit son douloureux effort.

— Allez, fille de pute. Bouge donc !

Soudain, on entendit un craquement, et le madrier céda de quelques pouces. Gorgias aspira la fumée, tira de nouveau et la poutre s'éleva d'environ une paume.

— Maintenant, sors de là, Johan.

L'enfant roula sur le côté, jute au moment où les forces du scribe l'abandonnaient. Le madrier retomba lourdement sur le sol. Après un bref instant de répit, Gorgias souleva Johan épuisé et quitta cet enfer aussi vite que possible.

Sur la place, là où les voisins avaient rassemblé la majorité des blessés, Gorgias trouva Zénon, occupé à soigner un homme aux jambes couvertes de cloques. Le médecin manipulait une lancette dont il se servait pour crever les vésicules avant de les écraser comme des raisins vidés de leur pulpe. Un jeune homme au regard affolé l'assistait. Chargé d'oindre les blessures, il s'acquittait de sa tâche avec une dextérité discutable. Gorgias allongea Johan près du chirurgien. Zénon regarda brièvement l'enfant, puis se tourna vers Gorgias et secoua la tête.

— Rien à faire, dit-il d'un ton définitif.

Gorgias l'attrapa par le bras et l'entraîna à l'écart.

— Vous pourriez au moins éviter qu'il vous entende. Soignez-le, Dieu décidera de son sort.

Zénon désigna le poignet ensanglanté du scribe avec un sourire dédaigneux.

— Vous feriez mieux de penser à votre propre sort. Laissez-moi voir ça.

— Le petit d'abord.

Zénon fit la grimace, mais s'accroupit près du garçon. Appelant son assistant, il lui arracha l'onguent et en badigeonna les blessures de Johan.

— Du saindoux... Ce qu'il y a de mieux pour les brûlures. Le comte ne sera pas content d'apprendre que je l'ai gâché pour un mourant.

Gorgias ne releva pas. A présent, il ne pensait plus qu'à retrouver Theresa.

— Il y a d'autres blessés ?

— Evidemment. Les plus gravement touchés ont été transportés à Saint-Damien.

Gorgias s'accroupit près de Johan et lui caressa les cheveux. Le gamin lui adressa l'esquisse d'un sourire.

— N'écoute pas ce boucher. Tu vas guérir, tu verras.

Puis, sans lui laisser le temps de répondre, il se releva et partit en quête de sa fille.

L'église Saint-Damien était un bâtiment trapu et robuste, construit en pierres de taille. Charlemagne en personne s'était réjoui d'apprendre qu'un édifice consacré à Dieu avait été érigé sur des fondations aussi solides que la foi qui devait les soutenir. Avant de franchir le seuil, Gorgias se signa et pria pour Theresa.

A l'intérieur, il fut frappé par une insoutenable odeur de chair brûlée. Sans s'arrêter, il saisit une des torches qui éclairaient les bas-côtés et avança jusqu'au transept, illuminant au passage les petites chapelles qui flanquaient les nefs latérales. En atteignant le chœur, il remarqua derrière l'autel une rangée de sacs de paille sur lesquels étaient étendus des blessés. Parmi eux, Hahn, un gamin à l'esprit vif qui passait son temps à l'atelier, attendant qu'on lui confie une tâche quelconque. Torturé par ses jambes brûlées, le petit gémissait à fendre l'âme. Près de lui gisait un homme que Gorgias ne put identifier à cause de la croûte noircie qui recouvrait son visage. Non loin de l'abside centrale, il reconnut en revanche Nicomède, un des compagnons de Korne, qui confessait ses péchés. Au-delà du transept se tenait un homme gras à la tête bandée. Derrière lui gisait un jeune homme nu. Gorgias se rendit compte qu'il s'agissait de Celias, le benjamin de Korne. Les yeux entrouverts et le cou tordu du garçon témoignaient de l'horreur de son agonie.

Toutefois, nul ne put lui apprendre où se trouvait sa fille.

Gorgias s'agenouilla et consacra quelques instants à prier pour l'âme de Theresa. Il allait reprendre ses recherches quand ses forces l'abandonnèrent. Sa vision se troubla. Soudain pris de frissons, il tenta de s'appuyer sur une colonne tandis que l'obscurité se refermait sur lui. Il vacilla et s'écroula sur les dalles, inconscient.

Le tintement des cloches tira Gorgias de son évanouissement. Le voile qui lui brouillait la vue se dissipa lentement. Les silhouettes qui l'entouraient se précisèrent peu à peu, comme rincées à l'eau claire. Il reconnut son épouse, Rutgarde, en larmes. Plus loin, Zénon s'affairait autour de ses flacons de teintures. Soudain, Gorgias ressentit une douleur si intense qu'il crut qu'on l'avait amputé du bras, puis il constata que son pansement avait été refait. Rutgarde l'aida à se redresser et lui glissa un gros coussin derrière le dos. Il se trouvait toujours à Saint-Damien, adossé au mur d'une des chapelles.

— Et Theresa ? Quelqu'un l'a vue ? parvint-il à demander.

Rutgarde baissa tristement la tête.

— Que s'est-il passé ? Pour l'amour de Dieu, où est ma fille ? Où est Theresa ?

Il remarqua alors, à quelques pas de là, un corps recouvert d'un drap.

— Zénon l'a trouvée dans l'atelier, coincée sous un muret, dit Rutgarde en sanglotant.

— Non ! Par tous les saints, c'est impossible !

Gorgias se leva et s'approcha du cadavre. On avait tracé une grossière croix blanche sur le suaire d'où dépassait un membre calciné. Gorgias souleva le drap et l'horreur se peignit sur son visage. Les flammes avaient presque entièrement dévoré le corps. Il refusait d'en croire ses yeux, mais il dut se rendre à l'évidence devant les lambeaux de la robe bleue de sa fille, celle qu'elle aimait tant.

Dès la première heure de l'après-midi, les gens se rassemblèrent aux portes de l'église pour la célébration des funérailles. Quelques gamins, tout à leurs rires et à leurs bavardages, esquivaient les gifles des adultes. Les plus irrévérencieux singeaient les lamentations des femmes. Un groupe de vieilles, emmitouflées dans des pelisses sombres, s'étaient regroupées autour de Brunehilde, une veuve que la rumeur publique désignait comme une maquerelle, généralement bien informée de tout ce qui se passait en ville. Elle tenait ses compagnes en haleine en accusant à mots couverts la fille de Gorgias d'avoir provoqué l'incendie. La catastrophe, prétendait-elle, avait non seulement fait des victimes, mais aussi détruit des provisions dissimulées par Korne dans ses magasins.

Des cercles se formaient, discutant du nombre de blessés, spéculant sur la gravité des brûlures ou la cause de l'incendie. De temps à autre, une femme courait d'un groupe à l'autre, impatiente de colporter les derniers racontars. Cependant, en dépit de l'animation, l'arrivée du comte Wilfred et de son attelage de chiens fut accueillie avec soulagement, car la pluie redoublait et les abris étaient rares.

Sitôt la grille ouverte, tout le monde se précipita à l'intérieur de l'église, espérant obtenir les meilleures places. Comme d'habitude, les hommes s'adjugèrent les bancs les plus proches de l'autel, laissant les autres aux femmes et aux enfants. Le premier rang, réservé par le comte aux parents des défunts, était occupé par Korne et son épouse. Près d'eux, leurs deux fils blessés dans l'incendie, allongés chacun sur une paillasse. Le cadavre du plus jeune, Celias, enveloppé dans un suaire en lin, reposait près de Theresa, sur une table dressée face au grand autel. Soucieux d'éviter toute confrontation avec Korne, Gorgias et Rutgarde avaient décliné l'invitation de Wilfred et se tenaient plus loin.

Le comte attendit sous le portique que tous les paroissiens aient pris place. Quand les murmures cessèrent, il fit claquer son fouet et dirigea ses chiens vers une nef latérale qu'il remonta jusqu'au transept. Là, deux acolytes tonsurés l'aidèrent à se placer derrière l'autel. Après avoir recouvert la tête des chiens de capuchons de cuir, ils libérèrent Wilfred du harnachement qui le retenait sur son chariot. Ensuite, le sous-diacre dépouilla le comte de sa cape, à laquelle il substitua une tunique blanche ceinte d'une cordelière, recouverte à son tour d'une chasuble brodée à l'ourlet orné de clochettes d'argent. Pour finir, il posa une imposante coiffe damasquinée sur la tête du comte. Le portier présenta ensuite à celui-ci un aquamanile et lui lava les mains, puis déposa un modeste calice funéraire près du chrême, l'huile consacrée. Deux candélabres projetaient leur clarté ténue sur les suaires des morts.

Un clerc grassouillet, qui se déplaçait avec difficulté, avança vers l'autel, muni d'un psautier dont il tourna les pages en s'humectant les doigts, avant d'entamer l'office en récitant les quatorze versets prescrits par la règle de saint Benoît. Ensuite, il entonna quatre psaumes avec antienne et en psalmodia huit autres, suivis d'une litanie et de la veillée des défunts. C'était maintenant à Wilfred de prendre la parole. Le comte scruta l'assistance, comme s'il cherchait le coupable de la tragédie.

— Rendez grâce à Dieu qui, dans Son infinie miséricorde, nous a pris en pitié aujourd'hui. Habitués à vivre dans la complaisance, à vous abandonner à vos appétits, vous avez oublié avec une détestable facilité ce qui justifie votre présence en ce monde. Vous vous obstinez à désirer des femmes qui ne sont pas vos épouses, à jalouser ceux qui sont favorisés par la chance. Vous vous laisseriez arracher les oreilles si cela pouvait vous apporter cette richesse à laquelle vous aspirez tant. A vos yeux, l'existence est un banquet auquel vous avez été invités, une fête où vous pourrez savourer les liqueurs et les mets les plus raffinés. Mais cette manière de penser égoïste est digne d'âmes faibles et ignorantes, qui oublient que le seul véritable propriétaire de nos vies est notre Très Saint-Père. Et de la même manière qu'un père corrige ses enfants lorsqu'ils désobéissent, comme le prévôt tranche la langue du parjure ou raccourcit les membres du braconnier, Dieu corrige ceux qui négligent Ses préceptes en leur infligeant le plus terrible des châtiments.

Une vague de murmures parcourut l'église.

— La faim frappe à nos portes, continua Wilfred. Elle se glisse dans nos foyers et dévore nos enfants. Les pluies ont anéanti les récoltes, les maladies déciment le bétail. Et vous continuez à vous plaindre ? Dieu vous envoie des signes, et vous vous lamentez en découvrant Ses desseins ? Priez ! Priez jusqu'à ce que vos âmes crachent les glaires de la convoitise, le mucus de la colère. Priez et louez le Seigneur. Il a pris Celias et Theresa, les a libérés du monde de péché que vous avez bâti. Maintenant que leurs âmes ont abandonné la corruption de la chair, vous pleurez comme des femmes en vous arrachant les cheveux. Mais prenez garde, je vous le dis, car ils ne seront pas les derniers. Dieu nous montre le chemin. Oubliez le chagrin et la peur, car le festin auquel vous aspirez ne se trouve pas en ce monde. Priez ! Implorez le pardon de Dieu et peut-être serez-vous invités à vous asseoir à Sa table, car ceux qui renient le Seigneur se consumeront dans l'abîme de la damnation pour les siècles des siècles.

Enfin, Wilfred se tut. L'expérience lui avait appris qu'il n'existait pas de meilleur thème de sermon que la damnation éternelle. Soudain, Korne s'avança.

— Si vous permettez, dit-il en élevant la voix. Depuis ma conversion, je me suis toujours considéré comme un bon chrétien. Je prie à mon réveil, je jeûne chaque vendredi et je suis les préceptes de la foi.

Il marqua un temps d'arrêt, regarda autour de lui, comme s'il quêtait l'approbation de l'assistance, puis continua :

— Aujourd'hui, Dieu m'a pris mon fils Celias, un enfant sain et robuste. J'accepte les desseins du Seigneur, et je prie pour l'âme de mon garçon. Je prie aussi pour la mienne, celles de ma famille, et pour presque tous ceux qui sont présents ici. Mais la coupable de ce malheur, ajouta-t-il en se tournant vers Gorgias, ne mérite pas de recevoir une seule prière qui pourrait adoucir son châtiment. Cette fille n'aurait jamais dû franchir la porte de mon atelier. Si Dieu use de la mort pour nous donner des leçons, peut-être devrions-nous mettre Ses enseignements en pratique. Et si c'est Lui qui doit juger les morts, c'est à nous de juger les vivants !

Un grand cri résonna dans l'église.

— *Nihil est tam volucre quam maledictum ; nihil facilius emiltitur, nihil citius excipitur, nihil latius dissipatur !* tonna Wilfred. Pauvres hommes *iletratti* ! Il n'est rien de plus rapide que la calomnie, rien qui nous échappe plus facilement et qui soit plus répandu sur la face de la terre. J'ai déjà entendu les rumeurs qui accusent Theresa. Tout le monde répète la même chose, mais nul ne sait ce qui est arrivé en réalité. Gardez-vous de la fausseté et de l'ignominie car il n'est de secret qui tôt ou tard ne se révèle. *Nihil est opertum quod non revelavitur, et ocultum quod non scietur.*

Korne leva les bras au ciel.

— Vous m'accusez de mensonge ? J'ai moi-même été victime des emportements de cette fille de Caïn. Sa haine a provoqué l'incendie qui a détruit ma vie. Je l'affirme ici, dans la maison de Dieu. Mon fils Celias aurait pu l'attester s'il n'était mort par sa faute. Ceux qui étaient présents pourront en témoigner, et je jure devant le Très-Haut qu'ils le feront quand Gorgias et sa famille affronteront la justice.

Et, sans solliciter la permission de Wilfred, Korne chargea le corps de Celias sur son épaule et quitta l'église, suivi de sa famille.

Gorgias attendit que l'église se soit vidée pour s'entretenir avec Wilfred de la sépulture de Theresa. Son épouse lui avait fait part des rumeurs qui désignaient sa fille comme responsable de la catastrophe, mais la surprenante réponse du comte aux accusations de Korne suggérait une autre interprétation des événements. Rutgarde avait préféré l'attendre à l'extérieur et discuter des préparatifs de l'enterrement avec leurs voisines. En approchant de Wilfred, qui caressait ses molosses, Gorgias se demanda comment un homme privé de jambes parvenait à se faire obéir de ces formidables bêtes avec une telle facilité.

— Je suis désolé pour votre fille. C'était une bonne personne.

Gorgias essaya de retenir ses larmes.

— Elle était tout ce que j'avais. Toute ma vie.

— Beaucoup imaginent qu'il n'y a qu'une seule sorte de mort, mais ils se trompent. La mort d'un enfant frappe aussi ses parents. C'est ainsi que par un tour ironique plus la vie est vide, plus elle paraît pesante. Cependant, votre épouse est encore jeune. Peut-être pourrez-vous...

Gorgias secoua tristement la tête. Ce n'était pas faute d'avoir essayé, mais Dieu n'avait pas voulu leur accorder la bénédiction d'un nouvel enfant.

— Mon seul désir est que Theresa reçoive une sépulture digne de la chrétienne qu'elle a toujours été. J'ai conscience de vous demander quelque chose de difficile, mais je vous supplie d'écouter ma requête.

— Si c'est en mon pouvoir...

— Ces derniers temps, j'ai vu des choses horribles. Des morts abandonnés sur les chemins. Des cadavres jetés sur des tas de fumier. Des corps exhumés par des affamés au désespoir. Je ne veux pas que ma fille connaisse un tel sort.

— Bien sûr. Mais je ne vois pas comment...

— Le cimetière du cloître. Je sais que seuls les clercs et les hauts personnages reposent dans ce jardin, mais je vous le demande comme une faveur spéciale. Vous savez ce que j'ai fait pour vous...

— Et moi pour vous, Gorgias. Mais ce que vous me demandez est impossible. Le cloître ne peut accueillir une âme de plus. Quant aux tombes des chapelles, elles appartiennent à l'église.

— Je sais, je pensais plutôt à un coin près du puits du cloître. Il n'y a rien là-bas.

— Mais c'est pratiquement de la roche vive !

— Peu importe. Je creuserai.

— Avec ce bras ?

— Je trouverai quelqu'un pour m'aider.

— De toute façon, je doute que cela soit une bonne idée. Les gens ne comprendraient pas qu'une fille accusée de meurtre repose dans un cloître, au milieu des saints.

— Mais je ne comprends pas... Il y a un instant, vous la défendiez.

— C'est vrai. Nicomède, un des ouvriers blessés, s'est confessé. Il devait sentir la mort planer. Entre deux péchés, il a raconté ce qui s'était passé, et sa version diffère sensiblement de celle de Korne.

— Que voulez-vous dire ? Theresa n'est pas responsable de l'incendie ?

— Disons que sa responsabilité n'est pas clairement établie. Toutefois, il sera difficile de démontrer que Korne l'accuse à tort. Les révélations de Nicomède sont protégées par le secret de la confession et on peut supposer que les autres témoins confirmeront la version de Korne. Je ne crois pas que Nicomède survive mais, si c'est le cas, il se dédira certainement. N'oubliez pas qu'il travaille pour Korne.

— Et Korne travaille pour vous.

— Mon bon Gorgias, vous sous-estimez le pouvoir du maître parcheminier. On ne le respecte pas tant à cause de son travail que par crainte de sa famille. Plusieurs villageois ont été victimes de la malveillance de ses fils. Ils sont aussi prompts à dégainer leur épée qu'un jouvenceau à sortir son membre.

— Mais vous connaissiez Theresa. C'était une jeune fille bonne et charitable...

Les sanglots étouffèrent la voix de Gorgias.

— Elle était aussi têtue comme une mule. Ecoutez, Gorgias, je vous apprécie hautement, mais je ne peux satisfaire votre requête. Croyez bien que je le regrette profondément.

Si Gorgias comprenait la position de Wilfred, il ne pouvait se résoudre à laisser profaner le corps de sa fille en l'abandonnant sur un tas de fumier.

— Je vois que vous ne me laissez pas le choix, Votre Dignité. Si je ne peux enterrer ma fille à Wurtzbourg, je devrai transporter son cadavre à Aquisgranum[1].

— A Aquisgranum ? Vous plaisantez, sans doute. Les cols sont fermés, ainsi que les relais. Même si vous disposiez d'un attelage de bœufs, les bandits auraient tôt fait de vous dépouiller.

— Je vous dis que je le ferai, dût-il m'en coûter la vie.

Gorgias ne cilla pas sous le regard furibond de Wilfred. Le comte avait besoin de ses services, il ne le laisserait pas courir un tel danger.

— Vous oubliez qu'il y a un manuscrit en cours.

— Et vous, qu'il y a un enterrement prévu.

— N'abusez pas de votre position, Gorgias. Jusqu'à maintenant, je vous ai protégé comme un fils, mais cela ne vous autorise pas à vous comporter en enfant

---

1. Nom latin d'Aix-la-Chapelle. (*N.d.T.*)

insolent. Gardez à l'esprit que c'est moi qui vous ai recueilli quand vous êtes arrivé à Wurtzbourg, mendiant pour obtenir un morceau de pain. J'ai facilité votre inscription sur le registre des hommes libres, alors que vous n'aviez ni armes ni documents pour justifier votre statut. Enfin, c'est moi qui vous ai fourni le travail que vous exercez jusqu'à ce jour.

— Je serais un scélérat si je l'oubliais. Mais cela remonte maintenant à six ans et je crois que mon travail a largement récompensé votre générosité.

Wilfred le regarda durement, puis son expression s'adoucit.

— Je suis navré, mais je ne peux vous aider. A cette heure, Korne est sans doute allé trouver le prévôt. Vous comprendrez aisément qu'il serait téméraire de ma part d'accepter la dépouille d'une personne qui peut être déclarée coupable de meurtre. Et ce n'est pas tout, je vous conseille de vous inquiéter plutôt de votre propre sort. Korne se retournera contre vous, n'en doutez pas.

— Mais pour quelle raison ? Pendant l'incendie, j'étais au scriptorium avec vous.

— Je vois que vous ignorez une partie des lois carolingiennes. Vous devez y remédier au plus vite si vous tenez à votre tête.

Wilfred fit claquer son fouet, et les chiens empruntèrent sans hésitation un passage latéral menant à des pièces luxueusement décorées. Sur un signe du comte, Gorgias suivit l'équipage.

— C'est ici que l'on a coutume de loger les dignitaires, expliqua Wilfred. Les princes, les nobles, les évêques, les rois. Et, dans cette petite salle, nous entreposons les capitulaires que notre roi Charles a fait publier depuis son couronnement. Nous y conservons aussi les codex de la loi salique et de la loi ripuaire, les décrets et les actes des Champs de mai... Disons, pour résumer, les règles qui gouvernent les Francs, les Saxons, les Burgondes et les Lombards. Maintenant, laissez-moi voir...

Wilfred fit avancer son équipage le long d'une étagère basse, et examina un à un les volumes protégés par des couvertures de bois. Il s'arrêta devant un tome usé, le sortit avec difficulté, puis entreprit de le feuilleter.

— Voilà. C'est ici. Capitulaire de Villis. *Poitiers, anno domine 768. Karolus rex francorum*. Permettez-moi de vous lire ceci. « Si un homme libre inflige un dommage matériel ou attente à la vie d'un autre de même condition, et par une circonstance quelconque se trouve dans l'incapacité de répondre de sa faute, le châtiment prononcé en justice contre le coupable retombera sur la famille de l'offenseur. »

Wilfred referma le livre et le rangea.

— Ma vie est donc en danger ? demanda Gorgias.

— Je ne sais que vous dire. Je connais le maître parcheminier depuis un certain temps. C'est un homme égoïste et sans doute dangereux. En tout cas, pour la ruse il n'a pas son pareil. Mort, vous ne lui serviriez à rien, j'imagine plutôt qu'il s'attaquera à vos biens. Quant à sa famille, c'est une autre affaire. Ils viennent de Saxe, leurs coutumes sont différentes de celles des Francs.

— S'il cherche la richesse...

— C'est là votre plus grand problème. Ce procès pourrait vous conduire droit au marché aux esclaves.

— Peu m'importe. Lorsque j'aurai enterré ma fille, je m'occuperai de résoudre ce problème.

— Pour l'amour de Dieu, ressaisissez-vous, Gorgias ! Pensez au moins à Rutgarde. Votre épouse n'est coupable de rien. Vous devriez préparer votre défense. Inutile de songer à la fuite. Les hommes de Korne vous poursuivraient comme du gibier.

Gorgias détourna les yeux. Si Wilfred n'autorisait pas l'inhumation, il n'aurait plus qu'à transporter le corps de sa fille à Aquisgranum. A moins que les parents de Korne ne s'y opposent, comme l'avait dit le comte.

— Theresa sera enterrée cette nuit dans le cloître, dit-il avec détermination. Et vous vous chargerez de ce procès. A bien y réfléchir, Votre Grâce a bien plus besoin de ma liberté que moi-même.

Le comte secoua les rênes, et les chiens émirent un grondement menaçant.

— Ecoutez, Gorgias, depuis que vous avez commencé à copier le manuscrit, je vous ai fourni des vivres pour lesquels certains seraient prêts à tuer. Mais je vous assure que vos exigences dans cette affaire dépassent les limites du raisonnable. A tel point que j'en viens à me demander s'il ne faudrait pas reconsidérer nos accords. D'une certaine façon, vos capacités me sont indispensables, mais imaginez qu'un accident, une maladie, voire ce procès, vous empêche d'accomplir votre part du marché, pensez-vous que j'abandonnerais mes projets pour autant ? Croyez-vous que votre absence m'empêcherait de poursuivre mes efforts ?

Gorgias avait conscience d'évoluer sur un terrain glissant, mais il n'avait d'autre recours que de faire pression sur Wilfred. Cependant, s'il échouait, sa tête finirait sur un tas de fumier, près du corps de Theresa.

— Je ne doute pas que vous parviendriez à trouver un copiste dont la langue maternelle serait le grec, qui serait familier des coutumes de l'ancienne cour byzantine, qui dominerait aussi bien la diplomatie que la calligraphie, qui saurait distinguer un vélin d'un parchemin d'agneau et qui, bien sûr, saurait se taire. Dites-moi, Votre Grâce, combien en connaissez-vous ? Deux ? Trois peut-être ? Et combien d'entre eux accepteraient une mission aussi périlleuse ?

Wilfred gronda comme un de ses molosses. Animée par la colère, sa tête penchée semblait plus grotesque que jamais.

— Je trouverai ! lança-t-il avant de commencer à faire tourner son chariot.

— Et que copiera-t-il ? Un morceau de papier brûlé ?

Wilfred interrompit sa manœuvre.

— A quoi faites-vous allusion ?

— Vous m'avez bien entendu. L'original que vous m'aviez fourni a disparu dans l'incendie. Donc, à moins de connaître quelqu'un qui soit aussi capable de lire dans les cendres, vous devrez accepter mes conditions.

— Que cherchez-vous ? A nous précipiter tous en enfer ?

— Telle n'est pas mon intention. Par bonheur, je me rappelle le contenu du document, mot pour mot.

— Je représente la loi à Wurtzbourg. Je dois l'obéissance à Charlemagne. Comment diable pensez-vous que je puisse vous aider ?
— A vous de me le dire. Le puissant Wilfred, comte et gardien du plus grand secret de la chrétienté, serait donc incapable de résoudre un simple problème d'enterrement ?

Aussitôt avertis de la nouvelle, Reinald et Lotaria s'étaient présentés à Saint-Damien pour aider à ensevelir Theresa. Lotaria était la sœur aînée de Rutgarde et, après son mariage, les relations entre les deux familles étaient devenues de plus en plus étroites. Une fois les derniers détails réglés, Gorgias et Reinald transportèrent le corps sur une civière trouvée à l'hôtellerie de la cathédrale, jusqu'à la maison où les attendaient les deux femmes.

Gorgias disposa la dépouille de Theresa sur le grabat qu'elle avait coutume d'occuper. Les yeux rougis, il la contempla avec tendresse, incapable d'admettre qu'il serait désormais privé de son sourire, qu'il n'admirerait plus ses yeux vifs et ses joues vermeilles. Il ne parvenait pas à retrouver les traits si doux de sa fille dans ce visage déformé.

La nuit s'annonçait longue ; le froid les pénétrait jusqu'aux os. Rutgarde ayant proposé de prendre quelque chose de chaud, Gorgias entreprit de ranimer le feu. Rutgarde mit à réchauffer la soupe de navets de la veille, l'allongea d'un peu d'eau et y ajouta un morceau de beurre apporté par Lotaria. Pendant ce temps, celle-ci dégageait le coin de la pièce où elle comptait préparer le corps de Theresa.

Malgré son embonpoint, la sœur de Rutgarde se déplaçait avec l'agilité d'un écureuil.

— Vos enfants savent que vous passez la nuit ici ? demanda Gorgias à son beau-frère.

— Lotaria les a prévenus, répondit Reinald. Cette femme est un vrai trésor. Dès qu'elle a appris la nouvelle, elle a couru chez la matrone pour lui prendre un flacon d'huiles. Ce ne sont pas des choses à dire, mais parfois, je crois qu'elle réfléchit mieux que certains hommes.

— C'est sans doute de famille. Rutgarde est aussi très avisée.

Rutgarde sourit. Gorgias n'avait pas coutume de lui faire des compliments, mais c'était un homme accompli, qu'elle était fière d'avoir épousé.

— Trêve de flatteries, grommela Lotaria. Si vous alliez plutôt couper un peu de bois ? Je dois préparer le linceul.

Rutgarde remplit une écuelle de soupe et la tendit à Gorgias.

— Tu vois ce que je disais, insista Reinald. Plus intelligentes que certains hommes.

Les deux beaux-frères burent avidement la soupe chaude. Avant de sortir, Gorgias s'arrêta devant le coffre, puis, après un instant d'hésitation, se mit à le vider.

— Que cherches-tu ?

— Rien. Je pense pouvoir en faire un cercueil. J'ai quelques planches dehors qui pourraient servir.

— Mais c'est notre seul coffre, intervint Rutgarde. Nous ne pouvons tout de même pas laisser nos vêtements par terre !

— Nous les rangerons sur le lit de Theresa. Ne t'inquiète pas, je t'en achèterai un autre, de meilleure qualité. Ecoute, lorsque vous en aurez fini ici, tu rassembleras tout ce qui vaut quelque chose dans la maison. La nourriture, les marmites, les outils. Je me chargerai des livres.
— Mon Dieu ! Mais que se passe-t-il ?
— Fais ce que je te dis sans poser de questions.

Gorgias saisit une torche et demanda à Reinald de lui prêter main-forte pour traîner le coffre à l'extérieur. Pendant que Rutgarde s'affairait dans la maison, Lotaria dénuda le corps calciné de Theresa. Ce n'était pas sa première toilette mortuaire, mais elle n'avait jamais été confrontée à un cadavre dont la peau se détachait par morceaux, comme de l'écorce d'eucalyptus. Elle ôta avec soin les restes de la robe et lava la morte à l'eau tiède. Ensuite, elle l'aspergea d'huile de cardamome pour la parfumer et l'enveloppa des pieds aux épaules dans un drap de lin. Pour finir, à l'aide d'un couteau, elle découpa des bandes de tissu dans un vieux vêtement et en orna le linceul. Entre-temps, Rutgarde avait presque terminé de rassembler leurs maigres biens.

— Même si ce n'était pas ma fille, je l'aimais de tout mon cœur, dit-elle soudain, les larmes aux yeux.

Lotaria ne savait que répondre. Sa sœur avait déjà connu le malheur de ne pouvoir concevoir, maintenant elle devait souffrir la perte de sa belle-fille.

— Nous l'aimions tous, parvint-elle à dire. C'était une bonne fille. Elle était peut-être différente des autres, mais elle avait bon cœur. Je vais prévenir les hommes.

Elle se sécha les mains, puis appela Gorgias et Reinald. Ils rentrèrent, portant le coffre transformé en cercueil.

— Il n'est pas beau, mais il remplira son office, déclara Gorgias.

Après avoir contemplé tristement sa fille, il se tourna vers Rutgarde.

— J'ai discuté avec Wilfred. Il m'a prévenu que Korne comptait nous dénoncer.

— Nous ? Mais que veut ce gredin ? Nous faire bannir ? Que nous reconnaissions que Theresa n'aurait jamais dû entrer à l'atelier ? Pour l'amour de Dieu, n'avons-nous pas déjà été assez punis ?

— A ses yeux, ce n'est pas suffisant. J'imagine qu'il compte se dédommager de ce qu'il a perdu dans l'incendie.

— C'est à peine si nous avons de quoi manger !

— C'est ce que j'ai dit à Wilfred. Mais d'après les lois franques, ils peuvent nous arracher tout ce que nous possédons.

— Nos biens se résument à ce que nous avons sur ce lit.

— Ils pourraient vous prendre la maison, fit remarquer Reinald.

— Nous la louons, lui apprit Gorgias. Et c'est bien là le malheur.

— Je ne comprends pas, dit Rutgarde, angoissée.

Gorgias regarda sa femme.

— Ils pourraient nous vendre au marché aux esclaves.

Rutgarde écarquilla les yeux, puis elle fondit en larmes.

— J'ai dit qu'ils pourraient le faire, pas que cela allait arriver, précisa Gorgias. Auparavant, il leur faudrait prouver la culpabilité de Theresa. Par ailleurs, Wilfred a dit qu'il nous aiderait.

— Il nous aidera ? Cet infirme ? hoqueta Rutgarde entre deux sanglots.

— Je peux te l'assurer. En attendant, je veux tout de même que vous transportiez nos effets chez Reinald. Ainsi, nous éviterons que quelqu'un soit tenté de se substituer à la justice. Tu laisseras ici la plus vilaine marmite que nous ayons et une paire de manteaux usés. Tu enlèveras la paille des matelas et transporteras nos affaires dans les enveloppes de toile, pour ne pas éveiller les soupçons. Ensuite, Lotaria et toi, vous vous enfermerez avec les enfants pendant que, Reinald et moi, nous nous occuperons de l'enterrement. Nous vous rejoindrons à l'aube.

Resté seul, Gorgias s'assit sur le cercueil et patienta. Reinald et lui étaient convenus de se rendre au cloître après la tombée de la nuit. Il ne lui restait donc qu'à veiller le corps en attendant l'apparition des premières étoiles. Au bout d'un moment, le passé reprit vie dans son imagination. Il revoyait Constantinople, la perle du Bosphore, la terre qui l'avait vu naître. Temps de fortune et d'abondance, de plaisir et de bonheur. Comme ce souvenir semblait distant maintenant, et son évocation cruelle ! Personne à Wurtzbourg n'aurait pu imaginer que Gorgias, qui exerçait l'humble fonction de scribe, portait autrefois le titre de patrice dans la cité des cités, la lointaine Constantinople.

Il se souvint de la naissance de sa fille Theresa, à la peau de pêche ; ce paquet de vie, gigotant entre ses bras. Pendant des semaines, le vin et le miel avaient coulé à flots. Gorgias avait fait dresser un autel derrière la villa, et ordonné à ses serviteurs de consacrer de multiples offrandes pour célébrer cette date bénie. Même sa nomination comme *optimate* de la province de Bithynie ne lui avait pas procuré autant de satisfaction. Son épouse Otiana regrettait de ne pas avoir enfanté un garçon, mais pour lui rien ne pressait. Cette petite fille était de son sang, celui des Théolopoulos, la lignée de commerçants la plus renommée de l'Empire byzantin. Respectée et redoutée du Danube à la Dalmatie, de Carthage à l'exarchat de Ravenne et au-delà des défenses de Théodose. Ils avaient le temps d'avoir d'autres enfants. Ils étaient encore jeunes, la vie s'étendait devant eux. Ou, du moins, c'était ce qu'il croyait...

La seconde grossesse fut à l'origine du plus grand des malheurs. Les médecins attribuèrent la mort d'Otiana à l'humidité, combinée aux faiblesses du fœtus... Maudits imbéciles ! Si au moins ils avaient pu lui épargner toutes ces souffrances...

Des mois durant, le désespoir devint son unique compagnon. Sa femme lui apparaissait dans le moindre recoin, il sentait son parfum, entendait son rire. Pour finir, sur les conseils de ses frères, il partit s'installer dans la vieille Constantinople. Là, il acheta une villa avec un jardin, non loin du forum de Trajan, où il prit ses quartiers avec ses serviteurs et une nourrice.

Plusieurs années s'écoulèrent. Gorgias regardait grandir Theresa au milieu des livres et des écrits, sa seule autre passion. Son titre de patrice et son amitié avec le cubiculaire du basileus lui ouvrirent les portes de la bibliothèque de Sainte-Sophie et l'accès au plus grand ensemble de connaissances de la chrétienté. Chaque matin, il se rendait à l'amphithéâtre de la cathédrale, accompagné de Theresa. Pendant qu'elle jouait avec les faisans, il relisait Virgile, copiait des passages de Pline ou récitait des strophes de Lucien. Après son sixième anniversaire, la petite commença à s'intéresser aux activités de son père. Elle s'asseyait entre ses jambes et le pressait de lui laisser un des codex qu'il consultait. D'abord, pour la distraire, il lui offrit des folios abîmés, mais il s'aperçut rapidement que, pendant qu'il écrivait, Theresa imitait chacun de ses gestes avec une extraordinaire délicatesse.

Avec le temps, ce qui n'était qu'un jeu devint une obsession. La petite partageait rarement les amusements des autres fillettes et, lorsqu'elle s'intéressait à ses compagnes, c'était pour gribouiller sur leurs vêtements avec des plumes dérobées au poulailler. Réodrakis, le titulaire de la bibliothèque, avait fini par persuader Gorgias d'initier l'enfant aux secrets de l'écriture, se proposant lui-même comme précepteur. C'est ainsi que Theresa apprit à lire et, peu après, à tracer ses premiers traits sur des tablettes de cire.

Gorgias se souvint ensuite avec tristesse du moment où sa fille avait dû renoncer à satisfaire sa passion pour la lecture. L'empereur Constantin VI venait d'être écarté du pouvoir par sa mère, l'impératrice Irène. Ce fut le point de départ d'une interminable succession de querelles et de vengeances qui aboutissaient à l'arrestation et au procès de ceux qui osaient s'opposer à la nouvelle basilissa. Ceux qui, du vivant du basileus, avaient établi avec lui des liens politiques ou commerciaux subissaient aussi l'ire de l'impératrice.

Une nuit d'hiver, le cubiculaire se présenta chez Gorgias sous un déguisement, tirant une paire de chevaux. Sans l'intervention de cet homme, ils auraient été exécutés le lendemain. Le scribe se remémora ensuite la fuite à Salonique, le périple jusqu'à Rome et le voyage vers les froides terres des Germains.

Pourquoi fallait-il qu'il pense à tout cela à cet instant précis ? Pourquoi évoquer ces souvenirs qui alimentaient sa douleur ?

Il ferma les yeux et laissa libre cours à ses larmes.

Gorgias et Reinald achevèrent de creuser la tombe peu après minuit. A cette heure, les clercs se reposaient dans leurs cellules. Wilfred put donc procéder aux funérailles dans le plus grand des secrets. Puis il interdit à Gorgias de marquer la tombe d'une croix, ou d'un signe quelconque qui en indiquerait l'emplacement.

— Quant au manuscrit... rappela le comte.

Gorgias hocha la tête, les yeux rougis. Wilfred se retira, le laissant seul avec son amertume.

5

Cette nuit-là, les vents du nord recouvrirent Wurtzbourg d'une chape de glace. Les hommes s'affairaient, colmatant les fentes, ranimant les feux. Les femmes enfouirent leurs enfants entre deux paillasses et tous prièrent pour que les réserves de bois conservent la chaleur jusqu'à l'aube.

Ceux qui dormirent auprès d'un foyer supportèrent le froid avec résignation, mais Theresa fut incapable de trouver le sommeil. Sous ses paupières enflammées par les larmes, ses yeux rougis peinaient à distinguer la cabane où elle avait trouvé refuge. Sa peau avait gardé la teinte cendreuse de la fumée et l'odeur de ses vêtements la ramenait sans cesse à l'enfer qu'elle venait de vivre. Elle se mit à pleurer, implorant Dieu de lui pardonner ses péchés.

Les images des derniers événements se bousculaient dans son esprit : les rires moqueurs des apprentis, la charogne flottant dans le bassin, le déroulement de l'épreuve, la dispute avec Korne et, pour finir, cet épouvantable incendie. Sa simple évocation lui donnait la chair de poule, mais elle remerciait le ciel de lui avoir permis de s'en tirer vivante.

Si seulement elle avait pu sauver Clotilde !

Selon la rumeur, cette jeune fille avait perdu ses parents au début de l'hiver. Depuis, elle errait autour de la cathédrale, sans que personne la prenne en pitié. Theresa l'avait parfois aperçue rôdant autour des réserves de l'atelier ou fouillant dans les ordures. Clotilde paraissait un peu plus jeune qu'elle. Un jour, la jeune fille avait disparu et Theresa n'avait plus entendu parler d'elle.

Après avoir aidé l'épouse de Korne à grimper sur le mur de la cour, Theresa avait décidé de retourner à l'atelier. Dans la grande salle, les flammes s'étaient attaquées à la toiture, de gigantesques langues de feu serpentaient dans l'espace. Elle cherchait ses derniers manuscrits lorsqu'elle découvrit Clotilde. Blottie dans un coin, celle-ci agitait follement les mains, tentant d'écarter les flammèches qui pleuvaient du toit. Quelques pommes éparpillées à ses pieds expliquaient sa présence. Profitant de la confusion, la jeune vagabonde avait sans doute pénétré dans l'atelier pour récupérer de quoi manger.

Theresa tenta de l'entraîner, mais Clotilde résista en grimaçant de douleur. Sa peau était parsemée de marques rouges aux endroits touchés par les escarbilles. Une tache de couleur attira l'attention de Theresa ; elle reconnut sa robe bleue, encore trempée de l'eau du bassin. Elle la saisit et la tendit à la jeune fille, qui se dépouilla de ses haillons et enfila la robe. Le contact de l'étoffe humide parut la soulager. A cet instant, le toit céda. Theresa tira Clotilde par le bras mais, cédant à la panique, celle-ci se dégagea et partit dans la direction opposée. Puis tout s'effondra et la jeune fille disparut sous les décombres.

Une fois à l'air libre, Theresa dévala la pente en courant. Il lui semblait que le souffle du diable lui brûlait la nuque. Elle courut sur le sentier qui longeait les murailles. Après avoir franchi celles-ci, elle pénétra dans les fourrés, ne s'arrêtant que dans une châtaigneraie où l'on avait coutume de mener paître les porcs. Là, elle se réfugia dans la cabane des porchers, puis referma la porte avec soin, comme si le battant fragile pouvait la protéger de tout ce malheur. Elle se laissa alors glisser sur le sol, le dos contre le mur de boue et de ramilles.

Les livres brûlés, l'atelier réduit en cendres, la mort de cette pauvre fille... Elle ne pourrait plus jamais regarder Gorgias en face, après lui avoir causé le pire déshonneur qu'une fille puisse infliger à son père. Secouée de sanglots, les joues sillonnées de larmes, elle parvint à balbutier une prière malgré sa gorge serrée, implorant de nouveau le pardon de Dieu, Le suppliant d'effacer les derniers événements. Ceux qui disaient que la place d'une femme était dans sa maison, auprès de son mari, à donner naissance à des enfants, avaient raison. Tout était sa faute. Maintenant, Dieu la punissait d'avoir cédé au désir imbécile de changer son destin.

Theresa se réveilla transie. Le battement de ses tempes résonnait dans tout son crâne, le froid lui engourdissait la poitrine et sa gorge semblait criblée d'épines. Elle se leva, les jambes flageolantes, et attendit d'avoir recouvré ses esprits pour ouvrir la porte. Il faisait déjà jour. Les environs paraissaient déserts, mais elle les scruta avec attention.

Une bande d'étourneaux s'élevèrent dans un tumulte de battements d'ailes. Le regard de la jeune fille s'attarda sur la verdure des sapins et le ciel limpide. Le bosquet de châtaigniers évoquait un jardin bien entretenu, et l'espace d'un instant elle s'abandonna à l'odeur de la terre humide, se laissa porter par le doux murmure du vent.

Soudain son estomac gronda, lui rappelant qu'elle n'avait rien avalé depuis la veille. Elle ouvrit la besace que son père avait laissée dans l'atelier et en étala le contenu sur le sol. Une tablette de cire et un stylet de bronze que Gorgias utilisait comme poinçon. Une pomme mûre enveloppée dans un mouchoir. Theresa en croqua une bouchée avec délectation. Tout en mastiquant, elle aligna devant elle un petit anneau aiguisé qui servait de briquet, un crucifix en os taillé, un flacon d'huile destinée à parfumer les parchemins et la bobine de fil de chanvre que Gorgias utilisait pour coudre les reliures. Son inventaire terminé, elle remit le tout dans la sacoche.

Après une longue réflexion, elle prit une décision : elle devait fuir loin de Wurtzbourg, dans un endroit où personne ne pourrait la retrouver. Peut-être au sud, en Aquitaine, ou à l'ouest, vers la Neustrie, où il existait, disait-on, des abbayes régies par des femmes. Et, si l'occasion se présentait, elle irait jusqu'à Constantinople. Son père avait toujours dit qu'un jour ou l'autre elle ferait la connaissance de ses grands-parents, les Théolopoulos. Si elle parvenait jusqu'à Constantinople, elle les trouverait sans peine. Là-bas, elle étudierait la grammaire et la poésie, comme l'aurait souhaité Gorgias. Et un beau jour, peut-être, elle pourrait rentrer à Wurtzbourg, retrouver son père et lui demander pardon pour ses péchés.

Accablée, elle ramassa la besace puis se retourna vers l'enceinte de pierre pour contempler la ville une dernière fois. A presque vingt-quatre ans, il lui fallait se construire une nouvelle vie. Elle demanda à Dieu de lui accorder la force nécessaire, avant de s'engager d'un pas décidé sur le sentier qui s'enfonçait dans le sous-bois.

Au milieu de la matinée, Theresa laissa tomber le sac, épuisée. Elle avait parcouru cinq lieues sur le chemin reliant Wurtzbourg aux routes du nord mais, dès les premiers contreforts, le sentier avait disparu sous la neige. Le manteau blanc s'étendait à perte de vue, recouvrant tout, du plus petit caillou à la plus lointaine colline, et privant la jeune fille de repères. Chaque arbre était le jumeau du précédent, chaque rocher un reflet du suivant.

Assise sur le tronc d'un arbre abattu, Theresa examina d'un œil inquiet le ciel changeant, signe de tempête. Son espoir de trouver des noix et des baies le long de la route avait été déçu, car les arbustes avaient été ravagés par le gel. Il lui fallut donc se rabattre sur le trognon de pomme qu'elle avait pris la précaution de conserver. Au moment où elle le sortait de la besace, un éclair déchira l'horizon. Des rafales de vent agitèrent la cime des arbres, le ciel pâlit, puis se teinta de cendre. La pluie ne se fit pas attendre. La jeune fille se réfugia au creux d'un amas de rochers, mais elle ne tarda pas à être trempée.

Blottie sous une saillie, elle mesurait ce que ses projets avaient d'illusoire. Sans vivres, sans argent ni parents vers qui se tourner, elle n'arriverait jamais en Aquitaine ou en Neustrie. Et encore moins dans la lointaine Constantinople. Comme elle avait été sotte de ne pas écouter sa belle-mère ! Elle ignorait le maniement de la houe et de la charrue, elle n'avait jamais vendangé, elle ne savait même pas préparer un simple ragoût. Au lieu d'accumuler des connaissances inutiles, elle aurait dû se consacrer à la cuisine ou à une autre activité de femme. Fileuse, couturière, lavandière... N'importe lequel de ces métiers lui aurait permis d'obtenir quelques journées de travail à Aquisgranum, voire d'économiser de quoi payer son voyage en caravane jusqu'en Neustrie.

Mais pas question d'abandonner, même dans ces conditions. Elle se ferait engager comme manœuvre ou apprentie dans une tannerie. N'importe quoi, hormis finir dans un bordel, couverte de pustules.

Comme la pluie redoublait, Theresa envisagea de gagner un endroit plus sûr. De plus, les recherches avaient sans doute commencé à Wurtzbourg et, si elle restait aux abords du chemin, on ne tarderait pas à la retrouver. C'est alors qu'elle se souvint du vieux four à chaux près d'une petite carrière, à une demi-heure de marche. Elle s'y était rendue à plusieurs reprises pour y prendre la chaux destinée à tanner les cuirs. Le four appartenait à la veuve

Larsson, une matrone au caractère rude qui exploitait la carrière avec ses fils. En hiver, les Larsson fermaient le four et transféraient leur activité à Wurtzbourg. Elle pourrait donc se réfugier dans une des remises et y attendre la fin de la tempête.

Vers midi, Theresa atteignit sa destination. Elle mourait d'envie de se mettre à l'abri, mais elle s'avança avec prudence, l'oreille tendue.

La carrière béait au flanc de la montagne comme une énorme bouche. Le four à chaux, une espèce de tour en forme de cône aplati, se dressait au pied de la pente. Une ouverture circulaire dans la partie supérieure faisait office de cheminée. Sur le côté, quatre autres orifices fournissaient la ventilation indispensable. Les Larsson avaient construit leur maison au bord de la rivière, loin des vapeurs dégagées par la combustion de la chaux. Des appentis servant de magasins étaient adossés à l'arrière.

Theresa s'assura que ni la veuve Larsson ni ses fils n'étaient dans les parages, mais, en s'approchant de la maison, elle se rendit compte que la porte était entrouverte. A cet instant, elle douta d'avoir fait le bon choix. Toutefois, après avoir frappé sans obtenir de réponse, elle décida d'entrer, consciente de commettre une folie. Armée d'un bâton ramassé par terre, elle poussa la porte de l'épaule. Celle-ci semblait coincée, mais elle céda bruyamment à la troisième tentative. Theresa entra et la referma. Les yeux clos, elle savoura ces instants de quiétude, malgré l'odeur âcre de la chaux qui lui picotait la gorge. La pluie tambourinait sur le toit, cinglait les cloisons de bois, mais elle était à l'abri.

Comme toutes les constructions de la région, la maison était dépourvue de fenêtres, la seule clarté provenant d'un trou pratiqué dans le toit de branchages pour évacuer la fumée. Lorsque ses pupilles se furent adaptées à la pénombre, Theresa remarqua le désordre qui régnait dans la pièce – tabourets renversés, pots et marmites épars sur le sol – mais elle n'y accorda guère d'importance. Après avoir cherché en vain de la nourriture ou un manteau, elle mit un peu d'ordre, commençant par regrouper dans un coin les restes de rondins et les bûchettes dont la veuve Larsson tirait des sabots.

Comme de nombreuses familles, les Larsson pratiquaient une activité complémentaire : ils travaillaient le bois pour s'occuper entre deux fournées. Theresa s'arrêta devant l'outil qui trônait sur l'un des établis : une sorte de sabre dont la lame, fixée au plateau de la table par un anneau, pivotait sur son extrémité.

Elle avait eu l'occasion d'apprécier la dextérité de la veuve Larsson dans sa manipulation. La femme levait le manche et le posait sur un support. Elle plaçait ensuite la pièce de bois sous la grosse lame, puis la dégrossissait de haut en bas, afin d'obtenir la forme extérieure du sabot.

Poussée par la curiosité, Theresa choisit un morceau de bois de la taille adéquate. Ensuite, elle saisit le manche et le souleva, mais il lui glissa des mains et la lourde lame retomba sur l'établi. Redoublant de précautions, elle souleva de nouveau le manche et le reposa sur son support, mettant ainsi un terme à sa carrière de sabotière.

Tout en redressant les tabourets, Theresa réfléchit à ce qu'elle ferait quand elle aurait atteint Aquisgranum. Première étape, le marché, où elle échangerait le poinçon et le briquet de Gorgias contre de la nourriture. Il lui serait sans doute possible, en marchandant, d'obtenir une livre de pain et quelques œufs, voire une tranche de viande fumée. Ensuite, elle chercherait du travail dans une tannerie. Sans avoir jamais visité Aquisgranum, elle imaginait qu'il existait un quartier regroupant les différents corps de métiers dans la ville que le roi Charlemagne avait choisie pour y établir sa résidence.

Brusquement, le cœur lui manqua.

C'était bien un bruit de voix à l'extérieur. Et il se rapprochait.

Terrorisée, la jeune fille se précipita à la porte. Les Larsson étaient-ils de retour ? Le visage plaqué contre une fente du mur, elle observa deux silhouettes encore indistinctes qui avançaient vers la maison. Mon Dieu ! Ces hommes étaient armés, et ils atteindraient la porte en quelques secondes. Elle se souvint du tas de bûchettes près de l'outil de sabotier et courut s'accroupir derrière, juste à l'instant où les inconnus poussaient la porte. La tête entre les genoux, elle priait pour qu'ils ne la découvrent pas. Les deux hommes s'arrêtèrent au milieu de la pièce et se mirent à rallumer le feu.

Theresa risqua un regard prudent par-dessus le tas de bois. Après avoir posé leurs armes, les deux hommes embrochèrent des écureuils qu'ils comptaient faire rôtir. Riant et gesticulant comme deux ivrognes, ils agitaient imprudemment leurs broches. Le plus corpulent était une véritable montagne de graisse sous une carapace de peaux. Son compagnon ne cessait de frotter son visage couvert de taches de rousseur. De temps à autre, il levait le nez pour renifler l'air, tel un prédateur humant la trace de sa proie. Il évoquait à Theresa un rat marchant sur deux pattes.

Le plus costaud dit quelque chose à son ami aux taches de rousseur. Vexé, celui-ci fit mine d'empoigner son couteau, mais il interrompit brusquement son geste et tous deux s'esclaffèrent à grand bruit. En les entendant converser dans un dialecte inintelligible, Theresa comprit que seul un miracle pourrait la sauver. Ces hommes n'étaient pas des soldats et ne venaient pas non plus de Wurtzbourg. Ils ressemblaient à des Saxons, des païens prêts à tuer tous les malheureux qui croiseraient leur chemin.

A cet instant, la jeune fille fit un faux mouvement ; une des bûches qui lui servaient d'appui se déroba et rebondit bruyamment sur le sol. Theresa retint sa respiration pendant que le gros fixait le morceau de bois d'un air stupide. Sans plus s'en soucier, il se retourna vers le feu et continua à s'occuper du repas. A l'inverse, l'autre continua à contempler la bûche sans ciller. Puis il saisit une branche enflammée, dégaina son couteau et avança lentement vers le tas de bois. Theresa ferma les yeux et se recroquevilla sur elle-même. Soudain, une poigne brutale la saisit par les cheveux et tira, la soulevant de force. Elle hurla, tenta de se dégager, mais un coup de poing lui coupa le souffle. En goûtant la saveur du sang, elle comprit que la dernière chose qu'elle verrait serait le visage de ces deux assassins.

Le maigre approcha sa torche improvisée de Theresa et l'examina avec l'expression d'un chasseur qui vient de trouver une renarde dans son piège à lièvres. Souriant, il passa lentement en revue le visage à la peau claire, à peine abîmé par le coup de poing, les seins qui se devinaient, fermes et généreux, les hanches amples et bien marquées. L'homme rengaina alors son couteau, la saisit par le bras et la traîna jusqu'au centre de la pièce. Là, il se dégrafa, exhibant un membre palpitant. Theresa se figea. Jamais elle n'aurait imaginé qu'un pantalon puisse cacher une telle abomination. Dans sa terreur, elle ne put contrôler sa vessie et crut mourir de honte sous les rires gras des deux hommes. Ensuite, le costaud immobilisa Theresa pendant que l'autre réduisait sa robe en lambeaux.

Quand le ventre frémissant apparut à la lueur des flammes, le maigre esquissa un sourire effrayant. Le contraste entre la peau pâle et le triangle qui ornait la naissance des cuisses parut exciter son désir ; il se cracha dans la main et frotta son membre en avançant vers Theresa. Celle-ci se débattit en injuriant les deux hommes et parvint à se libérer. Elle se rua vers le tas de bois et se hâta de fouiller dans la sacoche. A l'instant où son agresseur s'apprêtait à l'empoigner, ses doigts entrèrent en contact avec le poinçon d'acier. Elle referma la main et fit volte-face. L'homme s'arrêta net, stoppé dans son élan par la pointe acérée qui frémissait à quelques pouces de son visage. Le costaud observait la scène comme un chien guettant le prochain geste de son maître. L'homme aux taches de rousseur laissa échapper un grand rire. Il saisit une jarre et la renversa au-dessus de sa bouche, avalant à grandes gorgées le vin qui en giclait. Puis, sans lâcher la jarre, il gifla violemment Theresa. Le poinçon vola dans les airs.

En un clin d'œil, la jeune fille se retrouva renversée sur l'établi parmi les sabots, pendant que le Saxon lui soufflait au visage son haleine avinée et lui maintenait les bras au-dessus de la tête. Theresa serra les cuisses, mais l'homme les sépara d'un geste brutal. Elle remarqua alors que la main droite du Saxon était placée sous la lame du paroir à sabot. Sans réfléchir plus avant, elle l'embrassa sur la bouche. Décontenancé, il lui lâcha les poignets. Aussitôt, elle imprima une brusque secousse au support, délogeant la lame qui retomba sur la main de son agresseur, lui sectionnant les doigts dans une fontaine de sang.

Theresa se précipita vers la porte, laissant le blessé se tordre de douleur en hurlant comme un porc. Elle n'était pas sortie d'affaire pour autant. Le gros Saxon lui barrait le passage. Elle tenta de l'esquiver mais, faisant preuve d'une agilité insoupçonnée, il l'attrapa par les cheveux et leva son couteau. Elle ferma les yeux et s'apprêta à recevoir le coup de grâce. Soudain, l'homme laissa échapper un grognement. Les yeux révulsés, il vacilla, puis tomba à genoux devant Theresa avant de s'affaler au sol. Un énorme poignard était planté dans son dos. En levant les yeux, Theresa découvrit le jeune Hoos Larsson, qui lui tendit la main.

Après l'avoir fait sortir, il rentra dans la maison. Des cris déchirants s'élevèrent. Puis il rejoignit la jeune fille, les mains ensanglantées, et lui posa sa cape de laine sur les épaules.

— Tout est fini, dit-il.

Theresa le fixa, les larmes aux yeux. Puis elle se rendit compte qu'elle était à moitié nue et tenta de se couvrir. Le jeune homme l'aida de son mieux.

Hoos Larsson semblait à Theresa plus séduisant que dans son souvenir. Un peu rude d'apparence, il avait cependant le regard franc et des manières réservées. Il méritait toute sa gratitude pour lui avoir sauvé la vie, même si maintenant il allait certainement la conduire à Wurtzbourg pour la remettre à la justice. Mais cela lui était égal. Elle n'aspirait qu'à se voir accorder le pardon de son père.

— Nous devrions entrer, suggéra Hoos. Nous allons geler, ici.

Theresa jeta un regard vers la maison et fit non de la tête.

— Tu n'as pas à avoir peur. Ils sont morts.

Elle secoua de nouveau la tête. Plutôt mourir de froid que d'y retourner !

— Dieu du ciel ! grommela Hoos. Alors, allons sous l'appentis. Il n'y a pas de feu, mais nous serons au moins à l'abri de la pluie.

Sans lui donner le temps de répondre, il la prit dans ses bras et la porta jusqu'à une remise rudimentaire. Là, il rassembla de la paille du bout du pied pour en faire une couche sur laquelle il la déposa.

— Je dois m'occuper des corps.
— Ne t'en va pas, s'il te plaît.
— Je ne peux pas les laisser comme ça. Le sang va attirer les loups.
— Et qu'en feras-tu ?
— Eh bien, je vais les enterrer.
— Enterrer ces assassins ? Tu devrais les jeter dans la rivière !

Hoos se mit à rire.

— Pardonne-moi, mais je ne suis pas certain que ce soit une bonne idée. La rivière est gelée, il faudrait un pic pour creuser la glace.

Confuse, Theresa ne répondit pas.

— Ces hommes étaient probablement des éclaireurs, continua Hoos. Tôt ou tard, le courant ramènerait leurs corps à leurs compagnons.
— Pourquoi ? Il y a d'autres Saxons ?
— Ils sont toute une bande, aussi féroces que des bêtes sauvages. Je ne sais pas comment ils se sont infiltrés jusqu'ici, mais les cols en sont infestés. J'ai perdu trois jours à contourner les montagnes.

Contourner les montagnes... Ainsi, Hoos arrivait de Fulda et ignorait tout de ce qui s'était passé à Wurtzbourg. Theresa poussa un discret soupir de soulagement, pendant qu'il se nettoyait les mains en les frottant avec de la neige.

— Ton arrivée a été providentielle.
— Tant mieux. Hier soir, j'ai remarqué la lumière et je me suis dit que c'étaient sans doute ces Saxons. Pour éviter les problèmes, j'ai préféré dormir dans la remise en attendant leur départ. A mon réveil, ils avaient disparu. Mais j'ai préféré faire un tour dans le bois pour m'en assurer. Au

bout d'un moment, je suis revenu et je t'ai trouvée entre leurs mains.

— Ils étaient partis chasser. Ils ont rapporté des écureuils.

— Mais dis-moi, que faisais-tu là-dedans ? interrogea soudain Hoos.

Theresa rougit.

— J'ai été surprise par la tempête pas loin du four. Je suis entrée me mettre à l'abri, et ces hommes ont surgi de nulle part.

Hoos fit la moue. Il ne s'expliquait toujours pas la présence d'une jeune fille dans ces environs.

— Qu'allons-nous faire, maintenant ? demanda Theresa, désireuse de changer de sujet.

— Moi, je vais creuser, et toi, tu devrais t'occuper de ce bleu sur ton visage.

Theresa observa Hoos pendant qu'il entrait dans la maison. Elle ne l'avait pas vu depuis longtemps mais, si ses traits s'étaient durcis, il avait conservé sa chevelure bouclée et son allure aimable. La veuve Larsson se vantait sans cesse de la réussite de ce fils, le seul à avoir abandonné la fabrication de la chaux pour devenir un *fortior* de Charlemagne, charge dont Theresa ignorait tout. Selon ses calculs, Hoos devait avoir la trentaine. D'habitude, à cet âge, un homme avait déjà deux enfants. Cependant, elle n'avait jamais entendu la veuve Larsson mentionner d'éventuels petits-enfants.

Au bout d'un certain temps, Hoos regagna l'abri avec la planche dont il s'était servi pour déblayer la terre. Il la laissa tomber près of Theresa d'un air las.

— Ces hommes ne nous causeront plus de problèmes.

— Tu es trempé.

— Oui, c'est le déluge dehors.

Elle ne sut que répondre.

— Tu as faim ? reprit-il.

Elle hocha la tête, se sentant de taille à dévorer un bœuf.

— J'ai perdu ma monture en traversant un ravin. Le cheval et les vivres sont au diable, mais dans la maison j'ai vu une paire d'écureuils qui pourraient nous rassasier. C'est à toi de décider. Ou tu acceptes d'entrer et nous pourrons nous remplir la panse. Ou nous restons ici à crever de froid et de faim.

Theresa pinça les lèvres. Elle ne voulait pas retourner dans la maison, mais Hoos n'avait pas tort : sous l'appentis, ils ne tiendraient pas longtemps. Elle le suivit donc, mais s'arrêta à l'entrée, prise de frissons. Hoos la regarda du coin de l'œil, masquant sa compassion pour ne pas l'embarrasser. Il poussa la porte du pied pour lui permettre de voir la pièce vide, puis il passa un bras autour de ses épaules et ils entrèrent ensemble.

La chaleur du foyer les réconforta autant qu'une soupe. Hoos avait ajouté une brassée de bois qui crépitait avec force, éclairant la pièce d'une douce lueur. Près du feu, des objets étaient alignés sur un manteau étalé par terre. L'arôme des châtaignes grillées flatta l'odorat de Theresa et le parfum de la viande rôtie lui aiguisa l'appétit. Pour la première fois depuis l'incendie, elle se sentit en sécurité.

Lorsque Hoos leur servit les écureuils rôtis et les châtaignes, elle ne s'était pas encore habituée à ce bien-être.

— Ces gens sont doués pour se procurer de quoi manger, dit-il. Attends un peu...

Il sortit un bref instant et revint avec quelques vêtements.

— Je les ai déshabillés avant de les enterrer. Jette un coup d'œil. Tu trouveras peut-être quelque chose d'utile.

Après un examen minutieux, Theresa choisit une casaque de drap sombre à l'aspect élimé et s'en recouvrit les jambes. Hoos lui reprocha d'avoir laissé de côté une pelisse plus épaisse parce qu'elle était tachée de sang, mais il la félicita d'avoir conservé le couteau du gros Saxon. A la fin du repas, ils écoutèrent la pluie tambouriner sur le toit de rameaux. Un peu plus tard, Hoos alla regarder par une fente du mur. La pénombre s'était installée depuis longtemps, et la nuit s'annonçait.

— S'il continue à pleuvoir, les Saxons ne sortiront pas de leurs tanières.

— Espérons.

— Tu ne serais pas la fille du scribe ? Tu t'appelles...

— Theresa.

— Bien sûr, Theresa... Tu venais de temps en temps chercher de la chaux pour tanner les parchemins. La dernière fois que je t'ai vue, tu avais tant de boutons sur la figure que tu ressemblais à une tarte aux myrtilles. Tu as bien changé. Tu es toujours apprentie chez le maître parcheminier ?

La comparaison avec la tarte aux myrtilles avait quelque peu froissé Theresa.

— Je suis toujours à l'atelier, mais je ne suis plus apprentie. J'ai passé l'épreuve pour devenir compagnon.

— Une femme compagnon ? Grand Dieu ! Est-ce possible ?

Theresa se tut. Ses interlocuteurs habituels étaient des gamins tout juste assez habiles pour chasser les chiens à coups de pierres. Elle se contenta de baisser les yeux et de tirer la casaque devant son visage. Puis elle releva lentement la tête et glissa un regard oblique vers Hoos. De près, il était plus grand qu'elle ne l'avait cru, avec une bonne tête de plus que les autres jeunes gens de sa connaissance. Il émanait de lui de la force et de l'énergie, sans doute grâce à son travail à la carrière. En le regardant s'affairer, il lui semblait voir un de ces grands chiens au poil laineux qui léchaient le visage des bébés et supportaient avec patience les tracasseries des gamins, mais qui étaient capables de mettre en pièces quiconque oserait lever la main sur leurs protégés.

— Et toi, Hoos, que fais-tu ? D'après ta mère, tu occupes une charge à la cour.

— Bah, tu connais les mères quand elles parlent de leurs enfants. Le mieux est de les écouter d'un air admiratif, de croire la moitié de ce qu'elles disent et d'oublier le reste au plus vite.

Theresa éclata de rire. Son propre père disait tant de bien à son sujet qu'elle rougissait parfois de l'entendre.

— Il y a trois ans, j'ai eu la chance de me faire remarquer au cours d'une campagne militaire. Charlemagne a entendu parler de moi et, à mon retour, il m'a proposé de prononcer le serment de fidélité.

— Qu'est-ce que ça signifie ?

— Pour résumer, il s'agit de devenir le vassal du roi. Un soldat de confiance, disponible à tout moment.

— Un soldat ? Comme les préfets de Wurtzbourg ?

— Pas tout à fait. Ces pauvres diables obéissent sans rechigner pour un salaire de misère. Moi, je possède mes propres terres.

— Je croyais que les soldats ne possédaient pas de terres, s'étonna Theresa.

— Comment puis-je t'expliquer ça ? En jurant fidélité au roi, on est obligé de le servir avec loyauté. Mais l'engagement est mutuel, et notre souverain se montre généreux quand il s'agit de remplir sa part. De sa main, j'ai reçu vingt arpents de terres labourables, quinze autres de vignobles et encore quarante de champs incultes que je commencerai bientôt à défricher. De ce fait, mon existence diffère peu de celle d'un propriétaire bien établi.

— Mais tu dois quand même aller à la guerre...

— En effet. En général, les troupes sont rappelées l'été, après les moissons. A cette période, je prépare mon équipement et je recrute ceux qui formeront ma troupe.

— Tu as aussi des serviteurs ?

— Ce ne sont pas des serviteurs. Nous les appelons colons, manumis ou *mancipia*. Ce sont des hommes et des femmes libres, une vingtaine environ.

Tu comprends bien que je ne peux exploiter toutes ces terres seul. Par bonheur, Aquisgranum regorge de déshérités qui accourent de tous les coins de l'empire. On y trouve des Aquitains, des Neustriens, des Austrasiens, des Lombards... Ils arrivent à la cour en pensant faire fortune et se retrouvent à chercher désespérément un quignon de pain à se mettre sous la dent. Dans cette multitude, il suffit de choisir avec discernement des gens à qui louer ses terres.

— Alors, tu es riche ?

— Non, par Dieu, même si ça me plairait ! Les colons sont des gens humbles. Ils me payent l'usufruit des terres avec une partie des récoltes, plus certaines corvées hebdomadaires, comme nettoyer les chemins ou réparer des clôtures. Parfois, ils m'aident à labourer les champs que je réserve à mon usage personnel. Mais, comme je te le disais, tout cela n'est pas grand-chose. Mes biens ne représentent rien à côté de ceux d'un antrustion du roi.

— Et Aquisgranum, c'est une belle ville ?

— Magnifique ! Et si l'on dispose des deniers nécessaires, on peut aussi la voir comme un gigantesque bazar. Dans une seule de ses rues se pressent plus de gens que dans tout Wurtzbourg. Tu pourrais te perdre dans cette foule. Il y a partout des étals où l'on vend de la viande, des outils, des boucles de ceinture, des ragoûts... Juste à côté, des boutiques regorgent de tissus. Et entre deux maisons, là où il y a à peine assez de place pour étendre un tapis, des échoppes proposent des marchandises qui vont du pot de miel à l'épée encore tachée de sang.

Hoos raconta à Theresa que les rues serpentaient comme un ruban tissé par des mains tremblantes, s'entrecroisaient mille fois dans un dédale de baraques, de tavernes et de lupanars. De temps à autre, on débouchait sur des petites places aux multiples recoins. Là, une foule de voleurs, d'estropiés, d'ivrognes disputaient aux passants et aux animaux un endroit propice pour y mener leurs affaires. Pour finir, les rues aboutissaient à une large avenue où pouvait défiler un régiment à cheval. Cette artère imposante s'achevait devant un édifice de briques noires qui s'élevait dans le prolongement de la grande basilique : le palais du roi Charlemagne.

Theresa buvait ses paroles, fascinée. Pendant un instant, elle crut voir sa lointaine Constantinople.

— Et il y a des jeux ? Un forum, un cirque ?
— Je ne comprends pas...
— Eh bien, comme à Constantinople... Des bâtiments de marbre, des avenues impériales, des jardins et des fontaines, des théâtres, des bibliothèques...

Hoos arqua un sourcil. Theresa devait sans doute le taquiner. Il affirma qu'un lieu pareil existait seulement dans les légendes.

— Tu te trompes, répliqua-t-elle, piquée au vif.

Elle se leva et s'éloigna de quelques pas. Elle se moquait bien de savoir si Aquisgranum avait ou non des jardins et des fontaines ; en revanche, elle était blessée de constater que Hoos doutait de ses paroles.

— Tu devrais aller à Constantinople, reprit-elle. Je me souviens de Hagia Sophia, une cathédrale supérieure à tout ce que ton imagination est capable de concevoir. Si haute et si grande qu'elle peut contenir une montagne. Ou l'hippodrome de Constantin, long de deux stades, qui accueille chaque mois des jeux et des compétitions d'auriges. Je me rappelle les promenades sur le mur de Théodose, des remparts de pierre faits pour résister à n'importe quelle armée, mais aussi les fontaines illuminées, les somptueux défilés impériaux, précédés de colonnes d'éléphants merveilleusement parés... Oh, oui, tu devrais voir Constantinople. Ainsi, tu saurais ce qu'est le paradis.

Hoos était ébahi. Bien sûr, tout cela n'était que chimères, mais il n'en admirait pas moins la prodigieuse imagination de la jeune fille.

— Evidemment, j'aimerais connaître le paradis, affirma-t-il d'un air amusé. Mais je t'assure que je ne suis pas pressé de mourir... Que sont les auriges ?

— Ils conduisent des chars attelés de plusieurs chevaux. Mais rien à voir avec les chars à bœufs. Ces engins sont petits, légers et surtout aussi véloces que le vent.

— Rapides comme le vent... D'accord. Et les éléphants ?

— Oh, les éléphants ! Ce sont des animaux aussi grands que des maisons. Leur peau est si résistante que les flèches ne peuvent la pénétrer. Leurs grosses pattes sont pareilles à des troncs d'arbres et de longs crocs sortent de leur bouche, avec lesquels ils chargent comme avec des lances. Sous leurs yeux s'agite un nez semblable à un serpent. Cependant, en dépit de leur aspect farouche, ils obéissent à leurs guides et, chevauchés par six cavaliers, ils se comportent comme la plus docile des montures.

Le jeune homme tenta de se retenir, mais il finit par s'esclaffer.

— Bon. Ça suffit pour aujourd'hui. Nous devrions nous reposer un peu. Demain, il nous restera encore du chemin avant d'arriver à Wurtzbourg...

— Quelle est la raison de ton voyage ? demanda Theresa sans l'écouter.

— Dors.

— Mais c'est que je ne veux pas retourner à Wurtzbourg.

— Ah, non ? Et qu'as-tu l'intention de faire ? Attendre ici l'arrivée d'autres Saxons ?

Theresa se rembrunit.

— Non, évidemment.

— Alors, cesse de débiter des fariboles et dors un peu. Je ne tiens pas à te traîner toute la journée, demain.

— Tu ne m'as toujours pas répondu, souligna Theresa.

Hoos, qui s'était déjà allongé près du feu, se redressa de mauvaise grâce.

— D'ici peu, deux navires chargés de vivres vont appareiller de Francfort à destination de Wurtzbourg. Des personnes importantes doivent voyager à leur bord. Le roi souhaite qu'elles soient accueillies conformément à leur rang. Pour s'en assurer, il m'a envoyé comme émissaire.

— Ils vont voyager malgré les tempêtes ?

— Ecoute, cette question ne relève ni de ta compétence ni de la mienne. Alors, couche-toi et dors.

Theresa se tut, mais elle ne parvint pas à trouver le sommeil. Hoos l'avait aidée, soit, mais il ne différait guère des autres jeunes gens. En réalité, s'il l'avait sauvée, c'était certainement le fruit de la Providence. D'ailleurs, elle trouvait étrange qu'un homme dans sa position traverse ainsi les montagnes, seul et sans armes. Presque malgré elle, elle referma le poing autour de la garde du couteau caché sous ses vêtements. Les yeux mi-clos, elle rêva quelques instants de sa chère Constantinople, puis finit par s'endormir.

Le lendemain, elle s'éveilla avant Hoos, encore plongé dans un profond sommeil. Elle se leva avec précaution, avança jusqu'à la porte et approcha son visage d'une fente. La fraîcheur matinale l'accueillit. Sans penser au danger, elle ouvrit largement le battant et foula la neige fraîche qui tapissait le chemin. L'air était paisible, l'odeur de la pluie s'était dissipée.

A son retour, Hoos dormait toujours. Un élan la poussa à se blottir contre le dos du jeune homme. La tiédeur du grand corps lui procura un certain réconfort. L'espace d'un instant, elle se surprit à s'imaginer avec lui dans une cité lointaine, un lieu chaud et lumineux où personne ne l'importunerait à cause de son goût pour l'écriture, où elle pourrait converser avec cet homme au regard franc, loin des problèmes qui avaient fait irruption dans sa vie. Le souvenir de son père vint interrompre sa rêverie. Elle s'en voulut de faire preuve de tant d'égoïsme et de lâcheté. Quel genre de fille s'abandonnait à de telles illusions pendant que son père subissait l'opprobre pour des péchés dont elle était responsable ? C'est alors qu'elle jura de revenir à Wurtzbourg un jour pour confesser ses fautes et rendre à Gorgias sa dignité. Elle songea brièvement à réveiller Hoos et à lui demander de l'accompagner à Aquisgranum, mais elle y renonça, sachant qu'il refuserait.

Elle lui frôla les cheveux de ses doigts tremblants, en murmurant un adieu chargé de culpabilité, puis elle se releva. Les effets récupérés sur les cadavres étaient posés près de la fenêtre. Pour l'essentiel, du matériel de chasse et des vêtements crasseux. Hoos les avait déjà passés en revue, mais elle les examina de nouveau.

Entre les plis d'une cape, elle découvrit un coffret de bois qui contenait un briquet de métal aiguisé, une pierre à silex et un peu d'amadou. Elle trouva aussi quelques morceaux d'ambre retenus par un fil et une portion d'œufs de poisson séchés qu'elle glissa dans sa sacoche auprès de la boîte. Laissant de côté un ceinturon à moitié pourri, elle s'appropria une petite outre d'eau et une paire d'énormes bottes qu'elle enfila par-dessus les siennes. Ensuite, elle s'intéressa aux armes que Hoos avait nettoyées avant de les aligner. Tout en les classant par catégories, il lui avait parlé de l'habileté des Saxons au maniement du scramasaxe, un poignard à large lame qu'ils utilisaient parfois comme une épée courte. En revanche, ils se montraient maladroits avec la francisque, une hache légère, arme de prédilection des armées franques.

Theresa dédaigna les deux arcs en bois d'if, mais considéra longuement le scramasaxe avant de l'empoigner. Un frisson lui parcourut le dos. Les armes l'effrayaient, mais elle en aurait besoin pour franchir les cols. Finalement, elle emporta un couteau plat, moins lourd. Cependant, juste après l'avoir glissé dans sa ceinture, elle remarqua une dague que Hoos avait posée à l'écart.

A l'inverse des grossières armes saxonnes, cette dague possédait une lame effilée, à double tranchant, encastrée dans une poignée d'argent couronnée d'une émeraude. La lame d'acier jetait un éclat froid à la lueur des braises. L'arme était sans doute d'une valeur incalculable.

Theresa contempla Hoos, si paisible dans son sommeil, et la honte la saisit. Il lui avait sauvé la vie et elle le récompensait en le volant. Mais elle n'hésita qu'un bref instant avant de se défaire du poignard et de glisser la dague dans sa ceinture. Ensuite, tout en murmurant des excuses inaudibles, elle se chargea de la sacoche de son père, s'emmitoufla dans sa nouvelle pelisse, puis quitta la maison pour s'enfoncer dans le froid cruel.

A l'aube, lorsque Hoos constata l'absence de Theresa, celle-ci se trouvait déjà loin. Avant de s'avouer vaincu, il fouilla la carrière, les abords de la forêt et remonta même le cours de la rivière. De retour à la cabane, il s'apitoya sur le triste sort qui attendait la jeune fille, mais il était encore plus chagriné qu'elle lui ait dérobé sa dague d'émeraude.

6

Gorgias se réveilla en grelottant, couvert d'une sueur glacée. Il n'acceptait toujours pas d'avoir dû enterrer sa fille unique quelques jours plus tôt. Des images de Theresa lui revenaient, vive, souriante dans sa robe bleue... Elle s'était montrée si courageuse lorsqu'il avait été attaqué... Ensuite, il y avait eu cet épouvantable incendie, sa quête désespérée, les blessés, les morts... Les larmes aux yeux, il se rappela la découverte du corps de sa fille, vêtu des lambeaux calcinés de cette robe bleue qu'elle aimait tant. Blotti contre Rutgarde, il sanglota jusqu'à ce que ses larmes se tarissent. Toutefois, d'autres problèmes s'imposèrent à son esprit. Combien de temps Rutgarde et lui pourraient-ils demeurer avec leurs parents, serrés comme des sardines ? Ils ne disposaient même pas d'un peu de paille, et devaient s'accommoder des planches que Reinald posait chaque nuit sur le sol de terre battue. Celui-ci, Lotaria et leurs enfants formaient une famille exceptionnelle. Malgré le dérangement causé par leur présence, tous les avaient accueillis avec affection, multipliant les efforts pour que ni l'un ni l'autre ne regrettent les commodités de leur ancienne demeure. Reinald avait la chance d'exercer le métier de charpentier, qui ne souffrait pas trop de la dureté des temps. Même dans les périodes les plus difficiles, la réfection d'un toit ou le remplacement des roues d'un chariot l'aidaient à préserver son foyer de la faim.

Une pointe de jalousie traversa Gorgias. Il enviait soudain la simplicité de son beau-frère, dont la seule préoccupation était de nourrir les siens, puis de s'endormir contre le corps tiède de son épouse. Reinald répétait souvent que le bonheur ne dépendait pas de la taille du logis, mais de ceux qui vous y attendaient, et sa propre famille illustrait parfaitement ce dicton.

Dès leur arrivée, Rutgarde avait pris en charge les enfants, la lessive, la couture et même la cuisine lorsqu'il y avait de quoi remplir la marmite. Ainsi, Lotaria avait pu se consacrer à ses tâches de servante chez Arno, un des hommes riches de la région. De son côté, Gorgias prêtait main-forte à Reinald quand son emploi au scriptorium et son poignet lui en laissaient le loisir. Cependant, malgré la générosité de son beau-frère, ils devraient trouver rapidement un autre logis, pour ne pas exposer Reinald et les siens à des représailles.

Un des petits se mit à pleurer. Lotaria et Rutgarde se levèrent immédiatement, réveillant les autres enfants, qui grelottaient comme s'ils étaient tombés dans une rivière. Après les avoir débarbouillés, elles leur passèrent des chasubles de laine propres. Ensuite, les deux femmes s'affairèrent autour du feu et firent chauffer un reste de bouillie desséchée, qui en d'autres temps aurait fini dans l'auge des cochons. Gorgias se leva, encore assoupi, salua la compagnie d'un grognement et, après avoir fouillé dans un coffre disloqué, enfila le tablier qu'il portait d'ordinaire au scriptorium. Ce faisant, il sentit sa blessure se rappeler douloureusement à son souvenir, lui arrachant un juron.

— Surveille ton langage, lui dit Rutgarde en lui montrant les enfants.

Gorgias se rapprocha du feu, évitant les divers objets qui jonchaient le sol. Il se lava le visage avant de s'installer près du foyer, alléché par l'odeur de la bouillie.

— Il fait encore un temps de chien, grommela-t-il.

— Au moins, il ne fait pas aussi froid dans le scriptorium.

— Je ne suis pas certain d'y aller aujourd'hui.

— Ah bon ? Que se passe-t-il ?

Gorgias ne répondit pas tout de suite. Il avait projeté d'enquêter sur l'agression dont il avait été victime avant l'incendie, mais il ne voulait pas inquiéter Rutgarde.

— Je manque d'encre. Je compte aller ramasser quelques noix sèches.

— Si tôt ?

— Si les gamins passent avant moi, ils ne laisseront rien.

— Dans ce cas, couvre-toi bien.

Gorgias contempla son épouse avec tendresse, touché une fois de plus par sa bonté. Il la prit dans ses bras et lui baisa les lèvres. Puis, après avoir ramassé la besace qui contenait son matériel d'écriture, il partit vers les dépendances de la cathédrale.

Tout en parcourant les ruelles endormies, Gorgias s'interrogeait sur l'identité de l'assaillant qui lui avait volé le parchemin. Il se remémora l'ombre qui se jetait sur lui, deux yeux de glace étincelant au-dessus d'un masque de tissu. Ensuite, la douleur aiguë qui déchirait son bras et, pour finir, la plongée dans les ténèbres.

Des yeux de glace... Un goût amer lui envahit la bouche. Si pour chaque paire d'yeux clairs qu'il croisait à Wurtzbourg on lui donnait une poignée de blé, son grenier serait rempli en moins d'une semaine.

Un bref instant, Gorgias souhaita que ce vol ne soit qu'un caprice du destin. Le coup de folie d'un affamé à la recherche d'un quignon de pain. Dans ce cas, le brouillon traînait peut-être quelque part sur un chemin, détrempé par la pluie ou rongé par les bêtes sauvages. Mais il avait conscience de l'absurdité de cette hypothèse. De toute évidence, le voleur connaissait parfaitement la valeur de l'objet qu'il lui avait dérobé. Qui avait bien pu convoiter ce parchemin ?

Plusieurs clercs et domestiques avaient accès au scriptorium. Mais il leur aurait été difficile de deviner l'importance du document sans l'avoir appris de la bouche de Wilfred, seul à connaître son secret. Pour commencer, il allait établir une liste de suspects.

Gorgias pénétra dans la basilique par l'entrée latérale qui communiquait directement avec le cloître. Il s'y arrêta, le temps de prier pour Theresa. Puis il traça le signe de la croix sur le sol, traversa les cuisines sans saluer le cellérier et se dirigea d'un pas vif vers le scriptorium.

Il nota avec satisfaction que la pièce était vide, ainsi il pourrait travailler jusqu'à tierce sans être interrompu. Une fois la porte fermée, il entrebâilla les volets, puis alluma avec soin la myriade de cierges qui couronnaient les pupitres. Lorsque les flammes dissipèrent la pénombre, il sortit d'un coffret ses instruments d'écriture et une tablette de cire dont il effaça le texte avec l'extrémité émoussée d'un stylet. Ensuite, installé sur un tabouret, il se dégourdit les mains, puis commença à établir la liste.

Le poinçon courut un long moment sur la surface de cire. Gorgias inscrivait et effaçait des noms dont aucun ne lui semblait vraiment convaincant. L'exercice réveilla la douleur de son poignet, mais il y prêta à peine attention. L'essentiel était de retrouver le parchemin. Enfin, il posa son stylet et relut ses notes.

Le premier suspect était le coadjuteur Genséric, secrétaire de Wilfred. Sans la puissante odeur d'urine qui émanait de lui, ce vieil homme à la peau parcheminée aurait pu se confondre avec les statues des déambulatoires du cloître. En qualité de vicaire général, Genséric assistait Wilfred dans l'administration du comté et la tenue des livres de comptes.

Ensuite venait Bernardino, un moine espagnol que sa minuscule taille n'empêchait pas de diriger la domesticité d'une main ferme. Sa charge lui donnait accès à toutes les dépendances. Il était tout à fait plausible qu'il connût l'existence du parchemin.

Le troisième était le jeune maître de chœur, un Toscan appelé Casiano, dont la voix mielleuse évoquait celle d'une putain. En tant que chantre, Casiano consultait régulièrement les psautiers, les partitions et les recueils d'antiennes de la bibliothèque. De plus, il appartenait au groupe restreint de ceux qui savaient lire. Tout cela faisait de lui un suspect sérieux.

Le nom de Théodore clôturait la liste. Le géant à l'allure débonnaire possédait les yeux les plus clairs que Gorgias eût jamais vus. Théodore travaillait comme homme à tout faire mais, grâce à sa vigueur peu commune, il était le plus souvent commis au service de Wilfred, qu'il aidait à se déplacer dans la forteresse.

Plus tôt, Gorgias avait exclu Jérémie, son aide personnel, et Emilius, le précédent scribe. De même, il avait effacé le nom du cubiculaire Bonifatius et celui de Cyrille, le maître des novices. Tous trois savaient lire, mais Bonifatius avait pratiquement perdu la vue. Quant à Emilius et Cyrille, il avait en eux une confiance absolue.

Le reste de la domesticité et des hommes de Wilfred avait été éliminé d'office. Soit ils ne savaient pas lire, soit ils n'avaient pas accès au scriptorium.

Gorgias relut la tablette en se massant l'avantbras. Genséric, le vieux coadjuteur ; Bernardino, le nain ; Casiano, le maître de chant ; Théodore, le géant... Chacun des quatre pouvait être le coupable, sans oublier Korne, tout aussi suspect.

Il tentait de démêler le problème lorsqu'on frappa à la porte. Après avoir prestement caché la tablette, il alla ouvrir. Mais le loquet s'était coincé.

De l'autre côté, on frappa plus fort et on appela. Gorgias raffermit sa prise et secoua de nouveau la clenche. La porte céda enfin. Le regard liquide de Genséric, le vieux coadjuteur, fit rapidement le tour de la pièce.

— Qu'y a-t-il de si urgent ? demanda Gorgias sans chercher à dissimuler son agacement.

— Navré de vous déranger, mais Wilfred m'a demandé de passer vous voir. En trouvant la porte fermée, je me suis dit que vous aviez peut-être des ennuis.

— Par tous les saints, quelqu'un finira-t-il par comprendre que mon seul problème est le travail qui s'accumule dans ce scriptorium ? Que veut Wilfred ?

— Le comte souhaite vous voir. Dans ses appartements, précisa Genséric.

Peu de gens pouvaient se vanter d'avoir pénétré dans les appartements de Wilfred. D'après les domestiques, hormis le coadjuteur, personne ne savait même comment y accéder. Gorgias eut le pressentiment que cette entrevue ne tournerait pas à son avantage.

Le scribe prit le temps de nettoyer ses instruments et de rassembler les documents qu'il voulait soumettre à Wilfred. Puis il suivit Genséric à distance prudente, tout en réfléchissant au motif de cette convocation.

En quittant le scriptorium, ils s'engagèrent dans le couloir qui longeait le réfectoire, dépassèrent les greniers à blé, traversèrent la cour intérieure du cloître et entrèrent dans la salle capitulaire. Un passage reliait celle-ci à la chapelle des novices. Genséric s'arrêta devant la porte massive qui en interdisait d'ordinaire l'accès.

— Avant de continuer, vous devez jurer de ne rien répéter de ce que vous allez voir.

Gorgias baisa le crucifix accroché à son cou.

— Je le jure par le Christ.

Genséric sortit alors de sa manche un morceau de tissu qu'il tendit au scribe.

— Je dois vous demander de mettre ceci.

Sans protester, Gorgias saisit la cagoule et l'enfila.

— Maintenant, prenez cette corde et soyez attentif à mes indications, continua le vieil homme.

Gorgias tâtonna avant d'attraper le bout de corde que lui tendait Genséric. Le coadjuteur la noua autour de son bras, puis vérifia que la cagoule était bien en place. Quelques instants plus tard, le crissement des gonds indiqua à Gorgias qu'ils allaient repartir. Le lien se tendit brusquement, l'obligeant à avancer à l'aveuglette, en effleurant le mur de la main. De temps à autre, Genséric lui communiquait une brève instruction. A un moment, il sentit sous ses doigts une pellicule visqueuse qui semblait sécrétée par les pierres. Dans quelle partie de la forteresse se trouvaient-ils ? Ils avaient déjà parcouru un long trajet, franchi pas moins de quatre portes, monté un escalier étroit et été exposés à une désagréable odeur d'excréments, provenant sans doute de latrines proches. Ensuite, Gorgias eut l'impression que le couloir descendait en pente douce, puis remontait en devenant irrégulier et glissant. Peu après, la corde se détendit ; ils étaient arrivés à destination. A un bruit de serrure succéda la voix rauque du comte.

— Entrez, Gorgias, je vous en prie.

Toujours coiffé de sa cagoule, le scribe avança de quelques pas, guidé par Genséric. La porte se referma dans son dos et un silence lourd s'installa. Le tissu l'asphyxiait.

— Mon bon Gorgias, j'imagine que vous vous demandez pourquoi je vous ai fait mander ici.

— C'est exact, Votre Grâce.

— Bien. Mais, avant de satisfaire votre curiosité, je vous rappelle le serment que vous avez prononcé devant Genséric. Vous ne devrez jamais parler à âme qui vive de ce que vous aurez vu ou entendu ici, sous peine de damnation éternelle. Vous avez compris ?

— Vous avez ma parole.

— Parfait, parfait... Etrangement, c'est parfois au moment où nous servons Dieu avec le plus grand zèle qu'Il nous envoie les pires épreuves. Hier soir, je m'étais retiré depuis peu, lorsque j'ai commencé à me sentir indisposé. Pareille chose est déjà arrivée, mais cette fois, la douleur était si insupportable que j'ai dû requérir la présence du médecin. Selon Zénon, le mal de mes jambes s'étend au reste du corps. A sa connaissance, il n'existe aucun remède. Je n'ai donc plus qu'à me reposer en attendant que mes douleurs diminuent. Enlevez cette cagoule, pour l'amour de Dieu. Vous ressemblez à un condamné !

Gorgias obtempéra. Genséric les avait laissés seuls.

Dans l'ancienne salle d'armes, l'alignement régulier des murs de pierre nue n'était rompu que par une fenêtre d'albâtre, d'où filtrait une clarté ténue. Sur le mur principal, un crucifix semblait veiller sur un immense lit. Wilfred y reposait, calé par de gros coussins. Le visage bouffi, il respirait laborieusement, comme si un poids lui oppressait la poitrine. A sa gauche, les restes de son déjeuner traînaient sur une petite table. Deux chasubles et un habit de laine grossière étaient étendus sur un coffre voisin. A l'opposé, un bassin propre, une table, des instruments de calligraphie et une niche creusée dans la pierre. La pièce ne comportait aucun autre meuble, hormis une chaise d'aspect fragile.

On ne voyait aucun codex, pas même une copie de la Bible. Cependant, une fois que ses yeux se furent accoutumés à la pénombre, Gorgias distingua une autre salle plus petite. Le scriptorium privé de Wilfred.

Des grondements menaçants s'élevèrent soudain. Instinctivement, le scribe recula.

— Ne vous inquiétez pas, dit le comte en souriant. Les pauvres bêtes sont juste un peu inquiètes. Approchez et installez-vous.

Avant d'accepter, Gorgias s'assura que les chiens étaient bien attelés au chariot de Wilfred.

— Je vous écoute, Votre Grâce.

— En réalité, c'est à vous de me parler. Six jours se sont écoulés depuis notre dernière conversation et je ne sais rien de vos progrès. Avez-vous apporté le parchemin ?

Gorgias respira lentement. L'excuse qu'il avait préparée lui paraissait convaincante, mais il craignait de ne pas maîtriser le tremblement de sa voix.

— Monseigneur, je ne sais pas très bien comment commencer... Je dois vous faire part d'un sujet qui me préoccupe. Vous rappelez-vous ce que je vous ai dit à propos de l'encre ?

— Qu'elle était trop fluide ?

— Ce qui provoque des bulles et des éclaboussures. Pour remédier à ce problème, je tente d'élaborer une nouvelle recette.

— Et alors ?

— Après plusieurs jours de réflexion, j'ai décidé de vérifier mes conclusions cette nuit. J'ai fait brûler du brou de noix que j'ai ajouté à l'encre, et j'y ai mélangé un soupçon d'huile pour en augmenter la densité. J'ai aussi essayé avec de la cendre, un soupçon de suif et une pincée d'alun. Naturellement, j'ai d'abord essayé la formule sur un autre parchemin.

— Naturellement, commenta le comte.

— Dès le premier trait, je me suis rendu compte que la plume glissait sur la peau comme si elle flottait sur un étang d'huile. Les lettres surgissaient sous mes yeux, soyeuses, brillantes, aussi lisses que la peau d'une jeune fille, noires comme le jais. Par malheur, au moment où je repassais les initiales sur le manuscrit qui nous intéresse, l'accident est arrivé.

— Un accident ? Que voulez-vous dire ?

— Compte tenu de la qualité du document, ces lettres, les initiales, exigent un soin particulier. Il me fallait les retoucher jusqu'à ce que j'obtienne des bordures propres et bien délimitées. Mais il convient de réaliser cette opération avant d'appliquer la dernière couche de talc...

— Par tous les saints, laissez tomber les détails et dites-moi ce qui est arrivé !

— Je suis désolé. Je ne sais comment excuser ma maladresse. A cause du manque de sommeil, j'ai oublié que j'avais appliqué le talc quelques jours auparavant. Les poudres ont imperméabilisé la surface et en repassant sur les majuscules...

— Quoi ?

— Tout a été ruiné.

— Par le Très-Haut ! Mais vous disiez avoir résolu le problème ! dit Wilfred en tentant de se redresser.

— Le talc a recouvert les pores, l'encre n'a pas été absorbée et elle s'est étalée sur tout le manuscrit.

— C'est impossible ! Et un palimpseste ? Vous n'avez pas préparé un palimpseste ?

— Je pourrais essayer mais, en grattant le parchemin, j'y laisserais des marques qui trahiraient la nature de la réparation, et cela serait inacceptable pour un manuscrit de cette sorte.

— Montrez-le-moi. Qu'attendez-vous ? Hâtez-vous ! hurla Wilfred.

Gorgias sortit maladroitement un morceau de peau fripée qu'il tendit au comte. Puis, avant que celui-ci ait pu s'en saisir, il recula et réduisit le parchemin en pièces. Wilfred se tordit, comme en proie à un feu intérieur.

— Avez-vous perdu l'esprit ?

— Mais vous n'avez pas compris ? répliqua Gorgias. Il est irrécupérable ! Vous entendez ? Irrécupérable !

Le comte émit un son guttural, le visage crispé par la colère. En tentant d'atteindre les fragments de parchemin éparpillés sur le tapis, il perdit l'équilibre et bascula hors du lit. Gorgias réussit à le rattraper avant qu'il ne se brise les os.

— Lâchez-moi ! Otez donc vos sales pattes, maudit bon à rien !

— Calmez-vous, Votre Grâce. De toute façon, ce document est perdu. J'ai déjà commencé à travailler sur un nouveau parchemin.

— Un nouveau parchemin ? Et qu'en ferez-vous cette fois ? Vous le jetterez à un chien pour qu'il le réduise en morceaux ? Ou vous le ferez bouillir avant de le débiter avec un couteau ?

— Votre Grâce, je vous en prie. Ne perdez pas confiance. Je travaillerai jour et nuit si nécessaire. Je vous promets que vous aurez le document sous peu.

— Et qu'est-ce qui vous fait croire que j'ai du temps devant moi ? rétorqua Wilfred. Le légat du pape peut arriver d'un instant à l'autre et si, à ce moment, je ne dispose pas de ce manuscrit... Mon Dieu, je n'ose penser à ce qui pourrait nous arriver.

Gorgias savait que sa blessure l'empêcherait de déployer toute la diligence nécessaire. Cependant, si la légation romaine arrivait trop tôt, Wilfred pourrait toujours expliquer que le document original avait disparu dans l'incendie. Rassemblant son courage, il se tourna vers le comte.

— Quand doit-il arriver ?

— Je ne sais pas. Dans sa dernière lettre, il annonçait qu'il appareillerait de Francfort à la fin de l'année.

— Il est possible que le mauvais temps le retarde.

— Bien sûr ! Et tout aussi plausible qu'il débarque maintenant et me surprenne en train de chier !

— Si le document n'était pas prêt à son arrivée, vous pourriez lui dire la vérité : que l'original a été brûlé dans l'atelier de Korne. Ainsi, nous obtiendrions un sursis.

— Et, dites-moi, hormis suggérer que je lui fasse part de votre incompétence et de la mienne, vous avez une autre idée ?

— J'essayais seulement de...

— Pour l'amour de Dieu, Gorgias, faites quelque chose de bien pour une fois !

Le scribe garda le silence, tout en observant l'expression pensive du comte. Celui-ci finit par arriver à une décision.

— Bon. Je vous ai peut-être jugé trop durement. Vous n'aviez sans doute pas l'intention de perdre le fruit de toutes ces heures de travail.

— Bien sûr que non.

— Quant à votre idée de dire que l'original a brûlé... Après tout, c'est ce qui s'est produit...

— Merci, commenta Gorgias, un peu rassuré.

— Bien, bien. Pensez-vous pouvoir achever le document d'ici à trois semaines ?

— J'en suis certain.

— Alors, cessons cette conversation et mettez-vous au travail. La cagoule.

Le scribe s'agenouilla, baisa les mains fripées de Wilfred, puis ajusta gauchement le capuchon sur son visage et attendit Genséric. Pour la première fois depuis le début de l'entretien, il respirait sans que son cœur remonte dans sa gorge.

Le chemin du retour parut plus court à Gorgias que l'aller – sans doute Genséric était-il pressé. Cependant, plus ils avançaient, plus il était convaincu que le coadjuteur avait pris un itinéraire différent. Il ne retrouva ni l'odeur des latrines ni l'escalier dont il se souvenait. Pendant un instant, il attribua ce changement au zèle de Genséric : à cette heure, les domestiques s'affairaient dans toute la forteresse, et le coadjuteur cherchait peut-être la discrétion. Mais, lorsque son guide lui ordonna d'enlever sa cagoule, Gorgias découvrit un endroit inconnu.

Un autel éclairé par une torche crépitante s'élevait au centre d'une petite salle circulaire. La lumière mouvante dorait les pierres taillées et le plafond de bois mangé de moisissure. Entre les poutres, on devinait des dessins à demi effacés et noircis par la fumée. Il s'agissait certainement d'une ancienne crypte datant des premiers chrétiens, cependant, Gorgias lui trouvait une singulière ressemblance avec les oubliettes de Hagia Sophia.

Une seconde porte verrouillée apparaissait sur un des côtés.

— Et par ici ? demanda Gorgias.

— C'est une ancienne chapelle.

— Je vois. C'est très intéressant, mais vous devez comprendre que j'ai d'autres obligations.

— Chaque chose en son temps, un temps pour chaque chose.

Le coadjuteur esquissa un simulacre de sourire. Après avoir tiré une chandelle d'un sac, il l'alluma, la posa sur l'autel, puis il alla tirer l'énorme verrou de la seconde porte.

— Entrez, je vous prie... Ou suivez-moi, si vous préférez, ajouta Genséric devant les réticences de Gorgias.

Le scribe hésita un instant avant de céder.

— Permettez-moi de m'asseoir, continua le vieil homme. L'humidité me ronge les os. Installez-vous aussi, s'il vous plaît.

Gorgias s'exécuta à contrecœur. L'odeur qui émanait de son voisin lui donnait la nausée.

— J'imagine que vous vous demandez pourquoi je vous ai amené jusqu'ici.

— En effet, répondit Gorgias, exaspéré.

Genséric sourit de nouveau.

— Je souhaitais vous parler de l'incendie. Une bien vilaine affaire, vous savez. Trop de morts... Pis encore, trop de pertes matérielles. Je crois savoir que Wilfred vous a déjà entretenu des intentions de Korne.

— Vous voulez parler de son obstination à rejeter la responsabilité sur moi ?

— Je doute qu'il s'arrête là. Korne est un homme rustre qui ignore la modération, et je peux vous assurer qu'il fait preuve d'une ténacité maladive. Il vous rend aveuglément responsable de ce qui est arrivé et il usera de tous les moyens pour se payer avec votre sang.

— Ce n'est pas ce que m'a dit le comte...

— Que vous a-t-il raconté ? Qu'une réparation apaiserait la colère du parcheminier ? Qu'il se contenterait de vous vendre comme esclave et d'empocher l'argent ? Non, mon ami. Non. Korne n'est pas fait de ce bois. Je ne suis peut-être pas aussi cultivé que Wilfred, mais je sais reconnaître une bête féroce lorsqu'elle croise mon chemin. Avez-vous déjà entendu parler des rats du Main ?

Intrigué, Gorgias secoua la tête.

— Ces animaux se regroupent en immenses familles. Le plus vieux choisit une proie sans s'arrêter à sa taille ou à sa force. Il la guette avec patience et, quand arrive le moment propice, il lance son clan à l'assaut et ils la dévorent. Korne est un rat du Main. Le pire que vous puissiez imaginer.

— Korne devrait peut-être comprendre que j'ai déjà reçu mon châtiment. De plus la loi l'oblige à...

Le coadjuteur s'esclaffa.

— Korne, faire preuve de compréhension ? Pour l'amour de Dieu, Gorgias, ne soyez pas si naïf ! Depuis quand la loi protège-t-elle les déshérités ? Le code ripuaire soutient notre justice, et les réformes entreprises par Charlemagne vont dans le sens de la charité chrétienne. Mais je vous garantis qu'aucune d'elles ne vous permettra d'échapper à la haine de Korne.

Gorgias se leva brusquement, mettant un terme à la conversation. Il n'avait pas de temps à perdre avec ce vieux fou, ses histoires de rats et ses prophéties absurdes.

— Je regrette de ne pas partager vos craintes, et, si vous le permettez, j'aimerais regagner le scriptorium, à présent.

Genséric secoua la tête d'un air condescendant.

— Gorgias, Gorgias... Vous ne voulez pas comprendre. Accordez-moi encore un instant et vous verrez que vous m'en serez reconnaissant. Saviez-vous que Korne était saxon ?

— Saxon ? Je croyais que ses fils étaient baptisés !

— Un Saxon converti, peut-être, mais toujours un Saxon. Quand Charlemagne a conquis les terres du Nord, il a forcé ce peuple à choisir entre la croix et le gibet. Depuis, j'ai observé beaucoup de ces convertis. Ils se rendent à la messe et jeûnent pendant le carême, mais je vous assure que le poison du péché coule toujours dans leurs veines. Savez-vous qu'ils pratiquent encore des sacrifices ? Ils se réunissent aux croisées des chemins pour égorger des veaux, ils pratiquent la sodomie, et vont jusqu'à fréquenter leurs sœurs dans le plus horrible des incestes. Korne est l'un d'entre eux. Bien sûr, Wilfred ne l'ignore pas. En revanche, il ne sait rien de leurs traditions ancestrales, des coutumes comme la faide, selon laquelle la mort d'un fils ne peut se solder que par le meurtre de l'assassin. Telle est la faide, Gorgias. La vengeance des Saxons.

— Mais combien de fois me faudra-t-il répéter que l'incendie est sans doute un accident ? Wilfred peut le confirmer.

— Peu importe ce que vous dites ou ce qui est réellement arrivé ce matin-là. La seule chose qui compte est que Korne tient votre fille pour responsable. Elle est morte, et vous ne tarderez pas à la suivre.

Gorgias fixa le vieil homme, dont le regard liquide semblait le transpercer.

— C'est pour cela que vous m'avez traîné jusqu'ici ? Pour m'annoncer que je vais mourir ?

— Pour vous aider, Gorgias. Je vous ai amené ici pour vous proposer mon assistance.

Le vieil homme observa un instant de silence, puis se leva et sortit après avoir demandé à Gorgias de patienter.

— Attendez-moi, je reviens vous chercher.

Depuis l'intérieur de la cellule, le scribe observa Genséric qui s'affairait dans la crypte. Le vieillard le rejoignit enfin avec un cierge allumé qu'il déposa sur une console, non loin de l'entrée.

— Tenez, dit-il ensuite en lui glissant un objet dans la main.

— Une tablette de cire ?

Sans répondre, Genséric recula et repoussa la porte d'un mouvement vif.

— Mais que faites-vous ? Ouvrez immédiatement !

Gorgias mit un certain temps à admettre qu'à cogner contre la porte il ne parviendrait qu'à s'abîmer les mains. C'est alors qu'il entendit la voix de Genséric, plus suave que jamais.

— Je crois que c'est la meilleure solution pour vous. Ici vous serez à l'abri.

— Vieux fou ! Vous ne pouvez pas me retenir prisonnier. Le comte vous écorchera vif quand il l'apprendra !

— Pauvre naïf ! Ne comprenez-vous pas que c'est Wilfred qui a manigancé tout cela ?

— Vous délirez, jamais il ne...

— Taisez-vous et écoutez ! Vous trouverez un stylet sur la table. Notez sur la tablette le matériel dont vous aurez besoin. Livres, encres, documents... Je reviendrai prendre la liste après tierce. D'ici là, vous êtes libre de faire ce que vous voulez. Finalement, vous allez disposer de tout le temps nécessaire.

7

Theresa avait attendu la mi-journée pour se restaurer. Elle savoura la dernière bouchée d'œufs de poisson salés puis se lécha les doigts avec minutie. Après avoir bu une gorgée d'eau, elle s'assit pour se reposer un peu. Sa connaissance du terrain était inutile. La neige uniformisait les environs, chemins et repères disparaissaient sous l'immense toile immaculée.

Depuis son départ de la cabane des Larsson, elle s'était efforcée de suivre les conseils que Hoos lui avait délivrés au fil de son récit. Le jeune homme lui avait dépeint les Saxons comme des êtres indolents et insouciants, que l'on reconnaissait aisément à leurs chants bruyants et à leurs flambées spectaculaires. A l'entendre, il n'était pas difficile de leur échapper en adoptant le comportement d'un animal traqué : rester discret dans ses déplacements, oublier les chemins fréquentés, se passer de feu, surveiller les débandades des oiseaux et observer les traces dans la neige. Hoos avait aussi affirmé qu'avec un peu d'attention quiconque connaissait le trajet pouvait franchir les cols.

En temps normal, on atteignait Aquisgranum par la route qui traversait le bassin du Main en direction de Francfort. Il fallait ensuite suivre la rivière pendant quatre jours, jusqu'à ce qu'elle se mêle au Rhin. Au bout de trois autres journées de marche, on arrivait à la capitale. Mais, toujours selon Hoos, avec le nombre de maraudeurs qui infestaient les deux rives, cet itinéraire était un véritable piège.

D'un autre côté, avec la neige, prendre la direction du sud, vers les Alpes souabes, serait une véritable folie.

Theresa avait fini par se persuader qu'elle n'avait d'autre choix que de passer par Fulda.

Son regard s'élevait le long de l'inexpugnable muraille montagneuse. Le massif de la Rhön délimitait le pays de Wurtzbourg par son extrémité septentrionale ; Hoos l'avait traversé en revenant d'Aquisgranum. Au-delà de Fulda, Theresa poursuivrait le long de la Lahn.

Même si elle ne s'était jamais rendue à Fulda, la jeune fille imaginait qu'il lui faudrait au moins deux jours de marche pour atteindre la ville abbatiale. Elle se signa, inspira profondément et se mit en marche vers les montagnes.

Elle avançait d'un pas léger, le regard fixé sur les sommets qui à chaque enjambée lui paraissaient plus lointains. En chemin, elle termina sa réserve d'eau, accompagnée des rares baies et noix dénichées le long de la route. Plusieurs lieues défilèrent ainsi sans incident mais, à la troisième heure, elle commença à boitiller. De la neige jusqu'aux genoux, elle regarda les montagnes et soupira. Le crépuscule s'installait. Si elle voulait atteindre le col le plus proche, il lui faudrait presser l'allure.

Elle allait se remettre en route quand elle entendit un bruit qui la glaça. Un hennissement. Elle tourna lentement sur elle-même, guettant l'apparition d'un ennemi, mais, à sa grande surprise, elle ne vit rien d'alarmant. Un autre hennissement se fit entendre, suivi d'aboiements brefs. Elle courut s'abriter derrière des rochers. En se retournant, elle découvrit avec horreur que ses traces de pas dans la neige menaient droit à sa cachette. Roulée en boule, elle attendit dans l'angoisse. A présent, les aboiements s'étiraient, se répondaient, se mêlaient : la clameur d'une meute. Theresa sortit lentement la tête de derrière les rochers et scruta les alentours sans rien voir. Quelques instants plus tard, elle localisa l'origine du vacarme.

Après avoir hésité, elle abandonna son abri, traversa le chemin à quatre pattes et se laissa tomber à plat ventre de l'autre côté, au bord du ravin. Puis elle se risqua à jeter un coup d'œil plus bas. Une bande de loups se disputaient les entrailles d'un cheval. La pauvre bête soufflait et se débattait, lançant des ruades désespérées. Theresa ne pouvait détacher le regard des tripes répandues sur la neige.

Sans réfléchir, elle se mit à crier et à agiter les bras. En l'entendant, les loups s'immobilisèrent, mais des grondements menaçants s'élevèrent. Elle se baissa alors pour ramasser une branche sèche, la brandit au-dessus de sa tête et la lança de toutes ses forces vers la meute. Le morceau de bois heurta la cime d'un arbre, faisant tomber la neige accumulée sur les branches. Effrayé, un loup gris détala. Après une brève hésitation, les autres se dispersèrent.

Avant de descendre, Theresa s'assura que les loups ne reviendraient pas.

Atteindre le fond du ravin se révéla plus difficile que prévu et, lorsqu'elle y parvint, le cheval agonisait. Il était couvert de blessures, dont certaines ne ressemblaient pas à des morsures. Elle tenta sans succès de le dessangler. A cet instant, il trembla, poussa quelques hennissements, fut pris de convulsions puis retomba inerte sur la neige.

Une larme roula le long de la joue de Theresa. Puis elle ouvrit les sacoches de selle et en fit l'inventaire. Dans la première, elle trouva une cape, un morceau de fromage et une besace de cuir portant une inscription gravée : « Hoos ». Il lui revint alors que le jeune homme avait mentionné la perte de sa monture. La chute du cheval dans le ravin expliquait sans doute une partie de ses blessures. Elle mordit dans le fromage et continua fébrilement ses recherches. Dans la même sacoche, elle trouva une peau de sanglier, un pot de confiture, un autre d'huile, deux pièges métalliques et un flacon rempli d'un liquide nauséabond. L'autre sacoche contenait des peaux qu'elle ne sut identifier, une amphore scellée, une poignée de plumes de paon et un nécessaire à raser dans un coffret. Probablement des cadeaux que Hoos rapportait à sa famille et dont il avait préféré ne pas s'encombrer après l'accident.

Tous ces objets auraient pu être utiles à Theresa, mais ils risquaient de la gêner dans ses déplacements.

De plus, si quelqu'un les découvrait, elle risquait d'être accusée de vol. Finalement, elle décida de n'emporter que la nourriture. Après avoir refermé les sacoches de selle et inspecté une dernière fois les alentours, elle remonta le ravin. Il était temps de poursuivre sa route.

Quand Theresa atteignit le col, il faisait encore assez clair pour qu'elle constate que celui-ci était infranchissable. Elle se disposa donc à passer la nuit dans la montagne. Le lendemain, elle reprendrait ses recherches, en se fondant sur le seul indice que lui avait fourni Hoos : une formation rocheuse particulière, indiquant l'entrée de la route de Fulda.

Elle avait espéré supporter le froid, mais, quand ses pieds s'engourdirent, elle tenta d'allumer un feu. Après avoir placé un peu de bois sous une poignée d'amadou, elle battit le briquet. L'amadou s'embrasa, mais s'éteignit aussi vite qu'il avait pris, sans parvenir à enflammer les branchettes.

Le bois était probablement trop humide. Elle ramena les branches les plus sèches sur le dessus de la pile, les recouvrit d'un peu d'amadou et répéta l'opération, avec un résultat identique.

Consternée, elle s'aperçut qu'il lui restait à peine assez de combustible pour deux tentatives. Mais elle aurait peut-être plus de succès en utilisant le tout en une fois.

Elle renversa le contenu du bocal d'huile sur les branches. Après avoir mis le reste d'amadou à l'abri sur un morceau de cuir, elle piétina le coffret de Hoos et jeta les morceaux sur le tas de bois imbibé d'huile. Enfin, elle posa l'amadou au-dessus en priant pour que le feu prenne.

Pour la troisième fois, Theresa frappa le silex, qui projeta comme par magie une myriade d'étincelles. L'amadou s'enflamma à la quatrième tentative. Elle s'empressa de souffler sur les flammèches qui commençaient à lécher les débris du coffret. Pendant un moment, elles semblèrent sur le point de s'éteindre, mais elles prirent peu à peu de la vigueur et se propagèrent à l'huile. Cette nuit-là, Theresa dormit paisiblement. Dans la douce chaleur du feu, elle imagina que son père la veillait. Elle rêva de sa famille, de son travail à l'atelier et de Hoos Larsson. En songe, il lui apparut noble, puissant et aguerri. Il lui sembla qu'à la fin du rêve il l'embrassait.

Peu avant l'aube, Theresa se réveilla en pleine tempête, trempée jusqu'aux os. Après avoir rassemblé ses affaires, elle courut se réfugier sous un chêne.

Peu à peu, les nuages se dissipèrent et un soleil timide déploya ses rayons sur les crêtes. La jeune fille y vit un heureux présage. Avant de repartir, elle pria Dieu pour la santé de son père, pour sa belle-mère et pour le malheureux cheval de Hoos. Elle Le remercia aussi de lui avoir accordé la vie une journée de plus. Ensuite, encore mouillée, elle s'enveloppa dans sa cape et se mit en marche, mâchonnant un morceau de fromage.

Trois lieues plus tard, elle commença à se demander si elle marchait dans la bonne direction. Les pistes étaient réduites à de simples sentes dont le tracé fantomatique se perdait dans le paysage d'un blanc uniforme. Cependant, sans se décourager, elle continua à avancer.

A midi, un torrent lui coupa la route. Elle le longea pendant quelque temps, cherchant un gué, et atteignit une vallée où le torrent s'élargissait pour former un petit lac d'altitude. L'eau cristalline reflétait les sapins et les cimes, redoublant la beauté du paysage. La gigantesque armée des arbres au feuillage moucheté de neige envoûtait Theresa tout autant que le murmure de l'eau. L'arôme intense de la résine allié au froid la revivifiait.

Mais son estomac grondait de faim.

Tout en sachant que ses recherches seraient vaines, elle fouilla tout de même la besace. Après réflexion, elle décida d'imiter les petits paysans. Dans un coin ombreux, près d'un coude du torrent, elle souleva les pierres jusqu'à tomber sur un nœud de lombrics. Après avoir tordu une de ses épingles à cheveux sur une branche, elle embrocha deux vers de terre sur cet hameçon de fortune. Ensuite, elle y noua l'extrémité d'un fil de laine tiré de sa robe et lança le tout à l'eau, aussi loin que possible. Avec de la chance, une truite rôtie ferait son déjeuner.

Soudain, quelque chose attira son attention. Une embarcation était échouée non loin de là, à demi cachée sous les broussailles. Hoos n'en avait pas parlé, mais il s'agissait sans doute d'une de ces barges qui servaient à transporter des marchandises. Elle se fraya un passage dans les fourrés et sauta dans la barque, qui grinça sous son poids. Près de la proue, une perche était appuyée contre une grosse corde qui reliait les deux rives, sans doute pour empêcher que le courant n'entraîne l'embarcation pendant les traversées. Après avoir constaté que la coque ne semblait pas abîmée, Theresa décida de la remettre à flot et de rejoindre l'autre rive.

Le dos appuyé contre la poupe de la barque, elle ancra ses pieds dans la boue et poussa de toutes ses forces. L'embarcation ne bougea pas. Nouvelle tentative. Cette fois, elle prolongea son effort, ne cessant que lorsque l'énergie eut déserté ses membres tremblants. Elle s'écroula alors, exténuée, secouée par d'amers sanglots.

Après avoir séché ses larmes, elle songea à abandonner. Il valait peut-être mieux rentrer à Wurtzbourg et implorer la clémence de Wilfred ou celle de Dieu. Avec l'aide des siens, elle parviendrait peut-être à prouver qu'elle n'était pas responsable de l'incendie. Mais elle pensa soudain à la mort de Clotilde et comprit qu'elle se berçait d'illusions. Si elle avait un avenir, il l'attendait de l'autre côté de ce lac de montagne.

Theresa ramassa un caillou de grosseur moyenne et le lança vers la rive opposée. Il survola un quart de la distance avant de disparaître dans les profondeurs du lac. Elle estima l'intervalle entre les deux berges à une centaine de pas. Avec le froid, elle ne parviendrait jamais à nager sur cette distance, mais il y avait peut-être un pont plus loin. Elle allait poursuivre son chemin quand elle eut une idée. Elle pourrait parvenir de l'autre côté en se suspendant à la corde. Celle-ci était fixée à des arbres apparemment assez solides pour supporter son poids. Et si elle s'abaissait à mi-parcours, elle n'était jamais submergée.

Dans l'eau, le froid la saisit, mais elle avança en serrant les dents. Lorsqu'elle commença à perdre pied, elle sauta, s'agrippa à la corde des pieds et des mains, puis manœuvra de manière à se retrouver la tête tournée vers sa destination. Ensuite, elle progressa à la manière d'une chenille, en se recroquevillant et s'étirant tour à tour.

Le premier tronçon ne présenta aucune difficulté. En revanche, à un tiers du trajet, la corde commença à ployer, rapprochant dangereusement Theresa de l'eau. Quand celle-ci lui frôla le dos, la jeune fille se laissa tomber et continua à la nage, sans toutefois lâcher l'amarre. Quelques brasses plus loin, la corde s'éleva de nouveau et Theresa reprit sa position initiale. Dans le mouvement, sa besace s'entrouvrit et le briquet en tomba. Elle tenta de le rattraper, mais il disparut rapidement, entraîné par le courant. Theresa lâcha une bordée de jurons avant de poursuivre. Enfin, après ce qui lui parut une éternité, elle aborda l'autre rive.

Ayant pris pied sur la terre ferme, elle se déshabilla en grelottant et essora sa robe du mieux possible. Un éclair attira soudain son attention. Non loin d'elle, un objet métallique accrochait la lumière. Peut-être le briquet qu'elle venait de perdre ? Malgré l'invraisemblance de cette supposition, elle se rhabilla en hâte et se dirigea vers le reflet qui semblait l'appeler. S'étant approchée, elle aperçut des écrevisses qui grouillaient sur le cadavre d'un soldat défiguré.

Un Saxon sans doute, à moins qu'il ne s'agisse d'un Franc.

Une affreuse entaille courait de l'oreille gauche à la base du cou du mort. Le sang accumulé sous la peau de son visage lui donnait une teinte violacée. Ses chevilles semblaient déboîtées et, sous ses vêtements, son ventre poussait, gonflé comme une vieille outre. Le reflet qui avait attiré Theresa provenait du scramasaxe passé dans la ceinture du soldat. L'idée de se l'approprier lui traversa l'esprit, mais elle y renonça aussitôt. Tout le monde savait que les âmes des défunts restaient trois jours à veiller près de leurs corps.

Elle s'écarta de quelques pas. Tout en observant l'activité des écrevisses avec un mélange de répulsion et de fascination, elle ne pouvait s'empêcher de penser à la saveur qu'elles auraient une fois passées à la poêle. Elle se souvint alors de son briquet perdu. Il y en avait peut-être un sur le Saxon mort ? A l'aide d'une baguette, elle écarta quelques écrevisses. Elle était absorbée dans ses recherches quand quelqu'un lui toucha le dos. Elle hurla et se débattit comme si un démon tentait de l'emmener, mais une main s'écrasa sur sa bouche. Par réflexe, elle y planta ses ongles, ce qui lui valut de se faire secouer comme une poupée de chiffon.

— Espèce de petite diablesse ! Si tu cries encore, je t'arrache la langue !

Theresa ouvrit la bouche, mais son cri s'étrangla dans sa gorge.

Un personnage sorti tout droit de l'enfer se tenait devant elle. C'était un vieillard au visage dévoré par la pourriture. Ses cheveux clairsemés laissaient voir par endroits des plaques de peau crasseuses, marquées de plaies. Mais Theresa s'arrêta surtout sur les crocs menaçants du chien qui l'escortait.

— Ne t'inquiète pas, petite. Satan ne mord que ceux qui le méritent. Tu es seule ?

— Oui, bredouilla Theresa, regrettant immédiatement sa réponse.

— Que cherchais-tu sur ce cadavre ?

— Rien.

Elle se mordit la langue : encore une réponse stupide.

— Comment ça, rien ? Allez, ôte tes chaussures et pose-les par là. Comment t'appelles-tu ?

— Theresa, répondit-elle tout en se déchaussant.

— Passe-moi ça, reprit l'homme en indiquant la besace qu'elle portait à l'épaule. On peut savoir ce que tu fais ici ?

Elle ne répondit pas. L'inconnu ouvrit la sacoche et commença à en inventorier le contenu.

— Et cette dague ?

— Rendez-la-moi !

Theresa saisit l'arme qu'elle avait subtilisée à Hoos Larsson et la glissa sous sa robe. L'homme continua sa fouille, sortant le poinçon et les tablettes

— Et ça, qu'est-ce que c'est ?

— Quoi ?

— Ne fais pas l'idiote. Ce parchemin que tu cachais dans le double fond.

Theresa s'étonna. Son père avait sans doute dissimulé le manuscrit à cet endroit pour une raison importante.

— Un poème de Virgile, improvisa-t-elle. Je le protège pour éviter de l'abîmer.

— Des poèmes, quel raffinement... marmonna l'homme en remettant le manuscrit dans la sacoche. Maintenant, écoute bien. Cet endroit est infesté de bandits. Alors ce que tu fais, d'où tu viens, si tu es seule ou ce que tu cherchais sur ce mort, tout ça m'est bien égal. Mais je t'avertis, si tu essaies de crier pour appeler à l'aide, Satan t'ouvrira la gorge avant que tu comprennes ce qui t'arrive. Tu m'as bien entendu ?

Theresa acquiesça. Elle aurait voulu tenter de fuir mais, pieds nus, elle n'avait aucune chance. C'était sans doute pour prévenir toute évasion que l'homme lui avait ordonné de se déchausser. Elle recula de quelques pas et l'observa avec plus d'attention. Sa cape élimée, retenue à la taille par une ceinture, dévoilait en partie de longues jambes osseuses. Quand il eut terminé l'inventaire de la besace, il ramassa un bâton qui portait une clochette à son extrémité. Theresa considéra alors ses plaies avec épouvante. Le vieil homme avait la lèpre !

Sans réfléchir, elle fit demi-tour et s'élança dès que l'autre détourna les yeux. Mais, après quelques foulées, elle perdit l'équilibre et tomba. A peine avait-elle touché terre qu'elle sentit le souffle du chien dans son cou. Elle attendit la morsure fatale, mais le molosse n'attaqua pas. Le vieil homme s'approcha et lui tendit une main couverte de croûtes. Elle eut un brusque mouvement de recul.

— Tu as peur de mes plaies, dit-il en riant. Les maraudeurs aussi. Allons, lève-toi. Ce n'est que de la teinture.

Vus de près, les ulcères semblaient effectivement faux, mais Theresa se méfiait encore. L'homme se frotta les mains et les blessures disparurent.

— Tu vois bien que je ne te mens pas. Allez, assieds-toi et calme-toi. Avec ce que tu as là-dedans, ajouta-t-il en lui rendant sa besace, tu n'iras pas bien loin.

— Vous n'avez pas la lèpre, balbutia-t-elle.

L'inconnu s'esclaffa.

— Bien sûr que non ! Mais ce déguisement m'a sauvé la vie plus d'une fois. Regarde.

Il prit une poignée de sable au bord du lac et la débarrassa d'une partie de l'eau qu'elle contenait en la pressant entre ses mains. Il sortit ensuite un flacon rempli d'une teinture sombre, en versa un peu sur le sable, puis il malaxa le tout jusqu'à obtenir un mélange uniforme. Après y avoir ajouté une autre lotion, il s'appliqua cet emplâtre sur les bras.

— D'habitude, je mets aussi de l'empois pour que le mélange colle en séchant. Les voleurs craignent un lépreux encore plus qu'une armée. Tous, sauf ce scélérat qui essayait de me voler mes peaux, dit-il en désignant le cadavre. Maintenant, il est sûrement avec le diable et il peut toujours tenter de le détrousser. Et toi, depuis quand dépouilles-tu les morts ?

Theresa était sur le point de répondre, quand le vieux s'accroupit et, sans même prendre la peine d'écarter les écrevisses, se mit à fouiller le soldat tué. Il trouva une bourse fixée à l'intérieur d'une espèce de ceinturon, l'ouvrit, sourit en découvrant son contenu et la glissa sous ses propres vêtements.

Ensuite, il arracha du cou du mort quelques pierres brunes réunies en pendentif, prit le scramasaxe et le rangea à côté du sien. Pour finir, il retourna le cadavre, mais, ne trouvant plus rien d'intéressant, il le laissa allongé sur les pierres.

— Bien. Cet homme n'a plus besoin de ses affaires. Maintenant, es-tu décidée à me dire ce que tu fais dans cet endroit ?

— C'est vous qui l'avez tué ?

— Non, pas moi, mais ceci, répondit l'homme en flattant son couteau. J'imagine qu'il me tournait autour depuis un moment. Mais, au lieu de s'attaquer à moi, cet imbécile s'en est pris à mes peaux.

— Vos peaux ?

— Celles que j'ai là-bas, dans ma charrette.

Theresa regarda dans la direction qu'indiquait le vieux et son visage s'éclaira. Car qui disait charrette disait chemin.

— Une de mes roues s'est brisée, je vais tâcher de la réparer. En revanche, toi, tu devrais filer. Il est certain que cet homme ne voyageait pas seul.

Il lui rendit ses souliers. Puis fit demi-tour et avança vers le bois.

— Attendez !

Theresa se chaussa et courut pour le rattraper.

— Vous allez à Fulda ?

— Je n'ai rien à faire dans cette fichue ville de curés.

— Mais vous connaissez la route ?

— Bien sûr. Aussi bien que tous les bandits de grand chemin.

Theresa ne sut que répondre. En suivant l'homme jusqu'à sa charrette, elle observa sa démarche. Il donnait l'impression d'être plus jeune que ne le laissait penser son apparence. Puis elle regarda ses dents, grandes et plantées de travers, mais saines et d'une blancheur extraordinaire. Il avait sans doute l'âge de son père. L'homme s'était déjà accroupi près de sa roue brisée et avait entrepris de la réparer. Au bout de quelques minutes, il s'interrompit et regarda Theresa.

— Tu ne m'as toujours pas répondu. Qu'espérais-tu trouver sur ce cadavre ? Malédiction, regarde ce que tu as fait à ma main !

Il consacra quelques instants à nettoyer les griffures que lui avait infligées la jeune fille.

— J'allais vers Fulda, expliqua celle-ci. En voyant cet homme mort, j'ai pensé qu'il avait peut-être un briquet. J'ai perdu le mien en franchissant le lac.

— Tu as traversé le lac ? Tiens, passe-moi donc ce maillet. Alors, tu viens d'Erfurt ?

— C'est ça, dit-elle en lui tendant ce qu'il réclamait.

— Eh bien, tu dois connaître les Peterssen. Ils possèdent un four, pas très loin de la cathédrale.

— Bien sûr.

Elle s'enfonçait dans son mensonge.

— Et comment vont-ils ? Je ne les ai pas vus depuis l'été.

— Bien, j'imagine. Mes parents habitent loin du village.

— Ouais, fit l'homme avec une grimace.

Theresa était convaincue qu'il ne l'avait pas crue. L'esprit ailleurs, elle sursauta lorsqu'il frappa avec force sur le taquet pour libérer la roue de son axe.

— Maintenant, on aborde la partie difficile, continua-t-il. Tu vois ce rayon ? Il est cassé et celui-ci aussi. Maudit bois ! Je vais changer le plus abîmé et réparer l'autre. Tiens, prends mon bâton. Quand je taperai, tu feras sonner la clochette. Si les bandits nous entendent, qu'ils entendent aussi la musique des lépreux !

L'homme avait dételé son cheval et glissé des pierres sous la charrette pour la soutenir. Il passa à l'arrière et en sortit un rayon de rechange. Après l'avoir comparé à celui qui était cassé, il en ajusta l'extrémité avec une herminette.

— Ça prendra longtemps ?

— J'espère que non. Si je m'y prenais comme il faut, j'y passerais la nuit. Il me faudrait ôter la jante de fer, démonter les quatre cercles et remplacer les rayons. Rien de très ardu, les cercles sont en frêne. Mais replacer les pivots, les languettes et les extrémités des rayons... Ça, c'est une tâche démoniaque ! Pour cette fois, je me contenterai de scier les extrémités et je les ajusterai avec le maillet. Maintenant, fais sonner cette clochette.

Theresa obéit, et des tintements s'élevèrent. Les coups de maillet éveillaient des échos dans toute la forêt. La jeune fille tenta de couvrir le bruit en agitant plus fortement la clochette, en vain.

Sa réparation achevée, l'homme se présenta à Theresa sous le nom d'Althar ; il était trappeur et vivait dans la forêt avec sa femme et Satan. En hiver, il chassait, et vendait ses peaux l'été à Aquisgranum. Theresa lui raconta qu'elle avait fui un mariage de convenance, puis lui demanda son aide pour atteindre Fulda, mais il refusa. Sa réparation terminée, il prit congé de la jeune fille.

— Vous partez ?
— Eh oui. Je rentre chez moi.
— Et moi ?
— Eh bien quoi ?
— Que vais-je faire ?

Althar haussa les épaules.

— Ce que tu aurais dû faire depuis le début, c'est-à-dire retourner à Erfurt et épouser cet homme que tu prétends détester. Il n'est sans doute pas si méchant.

— Je préfère encore les Saxons !

Elle avait protesté avec tant de conviction qu'elle ne put s'empêcher d'admirer son talent pour le mensonge.

— Tu peux faire ce que tu veux, ça m'est bien égal.

Tout en parlant, Althar harnachait son cheval et commençait à ôter les pierres qui calaient la charrette.

— Mais tu ferais mieux de ne pas t'attarder, ses compagnons cherchent peut-être à le retrouver, continua-t-il en désignant le mort de la tête. Quant à moi, j'emmène mon cheval au lac et, dès qu'il aura fini de boire, je décamperai d'ici sans demander mon reste.

Theresa se retourna et commença à s'éloigner. Tout en marchant, elle regardait la forêt dense et froide comme un cimetière. Des larmes sillonnaient ses joues. Peu après, elle s'arrêta. En continuant seule, elle allait vers une mort certaine. Althar était certainement un homme bon, sinon il se serait attaqué à elle depuis longtemps. Peut-être lui permettrait-il de l'accompagner.

Elle revint sur ses pas pour lui vanter son habileté de couturière et de cuisinière. Mais Althar ne sembla pas le moins du monde impressionné.

— Je sais aussi tanner les peaux, ajouta-t-elle en désespoir de cause.

L'homme lui jeta un regard oblique, songeant qu'un peu d'aide ne lui ferait pas de mal. Le travail du cuir exigeait de la dextérité et, depuis les dernières fièvres dont avait souffert sa femme, elle parvenait à peine à remuer les mains. Il jaugea de nouveau Theresa et secoua la tête. Cette petite ne ferait que lui compliquer l'existence, sans compter que son épouse serait jalouse de sa jeunesse.

Il posa la dernière pierre sur le bord du chemin et grimpa sur son chariot.

— Ecoute, petite. Tu me plais bien, mais tu dois comprendre que tu me causerais des ennuis. Une bouche de plus à nourrir. Je regrette. Rentre dans ton village et demande pardon à ton fiancé.

— Je n'y retournerai pas.

— A ta guise.

Il encouragea le cheval d'un claquement de langue.

Theresa était à court d'arguments. Mais elle se souvint des pièges qu'elle avait trouvés près de la monture de Hoos.

— Je vous récompenserai.

Althar leva un sourcil et la regarda d'un air moqueur.

— J'en doute. Voilà bien longtemps que mon vieux battant ne sonne plus les cloches.

Sans relever l'allusion grivoise, Theresa continua à marcher à hauteur de la charrette.

— Regardez vos pièges... Ils sont vieux et rouillés.

— Ils sont dans le même état que moi.

— Je pourrais vous en procurer de nouveaux. Je sais où en trouver.

Althar arrêta le cheval. Bien sûr, de nouveaux pièges lui auraient été utiles mais, à la vérité, il s'inquiétait du sort de la jeune fille. Theresa lui raconta sa rencontre avec les loups, lui détailla le contenu des sacoches de Hoos.

— Tu es sûre que c'était dans ce ravin ?

Elle acquiesça. Althar réfléchit quelques instants.

— Allez, grimpe ! Je connais un sentier qui nous conduira là-bas. Ah, et change-toi, ou tu seras morte avant d'avoir eu le temps de me montrer l'endroit précis.

La jeune fille sauta à l'arrière du véhicule et se percha sur le tas de fourrures crasseuses. Des dizaines de ballots brinquebalaient au rythme du trot du cheval. Theresa reconnut des peaux de castor et de cerf, et celle d'un loup, en mauvais état. Certaines semblaient tannées. Mais la plupart, infestées d'une vermine qui pullulait entre les poils desséchés et les restes de sang, donnaient l'impression d'avoir été dépouillées le matin même. Gênée par l'odeur irrespirable, Theresa s'en écarta après avoir déniché une peau acceptable dont elle se couvrit. Derrière elle, au fond de la charrette, elle découvrit un pot, fermé par un tamis graisseux, qui laissait échapper une délicieuse odeur de fromage.

Theresa pressa son estomac pour en calmer les clameurs, puis elle se renversa en arrière et ferma les yeux. Ses souvenirs la ramenèrent à Wurtzbourg. C'était un matin d'hiver et Gorgias venait de la réveiller d'un baiser pour qu'elle l'accompagne pendant qu'il irait allumer le four qu'il avait construit derrière la bergerie. La neige avait enseveli les champs et elle goûtait avec gratitude la tiédeur des dernières braises tout en lisant un manuscrit à son père. Althar avait-il déjà vu un livre ?

Pendant un instant, elle se changea les idées en observant Satan. Le chien suivait la charrette à un jet de pierre, les mouvements de ses oreilles indiquaient plus d'intelligence que n'en possédaient de nombreux garçons de sa connaissance. De temps à autre, il remontait à hauteur du cheval pour happer au vol les morceaux de viande que lui jetait son maître. Theresa, affamée, interrogea Althar sur l'heure du prochain repas.

— Tu crois qu'on me fait cadeau de la nourriture ? Nous ne sommes pas près de manger, fillette. Maintenant, prends ces peaux et nettoie-les. Le racloir est juste là, près du coffre.

Sans rechigner, Theresa choisit un ballot parmi les plus rebondis, détacha les tendons qui maintenaient les fourrures et étala la première sur sa cuisse. Elle se mit à l'ouvrage avec détermination. A la première secousse, un paquet de vers tomba ; ils disparurent en grouillant entre les lattes du plancher. Mais la jeune fille continua à racler les peaux, jusqu'à la dernière. Sans s'accorder un instant de répit, elle continua avec un deuxième ballot.

— Maintenant, lui dit ensuite Althar, nettoie les pièges. Je veux les voir briller.

Theresa saisit le premier piège, cracha sur la saleté et le frotta énergiquement, tout en s'interrogeant sur les capacités de chasseur d'Althar. A en juger par la quantité de peaux, il devait posséder un don spécial. Son travail achevé, elle avertit Althar, qui s'étonna de sa diligence. Il arrêta l'attelage et, après avoir vérifié son travail, il sourit et mit pied à terre.

— D'accord, jeune fille. Il est temps de se remplir la panse.

Après avoir fouillé à l'arrière de la charrette, il sortit une petite sacoche de toile qu'il posa à terre. Satan s'approcha pour la renifler, mais son maître l'écarta d'un coup de pied. Puis il se tourna vers Theresa.

— Monte sur cette hauteur et ouvre bien les yeux. Si tu remarques quelque chose d'étrange, un feu, des hennissements, des hommes, préviens-moi en aboyant.

— En aboyant ? répéta Theresa, incrédule.

— En aboyant, c'est bien ça. Tu sais aboyer, n'est-ce pas ?

Theresa fit une démonstration de ses talents d'aboyeuse. Le résultat lui parut horrible, mais Althar se déclara satisfait.

— Allez, file. Et emporte la clochette.

Pendant que Theresa grimpait le raidillon, son compagnon de route prépara quelques tranches de fromage et des morceaux de pain dur. Pour finir, il coupa deux oignons. Il s'appropria la plus grosse part, puis appela Theresa.

— Tout est tranquille, lui dit-elle.
— Bien. A cette allure, nous atteindrons bientôt le ravin. Tu trouveras un peu de vin sous les pièges. Et couvre-toi mieux, tu dois être gelée.

Le trappeur remonta dans la charrette et fit repartir le cheval. Theresa grimpa à sa suite. Sans même prendre le temps d'un bénédicité, elle se jeta sur son repas et termina par une gorgée de vin, qui lui sembla exquise.

Peu après, ils traversèrent un bois au sol bourbeux. Dès lors, Althar changea de comportement, réagissant à chaque bruit, semblant regarder partout à la fois, arrêtant la charrette à intervalles rapprochés et descendant pour mieux scruter les environs.

Par instants, il semblait à Theresa que Satan avait senti quelque danger. Les oreilles dressées, la queue raide, il suivait les gestes de son maître d'un œil vigilant.

Soudain le chien se mit à aboyer. Althar tira sèchement sur les rênes, le cheval s'arrêta net. D'un bond, le trappeur fut à terre et avança de quelques pas. L'air inquiet, il intima le silence à Theresa et approcha lentement la main de son scramasaxe. Ensuite, sans ajouter un mot, il s'élança et disparut dans les fourrés.

Restée seule, la jeune fille fut prise d'un horrible pressentiment. Althar réapparut au bout de quelques minutes, le visage défait.

— Viens, dépêche-toi.

Theresa sauta de la charrette et le suivit dans l'épaisseur du bois. Le trappeur avançait courbé, comme un chat à l'affût d'une proie, tandis qu'elle progressait avec effort, évitant de justesse les branches. Les feuilles mortes et la boue rendaient le terrain difficile. Par endroits, la végétation était si dense que Theresa distinguait à peine la silhouette d'Althar. Soudain, le trappeur se tourna vers elle et lui ordonna de nouveau de faire silence, puis il s'écarta, dévoilant un spectacle funèbre.

Sous une croûte de boue, deux corps ensanglantés étaient unis en une étreinte grotesque. A quelques pas de là, un troisième cadavre mutilé gisait dans un fossé.

— Celui-ci n'est pas saxon, dit Althar en touchant le corps qui se trouvait sous le premier.

La jeune fille ne répondit pas. Malgré la gangue boueuse, elle avait reconnu les vêtements. Le cœur serré, elle se rapprocha lentement et sa vision se brouilla. Althar s'avança pour la soutenir. Sous la croûte de sang, c'était bien le visage de Hoos Larsson, l'homme qui lui avait sauvé la vie.

Au bout d'un moment, Althar annonça à Theresa que Hoos respirait encore. Tous les deux transportèrent le blessé jusqu'au chariot pour le soigner. Le trappeur examina les blessures d'un air soucieux. La jeune fille l'interrogea du regard, mais il ne répondit pas.

— Tu as dit qu'il t'avait sauvée ?

Entre deux sanglots, elle confirma d'un signe de tête.

— Désolé pour lui, mais nous allons devoir le laisser.

— Vous ne pouvez pas faire ça ! Si vous l'abandonnez, il mourra.

— Il mourra de toute façon. De plus, regarde cette roue. Vous deux, moi et le chargement... Avec tant de poids, le rayon réparé ne tiendra pas une lieue.

— Alors, débarrassons-nous des fourrures.

— Laisser les peaux ? Tu plaisantes ! C'est ce qui me fera manger l'année prochaine.

Le ton d'Althar ne laissait aucun doute sur sa détermination. Theresa hésita. Si elle voulait aider Hoos, elle devait se montrer convaincante.

— L'homme que vous avez l'intention d'abandonner s'appelle Hoos Larsson, c'est un antrustion de Charlemagne, prétendit-elle. S'il survit, il vous nourrira ainsi que votre famille jusqu'à la fin de vos jours.

Après avoir fouillé les deux cadavres, Althar revint examiner le corps inanimé de Hoos.

Même s'il lui en coûtait de l'admettre, la petite avait peut-être raison. Il avait déjà remarqué que le blessé portait des vêtements de qualité, qu'il avait crus volés. Son jugement avait peut-être été trop rapide. A regarder plus attentivement la chasuble et les chaussures parfaitement ajustées, il se dit qu'un voleur n'aurait pas eu autant de chance.

A la réflexion, il se pouvait que le jeune homme fût bien ce que prétendait Theresa. S'il n'était pas certain qu'il s'en sorte, on pouvait espérer qu'il tiendrait assez longtemps pour arriver vivant à Aquisgranum. Le trappeur se dirigea vers le cheval qui paissait, cherchant un peu d'herbe sous la couche de neige. La main sur l'encolure de la bête, il pesa une dernière fois le pour et le contre, puis cracha.

— Avec de la chance, il survivra peut-être.

La jeune fille hocha la tête, soulagée et heureuse.

Du moins, jusqu'à ce que j'aie reçu ma récompense, ajouta Althar en son for intérieur.

Theresa continua à pied. Althar menait le cheval, alternant coups de fouet et jurons pour encourager l'animal. Il avait interdit à Theresa de s'accrocher à la charrette, arguant que celle-ci n'aurait pas supporté la charge. En revanche, il l'obligeait à pousser avec énergie dans les montées.

La plupart du temps, ils marchaient côte à côte. Theresa révéla au trappeur que les pièges dont elle lui avait parlé appartenaient à Hoos, mais cela ne le troubla guère. Ils avançaient sans répit, ne s'arrêtant que pour réajuster la roue réparée. Enfin, ils atteignirent le ravin. Les pièges s'y trouvaient toujours, près du squelette du cheval. A l'évidence, les loups ne renonçaient pas aisément à une proie.

Pendant qu'Althar récupérait le matériel de Hoos, elle s'occupa du jeune homme. Selon le trappeur, il souffrait de plusieurs côtes cassées qui risquaient de lui avoir perforé les poumons. Pour cette raison, il l'avait allongé sur le dos sur des ballots.

Le blessé respirait faiblement.

Theresa lui mouilla le visage, se demandant ce qui l'avait poussé à modifier ses projets. Et s'il l'avait suivie pour reprendre la dague qu'elle lui avait dérobée ? Instinctivement, elle palpa l'arme à travers la besace. Puis elle entreprit de nettoyer les plaies de Hoos jusqu'au retour d'Althar.

— Il y avait plus que ce que tu avais promis, déclara-t-il en souriant. Maintenant, voyons ce que nous allons faire de ce garçon...

— Vous ne pensez tout de même pas à l'abandonner !

— Calme-toi, petite. Si cet homme occupe bien la charge dont tu m'as parlé, je ferai l'impossible pour le guérir.

Après une brève collation, ils continuèrent vers les montagnes. Althar raconta que, des années auparavant, il avait vécu à Fulda. Comme tous les habitants de la ville, il était au service de l'abbaye. Sa femme Léonore et lui avaient réussi à louer une parcelle de terrain sur laquelle ils avaient construit une jolie cabane. Le matin, ils cultivaient la terre et, l'après-midi, ils se rendaient à l'abbaye pour accomplir leur part de corvées. Ils avaient ainsi gagné de quoi acquérir un petit terrain, quarante arpents qu'ils avaient défrichés et mis en culture. Ils n'avaient pas eu d'enfants, sans doute un châtiment du Seigneur pour le punir de sa foi trop tiède, expliqua-t-il. Comme tout bon paysan, il avait appris plusieurs métiers sans en choisir un en particulier. Habile à la hache et à l'herminette, il construisait ses propres meubles et, en automne, il réparait son toit avec l'aide de Léonore. Les années passèrent, et Althar pensait finir ses jours à Fulda. Mais, une nuit, quelqu'un s'introduisit dans son enclos pour y voler son seul bœuf. Althar saisit sa hache et la planta dans le crâne de l'intrus, sans un mot. Celui-ci se révéla être le fils de l'abbé, un jeune écervelé qui s'adonnait à la boisson. Douze hommes jurèrent que le jeune homme n'avait sauté la barrière que pour réclamer un peu d'eau. Althar se vit confisquer ses biens et fut condamné au bannissement.

— En apprenant la sentence, Léonore a été frappée de mélancolie. Heureusement, ses sœurs ont pris soin d'elle pendant que j'attendais son rétablissement dans les montagnes. Deux de mes voisins m'ont aussi aidé. Rudolf m'a fourni une vieille herminette et Vicus m'a prêté quelques pièges à condition que je lui cède une partie des peaux que j'aurais récoltées. Je suis parti au sud, vers la Rhön. Là, je me suis réfugié dans une caverne abandonnée par un ours. J'en ai bouché l'entrée, je l'ai aménagée et j'ai posé des pièges tout l'hiver. Quand je suis revenu chercher Léonore, j'ai appris que certains des scélérats qui m'avaient dénoncé avaient avoué leur faux témoignage, mais on avait déjà répandu du sel sur mes terres pour les rendre infertiles. Malgré tout, l'abbé a refusé de me vendre des semences et de me louer de nouveaux champs. Il est allé jusqu'à menacer de la même sanction tous ceux qui m'aideraient. Léonore et moi avons donc décidé de nous installer dans la grotte.

— Vous n'êtes jamais retourné à Fulda ?

— Bien sûr que si. Comment veux-tu que je vende mes peaux autrement ? L'abbé est mort peu après, précisa Althar en souriant. Il a crevé comme un cafard ! Celui qui a pris sa succession a oublié les menaces, mais rien ne sera plus comme avant. Je ne vais à Fulda que pour échanger du miel contre du sel ou quand j'ai besoin de graisse.

Avant, Léonore m'accompagnait, mais maintenant, elle a trop mal aux pieds et le moindre effort lui coûte.

A la tombée du jour, ils quittèrent les bois et le vent se joignit à leur cortège.

La nuit s'annonçait lorsqu'ils arrivèrent aux environs de la grotte. Le terrain était à présent si rocailleux que Theresa s'étonna que les roues de la charrette résistent. Althar lui demanda de tenir fermement Hoos mais, malgré ses efforts, les cahots secouèrent le jeune homme, qui, pour la première fois, émit une plainte.

Au pied d'une immense muraille de granit, Althar arrêta la charrette et en descendit. Il poussa quelques cris, puis se mit à chantonner.

— Tu peux sortir, ma chérie ! Nous avons de la compagnie !

Un visage rond, au sourire contagieux, apparut derrière des buissons. Il surmontait un corps massif et trapu, qui se déplaçait avec un déhanchement suggestif. La femme poussa un petit cri et courut se jeter dans les bras d'Althar.

— Que m'as-tu apporté, mon prince ? demanda-t-elle. Un joyau ou quelque parfum d'Orient ?

— Tiens, le voilà ton joyau !

Althar frotta son bas-ventre contre celui de la femme, qui se mit à rire follement.

— Et qui sont ces deux-là ? reprit-elle en désignant Hoos et Theresa.

— Lui, je l'ai confondu avec un cerf et elle est tombée amoureuse de ma crinière.

— Bien. En tout cas, nous ferions mieux de rentrer. Il ne va pas tarder à faire un froid de loup par ici.

Laissant le chargement dehors, ils transportèrent Hoos dans la grotte et l'installèrent sur une couche de fourrures.

La cuisine était installée autour du foyer. Juste au-dessus, on avait percé un trou dans le plafond pour évacuer la fumée. Le feu crépitant maintenait une température agréable. Malgré le confort sommaire, Theresa avait l'impression de se trouver dans un palais. La tourte aux pommes de Léonore souleva l'enthousiasme général. Pendant qu'ils dînaient, Althar expliqua à Theresa qu'ils disposaient d'une autre grotte qui leur servait d'entrepôt, ainsi que d'une cabane où ils s'installaient dès les premiers beaux jours. A la fin du repas, Theresa aida Léonore à ranger la table. Puis elle revint auprès de Hoos et vérifia qu'il était bien couvert.

— Tu dormiras ici, indiqua Léonore en agitant les mains pour chasser une chèvre et disperser les poules. Et ne t'inquiète pas pour ce garçon : si Dieu l'avait voulu, Il l'aurait déjà rappelé à Lui.

Theresa acquiesça. En attendant le sommeil, elle se demanda de nouveau si Hoos l'avait poursuivie pour reprendre sa dague.

Cette nuit-là, la jeune fille ferma à peine l'œil, s'interrogeant sur l'importance du parchemin caché. Avant de se coucher, elle l'avait sorti de la besace et brièvement parcouru. On aurait dit un document légal, détaillant le legs de Constantin, l'empereur romain qui avait fondé Constantinople. Si Gorgias avait pris la peine de le dissimuler, ce manuscrit devait avoir une grande valeur. Ensuite, des images se bousculèrent dans son esprit. L'incendie de Wurtzbourg, l'atelier de Korne ravagé par les flammes, le sourire odieux du parcheminier, les poutres embrasées qui s'étaient effondrées sur la pauvre Clotilde. Elle rêva aussi que des Saxons, mi-hommes mi-monstres, la violentaient. Plus tard, les loups vinrent hanter son sommeil. Après avoir dévoré le cheval de Hoos, ils tentaient de la dépecer. Dans son délire, elle crut voir le jeune homme avancer lentement vers elle, pointant vers son cou la dague qu'elle lui avait volée. Par instants, elle ne savait s'il s'agissait de rêves ou des égarements de son imagination. Lorsqu'elle parvenait à ouvrir les yeux, c'était pour évoquer la figure protectrice de son père et jouir d'un bref moment de tranquillité avant qu'un nouveau démon surgisse des ténèbres pour lui infliger d'autres tourments.

Malgré le silence, parfois troublé par le ululement d'une chouette ou le crépitement des flammes, elle ne parvenait pas à se concentrer. En attendant l'arrivée du jour, elle finit par se convaincre qu'une telle accumulation de malheurs ne pouvait être fortuite, mais devait répondre à quelque dessein caché. Il fallait y voir un signe de Dieu. Après avoir dénombré ses péchés, elle conclut que ses mensonges étaient certainement à l'origine de sa situation actuelle.

Cela avait commencé quand elle avait affirmé à Korne que le comte s'intéressait au résultat de son épreuve. Ensuite, elle avait trompé Hoos en prétendant travailler comme compagnon, au lieu d'admettre son statut d'apprentie. De même, Althar pensait qu'elle avait fui un mariage forcé, alors qu'elle n'avait tourné le dos qu'à ses propres actes.

Et si Korne avait raison ? Si la femme était le bouillon où grouillait l'abomination du mensonge ? A de nombreuses reprises, elle avait contredit ceux qui prétendaient que les filles d'Eve étaient un concentré de tous les vices. On les prétendait faibles, impulsives, soumises aux caprices de leur flux menstruel, tentées par la lascivité... Aujourd'hui, elle en venait à douter de ses propres convictions.

Fallait-il voir la main du diable dans tous les mensonges qu'elle avait proférés ? N'était-ce pas lui qui avait séduit la première femme avec ses tromperies ? Dans ce cas, la haine qui dévorait Korne provenait peut-être de la même source démoniaque ?

Malgré la peine que cela lui causait, elle ne pouvait refuser de voir ce qu'elle était devenue. Que faire au réveil de Hoos ? Lui dire qu'elle s'était trompée de poignard ? Que, dans l'obscurité, elle n'avait pas trouvé le grossier scramasaxe qu'il lui avait proposé ?

Chaque mensonge en entraînait un autre, et à ce dernier succédait un nouveau, encore plus énorme.

Inconsolable, elle pleura longuement. En pensant à son père, elle se jura, même s'il ne pouvait la voir, de ne plus jamais recourir au mensonge.

8

Quand les premières lueurs du jour filtrèrent à travers la cheminée de la grotte, Theresa se dit qu'il était temps de se lever. Althar et Léonore dormaient encore. Elle s'en étonna, avant de comprendre qu'ici la vie obéissait à un rythme différent de celui de la ville. Après avoir ramassé la cape qui lui avait servi de couverture, elle s'approcha en silence de la couche où reposait Hoos. Le souffle calme et profond du jeune homme la rassura. Pour lutter contre le froid mordant, elle attisa les braises. Le bruit réveilla Althar, qui s'étira en laissant échapper un pet retentissant. Puis, les yeux encore mi-clos, il étreignit Léonore.

— Mmmm... Tu es déjà debout ? marmonna-t-il. Si tu as besoin d'eau, tu trouveras le ruisseau en remontant le sentier.

Theresa le remercia. Elle se couvrit, contourna le cheval qui avait passé la nuit à l'intérieur comme les autres animaux, puis poussa le portillon qui fermait la grotte. Satan aboya et la suivit en remuant la queue. Comme l'avait prédit Léonore, la température était descendue. La jeune fille s'emmitoufla dans la cape et examina les alentours.

La charrette était toujours devant l'entrée, vide : Althar avait dû la décharger. Plus loin, derrière une haie d'aubépine, Theresa aperçut des chutes de bois à brûler, des madriers brisés, des bûches de tailles diverses, des monceaux de copeaux. Des maillets de différentes sortes traînaient sur le sol. Elle vit aussi un tas de fumier, mais pas de potager ni rien qui y ressemblât.

Pendant sa toilette, elle découvrit que du sang maculait son entrejambe. Satan s'approcha pour la renifler. Agacée, elle le chassa d'un cri. Le flux était abondant ; elle se rinça avec soin avant de mettre en place le mouchoir doublé qu'elle utilisait pendant ses menstrues. Puis elle se signa et se hâta de regagner la caverne. Entre-temps, Althar avait fait sortir les bêtes et Léonore s'occupait de Hoos Larsson.

— Comment va-t-il ?

— Il respire mieux et il a l'air calme. Je fais chauffer de l'eau pour le laver. Tiens, aide-moi donc.

Theresa prit le savon de graisse cuite et apporta la marmite d'eau fumante. Constatant que Léonore avait commencé à dévêtir le jeune homme, elle rougit.

— Ne reste pas plantée là, enlève-lui le bas.

Theresa tira sur les jambes du pantalon, dévoilant un caleçon de laine ajusté, puis détourna les yeux lorsque Léonore enleva également celui-ci.

— Allons, passe-moi le savon. Dépêche-toi, sinon il va prendre froid.

Theresa rougit de plus belle. Elle n'avait encore jamais vu d'homme nu. Elle donna le savon à

Léonore, qui lava le blessé comme on frotte un poulet. Quand la femme d'Althar lui demanda de soutenir Hoos, Theresa ne put s'empêcher de glisser un regard vers le bas-ventre du jeune homme. Elle s'arrêta avec surprise sur le fin duvet qui entourait un membre qu'elle n'aurait jamais imaginé aussi développé. Une bouffée de honte accompagna cette dernière pensée. Cependant, tout en rinçant les mouchoirs, elle céda de nouveau à la curiosité, cette fois avec moins de retenue.

Léonore montra une protubérance rougeâtre sur le torse de Hoos.

— On dirait qu'il a une côte cassée. Ici, tu vois ?

Puis elle appliqua son oreille contre la poitrine du blessé et écouta avec attention avant de reprendre :

— Pas de sifflement. Au moins, c'est bon signe.

— Il se remettra ?

— Probablement. Apporte encore de l'eau pendant que je le retourne. L'année dernière, Althar a bien failli se faire casser en deux par un tronc d'arbre. Il a juré comme un damné, mais deux semaines plus tard, ce pendard trottait déjà comme un lézard.

— C'est vrai, confirma l'intéressé qui venait d'entrer dans la grotte. Comment le trouves-tu, ma reine ?

— Il a une côte brisée et il a pris un bon coup sur la tête.

— Bien. Rien qu'un de tes repas ne puisse arranger.

Elle lui donna un coup de coude en riant.

— Pour toi, tout s'arrange en mangeant.

Les deux femmes terminèrent la toilette de Hoos, puis il fut temps de passer à table.

Léonore avait préparé des lanières de viande salée, agrémentées de lard, de champignons et d'oignons. Elle avait aussi fait dorer des tranches de fromage de chèvre en plaçant des braises sur la marmite. Pour finir, elle versa un trait de vin dans la préparation pour, à l'entendre, faciliter la digestion.

— Et encore, elle n'a pas sorti ses desserts, annonça Althar.

A la fin du repas, Léonore servit en effet des gâteaux aux amandes et au miel si succulents que Theresa demanda la recette. Toujours préoccupée par l'état de Hoos, elle le regardait de temps à autre d'un air affligé.

— Ne te tourmente pas pour lui, Léonore s'en occupe, dit Althar. Suis-moi, plutôt. Nous avons du travail.

L'hiver, la chasse comme la pêche donnaient de moins bons résultats, expliqua le trappeur. Non loin de la grotte, le couple cultivait un lopin de terre, mais ils n'auraient pas à s'en occuper avant le début du printemps. Althar profitait de cette période de moindre activité pour travailler le bois, réparer et fabriquer des outils.

— Et surtout, j'empaille les animaux, ajouta-t-il avec fierté.

Tous deux grimpèrent jusqu'à une fissure qui s'ouvrait au flanc de la montagne comme un coup de hache et se faufilèrent à l'intérieur. Althar, muni d'une torche, avançait d'un pas assuré. Au bout de quelques mètres, le tunnel s'élargit et déboucha sur une salle aussi vaste que la nef d'une église.

— Elle est belle, hein ? dit Althar avec fierté. Avant nous vivions ici, mais quand Léonore est tombée malade, nous sommes descendus à l'autre grotte. C'est dommage, mais tout cet espace est impossible à chauffer. D'un autre côté, le froid convient bien aux fourrures, alors j'en ai fait un entrepôt.

Althar éleva la torche pour montrer ses trophées. De la pénombre surgirent une meute de renards, deux furets, des chouettes et des castors, tous figés dans des postures menaçantes, les crocs découverts, les yeux luisants, les serres tendues. Le trappeur avait appris l'art de la taxidermie dans sa jeunesse. D'après lui, de nombreux nobles aimaient exposer ces bêtes sauvages en prétendant les avoir capturées après une chasse sanglante.

— Il ne manque qu'un ours. Pour ça, tu vas m'aider.

Theresa acquiesça, persuadée qu'il faisait allusion à l'empaillage. Mais quand Althar lui déclara qu'ils devraient d'abord chasser la bête, elle pria Dieu pour qu'il s'agisse d'une plaisanterie.

La matinée fut consacrée au nettoyage de la grotte.

Althar se chargea d'assainir les fourrures, pendant que Theresa s'attaquait aux instruments. Il brossa les animaux empaillés, lustrant plumes et poils. Tout en s'activant, il apprit à Theresa que, pour un renard et un furet, il obtiendrait deux deniers à Fulda : de quoi acheter cinq mesures de grain. La chouette paierait moins bien, car les oiseaux étaient plus faciles à naturaliser. Mais elle lui rapporterait bien une paire de couteaux et une casserole. Mais un ours, c'était différent. S'il arrivait à en tuer un et à l'empailler, il l'emporterait à Aquisgranum et le vendrait à Charlemagne en personne.

— Et comment ferez-vous pour le capturer ?

— Je ne sais pas, mais quand j'en débusquerai un, on verra bien.

A midi, ils regagnèrent la petite grotte, affamés. Léonore les accueillit avec un verre de vin et un morceau de fromage.

— Gardez de la place pour le reste, prévint-elle.

Il y avait au menu des boulettes de viande aux figues confites, du pâté de volaille et de la compote chaude. Pendant le festin, Léonore leur apprit que Hoos s'était réveillé, puis rendormi après avoir pris un bouillon.

— Il a dit quelque chose ? demanda Theresa.

— Il s'est contenté de gémir. Ce soir, il aura peut-être la langue plus déliée.

A la fin du repas, Althar sortit uriner et en profita pour jeter un coup d'œil aux animaux. Theresa aida Léonore à démonter la table, posant plateau d'un côté, tréteaux de l'autre. En quelques coups de langue, Satan nettoya le sol, lui épargnant la corvée de balayage. La jeune fille s'apprêtait à se débarrasser des restes quand Léonore l'arrêta d'un air réprobateur.

— Je ne sais pas à quoi tu t'es consacrée jusqu'à présent, mais visiblement, ce n'est pas aux fourneaux, souligna-t-elle.

Lorsque Theresa lui parla de sa passion pour la lecture, Léonore la regarda comme une bête curieuse. La jeune fille expliqua que depuis son enfance elle fréquentait écoles et scriptoriums, et que, deux ans plus tôt, elle était entrée en apprentissage dans une parcheminerie.

— Mais depuis que j'ai goûté vos plats, j'ai très envie d'apprendre à les préparer, avoua Theresa.

Son hôtesse rit de bon cœur, ajoutant qu'aux yeux des hommes les jeunes filles qui ne savaient pas cuisiner avaient encore moins de charme que celles qui manquaient de poitrine.

— Ce qui n'est pas ton cas, nuança-t-elle.

Le regard de Theresa se posa sur Hoos et son cœur se serra. Elle tira sur sa robe. La toile tendue soulignait le contour de ses seins. Léonore sembla lire dans ses pensées.

— Bien sûr qu'il est beau. Et bien doté, d'après ce que j'ai pu voir, ajouta-t-elle avec un clin d'œil et un rire complice.

Theresa rougit, mais elle ne put retenir un sourire. Cependant, elle s'efforça de ramener au plus vite la conversation sur la cuisine.

Au cours de l'après-midi, Léonore inventoria les plats convenant à chaque saison. En hiver, on abattait les animaux les plus faibles avant qu'ils ne meurent de froid. A cette occasion, on consommait leur viande, mais celle-ci était aussi fumée, salée ou séchée. La principale source de chair restait la chasse, mais le gibier ne redevenait abondant qu'au retour du printemps. Au chapitre des légumes, Léonore cita les champignons, qu'il fallait apprendre à reconnaître avant d'envisager de les cuisiner. Puis elle exposa les avantages respectifs du chou-fleur, du chou, du cardon, du chou rouge.

— Il est bon d'en manger, même s'ils provoquent des vents, conclut-elle en lâchant un pet sonore.

On aborda ensuite le sujet des restes. La femme d'Althar considérait qu'une bonne cuisinière devait être en mesure de confectionner un plat délicieux à partir de ceux-ci. Pour y parvenir, les ressources ne manquaient pas. Léonore avait le plus souvent recours au garum, un condiment qui donnait une saveur extraordinaire au ragoût le plus insipide.

— Le meilleur provient d'Espagne, mais il est si cher que seuls les riches peuvent se l'offrir. Il y a longtemps, un commerçant romain m'a appris à en fabriquer avec du sel, de l'huile et des tripes de poisson. Attention, ne va pas croire que toutes les espèces se valent. Ce sont les entrailles de thon et d'esturgeon qui donnent les meilleurs résultats. Après avoir fait macérer et laissé sécher le garum, on peut le mélanger à du vin, du vinaigre ou du piment. Si on a de quoi en acheter, bien sûr.

— Mais si ce garum est si bon, pourquoi le mélanger ?

— Ah, mon petit ! Le garum est comme l'amour : au début, c'est formidable, mais il faut savoir varier les plaisirs. Regarde-nous, Althar et moi, ajouta-t-elle en souriant. Trente ans de mariage, et nous avons toujours du désir l'un pour l'autre. C'est pareil pour tout. Mets la même robe trois jours de suite, et les hommes te fuiront. En revanche, si tu lui ajoutes une fleur ou un peigne, tu verras qu'ils se bousculeront dans ton sillage.

— Je n'y tiens pas, répondit la jeune fille avec dédain.

— Ah non ? Et à quoi pense une fille de vingt ans ?

— A son métier, à sa famille... Je n'ai nul besoin d'un homme.

— A d'autres ! C'est pour ça que tu étais si intéressée par la tige de ce garçon pendant que je le lavais...

Les joues de Theresa s'empourprèrent.

— Vous m'apprendrez à le faire ?

— Quoi ? A le laver ?

— Mon Dieu, non ! A fabriquer le garum.

— Tu peux compter sur moi, et je t'enseignerai aussi d'autres choses que tu dois savoir, promit Léonore avec un sourire.

Tout en faisant rôtir quelques navets, elle aborda le sujet du vin. Pas le vin jeune, coupé d'eau, qui servait à calmer la soif, mais celui qu'on réservait aux grandes occasions : pur, parfumé, brillant, couleur rubis... La clé qui déliait la langue du timide, insufflait le courage dans le cœur du poltron ; le vin dont chaque goutte était un authentique cadeau.

— Je n'en ai jamais bu.

— Nous en avons une amphore qui attend une occasion spéciale. Nous l'ouvrirons quand vous attraperez l'ours.

Althar rentra à la tombée du jour avec un large sourire. Il avait remonté la piste de la bête.

— Le gredin a laissé des crottes dans la même caverne que l'an passé !

Il asséna en riant une claque sur les fesses de Léonore.

Le dîner se composa d'une soupe de légumes et de côtes de sanglier salé, accompagnées d'un vin léger. Althar but de bon cœur et se resservit. Après avoir passé l'après-midi à relever ses pièges, il était d'humeur à dévorer un bœuf.

— C'est la petite qui a préparé le repas, lui apprit Léonore.

— Quelle surprise ! Tu vois que j'ai bien fait de la ramener, s'esclaffa-t-il. Comment va notre malade ? Il s'est réveillé ?

— Il a ouvert les yeux, mais il avait mal au cœur. Le coup sur la tête, sans doute...

— Il a encore l'esprit troublé. J'irai le voir tout à l'heure.

Pendant que Léonore débarrassait la table, Althar et Theresa s'occupèrent de Hoos. Celui-ci ouvrit les yeux au contact d'un linge mouillé sur son visage. Il regarda Theresa, sembla la reconnaître, mais replongea aussitôt dans le sommeil. Althar posa la tête contre la poitrine de Hoos.

— Pas de sifflements.

— C'est bon signe ?

— Bien sûr. Si la côte avait perforé le poumon, on l'entendrait. Demain, nous essaierons de l'aider à se lever et à marcher un peu.

Après avoir recouvert le jeune homme avec soin, ils firent entrer les animaux et barrèrent la porte. Puis chacun gagna son lit.

Quelques heures plus tard, Theresa sentit Satan lui lécher le visage. L'aube était encore loin, mais Léonore s'affairait déjà autour de ses marmites pendant qu'Althar allait et venait en chantonnant, un grand sourire aux lèvres.

— Ours, petit ours, nous allons te manger frit !

Après avoir déjeuné, les chasseurs endossèrent des fourrures. Althar s'équipa d'un arc, d'un carquois et de trois pièges de métal, et chargea un filet sur son épaule. Il tendit ensuite une arbalète à Theresa et se tourna vers sa femme :

— Ma mie, ce soir tu auras un nouveau manteau !

Léonore éclata de rire et l'embrassa plusieurs fois. Puis elle caressa les cheveux de Theresa et leur souhaita bonne chance.

Quand ils quittèrent la grotte, l'aube commençait à poindre. La journée s'annonçait froide et limpide. Un heureux présage, selon Althar. Sachant que le cheval risquait d'alerter l'ours, il ne l'avait pas emmené. De toute façon, ils ne rapporteraient que la peau, puisque la viande n'était pas comestible. En cours de route, Theresa fit part de ses craintes à Althar, mais il la tranquillisa.

— Tu n'auras rien d'autre à faire que surveiller.

— Et ce drôle d'arc ?

— Tu parles de l'arbalète ? C'était celle d'un soldat, je l'ai gagnée à Aquisgranum. C'était la première fois que j'en voyais une, mais elle fonctionne bien. Je vais te montrer comment l'utiliser.

Il appuya l'extrémité de l'arme sur le sol, la stabilisa en posant un pied sur une des branches de l'arc, puis tira la corde à deux mains pour la coincer dans une encoche.

— Ce n'est pas un jouet, alors sois prudente. Ici, tu as la noix et, dessous, la détente. Introduis le trait dans la rainure. Tu vois ? Maintenant, tiens l'arbalète à deux mains et vise fermement.

Theresa éleva l'arme, mais ne put la maintenir à l'horizontale.

— C'est lourd, se plaignit-elle.

— Eh bien, prends appui par terre. Si tu dois t'en servir, n'oublie surtout pas que tu n'auras qu'une chance. Tu n'auras pas le temps de recharger. Alors, vise bien et tire dans le ventre. D'accord ?

Theresa acquiesça, puis elle s'allongea et visa.

— Ne tremble pas.

Althar lui indiqua un tronc pourri aussi large que deux hommes. A son signal, la jeune fille pressa la détente. La flèche siffla dans les airs et se perdit dans la végétation. Le trappeur se rembrunit.

— Essayons encore.

Les deux tentatives suivantes ne furent pas davantage couronnées de succès. A la quatrième, Althar mit un terme à l'entraînement.

— Si nous ne repartons pas, nous n'arriverons jamais là-haut avant midi.

Chemin faisant, il expliqua à Theresa que les ours hibernaient de la fin novembre au dégel.

— Les gens pensent qu'ils dorment comme des loirs, mais en réalité ils ont le sommeil léger. Voilà pourquoi nous devons nous déplacer avec prudence.

— Et s'il y en a plus d'un ?

— C'est peu probable. Ils hibernent en solitaires.

Althar finit par remarquer l'intérêt que Satan portait à Theresa. Malgré les efforts de la jeune fille pour l'éloigner, le chien s'obstinait à la renifler comme si elle cachait quelque chose sous ses jupes. Intrigué, Althar lui demanda si elle avait volé de la nourriture.

— Mais non, répondit-elle, gênée.

— Alors, que diable renifle ce chien ?
— Je ne sais pas...
— Eh bien, tu ferais mieux de le découvrir, parce que ce que sent le chien, l'ours le sentira.

Theresa rougit. Pas question de révéler à Althar que ses règles avaient commencé la veille. Mais il le devina sans son aide.

— Satanée gamine ! Pour une fois que nous allons chasser, il faut que tu te mettes à saigner !

Peu après, ils arrivèrent à proximité de la tanière de l'ours, située sur une hauteur. Un ravin en compliquait l'approche. Althar exposa sa stratégie.

— Nous allons déployer le filet devant l'entrée de la caverne. Ensuite, j'enflammerai quelques branches et Satan se mettra à aboyer. Avec le bruit et la fumée, l'ours se réveillera et tentera de fuir, mais il foncera alors tête baissée dans le filet. Quand il y sera pris, je l'abattrai d'une flèche. Par précaution, tu te posteras à un endroit où il ne pourra pas te sentir. Tiens, là-haut, au-dessus de l'entrée.

— Par précaution ?

— Si je suis en difficulté, tu devras lui tirer dessus. Et par tous les saints, tâche de viser juste, cette fois !

Pendant qu'Althar rassemblait des branchages, Theresa grimpa au-dessus de l'entrée de la caverne. En pleine ascension, elle fit un faux pas, délogeant quelques pierres qui roulèrent plus bas. D'un geste, le trappeur lui intima le silence. Une fois en place, la jeune fille avertit son compagnon. Entre-temps, celui-ci avait disposé un tas de branches devant la grotte et déployé le filet. Après avoir vérifié son installation, il s'écarta un peu pour allumer un feu. Peu après, il revint avec une branche enflammée.

Theresa le vit se poster derrière un rocher, d'où il lui fit signe de se préparer. Quelques instants plus tard, une odeur de brûlé lui parvint. Elle prit une profonde inspiration et s'allongea. Soudain, Satan se mit à aboyer comme un possédé ; il grattait frénétiquement le sol rocailleux, puis tournait sur lui-même en bondissant. Theresa se demanda s'il n'était pas devenu fou mais, dans le même temps, un rugissement formidable retentit à l'intérieur de la caverne.

Le cœur serré, elle raffermit sa prise sur l'arbalète et la pointa sur l'entrée de la grotte. L'arme tremblait entre ses mains. Une énorme masse de poil apparut, comme surgie du néant, franchit l'ouverture en grognant et s'empêtra dans le filet. Pris au piège, l'ours se débattit, donnant de la dent et de la griffe avec des grondements furieux. Surexcité, Satan s'était jeté sur le fauve sans se soucier de ses crocs menaçants. Le filet toucha soudain le feu, et les flammes se propagèrent au pelage de l'ours. Celui-ci hurla et se dressa de toute sa taille, cherchant à se libérer. L'espace d'un instant, Theresa crut qu'il allait escalader la paroi et l'attaquer. Mais l'ours glissa et retomba dans le piège. En un clin d'œil, il se releva et découvrit ses crocs, laissant échapper un effroyable grondement. Theresa ferma les yeux. C'est alors qu'Althar tira. La flèche fendit l'air et se ficha dans le dos de l'ours, qui se retourna. Le trappeur n'avait pas de temps à perdre ; le feu menaçait d'abîmer la fourrure. Il banda son arc et lâcha un nouveau trait, qui s'enfonça presque entièrement dans la panse du plantigrade. Blessé à mort, le fauve se dressa maladroitement et finit par s'effondrer comme s'écroule une montagne.

Au bout de quelques secondes, Theresa se leva. Encore tremblante, elle observa l'ours étendu de tout son long. Il était impressionnant, le poil brillant et les griffes acérées. Elle commença à redescendre, mais Althar l'en empêcha.

— Attends que je te prévienne, ordonna-t-il. Même écorché, un ours reste dangereux.

Il s'approcha de la bête, une hache dans une main et un long bâton dans l'autre. A trois pas de distance, il s'arrêta et tâta l'ours du bout de son bâton. N'obtenant aucune réaction, Althar leva alors sa hache à deux mains et l'abattit avec force sur l'encolure de l'animal.

Il admira sa prise : par chance, les flammes avaient à peine abîmé l'arrière-train. La hache avait laissé une entaille bien nette et les points d'entrée des flèches étaient invisibles. Althar demanda alors à Theresa de descendre lui prêter main-forte pour dépouiller l'animal.

Avant de rejoindre l'entrée de la grotte, la jeune fille enleva le trait de l'arbalète et l'enroula dans un morceau de tissu, conformément aux instructions d'Althar. Elle se trouvait à mi-pente quand un grondement la figea sur place.

Un bref instant, elle refusa d'en croire ses oreilles. L'ours était mort sous ses yeux ! Mais une nouvelle clameur se répercuta à travers les montagnes. Theresa se hâta de rebrousser chemin. Avec horreur, elle découvrit qu'un deuxième ours avait surgi de la caverne et attaquait Althar. Le trappeur reculait, faisant de grands moulinets avec sa hache, mais la bête continuait à avancer et Althar se retrouva acculé au précipice. L'ours parut comprendre qu'il avait l'avantage et marqua un temps d'arrêt avant l'ultime assaut. Désespéré, Althar tenta de s'échapper par un côté, mais il glissa. La hache lui échappa et alla rebondir au fond du ravin.

C'en était fini, il allait mourir.

La bête se dressa, haute comme deux hommes, et s'avança avec un grognement démoniaque. Mais Satan s'interposa entre l'animal et son maître, aboyant comme un possédé. L'ours s'arrêta et lui donna un coup de patte. Le chien retomba, la nuque brisée. Theresa sortit la flèche et la fit glisser dans la rainure de l'arbalète. Elle se laissa tomber de tout son long et visa avec soin la tête de l'ours, puis les recommandations d'Althar lui revinrent à l'esprit et elle pointa l'arme vers son énorme panse.

Une seule chance...

Elle tira, et le trait fendit l'air. Pendant un instant, elle crut avoir atteint sa cible, mais elle constata avec effroi que l'ours était touché à une patte arrière.

Althar était perdu. Cependant, en voulant avancer, l'ours prit appui sur sa patte blessée et s'affaissa lourdement sur le flanc gauche. Il tenta de se redresser, sembla sur le point d'y parvenir, mais trébucha de nouveau et atterrit cette fois au bord du ravin. Il agita désespérément les pattes. Les pierres qui le soutenaient cédèrent sous son poids et il tomba avec elles dans le vide.

Theresa resta un moment sans réagir. Puis elle dévala la pente et rejoignit Althar, encore sous le choc.

— Deux ours. Il y avait deux de ces maudits ours...

— J'ai visé comme vous m'aviez dit, mais je n'ai pas pu...

— Ne t'inquiète pas, petite. Tu as bien fait...

Il se gratta la tête et regarda Satan d'un air peiné. Puis il ôta sa cape et en enveloppa soigneusement le corps du chien.

— C'était une brave bête. Je l'empaillerai, ainsi il sera avec moi pour toujours.

Il leur fallut tout l'après-midi pour dépouiller le premier ours. Quand ils eurent terminé, Althar se dit qu'ils pourraient récupérer la peau du second.

— En fin de compte, il suffit de descendre là-dedans.

— Ce n'est pas dangereux ?

Sans répondre, le trappeur s'engagea dans un sentier qui semblait conduire au fond du ravin. Au bout d'un certain temps, il revint, portant quelque chose sur son dos.

— La fourrure est rongée par la gale, expliqua-t-il. Mais il avait de beaux yeux, alors j'ai rapporté la tête.

Une bonne nouvelle les attendait à la caverne : Hoos s'était levé et attablé.

Pendant le repas, Theresa remarqua que le jeune homme semblait plus intéressé par son assiette de soupe que par le récit de leur chasse à l'ours.

Néanmoins, dès qu'il reposa sa cuiller, il remercia Althar de lui avoir sauvé la vie.

— C'est à la petite qu'il faut dire ça, répondit celui-ci. Elle a vraiment insisté pour vous charger dans la charrette.

Hoos regarda Theresa et son expression se durcit.

— Je la remercie, dit-il sèchement. Mais après lui avoir sauvé la vie, c'était bien le moins que je puisse attendre.

— C'est vrai, concéda Althar. Je constate donc qu'elle est digne de confiance.

Il éclata de rire et gratifia Theresa d'une bourrade amicale.

Hoos préféra changer de sujet.

— Votre épouse m'a dit que vous viviez ici depuis des années ?

— Eh oui. Je vous assure que la ville ne nous manque pas. Les ragots, les accusations... Bah ! Nous sommes mieux ici. Seuls tous les deux, on fait et on mange ce qui nous plaît. Comment vous sentez-vous ?

— Pas encore très bien, mais je ne supportais plus de rester couché.

— Vous devriez garder le lit au moins jusqu'à la guérison de vos côtes. Au moindre mouvement, vous pourriez vous percer les poumons.

Hoos acquiesça de la tête. A chaque gorgée, une poignée d'épines semblaient lui déchirer la poitrine. Il termina son vin, prit congé de la compagnie et regagna sa couche. De son côté, Althar étala la peau du premier ours et plaça les deux têtes dans des tonnelets. Lorsqu'il rentra les animaux dans la grotte pour la nuit, les allées et venues de Satan lui manquèrent.

Le lendemain, le ciel était chargé et le temps humide. Une mauvaise journée pour se promener, se dit Althar, mais encore pire pour empailler des animaux. Avant le déjeuner, il sortit les bêtes, leur donna à boire et nettoya leurs saletés. Quand il regagna la grotte après s'être soulagé, Theresa et Léonore étaient levées. Tous trois mangèrent en silence afin de ne pas déranger Hoos. Ensuite, Althar rassembla la peau du premier ours et les deux têtes, puis il demanda à Theresa de l'accompagner.

— Je dois faire ma toilette, s'excusa la jeune fille.

— Quand tu auras fini, rejoins-moi dans l'autre grotte. J'aurai besoin de toi.

Il chargea son fardeau sur l'épaule et sortit. Theresa se rendit alors au ruisseau. Quand elle revint à la grotte, Hoos était réveillé. Il la fixa d'un regard dur qui n'échappa pas à Léonore.

— Je dois aller nourrir les bêtes, déclara la femme d'Althar avant de sortir. Si vous avez besoin de quelque chose, n'hésitez pas à m'appeler.

Lorsque les deux jeunes gens furent seuls, Hoos voulut se lever, mais une douleur dans la poitrine l'obligea à se rallonger. Theresa s'assit près de lui.

— Tu te sens mieux ? demanda-t-elle, gênée.

C'était la première fois qu'elle lui adressait la parole depuis leurs retrouvailles. Hoos ne répondit pas immédiatement.

— Tu ne t'inquiétais pas autant de mon sort quand tu as filé avec ma dague, dit-il enfin.

Rouge de honte, Theresa alla fouiller dans sa sacoche.

— Je ne sais pas comment j'ai pu faire une chose pareille, dit-elle, les larmes aux yeux, en tendant le poignard à Hoos.

Le jeune homme ne changea pas d'expression. Après avoir glissé la dague sous sa couverture, il tourna le dos à Theresa.

Bien sûr, rien de ce qu'elle pourrait dire ne le ferait changer d'opinion sur elle. A vrai dire, dans la situation inverse, elle aurait réagi exactement comme lui. Elle ravala donc ses larmes et lui demanda pardon d'une voix mal assurée. Finalement, lasse de se heurter à l'indifférence du jeune homme, elle sortit, la tête basse.

Comme elle allait rejoindre Althar, elle croisa Léonore, qui la questionna sur ses yeux rougis, mais elle poursuivit son chemin sans répondre. Léonore retourna donc à la grotte et interrogea Hoos.

— Ce ne sont pas tes affaires, répondit sèchement le jeune homme.

Léonore fut piquée au vif.

— Ecoute-moi bien, jouvenceau. Peu m'importent tes titres ou l'endroit d'où tu viens. Comprends bien que si tu n'es pas mort aujourd'hui, c'est parce que cette petite que tu viens de faire pleurer s'est acharnée à te garder en vie. Alors, tu ferais mieux de te comporter en prince avec elle, si tu ne veux pas que je te rompe les côtes.

Hoos garda le silence. Les raisons qui l'avaient poussé à se lancer à la poursuite de Theresa ne regardaient que lui.

DECEMBRE

9

Ce ne fut d'abord qu'un léger fourmillement, puis la blessure de Gorgias commença à l'élancer.

Le scribe jeta sur son grabat la tablette de cire que lui avait remise Genséric et s'approcha de l'unique lucarne de la cellule. Il présenta son poignet à la lumière et déroula le bandage avec précaution, en faisant attention à ne pas arracher la croûte. Quand la plaie fut découverte, il constata qu'elle présentait une inflammation violacée. Des pustules commençaient à se former entre les points de suture. S'il l'avait pu, il aurait fait appel à Zénon, le médecin. Heureusement, la blessure ne sentait pas mauvais. Avec la pointe de son stylet, il souleva les croûtes les plus sèches et nettoya le liquide jaunâtre qui suintait au-dessous. Ensuite, il replaça le bandage et pria pour sa guérison.

Au bout d'une heure, pour tromper le temps, il examina la lucarne, si étroite que même un enfant n'aurait pas réussi à s'y glisser. Il envisagea un instant de briser le mince panneau d'albâtre, pour voir ce qu'il y avait derrière, mais il se retint. Plus tard, il entendit les cloches de l'office de sexte. Inquiète de son retard, sa femme était sans doute déjà passée au chapitre.

Qui sait quels mensonges on lui avait racontés.

Gorgias avait choisi de croire Genséric et de se dire que le comte était à l'origine de son emprisonnement. De cette manière, Wilfred comptait sans doute le protéger de Korne, à moins qu'il n'ait souhaité surveiller l'avancement de son travail. Mais alors, pourquoi l'enfermer dans un lieu aussi retiré, où il pourrait difficilement le contrôler ? Le scriptorium ou même les appartements du comte auraient mieux convenu. Finalement, Wilfred ignorait peut-être tout du sort de son scribe. S'il s'agissait de le protéger, comme le prétendait Genséric, il aurait été tout autant en sécurité au scriptorium.

La nuit était tombée quand Gorgias entendit jouer la serrure. Il pensait voir le comte, mais une odeur d'urine lui annonça le coadjuteur. A travers la porte, Genséric lui ordonna de reculer vers le fond de la pièce. Gorgias demanda alors des nouvelles de sa femme, sans obtenir de réponse. Puis Genséric répéta son ordre, et, cette fois, Gorgias s'exécuta. Peu après, un tour ménagé dans la partie inférieure de la porte révéla une tablette sur laquelle étaient posés un morceau de pain et une jarre d'eau. Genséric lui dit de les prendre et de mettre à la place la liste du matériel dont il avait besoin.

— Pas avant que vous m'ayez répondu, répliqua Gorgias.

Au bout d'un long moment, le guichet se referma, puis Gorgias entendit des pas qui s'éloignaient. Le silence se prolongea bien au-delà de la nuit.

Au milieu de la matinée, Genséric revint, s'annonçant par une chansonnette. Après s'être assuré que son prisonnier était bien réveillé, il l'informa à travers la porte que Rutgarde se portait bien et précisa qu'il lui avait rendu visite chez sa sœur.

— Je lui ai dit que vous passiez quelques jours à travailler au scriptorium. Elle l'a bien compris. J'ai profité de l'occasion pour lui remettre deux pains et une ration de vin. Par ailleurs, je lui ai garanti que, tant que vous resteriez avec nous, elle recevrait la même chose tous les jours. Elle m'a aussi demandé de vous remettre ceci.

Le tour pivota. Près du pain et de l'eau de la veille, Gorgias trouva un petit mouchoir brodé qui appartenait à Rutgarde et dont elle ne se séparait jamais.

Il le rangea avec soin contre son cœur avant de mordre dans le pain. De l'autre côté de la porte, Genséric le pressait de lui remettre la liste. Sans cesser de mâcher, le scribe porta une annotation supplémentaire sur la tablette, qu'il omit volontairement de saupoudrer de siccatif. Ensuite, il feignit de tout relire avant de déposer la liste sur le tour. Genséric prit la tablette, la lut avec attention et s'en alla sans ajouter un mot.

Une heure plus tard, le coadjuteur réapparut avec un chargement de folios, d'encres et d'instruments d'écriture. Il informa Gorgias qu'il passerait le voir chaque jour pour vérifier ses progrès, lui fournir de la nourriture et emporter ses excréments. Avant de partir, il lui confia avec malice qu'il comptait rendre visite à Rutgarde. Ensuite, il le salua et quitta la crypte.

Dès qu'il fut certain d'être seul, Gorgias se mit au travail. Il prit un des codex que venait de lui apporter Genséric, et se plaça dos à la porte pour masquer ses activités. Avec un luxe de précautions, il sortit un parchemin vierge et l'étala sur le pupitre. Les mots lui revinrent comme s'il les avait sous les yeux.

IN-NOMINE-SANCTÆ-ET-INDIVIDUAL-TRINITATIS-PATRIS-SCILICET-ET-FILII-ET-SPIRITUS-SANCTI
– – –
IMPERATOR-CÆSAR-FLAVIUS-CONSTANTINUS

Le texte était gravé dans sa mémoire. Il avait lu et transcrit cet en-tête des centaines de fois.

Avant de commencer, Gorgias se signa. Puis il mesura du regard la peau sur laquelle il s'apprêtait à travailler. En dépit de sa taille, la place pourrait manquer. Le manuscrit devait en effet comporter vingt-trois pages en latin et vingt en grec. Il caressa ensuite du bout des doigts le sceau impérial porté au bas du parchemin. Une croix grecque sur un visage romain. Autour du sceau, on pouvait lire : « Caius Flavius Valerius Aurelius Constantinus », Constantin le Grand, premier empereur chrétien et fondateur de Constantinople.

D'après la légende, la conversion de Constantin avait eu lieu quatre siècles auparavant, durant la bataille du pont Milvius. Peu avant celle-ci, l'empereur romain avait vu apparaître une croix dans le ciel. Inspiré par cette image, il avait fait broder le symbole chrétien sur ses étendards. La bataille s'était achevée sur sa victoire. En remerciement, il avait renoncé au paganisme.

Gorgias se remémora le contenu du document.

La première partie, ou *Confessio*, racontait comment Constantin, malade de la lèpre, avait consulté les prêtres païens du Capitole. Ceux-ci lui avaient conseillé de faire creuser une fosse, d'y faire verser le sang d'enfants sacrifiés et de s'y baigner pendant qu'il était encore tiède. Cependant, la veille de la cérémonie, Constantin avait eu une vision qui l'avait poussé à se tourner vers le pape Sylvestre. Après sa conversion, il avait été guéri.

La seconde partie, intitulée *Donatio*, détaillait les honneurs et prébendes que l'empereur avait accordés à l'Eglise en remerciement de sa guérison. Ainsi, il reconnaissait la primauté du pape romain sur les patriarches d'Antioche, d'Alexandrie, de Constantinople et de Jérusalem. D'autre part, afin que la dignité pontificale ne soit pas affaiblie par manque de terres, il faisait don au pape du palais de Latran, de la ville de Rome, de toute l'Italie et de l'Occident. Afin de ne pas empiéter sur les droits accordés, Constantin érigerait une nouvelle capitale à Byzance, où lui et sa descendance se limiteraient à gouverner les territoires orientaux.

Aucun doute n'était permis, cette Donation établissait la suprématie de Rome sur le reste de la chrétienté.

Avec précaution, Gorgias divisa le parchemin pour obtenir des quaternions. Une fois rassemblés, ceux-ci composeraient les carnets qui seraient plus tard reliés. Ensuite, il plia les feuilles ainsi obtenues en bifolios de taille identique. A la fin de l'opération, il disposait du nombre de pages nécessaire. Après avoir trempé son calame dans l'encre, il commença à écrire sur le parchemin frappé du sceau et ne s'interrompit qu'à la nuit.

10

Loin d'ennuyer Theresa, la préparation des trophées de chasse lui fit momentanément oublier l'affaire de la dague. Althar avait commencé à construire l'armature de l'ours. La fourrure de celui-ci était drapée autour d'un tronc central, deux bûches plus petites figurant les pattes arrière. Il demanda à Theresa de retirer la peau pendant qu'il améliorait l'équilibre de la structure. Puis il modifia la position des pattes et les fixa à l'aide de cales et de clous.

— Plus tard, on pourra toujours le faire tenir avec une corde, dit-il sans conviction.

Althar chargea Theresa de débarrasser la fourrure des restes de graisse et de l'épouiller avant de la laver au savon. Elle avait souvent exécuté cette tâche à l'atelier de Korne et s'en sortit sans difficulté. Pour finir, elle sécha la peau et l'accrocha à un châssis pour l'aérer.

— Je dois aussi nettoyer les têtes ?
— Non, attends un peu.

Ayant quitté son tabouret, Althar s'assit sur une pierre, coinça une des têtes d'ours entre ses jambes et l'étudia longuement. Après s'être assuré qu'elle ne saignait pas, il pratiqua une incision verticale du sommet du crâne à la nuque, suivie d'une seconde, horizontale, dans la partie postérieure du cou, traçant comme un T inversé. Puis il saisit la peau et tira fortement pour la détacher du crâne, qu'il tendit ensuite à Theresa.

— Mets-le dans le tonneau.

La jeune fille s'exécuta. Lorsqu'elle ajouta l'eau chaude, la chaux se mit à bouillonner, rongeant les tissus qui adhéraient encore à l'os. Pendant ce temps, Althar dépouillait l'autre tête.

Au milieu de la matinée, la structure était achevée. Althar sortit un des crânes, parfaitement propre, et, après l'avoir séché, le plaça au sommet du tronc qui figurait la colonne vertébrale. Le résultat évoquait un épouvantail, mais le trappeur parut satisfait.

— Quand la peau aura fini de sécher, nous pourrons le terminer, affirma-t-il.

En regagnant la grotte d'habitation, ils passèrent devant d'étranges coffres en bois.

— Ce sont des ruches, lui apprit Althar. En hiver, on les couvre de boue pour les isoler du froid.

— Et les abeilles ?

— Elles sont à l'intérieur. Au printemps, j'ouvrirai les ruches et, en un rien de temps, nous aurons de nouveau du miel.

— J'adore le miel.

— Qui n'aime pas ça ? Ces bestioles piquent comme des démons, mais elles nous procurent de quoi adoucir les desserts. Et il n'y a pas que le miel...

Althar souleva le couvercle d'un des coffres, qui semblait abandonné, et demanda :

— Tu vois ce vieux rayon ? C'est de la cire pure. Idéale pour fabriquer des cierges et des chandelles.

— Je n'en ai pas vu dans la caverne.

— C'est parce que nous vendons presque toute notre production. Nous ne gardons que quelques chandelles pour les situations exceptionnelles – la maladie, par exemple. Dieu a créé la nuit pour dormir, sinon il nous aurait donné des yeux de chouette.

Theresa songea qu'elle pourrait recueillir un peu de cire pour remplir les tablettes qui se trouvaient dans sa besace et s'entraîner à écrire. Mais, quand elle soumit son idée à Althar, il lui opposa un refus catégorique.

— Je vous la rendrai intacte, insista-t-elle.

— Dans ce cas, il te faudra la gagner.

Il laissa retomber le couvercle et ils poursuivirent leur route.

Un appétissant ragoût de lièvre les attendait à la caverne. Ils mangèrent tous ensemble. Hoos avait réussi à faire quelques pas, et ils burent de bon cœur pour fêter l'événement. A la fin du repas, Althar vanta les bons résultats des nouveaux pièges, puis il annonça qu'il comptait passer une partie de l'après-midi à dépouiller Satan et préférait travailler seul, car cela exigeait de la patience. Avant de partir, il informa Theresa qu'il lui donnerait de la cire si elle lui trouvait des yeux convenables.

— Des yeux ? répéta-t-elle sans comprendre.

— Pour les ours. Les vrais pourrissent, il faut donc les remplacer par des faux. Si j'avais de l'ambre, ce serait parfait, mais comme ce n'est pas le cas, je dois me contenter des cailloux ronds qu'on trouve dans le lit du ruisseau. Comme ceux-ci, mais plus lisses, dit-il en lui montrant des pierres qu'il avait tirées de sa bourse. Une fois vernis avec de la résine, ils paraîtront authentiques.

Après avoir récuré les marmites, Theresa prévint Léonore qu'elle s'apprêtait à monter au ruisseau.

— Hoos pourrait t'accompagner, un peu d'air frais ne lui ferait pas de mal.

Si la suggestion surprit le jeune homme, Theresa fut tout aussi étonnée de l'entendre accepter.

Ils sortirent de la grotte côte à côte mais, peu après, la jeune fille prit la tête. Dès qu'ils furent arrivés à destination, elle s'accroupit pour chercher entre les pierres.

— Celui-ci pourrait peut-être servir, dit Hoos au bout de quelques instants.

Theresa prit le caillou qu'il lui tendait. En le comparant avec ceux qu'elle avait ramassés, elle fut agacée de constater que celui de Hoos était plus lisse.

— Trop petit.

Elle le lui rendit en le regardant à peine.

Hoos rangea le caillou dans sa besace. Il observait Theresa à la dérobée pendant qu'elle examinait attentivement les pierres, les effleurant du bout des doigts pour en éprouver la rugosité, les mouillant pour en faire ressortir la couleur ou les soupesant délicatement avant de les classer selon un système dont elle seule semblait avoir le secret. La jeune fille se retourna soudain et ses yeux prirent des reflets d'ambre.

Il était perdu dans ses pensées lorsqu'elle trébucha et tomba dans le ruisseau. Brusquement arraché à sa rêverie, Hoos se précipita à son secours mais, en l'aidant à se relever, il ressentit une vive brûlure dans la poitrine. Ils ramassèrent encore quelques pierres avant de rentrer. Cette fois, Theresa marcha à la hauteur de Hoos. En chemin, ils parlèrent de leur collecte, mais il ne mentionna pas la douleur qui s'installait dans sa poitrine. Puis ils continuèrent en silence jusqu'aux ruches.

— Pendant l'hiver, on les scelle avec de la boue pour maintenir les abeilles en vie, expliqua Theresa d'un ton docte.

— Je ne le savais pas.

— Moi non plus, avoua-t-elle avec un sourire. Althar me l'a appris tout à l'heure. C'est un homme bon, tu ne trouves pas ?

— C'est grâce à lui que nous sommes ici.

— Tu vois ce coffre ? demanda-t-elle en en soulevant le couvercle. Althar m'a dit que je pourrais utiliser sa cire pour ma tablette.

— Ta tablette ? C'est un genre de lampe ?

— Non, répondit-elle en riant. C'est une petite boîte de la taille d'une miche de pain – on en trouve aussi de plus grandes et de plus petites. La mienne est en bois. On les remplit de cire sur laquelle on peut écrire.

— C'est donc ça ! fit Hoos, qui n'avait pas tout saisi.

— Quand je me serai séchée, j'irai à la grande grotte. C'est un endroit extraordinaire ! Tu veux m'accompagner ?

— Je crois que j'ai assez marché pour aujourd'hui, répondit-il. Vas-y. Moi, je vais m'allonger un moment et en profiter pour changer mes pansements.

— Hoos...

— Oui ?

— La dague... Je ne sais pas pourquoi je l'ai volée. Vraiment, je le regrette.

— Je ne t'en veux pas. Mais ne recommence pas.

Theresa se changea et se mit en route pour la seconde grotte, après avoir inspecté les cailloux et en avoir choisi quatre de forme circulaire et de même taille. Une fois peints, ils pourraient passer pour de vrais yeux.

La porte de la grande grotte était fermée. Supposant qu'Althar se trouvait à l'intérieur, Theresa l'ouvrit et entra. Le trappeur avait repris l'armature de l'ours, à laquelle il avait ajouté deux pattes avant en bois qui pendaient le long du corps.

— Te voilà déjà ? dit-il, surpris. Dis-moi, comment le trouves-tu ?

La jeune fille observa un instant la carcasse difforme.

— Horrible, répondit-elle.

Althar prit cela comme un compliment.

— C'est le but recherché, affirma-t-il. Ainsi nous le vendrons plus cher. Qu'est-ce qui t'amène ?

— J'ai apporté les pierres pour les yeux.

Elle remit ses trouvailles à Althar, qui les examina avec soin avant de les déposer dans la boîte où il conservait ses scalpels, ses racloirs et ses poinçons.

— Ça ira.

Theresa l'aida à installer la peau traitée sur l'armature grossière. Après en avoir cousu une partie, ils bouchèrent les vides avec du foin sec et des chiffons. Ils ajoutèrent ensuite le crâne, qu'ils recouvrirent avec la peau de la tête. A la fin de l'opération, l'ours évoquait un énorme pantin flasque.

— On ne dirait pas une bête féroce, constata Althar, déçu.

Ils modifièrent plusieurs fois le remplissage, sans résultat. Althar ne s'était jamais attaqué à un travail de cette ampleur. Finalement, il laissa échapper un chapelet de jurons et sortit prendre l'air.

Restée seule, Theresa médita sur l'aspect pathétique de l'ours. A cause de la posture dressée de l'animal, le foin glissait vers le bas et s'accumulait dans la panse, creusant le torse et les épaules. Les pattes avant pendaient, inertes, et la tête finissait toujours par retomber. La bête ne semblait pas empaillée, mais plutôt pendue.

Theresa sortit afin d'exposer le fruit de ses réflexions à Althar, mais elle ne le trouva pas. Elle regagna donc la caverne et se mit au travail sans le consulter.

A son retour, le trappeur fut stupéfait. Theresa avait modifié la position des pattes avant, qui se dressaient à présent au-dessus de la tête dans un geste de menace. Elle avait aussi remplacé le foin des pattes arrière par des chiffons cousus pour les maintenir en place.

— En mettant du foin entre la peau et la toile, expliqua-t-elle, les protubérances disparaîtront.

Althar était encore absorbé dans son examen. Theresa avait inséré un petit bâton de bois sombre entre la langue et le palais. La gueule, ainsi ouverte, dévoilait les crocs, accentuant l'aspect terrifiant de l'ours. Althar avait du mal à reconnaître dans ce magnifique animal l'épouvantail qui l'avait tant déçu.

Ils rentrèrent à la nuit, fatigués mais contents. En chemin, ils s'arrêtèrent près des ruches, le temps de recueillir de la cire pour Theresa. A l'arrivée, Althar salua sa femme d'un baiser sonore et se lança dans le récit de leurs progrès.

— Mes nouvelles ne sont pas aussi bonnes, déplora la femme. L'état du petit s'est aggravé.

Ils s'approchèrent de la couche où Hoos était allongé. Il tremblait et respirait avec difficulté. Léonore leur montra un mouchoir plein du sang qu'il avait craché.

— Il a vomi ou il a toussé ? s'enquit Althar.

— Je ne sais pas. Les deux ensemble.

— S'il a toussé du sang, ce n'est pas bon signe. Hoos, tu m'entends ? dit-il à l'oreille du blessé.

Le jeune homme acquiesça faiblement. Althar posa la main sur sa poitrine.

— Tu as mal ici ?

Hoos acquiesça de nouveau.

Althar fit la grimace. La présence de sang dans les expectorations ne pouvait avoir qu'une explication : une des côtes brisées avait déchiré un poumon.

— Si c'est le cas, glissa-t-il en aparté à Léonore, on ne peut rien faire. Seulement prier pour lui et attendre demain.

Hoos passa une nuit agitée ; il gémissait faiblement entre deux quintes de toux. Léonore et Theresa se relayèrent auprès de lui. Au matin, il était consumé par la fièvre. Althar savait que, sans les soins d'un médecin, il mourrait en quelques jours.
— Femme, prépare quelques provisions, nous partons pour Fulda, annonça-t-il.
Ils furent prêts à prendre le départ au milieu de la matinée. Althar chargea l'ours empaillé sur la charrette, ainsi que la tête à demi terminée et les cailloux qui devaient remplir les orbites vides. Au milieu, ils installèrent un grabat qui accueillit Hoos Larsson. Quelques provisions et un ballot de peaux à vendre complétèrent le chargement. Vint ensuite le moment des adieux à Léonore.
— J'espère revenir vous voir, lui dit Theresa, les yeux humides.
— Il guérira, affirma la femme d'Althar en lui donnant un baiser trempé de larmes.

La première journée de voyage se déroula sans encombre. Ils ne s'arrêtèrent que pour manger de la terrine de cerf et soulager leur vessie. La fièvre de Hoos ne tombait pas, et il était toujours inconscient. Le soir, ils campèrent près d'un ruisseau. Theresa et Althar montèrent la garde tour à tour. La jeune fille profita de ses heures de veille pour finir de coudre la tête du second ours. Lorsqu'elle mit les yeux en place, la dépouille prit un aspect effrayant dans la pénombre. Au matin, ils se remirent en route. Vers le milieu de la journée, des colonnes de fumée se profilèrent devant eux. Fulda n'était plus loin.

Malgré la distance, Theresa fut impressionnée par le caractère imposant de l'abbaye. Sur un vaste promontoire, des dizaines de constructions hétéroclites se pressaient les unes contre les autres, se disputant le moindre espace où l'on pouvait clouer une planche ou planter une clôture. Au centre se dressaient les murailles du sinistre monastère, de la même couleur sombre que le socle rocheux. Plus bas, sur les pentes, cabanes, échoppes, ateliers et réserves de grains se mêlaient si étroitement qu'ils ne semblaient plus former qu'un seul immense bâtiment.

Peu à peu, le sentier devint une large piste, empruntée par une foule de paysans et de bêtes. On distinguait dans les champs des fermes isolées aux toits de boue et de branchages. La longueur des haies d'épineux qui les entouraient indiquait l'importance de leurs propriétaires. La charrette finit par atteindre les rives de la Fulda, qui marquaient la frontière entre le chemin tortueux et l'entrée de la ville.

Un grand nombre de paysans attendaient de pouvoir franchir le pont. Althar rabattit sa capuche sur sa tête et mena son cheval en queue de la file.

Ils traversèrent la rivière après avoir remis au garde un pot de miel. Althar ronchonna, car il aurait pu économiser le droit de passage en empruntant un gué, à une lieue en aval. Mais, avec les ours empaillés et Hoos en piteux état, il avait préféré ne pas tenter le sort. Theresa, silencieuse, était fascinée par le mouvement de la foule, le vacarme constant, les odeurs – celles des hommes, et celles des moutons, des poules et des mules qui déambulaient aussi librement que leurs propriétaires. L'espace d'un instant, elle oublia ses préoccupations. Son regard allait des étals de tissu et des tavernes improvisées sur des tonneaux de bière aux groupes de gamins courant entre les éventaires de pommes qui bordaient la grande porte de la ville. Tout lui paraissait si nouveau que, pendant un instant, elle crut avoir retrouvé sa vieille Constantinople.

Althar engagea la charrette dans une rue latérale pour éviter la cohue du marché et la remonta jusqu'à une place où menaient une multitude de ruelles. Là, ils attendirent qu'un cortège sortant de l'abbaye s'éloigne et laisse le champ libre aux chariots qui attendaient pour continuer jusqu'à la colline.

Pendant qu'ils patientaient, Althar dit à Theresa qu'il connaissait en ville quelqu'un qui pourrait les héberger.

— Mais n'en parle pas à Léonore, ajouta-t-il en riant, à la grande surprise de la jeune fille.

Althar profita de l'arrêt forcé pour lui demander de garder la charrette et descendit s'informer. Plusieurs hommes échangeaient des plaisanteries autour d'une jarre de vin. Après les avoir abordés comme s'il les connaissait depuis toujours, il revint, l'air soucieux. Apparemment, la personne qu'il cherchait avait emménagé dans le faubourg. A cet instant, le conducteur du char à bœufs arrêté devant eux fit claquer son fouet et tout le monde repartit.

Peu avant l'abbaye, Althar tourna dans un passage si étroit que leur charrette frôlait les murs, puis il continua par un sentier qui menait à la partie est de la ville. Peu à peu, les maisons devinrent plus vieilles et plus sombres, les senteurs de cuisine et d'épices cédèrent la place à une entêtante odeur de vin aigre. Le trappeur arrêta le cheval devant une masure défraîchie. Theresa remarqua la porte peinte de couleurs vives. Son compagnon entra sans s'annoncer et revint peu après, un sourire aux lèvres.

— Descends, on va nous préparer à manger.

Ils déchargèrent la charrette et portèrent Hoos à l'intérieur de l'auberge.

11

Helga la Noire était une prostituée au caractère enjoué. A peine Althar était-il entré dans l'auberge qu'elle lui tira effrontément la langue. Puis elle remonta ses jupes jusqu'aux genoux et lui planta un baiser sonore sur la joue après l'avoir appelé « trésor ». Elle lui demanda ensuite qui était la mijaurée qu'il traînait avec lui. Elle continua à plaisanter jusqu'à ce qu'elle aperçoive le blessé. Dès lors, elle cessa ses facéties pour s'occuper de Hoos comme si sa propre vie en dépendait.

Après la mort de son ivrogne de mari, Helga avait vendu sa maison pour ouvrir une taverne. On l'appelait la Noire à cause de sa chevelure de jais et de ses ongles en deuil. Elle riait sans cesse, révélant une dentition pleine de trous. Mais ses joues carmin faisaient oublier ce détail et, malgré les rides, on pouvait encore la considérer comme une belle femme. Tout en changeant les bandages de Hoos, Helga demanda à Althar des nouvelles de son épouse. Theresa comprit alors pourquoi le vieux trappeur lui avait demandé de garder le secret.

La jeune fille n'aurait jamais imaginé qu'une prostituée puisse se montrer aussi généreuse. C'était la première fois qu'elle rencontrait une femme de ce genre, car elle ne fréquentait pas les semblables de Helga à Wurtzbourg. Néanmoins, elle trouva étonnant qu'une femme de petite vertu exerce son métier dans le voisinage immédiat de l'abbaye de Fulda. Quand Helga eut terminé les soins, elle interrogea Althar sur les blessures de Hoos. Il lui dit ce qu'il savait, et elle réfléchit un instant.

— Ici, le seul médecin est un moine du monastère, mais il ne soigne que les bénédictins. Nous autres, nous devons nous contenter du barbier.

— Ce n'est pas n'importe quel blessé, rétorqua Althar. Il lui faut un médecin expérimenté.

— Ce qui est sûr, c'est que je ne peux pas me présenter accompagnée d'un homme à la porte de l'abbaye. Et toi encore moins. Dès qu'ils te reconnaîtront, ils lâcheront les chiens.

Althar se lissa la barbe. Helga la Noire avait raison. Au monastère, certains le tenaient encore pour l'unique responsable de la mort du fils de l'abbé. Il ne leur restait qu'à recourir au barbier.

— Il s'appelle Maurer, reprit Helga. Le matin, il visite les malades mais, à midi, il est déjà à la taverne du marché, où il dépense jusqu'à son dernier sou.

Althar demanda à Theresa de ranger ses affaires sous le grabat de Hoos et de l'accompagner. Helga veillerait sur le blessé.

— Nous allons au marché, annonça-t-il avec un sourire. N'oublie pas que nous avons des ours à vendre.

Sur la place du marché, les meilleurs emplacements étant déjà occupés, ils durent se contenter d'un recoin retiré. Les badauds se pressaient autour des étals qui offraient nourriture, poteries, outils, semences, tissus ou paniers. Les marchandises les plus diverses s'échangeaient. On profitait également du marché pour bavarder et se tenir informé des dernières nouvelles. Althar rangea la charrette contre un mur pour empêcher que les gamins se glissent derrière et leur dérobent leur chargement. Puis il dressa l'ours entier sur le plateau et exposa la tête du second à côté, sur un socle improvisé à partir de quelques morceaux de bois.

Althar demanda à Theresa si elle savait danser. Malgré sa réponse négative, il lui ordonna de monter près de l'ours et de remuer le derrière. Alors, il sortit un cor de chasse et le fit sonner. Les premiers à accourir furent quelques chenapans dépenaillés qui se mirent à imiter les déhanchements de Theresa, mais d'autres curieux les rejoignirent et, bientôt, un petit cercle se forma devant la charrette.

— Je t'échange le grand ours contre ma femme, proposa un paysan édenté. Elle a les mêmes griffes.

— Désolé, mais mon épouse est déjà une bête sauvage, rétorqua Althar en riant.

— Et tu dis que cet animal est un ours ? lança un autre au dernier rang. C'est à peine si on lui voit les couilles !

L'hilarité fut générale.

— Approche-toi de ses crocs et tu verras comme les tiennes vont rétrécir.

Les rires redoublèrent.

— Combien pour la fille ? demanda un troisième.

— C'est elle qui a tué l'ours, alors imagine ce qu'elle fera de toi...

Nouvelle cascade de rires.

Un gamin leur jeta un chou. Althar l'attrapa par les cheveux et le secoua, histoire de donner un avertissement aux autres. Un vendeur de bière, convaincu de pouvoir faire quelques affaires, transporta son tonneau à proximité de la charrette. Quelques ivrognes le suivirent, au cas où quelqu'un aurait l'idée d'offrir une tournée.

— Cet ours a dévoré deux Saxons avant d'être capturé, annonça Althar. Leurs squelettes étaient dans sa tanière. Il a tué mon chien et m'a blessé, ajouta-t-il en exhibant une vieille cicatrice sur une de ses jambes. Et maintenant, vous pouvez l'avoir pour seulement une livre d'argent.

En entendant le prix, certains s'éloignèrent. S'ils avaient disposé d'une somme pareille, ils auraient acheté six vaches, trois juments, voire une paire d'esclaves, plutôt que la peau rapiécée d'un ours mort. Ceux qui restèrent s'intéressaient surtout à la danse de Theresa.

Une femme enveloppée de fourrures semblait admirer l'animal de loin. Remarquant son intérêt, son compagnon, un petit homme à l'allure élégante, envoya l'un de ses serviteurs s'enquérir du prix.

— Dis à ton maître ce qu'il sait déjà : une livre pour l'animal entier, répondit Althar.

Il fit de nouveau sonner sa trompe.

Le serviteur pâlit à l'énoncé du prix, mais son maître ne parut pas s'en émouvoir. Il renvoya le serviteur proposer la moitié de la somme à Althar.

— Dis-lui que, pour ce prix, je ne lui vendrais même pas un renard. S'il tient à impressionner la dame, qu'il racle le fond de sa bourse ou qu'il parte lui-même à la chasse risquer ses burettes.

En recevant la réponse, le couple fit demi-tour et disparut dans la foule. Althar remarqua cependant que la femme se retournait de temps à autre. Il sourit et commença à rassembler ses affaires.

— C'est l'heure d'aller boire !

Avant de s'éloigner, il conclut deux transactions. Pour un sol d'or, il vendit une peau de castor à un marchand de soieries et en échangea une autre avec un boulanger contre trois mesures de blé. Puis il engagea deux enfants pour surveiller l'ours, en les avertissant qu'il les écorcherait vifs s'il manquait quelque chose à sa marchandise à son retour. Dans la taverne, Althar et Theresa s'attablèrent près de la fenêtre pour garder un œil sur la charrette. Althar commanda deux verres de vin, du pain et des saucisses, qu'on leur servit sans retard. Tout en déjeunant, Theresa lui demanda pourquoi il avait refusé de baisser le prix de l'ours.

— Tu dois apprendre les règles du commerce, répondit le trappeur entre deux bouchées. La première est de bien connaître son futur client. L'homme qui s'intéresse à notre ours est un des plus riches de Fulda. Il pourrait en acheter cent qu'il lui resterait encore de quoi acquérir mille esclaves. Quant à elle, je ne sais pas ce qu'elle a entre les jambes, mais elle parvient toujours à ses fins.

— Il n'empêche que l'ours est toujours là. Si tu avais baissé le prix, nous serions peut-être en train de fêter la vente.

— Ça ne va pas tarder, assura Althar.

Il lui montra la porte avec un clin d'œil. Leur client entrait dans la taverne. Sa compagne resta dehors à admirer l'ours empaillé. Il saisit un des tabourets de leur table.

— Vous permettez ?

Althar accepta sans presque le regarder et l'homme s'assit tranquillement. Le tavernier s'empressa auprès de lui. Pendant qu'on lui servait du vin et du fromage, Theresa observait leur convive. Des bagues brillaient à tous ses doigts, une moustache raide, fraîchement graissée, ornait sa lèvre supérieure. Malgré leur richesse, ses vêtements étaient constellés de taches. Il saisit le pichet de vin et, après s'être servi, remplit le verre d'Althar jusqu'au bord.

— Alors, mon argent ne te plaît pas ? demanda-t-il sans détour.

— Autant que mon ours ne t'intéresse pas.

Althar ne quittait pas son verre des yeux.

L'homme déposa une bourse sur la table. Althar la prit et la soupesa brièvement, puis il la reposa devant son propriétaire.

— Une demi-livre, c'est ce que gagne un de mes journaliers en un an, déclara l'homme.

— Voilà pourquoi je ne suis pas journalier, rétorqua Althar.

L'homme ramassa la bourse, visiblement agacé, et sortit discuter avec la femme. Quelques minutes plus tard, il revint, renversa d'un coup de pied la table d'Althar et Theresa, et lâcha deux bourses au milieu des débris.

— Une livre d'argent. Profitez-en bien, toi et ta putain !

— Nous n'y manquerons pas. Merci, seigneur !

Et le trappeur vida tranquillement son verre de vin.

Dehors, la femme accueillit son compagnon avec force embrassades et cajoleries, pendant que deux serviteurs déchargeaient l'ours et le transféraient sur une autre charrette. Un des gamins engagés par Althar tenta de s'interposer et récolta une taloche. Quant le trappeur sortit de la taverne, il appela le garçon et lui glissa une pièce en récompense de sa vaillance, puis il lui demanda :

— Sais-tu où l'on peut trouver Maurer, le barbier ?

Le galopin mordit la pièce avant de l'empocher d'un air ravi. Tous trois grimpèrent ensuite dans la charrette et l'enfant les guida jusqu'à une taverne située à quelques pâtés de maisons de la place du marché. Là, il entra et ressortit peu après, accompagné d'un homme pansu au visage piqué de vérole, qu'il présenta comme Maurer. Althar mit pied à terre et échangea quelques mots avec le barbier. Celui-ci retourna chercher sa besace dans la taverne, après une brève discussion sur le prix de la consultation. Puis Althar et lui prirent place sur le siège du cocher et ils se dirigèrent vers la taverne de Helga.

S'il empestait le vin, le barbier travaillait avec dextérité. A peine arrivé, il rasa le torse de Hoos et le badigeonna d'huiles. Puis il examina l'induration qui marquait la poitrine à hauteur des mamelons, en évalua la couleur, la température, le gonflement. Il s'arrêta plus particulièrement sur les zones violacées, qui semblaient l'inquiéter. A travers un cornet d'os, il écouta la respiration du blessé, puis il renifla son haleine, qu'il qualifia d'aigre. Jugeant la saignée inutile, il rangea ses couteaux et les pierres colorées avec lesquelles il les avait aiguisés, puis il prescrivit un cataplasme.

— C'est la fièvre qui m'inquiète, expliqua-t-il. Il a trois côtes cassées. Deux semblent soudées, mais la dernière a atteint le poumon. Par chance, elle n'a fait qu'entrer et sortir. La blessure cicatrise bien, les sifflements sont faibles. Mais la fièvre... c'est plus ennuyeux.

— Il va mourir ? demanda Althar.

Helga lui donna une tape sur le sommet du crâne.

— Je veux dire, il va vivre ? se reprit-il.

— Le problème, c'est l'œdème. S'il persiste, la fièvre augmentera. Il existe des plantes qui empêcheraient le mal de progresser. Mais je n'en ai pas.

— Si c'est une question d'argent...

— Malheureusement, non. Vous m'avez bien payé, et j'ai fait ce que je pouvais.

Maurer engloutit la dernière bouchée du traditionnel en-cas offert au médecin.

— A propos de ces plantes... commença la Noire.

— Je n'aurais pas dû en parler. Hormis le fenouil contre la constipation et le cerfeuil pour stopper les hémorragies, je les connais à peine.

— Et le médecin du monastère ? intervint Theresa. Il en saurait plus que vous ? Dans ce cas, allons le trouver ensemble. Vous pourrez peut-être le convaincre de nous aider.

Le barbier se gratta la tête et regarda Theresa d'un air affligé.

— J'ai bien peur de ne pouvoir vous être utile. Le médecin est mort le mois dernier.

Helga en lâcha ses casseroles. La nouvelle prit aussi Althar au dépourvu, mais la plus affectée fut Theresa.

— Cela dit, vous pourriez peut-être faire appel à l'apothicaire, suggéra Maurer. Celui qu'on appelle le frère herboriste... Il est têtu comme une mule, mais au moins, il prend en pitié ceux qui accompagnent leurs requêtes de quelque nourriture. Dites-lui que vous venez de ma part. Il me tient en estime.

— Et vous ne pourriez pas nous accompagner ? insista Theresa.

— La période n'est guère propice. Au début de ce mois, une légation ecclésiale s'est installée à Fulda. Elle est dirigée par un frère britannique que Charlemagne a chargé de réformer l'Eglise. D'après la rumeur, il est prompt au châtiment. Il suffirait que quelqu'un lui glisse qu'en certaines occasions j'ai gagné un peu d'argent en chassant les esprits pour qu'il m'accuse de sorcellerie et me pende à un pin. Ce moine tient le monastère d'une main de fer. Soyez prudents.

Maurer termina d'appliquer le cataplasme et recouvrit Hoos avec soin. Il leur dit où trouver l'apothicaire et montra à Helga la Noire comment frictionner le blessé. Enfin, il tendit la main à Althar et se retira.

Après son départ, un silence de plomb s'installa.

Helga alla se préparer à accueillir ses clients. De son côté, Althar décréta que c'était le moment de se rendre à la forge et de faire réparer sa charrette.

Theresa resta auprès de Hoos et lui épongea le visage. Elle faisait doucement glisser le linge sur son front, sur ses paupières closes, priant pour que le tremblement de ses mains ne trouble pas le sommeil du jeune homme. Soudain ses yeux s'emplirent de larmes, comme si elle partageait la souffrance du blessé. En cet instant, elle fit la promesse que, tant que cela dépendrait d'elle, Hoos Larsson ne mourrait pas. Si nécessaire, elle le traînerait jusqu'au monastère et obtiendrait de l'apothicaire qu'il le soigne avec ses herbes.

Quand Helga revint, Theresa crut se trouver devant une étrangère. Ses cheveux lâchés étaient ornés de rubans colorés, un fard rouge sang soulignait ses lèvres et l'éclat de ses pommettes. Son décolleté profond laissait deviner une poitrine généreuse. Elle portait une jupe ample, une ceinture voyante, et un collier de perles dansait sur sa poitrine, tintant à chaque pas. S'étant assise près de la jeune fille, Helga se versa un verre de vin.

— Il faut attendre, dit-elle en regardant Hoos.

— Je ne crois pas que ce cataplasme lui soit d'un grand secours, répliqua Theresa. Nous devrions l'emmener chez l'apothicaire.

— Pour le moment, il a besoin de repos. Demain matin, selon son état, nous prendrons une décision. Althar m'a appris que tu comptais t'installer à Fulda.

— C'est vrai.

— Et d'après lui, tu n'as pas de famille. Tu sais comment tu vas gagner ta vie ?

Theresa rougit. Elle ne s'était pas encore posé la question.

— Je vois... Dis-moi, tu es encore vierge ?

— Oui, répondit la jeune fille, troublée.

— Ça se voit sur ton visage, dit Helga en secouant la tête. Si tu avais été une putain, les choses auraient été plus faciles. Cela dit, il n'est pas trop tard. Que se passe-t-il ? Tu n'aimes pas les hommes ?

— Ils ne m'intéressent pas.

Theresa jeta un bref regard à Hoos et dut s'avouer qu'elle n'était pas tout à fait sincère.

— Et les femmes ?

— Bien sûr que non !

Elle se leva, offensée, tandis que Helga éclatait de rire.

— Ne t'inquiète pas, princesse. Dieu ne vient pas jusqu'ici pour nous écouter.

La Noire but une gorgée de vin, puis elle s'essuya la bouche du revers de la main, étalant son maquillage.

— Il te faudra quand même trouver un moyen de subsistance. Manger, s'habiller, le lit où dort ce jeune homme quand on n'y baise pas, tout cela coûte de l'argent.

— Je chercherai du travail demain, répondit Theresa après un temps de réflexion.

— Que sais-tu faire ? Je pourrais peut-être t'aider.

La jeune fille expliqua qu'à Wurtzbourg elle travaillait dans une parcheminerie. Elle parla aussi de ses talents culinaires, se souvenant des enseignements de Léonore. Cependant, elle évita de mentionner ses dons de calligraphe. Quand Helga lui demanda des détails sur ce qu'elle faisait à l'atelier, elle répondit qu'elle préparait les parchemins, cousait les cahiers et reliait les livres.

— Il n'existe rien de tel ici. On fabrique peut-être des parchemins à l'abbaye, mais je ne peux pas te l'assurer. Et ce travail te rapportait combien ?

— Je recevais un pain par jour. On ne paye pas les apprentis.

— Parce que tu n'étais qu'apprentie... Et combien touchaient les compagnons ?

— Un ou deux deniers par jour mais, le plus souvent, on les payait aussi avec de la nourriture.

Helga la Noire acquiesça : ces pratiques étaient courantes. Cependant, lorsque Theresa lui apprit que les hommes de Korne percevaient une mesure de blé, équivalente à un denier, elle éclata de rire.

— On voit bien que tu n'es jamais allée au marché !

Helga écarta les verres et forma des boulettes avec les miettes de pain qui parsemaient la table.

— Une livre d'argent est égale à vingt sols. Un sol équivaut à douze deniers.

Elle forma encore quelques boulettes, se trompa dans son compte et finit par toutes les balayer de la main.

— Bref, conclut-elle, les sols sont en or et les deniers en argent. D'accord ?

Theresa leva les yeux au plafond et calcula :

— Si douze deniers font un sol, et vingt sols font une livre... Alors, une livre équivaut à deux cent quarante deniers !

La Noire lui lança un regard stupéfait, puis elle conclut que Theresa connaissait sans doute déjà la réponse.

— C'est bien ça, concéda-t-elle. Deux cent quarante deniers. Avec un denier, on peut acheter un quart de mesure de blé, ou un tiers de mesure de seigle. Mais aussi la moitié d'une mesure d'orge ou d'avoine. Le problème, c'est qu'il faut une meule de pierre pour les moudre. Donc si tu trouves du travail, il vaudrait mieux que tu te fasses payer en pain plutôt qu'en grain. Un denier correspondrait à douze miches de deux livres, mais c'est trop pour une personne seule.

— Et alors ?

— En réalité, tu n'as besoin que d'une miche pour ta consommation. Tu iras donc au marché pour échanger les neuf miches restantes. Neuf, car si tu restes ici, tu devras m'en donner deux par jour pour ton logement. Une livre de viande ou de poisson coûte environ un demi-denier, c'est-à-dire l'équivalent de six miches de pain de blé. Après, il t'en restera trois à troquer contre du sel. Comme le sel ne pourrit pas, tu pourras le conserver comme monnaie d'échange. Si tu n'aimes pas ma maison, je peux demander dans le voisinage ; nous te trouverons peut-être quelque chose pour le même prix.

— Mais j'aurai besoin... Je ne sais pas... De vêtements, de chaussures...

— Voyons, laisse-moi te regarder... Pour l'instant, je peux te prêter quelque chose. Le tissu de laine coûte un sol l'aune mais, s'il est usagé, tu peux l'avoir pour seulement trois deniers. Une fois épouillé et rapiécé, il te rendra le même service que du neuf. Je viens d'acheter quatre ou cinq aunes de vieille laine, c'est suffisant pour deux ou trois robes. Je t'en céderai un coupon.

Theresa ne savait que dire, car elle avait perdu le fil depuis un moment. Elle regarda Helga. En dépit de son langage brusque et de ses manières grossières, cette femme avait bon cœur.

— Quant à Hoos, il peut rester aussi longtemps que nécessaire, ajouta la Noire. Mais j'ai besoin du lit, car parfois les clients ont envie de s'amuser un peu. Vous n'aurez qu'à vous installer derrière, dans le grenier.

Theresa l'embrassa sur la joue, et Helga en fut tout émue.

— Tu sais, dit-elle avec un sourire amer, il y a longtemps, moi aussi j'étais jolie... Il y a très longtemps.

Pendant le dîner, Althar maudit la guilde des forgerons, ses membres, et en particulier le bandit qui avait réparé sa roue.

— Le maudit pendard m'a réclamé un sol, s'indigna-t-il. Un peu plus et je lui laissais la charrette.

Plus tard, il annonça qu'il repartirait pour les montagnes le lendemain.

La Noire prononça à peine quelques mots. Au fil des heures, le fard coulait sur son visage, lui donnant l'air d'un épouvantail. Elle peinait à garder les yeux ouverts, ayant bu plus que de raison, mais elle ne lâchait pas son verre.

Après avoir débarrassé la table, Theresa rejoignit le grenier pour s'occuper de Hoos. En le frictionnant, elle constata qu'il était toujours dévoré par la fièvre. Cette nuit-là, il vomit trois fois et elle dormit à peine.

Durant sa veille, elle pensa à son père et à Rutgarde. Pas une nuit ne s'écoulait sans qu'elle les regrette. Parfois, elle envisageait de retourner à Wurtzbourg, mais la crainte et la honte la retenaient. Au moins, elle se consolait en imaginant qu'ils allaient bien, et elle rêvait de leur faire savoir où elle se trouvait. Elle se promit de découvrir une manière de communiquer avec eux, de leur expliquer ce qui était arrivé. Un jour, peut-être, ils pourraient lui pardonner.

Le lendemain matin, Theresa fut réveillée par les récriminations d'Althar, qui tentait d'atteler son cheval. Hoos semblait avoir encore l'esprit confus. Elle l'aida à se lever et l'accompagna aux latrines des écuries. Pendant qu'il se soulageait, elle préleva une portion d'un pâté préparé par Helga, présent idéal pour amadouer l'apothicaire. Althar accepta volontiers de les conduire au monastère avant de quitter la ville.

Il ne dit pas au revoir à la Noire, car celle-ci était tellement ivre qu'elle ne parvint pas à sortir du lit. En voyant la charrette, Theresa remarqua que le forgeron, non content de réparer le moyeu, l'avait aussi poli. Elle s'installa près de Hoos et le recouvrit pour le protéger de la rosée. Puis Althar fit claquer son fouet et le cheval se mit en marche d'un pas tranquille.

Ils empruntèrent une enfilade de ruelles, croisant les premiers habitants qui quittaient leur maison pour se rendre aux champs. Suivant les indications du barbier, ils se dirigèrent vers le flanc sud de l'abbaye, dans le jardin de laquelle ils espéraient trouver l'apothicaire. Il devait être très tôt, car à travers la haie de ronces, on ne voyait aucun journalier au travail. Althar aida Theresa à asseoir Hoos contre une souche.

— Vous voici arrivés, annonça le trappeur.

Theresa frissonna, mais elle ne savait si c'était à cause du froid ou à la perspective de se retrouver à nouveau seule. Elle jeta un regard reconnaissant à Althar et l'étreignit lorsqu'il lui ouvrit les bras. Puis elle recula, les yeux brillants.

— Je ne vous oublierai jamais, chasseur d'ours. Ni Léonore. Dites-le-lui.

Le trappeur se frotta les paupières. Puis il fouilla dans ses poches, en tira une bourse et la tendit à Theresa.

— C'est tout ce que j'ai pu obtenir... pour ta tête d'ours, précisa-t-il devant l'étonnement de la jeune fille.

Althar adressa un geste d'adieu à Hoos, fit repartir son cheval et disparut lentement par les ruelles boueuses.

Il s'écoula un certain temps avant que les cloches annoncent le début des activités du monastère. Peu après, une petite porte s'ouvrit, par où sortirent plusieurs religieux qui se répartirent dans les allées du jardin. Les plus jeunes commencèrent à désherber pendant que le plus âgé, un homme de haute taille, à l'allure dégingandée, examinait les arbustes, s'accroupissant parfois pour les effleurer. Theresa supposa qu'il s'agissait de l'herboriste, non seulement à cause de son âge, mais aussi parce que sa robe était en serge, et non en étoffe grossière, comme celles des novices. Il continua sa lente inspection, buisson par buisson, et finit par atteindre la haie derrière laquelle attendait Theresa. Celle-ci en profita pour attirer son attention.

— Qui va là ? demanda le moine, tentant de percer les ronces du regard.

Theresa se recroquevilla comme un lièvre effrayé.

— Frère herboriste ?
— Qui le demande ?
— C'est Maurer, le barbier, qui m'envoie. Aidez-nous, pour l'amour de Dieu !

En écartant les branches, le moine découvrit Hoos. Presque plié en deux, le jeune homme semblait sur le point de tomber malgré le soutien de la souche. Sans perdre un instant, l'homme ordonna à deux novices de transporter le blessé à l'intérieur de l'enceinte. Theresa les suivit sans poser de questions. Ils traversèrent plusieurs cours et parvinrent à un édifice trapu, protégé par une porte munie d'un gros cadenas. Le frère sortit une clé d'une de ses manches et, après deux tentatives infructueuses, poussa la porte, qui céda en grinçant. Les novices allongèrent Hoos sur une table après l'avoir débarrassée, puis le frère les renvoya au jardin.

Theresa s'était arrêtée sur le seuil.

— Ne reste pas dehors, lui dit le moine en rangeant les pots, bocaux, flacons et vases qui s'amoncelaient des deux côtés de la table. C'est donc le barbier qui t'envoie ? Et il a dit que je t'aiderais ?

Theresa crut comprendre l'allusion.

— Je vous ai apporté ceci...

Elle lui tendit le pâté de Helga. Il jeta à peine un regard au paquet avant de le mettre de côté. Ensuite, il se retourna vers la table et continua à y mettre de l'ordre, tout en l'interrogeant sur l'origine de la fièvre du malade. Il prit un air soucieux lorsqu'elle évoqua un problème au poumon.

Il déplaça un alambic, contourna une presse en bois légèrement bancale et prit une balance à main. Ensuite, il remplit un flacon d'une quantité d'eau précise, qu'il tira d'un puits intérieur. Puis il s'approcha d'un immense buffet qui supportait des dizaines de pots en céramique et se mit à chercher quelque chose du regard. A la manière dont il plissait les yeux, Theresa comprit qu'il avait du mal à déchiffrer les étiquettes.

— Voyons, écorce de saule... écorce de saule... répétait-il, le nez collé aux bocaux. Sais-tu que la santé est l'état d'intégrité du corps, l'équilibre naturel entre le chaud et l'humide ? C'est ce qu'est le sang. On dit *sanitas*, comme si on disait *sanguinis status*...

Il prit un pot sur une étagère, l'examina et le remit à sa place.

— Toutes les maladies tirent leur origine des quatre humeurs, le sang, la bile jaune, la bile noire et le flegme. Quand elles augmentent dans des proportions anormales, les maladies se déclarent. Le sang et la bile jaune provoquent les maux aigus, alors que le flegme et la bile noire sont à l'origine des maux chroniques. Où m'ont-ils donc mis l'écorce de saule ?

— Ecorce de saule. C'est là, indiqua Theresa.

Le moine la fixa d'un air étonné. Puis il saisit le bocal que lui indiquait la jeune fille et vérifia que c'était bien celui qu'il cherchait

— Tu sais lire ? demanda-t-il d'un air incrédule.

— Et aussi écrire, répondit Theresa avec franchise.

Le moine arqua un sourcil, mais il ne fit aucun commentaire.

— Ce jeune homme a du flegme dans les poumons, expliqua-t-il. Il existe plusieurs traitements contre cela. Nous disposons d'une telle quantité de teintures et de potions qu'il nous faudra un peu de temps pour trouver celle qui convient. Regarde, dit-il en sortant un morceau d'écorce du pot. Il est vrai que le saule infusé dans du lait fait baisser la fièvre, mais la farine d'orge dissoute dans de l'eau tiède y parvient tout aussi bien, ou encore un mélange de safran et de miel. Chaque remède se comporte de manière différente suivant les proportions. Chaque patient est singulier, tout comme la nature de ses organes. Parfois, des poumons faibles ou blessés se soignent comme par enchantement, tandis que d'autres, sains et vigoureux en apparence, s'enflamment sans raison avec l'arrivée du printemps. C'est prouvé... Que fait ce jeune homme ?

— Il possède des terres à Aquisgranum.

Theresa expliqua ensuite qu'elle résidait chez Helga la Noire en attendant de trouver du travail.

— Intéressant...

De l'autre côté de la salle, le moine allumait un four avec une lampe à huile.

— Dieu nous envoie les maladies, mais Il nous offre aussi les remèdes qui les guérissent, dit-il, continuant son monologue. Et de même que pour atteindre le paradis nous étudions Ses paroles, nous devons étudier les écrits d'Empédocle, de Galien, d'Hippocrate ou de Pline pour trouver la guérison. Elle peut se cacher dans la poudre d'alun ou dans un prépuce de castor. Tiens-moi ça.

Theresa saisit le récipient dans lequel le frère avait versé un sombre liquide effervescent. Le bavardage du moine l'agaçait, car elle craignait que l'envoyé ecclésial dont avait parlé Maurer ne surgisse et ne les expulse du monastère avant la fin de la consultation.

— Mais, s'il existe plusieurs remèdes, pourquoi ne pas tous les utiliser ? demanda Theresa.

— *Alibi tu medicamentum obligas*. Donne-moi ça.

Après y avoir ajouté une poudre claire, le moine battit le mélange, qui finit par se troubler et devenir blanchâtre.

— « Médecine » vient de « mesure », de modération pour ainsi dire, le principe qui doit guider tous nos actes. Les Grecs furent les pères de cet art qu'Apollon initia et que son fils Esculape perpétua. Plus tard, Hippocrate reprit et améliora cet art. C'est à lui que nous devons de comprendre la guérison, en nous fondant sur le raisonnement, l'expérimentation et l'observation.

Theresa commençait à s'impatienter.

— Mais comment le soignerez-vous ?

— La question n'est pas tant « comment » que « quand ». Quant à la réponse, elle ne dépend pas de moi, mais de lui. Il devra donc rester ici jusqu'à ce que cela arrive... si cela doit arriver.

— Je ne crois pas que ce soit une bonne idée. Le barbier nous a raconté que, la semaine passée, un moine étranger envoyé par Charlemagne était arrivé à l'abbaye. S'il est aussi sévère qu'on le dit, je crains qu'il ne vous adresse des reproches.

— Et que pourrait-il me dire ?

— Je ne sais pas. Il paraît que le monastère ne s'occupe que de ses propres malades, et si cet homme apprend que vous avez aidé un inconnu...

— Comment s'appelle-t-il ?

— Je ne sais pas. Je sais seulement qu'il s'agit d'un moine étranger.

— Je parlais du blessé.

— Pardon, répondit Theresa, confuse. Larsson. Hoos Larsson.

— Eh bien, Hoos Larsson, c'est un plaisir de vous rencontrer. Maintenant que les présentations ont été faites, ce n'est plus un inconnu.

Theresa ébaucha un sourire, mais elle insista néanmoins.

— Si cet homme expulsait Hoos avant que vous l'ayez soigné, je ne me le pardonnerais pas.

— Et qu'est-ce qui te fait penser une chose pareille ? Pour ce que j'en sais, ce « nouveau venu » n'est pas un démon. Il prétend seulement imposer l'ordre dans le monastère.

— Mais le barbier a dit...

— Par Dieu, oublie le barbier ! De plus, pour ta tranquillité, je t'assure que l'envoyé de Charlemagne ne saura pas que Hoos demeure dans la pharmacie.

— Vous m'assurez que si Hoos reste ici il guérira ?

— *Ægroto dum anima est, spes est.* Tant qu'il y a de la vie, il y a de l'espoir.

Tant d'amabilité avait certainement un prix. Theresa sortit donc la bourse que lui avait remise

Althar et la tendit à l'apothicaire. Celui-ci y prêta aussi peu d'attention qu'au pâté de viande.

— Garde-la. Tu me paieras d'une autre manière. Ou plutôt, reviens demain après tierce et dis au portier que frère Alcuin t'attend. Je pourrai peut-être te trouver du travail.

Lorsque Theresa raconta l'histoire à Helga, celle-ci n'en crut pas ses oreilles.

— Cet apothicaire a de vilaines pensées en tête, affirma-t-elle.

— De quoi parles-tu ?

— Réveille-toi, petite. De vilaines pensées qui te concernent.

— Il m'a paru honnête. Au lieu de manger le pâté, il l'a donné aux novices.

— Il souffrait peut-être d'indigestion...

— Mais il est maigre comme un clou ! A ton avis, quel genre de travail va-t-il me proposer ?

— S'il se conduit comme Dieu le commande, il t'emploiera peut-être comme domestique. A force de prier, ces moines finissent par vivre comme des porcs. Avec un peu de chance, il aura besoin d'une cuisinière – tu aurais besoin de prendre un peu d'embonpoint. Mais il y a des dizaines de filles prêtes à nettoyer les latrines de l'abbaye, alors je ne vois pas pourquoi il en engagerait une aussi raffinée que toi. Enfin, sois prudente, et surveille bien tes arrières.

Entre la préparation du repas et le ménage de la taverne, la matinée passa rapidement. Plusieurs tonneaux faisant office de tables étaient disposés dans la pièce principale, entourés de quelques tabourets et d'un banc solide. Un rideau séparait les clients des cuisines. Près du foyer, un brasero de métal, deux trépieds, des poêles, des poêlons, une grande marmite, des ustensiles en bois, des brocs et des pichets ébréchés. Une montagne de vaisselle attendait d'être lavée à l'eau du puits. Helga expliqua qu'elle avait transféré la cave à vin sous les combles, car lorsqu'elle se trouvait encore dans la cuisine, il suffisait d'un instant d'inattention pour qu'on lui en chaparde. Derrière la taverne s'élevait la grange, mi-écurie mi-poulailler, où elle exerçait chaque nuit son métier.

A midi, elles puisèrent dans le ragoût qu'elles avaient préparé pour les clients, tout en commentant la visite de Theresa au monastère. Après le repas, Helga proposa de se rendre sur la grand-place pour voir le Cochon, un prisonnier accusé d'un horrible crime. Elles passeraient un agréable moment à regarder les gamins lancer des choux et des navets au condamné. En chemin, elles pourraient acheter de quoi se parfumer. Theresa accepta, et les deux femmes se mirent en route en chantonnant.

12

Recroquevillé sur lui-même, le Cochon était attaché à un poteau. Les coups avaient réduit son corps à un magma de chair meurtrie, mais on distinguait encore les traits du visage ridé et imberbe d'où lui venait son surnom. Son regard effrayé sautait d'un point à un autre, comme s'il ne comprenait pas la situation – sans doute était-il attardé. Deux hommes armés le surveillaient, indifférents aux dizaines de personnes qui l'injuriaient. Un gamin excita un chien après lui, mais l'animal s'enfuit. Entre-temps, Helga la Noire avait acheté deux bières à un vendeur ambulant et cherchait le meilleur endroit pour jouir du spectacle. Mais, comme des femmes la montraient du doigt, elle opta finalement pour la discrétion.

— Il est né idiot, mais personne n'aurait jamais imaginé qu'il puisse être dangereux, expliqua-t-elle à Theresa tout en calant son dos contre un muret.

— Dangereux ? Qu'est-il arrivé ?

— Jusqu'à présent, il n'avait jamais posé de problèmes. Mais, la semaine passée, une fille a été retrouvée sur les berges du fleuve. Elle était nue, les jambes écartées, et il lui avait tranché la gorge.

Theresa ne put s'empêcher de rapprocher ce crime de la tentative de viol des Saxons, dans la cabane des Larsson. Elle vida sa chope et demanda à rentrer à la taverne. La Noire accepta de mauvaise grâce, car il y avait longtemps qu'on n'avait châtié de criminel à Fulda. Mais Helga se consola vite : après tout, il restait encore l'exécution. Sur le chemin du retour, elle voulut acheter quelques produits dont elle avait besoin pour son commerce. Elle choisit un flacon à l'odeur de résine de pin et un autre, plus grand, qui semblait contenir de l'encens. Au lieu de la faire payer, le marchand cligna de l'œil et l'entraîna à l'écart le temps d'une brève discussion. Theresa observa leur manège d'un œil intrigué.

Durant l'après-midi, deux ivrognes entrèrent dans la taverne et vidèrent des pichets de vin bon marché, jusqu'à ne plus avoir un sou. Après leur départ, Theresa suggéra de se rendre au monastère pour prendre des nouvelles de Hoos, mais Helga lui recommanda de s'en tenir au rendez-vous fixé par l'apothicaire. Au cours de la soirée, trois jouvenceaux entrèrent à l'auberge et s'offrirent un joyeux dîner, ponctué d'éclats de rire. Peu après, cinq journaliers empestant la sueur s'installèrent près du feu et commandèrent de la bière en quantité. L'ivresse aidant, ils ne tardèrent pas à échanger des plaisanteries, se demandant laquelle des deux femmes perdrait la première son jupon. Devinant qu'elle allait avoir besoin d'aide, Helga confia la cuisine à Theresa et partit chercher quelques amies. Elle revint au bras de deux femmes très maquillées, aux vêtements bariolés. A peine arrivées, elles s'assirent sur les genoux des journaliers, saluant avec des cris et des rires aigus les caresses audacieuses des hommes. L'un d'eux glissa la main sous la jupe de celle qui se trouvait sur ses genoux, et la femme laissa échapper un petit cri de surprise feinte. Un autre, déjà ivre, offrit du vin à sa compagne, puis en versa dans son décolleté. Au lieu de protester, la jeune femme lui montra un sein. A cet instant, Theresa jugea plus sage de s'éclipser, mais l'un des journaliers, remarquant son mouvement, s'interposa. Heureusement, la Noire calma l'ivrogne en lui glissant à l'oreille la promesse d'une nuit de débauche. Puis elle conseilla à sa protégée de se réfugier dans le grenier.

Theresa ne tarda pas à découvrir que le grenier d'un bordel n'était pas l'endroit rêvé pour passer une nuit au calme. Sa retraite dominait le coin choisi par un des journaliers en quête d'intimité. Une femme, agenouillée devant lui, s'employait à ramener son membre à la vie. Quand la putain parvint au résultat escompté, l'homme se logea entre ses jambes et commença à s'agiter sur elle. Puis il laissa échapper quelques cris, insulta la prostituée et se laissa retomber sur son corps blême. Peu après, Helga arriva, accompagnée du marchand qui lui avait vendu des huiles parfumées. Tous deux éclatèrent de rire devant le couple endormi. L'homme voulut les réveiller, mais Helga l'en empêcha. Puis ils s'allongèrent sur un grabat voisin, après avoir pris soin de se couvrir d'une cape.

Lorsque Theresa parvint à s'endormir, elle rêva de Hoos Larsson. Tous deux étaient nus. Il lui caressait les cheveux, le cou, les seins, le corps tout entier. Elle éprouva une sensation déroutante qui la réveilla. Plus tard, après avoir repris ses esprits, elle demanda pardon à Dieu, certaine d'avoir commis un péché.

Le lendemain, la taverne ressemblait à un champ de bataille. Theresa y remit de l'ordre, puis elle prépara le déjeuner, qu'elle mangea seule, car la Noire souffrait d'une sévère gueule de bois. Quand Helga parvint enfin à se lever, les yeux bouffis, elle fit une toilette sommaire dans une bassine crasseuse et gratifia la jeune fille de quelques conseils avant de la laisser partir.

— Et surtout, ne dis pas aux moines que tu me connais.

Theresa l'embrassa, sans lui avouer que l'apothicaire savait déjà où elle logeait. Elle se dirigea vers le monastère d'un pas pressé, car les cloches tintaient pour annoncer l'office de tierce. Un moine gras à l'air timide lui ouvrit la porte.

— Ton histoire n'est pas claire, lui dit-il. Avec qui affirmes-tu avoir rendez-vous ? Avec l'apothicaire ou avec frère Alcuin ?

Ce fut au tour de Theresa d'être étonnée : pour elle, l'apothicaire et frère Alcuin ne faisaient qu'un. Devant ses hésitations, le moine referma la porte. Elle frappa de nouveau, mais il la laissa dehors. Un peu plus tard, il dut sortir pour vider un seau d'ordures.

— Si tu continues à m'ennuyer, je te fouetterai avec une baguette, menaça-t-il.

Theresa envisagea un instant de le bousculer et de courir jusqu'au jardin, mais elle préféra une autre solution. En lui offrant le présent qu'elle destinait à l'apothicaire, elle parviendrait peut-être à le convaincre. Le moine ouvrit de grands yeux à la vue des côtelettes.

— Décide-toi, ma fille. Qui veux-tu voir ? demanda-t-il en s'emparant de la viande.

— Le frère Alcuin, répéta Theresa, pensant que le portier devait être faible d'esprit.

L'homme mordit dans une des côtelettes et glissa l'autre dans une manche de sa soutane. Puis il laissa entrer Theresa et, après avoir refermé, il lui demanda de le suivre.

Au grand étonnement de la jeune fille, au lieu de la conduire au jardin, le moine traversa la basse-cour, écartant du pied coqs et poules, et dépassa les écuries et les cuisines pour se diriger vers un bâtiment en pierre qui se distinguait des autres par son allure majestueuse. Il frappa à une porte et attendit.

— C'est là qu'on loge les hôtes de marque, expliqua-t-il.

Un acolyte dont la robe sombre soulignait la pâleur leur ouvrit. Il adressa un signe de tête entendu au portier, comme s'il les attendait. Puis il engagea Theresa à le suivre.

Evitant les salles communes, ils montèrent à l'étage. L'escalier débouchait sur une pièce meublée avec raffinement, aux murs couverts de luxueux tapis de laine. Une faible clarté filtrait par les grandes fenêtres d'albâtre. Plusieurs livres étaient disposés en cercle sur une table. Après lui avoir fait signe de patienter, l'acolyte quitta la pièce. Peu après, la longue silhouette de l'apothicaire apparut. Il était enveloppé dans un magnifique manteau blanc, retenu à la taille par une ceinture ornée de broderies et d'incrustations d'argent. Theresa eut brusquement honte de ses vêtements.

— Veuille excuser ma tenue d'hier, dit l'apothicaire en souriant. Mais je devrais peut-être plutôt m'excuser pour celle d'aujourd'hui. Assieds-toi, je t'en prie.

Le religieux prit place dans un fauteuil de bois et Theresa, sur un tabouret face à lui. Le moine l'observait. De son côté, elle ne pouvait détacher le regard de son visage osseux, à la peau blanche et aussi fine qu'une pelure d'oignon.

— Pourquoi nous rencontrons-nous ici ? finit-elle par demander. Et que faites-vous habillé comme un évêque ?

— Pas tout à fait comme un évêque, précisa-t-il avec un sourire. Je m'appelle Alcuin. Alcuin d'York. En réalité, je ne suis qu'un moine. Pis, je n'ai jamais été ordonné prêtre, même si, en certaines occasions, je me vois obligé de porter ces vêtements prétentieux pour les besoins de ma charge. Quant à cet endroit, j'y réside de manière provisoire, accompagné de mes acolytes. En vérité, j'habite dans une autre partie de la ville, au chapitre de la cathédrale. Mais ce détail n'a aucune importance.

— Je ne comprends pas...

— Il est vrai que je te dois des excuses. Hier, j'aurais dû t'expliquer que je n'étais pas l'apothicaire.

— Mais alors, qui êtes-vous ?

— Eh bien, j'ai peur d'être ce « nouveau venu » dont on t'a dit tant de mal.

Theresa étouffa un cri. Un bref instant, elle pensa que le sort de Hoos ne tenait qu'à un fil, mais Alcuin la rassura.

— Ne t'inquiète pas. Si, comme tu l'imaginais, je voulais renvoyer ton ami, aurais-je commencé par le soigner ? Par ailleurs, je n'ai pas cherché à te tromper. L'apothicaire est mort soudainement avant-hier. Il se trouve que j'ai une bonne connaissance des herbes et des emplâtres. Lorsque nous nous sommes rencontrés dans le jardin, je n'ai pensé qu'à secourir ton ami.

— Mais après...

— Après, j'ai préféré ne pas t'alarmer. Je me suis dit que tu risquais de t'inquiéter encore davantage en apprenant la vérité.

— Comment va-t-il ? demanda Theresa après un bref silence.

— Beaucoup mieux, grâce à Dieu. Nous lui rendrons visite plus tard. Mais parlons plutôt de ce qui t'amène ici...

Il prit l'un des volumes posés sur la table et l'examina avec précaution.

— *Phæladias Xhyncorum*, de Denys l'Aréopagite. Une authentique merveille. A ma connaissance, il n'en existe qu'une copie à Alexandrie et un fac-similé en Northumbrie. Tu as dit que tu savais écrire. C'est vrai ?

Theresa hocha la tête.

Le religieux frappa dans ses mains. Peu après, l'acolyte apparut avec du matériel d'écriture qu'Alcuin disposa devant la jeune fille.

— J'aimerais que tu me transcrives ce paragraphe.

Theresa se mordit la lèvre. Elle ne doutait pas de ses capacités mais, dernièrement, elle ne s'était exercée que sur des tablettes de cire, les parchemins étant trop précieux pour risquer de les gâcher. Selon son père, le secret d'une belle calligraphie résidait dans le choix de la plume. Trop légère, et le tracé manquait de consistance ; trop lourde, et l'écriture manquait de fluidité. Après réflexion, elle opta pour une plume d'oie rose et la soupesa plusieurs fois avant d'en lisser la lame et les barbes. Ensuite, elle vérifia la pointe par où s'écoulait l'encre. Elle était émoussée. Elle la tailla donc avec un scalpel avant de s'intéresser au parchemin.

Theresa choisit la face la plus douce, puis, à l'aide d'un poinçon et d'une réglette, elle traça plusieurs lignes imperceptibles qui lui serviraient de guide. Ensuite, elle posa le texte original sur un pupitre et trempa la plume dans l'encre, jusqu'à ce qu'elle goutte. Elle prit une profonde inspiration et commença à écrire.

Malgré un tracé un peu tremblant, les premières lettres surgirent comme par miracle. L'encre s'écoulait, brillante et soyeuse, la plume glissait avec la délicatesse d'un cygne sur l'eau. Malheureusement, au début de la huitième initiale, un pâté gâcha la page. L'idée d'abandonner traversa l'esprit de Theresa, mais elle serra les dents et persévéra. A la fin de la page, elle revint sur la tache, racla le parchemin et souffla dessus. Enfin, elle nettoya les restes de poudre siccative et remit son travail à Alcuin, qui ne l'avait pas quittée des yeux. Le moine examina le parchemin, puis il lança un regard sévère à la jeune fille.

— Ce n'est pas parfait, jugea-t-il. Mais cela conviendra.

Theresa le regarda à la dérobée pendant qu'il relisait le texte. Elle lui donnait environ cinquante-cinq ans, mais ses yeux bleu pâle avaient l'éclat sourd qui brouillait le regard des vieillards.

— Vous avez besoin d'un scribe ? se permit-elle de demander.

— Précisément. Pour m'aider dans mes travaux, je pouvais compter sur Romuald, un moine bénédictin de mon escorte. Malheureusement, il est tombé malade peu après notre arrivée à Fulda, et il est mort un jour avant l'apothicaire.

— Désolée...

— Moi aussi. Romuald était mes yeux et, parfois, ma main. J'ai la vue qui baisse. Si, au lever, je peux encore distinguer un brin de safran ou déchiffrer un texte, au fil des heures, ma vision s'embrume et je dois produire plus d'efforts pour travailler. Romuald me faisait alors la lecture ou transcrivait mes commentaires.

— Vous ne pouvez pas non plus écrire ?

Alcuin leva le bras, et Theresa vit que sa main droite tremblait comme s'il grelottait.

— Ça a commencé il y a quatre ans. Parfois le tremblement s'étend jusqu'au coude et m'empêche même de boire. J'ai donc besoin de quelqu'un pour écrire mes notes. J'ai coutume de tirer des réflexions des événements que j'observe, de manière à pouvoir y réfléchir ensuite. De plus, je souhaitais recopier quelques textes de la bibliothèque de l'évêque.

— Et il n'y a pas d'autres scribes à l'abbaye ?

— Bien sûr que si. Il y a Teobaldo de Pise, Baldassare le Vieux et aussi Venancio. Mais tous les trois sont trop âgés pour me suivre toute la journée. Il y a aussi Nicolas et Maurice, mais ceux-là, s'ils savent écrire, sont incapables de déchiffrer un texte.

— Comment est-ce possible ?

— La lecture est un processus complexe, qui requiert des efforts et exige des capacités que tous ne possèdent pas. Pour extraordinaire que cela paraisse, il existe des copistes aptes à reproduire des lettres avec une maîtrise absolue, sans en comprendre la signification. Bien sûr, ceux-là sont incapables d'écrire sous la dictée. Donc, il y a ceux qui peuvent écrire, ou plus précisément transcrire, mais ne peuvent lire. Ceux qui, sachant moyennement lire, n'ont pas appris à écrire. Et n'oublions pas ceux qui savent lire et écrire, mais ne dominent que le latin. Si nous excluons également ceux qui confondent le « l » et le « f », qui tracent leurs lettres avec une lenteur exaspérante, qui commettent des erreurs, ou ceux que le travail ennuie et qui se plaignent de douleurs aux mains, le choix est restreint. Et encore faudrait-il qu'ils acceptent d'abandonner leurs tâches pour aider un nouveau venu.

— Vous pourriez les y obliger...

— Ma charge m'y autorise. Mais une aide dénuée d'enthousiasme ne m'intéresse guère.

— Cette charge, quelle est-elle ? demanda Theresa, qui se reprocha aussitôt sa curiosité.

— On pourrait dire que je suis un maître des maîtres. Charlemagne est féru de culture, et le royaume franc en manque. Il m'a donc confié le soin de répandre le savoir et la parole de Dieu dans le moindre recoin du royaume. Au début, je considérais cette mission comme un honneur, mais je dois admettre que la tâche est ardue.

Theresa ne comprenait pas bien en quoi consistait la mission d'Alcuin mais, si elle voulait aider Hoos, elle devait accepter ce travail. A cet instant, le moine indiqua qu'il était temps de rendre visite au malade. Avant de partir, il jeta un manteau sur les épaules de Theresa pour la protéger des regards indiscrets.

— Qu'est-ce qui vous fait croire que je peux vous être utile ? demanda la jeune fille. Vous ne savez rien de moi.

— Ce n'est pas tout à fait exact... Par exemple, je sais que tu t'appelles Theresa, que tu sais lire et écrire le grec.

— Ce n'est pas grand-chose.

— Je pourrais aussi ajouter que tu viens de Constantinople, que tu es issue d'une famille riche et sans doute déchue. Il y a encore quelques semaines, tu vivais à Wurtzbourg, où tu travaillais dans une parcheminerie. Tu as dû fuir la ville à cause d'un incendie accidentel. Tu es obstinée et déterminée, au point de suborner le portier avec deux côtelettes pour qu'il te laisse entrer.

Theresa resta sans voix. Il était impossible qu'Alcuin sache tout cela. Elle n'en avait même pas parlé à Hoos ! Pendant un instant, elle crut avoir affaire au diable en personne.

— Et si c'est ce que tu crois, ce n'est pas Hoos qui m'en a parlé.

— Alors, qui ? interrogea la jeune fille, de plus en plus troublée.

— La bonne question n'est pas « qui », mais « comment », répondit Alcuin avec un sourire. Avec de l'expérience et un esprit d'observation un tant soit peu développé, n'importe qui pourrait deviner tout ce que je t'ai dit. Par exemple, ton ascendance byzantine apparaît évidente si l'on s'attache à l'origine grecque de ton prénom. Ajoutons ton accent, un mélange singulier de langue romane et de grec, et voilà la théorie confirmée. On peut même avancer que tu es arrivée dans la région depuis plusieurs années. Et si tous ces arguments ne suffisaient pas, je citerais encore ta capacité à déchiffrer les étiquettes des bocaux contenant les remèdes, qui par sécurité sont rédigées en grec.

— Et la famille déchue ?

— Il est facile de déduire que, sachant lire et écrire, tu ne viens pas d'une famille d'esclaves. D'ailleurs, tes mains ne portent pas les traces d'un dur labeur. En revanche, on remarque une certaine érosion de tes ongles et de légères coupures entre ton pouce et ton index gauches, deux caractéristiques propres aux parcheminiers.

Ils s'arrêtèrent pour laisser passer une procession de novices.

— On peut conclure de ces éléments que tes parents étaient assez prospères pour que leur fille reçoive une éducation et ne soit pas obligée de travailler aux champs. Cependant, tes vêtements sont élimés, sans compter que tu aurais besoin d'une bonne paire de chaussures. On peut donc penser que ta famille a connu des revers de fortune.

— Mais qu'est-ce qui vous fait croire que j'habitais Wurtzbourg ?

La procession passa et ils repartirent.

— Tu ne connaissais pas l'apothicaire ; c'est donc que tu ne vivais pas à Fulda. Il ne restait plus qu'à chercher parmi les villes des environs. Avec ce temps, il était impensable que tu viennes de plus loin. Les trois villes les plus proches sont Aquisgranum, Erfurt et Wurtzbourg. Si tu venais d'Aquisgranum, je l'aurais su, puisque j'y vis moi-même. Il n'y a pas d'atelier de parcheminerie à Erfurt. Par élimination, il n'a pas été difficile de deviner que tu venais de Wurtzbourg.

— Et l'incendie ?

— Je dois admettre que mon raisonnement a été plus audacieux à ce propos. Particulièrement en attribuant ta fuite à cet événement. Tes vêtements et tes bras sont constellés de brûlures offrant le même aspect – petites et localisées –, signe qu'elles se sont produites simultanément. En considérant leur nature, leur extension, le fait qu'elles concernent aussi bien le devant que l'arrière de ta robe, il apparaît qu'elles résultent d'un incendie, ou du moins d'un grand feu. De plus, les marques sur tes bras n'ont pas encore cicatrisé ; elles remontent donc à moins de quatre semaines.

Theresa avait encore du mal à croire Alcuin. Ses explications lui semblaient raisonnables, mais comment pouvait-il déduire autant de choses d'un simple regard ? Elle pressa le pas, contournant un jardinet qui donnait sur un bâtiment trapu.

— Mais comment avez-vous su pour les côtelettes ? Je me trouvais seule avec le portier lorsque je les lui ai données.

Alcuin s'esclaffa.

— Ça a été le plus facile. J'ai vu ce goinfre par la fenêtre quand il t'a accompagnée à la résidence des dignitaires. Tu étais à peine entrée qu'il a sorti la seconde côtelette et l'a dévorée en trois bouchées.

— Cependant, rien ne prouve qu'il les tenait de moi. Et encore moins qu'il m'ait autorisée à entrer en échange de ce cadeau...

— Il y a là aussi une explication. Nous autres, bénédictins, ne pouvons manger de viande sans contrevenir à la règle de saint Benoît. Seuls les malades ont le droit d'en consommer, dans des circonstances bien précises. Bien sûr, ce n'est pas le cas du portier. Ainsi, seule une personne étrangère à l'abbaye pouvait lui avoir procuré ces côtelettes. En arrivant à la résidence, il mastiquait, chose étonnante, puisque c'était tierce et que nous ne faisons que deux repas par jour. Le premier après sexte et le second, le dîner, après vêpres. Pour la première côtelette, j'ai compris en le voyant cracher un morceau d'os. Par ailleurs, hier, tu m'as apporté un pâté en cadeau, il était donc logique que tu recommences aujourd'hui. Et si cela ne suffisait pas, avant d'écrire tu t'es essuyé les mains avec un mouchoir, y laissant une trace de gras qui a immédiatement intéressé les mouches. Et je ne crois pas qu'une fille aussi bien éduquée que toi se présenterait à un rendez-vous avec un apothicaire sans s'être lavée.

Abasourdie, Theresa ne savait que penser. Elle avait encore du mal à croire qu'Alcuin n'était pas un devin ou un sorcier. Au même moment, une odeur soufrée lui apprit qu'ils arrivaient à l'hôpital de l'abbaye.

Avant d'entrer, Alcuin lui demanda de ne pas prolonger sa visite.

Pour l'essentiel, l'endroit était composé d'une grande salle obscure avec deux rangées de lits, la plupart occupés par des moines trop âgés ou malades pour prendre soin d'eux-mêmes. Il comportait aussi une petite chambre pour les soignants et une annexe où l'on accueillait les malades extérieurs au monastère. Alcuin expliqua à Theresa que, contrairement à ce qu'on lui avait affirmé, l'abbaye acceptait de soigner les habitants de la ville. A cet instant, un gros moine leur apporta des nouvelles de Hoos. Le malade s'était levé pour se soulager et marcher un peu mais, vite fatigué, il s'était recouché. Il avait aussi avalé un peu de pain de froment et de vin. Manifestement contrarié, Alcuin recommanda de ne lui donner que du pain de seigle. En revanche, il fut satisfait d'apprendre que Hoos n'avait pas craché de sang depuis sa dernière visite. Pendant qu'il s'intéressait à d'autres patients, Theresa s'approcha de Hoos, qui était allongé sous une épaisse fourrure. Son visage était couvert d'une pellicule de sueur. Elle lui caressa les cheveux et il ouvrit les yeux. Elle lui sourit, mais il tarda un peu à la reconnaître.

— Ils disent que tu seras bientôt sur pied.

— Ils disent aussi que leur vin est bon, répondit-il en lui rendant son sourire. Que fais-tu habillée en novice ?

— On m'a demandé de me couvrir. Tu as besoin de quelque chose ? Je ne peux pas rester longtemps.

— J'ai surtout besoin de guérir. Je déteste la moinerie et encore plus les médecins. Sais-tu quand je sortirai d'ici ?

— Lorsque tu auras récupéré, j'imagine. Pour ce que j'en sais, ce ne sera pas avant une semaine, mais je viendrai te voir souvent. A partir d'aujourd'hui, je travaille ici.

— Ici, au monastère ?

— Exactement. Je n'en suis pas certaine, mais je crois que je serai scribe.

Hoos hocha la tête. Il semblait très las. Alcuin s'approcha alors de son lit.

— Je me réjouis de voir que tu vas mieux. Si tu continues ainsi, d'ici une semaine tu pourras chasser les chats. C'est le seul gibier que tu trouveras dans les environs de cette abbaye.

Hoos sourit de nouveau.

— Maintenant, nous allons te laisser, ajouta le moine.

Malgré son envie de l'embrasser, Theresa se contenta d'adresser à Hoos un regard débordant de tendresse. Alcuin donna des instructions à l'infirmier, puis il escorta la jeune fille jusqu'au portail de l'abbaye, tout en continuant à discourir. Les fondements d'une science, ou *theorica*, fournissaient les éléments nécessaires pour mener à bien sa *practica*. La connaissance des deux composantes, *theorica* et *practica*, permettait d'améliorer l'*operatio*, ou pratique quotidienne.

— Du moins, c'est ainsi que l'on devrait exercer la médecine. Et aussi l'écriture.

Theresa s'étonna qu'un même homme maîtrisât deux arts aussi éloignés que l'écriture et la médecine.

Une fois à la porte, Alcuin prit congé et la convoqua pour le lendemain matin, à la première heure.

Quand Theresa arriva chez Helga, elle la trouva allongée sur son lit, en larmes. La pièce était sens dessus dessous, les chaises renversées, des débris de chopes et de pichets en faïence jonchaient le sol. La jeune fille tenta de consoler son amie, mais Helga enfouit la tête entre ses bras, comme si elle tenait pardessus tout à dissimuler son visage à Theresa. Celle-ci l'étreignit sans savoir comment la réconforter.

— J'aurais dû tuer ce salaud le jour où il m'a donné ma première raclée, dit enfin la Noire entre deux sanglots.

Theresa nettoya les traces de sang séché avec un linge humide. Malgré un œil gonflé et une lèvre fendue, Helga semblait pleurer de rage plus que de douleur.

— Laisse-moi au moins te laver, lui dit Theresa.
— Qu'il soit mille fois maudit ! Qu'il aille au diable !
— Mais qu'est-il arrivé ? Qui t'a frappée ?

Les larmes de la Noire redoublèrent.

— Je suis enceinte. D'un salopard, qui m'a presque tuée !

Malgré les précautions qu'elle prenait, Helga s'était déjà trouvée dans cette situation. Les premières fois, elle avait suivi les conseils des matrones : se mettre nue, se barbouiller de miel et se rouler dans un tas de blé. Ensuite, il fallait recueillir avec soin les grains qui adhéraient au corps, et les moudre à la main, de gauche à droite, à l'inverse de la manière habituelle. Lorsque l'homme avec lequel on s'apprêtait à copuler goûtait du pain de cette farine, sa semence était neutralisée. Mais Helga était plus fertile qu'une lapine et, malgré les remèdes, elle se retrouvait enceinte à la moindre négligence.

Elle avait laissé mourir ses deux premiers enfants après leur naissance, car c'était ainsi que procédaient les mères célibataires. Les autres grossesses s'étaient achevées avant leur terme, grâce à une vieille qui l'avait fait avorter en lui introduisant une plume de canard entre les jambes. Cependant, l'année précédente, elle avait fait la connaissance de Widukind, un bûcheron marié qui paraissait ne pas se formaliser de son métier. Ils s'entendaient parfaitement au lit, et il l'assurait de son amour. Une fois, il lui avait même affirmé qu'il allait répudier sa femme pour l'épouser.

— Alors, quand j'ai vu que j'avais un mois de retard, je me suis dit que cela l'inciterait à prendre une décision. Et regarde le résultat... En apprenant que j'attendais un enfant, il est devenu fou furieux. A croire que je lui avais volé son âme ! Il m'a rouée de coups en me traitant de putain hypocrite... J'espère que ce qui pend entre ses jambes pourrira, et si un jour il veut avoir des enfants, que les cornes lui poussent !

Theresa resta auprès de Helga jusqu'à ce que ses sanglots s'apaisent. Plus tard, elle découvrit que Widukind avait déjà frappé son amie à plusieurs reprises, mais jamais aussi brutalement. Elle apprit aussi que de nombreuses mères sans ressources préféraient tuer leurs nouveau-nés plutôt que de les vendre comme esclaves.

— J'aimerais garder celui-ci, lui confia la Noire en caressant son ventre.

Les deux femmes remirent de l'ordre dans la taverne. Theresa informa son amie que l'état de Hoos s'était amélioré, même s'il devait encore rester au monastère. Elle ajouta qu'Alcuin d'York lui avait fait part de sa perplexité devant l'épidémie qui frappait la ville.

— Il a raison, confirma Helga. C'est une maladie étrange, qui ne semble toucher que les riches.

A midi, elles déjeunèrent d'une purée de légumes cuits à l'eau, mêlée de farine de seigle. Le reste de l'après-midi passa en bavardages sur les grossesses, les accouchements et les enfants. Helga avoua que c'était d'abord pour survivre qu'elle avait dû se prostituer. Une nuit, peu après son veuvage, un inconnu avait pénétré dans sa maison, l'avait violée et laissée à demi morte. Quand ses voisins l'avaient appris, ils lui avaient tourné le dos. Personne ne lui offrait du pain ou du travail, on ne lui adressait même plus la parole. Elle avait donc dû se résoudre à gagner sa vie de cette manière.

Comme Helga avait mal à la tête, elles se couchèrent tôt.

Le jour n'était pas encore levé lorsque Theresa quitta la taverne, munie de tablettes de cire neuve. Il gelait. Au premier coin de rue, elle s'emmitoufla dans le manteau que lui avait donné Alcuin pour se protéger de la bise mordante. Elle courut tout le long du chemin, craignant d'arriver en retard pour son premier jour de travail. Au monastère, à peine le portier l'eut-il reconnue qu'il lui ouvrit la porte. Puis il l'accompagna à la résidence des dignitaires. Alcuin l'attendait près de l'entrée.

— Tu n'as pas apporté de côtelettes, aujourd'hui ? plaisanta-t-il.

Il la conduisit dans la même salle que la veille, illuminée par de grosses bougies placées autour de la table. Theresa remarqua immédiatement un pupitre qui ne se trouvait pas là lors de sa première visite. Un codex, un encrier, un couteau et plusieurs plumes taillées étaient disposés dessus.

— Ta place, annonça Alcuin en lui désignant le pupitre. Pour le moment, tu resteras ici à recopier des textes. Tu ne pourras pas quitter la salle, à moins que je ne t'y autorise. Naturellement, quand tu te déplaceras, tu seras toujours accompagnée. Plus tard, lorsque j'aurai avisé l'évêque Lothaire que je t'ai engagée comme assistante, nous nous installerons au chapitre.

Il s'absenta un instant, puis revint, deux verres de lait à la main.

— A midi, nous irons rendre une brève visite à Hoos. Tu pourras manger aux cuisines, pourvu que tu m'en avises à temps. Si tu as besoin de quoi que ce soit en mon absence, dis-le à l'un de mes aides. Bien. Pour commencer, j'aimerais que tu copies quelques pages de ce codex.

Theresa jeta un regard curieux au gros volume, qui semblait de facture récente, avec une couverture de cuir repoussé d'or et des miniatures joliment enluminées. Au dire d'Alcuin, il s'agissait d'un précieux exemplaire de *Hypotyposeis* de Clément d'Alexandrie, la copie d'un manuscrit italien traduit du grec par Théodore de Pise. A l'instar de nombreux autres codex, il circulait d'abbaye en monastère afin d'être reproduit par différents copistes. Elle observa que les lettres étaient plus petites et plus faciles à déchiffrer que d'habitude. Il s'agissait d'une nouvelle graphie, qu'Alcuin avait passé du temps à mettre au point.

Tout en examinant le texte, Theresa s'aperçut que le moine ne lui avait proposé aucune sorte de salaire en échange de son travail. Certes, il soignait Hoos, et elle n'avait pas l'intention de se montrer ingrate, mais, dès que l'argent de la tête d'ours serait épuisé, il lui faudrait de quoi payer son gîte et son couvert. Elle ne savait comment aborder le sujet, mais Alcuin sembla lire dans ses pensées.

— Parlons de ta rémunération... Je m'engage à te fournir deux livres de pain par jour, ainsi que les légumes dont tu auras besoin. De plus, tu peux garder le manteau que tu portes, et je te procurerai une paire de chaussures neuves pour que tu ne prennes pas froid.

Theresa s'estima satisfaite : selon ses calculs, elle ne serait occupée que jusqu'à l'office de none. Il lui resterait donc quelques heures pour aider Helga à l'auberge.

Elle s'installa devant son pupitre et commença à écrire. Alcuin l'observait tout en ajustant son manteau de laine.

— Si tu souhaites rendre visite à Hoos en mon absence, appelle mon acolyte et montre-lui cet anneau.

Il lui tendit une boucle d'oreille de bronze terni avant de reprendre :

— Il t'escortera. Dans deux heures, je viendrai voir comment tu as avancé. Tu aimes la soupe ?

— Oui, bien sûr.

— Je demanderai aux cuisines qu'on t'en prépare une assiette.

Le moine sortit, laissant Theresa seule avec le texte.

Sa journée serait rythmée par les offices sacrés, toutes les trois heures. L'activité du monastère débutait à l'aube, après l'office de prime. Venait ensuite le petit déjeuner, après quoi chaque moine se consacrait à ses tâches. A neuf heures, ils assistaient à l'office de tierce, qui était aussi la messe capitulaire. C'était à ce moment que Theresa se mettrait au travail. Puis, à midi, avait lieu l'office de sexte, juste avant le déjeuner. A trois heures de l'après-midi, on regagnait la chapelle pour la célébration de none, et à six heures pour celle des vêpres. On dînait à sept heures et on retournait à l'église pour complies. Alcuin avait précisé que l'heure du départ de la jeune fille dépendrait du nombre de pages qu'elle aurait recopiées dans la journée.

Theresa trempa la plume dans l'encre, se signa et commença à écrire, mettant toute son âme dans chaque lettre. Elle en reproduisait le tracé, l'inclinaison, le mouvement, la taille... Et pendant que des symboles parfaits fleurissaient sur la page, pendant que les mots s'entrelaçaient pour former des paragraphes harmonieux et chargés de sens, elle pensait à son père et à ses encouragements constants. Elle s'abandonna un instant à ses regrets, puis elle continua à travailler de tout son cœur.

13

— *Haec studia adolescenciam alunt, senectutem oblectant, secundas res ornant, adversis solatium et perfugium praebent, delectant domi, non impediunt foris, pernoctant nobiscum, peregrinantur, rusticantur.*

— Non, non et non !

De fort méchante humeur, Alcuin s'adressait au jeune homme que l'évêque avait désigné pour l'assister.

— Cela fait déjà trois jours, et tu n'as toujours rien retenu ! Combien de fois dois-je te répéter que, si tu ne maintiens pas la plume perpendiculaire au parchemin, tu risques de gâcher le document ?

C'était la seconde fois que le novice se trompait depuis le début de l'après-midi. Il baissa la tête en marmonnant quelques mots d'excuse.

— Et regarde, continua le moine. Ce n'est pas *haec*, mais *hæc*. Et cela ne s'écrit pas non plus *praebent*. *Præbent*, gamin ! *Præbent* ! Comment veux-tu qu'on comprenne cette espèce de... de jargon ? Bon, ça suffit. Arrêtons-nous là pour aujourd'hui. De toute façon, l'heure du dîner approche, et nous sommes tous les deux fatigués. Nous continuerons lundi.

Le jeune homme se leva, la tête basse. Lui non plus n'appréciait guère la situation, mais l'évêque lui avait ordonné d'obéir en tous points à Alcuin. Il saupoudra de plâtre la tache qu'il venait de faire, mais ne parvint qu'à étaler davantage l'encre. S'avouant vaincu, il rassembla ses instruments, les nettoya avec soin, puis les rangea dans un coffret en bois. Il souffla ensuite sur le plâtre pour le disperser. Pour finir, il tailla sa plume, la rinça et la posa sur le pupitre près du codex original. Il dut courir pour rattraper Alcuin, qui avait déjà disparu dans le couloir menant au péristyle du chapitre cathédral.

— Maître, maître ! Cela me revient... L'exécution aura lieu lundi.

— Par Dieu le Très-Saint ! J'avais oublié.

Alcuin se gratta la tête autour de la tonsure.

— Bon, reprit-il. Même sans savoir de quoi est accusé cet homme, il est de notre devoir de l'assister. L'évêque y sera ?

— Avec tous les chanoines du chapitre, répondit le jeune homme.

— Très bien. Alors à mardi, à l'heure du petit déjeuner.

— Vous ne venez pas dîner ?

— Non, non. Le soir, les aliments, non contents de m'alourdir l'estomac, émoussent mon entendement. Et je dois terminer ce *De Oratione,* ajouta-t-il en montrant le rouleau qu'il portait sous le bras. Que Dieu soit avec toi.

— Avec vous aussi, mon père. Bonne nuit.

— A propos, ne devrais-tu pas conserver le codex dans ta chambre ?

— Oh, bien sûr ! Je vais le chercher tout de suite. Bonne nuit, mon père.

La mine soucieuse, le moine se dirigea vers l'hôtellerie de la cathédrale. Il se consacrait à ce codex depuis plusieurs jours, mais il avait à peine réussi à transcrire quatre pages complètes. A cette allure, la copie ne serait jamais prête à temps. De toute évidence, le novice que lui avait affecté l'évêque ne faisait pas l'affaire. A leur prochaine rencontre, il lui ferait part de son intention d'engager Theresa.

Alcuin s'arrêta dans le péristyle et regarda autour de lui. La disposition des différents bâtiments du chapitre, qui se pressaient autour de la petite cathédrale, lui paraissait curieuse. Mais il avait été encore plus surpris en constatant que l'évêque avait choisi d'établir le siège de l'épiscopat dans une ancienne *domus* romaine. Le palais comportait deux niveaux. L'étage supérieur se divisait en onze petites chambres chauffées donnant sur une galerie commune, avec vue sur la cour intérieure. Le rez-de-chaussée comprenait le même nombre de chambres ainsi qu'une écurie, des cuisines, une boulangerie, une réserve, un grenier et une petite infirmerie. Peut-être n'était-il pas le mieux placé pour en juger, mais ce palais convenait mal à l'humilité censée caractériser un prélat de l'Eglise. Cependant, il devait se garder de critiquer celui qui l'avait reçu avec tant de chaleur. L'évêque de Fulda avait paru flatté de sa présence et de son intérêt pour les trésors de sa bibliothèque.

Le soir était déjà tombé lorsque le moine atteignit sa cellule. Il aurait pu passer la nuit dans la partie de l'abbaye réservée aux hôtes de marque, mais il préférait l'intimité d'une petite cellule à une grande chambre à partager. Il rendit grâce au ciel, se déchaussa et se disposa à profiter de cet instant de recueillement pour méditer sur les événements de la journée.

Celle-ci avait été rude, mais pas autant que l'austère quotidien de sa lointaine Northumbrie. Ni à Fulda ni à Aquisgranum il n'avait dû se lever pour matines. De plus, chaque jour après l'office de prime, un petit déjeuner réconfortant l'attendait : galettes au miel, fromage fumé et cidre. Ses activités présentes étaient aussi très éloignées de celles d'antan, à l'école épiscopale d'York. Là-bas, il donnait des cours de rhétorique et de grammaire, dirigeait la bibliothèque, organisait le travail du scriptorium, recopiait ou traduisait des codex, coordonnait les prêts des livres qui leur parvenaient des lointains monastères d'Hybernie, supervisait l'admission des novices, animait des débats et évaluait les progrès des élèves.

Cette époque semblait perdue dans les brumes du passé, mais des images de son enfance en Angleterre défilaient dans son esprit, si précises qu'il eut l'impression de les revivre.

Alcuin était né au sein d'une famille chrétienne de Whitby, petite ville côtière de Northumbrie. La population, peu nombreuse, subsistait de ce qu'elle arrachait à la mer et du produit des minuscules jardins dispersés au pied d'un ancien fort.

Il se souvint de cette terre battue par les vents, de la fraîcheur et de l'humidité perpétuelles. Chaque matin, il était réveillé par l'odeur de la bruine salée et la rumeur incessante des vagues.

Ses parents découvrirent en lui un enfant timide, qui préférait observer des graines ou des escargots plutôt que de jouer avec les gamins de son âge. Très vite, on le trouva étrange. Cette impression s'accentua lorsqu'il se mit à prédire la quantité de poisson que rapporterait telle ou telle barque, ou encore quelle maison s'écroulerait au passage de la prochaine tempête.

C'est en vain qu'il expliquait ses prémonitions. Il suffisait, disait-il, d'observer l'état des filets des pêcheurs ou le degré de pourriture des piliers et des poutres des maisons. Mais, aux yeux des villageois, ce gamin dégingandé portait la marque du diable. Ses parents décidèrent donc de l'envoyer dans les écoles cathédrales d'York. Là-bas, on lui remettrait l'âme d'aplomb.

Son maître fut Aelbert d'York, un moine boiteux qui dirigeait alors l'école et avait été l'élève de son prédécesseur, le comte Egbert, apparenté à la famille d'Alcuin. Pour cette raison, peut-être, Aelbert l'accueillit comme un fils et se consacra corps et âme à canaliser son extraordinaire talent. A York, Alcuin apprit que l'Angleterre était une heptarchie, composée des royaumes saxons de Kent, Wessex, Essex et Sussex, au sud de l'île, associés aux Etats angles du nord : Mercie, Est-Anglie et Northumbrie.

Le jeune homme étudiait avec bonheur les matières formant le trivium : la grammaire, la rhétorique et la dialectique. Le quadrivium faisait aussi partie de son programme : arithmétique, géométrie, astronomie et musique. Conformément à la tradition anglo-saxonne, l'astrologie, la mécanique et la médecine complétaient l'enseignement.

« *Sæculare quoque et forasticæ philosophorum disciplinæ* », insistait Aelbert.

Il avait maintes fois tenté de convaincre son élève que les arts séculiers étaient l'œuvre du diable, donnée aux chrétiens afin qu'ils oublient la Parole de Dieu.

« Mais saint Grégoire le Grand lui-même, dans son *Commentaire sur le Livre des Rois*, a légitimé ces études, lui rétorquait Alcuin du haut de ses seize ans.

— Ça ne te donne pas le droit de passer toute la journée à lire ce tissu de mensonges qu'est *Historiæ Naturalis*.

— Seriez-vous moins contrarié si j'étudiais les *Etymologiæ* ou *Originum sive etymologicarum libri viginti* ? Parce que si vous comparez les deux œuvres, vous remarquerez que le saint espagnol se fonde sur l'encyclopédie de Pline pour composer la structure de certains de ses livres. Et il ne s'inspire pas seulement de Pline, mais aussi de Cassiodore et Boèce, des traductions d'Asclépiade de Bithynie et de Soranus d'Ephèse par Celius Aurelianus, de Lactance et Solinus, voire des *Prata* de Suétone.

— Dans une optique chrétienne, et non païenne.

— Les païens sont aussi des fils de Dieu.

— Mais ils sont au service du diable, petit ! Et ne me contredis pas, ou je jette les trente-sept volumes l'un après l'autre par la fenêtre. »

A la vérité, Aelbert se souciait peu des lectures d'Alcuin, car le jeune homme, étudiant doué et appliqué, ne manquait jamais à ses devoirs de chrétien. Dans les discussions théologiques, il était capable de surpasser les moines les plus chevronnés. De toute évidence, ses incursions dans les textes païens, bien que condamnables, ne l'avaient jamais écarté de la voie de la sagesse.

Avec les années, Alcuin devint un véritable artisan des lettres. Il étudiait des textes, des volumes et des codex, en extrayait des passages. Ensuite, tel un bâtisseur virtuose, il élaborait d'extraordinaires mosaïques de connaissances, servies par son éloquence sans faille. Ainsi, il s'était lancé dans la rédaction de poèmes tels que *De sanctus Euboriensis ecclesiæ*, dont les mille six cent cinquante-sept vers égrenaient l'histoire d'York, de ses évêques et des rois de Northumbrie. Le jeune clerc résumait aussi les œuvres d'auteurs comme Ambroise, Athanase, Augustin, Cassiodore, Jean Chrysostome, Cyprien, Grégoire le Grand, Jérôme, Isidore, Lactance, Sedulius, Arator, Juvencus, Venancius, Prudence et Virgile, contribuant à enrichir la bibliothèque que dirigeait le frère Eanwald.

Des années plus tard, les travaux didactiques rédigés par le jeune Alcuin devinrent eux-mêmes des textes de référence, grâce à leur clarté et à la qualité de leur rhétorique. C'est ainsi qu'il s'attaqua aux *Catégories* d'Aristote, adaptées dans le *Categoriæ decem* de saint Augustin ou le *Disputatio de vera philosophia*, qui deviendrait plus tard le livre de chevet de Charlemagne. Tout cela sans oublier les textes liturgiques, les commentaires théologiques, les exégèses, les écrits dogmatiques, les œuvres poétiques et les hagiographies.

Ecrire lui procurait un vif plaisir.

Quand Aelbert succéda à Egbert à l'archevêché d'York, Alcuin parut tout désigné pour reprendre la direction de l'école cathédrale. Il avait trente-cinq ans et venait d'être ordonné diacre.

Plus tard, Oswald, le roi saxon, l'envoya à Rome chercher le pallium pour le nouveau comte et obtenir la dignité métropolitaine pour la ville d'York. Durant le voyage de retour, il fit la connaissance de Charlemagne à Parme et ne revit jamais les écoles cathédrales.

Mais, bien entendu, il se plaisait encore à deviner les choses, grâce à sa singulière astuce.

Les pensées d'Alcuin l'entraînèrent vers l'exécution. On était déjà vendredi et lundi, avant la tombée de la nuit, le Cochon serait mort.

En se renseignant au chapitre, il avait appris que les exécutions publiques avaient lieu sur la grande place, en fin d'après-midi, pour attirer plus de monde. Le condamné avait dû se rendre coupable d'un acte horrible : voler sur les terres d'un noble ou incendier une maison. Légalement, le vol et la destruction des biens d'autrui étaient les seuls délits punis de mort. Bien sûr, il y avait des exceptions, selon la position sociale du coupable, ou celle des victimes.

A des crimes d'une telle gravité on devait répondre avec la plus grande sévérité. Alcuin en convenait, mais il ne partageait pas le goût de certains juges pour les châtiments exemplaires. Quand il dirigeait l'école d'York, il avait pris part à de nombreux procès, mais, si certains s'étaient malheureusement conclus par la montée du condamné au gibet, il n'avait jamais assisté aux exécutions. Toutefois, en cette occasion, il avait promis d'accompagner l'évêque. Il valait donc mieux laisser ce problème de côté, et consacrer quelques heures à la lecture de Virgile.

Le samedi, l'aube se leva sur une journée glaciale. Après l'office de prime, Alcuin rejoignit l'évêque dans le petit réfectoire attenant à l'hôtellerie, qui embaumait le pain fraîchement sorti du four.

Lothaire le salua avec chaleur.

— Que le Seigneur vous offre une bonne journée. Installez-vous ici, près de moi. Aujourd'hui, nous avons un délicieux gâteau à la citrouille.

Après avoir salué l'évêque, Alcuin accepta son invitation et se servit avec parcimonie.

— Je souhaitais vous parler du novice que vous m'avez délégué pour m'assister dans mes travaux, commença-t-il. Le neveu du bibliothécaire...

— Oui ? Quel est le problème ? Serait-il indocile ?

— Non, Votre Eminence. Au contraire, le garçon est travailleur et aussi très ordonné. Peut-être un peu tatillon, mais en tout cas appliqué.

— Alors ?

— C'est simple, il ne convient pas. Et croyez bien que je n'incrimine pas sa jeunesse.

— Bien. Dites-moi en quoi il vous a déplu, et nous veillerons à y remédier.

— Pour commencer, il ne connaît pas les minuscules. Il utilise l'antique alphabet latin, tout en capitales grossières, sans ponctuation ni espace entre les mots. De plus, il abîme les parchemins comme d'autres se mouchent. Pas plus tard qu'hier, il a taché la même page deux fois. Ah ! Et bien sûr, il ne sait pas le grec. Certes, il y met de l'enthousiasme, mais j'ai besoin d'un scribe, pas d'un apprenti.

— Vous devriez remercier Dieu de pouvoir compter sur ce petit. Il est obéissant et forme bien ses lettres. Par ailleurs, vous connaissez le grec, il me semble. Pourquoi avez-vous besoin de quelqu'un ?

— Comme je vous l'ai déjà expliqué, Votre Grâce, ma vue n'est plus très bonne. De loin, je peux distinguer un milan d'un martinet, mais de près, je fais à peine la différence entre une voyelle et une consonne.

L'évêque se gratta la barbe.

— Je ne vois pas comment vous aider. A ma connaissance, personne au chapitre ne pratique le grec. Au monastère, peut-être...

— J'ai déjà demandé, répondit Alcuin.

— Alors, vous devrez vous contenter de ce jeune homme.

— Pas forcément. Il y a quelques jours, j'ai rencontré par hasard une jeune fille qui a besoin d'assistance. Elle ne sait pas seulement lire, mais elle écrit aussi à la perfection.

— Une jeune fille ? Vous connaissez certainement l'incapacité de la femme à aborder les choses de l'esprit. Ne vous aurait-elle pas attiré pour des motifs plus séculiers ?

L'évêque ponctua sa question d'un clin d'œil plein de malice. Mais l'expression d'Alcuin se durcit.

— Je vous assure que non, mon père. Ce sont ses talents de scribe qui m'intéressent, et je considère sa présence comme un cadeau de la Providence.

— Si cela vous arrange, faites donc à votre guise. Mais qu'elle évite de se déplacer de nuit dans le chapitre. Inutile de troubler le repos de nos clercs.

Satisfait, le moine anglais but une gorgée de vin et se servit une autre part de gâteau. Il se prit alors à songer au condamné et interrogea Lothaire sur le crime qui avait conduit le Cochon au gibet.

L'évêque engouffra une énorme bouchée de gâteau.

— Vous voilà soudain bien préoccupé par ce sujet, marmonna-t-il. Pourtant, lorsque je vous ai invité au spectacle, vous ne m'avez guère paru intéressé. Et je dois vous avouer, frère Alcuin, que cette attitude m'a troublé.

Le moine prit une petite portion de fromage avant de répondre.

— Pardonnez-moi si je ne partage pas votre enthousiasme, mais je n'ai jamais considéré la mort comme un divertissement. Si je connaissais les détails de l'affaire, je comprendrais peut-être mieux votre position. En tout cas, n'ayez aucune crainte, je vous accompagnerai à l'exécution et je prierai pour l'âme du condamné.

— *Actio personalis moritur cum persona*. Notre humble présence ne réconforte pas seulement le condamné pendant les derniers instants de sa vie terrestre, mais elle inspire le respect à la foule. Comme vous le savez, la populace est encline à suivre des exemples contraires à la doctrine de Notre Sauveur.

— Sachez que j'apprécie des intentions aussi louables. Cependant, je considère que certains spectacles ne servent qu'à distraire la plèbe et à flatter ses bas instincts. N'avez-vous point remarqué les grimaces grotesques qui déforment leurs visages quand ils applaudissent l'agonie du condamné ? N'avez-vous point entendu leurs blasphèmes lorsque le supplicié se tord au bout de la corde ? N'avez-vous point perçu ces regards luxurieux et embués par l'ivresse ?

L'évêque cessa de mâcher et jeta un regard de défi à Alcuin.

— Ce scélérat a assassiné une jeune fille dans la fleur de l'âge. Il l'a égorgée avec une faucille et a profané son corps innocent !

Alcuin avala de travers. Il n'aurait jamais imaginé un crime d'une telle gravité.

— Je n'en savais rien. C'est atroce. Mais tout de même, ce châtiment...

— Mon cher frère, ce n'est pas nous, humbles serviteurs de Dieu, qui dictons la loi. Ce sont les capitulaires de Charlemagne. Et je ne vois pas quel argument vous pourriez opposer à une sanction aussi équitable.

— Je vous en prie, n'interprétez pas mal mes paroles. Je pense comme vous que le crime doit être puni et que, pour que la justice fasse son œuvre, la punition doit être proportionnelle au délit commis. Mais ce matin, après l'office de prime, j'ai surpris une conversation entre deux chapelains qui m'a troublé.

— De quoi s'agissait-il ?

— Ils parlaient du condamné, disant que ce pauvre attardé n'aurait jamais dû naître. Pourriez-vous m'éclairer ?

— Vous venez de le dire. Ils parlaient de cette espèce d'idiot. Je ne vois pas ce qui a pu vous troubler.

Lothaire se servit une autre portion de gâteau.

— Le fait est que je les ai interrogés sur le Cochon – je crois que c'est ainsi qu'ils l'appellent. Ils m'ont raconté qu'il était idiot de naissance et que, jusqu'au meurtre, il n'avait pas causé de problèmes sérieux. S'il effrayait parfois les gens, c'était plus par son allure que par son comportement. A les entendre, personne ne l'aurait cru capable de commettre un acte aussi cruel et abominable.

— Et pourtant, tout ce que je vous ai dit est vrai. Vous semblez en savoir plus sur cette affaire qu'il n'y paraît.

— Je ne connais que les détails que je viens de vous rapporter. Mais comment a-t-on démontré sa culpabilité ? L'a-t-on surpris pendant qu'il attaquait la jeune fille ? Un témoin l'a-t-il aperçu dans les environs ? A-t-on retrouvé ses vêtements ensanglantés ?

L'évêque se leva brusquement, bousculant le plat dans sa hâte.

— *Habet aliquid ex inicuo omne magnum exemplum, quod cautra cingulos, utilitate publica rependitur.* Le monstre est coupable. Il a été jugé et condamné. Et, comme tout bon chrétien, j'espère que vous applaudirez lorsque nous l'enverrons en enfer.

La réaction du prélat étonna Alcuin. Il ne cherchait pas à juger ses méthodes, mais simplement à commenter l'affaire. En réalité, il n'avait aucunement eu l'intention de mettre en doute l'opinion de Lothaire.

— Mon cher père, je vous prie de bien vouloir me pardonner. Si vous le jugez toujours opportun, vous pouvez compter sur ma présence lundi.

Lothaire le toisa avant de répondre.

— Je l'espère, frère Alcuin. Je vous suggère en outre de penser davantage aux victimes et moins aux assassins. Ni eux ni ceux qui les considèrent avec indulgence n'ont leur place dans le Royaume des Cieux.

Sur ces fortes paroles, l'évêque se retira sans saluer son invité.

Alcuin comprit trop tard l'étendue de sa bévue. A présent, Lothaire le prenait pour un Anglais présomptueux, plus soucieux de démontrer sa supériorité que de s'occuper de ses propres affaires. Il ne faisait aucun doute que, tôt ou tard, cet affrontement aurait des conséquences déplaisantes.

Son repas terminé, il passa par les cuisines et repartit avec deux pommes, jaunes, mûres et parfumées comme il les aimait, qui lui serviraient de déjeuner. Puis il traversa le palais pour rejoindre la bibliothèque. L'évêque avait fait installer celle-ci dans la partie sud du bâtiment, orientée vers la cour intérieure, afin de préserver les vieux volumes du vent et de l'humidité.

En entrant, il s'étonna de découvrir Theresa assise sur le seul banc du scriptorium. La jeune fille maniait la plume dans le vide, comme si elle écrivait sur un parchemin. Ses mouvements fluides évoquaient une sorte de danse. Elle s'entraînait, affinant son talent déjà affirmé dans l'art subtil de la calligraphie.

— Bonjour. Je ne me rappelais pas que tu devais venir au chapitre aujourd'hui...

Surprise, la jeune fille laissa tomber la plume sur le pupitre, puis elle se leva brusquement.

— Je... je m'exerçais, bredouilla-t-elle d'un ton d'excuse. Mon père dit que c'est ainsi qu'on atteint ses objectifs.

— Pas de doute, pour progresser il faut croire à ce qu'on fait. Tu aimes ton métier ? Enfin, je parle de ton travail de parcheminier...

Theresa rougit.

— Je ne voudrais pas paraître ingrate, mais je ne travaillais à l'atelier que pour pouvoir approcher les livres, finit-elle par dire.

— Je perçois de la culpabilité dans ta réponse, quand cela devrait être le contraire. La divine providence veille à ce que chacun exerce l'activité précise à laquelle Elle le destine. Et Elle ne t'a pas destinée à devenir une parfaite relieuse.

La jeune fille baissa la tête. Puis son visage s'illumina.

— Ce qui me plaît vraiment, c'est lire ! Quand cela m'arrive, j'ai l'impression de voyager dans d'autres pays, d'apprendre d'autres langues, de vivre plusieurs vies. Je crois qu'il n'existe rien de comparable. Parfois, j'imagine que j'écris. Pas comme un scribe ou un copiste, mais pour exprimer mes propres pensées.

Elle s'interrompit comme si elle venait de dire une bêtise, puis elle reprit, hésitante :

— Ma belle-mère me répète toujours que j'ai la tête dans les nuages, que c'était une erreur de choisir un métier d'homme, que je devrais me marier et avoir des enfants.

— Qui sait ? Tu suis peut-être la voie que le Seigneur a choisie pour toi ? Quel âge as-tu ? Vingt-deux ? Vingt-quatre ans ? Regarde-moi. J'ai plus de soixante-dix ans et je suis un simple maître. Ce n'est peut-être pas grand-chose, mais je suis heureux d'accomplir la tâche que Dieu a bien voulu me confier.

— Alors, ça ne dépend pas de moi ? Dieu a déjà décidé de mon avenir ?

— Je vois que tu n'as pas encore lu *La Cité de Dieu*, sinon tu saurais ce que le saint d'Hippone a énoncé avec la plus parfaite clarté. Dans leur disposition et leur mouvement, les astres tiennent les clés de notre destin.

— Et vous pouvez le découvrir ?

— Ce n'est pas si simple. Il faudrait connaître le moment exact de ta naissance, dresser ta carte du ciel... Cela représente des jours et des jours de travail.

Theresa parut décontenancée. Elle retourna s'asseoir et demanda :

— Mais si ce que vous dites est vrai, cela signifie que les astres sont plus puissants que la divine providence ?

— Eh bien, pas exactement. Ce n'est pas moi qui l'affirme, mais saint Augustin en personne. Dans ses écrits, il se demande ce que sont les astres, sinon les instruments de Dieu, Son œuvre, et le miroir de Ses desseins célestes. Le Créateur ne nous a pas donné une âme pour que nous soyons les esclaves de notre destin. Il nous a dotés du libre arbitre pour nous distinguer des animaux. C'est la voix intérieure qui te pousse à persévérer, qui te souffle que tu serviras mieux Ses intentions en te consacrant à la lecture et à l'écriture plutôt qu'en gagnant misérablement ta vie à coudre des cahiers.

— Mon père m'a toujours dit la même chose. Avec d'autres mots, bien sûr, mais c'était plus ou moins pareil... Vous pourriez m'apprendre ?

— T'apprendre quoi ?

— Vous avez dit que vous étiez maître. Je pourrais apprendre ce que vous enseignez à vos élèves.

Après une hésitation, le moine finit par accepter. Ils convinrent qu'après la journée de travail de Theresa ils consacreraient deux heures à l'étude du trivium et du quadrivium, avant d'approfondir les Saintes Ecritures. Soudain, Alcuin se leva, comme s'il venait de se rappeler quelque chose.

— Que dirais-tu de marcher un peu ? suggéra-t-il.

— Et l'écriture ?

— Prends une paire de tablettes. Tu verras comment nous les utiliserons.

14

Avant de partir, Alcuin demanda à Theresa de l'attendre pendant qu'il s'entretenait avec l'évêque. Il fut reçu par le secrétaire particulier de Lothaire. Après s'être informé de l'objet de sa visite, l'homme, un vieillard contrefait qui semblait souffrir en permanence, se redressa avec effort et disparut derrière des tentures rouges. Il revint quelques instants plus tard.

— Monseigneur vous recevra ce soir. Pour l'instant, il est occupé avec un émissaire arrivé d'Aquisgranum.

— Mais je dois absolument le voir !

— Je vous répète qu'il est occupé. De plus, le moment n'est pas bien choisi. Il doit retarder l'exécution du Cochon et il en est très perturbé.

— Pourquoi ce délai ?

— Charlemagne avance vers Fulda avec une légation romaine. En apprenant son arrivée imminente, l'évêque a pensé que ce serait lui manquer de considération que de priver le roi de ce spectacle.

— Parfait, commenta Alcuin sans dissimuler sa satisfaction. A propos, j'ai abîmé mon stylet hier et j'aurais besoin de plumes d'oie. Savez-vous où je pourrais en trouver ?

— Des plumes d'oie ? Je l'ignore. C'est le chambellan qui se charge de ces questions. Pour l'instant, il règle les derniers détails de l'exécution. Mais allez donc à la taverne du Chat. Vous y trouverez bien quelqu'un pour vous renseigner. De nombreuses fermes des environs élèvent des canards et des poulets.

« Des canards et des poulets... » Mais la basse-cour de l'abbaye en regorgeait déjà ! Personne au chapitre ne savait donc que seules les plumes d'oie convenaient à l'écriture ? Ce n'était pas la première fois qu'Alcuin entendait parler de cette taverne du Chat. L'évêque lui-même avait évoqué devant lui le délicieux hydromel de l'établissement. Alcuin remercia le secrétaire, puis il rejoignit Theresa.

En sortant du palais, ils furent accueillis par une légère bruine. Le moine se couvrit la tête avant de se mêler à la foule qui dès les premières heures du jour envahissait la place de la Cathédrale. Theresa le suivit, s'émerveillant devant le dédale de ruelles où se bousculaient un essaim de passants, certains chargés de fardeaux. Des marchands de bestiaux aiguillonnaient leurs bêtes, des colporteurs cherchaient désespérément à installer leurs marchandises au milieu de la bousculade. Une volée de gamins s'éparpilla soudain, fuyant sans doute la victime d'un chapardage, au milieu d'une multitude d'étals offrant les produits les plus divers. Alcuin acheta une douzaine de noix, expliquant à Theresa qu'en brûlant les coquilles et en mélangeant leurs cendres avec de l'huile il obtiendrait une encre de bonne qualité. En attendant, il en ouvrit une et la mangea en poursuivant son chemin vers la rue de la Forge, où se trouvait la taverne du Chat.

Une agréable odeur de cuisine et un brouhaha animé leur indiquèrent qu'ils étaient arrivés à destination. La taverne occupait une maison en bois rougeâtre, à la façade percée de deux minuscules fenêtres. L'entrée était masquée par une couverture aux couleurs vives. Alors qu'ils s'apprêtaient à franchir le seuil, le rideau s'écarta et une femme dépoitraillée sortit en trébuchant. Elle empestait le vin. A la vue d'Alcuin, elle rajusta sa chemise avec un sourire stupide et présenta ses excuses avant de s'éloigner en marmonnant des paroles incohérentes. Alcuin se signa, puis il recommanda à Theresa de se couvrir et pénétra d'un pas décidé dans la taverne.

Sitôt franchi le rideau, ils découvrirent une scène digne des Enfers. Sur la musique aigrelette d'un pipeau, hommes et femmes se livraient à une célébration effrénée des plaisirs de la table et de la chair, mêlant luxure et gloutonnerie. Au fond de la salle, un musicien aveugle, retranché derrière deux tonneaux qui faisaient office de comptoir, exhibait entre deux trilles des gencives édentées. Baissant les yeux, le moine se dirigea vers un homme à la barbe fournie et aux bras envahis par la graisse, qui semblait être le tavernier. Theresa le suivit en gardant ses distances.

— Que puis-je pour vous, mon frère ? demanda l'aubergiste en servant une tournée de bière à des clients.

— Je viens du chapitre. C'est le secrétaire de l'évêque qui m'envoie.

— Désolé, mais nous sommes à court d'hydromel. Si vous le souhaitez, revenez en fin de journée, nous aurons été livrés.

Alcuin en conclut que les clercs avaient coutume de s'approvisionner en alcool auprès de l'établissement. Lorsqu'il expliqua qu'il ne cherchait pas de l'hydromel, mais des oies, l'homme s'esclaffa.

— Vous trouverez ce qu'il vous faut dans les fermes au bord de la rivière. Il se prépare un festin au chapitre ?

A cet instant, un concert de vociférations éclata. Surpris, Alcuin et le tavernier se retournèrent. Les clients s'attroupaient, tandis que les deniers circulaient de main en main.

— Combat au premier sang ! cria le tavernier en courant se joindre au groupe.

Alcuin vint se placer près de Theresa, fascinée par la scène. Un combat au premier sang... Elle avait déjà vu des gamins en mimer, mais elle n'y avait jamais assisté. A ce qu'elle avait entendu raconter, il s'agissait d'un combat d'adresse qui se concluait lorsqu'un des deux adversaires blessait l'autre. Alcuin lui suggéra de prendre note de tout ce qu'elle remarquerait.

Entre-temps, les assistants avaient fait place aux combattants. Le premier était une boule de graisse, avec des avant-bras comme des jambons. Son adversaire, un homme aux cheveux roux, paraissait avoir bu tout le vin de la taverne. Tous les deux se tournaient autour, comme des loups épiant leur proie. Les premières attaques soulevèrent des acclamations qui semblaient faire écho à la violence de leurs assauts.

Malgré sa corpulence, le gros maniait le scramasaxe avec ardeur. Le rouquin reculait en faisant passer son arme d'une main à l'autre. Theresa gribouilla sur sa tablette, pensant que le combat n'allait pas tarder à s'achever, mais aucun des deux combattants ne se décidait à porter une attaque décisive. Enfin, le gros se rua vers son adversaire, multipliant les coups de poignard, et l'accula dans un coin. Malgré sa position, le rouquin faisait preuve d'un calme étonnant, comme si, au lieu de lutter pour sa vie, il s'amusait avec une fillette. Il se contentait de reculer, alors que les paris et les encouragements fusaient.

Le gros homme commençait à transpirer. Déjà, il se déplaçait moins vite. Pour prendre l'avantage, il poussa une table vers son adversaire afin de lui couper le passage, mais le rouquin l'esquiva d'un bond. Le gros lui saisit la main. A son tour, le rouquin empoigna fermement le bras libre de son rival et le serra tandis que ses veines se gonflaient sous l'effort. Soudain, on entendit un craquement. Un hurlement emplit la salle, comme si le diable venait de surgir. Le rouquin cria alors des paroles incompréhensibles et feinta, la lame scintillant entre ses mains. Vif comme l'éclair, il poignarda le gros, puis il recula et baissa sa garde.

Le gros resta immobile, fixant le rouquin d'un air à la fois calme et étonné, comme s'il cherchait à exprimer quelque chose et que les mots lui manquaient. Soudain, un flot de sang jaillit de son ventre et il s'abattit comme une marionnette dont on aurait coupé les fils. Le vainqueur lança un cri de triomphe et cracha sur le corps étendu. Quelques clients portèrent secours au blessé. Certains maudissaient leur malchance, tandis que les plus fortunés s'apprêtaient à dépenser leurs gains avec les prostituées. Le rouquin s'installa à une table, loin de la bousculade, se recoiffa posément et regarda avec dédain le gros, que l'on transportait dans l'arrière-salle. Il saisit un pichet et le vida jusqu'à la dernière goutte. Ensuite, il paya une tournée générale de bière et dévora un morceau de pain et une saucisse.

Alcuin demanda à Theresa de l'attendre. Puis il approcha du vainqueur avec un pichet de vin qu'il avait trouvé sur une table.

— Impressionnant, ce combat. Me permettez-vous de vous offrir à boire ?

Le moine s'installa sans attendre la réponse. Après l'avoir toisé, l'homme aux cheveux roux attrapa le pichet et le vida.

— Epargnez-moi vos sermons, mon frère. Si vous voulez l'aumône, placez-vous au milieu de la salle, empoignez un couteau et à la grâce de Dieu !

L'homme baissa les yeux, pressé de compter les pièces qu'un de ses amis venait de poser sur la table : sa part sur les paris.

— J'ai cru que le gros allait vous tuer, mais votre habileté à manier le scramasaxe s'est révélée providentielle.

— Ecoutez, je vous ai déjà dit que je ne faisais pas l'aumône, alors laissez tomber avant que ça ne commence à me fatiguer.

Alcuin comprit qu'il devait se montrer plus direct.

— En réalité, ce combat m'importe peu. Je souhaitais vous parler du moulin...

— Le moulin ? Qu'est-ce qu'il vient faire là-dedans ?

— Vous travaillez là-bas, n'est-ce pas ?

— Et alors ? Ce n'est un secret pour personne.

— Le chapitre souhaite acquérir un lot de grain. Une bonne affaire, pour qui saura la mener à bien. Avec qui dois-je en discuter ?

— Vous venez du chapitre et vous ne savez pas à qui vous adresser ? Je n'aime pas les mensonges.

Le rouquin posa la main sur la garde de son couteau.

— Du calme, lui dit Alcuin. Si je ne connais pas les maîtres du moulin, c'est parce que je viens d'arriver. Le grain est destiné au chapitre, mais il s'agit d'une transaction personnelle. En fait, j'ai l'intention de mettre une certaine quantité de grain à l'abri, avant que les missi dominici n'inspectent les greniers. Personne n'est au courant, et je tiens à ce que cela reste entre nous.

Le rouquin lâcha le manche du scramasaxe. Les missi dominici, des juges envoyés par Charlemagne, intervenaient régulièrement dans les affaires de la ville et du chapitre. Leur dernière visite remontait à l'automne, il se pouvait donc que le moine dise vrai.

— Et en quoi ça me concerne ? Parlez-en avec le propriétaire, vous verrez ce qu'il vous dira.

— Le maître du moulin ?

— Du moulin, du ruisseau, de cette taverne et de la moitié du village. Demandez Kohl. Vous le trouverez sur le marché, en train de vendre son grain.

— Hé, Rothaart ! Tu comptes te faire moine ?

Cette apostrophe venait de l'homme qui avait déposé l'argent sur la table. Rothaart – « le roux », dans la langue des Germains – désignait à coup sûr l'interlocuteur d'Alcuin.

— Continue à plaisanter, Gus, répondit Rothaart à son ami. Un de ces jours, je te fracasserai la tête et je la remplacerai par une citrouille. Même ta femme appréciera le changement. Quant à vous, ajouta-t-il en se tournant vers Alcuin, si vous n'avez pas l'intention de m'offrir un autre pichet, laissez donc la place à une de ces ribaudes qui piaffent d'impatience.

Après avoir remercié l'homme de lui avoir accordé son attention, Alcuin fit signe à Theresa et tous deux quittèrent la taverne.

— Et maintenant, où allons-nous ? demanda la jeune fille une fois dehors.

— Parler au maître d'un moulin.

— Le moulin de l'abbaye ?

Theresa courait dans le sillage d'Alcuin, qui marchait de plus en plus vite.

— Non, non. Fulda possède trois moulins. Deux appartiennent au chapitre, dont celui situé à l'abbaye. Le troisième est la propriété d'un certain Kohl, apparemment l'homme le plus riche de la région.

— Je croyais que vous vouliez des plumes ?

— C'était avant de faire la connaissance de ce meunier, à l'auberge.

— Vous ne le connaissiez pas ? Pourtant, vous avez affirmé qu'il travaillait là-bas. Et pourquoi voulez-vous acheter du grain ?

Alcuin la regarda comme si sa question l'avait irrité.

— Qui t'a dit que je voulais en acheter ? Et, non, je ne connaissais pas ce meunier. J'ai deviné son métier grâce à la farine qui imprégnait ses vêtements et s'était incrustée sous ses ongles.

— Qu'est-ce que ce moulin a de si particulier ?

— Si je le savais, nous n'aurions pas besoin de le visiter. En tout cas, je peux dire que je n'ai encore jamais vu un meunier manger du pain de seigle. Qu'as-tu noté sur tes tablettes ?

Theresa s'arrêta pour fouiller dans sa besace. Elle s'apprêtait à faire part de ses observations à Alcuin quand elle s'aperçut qu'il avançait toujours d'un bon pas. Elle courut après lui en survolant ses notes.

— Le gros homme a été blessé au ventre. L'homme roux a attendu qu'il perde l'équilibre pour l'attaquer. Les gains du vainqueur se sont élevés à vingt deniers. Ah ! Et je ne l'ai pas consigné, mais la blessure du gros ne devait pas être très grave, car plus tard il a quitté la taverne sur ses deux jambes, ajouta-t-elle fièrement.

— Et c'est à ça que tu as gaspillé ton temps ? Je t'ai demandé de noter ce que tu voyais, mais pas des choses si évidentes que n'importe quel imbécile les aurait remarquées. Tu dois apprendre à te concentrer sur les détails, les éléments qui semblent dépourvus d'importance. Ce sont eux qui te fourniront les informations les plus intéressantes.

— Je ne comprends pas...
— Avais-tu vu la farine sous les ongles du rouquin ? T'es-tu intéressée à ses chaussures ? Sais-tu avec quelle main il a porté le coup de couteau ?
— Non, avoua Theresa, accablée.
— En premier lieu, le rouquin semblait ivre à notre arrivée, mais en réalité il choisissait sa victime. Au moment de miser, il a compté jusqu'au dernier denier.
— D'accord !
— Il a choisi un homme fort, mais maladroit. Pour se battre vraiment, Rothaart a attendu que Gus, son compère, lui indique que les paris étaient assez élevés.
— J'avais bien remarqué quelque chose d'étrange chez ce Gus, mais je n'y ai pas prêté attention.
— Quant à la somme que tu as notée... Vingt deniers, c'est beaucoup d'argent.
— Assez pour s'acheter un porc, dit Theresa en repensant à ses conversations avec Helga.
— Mais pas tant que cela, quand on doit offrir une tournée générale et payer deux putains. Pourtant, Rothaart portait des chaussures de cuir fin, fabriquées sur mesure, ainsi qu'une chaîne et un anneau en or. Trop de richesses pour un meunier qui joue à parier sur sa vie.
— Il se bat peut-être tous les jours ?
— Si c'était le cas, et s'il gagnait chaque fois, sa réputation finirait par le précéder, et il ne trouverait plus ni adversaire ni parieur. Ou bien il aurait déjà été tué. Non. Il doit y avoir une autre explication. De même, j'aimerais savoir pourquoi il mange du pain de seigle, et non de froment.

— Mais alors... ?

— Alors, nous savons qu'il travaille comme meunier. Qu'il est gaucher, astucieux, habile au couteau et bien pourvu en argent.

— Vous avez aussi remarqué de quelle main il a frappé le gros ?

— J'ai bien observé son geste. Il prenait les pichets de la main gauche, a compté ses gains de la même main, et c'est aussi celle qu'il a levée lorsqu'il m'a menacé.

— Et quelle importance peuvent avoir tous ces détails ?

— Peut-être ont-ils un rapport avec la maladie qui ravage la ville...

Alcuin confia ses soupçons à Theresa : la mort de son assistant et celle de l'apothicaire ne lui semblaient pas naturelles. Plusieurs personnes avaient été frappées de douleurs terribles et fatales. Maintenant qu'il avait de l'aide, il comptait bien découvrir la vérité.

L'homme qui tenait l'étal de Hansser Kohl, un borgne au visage émacié, les informa que son patron était parti depuis un moment. En se dépêchant, ils le trouveraient peut-être au moulin, où il entreposait l'orge qu'on venait de livrer.

Alcuin le remercia et ils se remirent en route. Après avoir traversé la ville et franchi la porte sud, ils remontèrent la rivière en direction des montagnes, suivant les indications que leur avait données le borgne. Si elle n'avait pas été essoufflée, Theresa aurait demandé au moine par quel mystère il ne ressentait pas la fatigue. Mais Alcuin ne lui en laissa pas l'occasion.

Arrivés à destination, ils firent halte pour observer les environs. La silhouette imposante du moulin se détachait sur un promontoire escarpé, taillé dans la roche par le torrent.

Theresa s'étonna du crissement perpétuel de la roue, que couvrait en partie la rumeur de l'eau. En s'approchant, elle observa que les aubes étaient actionnées par le courant d'un canal latéral, dont le débit était régulé par une écluse rudimentaire.

Alcuin admira la structure du moulin, construit comme presque tous ceux de cette sorte sur trois niveaux. Le rez-de-chaussée abritait les poulies et les engrenages chargés de transmettre le mouvement de la roue à l'axe vertical qui traversait tout le bâtiment. A l'étage principal, celui de la meule, deux roues de pierre rainurées — l'une fixe, l'autre mobile — étaient reliées à l'axe. Enfin, au troisième niveau, le grenier à céréales était équipé d'un entonnoir dans lequel on versait le grain, qui descendait jusqu'à une ouverture forée dans la roue supérieure, pour finir broyé entre les meules.

Une petite construction fortifiée se dressait contre le moulin. Une écurie et un entrepôt clôturé complétaient l'installation.

— C'est étonnant que le moulin soit si éloigné du village, fit remarquer Alcuin.

— Que venons-nous faire ici ?

Alcuin sortit une poignée de grains de sa sacoche et la tendit à la jeune fille.

— Ce n'est encore qu'une hypothèse, mais je soupçonne le blé d'être à l'origine de l'épidémie.

Pour en être certain, je dois examiner les grains. C'est pour cela que je prétends vouloir en commander. Ainsi, le maître me remettra peut-être un échantillon.

— Vous pensez qu'ils ont empoisonné le blé ?

— Pas exactement. Mais, au cas où, ne dis rien à personne.

A cet instant, les chiens qui rôdaient du côté de l'écurie donnèrent de la voix comme si on les rossait. Aussitôt, deux hommes équipés d'arcs apparurent à la porte du moulin.

— Qu'est-ce qui vous amène ici ? demanda le mieux vêtu sans cesser de les viser.

— Bonjour, dit Alcuin. Je viens vous proposer une affaire. Pouvons-nous entrer ? Il fait un froid de loup.

Les deux hommes abaissèrent leurs arcs et les guidèrent vers la maison au lieu de les inviter dans le moulin. Le plus pauvrement vêtu expliqua aux visiteurs qu'il y faisait froid, car on n'y allumait pas de feu par crainte des incendies. Une fois à l'intérieur, Kohl pressa son serviteur de leur préparer une collation. L'homme transmit l'ordre à l'épouse du meunier. Celle-ci sortit précipitamment, comme si elle avait le diable aux trousses, et revint avec du pain et du fromage, puis avec un pichet de vin qu'elle servit aux quatre convives.

Kohl en but une large rasade.

— Sans une goutte d'eau, se vanta-t-il. Bien, je vous écoute. De quoi s'agit-il ?

— A ma tenue, vous aurez deviné que je viens de l'abbaye. Cependant, je dois vous avouer que je ne représente pas l'abbé, mais le roi Charlemagne. Notre souverain doit bientôt séjourner à Fulda, et j'aimerais l'accueillir avec tous les honneurs. Par malheur, nos provisions de grain ont considérablement diminué. J'ai donc pensé que vous pourriez nous en vendre un lot de... disons, quatre cents mesures ?

En entendant le chiffre, Kohl s'étrangla, toussa, puis remplit de nouveau son verre. Quatre cents mesures représentaient une quantité suffisante pour nourrir une armée. Il s'agissait sans aucun doute d'une excellente affaire.

— C'est beaucoup d'argent. J'imagine que vous connaissez le tarif. Trois deniers la mesure de seigle, deux deniers pour l'orge et un denier pour l'avoine. Et si vous voulez de la farine...

— Naturellement, je préfère le grain.

Kohl acquiesça. L'abbaye disposait de deux moulins. Il était logique que les moines désirent éviter un surcoût.

— Et quand voudriez-vous être livré ?

— Dès que possible. Nous aurons besoin de temps pour moudre le blé.

Sous l'effet de la surprise, Kohl se leva brusquement.

— Le blé ? Je peux vous fournir du seigle, de l'orge, de l'avoine et même de l'épeautre, mais c'est l'abbaye qui s'occupe du blé. Vous devriez le savoir.

Alcuin ne l'ignorait pas. Il chercha une parade.

— Je sais aussi que, parfois, une certaine quantité de blé quitte l'abbaye pour arriver au marché. Quatre cents mesures équivalent à seize cents deniers...

Kohl s'était mis à marcher de long en large. Le risque était important, mais c'était précisément en l'acceptant qu'il s'était enrichi.

— Revenez demain, nous en discuterons. J'ai du travail cet après-midi.

— Pouvons-nous visiter le moulin ?

— Il est en service pour l'instant. Peut-être à un autre moment.

— Pardonnez-moi d'insister, mais j'aimerais...

— Un moulin est un moulin. Je vous dis qu'il est en service.

— Soit. Eh bien, à demain.

Une fois dehors, Theresa demanda à Alcuin s'il avait découvert quelque chose, mais le moine était de mauvaise humeur. Pendant qu'ils longeaient l'écurie, il expliqua qu'il voulait voir l'intérieur du moulin, mais qu'il n'avait pas insisté de peur d'éveiller les soupçons.

— Tu as remarqué les chevaux ? ajouta-t-il. Ils sont six, sans compter ceux qui tirent le chariot.

— Qu'est-ce que cela signifie ?

— Eh bien, qu'au moins six personnes gardent le moulin.

— C'est trop, non ?

— En effet.

Alcuin s'arrêta net, comme s'il venait de penser à quelque chose, et il retourna sur ses pas. Après avoir vérifié que nul ne les observait, il sauta la haie et se glissa dans l'écurie. Là, il fouilla les sacoches de selle, chercha entre les lattes du plancher d'un chariot. Puis il appela Theresa, qui accourut et le trouva agenouillé. Elle saisit une tablette de cire, s'imaginant qu'il désirait qu'elle prenne des notes, mais Alcuin secoua la tête.

— Ramasse les grains qui ressemblent à ceux que je t'ai donnés.

Ils fouillaient encore dans le fumier et la poussière lorsqu'ils entendirent des bruits provenant du moulin. Ils se relevèrent alors et s'enfuirent à toutes jambes.

En arrivant au monastère, ils avaient les mains et les pieds gelés. On leur servit aux cuisines une soupe chaude qui les réconforta. Le repas ne se prolongea guère, car Alcuin voulait se remettre rapidement au travail. Theresa lui proposa de se rendre d'abord au chevet de Hoos. Le moine accepta et, après avoir lavé leurs assiettes, ils partirent pour l'hôpital.

Ils y furent reçus par le moine habituel. Cette fois, cependant, son visage d'ordinaire souriant exprimait l'inquiétude.

— Je suis content de vous voir. Vous a-t-on remis mon message ?

— Non. Pourquoi ? Que s'est-il passé ?

— Entrez. Pour l'amour de Dieu, entrez. Deux nouveaux malades présentent les mêmes symptômes.

— Les jambes gangrenées ?

— L'un des deux a déjà des convulsions.

Les deux moines se hâtèrent vers la chambre où agonisaient les malheureux. Les deux hommes, père et fils, travaillaient à la scierie. Chez le père, Alcuin remarqua la teinte foncée des oreilles et du nez. Il tenta de les interroger, mais il n'obtint que des réponses incohérentes. Il leur prescrivit des purges.

— Et qu'ils boivent du lait mêlé à du charbon, ajouta-t-il. Tout ce qu'ils pourront absorber.

Theresa et Alcuin laissèrent l'infirmier préparer les remèdes et passèrent dans la chambre où Hoos poursuivait sa convalescence. Mais son lit était vide. Personne ne put leur dire où il se trouvait. L'exploration des latrines, de la salle à manger et du petit cloître où les patients les plus valides faisaient quelques pas ne donna aucun résultat. Après avoir cherché partout, ils durent se rendre à l'évidence : Hoos avait disparu.

— C'est impossible, se lamenta Theresa.

— Nous le retrouverons, lui assura Alcuin.

Il conseilla ensuite à la jeune fille de se calmer et de rentrer chez elle. Lui devait retourner à la bibliothèque, mais il la ferait prévenir aussitôt que Hoos réapparaîtrait. Ils convinrent de se retrouver le lendemain à la porte du chapitre. Theresa le remercia pour sa bonté mais, après l'avoir quitté, elle ne put retenir ses larmes.

Pour éviter d'avoir à répondre aux questions de Helga, la jeune fille passa le reste de l'après-midi dans le grenier. Peu avant la tombée de la nuit, elle décida toutefois de sortir un peu dans le voisinage. Tout en déambulant par les ruelles, elle s'interrogeait sur le frisson qui la parcourait lorsqu'elle pensait à Hoos. Chaque matin, elle était impatiente de le voir, de lui parler, de sentir son regard sur elle. Les larmes lui vinrent aux yeux. Pourquoi son existence était-elle un tel calvaire ? Quelle faute avait-elle commise pour perdre tous ceux qu'elle aimait ?

Elle errait sans but, se demandant avec angoisse ce qui avait pu arriver à Hoos. Lors de sa dernière visite, il avait à peine réussi à faire quelques pas dans le cloître, et cela ne remontait qu'à la veille. Il était si faible qu'il paraissait inconcevable qu'il ait pu fuir.

Perdue dans ses pensées, Theresa s'éloigna insensiblement des rues les plus fréquentées. Il faisait froid. La tête rentrée dans les épaules, elle avait relevé le col de son manteau, essayant de se protéger le bas du visage et le nez. Quand elle regarda autour d'elle, elle se trouvait dans un passage étroit et obscur.

Une odeur de pourriture imprégnait l'air. Un aboiement la fit sursauter.

Les maisons des environs semblaient abandonnées, comme si leurs propriétaires, las de vivre dans l'obscurité, s'étaient enfuis sans même fermer les fenêtres.

Effrayée, elle décida de faire demi-tour.

Elle se dirigeait vers la sortie de la ruelle lorsqu'une silhouette à la tête dissimulée sous un capuchon apparut à l'extrémité. Theresa s'attendait à ce que l'inconnu reprenne son chemin, mais il ne bougea pas.

Luttant contre la peur, elle continua à avancer, les yeux baissés, le cœur battant. Lorsqu'elle passa à hauteur de l'inconnu, celui-ci se jeta sur elle. Elle voulut hurler, mais une main se plaqua sur sa bouche. Dans son désespoir, elle mordit l'homme, qui poussa un cri :

— Diable de femme ! Un peu plus et tu m'arrachais un doigt !

Theresa n'en crut pas ses oreilles. L'accent, l'intonation...

— Hoos ? C'est toi ?

Sans réfléchir, elle se jeta dans ses bras, qui se refermèrent tendrement sur elle. Hoos repoussa son capuchon et lui sourit. Il lui caressa les cheveux, respirant son parfum.

— Mais où étais-tu ? sanglota la jeune fille. Je croyais ne plus jamais te revoir.

Hoos expliqua qu'il l'avait suivie. Il avait fui l'hôpital, car il devait rentrer immédiatement à Wurtzbourg.

— Mais c'est à peine si tu tiens debout...

— C'est pour cela que j'ai besoin d'un cheval.

— C'est de la folie ! Les bandits te tueront. Tu as oublié ce qu'ils t'ont déjà fait ?

— Ne pense pas à cela. Il faut que tu m'aides.

— Mais je ne sais...

— Il est important que je sois à Wurtzbourg la semaine prochaine. J'ai risqué ma vie pour sauver la tienne, maintenant c'est moi qui ai besoin de ton aide. Il faut que tu me trouves une monture.

Theresa fut frappée par le désespoir qu'elle lisait dans son regard.

— D'accord, mais je n'y connais rien en chevaux. Il va falloir que je demande à la Noire.

— La Noire ? Qui est-ce ?

— Tu ne t'en souviens pas ? C'est la femme qui nous a accueillis à notre arrivée à Fulda. Maintenant, j'habite chez elle.

— Je ne crois pas que ce soit une bonne idée. Tu as de l'argent ? Althar ne t'avait pas remis une bourse ?

— Mais je l'ai donnée à la Noire le jour même, comme avance pour le gîte et le couvert. J'ai à peine gardé deux deniers.

— Par tous les diables ! gronda Hoos.

— Je pourrais en parler à Alcuin. Il nous aiderait peut-être.

Hoos réagit vivement en entendant le nom du moine.

— As-tu perdu l'esprit ? Pourquoi penses-tu que j'ai fui l'abbaye ? Ne fais pas confiance à cet homme, Theresa. Il n'est pas ce qu'il paraît.

— Pourquoi dis-tu une chose pareille ? Il s'est bien comporté avec nous.

— Je ne peux pas te l'expliquer, mais tu dois me faire confiance. Méfie-toi de ce moine.

Theresa ne sut que répondre. Bien sûr, elle faisait confiance à Hoos, mais Alcuin s'était toujours montré bon avec elle.

— Alors, qu'allons-nous faire ? Ta dague ! Nous pourrions essayer de la vendre. Tu en tirerais certainement de quoi acheter un cheval.

— Si au moins je l'avais encore... Ces maudits moines ont dû me la voler. Tu ne connais personne qui vende des chevaux ou qui pourrait t'en procurer un ?

Theresa secoua la tête. Hoos dut s'arrêter pour reprendre son souffle. Il haletait comme un vieillard en pressant son flanc blessé.

— Tu te sens bien ?

— Aucune importance. Malédiction ! Il me faut un cheval ! s'exclama-t-il entre deux quintes de toux.

Il se laissa tomber sur une grosse bûche. Pendant un instant, Theresa crut que sa blessure s'était rouverte.

— Attends un peu, dit-elle. Ce matin, je suis allée dans un endroit où j'ai vu des chevaux.

Hoos se leva et la regarda tendrement. Il mit les mains en coupe autour de son visage et approcha lentement ses lèvres des siennes. Theresa crut défaillir. Fermant les yeux, elle s'abandonna à la douceur qui l'inondait et répondit timidement à son baiser. Puis elle s'écarta soudain, les joues en feu, et regarda Hoos droit dans les yeux. Jamais ils ne lui avaient paru aussi beaux qu'à cet instant.

— Que deviendrai-je quand tu seras parti ?

Hoos lui répondit par un nouveau baiser, et les préoccupations de Theresa s'évanouirent comme par enchantement.

Ils regagnèrent la taverne de Helga en s'arrêtant à chaque coin de rue pour s'embrasser, avec la crainte de se faire surprendre. Après chaque halte, ils repartaient d'un pas plus vif en riant. Arrivés à destination, ils se glissèrent dans la maison par la porte de derrière pour ne pas alerter Helga et grimpèrent dans le grenier qui servait de chambre à Theresa. Les baisers reprirent de plus belle. Hoos caressa les seins de la jeune fille, mais elle s'écarta. Peu après, elle lui apporta à manger, l'installa sous une couverture et lui demanda de l'attendre. Si tout se passait bien, quelques heures plus tard, elle reviendrait avec un cheval.

C'était de la folie, Theresa ne l'ignorait pas, mais cela ne l'empêcha pas de se mettre en route, équipée d'une bougie, d'un briquet et d'un peu d'amadou. Elle emportait aussi un morceau de viande crue et un couteau de cuisine. Elle se dirigea vers les remparts, sans avoir réfléchi à ce qu'elle ferait si les portes de la ville étaient fermées. Heureusement, la porte sud était en travaux, et le garde la salua sans rien lui demander.

Sur le chemin du moulin, elle pensa avec un serrement de cœur aux lèvres de Hoos, à la tiédeur de son souffle sur sa joue. Elle pressa le pas sous le clair de lune, espérant que les chiens ne la découvriraient pas. Sans être certaine de son fait, elle comptait les occuper avec la viande pendant qu'elle se rendrait à l'écurie. Aux abords du moulin, elle constata qu'il faisait encore assez clair pour qu'elle se passe de la chandelle. Elle chercha les chiens du regard mais ne les vit nulle part. Néanmoins, elle sema des petits morceaux de viande le long du sentier qui menait à l'écurie.

A l'intérieur de celle-ci, elle trouva quatre chevaux qui semblaient dormir. Elle les examinait pour faire son choix lorsque des aboiements retentirent. Elle courut se réfugier dans un coin, se recouvrit de paille et attendit, morte de peur. Quelques secondes plus tard, les chiens se turent. La gravité de son acte lui apparut tout à coup.

Comment avait-elle pu envisager de commettre un vol, un crime passible de la mort ? Malgré son désir d'aider Hoos, elle ne pouvait agir de la sorte.

C'eût été trahir l'éducation que lui avait donnée son père.

Elle se sentait sale, malhonnête. Les larmes aux yeux, elle demanda pardon à Dieu et L'implora de lui apporter Son aide.

La peur l'envahit. Elle sursautait au moindre bruit – un cheval qui renâclait, une poutre qui craquait –, craignant d'être découverte. Elle se glissa lentement entre les jambes d'un cheval et rampa vers la porte. Elle s'apprêtait à sortir quand elle aperçut quatre hommes qui venaient dans sa direction.

Les chiens les avaient sans doute alertés.

Affolée, elle fit demi-tour et s'enfouit dans la paille. Un des hommes entra et claqua la croupe des chevaux, qui hennirent, épouvantés. En voyant les sabots de l'un d'eux danser à quelques pouces de son visage, Theresa retint de justesse le cri d'effroi qui lui montait aux lèvres. L'homme harnacha une des bêtes, l'enfourcha et partit à bride abattue vers la forêt. Peu après, sous les yeux de Theresa, les trois autres déchargèrent un chariot et commencèrent à transporter son contenu jusqu'au moulin. La jeune fille s'étonna de les voir travailler à une heure aussi tardive, surtout sans torches. Puis il lui vint à l'esprit que ces sacs avaient peut-être un rapport avec le blé qui intéressait tant Alcuin.

Sans réfléchir aux conséquences, elle profita de ce que les hommes s'étaient éloignés pour s'approcher du chariot et constata qu'il ne leur restait que deux sacs à rentrer. Elle sortit alors son couteau, pratiqua une incision dans le plus proche, plongea la main à l'intérieur et recueillit une poignée de grains avant de regagner l'écurie.

Les hommes revinrent peu après. Le premier à atteindre le chariot découvrit le sac percé et accusa le deuxième d'avoir manqué de soin. Celui-ci lui renvoya ses reproches, et la discussion tourna rapidement à la dispute, que celui qui semblait être le chef arrêta à coups de poing. Le premier homme s'éloigna et revint peu après avec une torche, que le chef saisit. La lumière vive enflamma ses cheveux roux. Theresa reconnut alors Rothaart.

Après avoir chargé les derniers sacs sur leur dos, les hommes disparurent sans avoir fouillé l'écurie.

Dès qu'elle se retrouva seule, Theresa descendit le sentier en courant, s'attendant à voir le rouquin surgir de derrière un arbre pour lui trancher le cou. Même après avoir regagné la ville, elle ne se sentit pas à l'abri.

Elle entra dans l'auberge par la porte de derrière, vérifia que la Noire se trouvait encore dans la salle et gagna discrètement le grenier où l'attendait Hoos, à moitié endormi. A sa vue, son visage s'illumina, mais sa joie céda la place à la contrariété lorsqu'il apprit qu'elle rentrait bredouille.

— J'ai essayé, je te le jure.

Hoos fit la grimace, puis il lui dit de ne pas s'inquiéter, qu'il trouverait certainement un moyen de fuir le lendemain.

Theresa l'embrassa sur les lèvres.

— Attends un moment !

Elle se releva d'un bond et descendit à l'auberge.

Elle revint au bout d'un moment et s'approcha de Hoos avec un air mystérieux.

— Ça y est, lui dit-elle en souriant, tu as un cheval.

Tout en sachant qu'il la désapprouverait, elle avait demandé à Helga de lui rendre une partie de l'argent destiné à payer son logement.

— Elle a d'abord refusé, mais je lui ai rappelé que j'avais un emploi et je lui ai promis de la rembourser avant février, avec les intérêts. Cela ne l'a pas empêchée de me demander pourquoi j'avais besoin de cet argent.

Hoos lui lança un regard inquiet, mais elle le tranquillisa. Elle avait raconté à Helga qu'elle souhaitait acquérir un poulain pour accompagner Alcuin dans ses courses champêtres. La Noire l'avait crue, et lui avait même recommandé un marchand qui lui accorderait un rabais. Au total, Theresa avait obtenu cinquante deniers, la moitié de l'avance qu'elle avait versée. De quoi acheter un vieux cheval et des provisions.

— Elle ne t'a pas répondu que tu n'avais qu'à marcher ?

— Je lui ai dit que j'avais mal aux pieds. Avant que tu partes, j'aimerais te demander quelque chose.

— Bien sûr. Si c'est en mon pouvoir…

— Quand tu arriveras à Wurtzbourg…

— Eh bien… ?

— Tu sais, je t'ai menti, à la cabane… Je n'étais pas là par hasard.

— Ne t'inquiète pas. Tu n'es pas obligée de m'en parler.

— A ce moment-là, j'étais en pleine confusion, mais maintenant, je tiens à t'expliquer. Il y a eu un incendie à Wurtzbourg.

— Qu'est-ce qui a brûlé ?

— Ce n'est pas ma faute, je te le jure. C'est ce maudit Korne qui m'a poussée. Les braises ont mis le feu à l'atelier, tout a brûlé et...

Les sanglots l'empêchèrent de continuer. Hoos la prit dans ses bras.

— Promets-moi, poursuivit-elle. Promets-moi d'aller trouver mon père pour lui dire que je vais bien.

— Bien sûr, je te le promets.

— Dis-lui que je les aime, Rutgarde et lui.

Hoos lui caressa le visage, jusqu'à ce qu'elle s'apaise. Theresa se souvint alors du parchemin qu'elle avait trouvé dans la besace de son père. Elle songea à le confier à Hoos pour qu'il le lui remette, mais elle se ravisa. Si Gorgias l'avait caché, c'est qu'il avait des raisons de le faire.

— Emmène-moi, supplia-t-elle.

Il lui sourit.

— J'irai voir ton père et je lui donnerai de tes nouvelles, mais tu ne peux pas m'accompagner. Souviens-toi des maraudeurs.

— Mais...

Il lui ferma la bouche d'un baiser.

Quand Theresa souffla la dernière chandelle, Hoos l'appela près de lui. Le jeune homme la prit dans ses bras pour la protéger du froid, mais, même après s'être réchauffés, ils restèrent enlacés.

Hoos se montra l'homme attentionné dont elle avait toujours rêvé. Il la couvrit de baisers et parcourut son corps, y dessinant des sentiers inexplorés. Parfois, le frôlement tiède de son souffle accompagnait ses lentes caresses. Theresa, enivrée, sentait grandir au creux de son ventre un appétit inavouable.

Elle n'avait jamais rien ressenti de tel, ne parvenait pas à interpréter cette accumulation de sensations, ce combat intérieur qui opposait pudeur et impatience, crainte et désir.

— Pas encore, supplia-t-elle.

Mais Hoos continua à embrasser sa bouche, son ventre, ses seins. Elle trembla lorsqu'il lui écarta les jambes et tressaillit de douleur quand il la pénétra. Cependant, le désir la ramenait inlassablement vers le corps de Hoos, comme si elle voulait le posséder pour toujours. Puis elle s'abandonna à la houle qui l'emportait et au feu qui la consumait.

La fièvre les saisit, si violente que Theresa crut que le diable avait pris possession de son ventre. Quand Hoos finit par se retirer, elle regretta que cet instant ne puisse se prolonger indéfiniment.

— Je t'aime, chuchota-t-il entre deux baisers.

Au creux de ses bras, elle ferma les yeux, prête à entendre ces mots mille fois répétés.

Au matin, quand Hoos lui fit ses adieux, elle retint seulement qu'il l'aimait.

15

Le dimanche, Theresa n'allait pas au scriptorium. Elle profita de la matinée pour mettre de l'ordre dans le grenier et laver la vaisselle qui s'était accumulée dans la cuisine. Pour ne pas éveiller les soupçons, elle avait projeté de se rendre au monastère après le déjeuner afin de s'enquérir de Hoos. Tout en faisant le ménage, elle se remémorait chaque baiser de la nuit précédente.

Hoos Larsson...

Il lui avait promis qu'à son retour ils partiraient ensemble pour Aquisgranum et s'installeraient sur ses terres.

Theresa songeait à son existence future. Elle s'occuperait de la maison de Hoos pendant la journée et passerait ses nuits blottie contre lui. Les problèmes d'Alcuin comme ceux de Helga avaient disparu de son esprit, où seules régnaient les fantaisies de son imagination. Elle ne pensa à rien d'autre de toute la matinée.

Quand la Noire se réveilla, Theresa avait récuré à fond la salle de l'auberge. Helga se plaignit de brûlures d'estomac, qu'elle soigna avec une rasade de vin qui lui donna la nausée. Elle empestait l'homme, mais ne semblait pas s'en soucier. Ayant oublié qu'on était dimanche, elle fut surprise de trouver Theresa dans la cuisine. Clopin-clopant, elle se dirigea vers une bassine d'eau et se rinça le visage.

— Tu n'es pas chez les moines aujourd'hui ? demanda-t-elle en se resservant du vin.

— Ils réservent le dimanche à la prière.

— C'est parce qu'ils n'ont rien d'autre à faire, dit Helga avec une pointe d'envie. Que diable vais-je préparer à manger, aujourd'hui ?

Elle farfouilla dans les marmites, qui se retrouvèrent dans le même désordre qu'avant le passage de Theresa. Dans l'une d'elles, elle jeta tous les légumes qu'elle trouva, ajouta un morceau de lard salé et recouvrit le tout d'eau. Après avoir mis la marmite au feu, elle agrémenta le ragoût d'une langue de vache.

— Toute fraîche, se vanta-t-elle. Un client me l'a apportée hier soir.

— Si tu continues à me gaver, je serai obligée de te voler des vêtements, fit remarquer Theresa avec le sourire.

— Ma petite, tu manges si peu que c'est à peine si on voit tes seins !

Pendant que la Noire remuait son ragoût, Theresa rangea de nouveau la cuisine.

— Et n'oublie pas que, dans mon état, je dois prendre soin de moi, ajouta Helga.

Theresa sourit en la voyant caresser son ventre qui commençait à pointer. Elle se demanda si son amie continuerait à se prostituer quand son ventre serait aussi rebondi qu'une pastèque.

— Comment une femme peut-elle tomber enceinte ?

— En voilà une question idiote !

— Non... Enfin... Je voulais dire... Tu sais... Si c'est la première fois...

Helga la fixa d'un air étonné, puis elle éclata de rire.

— Ça dépend si tu as été bien baisée, polissonne !

Et elle plaqua un baiser sonore sur sa joue.

Theresa rougit violemment et tenta de dissimuler sa gêne en grattant énergiquement le fond rouillé d'un chaudron, tout en priant Dieu de lui épargner une grossesse. Helga retrouva son sérieux et lui assura que ce genre de désagrément ne dépendait pas de l'habileté de l'amant, ce qui ne rassura pas la jeune femme.

Plus tard, elles discutèrent longuement de Hoos. Quand Helga demanda à Theresa si elle l'aimait vraiment, celle-ci s'offusqua et lui reprocha d'en avoir douté. Sans s'émouvoir, la Noire continua à l'interroger sur la famille du jeune homme, l'état de sa fortune et ses talents d'amant. Sur ce dernier point, Theresa refusa de répondre, mais son sourire la trahit.

— Alors, pas de doute, tu es enceinte, plaisanta Helga.

Elle s'esclaffa en évitant la laitue que lui lançait la jeune femme.

En marchant vers le monastère, Theresa pensa à la grossesse de la Noire. Elle s'imagina seule et sans ressources, portant dans son sein une créature innocente. Elle passa les mains sur son ventre lisse et frissonna. A cet instant, elle se promit que, malgré l'ardeur de son désir, elle ne coucherait plus avec Hoos avant le mariage.

A l'abbaye, le portier la laissa entrer aussitôt. Theresa portait le manteau que lui avait donné Alcuin. Sa capuche relevée, elle passait inaperçue parmi les novices qui déambulaient dans la cour. Le responsable de l'infirmerie s'étonna de la voir mais, après avoir vérifié qu'elle avait l'autorisation d'Alcuin, il accepta de la renseigner.

— Je te le répète, la seule explication, c'est qu'il est parti de sa propre volonté.

— Alors pourquoi ne m'a-t-on pas prévenue ?

— Qu'est-ce que j'en sais ? Tu crois que nous nous préoccupons d'un estropié ?

Son commentaire déplut à Theresa. C'était peut-être ce moine qui avait dérobé sa dague à Hoos pendant qu'il gisait inconscient. L'expression méfiante de la jeune femme n'échappa pas à l'infirmier, mais il ne se troubla pas pour autant.

— Si tu n'aimes pas ce que tu entends, va te plaindre à Alcuin, dit-il en lui montrant la direction du scriptorium.

Et, sans lui laisser le temps de répliquer, il tourna les talons.

Theresa hésita à aller trouver son maître. Hoos l'avait mise en garde contre lui mais, jusqu'à présent, le vieux moine avait tenu toutes ses promesses. Par ailleurs, elle devait rembourser à Helga l'argent qu'elle lui avait emprunté pour acheter un cheval à son amant. Cela lui rappela les grains qu'elle avait recueillis lors de son incursion au moulin et qui se trouvaient encore dans sa poche. Theresa résolut de les montrer à Alcuin et d'en profiter pour aborder la question de son salaire. Elle le trouva devant la porte du scriptorium, alors qu'il s'apprêtait à partir. Quoique surpris de la voir, Alcuin la salua aimablement.

— Je suis désolé de devoir t'apprendre que ton ami...

— Je sais. J'arrive de l'infirmerie.

— On ignore ce qui lui est arrivé. Si seulement j'avais le temps de mener mon enquête... Mais j'ai plusieurs problèmes urgents à résoudre.

— Et le sort de Hoos n'est pas important ? répliqua-t-elle, feignant l'indignation.

— Bien sûr que si. Je te promets que, ce soir, je consacrerai un moment à réfléchir à cette affaire.

Theresa acquiesça d'un air satisfait. Ensuite, elle fouilla dans sa poche et en sortit les grains qu'elle avait rapportés du moulin. En les voyant, Alcuin écarquilla les yeux.

— D'où sors-tu cela ?

Il se pencha pour les examiner de plus près.

Elle lui rapporta l'histoire en omettant l'épisode de l'écurie. Tout en l'écoutant, Alcuin ramassa une brindille qu'il utilisa pour remuer les grains de blé. Il demanda à Theresa de les remettre dans sa poche et de bien frotter ses mains, puis ils se dirigèrent vers la pharmacie. Après s'être assuré que celle-ci était vide, le moine alluma plusieurs chandelles et ferma toutes les issues afin que personne ne puisse les observer. Ensuite, il demanda à Theresa de déposer tous les grains dans un petit plat métallique. Lorsqu'elle eut terminé, il exigea qu'elle secoue sa poche au-dessus du même plat et l'envoya se laver les mains.

— As-tu ressenti une gêne du côté de l'estomac ?

Elle secoua la tête. La seule gêne qu'elle éprouvait venait de la nuit qu'elle avait passée avec Hoos.

Alcuin disposa les bougies autour du plat, qui resplendissait comme le soleil. Les grains prenaient des reflets dorés dans l'éclat des flammes, qui nimbait également le visage du moine. Penché au-dessus du plat, il faisait songer à un animal reniflant sa pitance. A sa demande, Theresa lui apporta deux coupelles de céramique blanche et des pinces rangées sur une étagère voisine. Puis il prit les grains un à un et les posa dans une des coupelles.

Il examinait chacun avec soin, le sentant et le manipulant selon un rituel singulier. Les grains qu'il avait déjà étudiés formaient à présent un petit monticule au centre du récipient. Soudain, Alcuin se leva, brandissant sa pince au bout de laquelle se trouvait un grain noir. Avec un rire satisfait, il le montra à Theresa mais, devant l'absence de réaction de la jeune femme, il se rassit et déposa sa trouvaille dans la coupelle vide.

— Approche-toi. Observe bien la forme et la couleur de ce grain.

Theresa examina le minuscule germe noir qui se détachait au milieu de la surface blanche du grain.

— Qu'est-ce que c'est ?

— « Quand le blé ondule dans le vent, Körnmutter erre par les champs, éparpillant ses enfants, les loups du seigle. » *Körnmutter*, la déesse mère du blé, expliqua Alcuin à Theresa qui le regardait d'un air interdit. C'est du moins ce que croient les païens du Nord. J'ai tout de suite soupçonné sa présence.

— Je ne comprends pas...

— Regarde-le bien, dit Alcuin en reprenant le grain noir au bout de sa pince. Il ne s'agit pas d'une semence. C'est l'ergot, un champignon qui donne des hallucinations. Ce que tu vois est le sclérote, l'enveloppe qui le protège lorsqu'il a abandonné son hôte.

Alcuin sortit un couteau de sa ceinture et sectionna la capsule, révélant son intérieur blanchâtre.

— Le champignon s'attaque aux épis humides et s'en nourrit comme le parasite qu'il est. Et il agit de même avec ceux qui ont le malheur d'en consommer. Les symptômes sont toujours les mêmes : nausées, visions infernales, gangrène des extrémités et, pour finir, une mort atroce. J'ai examiné le seigle des dizaines de fois sans y trouver la moindre trace d'ergot. Cependant, il ne m'est pas venu à l'esprit que le mal pouvait provenir du blé. En tout cas, pas avant la mort de Romuald, mon pauvre acolyte.

— Et pourquoi n'y avez-vous pas pensé plus tôt ?

— Peut-être parce que je ne suis pas Dieu, répondit Alcuin, piqué au vif. Ou peut-être parce que, d'habitude, l'ergot ne parasite pas le blé. Regarde la taille de ce spécimen. Il est beaucoup plus petit que celui du seigle. Je ne me suis décidé à explorer la piste du blé qu'après avoir constaté que la maladie affectait seulement les plus aisés.

Theresa prit le couteau et, en s'aidant de la pointe, examina les restes de la capsule comme s'il s'agissait d'un insecte mort.

— Mais alors, si c'est la cause des morts... hasarda-t-elle.

— Ce qui ne fait aucun doute...

— On pourrait en éviter de nouvelles en avertissant les meuniers.

— Malheureusement, cela ne suffirait pas. Ceux qui vendent ce blé savent qu'il a provoqué des morts. Un simple avertissement ne servirait donc qu'à avertir le criminel que nous l'avons démasqué.

— Au moins, les gens cesseraient de consommer du pain de froment.

— On voit que tu ne sais pas à quelles extrémités peut en venir un affamé ! Les gens mangent des ordures, des aliments pourris, des animaux malades. Et ne pense pas que les riches soient les seuls affectés par cette maladie. Aujourd'hui, deux gueux en sont morts. De surcroît, nous ruinerions les commerçants, les meuniers, les boulangers et les centaines de familles qui vivent de la culture de cette céréale. Quant au criminel, se sachant découvert, il moudrait tout le grain contaminé et le poison se disséminerait irrémédiablement. Non, reprit-il en fixant Theresa d'un regard sévère. La seule chose à faire est de retrouver le responsable avant qu'il continue à tuer. Et, pour cela, j'ai besoin que tu me jures le secret le plus absolu.

La jeune femme prit le crucifix que lui tendait Alcuin, le serra sur son cœur et promit de garder le silence. Si elle manquait à sa parole, son âme serait damnée pour l'éternité.

Après avoir lavé le plat et les coupelles, Alcuin et Theresa quittèrent la pharmacie pour se rendre à la cathédrale. Ils se déplaçaient prudemment, dans l'ombre des porches, comme s'ils voulaient échapper à une éventuelle surveillance. Theresa profita d'une halte pour interroger Alcuin sur l'ergot. Le moine lui raconta que cette maladie avait frappé York à plusieurs reprises du temps où il y résidait.

— Mais la contamination venait toujours du seigle, insista-t-il.

Peu après la désignation d'Alcuin comme bibliothécaire, plusieurs moines étaient tombés malades. C'était une période de disette, expliqua-t-il. Quand les réserves de blé avaient été épuisées, on avait fait venir du seigle de la campagne proche d'Edimbourg. Cette céréale donnait un pain sombre et amer, pas aussi mauvais cependant que celui d'épeautre. Autre avantage, il résistait au froid et se conservait longtemps après la cuisson. Puis les gens avaient commencé à mourir. Outre son emploi à la bibliothèque, Alcuin tenait le compte des taxes de péage et organisait les corvées. C'est ainsi qu'il avait remarqué une coïncidence entre l'arrivée du seigle et les premières manifestations de la maladie. Toutefois, il avait fallu attendre la mort d'un quatrième novice pour que l'on sollicite son aide.

— A ce moment-là, la moitié du monastère était déjà touchée. Nous appelions cette maladie *Ignis sacer*, le « feu sacré », à cause des brûlures dans les extrémités. On lui donne aussi le nom de « mal des ardents ». Après avoir découvert la présence de ces ergots parmi les grains de seigle, j'en ai fait manger à quelques chiens, et j'ai pu ainsi mesurer leur effet mortifère. Au fil des ans, ce fléau est revenu nous visiter plusieurs fois, mais maintenant nous savons nous en protéger.

— Vous avez trouvé le remède ?

— Non, malheureusement. Une fois que le poison pénètre dans l'organisme, il s'y diffuse comme l'eau dans le sable. Dès cet instant, le sort du malade dépend de la volonté de Dieu et de la quantité d'ergot qu'il a absorbée. Mais nous avons appris à examiner les grains avant de les consommer.

Alcuin souhaitait consulter le registre du moulin du chapitre. Il avait déjà vérifié celui de l'abbaye et espérait pouvoir examiner celui de Kohl.

— Je ne comprends pas pourquoi nous cherchons du côté de l'évêché si l'ergot se trouvait au moulin de Kohl, dit Theresa.

— La coque de l'ergot était sèche, répondit le moine pendant qu'ils montaient l'escalier de la cathédrale. Même ainsi, elle conserve son pouvoir meurtrier. Toutefois, cela nous indique que le grain a été récolté il y a plus d'un an, car telle est la durée de vie de l'ergot.

— Cela ne change rien au fait qu'on l'ait trouvé au moulin de Kohl.

— Il est indéniable qu'un lot de grains contaminés est passé là-bas. Mais, comme l'affirme le meunier, on ne cultive pas de blé sur ses terres. J'en saurai plus après avoir consulté les différents registres.

— Mais alors, pourquoi a-t-il accepté quand vous avez proposé de lui acheter du blé ?

— Voilà une observation intéressante, souligna Alcuin en souriant. Et aussi un bon sujet de réflexion. N'oublions pas que le but de cette enquête est d'éviter d'autres morts. Attends-moi ici. Je reviens dès que j'aurai pu parler à l'évêque.

Theresa s'assit sur les marches de la cathédrale, loin des mendiants qui se disputaient les emplacements proches du grand portail, et se mit à observer un groupe de soldats qui démontaient des étals au milieu de la place.

— Que font-ils ? demanda-t-elle à un gueux qui la regardait avec insistance.

— Ils préparent l'exécution, répondit l'homme. Ils ont commencé à creuser, ajouta-t-il en montrant le trou.

— C'est pour dresser la potence ?

L'homme s'esclaffa, dévoilant une dent unique.

— Qui te parle de potence ? Une aumône, par charité !

Theresa sortit deux noix de son sac mais, en les voyant, le mendiant cracha et tourna les talons. Elle haussa les épaules et se dirigea vers le centre de la place. Non loin des soldats, deux ouvriers s'employaient à élargir un trou assez profond pour recevoir un cheval. Les deux hommes semblaient disposés à bavarder mais, lorsqu'elle leur demanda à quoi allait servir la fosse, un soldat lui ordonna de s'éloigner.

Alcuin trouva Lothaire sur le chemin du réfectoire. Après les salutations de rigueur, l'évêque s'enquit des travaux du moine.

— Je n'ai pas avancé comme je le voudrais, déplora Alcuin. Mais, pour l'heure, l'écriture est le cadet de mes soucis.

— Vraiment ?

— Comme vous le savez, je suis ici par la volonté de Charlemagne.

Ce rappel suscita chez Lothaire un mouvement d'humeur qui n'échappa pas à Alcuin. Celui-ci reprit :

— Notre roi se distingue à la fois par sa dévotion et par la droiture dont il fait preuve dans la conduite des affaires du monde. C'est peut-être pour cela qu'il m'a chargé de veiller à l'application de la règle de saint Benoît. A mon grand regret, j'ai constaté que les frères sortent du monastère et y rentrent à leur guise, qu'ils fréquentent les marchés, bavardent pendant les célébrations, dorment au lieu d'assister à l'office de nuit. Certains consomment même de la viande à l'occasion.

Lothaire acquiesça. Il ne connaissait que trop les qualités du souverain, à qui il devait son titre d'évêque, mais il engagea néanmoins Alcuin à poursuivre.

— Nous avons de l'indulgence pour des péchés comme le relâchement ou la complaisance, car nous tenons compte des imperfections humaines. Cependant, nous ne pouvons fermer les yeux sur les dépravations et la corruption de ceux qui doivent protéger et guider leur troupeau.

— Pardonnez-moi, mon bon Alcuin, mais où voulez-vous en venir ? Vous savez que le monastère n'a rien à voir avec le chapitre.

— Le diable est entré à Fulda, reprit Alcuin en se signant. Je ne parle pas ici de Satan ni d'Azazel, pas plus que d'Asmodée ni de Bélial. Lucifer n'a nul besoin de ses princes pour réaliser ses projets. Et ne croyez pas non plus que je parle de rituels ou de sacrifices. Je me réfère à de viles créatures, à des individus indignes de se prétendre ministres de Dieu, et qui usent de leur position pour servir de coupables desseins.

— Je ne comprends toujours pas mais, par la cape de saint Martin, vous commencez à m'inquiéter.

— Pardonnez-moi. Il m'arrive de réfléchir à voix haute, en oubliant que celui qui m'écoute n'a pas accès à mon esprit. Je tâcherai d'être plus précis.

— De grâce.

— Il y a quelques mois, Charlemagne a eu connaissance d'irrégularités commises au monastère. Vous savez que chaque abbaye jouit de la même autonomie qu'un petit comté. Elle dispose de terres dont l'abbé tire une rente mensuelle, le plus souvent en espèces. Quelques fermiers lui fournissent de l'orge pour fabriquer de la bière, d'autres de l'épeautre, du blé, des moutons, des porcs ou des canards. Il reçoit également de la laine et des outils. Et presque tous les paysans accomplissent des corvées pour son compte.

— Notre chapitre fonctionne de la même manière.

— Comme vous le savez aussi, ici, à Fulda, la plupart des métairies produisent du blé. Mais, faute de moulins, les paysans sont forcés de moudre leur récolte à l'abbaye, à laquelle ils cèdent en retour une partie de leur farine.

— Continuez.

— Le fait est que, depuis quelque temps, plusieurs dizaines de villageois sont tombés malades ou sont morts sans qu'on en connaisse la raison.

— Et vous pensez que cette maladie a un rapport avec l'abbaye ?

— C'est ce que j'ai l'intention de découvrir. Dans un premier temps, j'ai pensé à une sorte d'épidémie, mais je commence à pencher pour une autre cause.

— Eh bien, dites-moi en quoi je peux vous aider.

— Merci, Votre Grâce. Le fait est que j'aurais besoin de vérifier les registres des trois dernières années.

— Ceux du chapitre ?

— Plus exactement, ceux des trois moulins. J'ai déjà ceux de l'abbaye dans ma cellule. De plus, j'aurais besoin de votre autorisation pour que mon aide puisse accéder au scriptorium.

— Vous n'aurez qu'à demander les registres à mon secrétaire, Ludovic. Quant à ceux de Kohl, je doute que vous les obteniez. Cet homme ne tient pas de comptes. Il garde tout en tête.

Alcuin fit la grimace. Il n'avait pas envisagé cette complication.

— A propos de mon aide... J'ai omis de vous dire que c'était une femme.

— Ah ! Elle peut vous accompagner, bien sûr. Et maintenant, si vous voulez bien m'excuser...

— Une dernière chose...

Alcuin marqua une pause, le temps de formuler sa question.

— Allez-y. Je suis pressé.

— A propos de cette maladie... Savez-vous si une situation semblable s'est déjà produite dans le passé ?

— Je ne me rappelle rien de tel. Peut-être avons-nous connu des cas de gangrène... Mais, malheureusement, c'est un mal assez répandu.

Un peu déçu, Alcuin remercia à nouveau Lothaire, puis il rejoignit Theresa à l'extérieur. Il lui dit qu'ils dîneraient au chapitre, car ils auraient à travailler toute la nuit. Quoique étonnée, la jeune femme ne discuta pas. Elle demanda simplement la permission d'aller avertir Helga. Ils convinrent de se retrouver au même endroit après none.

En arrivant à l'auberge, Theresa trouva porte close. Surprise, elle essaya les autres issues, sans plus de succès. Même les volets des fenêtres étaient fermés. Elle tenta d'apercevoir l'intérieur par les fentes des murs. La maison semblait vide. Soudain, un gamin la tira par l'ourlet de son manteau.

— Ma grand-mère t'appelle, débita-t-il d'un trait.

Theresa regarda dans la direction qu'il lui indiquait. Par l'entrebâillement d'une porte, une main lui faisait signe d'approcher. Elle prit l'enfant par la main et courut vers la masure. Dès qu'elle fut entrée, une vieille femme à l'air apeuré referma la porte et la barricada.

— Elle est là, souffla la vieille à Theresa.

Dans la pénombre, Theresa aperçut la Noire, étendue à même le sol, les yeux fermés, le visage ensanglanté.

— Elle dort, expliqua la voisine. Je suis allée lui demander un peu de sel et je l'ai trouvée ainsi. C'est toujours le même gibier de potence. Il finira par la tuer.

Consternée, la jeune femme s'approcha de son amie. Une estafilade barrait son visage de la tempe au menton. Theresa lui caressa les cheveux, puis elle pria la vieille de prendre bien soin de Helga et lui remit un denier, qu'elle accepta avec empressement. Ensuite, voyant qu'elle ne pouvait rien faire de plus, elle retourna à l'auberge, força une fenêtre et entra prendre son bagage.

A none, Theresa se présenta à la porte du chapitre, chargée comme une mule. Sur son dos, outre des provisions, elle transportait les vêtements, les tablettes de cire et la paillasse qu'Althar lui avait offerts avant de retourner dans les montagnes. Lorsqu'elle expliqua à Alcuin qu'elle n'avait nulle part où aller, il tenta de la réconforter.

— Mais tu ne peux pas rester ici, ajouta-t-il toutefois.

Finalement, ils convinrent que Theresa dormirait dans l'écurie le temps de trouver un logement. Puis la jeune femme demanda au moine de soigner Helga la Noire.

— C'est une prostituée, répondit-il. Je ne peux pas l'aider.

Theresa lui confia que la Noire était blessée et enceinte. Elle ajouta que son amie avait bon cœur, et qu'il fallait la secourir sans retard. Mais Alcuin ne fléchit pas. La jeune femme joua son va-tout :

— Puisque vous ne voulez rien faire, je m'en chargerai moi-même.

Et elle commença à rassembler ses affaires.

Alcuin serra les dents. Il lui était impossible de faire appel à un autre assistant sans risquer que les découvertes qu'il avait faites soient divulguées à tout le chapitre. Il n'avait d'autre choix que de revenir sur sa décision.

— J'en parlerai à la femme chargée du service, mais je ne te promets rien. Maintenant, mets ta capuche, et allons-y.

Theresa déposa ses affaires dans l'écurie avant de suivre Alcuin jusqu'au scriptorium épiscopal. La salle, plus petite que celle de l'abbaye, comportait des pupitres capitonnés. Alcuin sortit de la bibliothèque quatre volumes reliés, fixés aux rayonnages par des chaînes, et en parcourut l'index. Puis il en confia un à Theresa, lui demandant d'y chercher tout ce qui avait trait à la vente de céréales.

— Je ne sais pas exactement ce que je cherche. Un détail qui nous apprendrait qu'à un moment donné un lot de grains empoisonnés aurait été acheté par l'abbaye ou par Kohl.

— Et nous le verrons dans ces livres ?

— Au moins, nous y trouverons trace des transactions. Pour ce que j'ai pu découvrir, les récoltes de Fulda n'ont jamais provoqué d'épidémie. La maladie a donc été causée par un lot provenant de fermes extérieures à la ville.

Le registre répertoriait les achats de denrées alimentaires, mais aussi les versements de rentes, les ventes de terrains, les impôts, les nominations aux différentes charges du chapitre, dans une écriture que Theresa avait du mal à déchiffrer. Plus tard, ils dînèrent d'une soupe à l'oignon tout en refeuilletant les volumes, page à page. Theresa avait repéré plusieurs articles faisant référence à des ventes d'orge et d'épeautre, mais rien sur le blé.

— Je ne comprends pas, répéta Alcuin. Nous devrions trouver quelque chose.

— Il ne reste plus qu'à consulter les registres de Kohl.

— C'est justement le problème. Ses transactions ne figurent sur aucun registre.

— Alors ?

— Il doit y avoir quelque chose ici. Il le faut, redit-il.

Une nouvelle inspection des registres ne donna pas davantage de résultats. Alcuin finit par s'avouer vaincu.

— Je peux rester un peu plus longtemps, lui proposa Theresa.

Après tout, rien ne l'attendait à l'écurie, à part l'odeur du crottin. Sa requête surprit manifestement le moine.

— Tu es certaine de vouloir continuer ?

La jeune femme acquiesça d'un signe de tête.

— Dans ce cas, reprit Alcuin, je vais dormir ici.

Il se dirigea vers un banc qui craqua sous son poids et s'y installa tant bien que mal. Puis, fermant à demi ses yeux larmoyants, il murmura quelques prières qui se muèrent peu à peu en ronflements. Theresa se réjouit de le voir se reposer, puis elle reprit le premier volume. Cette fois, elle releva les nominations et les révocations des crédenciers, les réparations des moulins, et les bénéfices des ventes de blé saison après saison. Cependant, au bout de la première heure, elle commença à percevoir les lettres comme un fourmillement désordonné d'insectes.

Elle posa le volume et pensa à Hoos. A cette heure, il dormait sans doute. Mais peut-être veillait-il, tout comme elle, rêvant de la nuit précédente et du moment où ils voyageraient ensemble sur la route d'Aquisgranum. Avait-il froid ? Si seulement elle se trouvait près de lui pour le réchauffer... Puis, le cœur serré, elle songea à son père. Chaque jour, il lui manquait un peu plus.

Un craquement la tira de ses réflexions. Elle se retourna. Alcuin changeait de position, cherchant à caser le mieux possible son corps long et maigre sur le banc étroit. Ses ronflements ne s'interrompirent pas.

Theresa poursuivit ses investigations, comparant systématiquement ses notes au manuscrit. Un détail qui n'avait rien à voir avec le texte attira soudain son attention. Elle approcha une bougie d'une des feuilles, dont la couleur semblait différer de celle des autres. En l'effleurant du bout des doigts, elle la trouva également moins rugueuse.

Le parchemin ne présentait aucune trace de déchirure, ce qui signifiait que la feuille n'avait été ni coupée ni ajoutée. Theresa tourna vivement les pages, cherchant la seconde moitié du feuillet. Elle était aussi sombre et rugueuse que le reste du cahier.

Il n'y avait qu'une explication, et Theresa la connaissait pour avoir employé cette technique des dizaines de fois. Quand on faisait un pâté sur un parchemin, il était possible de se rattraper en grattant l'endroit abîmé jusqu'à éliminer la tache. En appliquant ce traitement à toute la peau, on obtenait un parchemin qui semblait neuf, prêt à être réutilisé. Toutefois, il était moins épais et plus clair. C'était ce que les scribes appelaient un palimpseste.

Theresa étudia de nouveau la feuille. L'écriture se distinguait aussi de celle des pages voisines.

Elle songea à réveiller Alcuin, mais elle préféra attendre. Elle se rappela alors qu'à l'atelier de Korne les ouvriers s'amusaient à deviner les textes qui avaient été effacés. Ils utilisaient de la cendre humide pour faire apparaître les marques laissées par la plume sur la feuille suivante. La tentative échouait quand les marques du nouveau texte se mêlaient à celles du précédent. Mais la plupart des scribes savaient qu'avant d'écrire sur un palimpseste il convenait de placer une tablette dessous pour éviter de laisser des traces sur la page suivante.

Theresa se signa, prit dans l'âtre une poignée de cendres qu'elle étala en cercles sur la page du dessous et la frotta doucement jusqu'à obtenir une poussière grise qui se dispersa au premier souffle. Ensuite, elle leva le codex, présenta la feuille à la lumière et l'observa en transparence. Un petit texte apparut.

Elle nota sur sa tablette de cire :

Calendes de février de l'année 796 de Notre-Seigneur Jésus-Christ.

Sous les auspices de Boèce de Nantes, abbé de Fulda, par l'autorité de Charles dit le Grand, roi des Francs et patrice des Romains.

Consigne qu'en une seule et même transaction, effectuée à prix réduit, six cents mesures de seigle, deux cents d'orge et cinquante d'épeautre ont été envoyées au comté de Magdebourg.

Payées en argent à cette abbaye avec la somme de quarante sols d'or, selon la loi de Dieu.

Que le Tout-Puissant protège Magdebourg de la peste.

Le reste du paragraphe faisait référence à l'ouverture d'un chemin vicinal, ce qui coïncidait avec le texte récrit sur le palimpseste.

Une onde de joie parcourut Theresa. Elle alla secouer Alcuin et l'informa de ses découvertes.

— Par Dieu, tu vas réveiller tout le chapitre ! dit-il, encore à moitié endormi.

Pendant que Theresa lui donnait de plus amples détails, le moine examina avidement le codex. Son enthousiasme retomba aussitôt.

— Ce n'est pas un achat, mais une vente. Et ce prix... Quarante sols, ce n'est pas très cher.

— Mais on y parle d'une peste. Et si ce n'était pas important, on ne l'aurait pas effacé.

— Il se peut aussi que cette note n'ait aucun rapport avec notre épidémie. Mais attends un peu. Magdebourg... Magdebourg... Il y a trois ans... Par tous les saints ! Nous y sommes !

Il se précipita vers la bibliothèque et en sortit les archives des derniers capitulaires de Charlemagne. Puis il parcourut les pages comme s'il savait précisément ce qu'il cherchait.

— C'est ici ! Un décret d'assistance daté du mois de janvier de la même année. Il fixe le prix et organise l'envoi de vivres au comté de Magdebourg. Les raisons ne sont pas spécifiées, mais je me souviens qu'à cette époque une peste ravageait la frontière d'Ostphalie, sur les rives de l'Elbe.

— Qu'est-ce que cela signifie ?

— Magdebourg a été assiégée par les Saxons durant un hiver particulièrement rigoureux. Les insurgés avaient brûlé les réserves de grain, et la disette s'est prolongée même après l'arrivée des troupes royales. Pour y remédier, Charlemagne a ordonné aux comtés voisins de livrer des céréales à la ville, à un prix inférieur au cours habituel. On n'a jamais découvert l'origine de l'épidémie.

— Mais pourquoi aurait-on effacé cette information du registre, sans toucher au capitulaire ?

— Parce qu'il s'agit de deux choses différentes. Le capitulaire mentionne un décret d'assistance, sans en préciser le motif. La page du registre, elle, établit une relation entre la peste et l'abbaye.

— Une relation qui se limite à la vente de céréales...

— Il faut bien que nous nous raccrochions à un fil, aussi ténu soit-il.

— Eh bien, tirons sur ce fil, et il finira par nous conduire au diable.

16

Theresa dormit à l'écurie, dans l'odeur douceâtre du crottin, et elle rêva de Hoos. Au matin, elle fut réveillée par les hennissements et les flatulences des chevaux. Les cheveux mêlés de paille, elle repoussa sa couverture et se dirigea vers les abreuvoirs. L'eau était glacée, mais elle s'en aspergea le visage avec plaisir. Elle achevait sa toilette quand elle s'aperçut qu'Alcuin l'observait d'un air désapprobateur.

— Trêve de coquetterie ! Nous avons du travail.

Lorsque Theresa était allée se coucher, Alcuin s'était rendu au monastère pour interroger les moines un par un. Ils lui avaient raconté que Boèce, l'abbé précédent, était mort prématurément à la suite d'une crise de folie.

— C'était peu après la vente du lot de grains. Sa succession semble avoir déclenché des rivalités. Racionero, qui était à l'époque trésorier et responsable de l'approvisionnement de l'abbaye, était opposé à Jean Chrysostome, le prieur, qui fut élu. Les frères ne m'ont pas appris grand-chose de plus, mais j'ai réussi à découvrir l'identité du bouvier qui a assuré le transport du grain. Figure-toi qu'il s'agissait du Cochon ! Il n'est donc pas aussi stupide que nous le pensions.

Sur le chemin de la bibliothèque, ils s'arrêtèrent aux cuisines pour y prendre de la bouillie et du lait. Theresa plaça les bols sur un plateau qu'elle avait déniché parmi les dizaines de marmites. Elle s'étonna que les dépendances de l'abbaye soient aussi mal entretenues.

— Je partage ton avis, concéda Alcuin. Manifestement, la tâche est trop lourde, ou l'on manque de bras.

Theresa en profita pour lui reparler de la Noire.

— Pourquoi ne pas employer Helga ? Elle est bonne cuisinière et très propre.

— Propre, une *prostibula* ? Une femme perdue qui partage la couche de quiconque lui donne de l'argent ?

— Si vous pouviez la faire engager, cela l'aiderait à s'amender. Et n'oubliez pas sa grossesse. Un enfant doit-il porter le fardeau des fautes de ses parents ?

Alcuin garda le silence. Selon l'opinion générale, les rejetons des prostituées étaient déjà marqués par le diable à leur naissance, mais il réfutait de telles absurdités. Il toussota et finit par dire qu'il en référerait à l'évêque.

— Sache que je ne te promets rien, précisa-t-il. Et maintenant, retournons au travail.

Au scriptorium, Alcuin trouva un immense parchemin immaculé étalé sur la table. Il se mit à écrire dessus, comme s'il lui était destiné.

— Résumons la situation. D'une part, ces morts suspectes, qui, d'après ce que nous savons, ont suivi l'ingestion de céréales contaminées. Ces grains, semble-t-il, ont été moulus par les soins de Kohl, ou du moins ils ont transité par son moulin. D'autre part, un important lot de seigle, d'orge et d'épeautre vendu, il y a trois ans, à un comté où a sévi une étrange épidémie, avant ou après la livraison. Deux hommes auraient pu nous renseigner. Par malheur, l'un est mort, Boèce, l'ancien abbé. Et l'autre, le Cochon, est emprisonné pour meurtre.

— Et quelqu'un a tenté d'effacer toute trace de cette transaction, ne l'oublions pas.

— Très juste. Bien observé. Selon moi, l'épidémie de Magdebourg, que les habitants ont dû attribuer au siège de la ville, a pour origine la consommation de blé contaminé. Les meuniers n'ont pu manquer de remarquer cette corruption mais, par temps de disette, ils ont préféré consommer le grain plutôt que de périr d'inanition.

— Je vois.

— Mais imaginons que ce blé gâté, au lieu de brûler, soit revenu dans les chariots qui avaient apporté le seigle et l'orge de Fulda ? Le vendeur de Magdebourg aurait fait une affaire en or en tirant profit d'un lot de céréales inutilisables. Quant à l'acheteur de Fulda, il aurait acquis pour une somme dérisoire du blé qu'il aurait ensuite revendu au prix fort.

— Même en sachant qu'il était nuisible ?

— C'est une chose que nous ne découvrirons peut-être jamais. Il l'a peut-être acheté en ignorant la présence du poison. Ou alors, il a pensé qu'il suffirait de laver les grains. Nous avons au moins une certitude : ce lot de blé a changé de mains.

Theresa, ravie, avait le sentiment de participer à chaque découverte. De son côté, Alcuin était déjà absorbé par la préparation de l'étape suivante.

Il demanda à Theresa de replacer les codex sur les rayonnages pendant qu'il réfléchissait. Puis il but une gorgée de lait, se tourna vers la fenêtre, et son regard se perdit au loin, comme s'il observait le passage du temps.

— Tu sais, je crois que le moment est venu pour nous d'avoir une conversation avec le Cochon.

Chemin faisant, Alcuin apprit à Theresa qu'il n'y avait pas de cachot à Fulda. Les condamnés étaient enchaînés sur la place publique, qu'il pleuve ou qu'il neige, jusqu'au jour de leur exécution. Mais on n'avait pas pris la peine de faire garder le Cochon, et un inconnu avait failli lui fracasser le crâne avec une pierre. Le préfet l'avait donc fait enfermer dans l'abattoir pour éviter qu'un misérable n'empêche le spectacle.

A l'entrée, ils se heurtèrent à un garde transi de froid qui dodelinait de la tête. Alcuin lui toucha l'épaule et l'homme lui souffla son haleine avinée au visage. Il commença par leur refuser l'entrée mais, quand le moine l'eut menacé de l'enfer, il se hâta de leur ouvrir la porte.

Theresa suivit la torche d'Alcuin, qui avançait d'un pas vif dans l'obscurité. L'odeur de viande pourrie et d'humidité était si dense que son estomac se souleva. Le moine ouvrit une fenêtre qui communiquait avec une cour intérieure. Un maigre jour filtrait entre les planches mal ajustées, révélant un sol jonché de débris d'os, de fragments de peau, de plumes.

Ils continuèrent à avancer. La torche illuminait les parois du couloir étroit par lequel les animaux étaient conduits au sacrifice. Au fond, ils distinguèrent une silhouette chargée de chaînes, sombre et difforme, tassée sur elle-même. De plus près, Theresa vit que le malheureux Cochon s'était souillé en satisfaisant ses besoins naturels. Alcuin ne sembla pas y prendre garde. Il s'avança et salua tranquillement le prisonnier. Le Cochon ne répondit pas.

— Tu n'as pas à avoir peur.

Il lui tendit une pomme qu'il avait apportée des cuisines.

Le Cochon continua à se taire. Ses yeux papillotaient dans la lumière de la torche. Alcuin remarqua des plaies ouvertes sur son crâne.

— Tu as besoin de quelque chose ? insista-t-il.

L'idiot se recroquevilla un peu plus sur lui-même. Il semblait terrifié.

Le moine approcha la torche pour mieux voir les blessures, mais soudain, le prisonnier bondit vers lui. Alcuin recula vivement, s'éloignant assez pour que le Cochon soit retenu par ses chaînes avant de l'atteindre.

— Nous ferions mieux de le laisser, suggéra Theresa.

Sans lui prêter attention, Alcuin approcha de nouveau la torche. Cette fois, le condamné recula, affolé.

— Calme-toi. Personne ne va te faire de mal. Qui t'a fait ça ?

Toujours aucune réponse.

— Tu as faim ?

Après avoir nettoyé la pomme, le moine la posa sur le sol non loin du Cochon. Celui-ci hésita un instant, puis la saisit avec difficulté et la serra contre lui d'un geste avide.

— Tu as peur de répondre ? Tu ne veux pas parler ?

— Ça m'étonnerait qu'il vous parle.

Theresa et Alcuin se retournèrent brusquement et découvrirent le garde.

— Ah bon ? fit le moine. Et d'où te vient cette certitude ?

— De ce qu'on lui a coupé la langue le dimanche passé.

En rentrant au chapitre, Alcuin marchait tête baissée, chassant du pied les cailloux qui se trouvaient sur son passage. C'était la première fois que Theresa l'entendait jurer. Devant le palais épiscopal, ils aperçurent Lothaire, en discussion avec une femme richement vêtue. Alcuin tenta de s'approcher, mais l'évêque lui fit signe d'attendre. Peu après, la femme s'éloigna et Lothaire rejoignit Alcuin.

— Que venez-vous faire par ici ? Vous n'avez pas vu avec qui je m'entretenais ?

Alcuin baisa son anneau.

— Pardonnez mon ignorance. Je ne croyais pas interrompre une conversation importante.

— La prochaine fois, vous patienterez, gronda le prélat. Vous m'avez mis dans une mauvaise posture vis-à-vis de cette dame.

— J'en suis navré, mais j'avais besoin de parler à Votre Grâce. Il est vrai que ce n'est pas l'endroit idéal, s'excusa Alcuin. J'espérais que vous pourriez m'éclairer. A quoi est destiné le trou qu'on creuse sur la grand-place ?

— Vous le découvrirez bientôt, dit l'évêque en souriant. Avez-vous faim ? Partagez donc mon déjeuner, et nous discuterons de ce sujet qui vous tient tant à cœur.

Après avoir averti Theresa qu'il la retrouverait plus tard aux cuisines, Alcuin accepta l'invitation du prélat. En entrant dans le réfectoire, il fut effaré devant la montagne de victuailles qui occupait la table.

Lothaire lui indiqua un siège voisin du sien. Alcuin s'assit et salua les autres convives.

— J'espère que vous avez plus d'appétit que d'habitude, dit l'évêque, car, comme vous pouvez le constater, nous avons de la chance. Cette tête d'agneau a l'air excellente. Regardez-moi ces ris... Avez-vous déjà vu plus moelleux ?

— Votre Grâce connaît ma frugalité...

— Comment l'ignorer ? Vous êtes maigre comme un coucou ! Regardez-moi, sain et dodu. Ainsi, si je viens à tomber malade, je saurai que ce ne sera pas faute d'avoir bien mangé.

L'évêque se leva et bénit la table, puis il récita une prière, reprise en chœur par les autres invités. Le dernier mot prononcé, il saisit à pleines mains la tête d'agneau et commença à répartir les morceaux entre ses fidèles.

— C'est un vrai régal. Savez-vous de quel plaisir vous vous privez ? De succulentes rissoles, des terrines de cerf, des gâteaux au fromage et aux noisettes, des pois chiches doux à la pâte de coing. Je suis certain que, dans votre Northumbrie, vous n'avez pas eu l'occasion de savourer de pareilles délices.

— Vous savez certainement que la règle de saint Benoît s'oppose à de tels festins.

— Ah, oui, la règle de saint Benoît ! Prier et mourir de faim... Mais fort heureusement, ici, nous ne sommes pas dans votre monastère.

Alcuin se servit une écuelle de pois chiches et se mit à manger tout en regardant ses voisins. En face de lui, le chapelain Ambroise, l'air revêche, mangeait des têtes de pigeons. A sa droite, il reconnut le lecteur, qui faisait plus de bruit en mastiquant que tout le reste de la tablée. Plus loin, deux vieillards presque édentés, aux yeux pâles, se disputaient la dernière rissole.

L'évêque jeta ses déchets au chien qui attendait près de sa chaise et se resservit.

— Eh bien, Alcuin. Quel était ce problème si urgent ?

— Il s'agit du Cochon.

— Encore cette histoire ? Que se passe-t-il, cette fois ?

— Je préférerais que nous ayons cette discussion en privé.

Alcuin observa le prélat. Son visage replet était presque dépourvu de rides. Lothaire avait environ trente-cinq ans, un âge précoce pour une charge impliquant tant de responsabilités, mais la jeunesse n'avait jamais représenté un obstacle pour les proches de Charlemagne.

Sur un signe de leur hôte, tous les convives se levèrent. Alcuin attendit qu'ils aient quitté la salle.

— Soyez bref, lui ordonna le prélat, je dois m'habiller pour assister à l'exécution.

— L'exécution ? Ne l'aviez-vous pas reportée ? fit le moine, stupéfait.

— Maintenant, je l'avance, rétorqua l'évêque sans même le regarder.

— Je vous prie de m'excuser, mais c'est précisément de cela que je souhaitais vous entretenir. Saviez-vous que quelqu'un avait coupé la langue du condamné ?

Lothaire le toisa avec dédain.

— Bien sûr. Tout le monde le sait.

— Et qu'en pensez-vous ?

— La même chose que vous, j'imagine. Qu'un misérable nous a privés du plaisir de l'entendre crier.

— Et aussi d'une chance d'écouter ce qu'il avait à dire.

— Qui pourrait s'intéresser aux mensonges d'un assassin ?

— Peut-être quelqu'un avait-il intérêt à l'empêcher de parler. Par ailleurs...

— Oui ?

— Je ne crois pas que le Cochon soit un criminel, acheva Alcuin.

Lothaire lui jeta un regard irrité. Puis il se dirigea vers la porte sans lui laisser le temps de s'expliquer.

— Il n'a pas tué la jeune fille, insista le moine.

L'évêque se retourna.

— Cessez de dire des sottises ! Combien de fois devrai-je vous répéter qu'on l'a retrouvé près de la victime, tenant la faucille avec laquelle il l'avait égorgée ? Il baignait dans le sang de cette enfant !

— Ça ne prouve pas qu'il l'ait assassinée, soutint calmement Alcuin.

— Vous seriez capable d'expliquer cela à la mère de la victime ?

— Si je la connaissais, je n'y verrais aucun inconvénient.

— Eh bien, vous auriez pu le faire tout à l'heure. C'était la dame avec laquelle je m'entretenais lorsque vous m'avez interrompu. L'épouse de Kohl, le maître du moulin.

Alcuin resta sans voix. Même s'il était trop tôt pour en tirer des conclusions, cette information bouleversait la plupart de ses raisonnements. Toutefois, elle ne changeait pas l'essentiel : le Cochon était innocent, et on s'apprêtait à l'exécuter.

— Ecoutez-moi, pour l'amour de Dieu ! Vous êtes le seul qui puisse arrêter cette folie. Cet homme est incapable de manipuler une faucille. Avez-vous remarqué ses mains ? Il a les doigts déformés. Déformés de naissance ! J'ai moi-même vérifié.

— Je ne comprends pas. Vous l'avez vu ? Qui vous y a autorisé ?

— J'ai voulu solliciter votre permission, mais votre secrétaire m'a répondu que vous étiez occupé. Maintenant, écoutez. Si le Cochon est incapable de saisir une pomme à deux mains, comment aurait-il pu empoigner la faucille qui a servi à commettre le crime ?

— Frère Alcuin, malgré votre érudition, n'oubliez pas que vous n'êtes qu'un diacre. A Fulda, celui qui décide, c'est moi. Que cela vous plaise ou non. Je vous suggère donc d'oublier vos théories stupides et de vous occuper de ce codex auquel vous portez tant d'intérêt.

— Mon seul désir est d'éviter une erreur. Je vous assure que le Cochon...

— Et moi, je vous assure qu'il l'a tuée ! Si votre seul argument est qu'il n'est pas habile de ses mains, vous pouvez commencer à prier pour son âme.

— Mais, Votre Grâce...

— Cette conversation est terminée.

La porte des appartements de l'évêque claqua à quelques pouces du nez d'Alcuin.

Découragé, le moine regagna sa cellule. Il était convaincu de l'innocence du Cochon. Malheureusement, cette certitude s'appuyait sur une simple pomme...

Il s'en voulait de sa maladresse. Si, au lieu de chercher à convaincre Lothaire, il avait tenté de retarder l'exécution, il aurait peut-être eu le temps de réunir des preuves plus solides. Il aurait pu insister pour attendre l'arrivée de Charlemagne, ou suggérer que les blessures infligées au Cochon ne permettraient pas au public de jouir pleinement du spectacle. A présent, il ne lui restait que quelques heures pour empêcher l'inévitable.

C'est alors qu'il lui vint une idée.

Il remit son manteau et quitta sa cellule d'un pas pressé. Quelques minutes plus tard, il se dirigeait vers l'abbaye en compagnie de Theresa.

Ils entrèrent dans la pharmacie, où il demanda à la jeune femme de laver une coupelle. Pendant qu'elle s'affairait, il examina les différents bocaux rangés sur les étagères. Il en ouvrit plusieurs pour les renifler et s'arrêta sur celui qui portait la mention « *Lactua virosa* ». Il l'ouvrit et en tira une pâte blanchâtre qu'il déposa sur un plat d'argile. Cela faisait longtemps qu'il n'avait utilisé ce composé extrait de la laitue sylvestre, dont la sève donnait un narcotique à l'efficacité éprouvée. Il en préleva un morceau de la grosseur d'une noix et le broya. Ensuite, il ouvrit le chaton de sa bague et y versa un peu de la poudre obtenue. Theresa et lui remirent tout en ordre avant de regagner le palais épiscopal, où ils trouvèrent porte close. Theresa prit alors congé d'Alcuin, car elle avait promis à Helga de l'accompagner à l'exécution du Cochon. Quant au moine, il se dirigea aussi vite que possible vers le gibet.

En arrivant à la taverne, Theresa trouva Helga déjà prête, le visage maquillé et les cheveux relevés. L'estafilade avait disparu sous une couche de farine mouillée d'eau et teintée de terre. La Noire semblait parfaitement remise. Pour éviter de recourir aux marchands ambulants, elle avait même confectionné quelques douceurs, dont l'aspect peu engageant était largement compensé par leur parfum de miel et de cannelle. Chacune enveloppée dans une cape de fourrure, elles fermèrent les portes avec soin, et emportèrent leurs provisions ainsi qu'un peu de vin. Chemin faisant, Theresa raconta à son amie sa visite à l'abattoir, mais, à sa grande surprise,

Helga se réjouit d'apprendre que le Cochon avait eu la langue coupée.

— Dommage qu'ils ne lui aient pas aussi coupé les couilles !

— Alcuin pense qu'il est innocent. Le tuer ne réglera rien.

— De quoi se mêle cette robe de bure ? Il ferait beau voir qu'il vienne nous gâcher la fête !

Sur ces mots, elle s'ouvrit un chemin vers la place en jouant des coudes.

Peu après la tombée du jour, les cloches de la cathédrale se mirent à sonner de manière lugubre. Les soldats avaient dressé sur la place une enceinte d'une trentaine de pas de circonférence. Son périmètre extérieur était renforcé par une rangée de poteaux. Au milieu, une sorte de fosse faisait face à trois tables de bois munies d'autant de sièges. Une dizaine d'hommes armés de bâtons surveillaient les badauds qui commençaient à s'attrouper autour de la barrière. La foule grossissait peu à peu, et la palissade disparut bientôt derrière une masse grouillante qui réclamait avec des cris hystériques le début du spectacle.

Les cloches se turent. Un long cortège fit son entrée sur la place.

Un cavalier en tenue de deuil ouvrait la marche, suivi d'une cohorte de civils dont les vêtements voyants contrastaient avec les haillons des serviteurs qui les escortaient. Plusieurs esclaves jouaient du tambour. Venait ensuite la charrette qui transportait le prisonnier. Derrière lui se tenait un bourreau, qui ramassait les ordures que leur lançait la foule pour les écraser sur le visage du condamné. Une troupe de gamins excités clôturait la procession.

Quelques instants plus tard, l'évêque Lothaire apparut, suivi d'un groupe de chanoines. Dans la main droite, il tenait une crosse dorée et, dans la gauche, un crucifix incrusté d'argent. Il était vêtu d'un siglaton de soie rouge recouvert d'une tunique de bougran. Une *infula*, un bandeau de lin, ceignait son front. Les chanoines, quant à eux, portaient des chasubles de laine blanches. L'évêque s'installa près de l'homme en noir, qui se leva pour baiser son anneau. Un acolyte leur servit du vin dans des coupes. Le bourgmestre de la ville occupait le troisième siège.

Lorsque la charrette qui transportait le Cochon franchit la barrière et se dirigea vers la fosse, un cri unanime jaillit des poitrines. Dès qu'elle s'arrêta, le bourreau saisit le condamné et le projeta au sol, où il atterrit à plat ventre. Les acclamations redoublèrent, une pluie d'objets divers s'abattit sur lui, forçant le bourreau et le prisonnier à se réfugier sous la charrette. La foule finit par s'apaiser. Le bourreau traîna alors le prisonnier jusqu'à un pieu planté au bord de la fosse et l'y attacha avec une corde passée autour de son cou. Après avoir vérifié la solidité de ses liens, il leva la main. L'homme en deuil lui répondit d'un signe de tête, fixant le condamné avec un sourire mauvais.

Alcuin fut le dernier à pénétrer dans l'enceinte. Il traversa la place, se frayant un chemin à travers la foule, et sauta la barrière après avoir menacé d'excommunication le garde qui prétendait lui interdire le passage. Il reconnut alors l'homme en noir : Kohl, le maître du moulin, le père de la jeune fille assassinée. Le moine se glissa derrière Lothaire, juste en face du bourreau. Kohl semblait avoir dépéri depuis leur visite au moulin. Son épouse, accompagnée de trois femmes, se tenait à l'écart. Le chagrin avait marqué ses yeux de cernes profonds. Manifestement, le supplice du coupable ne suffirait pas à apaiser cette famille.

Alcuin se demandait à quel moment il verserait la drogue dans la coupe de Lothaire, lorsque les tambours résonnèrent de nouveau. Derrière leurs tables respectives, les trois hommes se levèrent. L'évêque prit la parole :

— Au nom du très sage et noble Charlemagne, roi des Francs, monarque d'Aquitaine, d'Austrasie et de Lombardie, patrice des Romains et conquérant de la Saxe. Frédégaire, plus connu sous le nom du Cochon, envoyé et disciple de Lucifer, a été déclaré coupable d'un meurtre abominable, et d'autres crimes épouvantables. Moi, Lothaire de Reims, évêque de Fulda, seigneur de ces terres et représentant du roi, de son pouvoir et de sa justice, ordonne et commande, avec la permission de Dieu, que le condamné soit exécuté dans le plus grand des tourments, et que ses restes soient dispersés par les champs de la ville, en guise d'exemple et de leçon quant à ce que subissent ceux qui osent offenser Dieu et ses créatures chrétiennes.

La foule hurla son assentiment. Sur un signe de Lothaire, le bourreau détacha le condamné, lui lia les mains derrière le dos, puis le conduisit au bord de la fosse.

Quand le Cochon se vit au bord du trou, il tenta d'échapper à son gardien, mais celui-ci le jeta à terre à coups de pied. Des hurlements s'élevaient de la foule massée contre la barrière, comme une énorme meute de chiens.

Deux gamins armés de pierres trompèrent la vigilance des gardiens et s'introduisirent dans l'enceinte, mais ils furent immédiatement rattrapés et ramenés de l'autre côté. Le bourreau attendit que le calme soit revenu pour relever le Cochon. Lothaire se leva alors, avança de quelques pas puis traça un signe de croix dans l'air. Ensuite, il ordonna au bourreau de commencer le supplice.

La folie s'empara de nouveau de l'assistance. Certains semblaient prêts à renverser la palissade pour se ruer sur le condamné.

Alcuin profita du tumulte pour ouvrir sa bague et verser le narcotique dans le vin de l'évêque. Personne ne remarqua son geste, mais Lothaire le surprit alors que sa main était encore proche de la coupe. Pris de court, Alcuin leva celle-ci et la tendit à l'évêque comme pour porter un toast.

— A la justice !

Déconcerté, Lothaire hésita quelques secondes avant de boire.

— A la justice, répéta-t-il.

D'un coup brutal, le bourreau envoya le condamné rouler dans la fosse. Des vociférations s'élevèrent, assourdissantes. Le Cochon se releva en bavant, les yeux pleins de larmes, le regard perdu. Dans la foule, on brandissait le poing, on réclamait du sang. Le bourreau prit un bâton et le brisa sur le dos du prisonnier, dont les os craquèrent comme du bois sec. Deux autres hommes s'approchèrent, tenant de grandes pelles de bois. Les acclamations redoublèrent. Ils s'arrêtèrent près d'un tas de terre et commencèrent à jeter de grandes pelletées sur le Cochon. Celui-ci tenta de remonter, mais les terrassiers l'en empêchèrent en le rouant de coups. Le bourreau l'immobilisa avec son bâton, tandis que les deux autres continuaient à l'enterrer vivant. L'excitation de la foule était à son comble, des insultes et des malédictions accompagnaient chaque coup de pelle.

La terre emprisonna rapidement les jambes du Cochon. En quelques minutes, elle atteignit son visage. Les mouvements du malheureux traduisaient le désespoir, ses yeux semblaient sur le point de jaillir de leurs orbites. Il cracha à plusieurs reprises, mais la terre continuait à s'accumuler et finit par le recouvrir entièrement.

Le silence saisit la foule. Puis le monticule s'agita et la tête du condamné réapparut brusquement. Il vomit une écœurante bouillie de terre et prit une profonde inspiration. Cette fois, les cris de la populace exprimaient la stupéfaction.

A cet instant, l'évêque se leva et esquissa un geste vers Kohl, qui ne le vit pas. La drogue commençait à faire son effet.

La vision de Lothaire se brouillait. Ses jambes flageolaient et une chaleur sèche lui envahit la gorge. Il tenta de se raccrocher au meunier, mais il parvint tout juste à se signer avant de tomber de tout son long, entraînant la table et la chaise dans sa chute.

Le silence s'abattit sur la place. Le bourreau se tourna vers l'évêque, oubliant le Cochon. Voyant cela, Kohl s'écria :

— Finis-en avec lui, imbécile !

Comme le bourreau demeurait sans réaction, il bondit vers la fosse et lui arracha son bâton d'un geste brutal.

Le meunier s'apprêtait à asséner le coup de grâce quand Alcuin réagit.

— Vous oseriez désobéir à un signe du ciel ? Ne voyez-vous pas que Dieu désire prolonger les souffrances de ce criminel ? cria-t-il tout en feignant de secourir l'évêque.

L'assistance s'enflamma de nouveau.

— Quand Lothaire sera revenu à lui, nous pourrons jouir encore de ses tourments, ajouta Alcuin.

— Vous ? s'exclama Kohl. Vous êtes le moine du moulin !

— L'assassin paiera pour son crime, mais la loi exige la présence de l'évêque pour valider l'exécution, insista Alcuin.

Kohl était sur le point de frapper le Cochon, mais le moine s'interposa entre lui et le condamné.

— Ce n'est pas la volonté de Dieu, dit-il en saisissant le bâton d'une main ferme.

La foule approuva bruyamment ces paroles. Kohl cracha sur le prisonnier, prit son épouse par le bras et quitta les lieux avec sa suite. Encore bouleversés par le malaise de Lothaire, les chanoines quittèrent aussi la place. Enfin, au milieu des insultes et des menaces, le Cochon et ses gardes reprirent le chemin de l'abattoir.

La bonne humeur de la Noire s'était envolée. L'exécution n'avait pas été menée à son terme et, comme si cela ne suffisait pas, un gamin, profitant d'un moment d'inattention de sa part, lui avait dérobé le petit sac qui contenait les pâtisseries. Lorsque Theresa lui proposa d'acheter une galette chaude à un marchand, Helga accepta avec empressement. Pendant que sa compagne inspectait ses poches, la prostituée s'approcha de l'étal et commença à marchander. Le pâtissier accepta qu'elle solde sa dette la prochaine fois qu'il viendrait dans son auberge et lui donna un gâteau tout rond. Ravie, elle rejoignit Theresa et toutes deux mangèrent de bon cœur. C'était si bon que la Noire acheta aussitôt un autre gâteau, encore plus gros, fourré de miel et de châtaignes confites.

Après avoir mangé, Helga avait de la farine tout autour de la bouche et jusqu'au bout du nez – on aurait dit une verrue blanche. Quand Theresa le lui fit remarquer, elle rit si fort que la jeune femme craignit que sa blessure ne se rouvre. Elle questionna son amie sur les circonstances de son agression.

— J'étais encore au lit quand quelqu'un a frappé à la porte, raconta Helga. J'avais à peine ouvert que ce sale animal s'est mis à me rouer de coups. Il m'a dit que si je mettais cet enfant au monde, au lieu de me balafrer le visage, il m'étriperait.

— Mais pourquoi une telle violence ?

— Il a peur que je le dénonce.

L'adultère était puni de sept ans de jeûne quotidien. Il était possible d'éviter cette peine moyennant le versement d'une amende.

— Plus encore que le jeûne, reprit Helga, il redoute que sa femme demande l'annulation de leur mariage, car la menuiserie appartient à son beau-père. Mais il a beau me menacer, je le dénoncerai quand même. Avec cette cicatrice, plus personne ne voudra payer pour coucher avec moi.

— N'exagère pas. C'est à peine si on la remarque.

— De toute façon, je serai bientôt trop vieille pour espérer avoir des clients.

Theresa regarda la Noire à la dérobée. En effet, elle paraissait usée avant l'âge ; ses cheveux noirs étaient striés de blanc et sa poitrine s'affaissait.

— Tu ne pensais tout de même pas continuer ce travail dans ton état, si ?

Helga éclata d'un rire amer.

— Et comment ferais-je pour manger ? Je n'ai pas un moinillon qui s'est entiché de moi et me paie pour gribouiller quelques lettres !

— Tu pourrais trouver un autre métier, insista Theresa sans relever les insinuations de Helga. Tu fais de meilleurs gâteaux que ce pâtissier.

Helga la remercia du compliment, mais elle se hâta de la détromper : personne ne donnerait de travail à une prostituée, surtout enceinte.

— Allons au chapitre, proposa la jeune femme.

— Tu es folle ! Ils nous jetteront dehors à coups de pied.

Theresa la prit par la main en lui demandant de lui faire confiance, puis elle l'entraîna vers le palais de l'évêque.

A l'entrée de la cathédrale, elles demandèrent à voir Alcuin. Celui-ci fut d'abord surpris en voyant

Helga la Noire, puis il l'interrogea sur les causes de sa blessure. Helga lui répondit, en insistant sur les détails scabreux. A la fin de son récit, le moine leur demanda de le suivre à l'intérieur du palais.

Aux cuisines, il leur présenta une énorme femme. Favila était la maîtresse des lieux. Alcuin leur précisa que sa bonté était proportionnelle à son embonpoint. La cuisinière sourit d'un air modeste, mais, en apprenant les intentions d'Alcuin, elle leur opposa un refus catégorique.

— Tout le monde ici connaît la Noire, objecta-t-elle. Ribaude un jour, ribaude toujours. Alors, hors de ma cuisine !

Helga fit demi-tour, mais Theresa l'arrêta.

— Personne ne t'a demandé de coucher avec elle, jeta-t-elle à Favila.

Alcuin sortit deux pièces et les posa sur la table. Puis il regarda Favila dans les yeux.

— As-tu oublié le sens du mot pardon ? Jésus n'a-t-il pas assisté les lépreux ? N'a-t-il pas pardonné à ses bourreaux ? N'a-t-il pas accueilli Marie Madeleine ?

— Je ne suis pas aussi bonne que Jésus, grommela la cuisinière.

Toutefois, elle ramassa les deux pièces.

JANVIER

17

Favila faisait partie de ces femmes qui pensent régler leurs problèmes en récriminant et en mangeant. Elle se plaignait de ses aides à la moindre occasion, avant d'engloutir une tartine ou une brochette qui lui rendaient aussitôt sa bonne humeur. La cuisinière adorait les enfants et elle ne tarda pas à parler du futur bébé de la Noire avec un tel enthousiasme qu'on aurait pu se demander laquelle des deux était enceinte.

— Tout de même, quand on y pense, comment une créature de la taille d'un cochon de lait peut-elle sortir par un passage aussi étroit ?

Voyant Helga changer de couleur à cette idée, Favila lui offrit un petit gâteau pour la rasséréner.

De son côté, la Noire fit la démonstration de ses talents culinaires en préparant une délicieuse estouffade de céleri et de carottes avec les restes du déjeuner. Favila goûta le plat et, avant qu'elle ait terminé son assiette, les deux femmes se comportaient comme de vieilles connaissances.

Quand elle se coucha dans la paille ce soir-là, Theresa éprouva la satisfaction d'avoir pu aider son amie. Mais, rapidement, l'image de Hoos s'imposa à son esprit, et un frisson exquis remonta le long de ses jambes, de son dos, de son cou... Elle pensa à ses lèvres brûlantes, à la vigueur de son corps. Honteuse, elle pria pour que le temps passe vite en son absence. D'ailleurs, s'il tardait à revenir, elle irait le chercher là où il se trouvait. Elle avait pris cette décision le jour du départ de son amant.

La Noire n'était pas habituée à se lever de bonne heure, et encore moins à se coucher tôt. Au réveil, elle se lava le visage à grande eau et troqua la tenue voyante qu'elle portait la veille contre une tunique sombre qui ne soulignait pas sa silhouette. Elle quitta le grenier où on lui avait permis de passer la nuit pour se rendre aux cuisines, qui étaient encore vides. Après avoir avalé un morceau de fromage, elle se mit au ménage en fredonnant. A son arrivée, Favila trouva une Helga bien mise et coiffée avec soin. Sans la balafre qui lui barrait la joue, on aurait dit une autre femme.

Theresa apparut au moment du petit déjeuner. Elle se hâta d'ôter la paille qui s'était prise dans ses cheveux pour éviter les plaisanteries.

— Si tu es décidée à nous aider, prends donc exemple sur Helga, lui dit Favila. Elle était à la cuisine avant l'aube.

Theresa constata avec plaisir que la cuisinière appréciait son amie.

Avant de se rendre aux appartements de Lothaire, Alcuin demanda à Dieu de lui pardonner ce qu'il avait fait à l'évêque. Il se repentait de lui avoir administré une drogue, mais c'était le seul moyen qu'il avait trouvé pour empêcher l'exécution du Cochon. A présent, afin de soulager Lothaire, il devait combattre les effets du toxique avec du sirop d'aigremoine. Tout en marchant, il agitait énergiquement le flacon pour bien mélanger la teinture et le diluant. Lothaire reposait dans son grand lit, respirant avec peine. Quand il lui demanda son avis, Alcuin feignit d'ignorer l'origine de son évanouissement. Toutefois, il lui offrit le remède, que le malade accepta sans réserve.

Peu après avoir bu le sirop, l'évêque se sentit mieux.

— J'imagine que vous vous réjouissez de ce contretemps, dit-il en se redressant dans son lit. Mais je vous assure que le Cochon ne perd rien pour attendre.

— Son sort est entre les mains de Dieu, concéda Alcuin sans insister. Comment vous sentez-vous ?

— Plutôt mieux. C'est une chance que vous vous y entendiez en médecine. Surtout à présent que nous n'avons plus de médecin. Vous êtes certain de ne pas connaître l'origine de mon indisposition ?

— Peut-être quelque chose que vous avez mangé...

— J'en parlerai avec la cuisinière.

— Ou quelque chose que vous avez bu, ajouta le moine, soucieux de disculper Favila.

La cuisinière entra à cet instant et traversa la pièce en se dandinant, suivie d'un domestique chargé d'un plateau débordant de victuailles. Lothaire la considéra avec un respect qui redoubla dès qu'il eut évalué la variété des plats. Avant de commencer à manger, il sollicita l'approbation d'Alcuin et s'empressa de faire fi des réserves de celui-ci en attaquant de bon appétit une cassolette de pigeons. Favila attendait son verdict. Tandis que Lothaire dévorait un premier oiseau, Alcuin jugea le moment opportun pour lui glisser quelques mots de la situation de Helga la Noire.

— Une prostituée ? Au chapitre de la cathédrale ? Comment avez-vous osé ?

Une quinte de toux imposa le silence à l'évêque.

— Elle était au désespoir. Un homme l'a frappée...

— Vous auriez pu lui trouver une place ailleurs. Par Dieu, nous devons donner l'exemple...

Et Lothaire fourra un autre pigeon dans sa bouche.

— Toutes les ribaudes ne se valent pas, intervint la cuisinière. Cette femme est capable de changer.

En l'entendant prendre ce parti, l'évêque s'étrangla. Il retira un os de sa bouche et recracha le reste du pigeon sur le plateau.

— Bien sûr qu'elles ne se valent pas toutes. Nous avons les *prostibulae*, qui exercent où elles peuvent. Les *ambulatrices*, qui travaillent dans la rue. Les *lupae*, qui s'offrent dans les bois, et même les *bustuariae*, qui forniquent dans les cimetières. Toutes différentes, peut-être, mais toutes gagnent leur argent de la même manière.

— Vous pourriez employer Helga ici, au palais, plutôt qu'à la cuisine des clercs, suggéra Alcuin.

— Je n'ai pas besoin d'une nouvelle domestique, rétorqua Lothaire. Favila me prépare déjà de délicieux pigeons.

— C'est justement elle qui les a faits, souligna la femme.

Lothaire regarda le plat de pigeons, puis les petits gâteaux aux pommes – sans doute également l'œuvre de cette Helga, car c'était la première fois que Favila lui en servait. Il en goûta un, qui lui parut sublime, et ses dernières hésitations s'envolèrent.

— Bien. Mais qu'elle ne quitte pas la cuisine, marmonna-t-il.

Favila sortit, le sourire aux lèvres, laissant Lothaire à son dessert. Après son départ, l'évêque se leva et vida sa vessie devant Alcuin, sans cesser de discourir sur le pardon et l'indulgence. Quand il eut fini de pérorer, Alcuin lui parla des registres de l'abbaye. Lothaire perdit aussitôt sa belle éloquence. Les faits qu'évoquait Alcuin étaient antérieurs à sa nomination, expliqua-t-il. Par conséquent, il en ignorait les détails. Aussi renvoya-t-il le moine à son trésorier.

Alcuin passa le reste de la journée à classer les informations qu'il avait recueillies. Il s'apprêtait à les passer en revue quand Theresa le rejoignit, quelques minutes avant l'heure prévue.

— Je voudrais vous remercier pour Helga, dit-elle. Du fond du cœur.

Il ne lui répondit pas directement, mais il lui proposa de partager ses réflexions. Theresa devint aussitôt attentive.

— Si j'ai bien compris, le responsable des morts se trouve parmi les hommes de cette liste, dit-elle.

— Au moins des morts imputables à la maladie. N'oublie pas que l'assassin d'une jeune fille est encore en liberté.

Theresa déchiffra la liste d'Alcuin. Le passage du grain contaminé par son moulin faisait de Kohl le principal suspect. Venait ensuite Rothaart, le rouquin à la solde de Kohl, qui détenait des objets que son salaire ne lui permettait pas d'acquérir. Le dernier de la liste était le Cochon. S'il était innocent du meurtre de la jeune fille, il n'en était pas moins impliqué dans l'affaire du grain.

— Vous n'avez oublié personne ? demanda Theresa.

— L'abbé qui dirigeait le monastère à l'époque de l'épidémie est mort il y a trois ans. Mais il reste l'auteur du palimpseste. Tout ce qu'on sait de lui, c'est qu'il maîtrise l'art de l'écriture.

— Cela fait donc quatre personnes en tout.

— Peut-être davantage. Maintenant, réfléchissons à nos suspects. Il est probable que Kohl ou Rothaart, peut-être même les deux, soit impliqué. Mais quelqu'un, à l'évêché ou à l'abbaye, a falsifié le registre. Selon moi, la personne qui a acheté le lot de grain à Magdebourg est la première responsable des morts. Le Cochon savait que le blé était contaminé, même s'il n'était pas assez intelligent pour en tirer avantage. Pourtant, pour une raison qui nous échappe encore, ses complices ont craint qu'il ne parle, et c'est pour cela qu'ils lui ont coupé la langue. Je me risquerais même à affirmer que ce sont les mêmes qui ont assassiné cette malheureuse jeune fille, dans l'unique but de faire accuser le Cochon.

— Dans ce cas, il nous faut écarter Kohl. Il n'irait pas tuer sa propre fille.

— C'est vrai. Mais ce n'est qu'une supposition. On peut se demander s'il n'aurait pas été plus simple d'éliminer ce pauvre idiot au lieu de le faire condamner.

— C'est vrai.

— Bien. Nous savons que l'auteur du meurtre n'est pas le Cochon...

— Il nous faudrait découvrir le véritable mobile de l'assassin.

— En effet. Pour quelle raison s'est-on débarrassé de cette petite ?

Alcuin se leva et commença à arpenter la pièce.

— Et le registre ? demanda Theresa. Le faussaire se trouve sans doute parmi les moines qui savent écrire et ont accès au scriptorium épiscopal.

— Eh bien, pas tout à fait. A l'abbaye, le responsable du registre est l'administrateur, qui est aussi le prieur. A l'évêché, il dépend du sous-diacre. Mais quelqu'un du chapitre a très bien pu avoir accès au registre, puisque c'est là qu'on contrôle les comptes du moulin.

L'intérêt de Theresa s'émoussait.

— Je n'ai jamais rien compris à l'organisation des monastères.

— En général, à la tête d'un monastère ou d'une abbaye, on trouve un abbé. Lorsque celui-ci doit s'absenter, le prieur le remplace. S'il n'y a pas d'abbé, le monastère est dirigé par un prieur, et prend alors le nom de prieuré. Dans la hiérarchie viennent ensuite les doyens de l'ordre, qui contrôlent l'assiduité des moines aux offices et dans l'accomplissement de leurs devoirs, puis le chantre, chargé de la bibliothèque et du secrétariat, et le sacristain, qui se consacre à l'église.

— Aucun d'eux ne s'occupe de l'approvisionnement.

— Non, car cette mission incombe à l'abbé et aux prieurs. N'importe lequel d'entre eux aurait pu organiser la transaction sans éveiller les soupçons. Il convient de ne pas oublier le trésorier, qui gère l'argent et l'approvisionnement, et le cellérier, responsable des vivres. D'autres frères ont la responsabilité des champs, de la résidence des dignitaires, et des vêtements des moines. Quant au réfectorier et au prébendier, je ne les crois pas impliqués.

— L'infirmier, l'apothicaire ?

— Tu sais que l'apothicaire est mort empoisonné. Quant aux autres moines, je mettrais ma main au feu qu'ils sont innocents.

— Nous pourrions noter leurs noms, proposa Theresa.

— Je sais que l'abbé qui dirigeait le monastère à l'époque de la transaction s'appelait Boèce. Les deux prieurs sont Ludovic et Agrippin. Quant aux autres, je ne connais que leur fonction.

— Alors, que suggérez-vous ?

— Il nous reste deux jours avant l'exécution. Notre liste comprend Kohl, le maître du moulin ; Rothaart, son employé ; Lothaire, l'évêque ; Boèce, Ludovic et Agrippin, dont je viens de parler. Sans oublier le Cochon, qui détient sans doute la clé du mystère.

— Si seulement nous pouvions le rencontrer...

— Je doute qu'on nous en donne l'autorisation. Mais ce ne serait pas une mauvaise idée de discuter avec la femme de Kohl. Elle pourrait nous en apprendre un peu plus sur les circonstances de la mort de sa fille et la découverte du corps.

Alcuin proposa de s'entretenir avec elle pendant que Theresa reprendrait l'examen des registres. Cette idée n'enchantait guère la jeune femme, mais elle ne protesta pas. En réalité, elle ne tenait pas beaucoup à retourner au moulin. Toutefois, après avoir passé un moment à feuilleter les codex, elle décida qu'une visite au Cochon serait plus utile à leur enquête.

Theresa atteignit l'abattoir au moment où la lumière du soleil se répandait dans les ruelles. Les paysans menaient le bétail au pâturage. Les femmes en profitaient pour promener leurs nourrissons. Une habitante du quartier, qui la voyait passer tous les jours, salua Theresa et lui parla du temps qu'il faisait. Theresa prolongea un peu la conversation, avec le sentiment gratifiant d'appartenir à cette ville fascinante.

Le garde était le même que le lundi précédent. Il se tenait près de la porte de l'abattoir, un bâton dans une main, un morceau de lard dans l'autre. Les quelques dents qui lui restaient branlaient chaque fois qu'il mordait dedans. Il jeta un regard indifférent à Theresa, continuant à mastiquer. Au bout de quelques minutes, la jeune femme sortit une part de gâteau aux pommes de sa poche et la lui montra.

— Elle est à vous si vous me laissez voir le Cochon, proposa-t-elle.

L'œil luisant de convoitise, l'homme saisit le gâteau et le mordit avec avidité. La dernière bouchée avalée, il ordonna à Theresa de déguerpir.

— File avant que je te rompe l'échine à coups de bâton ! menaça-t-il tandis qu'elle protestait.

Il ne faisait aucun doute qu'il ne céderait pas, mais un autre gardien viendrait bien le relever. Theresa décida donc de ne pas s'éloigner. Soudain, elle se rappela la petite fenêtre qu'Alcuin avait ouverte lors de leur première visite à l'abattoir. Si personne ne l'avait refermée depuis, elle pourrait peut-être se glisser à l'intérieur.

Une douzaine de cabanes étaient adossées à l'arrière de l'abattoir, serrées les unes contre les autres. Après avoir longtemps accueilli les bouchers et leurs familles, la plupart abritaient maintenant des ateliers de menuisiers, de tonneliers ou de charrons. Theresa entra dans une forge tenue par un borgne en tablier de cuir. Elle lui donna son scramasaxe à aiguiser et se dirigea vers le fond de l'atelier, faisant semblant de s'intéresser aux outils et aux armes alignés le long des murs. Sur un des côtés, un passage reliait la forge à un enclos que Theresa situa dans le périmètre de l'abattoir. La fenêtre qu'elle cherchait se trouvait bien là. Mieux encore, elle était encore ouverte. Soudain, une main se posa sur son épaule.

— Qu'est-ce que c'est ? demanda-t-elle au borgne pour détourner d'éventuels soupçons.

— Ça ? C'est l'enclos où on enfermait les bestiaux avant de leur trancher la gorge, répondit l'homme avec un grand rire. Tiens, voilà ton scramasaxe.

Il ne lui demanda rien pour son travail, mais il lui recommanda d'apporter de l'argent à sa prochaine visite.

Theresa ressortit dans la rue, satisfaite. Il ne lui restait plus qu'à trouver un moyen de distraire le forgeron.

Elle s'apprêtait à manger une part de gâteau aux pommes qu'elle avait gardée en réserve quand un gamin au visage de vieillard, qui n'avait que la peau sur les os, vint se planter devant elle.

— Tu en veux ?

L'enfant parut trop heureux de venir en aide à une grande dame qui voyageait sous un déguisement. Son visage s'éclaira quand Theresa lui tendit le gâteau, et il se précipita vers la forge. Il en ressortit quelques instants plus tard, accompagné du borgne, qu'il conduisait à l'endroit où la dame avait laissé son chariot accidenté sous la garde de ses serviteurs. Theresa attendit qu'ils aient disparu pour entrer.

Une fois à l'intérieur de la forge, elle hésita. Elle n'était plus aussi sûre que ce soit une bonne idée de s'introduire dans l'abattoir. Et si le Cochon n'était pas entravé ? Il allait peut-être l'attaquer. Et si c'était bien lui l'assassin ? Alcuin se trompait peut-être sur son compte. Mais le désir de découvrir la vérité fut le plus fort.

Tandis qu'elle réfléchissait, son regard s'arrêta sur les outils suspendus au mur. Elle porta d'abord son choix sur une masse, mais elle renonça, voyant qu'elle n'arrivait même pas à la décrocher. Finalement, elle opta pour un tisonnier, qu'elle passa dans sa ceinture. Puis elle entassa des bûches sous la fenêtre et monta dessus. Même ainsi, elle atteignait tout juste l'ouverture.

Au même moment, quelqu'un entra dans la forge. Au prix d'un violent effort, Theresa se hissa au niveau de la fenêtre, mais son marchepied improvisé s'écroula. Prenant appui contre le mur, elle parvint à se glisser à l'intérieur et tomba dans une obscurité effrayante. En se relevant, elle constata que son coude droit la faisait souffrir. A cet instant, quelqu'un manipula le vantail de la petite fenêtre et la tête du forgeron s'encadra dans l'ouverture. La jeune femme se tapit dans un recoin sombre et attendit, terrorisée. Le borgne scruta les ténèbres sans détecter sa présence. Il referma alors la fenêtre avec un haussement d'épaules. Theresa pensait qu'il avait regagné sa forge quand des coups de marteau énergiques lui indiquèrent qu'il avait décidé de condamner le passage. Les coups finirent par cesser, remplacés par un silence lugubre que seuls rompaient les battements du cœur de Theresa. Jamais elle ne s'était retrouvée dans une telle obscurité.

Fallait-il qu'elle soit sotte pour s'être fourrée dans cette situation ! Elle était enfermée dans le noir avec un attardé qui était peut-être un meurtrier. Sans étoupe ni briquet, elle ne pouvait même pas allumer une torche.

Longtemps, elle resta immobile, attentive au bruit de sa respiration, aussi hachée que celle d'un vieillard. Quand elle fut certaine que le forgeron s'était éloigné, elle se releva et essaya de s'orienter en suivant le mur. Celui-ci était visqueux, et son contact lui souleva l'estomac. Après plusieurs tentatives, elle finit par repérer la fenêtre et comprit qu'elle était condamnée par des planches clouées de l'extérieur.

Elle était prise au piège.

Theresa avança dans le noir en brandissant le tisonnier devant elle et en frôlant de sa main libre le mur du passage garni d'anneaux et de chaînes. Une lueur diffuse apparut au fond du couloir, puis se précisa peu à peu. La jeune femme distingua d'abord une ombre indistincte, puis une silhouette se découpa dans la faible lumière qui filtrait du toit. Couché en boule sur le sol, les bras refermés autour de ses jambes difformes, le Cochon semblait dormir.

Ne lui voyant pas de chaînes, Theresa ressentit une bouffée d'angoisse. Il n'était peut-être pas trop tard pour revenir sur ses pas, appeler le garde et tenter de s'expliquer. Elle s'en tirerait avec une réprimande, peut-être avec quelques coups de bâton. Mais, au moins, elle serait encore en vie. Soudain, le Cochon tressaillit et laissa échapper un râle. Theresa réprima de justesse un hurlement.

Il ne s'était pas réveillé.

En l'observant avec plus d'attention, elle remarqua un reflet métallique autour de ses chevilles. Grâce au ciel, il était enchaîné.

Après avoir pris une profonde inspiration, elle avança de quelques pas et s'arrêta juste hors de portée du prisonnier, près d'une écuelle brisée où traînaient des restes de nourriture. Elle s'accroupit alors pour regarder le Cochon de plus près. Ses cheveux emmêlés et ses haillons étaient couverts d'immondices, du sang séché maculait sa peau. De temps à autre, son souffle laborieux se brisait en brèves quintes de toux qui la faisaient sursauter.

Theresa finit par se décider. A l'aide du tisonnier, elle poussa un des pieds du Cochon, qui le déplaça vivement, comme s'il venait d'être piqué par une abeille. Elle retint un cri, mais elle insista jusqu'à ce que le prisonnier se réveille. Au bout d'un moment, il remarqua sa présence et recula aussi loin que le lui permettaient ses entraves. Sa réaction rassura Theresa, mais elle continua tout de même à brandir son tisonnier. S'il se risquait à l'attaquer, elle l'assommerait.

Après un temps d'observation, il se rapprocha, traînant derrière lui un pied inerte. Dans son regard, Theresa ne lut aucune méchanceté.

Ils restèrent un moment à s'évaluer mutuellement. Puis la jeune femme fouilla ses poches et tendit au Cochon des débris de gâteau.

— Tiens, c'est tout ce qui me reste.

Le Cochon avança une main tremblante, mais Theresa posa les débris sur l'écuelle et recula de quelques pas. Elle observa les efforts infructueux du prisonnier pour les ramasser. Il finit par plonger le visage dans l'écuelle, comme un animal. Ensuite, il émit des sons inintelligibles, que Theresa interpréta comme un remerciement.

— Nous te sortirons de là, assura-t-elle, même si elle n'avait aucune idée de la manière dont elle tiendrait cette promesse. Mais, avant, j'ai besoin de ton aide. Tu me comprends ?

Le Cochon proféra un son guttural.

Theresa tenta ensuite de l'interroger, mais le malheureux était réellement attardé. Il répondait par des grimaces, fouillait son écuelle ou regardait simplement ailleurs. Cependant, en entendant le nom de Rothaart, il se mit à se frapper la tête. Theresa répéta le nom du rouquin et le Cochon ouvrit la bouche, lui montrant sa langue coupée. Au même moment, une porte grinça à l'autre bout du couloir. Theresa se tassa dans un recoin sombre, imposant d'un geste le silence au Cochon. Quelques secondes plus tard, le garde la dépassait avec une torche. Dès qu'il se fut éloigné, elle courut en direction de la sortie.

Elle ne s'arrêta pas avant l'abbaye.

Elle se précipita auprès d'Alcuin, essoufflée, et lui annonça avec un sourire triomphant :

— Je sais qui est le coupable !

Une fois calmée, elle lui raconta sa visite à l'abattoir, émaillant son récit de détails dramatiques tout en ayant soin de ne pas en dévoiler la fin. Alcuin était tout ouïe.

— Tu n'aurais pas dû y aller seule.

Theresa ne s'arrêta pas à ce reproche.

— A ce moment-là, en entendant le nom du rouquin, il a commencé à se frapper la tête si violemment que je me suis dit qu'il allait s'ouvrir le crâne, et il m'a montré sa langue coupée. C'était horrible !

— Il t'a dit que c'est Rothaart qui lui a fait ça ?

— Eh bien, pas exactement. Mais j'en suis certaine.

— Je ne parierais pas là-dessus.

— Que voulez-vous dire ?

— Rothaart a été trouvé mort ce matin. Dans le moulin. Empoisonné par l'ergot.

Theresa se laissa tomber sur une chaise, accablée. Dire qu'elle avait risqué sa vie pour un témoignage erroné ! Mais, déjà, Alcuin continuait :

— Et ce n'est pas tout. Visiblement, notre homme s'est hâté de vendre toute la farine. Depuis ce matin, on ne cesse de signaler de nouveaux malades. L'église Saint-Jean en est pleine et, à l'hôpital, tout le monde est débordé.

— Dans ce cas, il est facile de l'arrêter.

— Et comment ? L'homme est malin. Il a dû mélanger les lots de farine avariée à d'autres de bonne qualité. De plus, rappelle-toi que les gens ignorent les causes du mal.

— Cela ne nous empêche pas d'interroger ceux qui en sont atteints, ou leurs proches.

— Tu crois que je ne l'ai pas déjà fait ? Mais les gens n'achètent pas tous leur farine aux moulins. Il y a aussi le marché, les fermes... Ils partagent le pain sur leur lieu de travail, en mangent à l'auberge, échangent de la farine contre de la viande ou du vin. Certains mélangent le froment au seigle pour que le pain se conserve plus longtemps après cuisson.

Alcuin marqua une pause, le temps de mettre de l'ordre dans ses idées.

— Chaque malade m'a raconté une histoire différente. C'est comme si la population entière était infectée.

— Si cet homme est aussi astucieux que vous le dites...

— Il l'est. Je peux te l'assurer.

— ... il a peut-être mis en circulation des lots de farine contaminée pour élargir le cercle des suspects. Il a très bien pu déposer les lots défectueux dans plusieurs greniers à l'insu de leurs propriétaires. Cela expliquerait le nombre important de nouveaux malades.

— C'est possible, admit Alcuin.

— Sans compter l'histoire du Cochon...

— Quoi, le Cochon ?
— Eh bien, le rouquin lui a coupé la langue.

« Le rouquin lui a coupé la langue. »

Cette phrase trottait dans la tête d'Alcuin sur le chemin de l'hôpital. Et si ses conclusions avaient été précipitées ? En réalité, il n'avait vu le cadavre de Rothaart que de loin. Ses extrémités semblaient présenter des traces de gangrène, mais le décès n'était peut-être pas dû à l'ergot. En effet, il était difficile de concevoir que les chairs d'un homme en bonne santé et bien nourri puissent se corrompre aussi rapidement.

— Je dois retourner au moulin, déclara-t-il soudain. De ton côté, tu te rendras à l'hôpital. Tu noteras le nom des derniers malades. Demande-leur où ils vivent, ce qu'ils ont mangé, à quel moment ils ont ressenti les premiers malaises, tout ce qui te viendra à l'esprit. Ensuite, tu rentreras au chapitre. Nous nous retrouverons à la cathédrale après l'office de sexte.

Sans laisser à Theresa le temps de répondre, il fit demi-tour et s'éloigna d'un pas rapide.

Devant l'affluence, le frère portier, comme d'autres moines, avait été réquisitionné par l'hôpital, si bien que les malades et leur famille entraient librement dans l'abbaye. Ayant reconnu Theresa, le frère infirmier lui enjoignit simplement de ne pas gêner le travail des moines débordés qui couraient en tous sens.

Theresa ne savait par où commencer. Les malades remplissaient la salle, allongés sur des couches improvisées. Dans le cloître, les moins atteints attendaient un remède susceptible de les soulager. Certains, dans un état grave, souffraient de terribles douleurs dans les membres ou étaient en proie à des hallucinations. Mais la plupart étaient surtout effrayés. Au fil des questions, elle apprit que l'évêque et l'abbé s'étaient concertés. On parlait de fermer les portes de la ville et de brûler des maisons, des mesures que Theresa savait inadaptées à la cause de l'épidémie. Elle devrait à tout prix convaincre Alcuin de rendre celle-ci publique.

Au bout de deux heures, la jeune femme avait recueilli suffisamment de témoignages pour affirmer qu'au moins onze malades n'avaient jamais mangé de pain de froment. Elle se rendit ensuite aux cuisines du chapitre, où elle trouva Helga, occupée à récurer des marmites.

— Ne t'avise surtout pas de manger du pain de froment, conseilla Theresa à son amie.

A peine avait-elle parlé qu'il lui apparut qu'ils devaient en réalité se garder de toutes les variétés de pain.

Helga lui rapporta qu'Alcuin venait précisément de déposer un sac de blé provenant du moulin de Kohl, avec interdiction pour tout le monde d'y toucher. Faisant fi des recommandations de son maître, Theresa préleva une poignée de grains à l'aide d'un mouchoir en coton et les examina un à un. Le premier spécimen d'ergot apparut à la quatrième poignée, mêlé à un peu de farine.

Peu avant l'office de sexte, Alcuin revint avec plusieurs nouvelles. Il s'était présenté au moulin de Kohl, mais le rouquin avait été transporté hors de la ville, jusqu'au ravin où l'on brûlait les corps des lépreux. Par bonheur, son cadavre n'avait pas encore été jeté dans la fournaise.

— Ce n'est pas l'ergot qui l'a tué, déclara le moine. On lui a peint les jambes pour faire croire à la gangrène. On a dû l'empoisonner. Les témoins ont mentionné une horrible agonie. C'est ce qui m'a trompé.

— Qui a pu faire une chose pareille ?

— Je l'ignore encore. Ce qui est sûr, c'est que son assassin voulait que sa mort passe inaperçue. Par ailleurs, j'ai appris deux choses. D'abord, ce n'est pas l'épouse de Kohl qui a surpris le Cochon auprès de sa fille morte, mais une de ses servantes, Lorena. Celle-ci m'a confirmé qu'elle avait vu l'idiot penché sur la morte, mais pas que c'était lui qui l'avait tuée. De plus, elle m'a affirmé que la plaie à la gorge de la jeune fille était située à droite. Elle s'en souvient parce que c'est elle qui l'a refermée avant l'inhumation. Cela signifie que le coup a été porté par un gaucher.

— Comme Rothaart, le rouquin.

Alcuin acquiesça. Il ajouta que Kohl lui avait remis un sac de blé en guise d'échantillon, sans toutefois lui en révéler la provenance.

— Après lui avoir présenté des excuses pour mon comportement le jour de l'exécution, je l'ai pressé de me vendre du blé. Il a accepté sans soulever d'objection. En revanche, il m'a prévenu qu'il ne pourrait pas le livrer avant deux jours. Ensuite, il m'a remis un sac à crédit, pour me permettre de juger de la qualité du grain.

— Je l'ai vu. Il contient de l'ergot, confirma Theresa.

— Tu n'aurais pas dû y toucher.

Pour toute réponse, elle sortit le mouchoir et montra à Alcuin les petites capsules noires.

— Notre éventail de suspects continue à se réduire, remarqua-t-il. Il ne reste que Kohl, l'abbé Boèce, et Ludovic et Agrippin, les deux prieurs.

— Et Lothaire ?

— Il y a longtemps que je l'ai écarté. Le registre a probablement été modifié à l'abbaye, et Lothaire n'a fait aucune difficulté pour nous laisser consulter ceux du chapitre. Non. Son innocence ne fait aucun doute. Quant à Agrippin, nous devons également l'ôter de la liste. Lui aussi est malade, et je ne crois pas qu'il survive.

— Vous devriez rendre publique la cause de l'épidémie, dit Theresa. Les malades se comptent par dizaines. Il y a parmi eux beaucoup de femmes et d'enfants.

— Nous en avons déjà discuté, répliqua Alcuin d'un air sévère. Dès que l'on saura que la maladie est due à l'ergot, le coupable moudra tout le grain, le dissimulera et nous le perdrons pour toujours.

— Mais en prévenant les gens, on pourrait les sauver !

— Les sauver de quoi ? Tu préfères qu'ils meurent de faim ? De quoi se nourriront-ils s'ils ne peuvent manger ni blé ni seigle ?

— Au moins, ils pourraient décider de la forme que prendra leur mort, rétorqua la jeune femme.

Alcuin soupira. Il n'avait jamais rencontré de créature plus entêtée que cette gamine. Impossible de lui faire comprendre que, même si les moulins étaient fermés, rien n'empêcherait l'assassin de moudre le grain dans un moulin à main, de le céder à un acheteur peu regardant ou de transférer son commerce funeste dans une autre ville. Toutes ses explications furent vaines.

— Mais c'est maintenant que les gens meurent ! lui objecta-t-elle. Pas demain ou dans un mois !

— Toutes les morts sont égales au regard de Dieu. Penses-tu que la vie de ceux qui meurent aujourd'hui vaut plus que l'existence de ceux qui mourront dans quelques mois ?

Theresa sanglotait presque de rage.

— Tout ce que je sais, c'est que l'abbaye est remplie de malades qui ne comprennent pas quel péché ils ont commis. Parce que c'est ce qu'ils croient ! Qu'ils ont péché et que Dieu les punit !

— Tu es trop jeune pour comprendre certaines choses. Si tu tiens à te rendre utile, retourne au scriptorium et reprends la copie des textes de *Hypotyposeis*.

— Mais, mon père...

— Va au scriptorium !

— Mais...

— A moins que tu ne préfères retourner à l'auberge ?

Theresa se mordit la langue. Sans la grossesse de Helga, elle aurait volontiers envoyé au diable Alcuin et ses textes. Elle tourna les talons et s'en alla sans un mot.

Après avoir recopié plusieurs paragraphes, Theresa froissa le parchemin. Puisque l'évêque n'avait rien à voir avec l'épidémie, pourquoi ne pas lui dire la vérité et lui demander de l'aide ? Lothaire connaissait les suspects, il était au courant de tout ce qui se passait à l'abbaye et savait comment fonctionnait un moulin. Mais elle renonça à son projet. Même si les raisons du comportement d'Alcuin lui échappaient, elle devait se résoudre à accepter ses décisions.

Theresa prit donc un nouveau parchemin et se remit au travail. Un peu plus tard, sa plume se brisa. Après avoir fouillé en vain le coffret où Alcuin rangeait son matériel d'écriture, elle se rendit aux cuisines pour s'en procurer une nouvelle. Favila lui sembla très énervée. Elle lui demanda où était Helga, mais la cuisinière ne parut pas l'entendre, trop occupée à se frotter les jambes et les bras.

— Que t'arrive-t-il ?

— C'est cette maudite peste. Ton amie m'a peut-être contaminée, répondit-elle.

Theresa plaqua les mains sur ses joues d'un air horrifié.

— Helga ?

— Fais attention à ne pas trop t'approcher d'elle.

Favila lui montra une petite pièce contiguë à la cuisine avant de plonger ses bras dans une cuvette d'eau froide. Sans prendre garde aux avertissements de la cuisinière, Theresa se précipita dans la chambre. La Noire tremblait comme un faon affolé, prostrée sur le sol. Des taches apparaissaient déjà sur ses jambes.

— Dieu du ciel, Helga ! Que t'est-il arrivé ?

La Noire sanglota sans répondre.

— Lève-toi ! Nous devons aller à l'abbaye. Là-bas, on te soignera.

Theresa la tira par la main, mais elle ne parvint pas à la relever.

— Il m'a dit que ce n'était pas la peine. Qu'ils n'admettraient jamais une prostituée.

— Qui t'a raconté ça ?

— Ton ami, le moine. Ce maudit Alcuin. Il m'a ordonné de rester ici, jusqu'à ce qu'il trouve un endroit où me loger.

Theresa retourna dans la cuisine demander de l'aide à Favila, mais celle-ci, les bras toujours plongés dans l'eau, refusa. Theresa saisit la cuvette et la lança contre le mur, où elle se brisa en mille morceaux.

— Alcuin a dit...

— Je me fiche de savoir ce qu'il a dit ! sanglota la jeune femme. J'en ai par-dessus la tête de cet homme.

Puis elle sortit en trombe.

Elle se dirigea vers les dépendances du palais, maudissant le moine anglais. A présent, elle comprenait les avertissements de Hoos. Alcuin était un être sans cœur, qui n'aimait que ses livres. Si elle ne l'avait pas menacé de cesser son service, il n'aurait jamais recueilli Helga. Mais c'en était trop. Il était temps que Lothaire sache quel genre de canaille était le frère Alcuin.

Le vieux secrétaire tenta de s'interposer, mais il ne put l'empêcher de forcer la porte de la chambre de l'évêque.

Quand Theresa entra, Lothaire urinait. Elle se retourna par discrétion, sans toutefois quitter la pièce. Lorsque le jet cessa, elle compta jusqu'à trois et fit volte-face. L'évêque la considérait avec un mélange d'étonnement et d'irritation.

— Peut-on connaître la cause de ce tapage ?

— Pardonnez-moi, Votre Eminence, mais il fallait que je vous voie.

— Mais... n'es-tu pas la petite qui traîne toujours avec Alcuin ? Dehors !

Le secrétaire, qui avait suivi Theresa, tenta de la faire sortir, mais elle le repoussa violemment.

— De grâce, écoutez-moi ! Il faut que je vous parle de la peste.

A ce mot, Lothaire fronça les sourcils et regarda la jeune femme d'un air sceptique.

— De quelle peste parles-tu ?

— De celle qui frappe la ville. Alcuin a découvert son origine et la manière d'y mettre fin.

— C'est du péché que vient cette peste. Et voici notre unique remède, la corrigea l'évêque en montrant l'image du Christ en croix.

— Vous vous trompez. En réalité, c'est le blé.

— Le blé ? répéta l'évêque en renvoyant son secrétaire d'un geste. Comment ça, le blé ?

— Selon les registres, il y a trois ans, des lots de blé contaminé ont été transportés à Fulda, durant la peste de Magdebourg. Il y a peu, on a commencé à les écouler, d'abord à intervalles espacés, pour que personne ne fasse le lien avec la maladie. Mais, ces derniers jours, le criminel a inondé les marchés. Le nombre des malades et des morts augmente sans cesse, et on ne fait rien pour l'éviter.

— Es-tu certaine de ce que tu avances ?

— Nous avons trouvé au moulin de Kohl le poison qui gâte le blé.

— Et Kohl est le responsable ?

— Je ne sais pas. Alcuin soupçonne trois personnes d'avoir pu acheter les grains contaminés : Boèce, l'ancien abbé de l'abbaye, le prieur Ludovic et Kohl.

— Dieu du ciel ! Et pourquoi n'est-il pas venu me voir ?

— Il se méfie même de vous. Il est obsédé par l'idée de découvrir le coupable et ses complices. Mais il se contente d'attendre pendant que les gens continuent à mourir. Même mon amie Helga est tombée malade, ajouta Theresa en fondant en larmes.

— Je vais lui parler sur-le-champ, dit l'évêque en se chaussant.

— Non, je vous en prie ! S'il découvre que je vous ai tout avoué, je ne sais pas comment il réagira.

— Mais il faut faire quelque chose. Tu as dit Boèce, Kohl et Ludovic ? Pourquoi ces trois-là et pas d'autres ?

Theresa lui raconta ce qu'elle savait. Après avoir levé les doutes de Lothaire, elle se sentit soulagée. L'évêque semblait décidé à agir.

— Je vais donner l'ordre d'arrêter les suspects. Quant à ton amie... Comment as-tu dit qu'elle s'appelait ?

— Helga la Noire.

— C'est ça, Helga. Je la ferai transférer à l'infirmerie du chapitre, où elle recevra les meilleurs soins.

Ils convinrent que Theresa retournerait au scriptorium et qu'elle ne quitterait pas le palais épiscopal, pour le cas où Lothaire aurait besoin de lui parler. Lorsqu'elle sortit des appartements de l'évêque, le secrétaire la regarda comme s'il mourait d'envie de lui faire tâter de son fouet.

Avant de regagner le scriptorium, Theresa décida de prendre des nouvelles de la Noire. Mais son amie ne se trouvait ni à la cuisine ni dans la petite chambre attenante à celle-ci.

Elle eut beau demander, personne ne put lui dire où elle était allée.

La journée s'écoula sans que Theresa ait de nouvelles de Lothaire ou d'Alcuin. Si elle se réjouit de ne pas revoir le moine, la disparition de Helga la préoccupait au plus haut point. Le soir venu, elle sortit prendre l'air. Elle n'avait pas déjeuné et ne dînerait sans doute pas. Les remords lui avaient coupé l'appétit. Elle ignorait si elle avait bien agi, mais elle espérait que Lothaire ordonnerait la fermeture des moulins et que l'épidémie disparaîtrait pour toujours.

Helga ne quittait pas ses pensées. Après l'avoir cherchée en vain aux cuisines, dans les greniers et à l'infirmerie du chapitre, elle avait poussé jusqu'à l'auberge et avait frappé chez la voisine qui avait recueilli la Noire le jour où Widukind lui avait entaillé la joue. Elle s'était même aventurée dans les rues fréquentées par les prostituées, sans plus de succès. C'était comme si la terre avait englouti son amie. Puis elle songea à Alcuin et son cœur se serra. Si elle avait agi en toute conscience, d'où provenait son trouble ?

En cet instant, Hoos lui manquait plus que jamais. Son sourire, ses yeux couleur de ciel, ses taquineries, les histoires qu'il lui racontait sur Aquisgranum... Elle ne se sentait bien qu'auprès de lui. Le regret était si poignant qu'elle aurait tout donné pour revivre leurs caresses, ne serait-ce qu'un instant.

Ses pas la conduisirent à la grande porte de la ville. Dans sa partie supérieure, les extrémités effilées des troncs dessinaient comme une rangée de crocs dans la lumière rougeâtre des torches.

De part et d'autre de la grande porte s'étendait le mur d'enceinte de la vieille ville. A l'intérieur, beaucoup avaient adossé leur maison au rempart, ce qui ralentissait quelque peu les soldats lors des rondes. A l'époque de leur construction, les puissantes murailles ne protégeaient que l'abbaye et ses jardins. Depuis, elles avaient été prolongées de manière à englober les faubourgs.

La grande porte était la seule à rester ouverte jour et nuit. Toutefois, ce soir-là, elle était également fermée, transformant la ville en un bastion inexpugnable. L'évêque en avait peut-être donné l'ordre, pour empêcher l'empoisonneur de prendre la fuite. Toutefois, un des gardes l'informa que des paysans avaient vu rôder des étrangers armés. Sans doute de simples maraudeurs, mais les autorités avaient préféré ne prendre aucun risque.

A l'extérieur, une foule effrayée se pressait contre la porte, demandant à entrer. Après avoir délibéré avec son supérieur, un des gardes quitta sa tourelle et descendit ouvrir. Un deuxième lançait des seaux d'eau pour calmer les plus impatients pendant que deux autres se postaient de part et d'autre du chemin, armés de baguettes de noisetier. La première sentinelle menaça de ne pas ouvrir et la foule se tint plus tranquille. Mais à peine avait-il tiré les verrous que les paysans se jetèrent contre les portes.

Theresa s'écarta devant la marée humaine qui menaçait de déborder les gardes. Hommes, femmes et enfants pénétrèrent dans l'enceinte comme s'ils avaient le diable aux trousses, portant leurs maigres biens et poussant leurs bêtes devant eux. Quand le dernier fut entré, les gardes refermèrent les portes et regagnèrent leurs postes de guet. Un des villageois s'approcha de Theresa, enclin aux confidences.

— Il y en a qui sont restés dehors, parce qu'ils pensent qu'on ne nous attaquera pas. Mais moi, on ne m'y prendra pas deux fois...

Et il exhiba une vieille cicatrice au ventre.

Theresa ne savait plus que penser. A voir leur expression, les nouveaux arrivants semblaient avoir échappé de justesse à la fin du monde. Néanmoins, ces gens ne représentaient même pas le dixième de la population qui vivait hors des murailles.

La peur incita Theresa à revenir sur ses pas. Elle fit tout de même un détour par la taverne de Helga la Noire, au cas où celle-ci aurait regagné son ancien logis, mais la maison était toujours vide. La jeune femme retourna donc au palais. Avant de se coucher, elle passa aux cuisines pour une dernière vérification. Elle n'y trouva que Favila, qui lui reprocha d'avoir introduit une prostituée dans le chapitre.

— Je savais qu'à la première occasion elle nous jouerait un mauvais tour, lança la cuisinière.

Theresa préféra se retirer. Dans le calme de l'écurie, elle réfléchit à la succession des événements : une jeune fille assassinée, des dizaines d'empoisonnements dans la région, un moine peut-être indigne de sa confiance, et sa seule amie disparue comme par enchantement. Dans ses prières, elle n'oublia pas sa famille, ni Hoos ni Helga. Puis elle s'installa entre les bottes de paille et attendit l'aube.

Au milieu de la nuit, un vacarme inattendu la tira du sommeil. Des cris, des bruits de pas et des grincements de roues s'élevaient de tous côtés. Des clercs entrèrent dans l'écurie et sellèrent deux chevaux à la lueur de leurs torches. Inquiète, Theresa se leva et courut jusqu'aux appartements de Favila. La cuisinière marchait de long en large dans sa chambre, vêtue d'une simple tunique qui laissait entrevoir des chairs tremblotantes. Theresa allait lui demander la raison de son agitation lorsque des roulements de tambour la réduisirent au silence. Les deux femmes dévalèrent les escaliers. En débouchant sur la terrasse qui dominait la ville, elles s'arrêtèrent, stupéfaites. Au milieu des acclamations et des vivats, un cortège de cavaliers remontait la rue principale. A leur tête se trouvait un homme au corps bardé d'acier, escorté par un groupe de tambours. Malgré l'heure tardive, une centaine de personnes saluaient les cavaliers comme si Dieu et Ses cohortes d'anges s'étaient incarnés en eux. Favila se signa et regagna précipitamment ses cuisines en poussant des cris de joie.

A l'arrivée de Theresa, qui l'avait suivie sans comprendre, la cuisinière s'affairait déjà à allumer ses fourneaux.

— Tu ne l'as pas reconnu ? Le plus grand est parmi nous. C'est notre roi, Charlemagne !

18

Theresa n'aurait jamais imaginé que la présence d'un souverain puisse causer une telle agitation. Cette même nuit, elle dut laisser les écuries aux serviteurs de la suite de Charlemagne et se réfugier chez Favila, dans les greniers du palais. A peine était-elle couchée que les cuisiniers du roi prirent possession des cuisines et y entreposèrent des canards, des faisans et autres volailles en cage qui piaillèrent comme des démons tout le reste de la nuit.

Le lendemain, la folie semblait s'être emparée du chapitre. Les clercs couraient de tous côtés, les bras chargés de rameaux destinés à décorer la cathédrale pour les offices sacrés. Dans les cuisines, on s'activait autour des rôtis, des ragoûts de légumes et des pâtisseries raffinées. Les domestiques nettoyaient jusqu'au dernier recoin et les serviteurs de Lothaire transféraient les effets personnels de l'évêque dans une autre pièce de ses appartements, car il avait cédé sa chambre au roi.

Theresa tenta de faire valoir qu'elle n'obéissait qu'aux ordres d'Alcuin, mais Favila ne voulut rien entendre et elle dut prêter main-forte aux servantes qui aménageaient le réfectoire. Les murs de la grande salle étaient tendus de tapisseries représentant des scènes religieuses, où dominaient le pourpre et le bleu. Pour la circonstance, la table avait été remplacée par trois longues planches posées sur des tréteaux et disposées en forme de U, ne laissant libre que le mur de l'entrée. Theresa disposa des pommes vertes sur les magnifiques nappes en lin, déjà rehaussées par des bouquets de cyclamens et de violettes, des fleurs d'hiver cultivées dans les jardins du palais. Des bancs étaient alignés des deux côtés des tables les plus longues, celle du milieu devant accueillir le trône du roi et les fauteuils de ses proches.

Le festin aurait pu nourrir une légion d'affamés : chapons et canards encore emplumés, œufs de faisan brouillés, viande de bœuf grillée à la braise, épaules d'agneau, côtelettes et filets de porc, fricassée de rognons et d'abats, choux, navets et radis assaisonnés d'ail et de piment, artichauts cuisinés, saucisses et boudins variés, salades, lapins à la broche, cailles marinées, galettes feuilletées et une myriade de desserts à base de farine de seigle et de miel.

De retour aux cuisines, Theresa entendit le chef demander à Favila si elle avait du garum. La cuisinière secoua la tête. Apparemment, le roi raffolait de ce condiment, mais on avait oublié d'en emporter dans les bagages de l'expédition.

— Il suffit d'en fabriquer, fit remarquer la jeune femme.

Le chef leur expliqua que le seul de ses aides à posséder ce talent était resté à Aquisgranum. Theresa offrit alors de le remplacer.

— Si vous me le permettez, bien sûr.

Sans laisser au chef le temps de formuler des objections, elle courut à la réserve et en rapporta les ingrédients nécessaires. Après avoir posé l'huile, le sel et les tripes de poisson séchées sur une table, elle prit un flacon sur une étagère et versa un peu de son contenu dans une marmite qu'elle tendit ensuite au cuisinier royal.

— Voici du garum que j'ai préparé il y a quelques jours.

Theresa avait appliqué les leçons de Léonore, mais elle jeta un regard penaud à Favila, à qui elle avait assuré que c'était l'œuvre de Helga. L'homme goûta et la considéra d'un air étonné.

— Par tous les diables ! Le roi sera content ! Vous autres, ajouta-t-il en se tournant vers ses deux aides, venez aider cette jeune fille à préparer davantage de garum. Quant à toi, petite, puisque tu cuisines aussi bien que tu es belle, tu n'auras aucun mal à trouver un riche mari.

Theresa espérait bien que ce mari serait Hoos Larsson. Peut-être n'était-il pas riche, mais elle n'en connaissait pas de plus aimable.

Quand le cuisinier fit savoir à Favila que le roi souhaitait féliciter la personne qui avait préparé le garum, la grosse femme se mit à trembler comme si l'invitation lui était personnellement adressée. Elle lissa les cheveux de Theresa, lui passa un tablier propre et lui pinça les joues pour les faire rosir. Puis elle la poussa vers la porte en la traitant de friponne, mais Theresa lui prit la main, l'entraînant à sa suite.

A l'approche du réfectoire, elles découvrirent avec stupeur le ballet des serveurs, domestiques et valets. Le cuisinier royal leur ouvrit un passage, écartant les curieux, et leur fit une place à l'entrée de la salle. Puis il leur recommanda d'attendre que le lecteur ait fini de réciter les psaumes.

Theresa chercha Charlemagne du regard. Le roi se tenait au milieu de la salle, aux côtés d'une jeune fille qui paraissait minuscule auprès de lui. Il portait une cape courte, une tunique de laine et une culotte bouffante rentrée dans une paire de bottes en cuir. Son épaisse moustache franque contrastait avec sa longue chevelure attachée en queue de cheval. Theresa aperçut Alcuin et Lothaire au premier rang de sa suite, principalement composée d'hommes d'Eglise élégamment vêtus. Sitôt la lecture terminée, tous prirent place à table et le repas commença. Le cuisinier choisit cet instant pour inviter Theresa à le suivre. Quand il la présenta au roi, la jeune femme, intimidée, s'inclina maladroitement.

— C'est elle qui a préparé le garum, glissa le cuisinier au roi, qui la regardait avec étonnement.

Le roi ouvrit de grands yeux, surpris par sa jeunesse, puis il la félicita et se remit à manger.

Theresa resta figée jusqu'à ce que le cuisinier la prenne par la manche et l'entraîne vers la porte.

Elle s'apprêtait à regagner les cuisines, mais Favila lui proposa de rester afin d'aider à débarrasser la vaisselle sale. Les deux femmes se postèrent à un bout de la salle et observèrent les convives, qui dévoraient le contenu de leurs assiettes comme s'ils n'avaient jamais rien mangé d'aussi bon. Pendant le repas, des dizaines de vassaux, propriétaires terriens et artisans défilèrent dans le réfectoire pour rendre hommage au souverain.

Theresa aperçut soudain parmi eux un petit homme élégant dans lequel elle reconnut l'acheteur de l'ours d'Althar. Il était suivi d'un serviteur rubicond qui portait sur un plateau la tête de l'animal qu'elle avait tué. Le petit homme s'inclina devant le roi, puis il s'écarta tandis que son domestique déposait le trophée sur la table. Charlemagne se leva pour l'admirer. Il fit une réflexion sur les yeux de l'animal, à laquelle l'homme répondit par une série de révérences. Le roi le remercia et fit porter la tête de l'ours à un bout de la table. Le petit homme sortit à reculons sans cesser de saluer.

La tête se trouvait à présent à quelques pas de Theresa, qui s'en approcha pour voir ce qui avait bien pu attirer l'attention de Charlemagne. Elle constata qu'un des yeux s'était enfoncé dans l'orbite, gâchant un peu l'expression féroce de la bête. Elle prit alors un couteau sur la table et, sans demander l'autorisation, entreprit de défaire la couture qui remontait jusqu'à l'œil afin de le remettre en place. Elle avait presque terminé quand quelqu'un la saisit par le bras.

— Qu'est-ce que tu fabriques ?

C'était le riche donateur, qui criait bien fort pour attirer l'attention générale.

Theresa expliqua qu'elle voulait réparer l'œil, mais l'homme l'expédia à terre d'une gifle. Un des cuisiniers accourut pour la tirer en arrière. Il s'apprêtait à la rouer de coups quand le roi se leva et ordonna qu'on la lâche.

— Approche-toi, dit-il à Theresa.

La jeune femme obéit en tremblant, rouge de honte.

— Je voulais juste...

— Tu voulais abîmer ma tête d'ours, intervint le petit homme.

— Tu veux parler de *ma* tête d'ours, le reprit Charlemagne. C'est vrai, petite ?

Le ton apaisant du souverain ne suffit pas à rassurer Theresa.

— Je voulais juste remettre l'œil en place, répondit-elle d'une toute petite voix.

— Et c'est pour ça que tu l'as tailladée ?

— Je ne l'ai pas tailladée, sire. J'ai défait la couture.

— Et menteuse avec ça ! explosa le petit homme.

A cet instant, Alcuin se pencha vers le roi et lui murmura quelque chose à l'oreille.

Charlemagne examina la tête d'ours avec attention.

— Comment as-tu pu défaire une couture qu'on ne voit même pas ? demanda-t-il.

— Parce que je sais où elle se trouve, déclara Theresa. C'est moi qui ai cousu cette tête.

Sa réponse déclencha l'hilarité générale. Seul Alcuin ne rit pas.

— En définitive, tu avais raison, dit Charlemagne au petit homme qui l'avait traitée de menteuse.

— Je vous assure que je ne mens pas ! J'ai chassé l'ours et, ensuite, j'ai cousu sa tête.

Les rires s'éteignirent. Personne, même un proche du roi, ne se serait risqué à prolonger ainsi une plaisanterie. Charlemagne lui-même perdit son expression bienveillante.

— Je peux le prouver, ajouta Theresa.

Le souverain fronça les sourcils. Jusque-là, la jeune femme lui était sympathique, mais sa hardiesse frisait la folie. Il hésitait entre la renvoyer et lui faire donner le fouet. Mais quelque chose dans son regard le retint.

— Je t'écoute, dit-il.

Devant l'assistance abasourdie, Theresa raconta dans le détail la partie de chasse au cours de laquelle Althar et elle avaient tué les deux ours. A la fin de son récit, on aurait entendu une mouche voler dans la salle.

— Donc, tu l'as tué avec une arbalète ? J'avoue que ton histoire est passionnante, mais elle démontre simplement que tu mens comme une scélérate, commenta Charlemagne.

Theresa comprit que, si elle ne parvenait pas à le convaincre rapidement, on la chasserait sans ménagement. Elle leva la tête de la bête à bout de bras.

— Si j'ai menti, comment saurais-je ce qu'elle contient ?

— Ce qui se trouve à l'intérieur ? demanda Charlemagne, intrigué.

— C'est ça, acquiesça Theresa. Elle est garnie avec une peau de castor.

Sans hésiter, la jeune femme acheva de défaire la couture et sortit de la tête une peau roulée en boule qu'elle étala sur la table. Tous reconnurent la dépouille d'un castor. Charlemagne la considéra avec un grand sérieux.

— Cela ne prouve pas que tu l'aies tué, remarqua-t-il.

Theresa se mordit la lèvre. Son regard s'arrêta sur les armes que les convives avaient déposées dans un coin de la salle avant de passer à table. Sans un mot, elle se dirigea vers elles et prit une arbalète sur un coffre. Un soldat dégaina son épée, mais Charlemagne l'arrêta d'un geste. Après la chasse à l'ours, Theresa s'était entraînée au tir avec Althar, jusqu'à faire preuve d'une certaine adresse. En revanche, elle n'avait jamais réussi à la charger seule. Elle appuya l'extrémité de l'arme sur le sol et la coinça avec son pied. Puis elle tendit la corde de toutes ses forces. Elle avait presque atteint l'encoche quand la corde lui glissa des doigts. Des exclamations fusèrent. Elle recommença aussitôt, tirant jusqu'à s'en écorcher les doigts. Elle songea soudain à l'incendie de l'atelier, à son père, à Helga la Noire... Elle n'avait déjà que trop connu d'échecs. Elle serra les dents et tira encore plus fort. La corde accrocha l'encoche.

Avec un sourire satisfait, Theresa chargea une flèche et regarda le roi, attendant son approbation. Puis elle leva l'arbalète, visa avec soin et pressa la détente. Le trait traversa la salle et alla se ficher en vibrant entre les bottes du petit homme. Un murmure stupéfait parcourut la salle.

— Impressionnant, dit Charlemagne. Alcuin a eu raison de plaider ta cause. Après le déjeuner, tu viendras dans mes appartements et je te présenterai ma fille, ajouta-t-il en désignant la jeune femme assise à sa droite.

Lothaire se leva et demanda le silence.

— Je crois que le moment est venu de trinquer, dit-il.

Tous les convives levèrent leur coupe et l'évêque reprit :

— C'est toujours un honneur de compter avec la présence de notre roi bien-aimé, Charlemagne, auquel, vous le savez, je suis attaché tant par les liens du sang que par ceux de l'amitié. Nous sommes aussi sensibles à la faveur que nous fait la légation romaine, menée par Son Eminence Flavio Diacono, le saint prélat du pape, en séjournant parmi nous. Pour ces raisons, je crois opportun d'annoncer que, comme témoignage de respect et de loyauté à la puissance humaine (il s'inclina devant Charlemagne), et pour manifester notre soumission inconditionnelle à la justice divine (nouvelle révérence, cette fois vers la curie romaine), cet après-midi aura enfin lieu l'exécution du Cochon !

A la fin de cette déclaration, les assistants trinquèrent sans entrechoquer leurs coupes, ce qui intrigua Theresa. Favila lui expliqua que la coutume de heurter les coupes provenait d'une antique tradition germaine, fondée sur la méfiance mutuelle.

— Dans les temps anciens, quand un roi cherchait à annexer de nouveaux territoires, il mariait son fils à la princesse du royaume convoité et conviait le père de la fiancée à une fête au cours de laquelle on lui offrait un verre de vin empoisonné. Pour éviter cette manœuvre, le roi invité choquait sa coupe avec celle de son hôte, afin de mélanger leurs contenus. Ainsi, s'il devait mourir, il ne serait pas le seul. Pour cette raison, ici à Fulda, nous n'entrechoquons jamais nos coupes, en signe de confiance.

Theresa jeta un regard vers Alcuin. Elle se sentait honteuse de l'avoir trahi. A ce moment, le moine prit congé de Lothaire et s'approcha d'elle.

— J'ignorais que tu savais préparer le garum, lui dit-il d'un ton neutre. Me reste-t-il des choses à apprendre sur toi ?

Le sang de Theresa se glaça. Alcuin semblait lire à livre ouvert dans son esprit. Il lui proposa de converser en privé.

— Je ne crois pas que ce soit un bon jour pour aller au scriptorium, dit-elle afin de meubler le silence pendant qu'ils avançaient dans un couloir. Pas avec l'exécution imminente.

Alcuin acquiesça sans mot dire. Dépassant le scriptorium, ils poursuivirent en direction de la cathédrale, entrèrent et gagnèrent la sacristie. Là, Alcuin prit une clé dissimulée dans une niche et ouvrit une grille qui donnait accès à une minuscule pièce dominée par un immense crucifix. L'air sentait l'humidité. Alcuin prit place sur le seul banc et invita Theresa à le rejoindre.

— Quand t'es-tu confessée pour la dernière fois ? demanda-t-il d'un ton calme. Il y a un mois ? Deux ? En tout cas, trop longtemps, si jamais il t'arrivait quelque chose.

La crainte saisit Theresa. Elle glissa un regard vers la porte. Mais, si elle tentait de fuir, Alcuin la retiendrait sans doute.

— Naturellement, j'imagine que tu n'as pas trahi ta promesse. Je fais allusion aux secrets que je t'ai confiés. Tu sais ce qui arrive à ceux qui rompent leurs serments.

Theresa secoua la tête et fondit en larmes. Le moine lui offrit un mouchoir, qu'elle refusa.

— Tu devrais peut-être te confesser...

La jeune femme accepta alors le mouchoir et s'en frotta les yeux jusqu'à ce que ses paupières soient encore plus rouges. Quand elle se fut un peu ressaisie, elle parla. Elle passa sous silence l'incendie de Wurtzbourg, mais avoua avoir commis le péché de chair avec Hoos. Alcuin se contenta de quelques reproches. En revanche, lorsqu'elle lui révéla qu'elle avait parlé à l'évêque, il se mit en colère.

— Je vous supplie de me pardonner. Mais tous ces malades, tous ces morts... Et puis, il y avait Helga. C'est peut-être une prostituée, mais elle a de l'affection pour moi. Quand elle est tombée malade et qu'elle a disparu... Je ne voulais pas vous trahir, mais je ne pouvais pas rester sans rien faire.

— Et donc, tu t'es précipitée chez Lothaire pour lui raconter tout ce que j'avais découvert.

Elle pleura de plus belle sans répondre. Mais son chagrin ne semblait pas émouvoir Alcuin.

— Ecoute-moi bien, Theresa. J'ai besoin que tu me répondes avec la plus grande précision. As-tu dit à Lothaire qui je soupçonnais d'avoir acheté le grain contaminé ?

— Oui. L'abbé Boèce, le prieur Ludovic et Kohl, le meunier.

Alcuin serra les dents.

— Et la cause de l'empoisonnement ? Tu lui as parlé de l'ergot ?

Theresa secoua la tête. Elle expliqua qu'elle avait informé l'évêque de l'existence d'un poison, mais qu'à ce moment-là elle n'avait pu se souvenir du nom du champignon.

— Tu en es certaine ?

Elle acquiesça.

— D'accord. Maintenant, ferme les yeux pendant que je te donne l'absolution.

Lorsque Theresa rouvrit les yeux, elle eut juste le temps de voir Alcuin sortir et l'enfermer dans la sacristie.

Aussitôt, elle tenta de forcer la serrure avec son poignard, mais ne parvint qu'à se couper. Après avoir renoncé, elle retourna s'asseoir et regarda autour d'elle. La sacristie occupait une petite abside latérale, communiquant avec le déambulatoire du transept par un couloir que fermait une seconde porte. La pièce disposait d'une fenêtre ronde, occultée par un panneau d'albâtre, qui devait donner à l'extérieur. L'albâtre présentait une fente dans sa partie inférieure, sans doute provoquée par l'impact d'une pierre. La jeune femme poussa le banc sous la fenêtre et monta dessus pour regarder à travers la fente. Le mur de la sacristie bordait en effet la grand-place de la ville. Ainsi, elle serait aux premières loges pour assister à l'exécution du Cochon. Elle descendit du banc et s'assit, espérant que quelqu'un viendrait bientôt la délivrer.

Theresa mit l'attente à profit pour réfléchir au comportement d'Alcuin. Hoos l'avait prévenue contre lui. En refusant d'informer Lothaire de l'origine de la maladie, il n'avait fait que renforcer ses soupçons. Et à présent il la gardait prisonnière...

En réalité, elle ne savait plus que penser.

Alcuin l'avait aidée et avait procuré un emploi à Helga, même s'il l'avait fait à contrecœur. Mais à quoi cela avait-il servi ? La dernière fois que Theresa avait vu son amie, celle-ci présentait les symptômes de la maladie et maintenant elle avait disparu.

Soudain les cloches se mirent à sonner, annonçant l'exécution. Par la fente, Theresa vit des dizaines de personnes se regrouper autour de la fosse où, précédemment, on avait tenté d'enterrer vif le Cochon. La plupart étaient des vieillards qui étaient venus tôt avec leurs provisions pour être certains d'avoir les meilleures places, mais on voyait aussi de nombreux gamins désœuvrés, et ceux qui avaient coutume de mendier sur la place et aux alentours. A quelques pas du mur de la sacristie, presque sous la fenêtre, on avait disposé des chaises et des tabourets, sans doute destinés à la suite du roi et à la délégation romaine.

Theresa estima qu'il restait environ trois heures avant l'exécution.

Elle fouilla la pièce. Du linge et des vêtements liturgiques étaient rangés dans plusieurs coffres : nappes d'autel brodées, napperons, camails, capes, tuniques, en quantité suffisante pour habiller toute la congrégation épiscopale.

Theresa remit le tout en place et attendit le retour d'Alcuin, mais, comme le temps passait, elle rouvrit un coffre et essaya un habit pourpre à liserés dorés. L'odeur d'encens était agréable, mais elle finit par ôter la tunique, qui pesait autant que si elle était imprégnée d'eau, et la posa sur le coffre. Puis elle s'allongea sur le banc.

Que pouvait bien faire son père à cet instant ? Peut-être aurait-elle dû rentrer à Wurtzbourg ? Elle ferma les yeux et s'abandonna au fil de ses pensées.

Le roulement des tambours la réveilla. Elle s'était endormie sans s'en apercevoir, et le spectacle allait commencer.

Theresa courut à la fenêtre. Le Cochon attendait son supplice au bord de la fosse, au milieu de la foule. Charlemagne et sa suite avaient pris place sur leurs chaises. La jeune femme reconnut Alcuin et Lothaire, mais elle ne vit pas trace du meunier Kohl.

Elle allait descendre du banc lorsqu'elle vit Alcuin se lever et parcourir quelques mètres pour rejoindre une femme dont Theresa ne put distinguer les traits. Après avoir échangé quelques mots avec elle, le moine regagna sa place. Quand la femme releva la tête, Theresa reconnut Helga la Noire, apparemment en excellente santé.

Theresa n'était pas encore remise de sa surprise lorsqu'elle entendit des voix derrière elle. Elle se précipita vers la grille. Deux clercs nettoyaient le transept. En reculant, elle renversa le banc. Le bruit résonna dans toute l'église. Theresa jeta un coup d'œil à travers la grille. Les deux religieux, intrigués, venaient dans sa direction.

Il ne fallait pas qu'ils la voient. Mais où se cacher ? Elle attrapa la soutane pourpre qu'elle venait d'essayer, l'enfila rapidement, puis s'allongea à plat ventre et rabattit la capuche sur sa tête. Les deux clercs crurent qu'un prêtre s'était évanoui dans la sacristie. Inquiets, ils l'appelèrent pour le réveiller, mais Theresa ne bougea pas. Comme ils n'obtenaient pas de réponse, un des religieux prit la clé dans la niche. Theresa attendit qu'il ouvre la grille et se penche au-dessus d'elle pour se relever d'un bond, le bousculer et esquiver le second clerc, le tout si rapidement que les deux hommes crurent avoir eu affaire au diable.

Elle atteignit la sortie sans encombre, car, à l'exception des deux clercs, tout le monde était rassemblé sur la place. Elle se fraya un chemin à travers la foule, aidée par son habit voyant. Mais, aux abords du lieu du supplice, un soldat lui barra le passage. La jeune femme s'immobilisa, pétrifiée. Si on l'arrêtait dans cette tenue, elle risquait d'être accusée de sorcellerie. En toute hâte, elle se dépouilla de la soutane et la laissa tomber à terre. Plusieurs femmes se jetèrent dessus et se la disputèrent férocement. Theresa profita de l'agitation pour se cacher derrière un paysan deux fois plus grand et gros qu'elle. Quand le soldat eut fini de calmer les furies, la jeune femme avait disparu.

Theresa se dirigea ensuite vers l'estrade des dignitaires, mais, à sa grande surprise, celle-ci était déserte.

— Ils se sont levés tout d'un coup et ils sont partis, l'informa un vendeur de saucisses ambulant. Ils avaient l'air pressés.

Theresa lui acheta une demi-saucisse. L'homme ajouta alors que l'évêque et un moine grand et maigre avaient eu une discussion qui s'était rapidement envenimée, épuisant la patience du souverain.

— Le roi s'est levé, indigné, et leur a ordonné de régler leur différend ailleurs. Ensuite, il a quitté l'estrade et ils ont tous suivi comme des moutons.

— Et où sont-ils allés ?

— A la cathédrale, je crois. Maudits soient-ils ! S'ils ne reviennent pas très vite, à qui vais-je vendre mes saucisses ?

Sur ces mots, l'homme mit fin à la conversation et s'éloigna, à la recherche de clients.

Theresa regarda vers la cathédrale, devant laquelle elle aperçut de nouveau Helga. Cette fois, celle-ci la reconnut également. Theresa lui fit un signe, mais Helga baissa la tête et se faufila dans le palais épiscopal par une petite porte. Theresa courut derrière elle, mais, le temps qu'elle la rejoigne, Helga avait déjà tiré le verrou.

Sans doute aurait-elle dû attendre dehors, mais, cédant à une impulsion, elle sauta par une fenêtre ouverte. Une fois à l'intérieur du palais, elle entendit les pas de la Noire au bout du couloir. Peut-être pourrait-elle la rattraper en coupant à travers le chœur. Elle ouvrit une porte qui donnait accès à un balcon. De là, on apercevait l'autel, où un groupe de clercs avaient une discussion passionnée. Parmi eux, elle reconnut Lothaire et Alcuin, face à face. Kohl était debout entre eux, bâillonné et entravé. Il semblait avoir été torturé.

Theresa en oublia aussitôt Helga. Elle s'accroupit dans un recoin pour écouter. Le moine anglais semblait défendre le meunier. Soudain, Lothaire s'avança et l'interrompit d'un ton véhément.

— Trêve de balivernes ! Tout ce que nous savons, c'est que des dizaines de personnes sont mortes d'un mal auquel ni nos médecins ni nos prières n'ont apporté de remède. Et le plus remarquable dans cette affaire n'est pas que le responsable de cette peste, que tout être sain d'esprit aurait attribuée au diable, soit en réalité un être de chair et de sang...

Lothaire pointa l'index vers Kohl, puis il reprit :

— Le plus étonnant, c'est que ce rebut de l'humanité soit défendu par un moine, Alcuin d'York, sur les épaules duquel repose la sauvegarde de notre Eglise !

Un murmure étonné parcourut la nef. L'évêque continua.

— Comme je l'ai déjà dit, ce matin, un ministériel a découvert dans la propriété de Kohl un lot de grains qui, selon toute apparence, serait responsable des empoisonnements. Il était si bien caché que personne ne l'aurait jamais trouvé. Kohl n'a pas pu en expliquer la provenance, jusqu'à ce qu'on le soumette à la question. Mais, une fois qu'il eut confessé son crime odieux, je me suis demandé jusqu'où pouvait aller la responsabilité du meunier. Un homme riche, certes, mais sans instruction. Nous pourrions comprendre que Kohl ait agi par avarice. Nous pourrions même lui accorder notre pardon. Nous n'oublions pas les nombreux dons qu'il a faits à cette congrégation, et nous sommes certain qu'il continuera. Mais comment accepter qu'un homme comme Alcuin d'York, se prévalant de son influence, de son savoir et de sa charge, contredise une évidence fondée sur des preuves et sur la raison ?

Theresa s'étonna de voir Lothaire attaquer plus sévèrement Alcuin que Kohl. Mais, au moins, il avait révélé le nom du coupable.

L'évêque n'en avait pas terminé :

— Comme vous avez pu le constater, vénérables frères, nous nous trouvons devant Kohl, un assassin, et Alcuin, son protecteur. S'il est certain que Kohl s'est enrichi avec son blé empoisonné, il n'en est pas moins vrai qu'Alcuin s'est livré à toutes sortes de manœuvres pour dissimuler la vérité. Et maintenant, il tente de s'ériger en défenseur de ce criminel convaincu !

— En avez-vous terminé avec vos inepties ? demanda Alcuin d'un ton coupant.

— Inepties ? Plusieurs membres de cette congrégation ont entendu Kohl confesser sa faute !

Deux chanoines confirmèrent d'un signe de tête.

— Une confession arrachée sous la torture, souligna Alcuin.

— Vous auriez préféré qu'on lui offre des petits gâteaux ?

— Ce ne serait pas la première fois qu'un innocent avoue sa culpabilité pour échapper à ses tourments.

— Et vous présumez que c'est le cas, ici ?

Alcuin hocha la tête. A cet instant, Charlemagne se leva, écrasant les deux adversaires de sa formidable stature.

— Mon cher Lothaire, je ne mets pas en doute la culpabilité du meunier. C'est sans doute une nouvelle importante, puisqu'elle annonce la fin de toutes ces morts. Mais les accusations que vous portez envers Alcuin sont d'une telle gravité que je vous demande de fournir des preuves ou de lui présenter des excuses conformes à son rang et à sa position.

Lothaire fit une révérence exagérée.

— Cousin bien-aimé, chacun connaît l'estime que vous portez à cet Anglais. Vous lui avez confié l'éducation de vos fils. Mais justement, c'est en leur nom que je vous supplie de me prêter attention. Que mes preuves dessillent enfin vos yeux !

Charlemagne se rassit et fit signe à l'évêque de continuer.

— Alcuin d'York... Alcuin d'York... Il y a peu, j'étais le premier à m'incliner lorsque j'entendais ce nom, synonyme de sagesse et de respectabilité. Cependant, regardez-le... Ce visage impassible cache une âme égoïste, corrompue par la vanité et l'envie. Je me demande combien de personnes il a trompées, quels autres crimes il a pu commettre !

Ici, Charlemagne toussota d'un air impatient.

— Vous voulez des preuves ? poursuivit Lothaire. Je vous les fournirai, et vous vous demanderez alors comment vous avez pu vous fier à cet instrument du diable. Mais, auparavant, permettez que mes hommes emmènent Kohl.

Sur un signe de Lothaire, trois domestiques firent sortir le meunier. Ils revinrent peu après, accompagnés d'une femme en deuil, l'épouse de Kohl. Comme elle semblait effrayée, Lothaire s'adressa à elle d'un ton rassurant.

— Si vous collaborez, il ne vous arrivera rien de mal. Maintenant, jurez sur cette bible de dire la vérité.

La femme obéit. L'évêque l'invita ensuite à prendre place sur un tabouret, ce qu'elle fit après une brève révérence au roi.

— Vous avez juré sur la sainte Bible, alors faites appel à toute votre mémoire. Vous reconnaissez cet homme ? lui demanda Lothaire en désignant Alcuin.

L'épouse du meunier leva un regard terrorisé vers le moine, puis elle acquiesça.

— Est-il vrai qu'il s'est rendu au moulin de votre mari la semaine dernière ?

— Oui, Votre Eminence, répondit la femme avant de fondre en larmes.

— Vous souvenez-vous du motif de sa visite ?

— Pas très bien. Mon mari m'a demandé de leur préparer quelque chose à manger pendant qu'ils parlaient affaires.

— Quel genre d'affaires ?

— Je ne me rappelle pas. J'imagine qu'il voulait acheter du grain. Je vous en supplie, Votre Grâce... Mon mari est un homme bon. Il s'est toujours bien comporté envers moi. Il ne m'a jamais battue. Nous avons déjà assez souffert avec la mort de notre fille. Laissez-nous partir.

— Par ce qui vous est le plus cher, contentez-vous de répondre. Dites la vérité, et le Tout-Puissant aura peut-être pitié de vous.

La femme continua en tremblant.

— Le moine a demandé à mon mari un lot de blé. Mais Kohl lui a répondu qu'il ne vendait que du seigle. Je m'en souviens parce que, quand il est question d'argent, je fais davantage attention.

— Donc, Alcuin a proposé un marché au meunier ?

— Oui, Votre Eminence. Il a dit qu'il lui fallait une grosse quantité de blé, et qu'on devrait le livrer à l'abbaye. Mais je vous jure que mon mari n'a jamais rien fait de mal.

— C'est bien. Maintenant, retirez-vous.

La femme baisa l'anneau de l'évêque et s'inclina devant le roi. Avant de suivre les domestiques qui l'avaient escortée, elle coula un regard oblique vers Alcuin. Dès qu'elle fut sortie, Lothaire se tourna vers Charlemagne.

— Apparemment, votre moine s'adonne au trafic du blé. Le saviez-vous ?

Le roi fixa Alcuin d'un regard dur. Le moine avança d'un pas.

— Sire, je me doute que vous trouverez cela étrange, mais mon unique souhait était de découvrir l'origine de la maladie.

— Et de vous enrichir au passage, glissa Lothaire.

— Par Dieu, non ! Mais je devais gagner la confiance de Kohl pour arriver jusqu'au blé.

— Oh, pour arriver au blé ! Où en sommes-nous, maintenant ? Kohl est-il coupable ou innocent ? Le poursuivez-vous ou le défendez-vous ? Vous lui avez menti au moulin, ou nous mentez-vous à présent ?

Lothaire se tourna vers Charlemagne.

— Est-ce là l'homme auquel vous accordez votre confiance ? demanda-t-il. Lui qui fait de la fausseté son mode de vie ?

— *Conscientia mille testes*, riposta Alcuin. Aux yeux de Dieu, ma conscience vaut mille témoignages. Quant à celui qui ne me croit pas, sincèrement, il ne m'intéresse pas.

— Eh bien, vous devriez vous inquiéter, car ni votre éloquence ni votre dédain ne vous éviteront le déshonneur. Dites-moi, Alcuin, reconnaissez-vous cet écrit ?

Lothaire brandit une feuille tachée d'encre et froissée. Alcuin examina le document et s'écria :

— Par tous les diables ! D'où sortez-vous cela ?

— De votre cellule, répondit Lothaire en lui arrachant la feuille. Est-ce vous qui l'avez rédigé ?

— Qui vous a donné la permission... ?

— Au sein de ma congrégation, je n'en ai pas besoin. Répondez ! Etes-vous l'auteur de ce document ?

Alcuin acquiesça de mauvaise grâce.

— Et vous souvenez-vous de son contenu ? insista Lothaire.

— Non. Enfin, pas très bien, rectifia le moine.

— Alors, écoutez. « Avec l'aide de Dieu. Troisième jour des calendes de janvier, et quatorzième jour de notre arrivée à l'abbaye. Tous les indices accusent le moulin. Cette nuit, Theresa a découvert plusieurs capsules parmi les céréales que Kohl garde dans ses greniers. Le meunier est coupable, sans aucun doute. J'ai peur que la pestilence ne s'étende à Fulda. Cependant, le moment n'est pas encore venu de l'empêcher. »

Lothaire eut une moue satisfaite.

— Voilà qui ne ressemble guère aux prières d'un bénédictin. Qu'en pensez-vous, sire ? Ce document ne porte-t-il pas la marque de la dissimulation ?

— Selon toute apparence, reconnut Charlemagne. Avez-vous quelque chose à dire, Alcuin ?

Le moine hésita avant de répondre. Puis il argua qu'il avait coutume de noter ses pensées pour y réfléchir ensuite, et que nul n'avait le droit de fouiller dans ses affaires. Il ajouta qu'il n'avait rien fait qui ait pu porter préjudice à un chrétien. Toutefois, il ne fournit aucune explication quant à la signification du texte.

— Si Kohl avait éveillé vos soupçons, qu'est-ce qui vous pousse à le défendre aujourd'hui ? s'enquit Charlemagne.

— Quelque chose que j'ai découvert plus tard. En réalité, je crois que c'était son employé, le rouquin, qui...

— Vous parlez du défunt Rothaart ? intervint Lothaire. Quel hasard ! Et il ne vous paraît pas étrange qu'un homme supposé avoir empoisonné toute une région meure à son tour empoisonné ?

— Il ne s'agit peut-être pas d'un accident, rétorqua Alcuin en lui jetant un regard de défi.

Dans sa cachette, Theresa était aux prises avec un dilemme. Devait-elle faire confiance à Alcuin ou croire Lothaire ? Elle se rappelait les mises en garde de Hoos, et l'évêque accusait le moine avec une conviction troublante. Le roi lui-même commençait à douter de son ministre. Elle désirait croire en son innocence, mais pourquoi l'avait-il enfermée dans la sacristie ?

— Connaissez-vous une certaine Theresa ? demanda alors Lothaire.

— Quelle question singulière ! Vous la connaissez aussi bien que moi.

— En effet. Est-il vrai qu'elle a travaillé de longues heures à vos côtés ?

— Je continue à ne pas comprendre.

— Si vous ne comprenez pas, imaginez notre perplexité. Une jeune personne séduisante, si je me souviens bien, qui, en pleine nuit, aide un moine dans une entreprise bien peu adaptée à sa nature féminine ! Je vous en prie, Alcuin, soyez sincère. Avez-vous eu commerce avec cette fille ?

— Je ne vous permets pas...

L'évêque eut un rire qui sonnait faux.

— Vous m'ordonnez de me taire ? Avouez, pour l'amour de Dieu ! Est-il vrai que vous lui avez fait jurer de ne rien révéler de ce que vous lui aviez dit ? Vous prétendiez dissimuler vos noirs desseins en abusant de votre position, de votre savoir et en profitant des lacunes de l'intelligence féminine.

— Mais de quels desseins parlez-vous ? rétorqua Alcuin. Dieu sait que je suis sincère en vous posant cette question !

— Certainement. Et j'imagine que Dieu sera également informé de vos projets d'empoisonnement ?

— Ne soyez pas ridicule.

— En plus, c'est moi qui suis ridicule ! Nous verrons bien ce qu'en pense notre roi. Ludovic !

Le coadjuteur s'avança d'un pas pesant tout en toisant Alcuin avec mépris.

— Cher Ludovic, auriez-vous l'amabilité de nous relater ce dont vous avez été témoin lundi, durant la tentative d'exécution du Cochon ? demanda Lothaire.

Le coadjuteur s'inclina en passant devant le roi. Puis il prit la parole d'un air suffisant, comme si la clé de l'énigme dépendait de son témoignage.

— Nous attendions tous cette journée avec impatience. Tous les chanoines avaient pris place sur l'estrade. Par malchance, je ne vois pas très bien de loin, aussi je grignotais quelques douceurs en observant les personnes présentes. C'est comme ça que j'ai surpris le geste d'Alcuin. J'ai d'abord été étonné de le voir tenir une coupe, car je sais qu'il ne boit pas de vin. Mais ma surprise redoubla quand je constatai que ce n'était pas la sienne, mais celle de monseigneur l'évêque. Au même moment, je l'ai vu toucher sa bague et vider quelque chose dans la coupe. Ensuite, Lothaire a bu et s'est effondré, comme foudroyé. Par bonheur, nous avons pu le soigner avant que le poison n'accomplisse son œuvre mortelle.

— Est-ce vrai ? demanda Charlemagne à Alcuin.

— Bien sûr que non, répondit celui-ci d'un ton catégorique.

Lothaire saisit alors la main droite d'Alcuin et tenta de lui arracher sa bague. Le moine résista mais, dans l'action, le chaton s'ouvrit et un nuage de poudre blanche se répandit sur la cape de Charlemagne.

— Qu'est-ce que cela ? demanda le roi en se levant.

Pris de court, Alcuin recula en bredouillant une explication. Lothaire répondit pour lui :

— C'est ce que cache l'âme d'un homme obscur. Un homme qui brandit la parole de Dieu pendant que sa langue crache le venin du Malin. Abaddon, Asmodée, Bélial ou Léviathan, l'un d'eux s'enorgueillit de l'avoir pour ami. Alcuin d'York... Un homme capable de mentir pour s'enrichir, de laisser mourir des innocents pour se protéger. Capable de tuer pour éviter d'être démasqué ! Mais je vous révélerai son visage, la véritable figure de la bête... Car Alcuin fut le premier à découvrir Kohl mais, au lieu de l'arrêter, il l'a soumis à un odieux chantage. Il a menti pour gagner sa confiance et maintenant il ment pour le défendre et pour se protéger par la même occasion. C'est Theresa, sa propre aide, qui est venue se confesser à moi, refusant de se rendre complice des meurtres que projetait son maître.

Il fit quelques pas vers Alcuin et le défia du regard.

— A présent, vous aurez beau vous réfugier derrière vos mensonges, aucune âme née sous la protection de Dieu ne fera plus le moindre cas de vos braillements.

Alcuin garda le silence. Enfin, il prit la Bible et y posa la main droite.

— Je jure devant Dieu tout-puissant, sur le salut de mon âme, que je suis innocent de ces accusations. Si vous m'accordez du temps...

— Pour continuer à tuer ? intervint Lothaire.

— J'ai juré sur la Bible. Jurez aussi.

— Votre serment vaut autant que celui de la femme qui vous a aidé. Même pas. Catulle affirme que les serments des femmes restent gravés dans le souffle de l'air et la surface de l'onde. Mais les vôtres s'évaporent même dans votre propre esprit.

— Assez tergiversé, jurez ! exigea Alcuin. A moins que vous n'ayez peur que notre souverain ne vous prive de votre charge ?

Lothaire lui adressa un sourire condescendant.

— Comme vous êtes prompt à oublier nos lois ! Les évêques ne sont ni de vulgaires sujets ni des vassaux, et ils n'ont pas non plus à prêter serment. L'autorité tant évangélique que canonique nous l'interdit. Les églises que Dieu nous confie n'appartiennent pas au roi, celui-ci ne peut donc ni les donner ni s'en séparer. Tout ce qui concerne l'Eglise est consacré à Dieu. Mais, en admettant que je sois libre de jurer, comment osez-vous me le demander ? Si vous savez que mon serment est sincère, pourquoi exiger cela de moi ? Et si vous pensez au contraire que je vais me parjurer, vous me pousseriez alors à pécher.

Alcuin tenta de répliquer mais, pour son malheur, l'envoyé du pape approuva l'argumentation de Lothaire.

— Bien. Il paraît évident que le meunier est coupable, conclut Charlemagne. Un lot de grains contenant la semence qui semble responsable du mal a été trouvé chez lui. Donc, rien ne justifie que vous persistiez à le défendre, Alcuin. A moins, bien sûr, que vous ne soyez également impliqué, comme l'insinue Lothaire.

— Depuis quand l'obligation de la preuve repose-t-elle sur les épaules de l'innocent ? protesta Alcuin. Où sont les douze hommes qui doivent valider l'accusation ? Tout ce qu'a dit Lothaire n'est qu'un ramassis de sottises. Si vous m'accordez quelques heures, je vous démontrerai...

A cet instant, un bruit retentissant attira l'attention générale. Tous se retournèrent, surpris.

Theresa se blottit derrière la balustrade. Dans son désir de suivre la confrontation entre Lothaire et Alcuin, elle avait pris appui sur un candélabre qui, déséquilibré, venait de s'écraser sur le sol dallé. Un des clercs l'aperçut. Il lança un ordre et deux acolytes se précipitèrent vers le chœur. S'étant saisis de la jeune femme, ils la conduisirent devant l'évêque et la forcèrent à s'agenouiller.

— Mais c'est la chasseuse d'ours ! s'exclama le roi. Peut-on savoir ce que tu faisais là-haut ?

Theresa baisa l'anneau de Charlemagne avant d'implorer sa miséricorde. Puis elle raconta qu'elle recherchait une amie disparue, qu'elle pensait morte, mais qui en réalité était vivante, qu'elle n'avait pas écouté leur discussion, et qu'elle souhaitait seulement savoir pourquoi Helga la Noire refusait de la voir.

— Et tu pensais trouver ton amie là-haut ? insista Charlemagne.

Theresa rougit.

— Cette femme est l'aide d'Alcuin, sire, indiqua Lothaire. Vous désirez peut-être l'interroger ?

— Pour l'instant, j'aimerais mieux prier. Dieu m'éclairera peut-être.

— Mais, sire... Il convient de châtier Alcuin sans tarder.

— Après la prière, trancha le roi. Entre-temps, il restera enfermé dans sa cellule.

Sur ces paroles, Charlemagne se retira. Oubliant Theresa, Lothaire rattrapa les gardes chargés de conduire Alcuin à sa cellule et leur donna l'ordre de ne l'en laisser sortir sous aucun prétexte.

— S'il veut se soulager, qu'il le fasse par la fenêtre, précisa-t-il.

Alcuin partit, escorté par les deux gardes. Theresa le suivait à quelques pas. A plusieurs reprises, elle tenta de s'excuser, mais le moine se contenta de presser le pas.

— Je n'avais pas l'intention de vous mettre en cause, parvint-elle à dire.

— A entendre Lothaire, il semble que ce soit le contraire.

Theresa se sentait coupable. Mais pourquoi, puisque Alcuin paraissait s'être servi d'elle ? Il l'avait enfermée dans la sacristie et, si cela n'avait dépendu que de lui, personne n'aurait su que le blé était la cause de l'épidémie. Sans oublier la feuille écrite de sa main, où il accusait catégoriquement Kohl, et dont il ne lui avait jamais parlé...

Entre-temps, ils avaient atteint la cellule. Avant que le garde ne l'enferme, Alcuin s'adressa à Theresa en grec :

— Retourne au scriptorium et réexamine les registres.

Il lui tendit ensuite les mains. La jeune femme les prit dans les siennes, ne sachant que dire. Puis Alcuin recula, et la porte se referma sur lui. Theresa tourna les talons et se précipita vers les cuisines, serrant sur sa poitrine la clé que venait de lui remettre Alcuin sans que le garde s'en aperçoive.

19

Aux cuisines, Favila plumait un poulet.

— Tu as appris la nouvelle ? lança-t-elle à Theresa sans s'interrompre. Je me demande ce qu'on attend pour exécuter cet assassin !

Theresa préféra éluder le sujet, mais elle fut déçue d'apprendre que Favila tenait la culpabilité du Cochon pour acquise.

— As-tu vu Helga ? demanda-t-elle.

La cuisinière secoua la tête.

Theresa sortit après avoir attrapé un quignon de pain. Elle attendit que la congrégation au complet soit réunie au réfectoire pour se rendre au scriptorium. La gorge nouée par l'appréhension, elle introduisit la clé dans la serrure et se glissa à l'intérieur avant de refermer la porte derrière elle. Le feu brûlait encore dans la cheminée. Sa chaleur la réconforta.

Des parchemins étaient étalés sur la table. Elle effleura l'un d'eux du bout du doigt. L'encre était fraîche. Elle estima que les documents avaient été rédigés environ dix minutes plus tôt. Leur lecture ne lui apprit rien d'intéressant. Il s'agissait de plusieurs *epistolæ* signées par Lothaire, dans lesquelles il exhortait les évêques à suivre la règle de saint Benoît.

Elle s'en désintéressa et se dirigea vers les étagères, où elle retrouva le registre qu'elle avait parcouru tant de fois. Ce jour-là, le volume était enchaîné directement à la tablette. Elle eut du mal à l'ouvrir et à en tourner les pages. Néanmoins, elle localisa les rapports sur les transactions effectuées trois ans plus tôt avec la ville de Magdebourg.

Elle les lut à plusieurs reprises, sans rien découvrir de nouveau.

Tout en poursuivant ses investigations, elle se demanda ce qu'elle faisait là, à tenter d'aider Alcuin. Elle ignorait s'il était innocent ou coupable. Si on la surprenait, on la prendrait pour sa complice et elle finirait avec lui sur le bûcher.

Elle s'apprêtait à refermer le codex quand son regard tomba sur les mots « *In nomine Pater* ». Elle les relut à plusieurs reprises.

« *In nomine Pater* »... Pourquoi cette formule courante, présente dans les en-têtes de tous les documents, retenait-elle son attention ?

Soudain, tout s'éclaira. Poussant un cri de joie, elle se précipita vers la table et chercha fébrilement les épîtres signées par Lothaire afin de vérifier son intuition.

« *In nomine Pater* ».

La même inclinaison... Le même tracé... La même écriture !

C'était Lothaire qui avait modifié le registre. Theresa se signa et recula avec un frisson.

Si Lothaire était l'auteur des corrections, il y avait de grandes chances pour qu'il soit aussi responsable de la propagation du mal.

Il fallait qu'elle en apporte la preuve au roi.

Après avoir remis de l'ordre dans les documents étalés sur la table, elle retourna vers l'étagère, mais elle eut beau tirer de toutes ses forces, elle ne parvint pas à libérer le codex.

Pendant qu'elle cherchait un moyen de défaire la chaîne, quelqu'un tourna la clé dans la serrure. En hâte, elle lâcha le registre et s'accroupit à côté de la bibliothèque. La silhouette massive de Lothaire entra. Pendant qu'il refermait la porte, elle gagna le fond de la salle à quatre pattes et se cacha derrière un fauteuil. Lothaire dépassa la table, effleurant les documents du regard, et s'arrêta devant la bibliothèque. Il ôta la chaîne du registre qui l'accusait et s'approcha de la cheminée. Il sembla alors hésiter et regarda autour de lui comme s'il craignait d'être surpris. Après avoir feuilleté le codex, il le jeta au feu. Le parchemin flamba comme une botte de paille.

Après le départ de l'évêque, Theresa quitta à son tour le scriptorium. Il fallait qu'Alcuin sache ce qui venait de se produire. En arrivant à sa cellule, elle constata qu'on l'avait déjà ramené à la cathédrale. Avant de s'y rendre, elle fit un détour par les cuisines. A sa grande surprise, elle y trouva Helga.

La Noire lui intima le silence avant de l'entraîner dans un grenier où elles pourraient parler en toute discrétion.

— Je te croyais morte, fit Theresa d'un ton de reproche avant d'étreindre son amie.

— Je suis désolée. Je ne voulais pas t'inquiéter.

— Comment vas-tu ? Et tes jambes ?

— Alcuin m'a obligée à les enduire de teinture pour que j'aie l'air malade, avoua Helga d'un air penaud. Il m'a menacée de prendre mon enfant à sa naissance si je ne lui obéissais pas.

— Mais pourquoi ?

— Je l'ignore. Il voulait que tu me voies comme ça, et qu'ensuite je disparaisse. Je te préviens, cet homme est le diable !

Theresa s'assit, désemparée. Pourquoi Alcuin avait-il demandé à son amie de se comporter de manière aussi singulière ? Le moine n'étant pas homme à faire les choses au hasard, elle tenta d'imaginer ses raisons. Croyant que la Noire était malade, elle s'était précipitée auprès de Lothaire pour tout lui dévoiler. Etait-ce cela que voulait Alcuin ?

Theresa se releva, décidée à découvrir la vérité. Elle embrassa Helga et lui recommanda de prendre soin d'elle avant de partir pour la cathédrale. Le garde posté à l'entrée de celle-ci lui confirma que l'audience avait repris à l'intérieur, mais, malgré l'insistance de la jeune femme, il refusa de la laisser entrer. Soudain une main se posa sur l'épaule de Theresa. En se retournant, elle se retrouva face à Lothaire. Avait-il remarqué sa présence au scriptorium ? L'évêque lui sourit d'un air aimable.

— Tu désires peut-être nous accompagner ?

Theresa perçut l'ambiguïté de l'invitation. Mais ainsi, elle aurait peut-être une chance d'informer Alcuin de ses dernières découvertes. Elle accepta donc. A l'intérieur, l'évêque lui indiqua un siège.

Tous les participants avaient repris la place qu'ils occupaient avant l'interruption. On débattait à mi-voix de la culpabilité d'Alcuin. Celui-ci marchait de long en large, comme un animal acculé. La présence de Theresa sembla l'irriter. Il la salua à peine et continua à lire sa tablette de cire. Quelques minutes plus tard, Charlemagne fit son entrée, arborant la cuirasse qu'il avait coutume de revêtir pour présider les jugements séance tenante. D'un geste, il invita l'assemblée à se rasseoir, puis il fit signe à Alcuin de reprendre son témoignage. Celui-ci étant absorbé dans la lecture de sa tablette, le roi attira son attention en toussant.

— Pardonnez-moi, sire. Je révisais mes notes.

Un silence pesant s'abattit sur la cathédrale. Alcuin prit alors la parole.

— Le moment de révéler la vérité est venu. Une vérité difficile, inique. Une vérité qui m'a conduit à emprunter les sentiers escarpés du mensonge et à m'égarer dans le péché avant d'atteindre le sommet du discernement.

Il marqua une pause et promena son regard sur l'assistance.

— Comme vous le savez, d'étranges événements ont frappé la ville de Fulda. Qui parmi vous n'a perdu un frère, un père ou un ami ? Romuald, mon propre acolyte, un garçon solide, en pleine santé, est mort sans que je puisse l'empêcher. Et pour cette raison peut-être égoïste, je me suis juré de découvrir ce qui s'était passé. J'ai étudié chaque décès, interrogé chaque malade, sondé ses habitudes, tout cela en vain. Rien ne reliait entre elles ces morts aussi injustes que soudaines. Puis je me suis rappelé une épidémie qui avait frappé York lorsque j'y enseignais. Dans ce cas, la cause de la maladie était le seigle, mais ici les malades n'en avaient pas consommé. C'est pourquoi j'ai orienté mes recherches vers le blé, imaginant que, si les symptômes se ressemblaient, les causes étaient peut-être liées.

Il observa une nouvelle pause, qu'il mit à profit cette fois pour relire ses notes, puis il continua :

— Tout le monde sait qu'il existe trois moulins à Fulda : celui de l'abbaye, celui de l'évêché et celui de Kohl. Après avoir visité les deux premiers sans succès, je me suis rendu au troisième, dans l'intention de m'y procurer un échantillon de blé. Il est vrai que j'ai proposé à Kohl de lui en acheter, mais seulement pour découvrir s'il détenait des grains contaminés.

— Rien de tout cela ne contredit la version de Lothaire, remarqua le roi.

— Si vous me permettez de continuer...

— Allez-y.

— A ma grande surprise, dans un échantillon que m'a rapporté mon aide, j'ai découvert les corpuscules responsables de la maladie. J'en ai immédiatement déduit que Kohl était le coupable. Cependant, s'il est vrai que le blé trouvé dans son moulin semblait l'accuser, la découverte de ces corpuscules ne permettait pas d'identifier le coupable avec certitude.

— Pardonnez-moi, intervint Lothaire, mais quel est le rapport avec vos mensonges ? Avec votre tentative pour m'empoisonner ? Avec la confession écrite où vous admettez la culpabilité de Kohl et votre refus de mettre fin à l'épidémie ?

— Pour l'amour de Dieu, permettez-moi de poursuivre ! Nous savons que le blé empoisonné a transité par le moulin de Kohl...

— Que le froment était dans le moulin de Kohl, précisa habilement Lothaire. Prétendriez-vous passer sur le fait qu'un ministériel a trouvé tous les lots cachés dans ses domaines ?

— Ah, oui ! Le ministériel ! Je l'avais oublié... C'est lui, n'est-ce pas ? demanda Alcuin en montrant un petit homme timide. Votre nom, je vous prie ?

— Mar... Maaar...tin, bégaya l'intéressé.

— Martin. Voudriez-vous approcher ? Dites-moi, Martin, y a-t-il longtemps que vous êtes ministériel ?

— Pas très longtemps, mon père.

— Un an ? Deux ? Trois, peut-être ?

— P-pas autant, mon p-père.

— Moins ? Depuis quand alors ?

— D-deux m-m-mois, mon... père.

— Son frère est mort de la maladie et il a repris la charge, expliqua Lothaire.

— Et bien sûr, c'est vous qui l'avez nommé...

— Je me suis toujours occupé de lui.

— Bien, bien. Permettez-moi de continuer.

Alcuin sortit de la poche de sa soutane une poignée de grains de froment qu'il répartit entre ses deux mains, puis il serra les poings et les présenta à Martin, demandant :

— Dans quelle main est le blé ?

Le ministériel sourit, dévoilant une rangée de dents ébréchées.

— D-dans c-celle-ci, dit-il en montrant la droite.

Alcuin ouvrit la main, elle était vide.

— Alors, dans celle-là.

Alcuin ouvrit la main gauche, tout aussi vide. Le ministériel en resta bouche bée. On aurait dit un gamin auquel on vient de voler une pomme.

— Vous... vous êtes le d-diable.

Alcuin baissa les bras, et les grains cachés dans ses manches s'éparpillèrent sur le sol.

— Peut-on savoir à quoi riment ces bouffonneries ? s'indigna Lothaire.

— Veuillez me pardonner, ce n'était qu'une plaisanterie. Permettez-moi de continuer, sire.

Charlemagne accepta de mauvaise grâce. Alcuin le remercia d'une révérence et s'adressa de nouveau à Martin.

— Est-il vrai que vous ayez trouvé ce blé ?

— Oh, oui, mon... père.

— Mais, si je me rappelle bien, Lothaire a affirmé qu'il était très bien caché... Si bien caché que, selon ses propres paroles, jamais personne ne l'aurait trouvé.

— Oui, mon p-père. Si bien ca-caché que je l'ai cherché p-p-pendant toute la m-matinée.

— Mais vous avez fini par le découvrir.

— Oui, mon père.

Martin avait le sourire d'un enfant qui vient de rattraper le chat qui s'était sauvé.

— Et dites-moi, Martin, puisque ce blé était si bien dissimulé, comment l'avez-vous découvert, alors que vous n'êtes même pas capable d'en trouver une poignée dans mes mains ?

Tous s'esclaffèrent, y compris Martin. Toutefois, le visage réjoui du petit homme se figea lorsqu'il remarqua l'expression glaciale de Lothaire.

— Lui. Il m-m'a aidé, déclara-t-il en montrant l'évêque.

— Tiens donc ! J'ignorais ce détail. Donc, Lothaire vous a indiqué où chercher le blé ?

— Vous ne voyez pas comme il est empoté ? intervint l'évêque. L'important n'est pas de savoir si je l'ai aidé ou non, mais le fait qu'on ait trouvé du blé empoisonné chez Kohl.

— Je vois... Et dites-moi, mon bon Lothaire, comment avez-vous su que le blé était contaminé ?

L'évêque hésita brièvement avant de répondre :

— Grâce aux semences dont m'a parlé Theresa.

— Ces semences-ci ?

Alcuin sortit une poignée de blé de sa poche et ouvrit la main. De minuscules points noirs apparaissaient au milieu des grains. Lothaire y jeta un coup d'œil, de mauvaise grâce, puis il fixa son regard indéchiffrable sur Alcuin.

— Absolument, affirma-t-il.

Alcuin haussa les sourcils.

— Etonnant, car il s'agit de poivre.

Il referma le poing sur les grains de blé sains auxquels il avait ajouté du poivre.

— Pas si vite ! protesta l'évêque. Reste à éclaircir les raisons qui vous ont poussé à tenter de m'empoisonner. Et à savoir pourquoi, malgré vos découvertes, vous avez décidé de garder le silence.

Alcuin eut un sourire ironique.

— Etes-vous certain de vouloir l'apprendre ? En premier lieu, je n'ai jamais eu l'intention de vous assassiner. Il est vrai que j'ai ajouté une poudre à votre boisson, mais il ne s'agit aucunement d'un poison...

Il ouvrit le chaton de sa bague, versa le restant de poudre dans le creux de sa main, puis, se tournant vers le roi, il l'avala avec une grimace de dégoût.

— Ce n'est qu'un purgatif inoffensif, expliqua-t-il. *Lactua virosa*. Désagréable, sans plus. Si j'avais voulu vous empoisonner, soyez certain que j'aurais choisi une autre substance. Non, mon cher Lothaire. Si je vous ai fait boire cette poudre, c'était pour éviter un nouvel assassinat. Celui d'un malheureux dont l'unique crime est d'être né attardé.

— Vous parlez du Cochon ? Ce dégénéré qui a égorgé la fille du meunier ?

— Je parle en effet du Cochon. De l'homme que vous avez tenté de faire exécuter tout en le sachant innocent. Du simple d'esprit auquel vous avez voulu faire endosser un crime commis par un autre : Rothaart, l'employé de Kohl, et votre complice.

— Par Dieu ! Avez-vous perdu la raison ? hurla Lothaire.

— Non, c'est précisément la raison qui m'a conduit jusqu'à vous, rétorqua Alcuin, criant encore plus fort.

Il prit une profonde inspiration pour se calmer et continua :

— La jeune fille a été égorgée. Je dois avouer que, dans un premier temps, j'ai cru que l'idiot était coupable. Ce visage grotesque, ce front fuyant, ces petits yeux de cochon... Puis j'ai remarqué ses mains déformées de naissance. Cet homme est incapable de saisir ne serait-ce qu'une cuillère.

— Qu'en savez-vous ?

— Je sais qu'on a tué la fille de Kohl en lui ouvrant la gorge de bas en haut, jusqu'à l'oreille droite, à laquelle il manquait d'ailleurs un petit bout. La servante qui a découvert le corps a décrit la blessure avec un luxe de détails. L'œuvre d'un gaucher, sans aucun doute.

— Mais de là à accuser Rothaart... fit remarquer Charlemagne.

— Rothaart avait le sang chaud. Il était gaucher et maniait le couteau avec habileté, comme il le démontrait régulièrement à la taverne. Il gagnait ainsi de grosses sommes d'argent. Le jour où j'ai fait sa connaissance, il fanfaronnait devant un de ses amis. Après la mort de Rothaart, cet ami m'a confié que, le lendemain du jour où la fille de Kohl a été tuée, le rouquin avait le visage griffé.

— Cela n'établit toujours pas sa culpabilité, souligna le roi.

— Il connaissait bien la victime. D'ailleurs, la nuit du meurtre, il se trouvait au moulin. D'après la femme de Kohl, cette même nuit, sa fille s'est réveillée malade. Elle est sortie pour se soulager et n'est jamais revenue. Nous savons que ce n'est pas le Cochon qui l'a tuée, puisqu'il ne peut rien tenir dans ses mains. En revanche, nous savons que Rothaart, le gaucher, se trouvait sur place avec son couteau.

— Mais pourquoi aurait-il tué cette malheureuse ?

— Par crainte de Lothaire, affirma Alcuin.

— Expliquez-vous, ordonna Charlemagne.

— Rothaart avait coutume de boire. Il tétait la barrique comme un nourrisson le sein de sa mère.

Cette nuit-là, il devait transférer le blé contaminé du grenier au moulin, mais il s'est quand même enivré. En plein travail, il s'est soudain trouvé nez à nez avec la fille de Kohl. Celle-ci a dû s'étonner de le voir s'activer à une heure pareille. Rothaart aurait pu avancer mille raisons, mais l'*aqua ardens* lui avait brouillé l'esprit, et il a réagi comme il avait l'habitude de le faire dans les tavernes : il a sorti son couteau et lui a tranché la gorge.

— J'ignorais que vous aviez des talents de devin, releva l'évêque d'un ton sarcastique. Ou auriez-vous assisté à la scène, par hasard ?

Alcuin ne prit pas la peine de répondre, mais il formula une autre question.

— Lothaire, est-il exact que Rothaart vous rendait de fréquentes visites ? Pour traiter des affaires du moulin, j'imagine.

— Je reçois tant de gens qu'il m'est impossible de me souvenir de chacun, répondit Lothaire d'une voix rauque.

— Mais votre acolyte s'en souvient, lui. Il m'a dit que Rothaart et vous passiez de longs moments à parler d'argent.

Lothaire foudroya son aide du regard. Puis il se tourna de nouveau vers Alcuin.

— Où est le problème ? L'évêché possède un moulin, Rothaart travaillait dans un autre. Il nous arrivait d'y faire moudre du grain. Inversement, il nous arrivait de moudre du grain que nous fournissait Kohl.

— Mais il aurait été plus logique de régler ces affaires avec le maître du moulin, plutôt qu'avec un subalterne.

— Et vous vous fondez sur ces éléments pour affirmer que Rothaart était l'assassin ? Laissez là ces niaiseries et acceptez l'évidence. Peu importe ce que Rothaart a fait ou non. C'est bien Kohl qui a vendu le blé empoisonné.

— Si cela ne vous ennuie pas, je vais continuer à débiter des niaiseries. Comme je l'ai déjà signalé, Rothaart le rouquin disposait de beaucoup d'argent. Ses bottines étaient en cuir fin, il portait des vêtements de bonne coupe et des bijoux en or. Une aisance inhabituelle, pour un simple ouvrier. Visiblement, il disposait d'autres ressources... Celles qu'il tirait de ses activités dominicales, par exemple.

— De quoi parlez-vous ? demanda le roi.

— Je me suis entretenu avec Gus après la mort de Rothaart. Après quelques pichets de bière, il m'a confié combien il déplorait la perte de son ami. Rothaart se procurait du blé on ne sait où et il le passait à la meule le dimanche, pendant que Kohl assistait à la grand-messe. Une fois le grain moulu, Gus et lui le transféraient dans un grenier clandestin, puis ils le vendaient, mêlé à du seigle.

— Et ce Gus vous a tout avoué ? voulut savoir le roi.

— Il n'a pas été difficile de le convaincre que j'étais au courant de leur trafic. Après la mort soudaine de Rothaart, qu'il attribuait apparemment à un châtiment divin, et grâce à la bière que je l'avais encouragé à absorber, il m'a volontiers raconté ce qu'il ne considérait d'ailleurs pas comme un péché.

— Gus, un ivrogne, et Rothaart, un assassin. Soit ! Mais quel rapport avec moi ? demanda Lothaire.

— Patience, j'en ai bientôt terminé. Comme je l'ai expliqué, en comparant les symptômes de la maladie avec ceux que j'avais déjà observés à York en temps de famine, je suis arrivé à la conclusion que la prétendue épidémie avait été provoquée par du seigle contaminé. C'est pour cela que j'ai demandé à consulter les registres de l'évêché. Etrangement, ni Theresa ni moi n'y avons trouvé la moindre allusion à un lot de seigle. En revanche, nous avons découvert une feuille grattée et récrite qui recelait la clé du mystère. En reconstituant le texte effacé, nous avons appris qu'un chargement de blé avait voyagé de Magdebourg à Fulda. Du blé contaminé, acheté à bas prix par l'ancien abbé.

— Vous accusez un mort, à présent ?

— Ce serait inutile : les suspects bien vivants ne manquent pas. Surtout depuis que j'ai appris que vous faisiez labourer un champ en plein hiver. Dites-moi, Lothaire, depuis quand le blé se sème-t-il en janvier ?

— C'est ridicule ! Ce champ m'appartient, je peux en faire ce que je veux. Je suis las de vos accusations infondées. Vous n'avez aucune preuve de ce que vous avancez. Rothaart est mort. Le Cochon est non seulement idiot mais muet. Quant à l'ancien abbé de Fulda, cela fait plusieurs années qu'il repose au cimetière. Et que dire de ce registre qui révèle des secrets grâce à on ne sait quelle sorcellerie, et que personne n'a vu ? Etes-vous en mesure de le produire devant cette assemblée ? Sinon, ravalez vos paroles.

Alcuin avait espéré que Lothaire s'effondrerait sous le poids de sa démonstration, car, en l'absence de preuves véritables, il n'obtiendrait jamais l'appui du roi. Il allait recommencer à argumenter lorsque Theresa se leva et s'avança vers Charlemagne.

— Je possède ces preuves, déclara-t-elle d'une voix ferme.

Le silence se fit.

De sa sacoche, elle sortit un morceau de parchemin froissé qu'elle déplia devant le roi. Alcuin la regarda, stupéfait. C'était la feuille du registre. Theresa l'avait arrachée juste avant que Lothaire n'entre et ne brûle le codex. Le roi prit la feuille et l'examina avec soin. Puis il la montra à Lothaire, qui n'en croyait pas ses yeux.

— Maudite diablesse ! D'où sors-tu cela ?

Le roi éloigna le parchemin de l'évêque, qui tentait de s'en emparer, et le tendit à Alcuin. Cette fois, le moine frotta directement le verso de la feuille avec de la cendre. Quand le texte caché apparut, Charlemagne le lut à haute voix.

Lothaire protesta vivement :

— Rien ne prouve que j'aie joué un rôle dans cette affaire. Ce texte a été écrit par l'ancien abbé, il y a trois ans. Demandez à n'importe qui.

Plusieurs chanoines confirmèrent la version de Lothaire.

— C'est exact, intervint Theresa. Le texte original, celui qui a été révélé par la cendre, est de sa main. Mais c'est vous qui avez gratté le parchemin et rédigé le nouveau texte, pour éviter que quelqu'un ne fasse le lien entre l'apparition de la maladie et l'achat de ce lot de blé.

— Je n'ai jamais écrit ce texte ! hurla l'évêque, furibond.

— Si, vous l'avez fait, insista la jeune femme. J'ai comparé l'en-tête avec celui d'une lettre signée par vous. « *In nomine Pater* »...

— Tu mens !

Theresa échangea un regard impuissant avec Alcuin. Mais Charlemagne se leva et sortit de sa poche un rouleau cacheté à la cire qu'il ouvrit et déroula avec précaution.

— Nous allons vérifier, dit-il. Vous souvenez-vous de cette lettre, Lothaire ? C'est une copie de celle que vous vouliez envoyer aux évêques. Vous me l'avez fait porter hier, pour me montrer quel bon chrétien vous êtes. J'imagine que vous comptiez en profiter pour me demander une charge plus importante...

Le regard de Charlemagne s'arrêta sur la formule que venait de citer Theresa, « *In nomine Pater* ». L'écriture était la même sur les deux documents, dans les moindres détails.

— Vous avez quelque chose à ajouter ? demanda le roi à Lothaire.

L'évêque, muet de colère, se retourna soudain vers Theresa pour la frapper, mais Alcuin s'interposa. Comme Lothaire tentait de le contourner, le moine lui décocha un coup de poing.

— Il y avait longtemps que j'en avais envie, murmura-t-il en se massant la main.

Quatre jours plus tard, Alcuin rapporta à Theresa que Lothaire avait été arrêté et conduit à une cellule du chapitre où il resterait sous bonne garde jusqu'à son procès. Le moine n'était pas parvenu à préciser à quel moment l'évêque avait compris que le blé était à l'origine de l'épidémie. Ce qui était sûr, c'est que Lothaire avait continué à l'écouler en toute connaissance de cause. Une fois lavé de tout soupçon, Kohl avait été libéré, ainsi que le Cochon. Celui-ci, toutefois, se comportait à présent comme un chiot craintif et maltraité.

— On ne va pas exécuter l'évêque ? demanda la jeune femme en rangeant des manuscrits.

— J'en doute. Lothaire est un parent du roi et il a gardé sa charge épiscopale. J'ai bien peur qu'il n'échappe à son châtiment.

Theresa continua à empiler les livres sur lesquels ils avaient travaillé toute la matinée. C'était la première fois qu'elle revenait au scriptorium depuis que Lothaire avait été démasqué.

— Je trouve cela injuste.

— S'il est parfois difficile de comprendre la justice divine, c'est encore plus vrai de celle des hommes.

— Mais il y a eu tant de morts...

— La mort ne se paye pas avec la mort. Dans ce monde où la vie est sans cesse menacée par la maladie, la famine, les guerres ou les rigueurs de la nature, il ne servirait à rien d'exécuter un criminel. La vie d'un assassin se mesure à l'aune de sa fortune, et selon cette valeur on ajuste l'amende.

— Et comme les puissants étaient rares parmi les victimes...

— Je vois que tu comprends vite. Par exemple, le meurtre d'une jeune femme en âge de procréer est puni d'une amende de six cents sols, la même somme que pour la mort d'un enfant mâle de moins de douze ans. Pour le meurtre d'une fille du même âge, on ne paye que deux cents sols.

— Et vous voudriez que je comprenne cela ?

— Aux yeux de Dieu, les deux sexes sont égaux, mais évidemment pas aux yeux des hommes. Un homme produit biens et argent. Une femme engendre enfants et problèmes.

— Donc des fils, qui créeront de la richesse par leur travail. De plus, si Dieu a créé l'homme à son image, pourquoi l'homme n'aurait-il pas le même regard que Dieu ?

Alcuin leva un sourcil, frappé par la justesse de ce raisonnement.

— Comme je te le disais, un meurtre se règle le plus souvent par une amende. Mais les délits qui provoquent des pertes graves, comme l'incendie ou le vandalisme, aboutissent à l'exécution du coupable.

— Donc, celui qui tue paye une amende et celui qui vole est tué.

— Plus ou moins. Telle est la loi.

Theresa reprit la copie de l'Evangile qui l'occupait depuis les premières heures du matin. Après avoir humecté sa plume, elle attaqua un nouveau verset, pressée de terminer la page qu'Alcuin exigeait d'elle chaque jour. Chaque feuille comportait trente-six lignes, qu'elle achevait en six heures de travail, la moitié du temps qu'aurait mis un scribe chevronné. Pour faciliter le travail des copistes, Alcuin avait mis au point une écriture simplifiée, utilisant des caractères plus petits. C'était elle qu'employait Theresa, ce qui expliquait sa rapidité, qui emplissait le moine d'orgueil.

Après sa journée de travail, Alcuin aidait Theresa à approfondir ses connaissances, insistant sur l'*ars dictaminis*, l'art épistolaire.

« Il ne suffit pas de recopier, lui disait-il. Il faut aussi réfléchir à ce qu'on désire écrire. »

Parfois, en l'absence d'Alcuin, Theresa sortait de la sacoche de son père le parchemin que celui-ci y avait dissimulé et le relisait. De temps en temps, elle consultait les codex grecs et latins alignés sur les étagères du scriptorium, mais aucun ne mentionnait la Donation de Constantin, et elle n'osait pas en parler à son maître.

En dehors de ces recherches, Theresa consacrait une partie de son temps au *Liber glossarum*, un ouvrage unique qui concentrait tout un monde de connaissances. Selon Alcuin, ce fac-similé avait été réalisé dans l'abbaye de Corbie, à partir d'un original wisigoth inspiré des *Etymologias* de saint Isidore. A plusieurs reprises, il l'avait mise en garde contre les paragraphes reprenant les théories païennes de Virgile, Orosius, Cicéron ou Eutrope, mais Theresa lui avait fait valoir les apports de Jérôme, Ambroise, Augustin et Grégoire le Grand pour qu'il l'autorise à poursuivre sa lecture. Le *Liber glossarum* était une fenêtre ouverte sur un monde inconnu, sur un savoir qui ne se bornait pas à la religion.

— Il y a encore des choses que je ne comprends pas, dit la jeune femme en refermant le livre.

— Si, au lieu de ce volume, tu te consacrais à l'étude de la Bible...

— Je ne parle pas du *Liber glossarum*, mais de l'affaire du blé empoisonné. Je n'ai toujours pas compris pourquoi vous m'aviez enfermée dans la sacristie.

— Ah, ça... ? J'ai agi ainsi pour te protéger... Et aussi, je l'avoue, pour t'empêcher de faire de nouvelles révélations à Lothaire. En réalité, c'est moi qui t'ai incitée à aller le trouver la première fois. Mais ensuite, la situation est devenue plus dangereuse.

— Je comprends de moins en moins...

— Quand tu as découvert le texte caché, j'ai commencé à avoir des doutes sur Lothaire. Il était le seul à pouvoir accéder au registre, et la correction était récente. Par malheur, il a commencé à se méfier de nous. J'ai donc décidé de lui faire croire que nos soupçons se portaient sur d'autres personnes. C'est pour cette raison que j'ai demandé à Helga la Noire de se teindre les jambes et de simuler la maladie. J'escomptais bien que tu te précipiterais alors chez Lothaire et que tu lui parlerais de Kohl. De cette manière, j'étais libre de continuer mes recherches. Me sachant surveillé, j'ai même rédigé un document accusant le meunier et je l'ai laissé dans ma cellule.

— Mais pourquoi ne m'avez-vous pas informée de votre plan ?

— Pour éviter que tu n'alertes involontairement Lothaire. J'avais besoin qu'il te fasse confiance et qu'il accepte ta version des événements. En fait, c'est lui qui m'a donné l'idée de teindre les jambes de ton amie.

— Comment cela ?

— Il a fait la même chose à Rothaart. En examinant son corps, j'ai compris que le rouquin n'était pas mort de maladie, mais qu'il avait été assassiné par Lothaire. Rothaart était le seul à pouvoir le trahir. D'autre part, sa mort rejetait tous les soupçons sur Kohl.

— Mais pourquoi ne pas avoir tout raconté à Charlemagne ? Même moi, j'ai douté de votre innocence.

— J'avais besoin de temps. Comme je l'ai dit au roi, j'avais découvert que l'évêque faisait labourer un champ en dehors des limites de l'évêché. En semant le blé empoisonné, Lothaire aurait fait disparaître la preuve de son crime tout en réalisant un bénéfice. Le problème est que l'ergot peut se transmettre d'une récolte à l'autre et contaminer ainsi toute une région. Ignorant si les sacs qu'il avait cachés chez Kohl représentaient la totalité du lot, j'ai demandé à deux acolytes de surveiller le champ en question. Avant de pouvoir le démasquer, je devais m'assurer qu'il n'avait pas fait semer le reste du mauvais blé. Mais ce qui m'ennuie, c'est qu'un des lots de grains reste introuvable.

Theresa se sentit sotte d'avoir retiré sa confiance à Alcuin. Après avoir rangé son livre et son matériel d'écriture, elle lui demanda la permission de se retirer. La nuit était tombée depuis longtemps.

20

Gorgias ouvrit les yeux en priant pour se réveiller d'un mauvais rêve. Mais les murs qui l'enfermaient depuis un mois se dressaient toujours autour de lui. Chaque matin, Genséric venait s'informer de l'avancement de son travail, puis il lui faisait passer sa ration quotidienne par le tour et emportait le seau d'aisances. Gorgias apportait autant de soin à son travail que son état de santé le lui permettait. Toutefois, il comprit rapidement que le vieil homme se contentait de vérifier que la copie avançait, sans se soucier de l'exactitude des expressions ou de la qualité de l'écriture. Au début, il attribua cette négligence à la vision déficiente de Genséric, puis il se rappela que celui-ci n'avait jamais su le grec. Wilfred ne l'ignorait pas, et Gorgias s'étonnait que le comte ne procède pas lui-même à ces vérifications.

Ce jour-là, après le départ de Genséric, Gorgias débarrassa la table des parchemins pour y poser la marmite. Il ôta le couvercle et plongea sa cuillère dedans. Tout en mangeant, il ne cessait de penser aux yeux bleu pâle du vieil homme.

Des yeux bleu pâle... Et si c'était Genséric qui l'avait agressé le jour de l'incendie ? Certes, le coadjuteur n'était pas de taille à s'attaquer à plus jeune que lui, mais il avait pu tirer avantage de l'obscurité et de la surprise. Gorgias l'avait d'ailleurs inclus dans sa liste de suspects, ainsi que le nain et le chantre, mais en dernière position, à cause de son âge. Genséric connaissait probablement l'existence du parchemin avant le vol de celui-ci. Aucun des documents qui transitaient par le château n'échappait à la vigilance du coadjuteur.

Gorgias se leva et se mit à arpenter sa cellule. Absorbé dans ses réflexions, il ne prêtait pas attention à la douleur dans son bras. Wilfred lui avait toujours assuré que nul ne connaissait l'existence du texte qu'il lui avait confié. Pourquoi en aurait-il parlé à Genséric justement maintenant ? D'autre part, pourquoi le comte l'aurait-il fait enfermer ? Et pour quelle raison ne se manifestait-il pas, si ce document revêtait tant d'importance pour lui ?

Tout cela n'avait pas de sens. A moins d'admettre que Genséric travaillait pour son propre compte. Après l'avoir attaqué et lui avoir volé le brouillon du parchemin, le coadjuteur voulait en posséder une copie complète.

Gorgias rumina ces pensées toute la journée. Ce document détenait un pouvoir que même Wilfred n'évoquait qu'avec crainte. Manifestement, Genséric convoitait ce pouvoir, et il n'hésiterait sans doute pas à tuer pour l'obtenir.

Gorgias estima qu'au rythme où il travaillait il aurait encore besoin d'une dizaine de jours pour achever la transcription du parchemin. Il devrait mettre ce temps à profit pour essayer de sauver sa vie.

Les jours suivants, il échafauda des plans d'évasion.

Genséric apparaissait immanquablement après l'office de tierce et s'attardait un moment derrière la porte avant d'actionner le tour. Il arrivait qu'il laisse celui-ci en position ouverte le temps que Gorgias lui fasse passer le parchemin. De forme cylindrique, le tour était constitué de deux panneaux pivotants formant des compartiments. L'ouverture était trop étroite pour que Gorgias s'y faufile, mais, s'il parvenait à distraire Genséric, il pourrait peut-être lui attraper le bras et l'obliger à lui ouvrir.

On était mercredi. Il projeta de mettre son plan à exécution le dimanche suivant. D'ici là, il aurait le temps de limer les châssis des panneaux.

Le jeudi soir, il était parvenu à dégager une des quatre encoches qui maintenaient les panneaux en place et utilisa de la mie de pain trempée dans de l'encre noire pour masquer son absence. Le vendredi, il libéra deux autres encoches, mais, le samedi, la dernière lui résista. Il avait travaillé sans répit, et son bras douloureux l'empêcha de continuer. La nuit fut agitée.

Quand il entendit Genséric approcher, le dimanche, le panneau résistait encore. Il fut tenté de renoncer, puis il se dit qu'en forçant il réussirait peut-être à déloger l'encoche récalcitrante. Un bruit de serrure lui indiqua que le coadjuteur venait de pénétrer dans la chapelle. Désespéré, il appuya le pied contre le panneau et poussa de toutes ses forces. La planchette refusa de bouger. Il finit par la faire sauter à coups de pied, juste au moment où

Genséric ouvrait la porte. Il n'eut que le temps de remettre le panneau en place et de le fixer grossièrement avec son mastic de fortune. Quand son geôlier lui demanda des explications à propos du bruit, il prétendit avoir trébuché sur une chaise.

Gorgias pria pour que le vieil homme ne remarque pas son camouflage. Au bout de quelques secondes, il l'entendit ouvrir le portillon et faire pivoter le tour.

L'apparition d'un plat de pois lui confirma qu'on était bien dimanche. Il le prit et le remplaça par le brouillon d'un vieux manuscrit, pour voir si Genséric était capable de faire la différence. Le coadjuteur fit pivoter le tour et prit le parchemin. Comme Gorgias l'espérait, il ne verrouilla pas le mécanisme.

Il n'avait plus qu'à attendre que le tour pivote de nouveau pour faire sauter le panneau et empoigner le bras de Genséric. Il respirait si fort qu'il craignit d'alerter le coadjuteur, mais celui-ci ne parut pas s'en émouvoir. Gorgias avait l'impression d'entendre ses doigts rugueux glisser sur le parchemin. Soudain, il perçut le déclic du verrou du tour.

— J'aurais besoin de revoir le texte, dit-il en hâte.

Gorgias maudissait son sort. Plus le temps passait et plus il y avait de risques que Genséric découvre son sabotage. Soudain, un juron retentit derrière la porte en même temps qu'un coup violent donné dans le tour manquait de briser les dents de Gorgias. Genséric, fou furieux, égrena un chapelet de malédictions, puis ses cris s'estompèrent peu à peu, comme une tempête qui s'éloigne, et une porte claqua quelque part.

A la tombée de la nuit, Genséric revint, accompagné d'un inconnu. Le scribe les entendit discuter à travers la porte. Le ton monta rapidement, jusqu'aux cris. Quelques instants plus tard, le tour pivota. Deux bras puissants ôtèrent les panneaux et la lumière entra dans la cellule, laissant voir un serpent tatoué. Gorgias recula, pensant que sa mort était proche. Toutefois, l'inconnu laissa tomber à l'intérieur de la cellule le brouillon qu'il avait remis plus tôt à Genséric et disparut. Les panneaux furent replacés. Le coadjuteur ne se montra pas pendant trois jours.

— Lève-toi ! ordonna Genséric à travers la porte.
Gorgias obéit et tourna les yeux vers la fenêtre. Le soleil n'était pas encore levé. Il tituba jusqu'à la porte et y appuya le front, priant pour que Genséric ait oublié l'incident du tour. Mais il aurait été plus facilement exaucé s'il avait demandé que les murs s'écroulent et ensevelissent le coadjuteur. Le tour pivota, laissant filtrer un rai de lumière, et se referma presque aussitôt. Gorgias prit la marmite à tâtons et se jeta avidement sur la bouillie qu'elle contenait. Après trois jours de jeûne, il ne prit pas le temps de savourer.
Il terminait la dernière cuillerée lorsque Genséric lui ordonna de préparer le parchemin. Gorgias fut pris d'une quinte de toux. C'est à peine s'il arrivait à aligner deux idées.
— Je... je n'ai pas pu avancer, s'excusa-t-il. Mon bras... je suis malade.
Genséric le maudit et menaça de torturer Rutgarde.

— Je vous jure que je ne mens pas. Je vous en prie, regardez vous-même.

Le coadjuteur actionna à nouveau le tour et la lumière d'un cierge parvint à Gorgias à travers l'ouverture. Détournant les yeux, il passa lentement son bras blessé à l'extérieur. Soudain, le pied de Genséric s'écrasa sur son poignet, lui arrachant un cri de douleur.

— Si vous tentez quoi que ce soit, je vous brise le bras, dit Genséric.

Le scribe acquiesça et le coadjuteur enleva son pied. Puis Gorgias sentit la chaleur du cierge approcher. Genséric n'en croyait pas ses yeux. Si ce bras n'avait pas bougé, il aurait juré que c'était celui d'un mort.

Le coadjuteur revint à la nuit et annonça à Gorgias que Zénon avait accepté de le soigner. En proie à la fièvre, le scribe ne comprit pas ce qu'il disait, mais il sortit de sa torpeur lorsque Genséric actionna le tour. Le halo lumineux s'élargit. Le scribe s'appuya à la porte et glissa ses deux bras dans le tour, comme le lui demandait Genséric. Il ne se plaignit pas lorsque des chaînes s'enroulèrent autour de ses poignets. Puis Genséric glissa un bâton entre ses avant-bras, le coinçant contre la porte. Quelques secondes plus tard, le coadjuteur ouvrit, l'obligeant à suivre le mouvement.

Il eut à peine le temps de lever les yeux que Genséric lui passa une cagoule qu'il serra avec un cordon noué sur la nuque. Avant d'ôter le bâton, le vieil homme le prévint qu'il le tuerait s'il tentait de s'enfuir. Gorgias fit signe qu'il avait compris et l'autre le libéra. Il eut le plus grand mal à se lever quand Genséric tira sur ses chaînes.

Il sembla à Gorgias que le trajet durait une éternité. Enfin, ils cessèrent de marcher. Peu après, quelqu'un arriva et salua le coadjuteur. Gorgias crut reconnaître la voix de Zénon. Genséric insista pour qu'il garde la cagoule, mais le médecin refusa.

— Il pourrait mourir sans que je m'en aperçoive.

En ouvrant les yeux, Gorgias découvrit une pièce étroite, éclairée par deux torches et seulement meublée d'une table. Zénon demanda à Genséric d'enlever ses chaînes au prisonnier.

— Vous avez vu son état ? Il n'irait pas bien loin.

Cette fois, Genséric tint bon, consentant quand même à libérer le bras malade après avoir enchaîné l'autre à un anneau fixé à la table.

Zénon approcha une torche du bras de Gorgias et ne put réprimer une grimace. Il avança le nez et recula vivement. Lorsqu'il pressa la blessure avec une baguette en bois, Gorgias ne réagit pas.

— Ce bras n'est plus que de la chair morte, murmura le médecin à Genséric. Si la pourriture a atteint la lymphe, vous n'avez plus qu'à lui creuser une tombe.

— Faites ce que vous avez à faire, mais il ne faut pas qu'il perde son bras.

— Ce bout de viande est déjà perdu. Je ne sais même pas si je pourrai lui sauver la vie.

— Vous tenez à être payé ou non ? J'ai seulement besoin que ce bras écrive. Je me fiche que le reste crève.

Zénon jura et confia la torche au coadjuteur, lui demandant de l'éclairer. Puis il ouvrit sa sacoche sur la table, y prit un couteau à la lame mince et l'approcha de la blessure.

— Ça risque de faire mal, prévint-il. Je dois vous ouvrir le bras.

Il s'apprêtait à inciser la chair quand Genséric chancela. Le médecin le rattrapa de justesse.

— Vous vous sentez bien ?

— Oui, oui. Ce n'est rien. Continuez.

Zénon le regarda avec étonnement, puis il se remit au travail. Il versa un peu d'alcool sur l'avant-bras de Gorgias avant d'y pratiquer une incision parallèle à la cicatrice. La peau s'ouvrit comme les entrailles d'un crapaud, laissant échapper un flot de pus. L'odeur fit reculer Genséric. Zénon prit une aiguille et tenta de l'enfiler, mais elle lui glissa des doigts. Il s'accroupit pour la chercher, sans parvenir à la retrouver.

— Prenez-en une autre, lui ordonna Genséric.

— Je n'en ai pas dans ma sacoche. Vous devrez aller chez moi.

— Moi ? Allez-y vous-même !

— Quelqu'un doit contenir l'hémorragie.

Zénon souleva le coude de Gorgias et un jet de sang éclaboussa la table. Le médecin pressa de nouveau l'artère.

Malgré l'état du malade, le coadjuteur ordonna à Zénon de ne pas relâcher sa surveillance. Avant de partir, il s'assura que les chaînes étaient bien fixées à la table et demanda où Zénon rangeait ses aiguilles. Il s'apprêtait à franchir le seuil lorsqu'il chancela à nouveau.

— Vous êtes certain que tout va bien ? insista Zénon.

— A mon retour, je veux que vous ayez fini de soigner ce bras !

Genséric sortit en plissant les yeux, comme si sa vision était troublée.

Zénon resserra le garrot de Gorgias et examina de nouveau sa blessure. Genséric avait beau refuser l'évidence, ce bras était perdu. A cet instant, Gorgias se réveilla. En voyant le médecin, il tenta de se redresser, mais les chaînes et le garrot l'en empêchèrent. Zénon le calma.

— Où étiez-vous passé ? Rutgarde vous croit mort !

Apercevant l'aiguille qu'il avait perdue, Zénon s'accroupit.

Le scribe tenta de parler, mais il était trop faible. Lorsque le médecin lui expliqua qu'il mourrait si on ne l'amputait pas, Gorgias lui lança un regard terrifié.

— Et même en coupant, il n'est pas dit que vous survivriez, précisa Zénon avec désinvolture.

Gorgias comprit. Cela faisait plusieurs jours que ses doigts ne lui obéissaient plus. Il avait choisi de l'ignorer mais, sous le coude, son bras était mort. Il réfléchit. S'il survivait à l'amputation, il ne pourrait plus exercer son métier, mais au moins il serait toujours capable de veiller sur Rutgarde. Il considéra sa blessure. Il ressentait des pulsations dans le bras, mais aucune douleur. Zénon avait raison. Le médecin lui rapporta alors que Genséric s'opposait à ce qu'il l'ampute.

— Je suis navré, mais c'est lui qui paye, ajouta-t-il.

Gorgias voulut porter la main à sa gorge, mais Zénon l'empêcha de bouger.

— Prenez-le, parvint à articuler le scribe. C'est un rubis. Vous n'avez jamais gagné autant de toute votre vie.

Zénon examina le bijou autour du cou de son patient, puis il referma le poing dessus et tira d'un coup sec.

— Genséric me tuera, dit-il en crachant sur le sol.

Il glissa une branche dans la bouche de Gorgias en lui demandant de la mordre. Puis il prit sa scie et commença à couper le bras avec autant de flegme qu'un boucher débitant de la viande.

A son retour, Genséric trouva Gorgias évanoui au milieu d'une mare de sang, avec un moignon soigneusement recousu. Zénon n'était pas là. Le bras amputé traînait sur le sol.

Le chirurgien revint peu après. Rajustant ses braies, il expliqua que l'intervention était inévitable, mais Genséric n'entendait pas raison. Il le maudit mille fois, le voua à l'enfer et tenta même de le frapper. Puis il se calma subitement, comme saisi par un étrange fatalisme, et vacilla. Son regard errait sans but. Zénon le rattrapa juste avant qu'il ne s'effondre. Le visage pâle du vieillard évoquait un masque de marbre. Le médecin lui fit boire une gorgée d'alcool qui le ranima un peu.

— Vous avez l'air malade. Voulez-vous que je vous reconduise ?

Genséric hocha la tête, sans conviction.

Zénon accompagna le coadjuteur jusqu'à son chariot, sur lequel il chargea ensuite Gorgias comme un sac de blé. Puis il fit claquer son fouet et mena le cheval à travers le bois, en suivant les indications confuses de Genséric. Durant le trajet, le médecin remarqua que le vieil homme se grattait la main gauche avec insistance. La paume semblait irritée. Il l'interrogea, mais le coadjuteur ne répondit pas.

L'attelage s'arrêta en pleine chênaie, à proximité du mur d'enceinte de la forteresse. Genséric descendit et avança en traînant les pieds. Zénon le suivait de près, portant Gorgias sur son dos. Ayant atteint le mur, le coadjuteur tâtonna parmi les plantes grimpantes et trouva une porte basse. Il sortit une clé de sa soutane, l'introduisit avec difficulté dans la serrure et s'appuya au chambranle pour reprendre son souffle avant de franchir l'enceinte. Il s'effondra au bout de quelques pas.

Le lendemain, Gorgias se réveilla à côté du corps de Genséric.

Le scribe se redressa avec difficulté et examina son moignon, que Zénon avait bandé avec un morceau de sa propre chemise. Il regarda ensuite Genséric. Le mort avait le visage crispé, les mains pressées sur son estomac. La gauche présentait une étrange teinte violette. Gorgias eut envie de le piétiner, mais il se retint. En levant les yeux, il reconnut la crypte circulaire attenante à sa cellule. Il poussa la porte de celle-ci, qui s'ouvrit en grinçant. La peur le saisit, mais il entra pour récupérer ses papiers. Par bonheur, les plus précieux étaient encore dans leur cachette. Après avoir mis de côté la copie du parchemin, il détruisit les brouillons. Puis il ramassa quelques miches de pain oubliées, quitta la crypte et prit la direction de la vieille mine sous une pluie battante.

Au milieu de la matinée, Gorgias aperçut l'ancienne carrière de minerai de fer, semblable à un gigantesque rayon de miel corrodé. Il emprunta les sentiers de mineurs, serpentant parmi des monticules sableux, des coffres disloqués, des lanternes brisées et des harnais de cuir rongés que personne ne s'était soucié d'enlever après l'épuisement de la mine. Peu après, il atteignit les anciens baraquements des esclaves.

Il s'arrêta un instant pour observer les cabanes délabrées, qui servaient parfois de refuge aux bandits et aux bêtes sauvages, en priant pour qu'elles soient inoccupées. Comme la pluie redoublait, il pénétra dans la seule qui avait encore un morceau de toit et chercha un abri entre les amphores, les poulies et les treuils à main hors d'usage. Il finit par se glisser entre des tonneaux remplis d'eau croupie, se laissa tomber sur le sol et ferma les yeux, essayant de surmonter la douleur qui l'élançait dans son moignon. Il fut brièvement tenté de défaire le bandage qui le comprimait, mais cela aurait été de la folie.

Puis il songea à Rutgarde.

Il devait s'assurer qu'elle allait bien. Il décida donc de lui rendre visite cette nuit-là. Dès le coucher du soleil, il entrerait dans Wurtzbourg par le canal des eaux usées, une issue qu'il utilisait souvent pour franchir les murailles lorsque les portes étaient closes.

En attendant, il tenta de trouver le sommeil. Mais le souvenir de sa fille ne le quittait pas. Comme elle lui manquait !

Il mangea un peu du pain qu'il avait pris dans la crypte, puis il chercha à comprendre ce qui était arrivé à Genséric. Il avait vu mourir beaucoup de gens, mais aucun n'avait eu l'expression torturée du coadjuteur, étouffé par son propre vomi. Peut-être avait-il été empoisonné ? Par l'inconnu au serpent tatoué ?

Soudain, le souvenir de son agresseur s'imposa à lui : deux yeux clairs, un bras qui se levait pour le poignarder et qu'il tentait de retenir... Gorgias revit distinctement l'image d'un serpent, dessiné sur l'avant-bras de son voleur. Aucun doute : l'homme qui l'avait attaqué n'était autre que l'inconnu qui s'était disputé avec Genséric dans la crypte.

Gorgias entra dans Wurtzbourg au crépuscule. Il trouva sa maison vide et en conclut que Rutgarde habitait toujours chez sa sœur. Il se dirigea donc vers la maison de Lotaria, située au flanc d'une colline. En s'approchant, il entendit fredonner un air que Rutgarde appréciait tout particulièrement et il reconnut la voix de sa femme. L'espace d'un instant, sa douleur se dissipa. Il allait s'avancer vers la maison lorsqu'il aperçut deux hommes postés au coin de la rue.

— Quel sale travail, ronchonna l'un d'entre eux. Je me demande bien ce qu'on fiche ici. Je te parie que ce scribe s'est fait bouffer par les loups.

L'homme se rencogna contre le mur, tentant de se protéger de la pluie.

Gorgias maudit sa malchance. Ces hommes appartenaient à la garde de Wilfred. Leur présence en ces lieux attestait que c'était bien le comte qui l'avait fait enfermer. Dans ces conditions, il aurait été trop risqué de continuer. Il se résigna à regagner la mine, déçu de ne pas avoir vu sa femme.

Tout en cheminant, il observait les fenêtres étroites qui découpaient des rectangles jaunes dans les murs de la forteresse. La pluie semblait s'amuser avec la lumière des chandelles qui clignotaient comme pour jouer à cache-cache. Il se demandait où se trouvaient les appartements de Wilfred quand il entendit un caquètement. L'odeur lui confirma que la basse-cour se trouvait juste de l'autre côté du mur. L'idée lui vint de voler une poule : celle-ci se nourrirait de peu et lui fournirait chaque jour un œuf délicieux.

Il scruta le mur devant lui, cherchant des aspérités qui lui permettraient de l'escalader. Mais, avec un seul bras, il n'avait aucune chance d'y parvenir. Alors il se dirigea vers le portail à claire-voie de la basse-cour, sachant que celle-ci était probablement gardée. En effet, il distingua la silhouette de Bernardino, le moine espagnol haut comme trois pommes, à travers la barrière.

Gorgias venait de s'abriter sous un arbre pour réfléchir quand une charrette approcha en cahotant sur le chemin. Lorsqu'elle passa à sa hauteur, Gorgias reconnut les deux hommes qui surveillaient la maison de son beau-frère un peu plus tôt. Ils s'arrêtèrent devant le portail et hélèrent Bernardino, qui s'approcha avec une torche et leur ouvrit.

— Maudite pluie ! ronchonna le nain. Vous êtes déjà là ?

Les deux hommes acquiescèrent sans mot dire, puis firent avancer le cheval.

Gorgias saisit sa chance au vol. Quand la charrette s'ébranla, il se glissa à ses côtés et entra en même temps, protégé par l'obscurité. Puis, tapi derrière une haie, il attendit que les gardes s'éloignent. Lorsque le nain referma la porte et regagna sa cabane sans remarquer sa présence, Gorgias respira enfin.

Peu après, des ronflements lui indiquèrent que le petit moine s'était endormi. Il se dirigea alors vers la basse-cour, toujours à l'abri de la haie. Quand le calme fut revenu dans le poulailler, il ouvrit la porte aussi furtivement qu'un renard en chasse. Ayant repéré une poule dodue, il l'attrapa par le cou, mais elle se mit à caqueter comme si on la plumait vive. Toutes ses congénères se réveillèrent, produisant un vacarme à réveiller les morts.

Aussitôt, Gorgias dispersa les poules à coups de pied et se cacha derrière leur enclos. Bernardino apparut bientôt, l'air effaré. Gorgias profita de la confusion pour se précipiter vers la porte, sa poule sous le bras.

De retour à la cabane de mineur, Gorgias vida un tonneau et en fit une cage pour Blanca, sa nouvelle colocataire. Malgré la douleur qui le taraudait, il sombra rapidement dans le sommeil. A son réveil, il jeta un coup d'œil à Blanca et aperçut entre ses pattes un bel œuf en guise de bonjour.

Gorgias remercia la poule avec deux lombrics trouvés à l'extérieur de la cabane. Il déposa d'autres vers dans une écuelle en bois qu'il recouvrit d'une pierre, puis il but un peu d'eau de pluie. Ensuite, surmontant sa peur, il défit son pansement pour vérifier l'état du moignon. Zénon avait scié l'os au-dessus du coude, puis il avait rabattu et cousu un lambeau de peau par-dessus la plaie, avant de tout cautériser. Les brûlures étaient encore bien visibles, mais c'était un moindre mal, car il n'y avait pas d'autre moyen d'empêcher le retour de la gangrène. Il replaça la bande avec soin et s'assit pour réfléchir à sa situation.

Il récapitula tout ce qui lui était arrivé depuis qu'un inconnu aux yeux clairs l'avait attaqué pour lui voler le parchemin. Ensuite, il y avait eu l'incendie et la mort de sa fille. Il ne put retenir ses larmes. Après l'enterrement, le comte lui avait demandé de lui remettre la Donation de Constantin, mais le document avait brûlé avec l'atelier de Korne. Puis Genséric, sans doute sur l'ordre de Wilfred, l'avait enfermé dans une crypte afin de s'assurer qu'il remplirait sa mission. Après un mois et demi de captivité, il avait réussi à fuir grâce à la mort subite du coadjuteur. Il convenait d'ajouter à ce résumé l'homme au serpent tatoué et l'amputation de son bras blessé.

Gorgias s'interrogea à nouveau sur le comportement de Genséric. Il avait d'abord cru que le coadjuteur agissait pour son propre compte et il l'avait même soupçonné d'être son agresseur. Mais les circonstances insolites de la mort du vieil homme et la surveillance exercée sur Rutgarde par les hommes de Wilfred avaient éveillé ses doutes. Et qui était l'homme au serpent ? De toute évidence, il était dans le secret, et son attitude envers Genséric suggérait que ce dernier était sous ses ordres.

Adossé à un tonneau, il remarqua que la poule fixait son pansement d'un air stupide et sourit amèrement. En même temps que son bras droit, il avait perdu la capacité d'écrire, et tout cela à cause de ce maudit document ! Il tira le parchemin de sa sacoche et l'examina avec attention. Un instant, il fut tenté de le déchirer et de le donner à manger à la poule. Mais il se retint : si ce manuscrit avait tant de valeur, quelqu'un était peut-être prêt à payer pour le récupérer.

La pluie avait cessé. Gorgias décida d'explorer les environs. Un peu d'exercice l'aiderait à réfléchir et à dresser la liste de ses priorités. En premier lieu, il devait assurer sa subsistance, car malgré la bonne volonté de Blanca, la question était loin d'être résolue. En se rendant à la mine, il était passé devant des noyers. Noix et baies pourraient s'ajouter aux œufs, mais cela ne suffirait pas. Il envisagea d'utiliser Blanca comme appât pour capturer un animal sauvage, mais il comprit rapidement qu'il risquait de perdre sa poule dans la tentative.

Impossible de compter sur la chasse. Avec un seul bras, sans pièges, il n'attraperait pas même un canard. En revanche, il parviendrait peut-être à pêcher. La rivière n'était pas loin, et il trouverait à la mine de la corde et du fil, des pointes courbes pour fabriquer des hameçons ainsi que des vers en quantité.

Content d'avoir réglé ce problème, il songea à Rutgarde.

Il ignorait combien de temps durerait la surveillance dont elle était l'objet, mais son désir de revoir sa femme n'avait pas faibli. Il pouvait charger quelqu'un de lui donner de ses nouvelles. Lui faire savoir qu'il pensait à elle suffirait à le satisfaire. Néanmoins, la crainte d'être repris fut la plus forte et il résolut d'attendre une occasion propice. Rutgarde allait bien, c'était le plus important.

Au bout d'un moment, Gorgias ressortit le parchemin de sa sacoche. Il avait retranscrit l'intégralité du document. Il le relut plusieurs fois, s'arrêtant sur les passages qui l'avaient intrigué pendant qu'il les copiait. Ce texte avait quelque chose d'obscur. Quelque chose que même Wilfred n'avait pas remarqué. Gorgias se mit en quête d'une cachette. Ainsi, si on le capturait, il pourrait toujours négocier. Après avoir inspecté la cabane en ruine, il monta sur un tonneau et posa le parchemin sur une poutre. Puis il déplaça les tonneaux en les faisant rouler, afin de ne pas éveiller les soupçons.

Satisfait, il libéra ensuite Blanca et la laissa picorer des vers de terre pendant qu'il préparait ses hameçons.

Pendant une semaine, la douleur fut atroce. Terrassé par la fièvre, Gorgias était incapable de se lever. Puis celle-ci disparut comme elle était venue. Durant ces longues journées, sa seule distraction fut Blanca. Le jour, il allongeait sa corde pour lui permettre de picorer et la raccourcissait la nuit, pour être sûr de trouver un œuf à portée de main à son réveil. Dès qu'il fut sur pied, il aménagea un peu mieux son refuge, grâce à de vieilles couvertures rapportées de ses explorations. Parfois, il montait au sommet de la colline pour observer la ville ou admirer les lointaines montagnes où le dégel s'annonçait déjà. Quand les cols seraient libres, il pourrait fuir vers une autre ville avec Rutgarde.

Au fil des jours, son état s'améliora. Bientôt, il put remuer l'épaule sans réveiller la douleur. Les fils tombèrent et la cicatrice prit une teinte rosée. Un beau matin, il s'aperçut que son moignon ne lui faisait plus mal et avait cessé de le gêner.

Au début de la troisième semaine, il partit en reconnaissance dans les galeries qui s'enfonçaient dans la mine. Dans la première, il trouva un briquet et assez d'amadou pour allumer les torches disposées à intervalles réguliers le long des tunnels. Plus loin, il récupéra des plaques de fer avec lesquelles il pourrait fabriquer des ustensiles de cuisine. Au cours de ses excursions, il classa les tunnels en grottes, couloirs et puits. Les deux premières catégories, avec leurs entrées prévues pour les bœufs et les chariots, offraient des abris convenables. Quant aux puits, ils étaient si glissants qu'il avait décidé de ne les utiliser qu'en cas d'absolue nécessité.

Plus le temps passait, plus il avait envie de rentrer à Wurtzbourg. Il perdait du poids de jour en jour, et s'il s'attardait trop longtemps à la mine, on finirait par le découvrir. Gorgias était persuadé de pouvoir parlementer avec Wilfred. Il lui proposerait d'échanger le parchemin contre un sauf-conduit pour lui et sa famille. Etant donné l'infirmité du comte, il ne risquerait pas grand-chose à lui parler en tête à tête.

Trois mois jour pour jour après la mort de sa fille, Gorgias décida de rentrer à Wurtzbourg, déguisé en mendiant. Sa maigreur et ses vêtements usés donneraient le change ; un bonnet et un manteau élimé trouvés dans les tunnels compléteraient son accoutrement. Il était sur le point de partir quand il entendit les cloches sonner le tocsin au loin. La dernière fois, c'était pour l'incendie qui avait dévasté la parcheminerie. Gorgias jugea plus prudent d'attendre la nuit.

Comme il descendait vers la ville, il se prit à craindre que les cloches n'aient annoncé une attaque des Saxons, mais il poursuivit néanmoins son chemin. Il trouva les portes fermées. Il héla une sentinelle, qui lui suggéra de retourner d'où il venait. Découragé, il erra dans les ruelles du faubourg, singulièrement désertes. Il finit par repérer un vieil homme qui l'épiait par la fenêtre entrebâillée de sa masure. Lorsque Gorgias s'approcha pour s'enquérir de ce qui se passait, le vieux referma le volet, après lui avoir appris que plusieurs jeunes gens avaient été poignardés.

— Il paraît que c'est un certain Gorgias. Celui qui a assassiné Genséric, il n'y a pas si longtemps.

Gorgias resta pétrifié. Puis il enfonça son bonnet sur sa tête et s'enfuit vers les montagnes, sans même prendre le temps de remercier le vieil homme.

FEVRIER

21

Les jours passaient. Le ventre de Helga la Noire s'arrondissait au même rythme que les citrouilles qui jalonnaient le jardin de l'évêché. Theresa n'avait jamais rien vu de tel. Quand elle le touchait, elle se surprenait à désirer que Hoos Larsson la comble ainsi. Mais, en découvrant les divers inconvénients de la grossesse, elle finit par bannir cette idée. Dès lors, elle se contenta d'admirer l'appétit insatiable de Helga.

Ce n'était pas seulement le corps de la Noire qui avait changé : la souillon était devenue une fourmi laborieuse. Elle avait échangé sa taverne contre une maison plus grande près de l'évêché, elle ne se peignait plus les lèvres et portait des vêtements semblables à ceux des honnêtes femmes. Mais le plus étonnant était l'aisance qu'elle manifestait au milieu des marmites et des casseroles. Favila prétendait qu'elle était née pour faire la cuisine ; elle en était tellement convaincue qu'elle lui laissait de plus en plus la responsabilité des fourneaux. Il ne resterait bientôt de l'ancienne Helga que la balafre qui barrait son visage, souvenir de son ancien amant.

On aurait dit qu'il n'y avait rien de plus important pour Helga que l'avenir de son enfant. Elle berçait son gros ventre, parlait au bébé, lui fredonnait des chansons qu'elle inventait, lui expliquait le secret d'une bonne dinde rôtie, lui fabriquait de minuscules bonnets pour protéger sa petite tête, priait pour elle – car dans son esprit c'était une fille. Elle rendait de fréquentes visites à Nicolas, le vieux charpentier, qui lui construisait un petit lit à ses heures perdues en échange de quelques friandises.

Malgré tout, ni Helga ni son ventre ne négligeaient leur devoir dans les cuisines de l'évêché. Justement, un festin devait avoir lieu ce soir-là, en l'honneur d'Alcuin d'York. Le roi et sa suite y assisteraient. Pour cette occasion, Helga avait préparé des chapons et des pigeons, un faisan au gril et du gibier fraîchement chassé. Avec l'estouffade de bœuf et la tarte au fromage de Favila, tout cela ferait le délice des invités. En général, les repas se prenaient dans le réfectoire après l'office des vêpres, mais, pour la circonstance, Ludovic, le secrétaire de Lothaire, avait fait aménager une salle plus petite, située au-dessus du chauffoir, car les convives seraient peu nombreux.

Aux yeux de Theresa, rien n'aurait distingué ce banquet des autres repas si elle n'avait fait partie des invités.

« Le roi insiste », lui avait dit Alcuin.

Depuis, Theresa tentait d'apprendre par cœur l'*Appendix Vergiliana*, les poèmes épiques de Virgile, que le moine lui avait demandé de réciter pendant les agapes.

« Inutile de les apprendre, lui avait-il expliqué. Il te suffit de les répéter plusieurs fois pour trouver le ton juste. »

Toutefois, le plus gros souci de la jeune femme était de nature vestimentaire. Helga lui avait acheté une robe d'occasion, et elle s'inquiétait de savoir si celle-ci lui irait.

A la fin de sa journée de travail, Theresa se rendit chez son amie, tremblant comme une poulette effrayée. Mais sa nervosité retomba comme par enchantement dès qu'elle eut enfilé la robe. Dedans, elle avait l'air d'une noble dame. Elle mourait d'envie de se montrer, mais Helga insista pour faire quelques retouches. Enfin, elle recula pour juger de l'effet. Après avoir légèrement resserré la ceinture, elle prit la jeune femme dans ses bras.

— C'est un peu trop ajusté, peut-être ? dit Theresa, gênée.

— Tu es ravissante.

Puis Helga lui dit de se sauver si elle ne voulait pas être en retard au palais.

A son arrivée, les invités étaient déjà attablés. Alcuin l'accueillit et se chargea d'excuser son retard. Theresa s'inclina devant le roi et gagna sa place, à côté d'une jeune fille élégamment vêtue qui lui sourit, dévoilant de petites dents blanches. Theresa lui donna à peine quinze ans. Un serviteur l'informa qu'il s'agissait de la fille aînée de Charlemagne. Ce n'était pas sa première visite à Fulda, car elle accompagnait son père partout où il allait, sauf sur les champs de bataille. Theresa dénombra une vingtaine d'autres convives, pour la majorité des hommes du roi, plus cinq ou six moines tonsurés. Charlemagne présidait la grande table rectangulaire, tendue d'une nappe de lin immaculée et ornée de fleurs d'hiver. Les plats de venaison rivalisaient en abondance avec les fromages, les boudins et les fruits. Plusieurs dizaines de pichets de vin annonçaient des célébrations dignes d'un monarque. Sur un mot de Charlemagne, tous trinquèrent sans entrechoquer leurs coupes, puis ils se jetèrent sur les plats comme une meute de loups affamés.

A un moment, Theresa constata que quelques convives se désintéressaient de leur assiette pour lorgner les courbes que soulignait sa robe. Agacée, elle desserra sa ceinture pour libérer le tissu et plaça un bouquet entre elle et les indiscrets. Sa voisine, Hildegarde, s'aperçut de son manège et ajouta quelques rameaux pour mieux la protéger.

— Ne t'inquiète pas, lui dit-elle en souriant. Tous les hommes sont pareils, sauf quand ils ont bu. Là, ils sont pires.

Au moment du dessert, Alcuin s'approcha de Theresa et la pria de se lever. Certains hommes l'acclamèrent. Un chanoine, trop ivre pour applaudir, se leva pour faire un discours, mais, après avoir bredouillé quelques mots, il perdit l'équilibre et s'écroula sur la table. Lorsqu'on l'eut emmené, Charlemagne demanda à Theresa de lire.

Avant de commencer, elle but une gorgée de vin pour se donner du courage. Ensuite, elle avança jusqu'au pupitre, ouvrit le codex et prit une profonde inspiration. Dès les premiers mots, tous firent silence. Elle lut lentement, d'une voix tour à tour apaisante et pleine de ferveur. Quand elle eut terminé, le silence se prolongea. Charlemagne la regardait, fasciné. Pendant quelques secondes, Theresa crut qu'il allait la réprimander, mais, à sa grande surprise, le roi remplit sa propre coupe et la lui offrit avec admiration. Elle accepta. Toutefois, lorsqu'elle l'entendit dire qu'il désirait la voir dans ses appartements, la coupe lui échappa, éclaboussant sa robe neuve.

Après le repas, Theresa raconta les derniers événements à Helga.

— Tu vas certainement finir dans son lit, commenta la Noire.

La jeune femme regretta d'avoir étrenné sa nouvelle robe ce soir-là. Cependant, malgré ses craintes, elle n'imaginait pas que Charlemagne envisage de la contraindre. Elle décida de se confier à Alcuin avant de se rendre chez le roi, mais elle eut beau le chercher, elle ne le trouva nulle part.

Quand on la conduisit aux appartements de Charlemagne, Theresa pria pour qu'il soit déjà endormi. Heureusement, ce fut Alcuin qui lui ouvrit. Il l'invita à entrer et attendit près d'elle que le roi ait terminé sa toilette.

— Ah, te voici ! Entre.

Pendant que Charlemagne se séchait le torse, Theresa ne put s'empêcher de l'admirer. En dépit de son âge, le roi était un homme impressionnant, plus grand que le plus grand des Saxons.

— Alcuin t'a-t-il déjà fait part de mes intentions ?

— Non, sire.

— Il m'a vanté ton intelligence, et m'a rapporté que c'était toi qui avais trouvé les grains contaminés.

Theresa rougit et jeta un regard à son maître, qui acquiesça.

— En fait, c'était un hasard...

— Comme celui qui t'a permis de découvrir le texte caché du registre ?

Nouveau regard à Alcuin, cette fois teinté d'inquiétude – le roi la croyait-il complice du faussaire ? –, mais le moine la rassura d'un sourire.

— Tout le mérite en revient à frère Alcuin.

— Tu es donc aussi modeste qu'intrépide. Et nous n'oublions pas le rôle que tu as joué dans la révélation de la dernière preuve.

La jeune femme rougit de plus belle. Certes, elle avait pris un risque en arrachant la page du codex, mais elle ne s'attendait pas à ce que le roi la fasse venir pour l'en féliciter. Elle s'interrogea brièvement sur ses véritables intentions.

— Merci, sire, répondit-elle.

Charlemagne acheva de se sécher et s'enveloppa dans un manteau de laine.

— Je souhaite que tu deviennes un exemple pour tous mes sujets, et Alcuin partage mon avis. J'ai donc décidé de te récompenser. Peut-être en t'accordant les terres de Lothaire...

Theresa fut abasourdie.

— Mais, je... j'ignore comment on administre un domaine.

— C'est ce que m'a dit Alcuin. J'ai donc chargé un ingénieur de t'aider. De toute façon, ne serait-ce que pour les vers que tu as déclamés, tu aurais déjà mérité une récompense.

Quand elle quitta les appartements royaux, Theresa n'était pas revenue de sa surprise. En l'espace d'une nuit, la pauvre étrangère s'était transformée en propriétaire terrienne. Et ce n'était pas tout : Charlemagne lui avait alloué une provision de grains à semer sans retard. En apprenant ces nouvelles, Helga ne la crut pas.

— Moi non plus, je n'arrive pas à y croire, lui avoua Theresa.

Toutes deux furent prises d'un fou rire, puis, blotties au coin de feu, elles bavardèrent longuement, imaginant l'étendue et la situation du domaine de Theresa, les richesses qu'il produirait. Toutefois, Helga la prévint que les terres ne valaient rien en elles-mêmes. Pour qu'elles rapportent, il fallait de la main-d'œuvre, des bœufs, des grains à semer, du matériel et de l'eau. Et même ainsi, il était rare qu'un champ produise plus qu'il n'en fallait pour assurer la subsistance de son propriétaire. Mais Theresa préféra s'imaginer à la tête d'un riche domaine, aux côtés de Hoos. Plus tard, les deux femmes se couchèrent dans le même lit, serrées l'une contre l'autre pour combattre le froid. Helga s'endormit rapidement, mais Theresa veilla toute la nuit, rêvant à la nouvelle vie qui s'offrait à elle si les promesses du roi se concrétisaient.

Le lendemain matin, Alcuin était déjà au travail lorsqu'elle arriva au scriptorium. Il la salua sans lever la tête, mais, un peu plus tard, il la félicita pour sa bonne fortune.

— Je doute que le roi ait été sérieux...

— Tu as tort. Charlemagne n'est pas homme à parler à la légère.

— Mais je ne connais rien au travail de la terre ! Que vais-je faire des miennes ?

Elle espérait qu'Alcuin lui fournirait une réponse.

— Je ne sais pas. Les cultiver, j'imagine. La lecture ou l'écriture ne permettent pas de faire vivre une famille. Tu devrais être contente.

— Je le suis, mais je ne sais pas...

— Eh bien, dans ce cas, apprends...

Sur ce, Alcuin mit un terme à la conversation et retourna à la masse de documents qui l'absorbait.

Au milieu de la matinée, un domestique se présenta au scriptorium avec un message pour Theresa. Un ingénieur de Charlemagne l'attendait à l'extérieur pour l'emmener visiter ses terres. La jeune femme proposa à Alcuin de l'accompagner, mais il refusa, alléguant un excès de travail. Avec sa permission, Theresa jeta un manteau sur ses épaules et suivit le serviteur, qui la mena à un jeune cavalier.

L'ingénieur du roi était un homme au visage hâlé et aux cheveux ondulés. Le contraste entre ses yeux verts et son teint cuivré parut à la fois original et séduisant à Theresa. Malgré leurs différences, elle retrouvait en lui quelque chose de Hoos Larsson. Il se présenta sous le nom d'Izam de Padoue, puis, désignant le cheval sellé qui paissait près du sien, il lui demanda si elle savait monter.

Theresa prit les rênes et se mit en selle d'un bond. Le jeune homme éperonna son cheval et le lança au trot.

Ils chevauchèrent vers le nord, à travers un bois de hêtres qui longeait la rivière. L'odeur de la terre mouillée imprégnait l'air, où tremblait la vapeur produite par les rayons du soleil. Une partie du trajet se déroula en silence, puis Theresa demanda à son compagnon la signification de son titre d'ingénieur.

— J'admets que c'est un terme peu employé, répondit Izam. Il désigne ceux qui, comme moi, se consacrent à la construction de machines de guerre.

Il continua à parler comme s'il conversait avec un de ses pairs, défendant l'usage des catapultes, exposant les différences entre trébuchets et mangonneaux, sans remarquer la perplexité grandissante de Theresa. Quand il s'en aperçut enfin, il lui avait raconté presque tout ce qu'il savait.

— Je te prie de m'excuser. J'ai dû t'ennuyer.

— Pas vraiment, prétendit Theresa. Disons que je ne partage pas ta passion pour les armes. De plus, compte tenu de ta profession, je ne comprends pas pourquoi tu m'accompagnes aujourd'hui.

Izam fut tenté de répliquer, mais il préféra ne pas gaspiller sa salive avec une femme qui sous-estimait ses talents.

Deux lieues plus loin, ils atteignirent une clairière délimitée par une haie d'aubépine qui se perdait dans un bois. Seule une partie du terrain avait été défrichée. Le jeune homme sauta à terre et franchit ce qui ressemblait à un portail rudimentaire.

— On dirait que l'évêque connaissait son affaire. Reste ici.

Pendant que Theresa mettait pied à terre, Izam longea la clôture à grandes enjambées, puis il fit demi-tour, l'air étonné, remonta en selle et demanda à la jeune femme de l'attendre. Au bout d'un moment, il revint, enthousiasmé.

— Jeune fille, tu n'as pas idée de ce qui vient de te tomber entre les mains. La métairie possède une bonne dizaine d'arpents de terre cultivable, dont la moitié est prête à être labourée. Au-delà de la colline, tu as six arpents de vigne, et trois ou quatre de prés. Mais ce n'est pas tout. Ces terres sont irriguées par un ruisseau, à partir de la rivière que nous avons longée tout à l'heure.

Theresa le fixa d'un air éberlué.

— Comment vais-je t'expliquer cela ? Tu sais ce qu'est une métairie ?

— Bien sûr. Ce sont des terres exploitées par une famille, répondit Theresa, vexée qu'il la croie aussi ignorante.

— Bien. Son étendue ne dépend pas de la quantité de terrain disponible, mais de celle que cette famille est capable de cultiver.

— C'est cela, acquiesça Theresa sans comprendre.

Décidément, elle n'était pas faite pour le travail de la terre.

Ils parcoururent la propriété en parlant à bâtons rompus, admirant le travail entrepris par Lothaire. Le domaine comptait aussi des enclos pour les animaux, une cabane de berger toute neuve et les fondations de bois de ce qui pourrait devenir une magnifique maison. Le jeune homme expliqua à Theresa que le rôle d'un ingénieur ne se limitait pas à construire des machines de guerre. Les batailles avaient tendance à se transformer en sièges interminables qui exigeaient une parfaite connaissance des terres environnantes. Il fallait empêcher l'approvisionnement des assiégés, dévier des cours d'eau, étudier la situation des défenses, choisir le lieu approprié pour installer les campements et, parfois, miner des tunnels ou des murs.

— Parfois, les sièges se prolongent pendant des années. Il faut alors choisir les meilleures terres pour cultiver le blé destiné aux soldats et le fourrage nécessaire au bétail. Regarde cette colline, par exemple...

Il lança un caillou, qui disparut au-dessus d'un bouquet de sapins.

— Elle protégera les semailles du vent du nord. Et cette terre...

Il aplatit une motte avec son talon avant de commenter :

— Aussi légère et humide que du pain noir trempé dans l'eau !

— Et celle-là ? dit Theresa en montrant une autre colline.

A son tour, elle ramassa un caillou et le lança de toutes ses forces.

Izam s'écarta instinctivement et le caillou passa à quelques pouces de sa tête. Passé le premier moment de surprise, il rit comme un enfant.

— Inutile de te moquer, protesta Theresa.

— Pourquoi ? Tu l'as fait exprès ?

Et il rit de plus belle.

Ils partagèrent une collation, assis entre les poteaux qui délimitaient le rez-de-chaussée de la future maison. Izam avait emporté dans sa besace du fromage et du pain frais qu'ils savourèrent en écoutant le clapotis du ruisseau. Ils avaient quitté la ville depuis environ deux heures, mais Izam signala à Theresa qu'ils ne se trouvaient pas très loin des remparts.

— Une demi-heure à cheval, précisa-t-il.

— Dans ce cas, pourquoi avons-nous mis autant de temps ?

— Je voulais que nous prenions le sentier qui longe la rivière. Comme tu l'imagines, celle-ci est navigable. Avec une barque, tu pourras l'utiliser pour transporter le grain. Cela dit, j'aimerais éclaircir quelque chose.

Il se dirigea vers sa monture et sortit une arbalète d'une des fontes.

— Tu la reconnais ? demanda-t-il.

— Non, répondit distraitement Theresa.

— C'est celle que tu as utilisée pendant le banquet.

— Ah ? Je ne saurais pas la distinguer d'une autre.

— C'est précisément ce qui m'étonne. L'arbalète est une arme peu répandue, et je ne crois pas qu'il y en ait une autre pareille à celle-ci dans toute la Franconie. C'est moi qui l'ai fabriquée, en m'appuyant sur les descriptions de Vegetius dans son *De re militari*, un manuscrit du IVe siècle consacré à l'art de la guerre que m'a montré Charlemagne. J'ai été d'autant plus étonné que tu saches la manier.

Elle lui raconta que l'homme qui l'avait hébergée dans les montagnes possédait une arbalète semblable, achetée à un soldat.

Izam secoua la tête.

— J'en avais fabriqué une première, qui m'a été volée. Peut-être par le soldat dont tu m'as parlé, ou encore par cet homme des montagnes.

Leur conversation se prolongea encore un moment, puis Theresa suggéra qu'ils rentrent. Après un dernier regard au terrain, Izam mena les chevaux au ruisseau. En chemin, Theresa éperonna sa monture sans relâche, tant elle était impatiente de tout raconter à Helga.

Quand ils eurent regagné la ville, Theresa remercia une nouvelle fois l'ingénieur. Il sourit, mais ajouta qu'il n'avait fait qu'obéir aux ordres du roi. Quand ils se séparèrent, la jeune femme eut l'impression qu'il la suivait du regard.

Theresa trouva Helga aux cuisines, occupée à plumer une dinde. En voyant son amie, elle laissa son travail et courut à sa rencontre. La jeune femme lui proposa d'aller puiser de l'eau et de faire une pause en chemin. Helga s'assit sur un banc de pierre et réclama à Theresa le récit détaillé de sa visite à son nouveau domaine. La jeune femme lui décrivit les champs, les vignes, les prés, la rivière et la maison, sans oublier le jeune Izam.

— Il s'est montré très aimable.

— En plus d'être joli garçon, souligna Helga avec un clin d'œil. Je l'ai vu par la fenêtre.

Theresa sourit. L'ingénieur était assurément charmant, mais pas autant que Hoos. Elles continuèrent à bavarder jusqu'à ce que Favila vienne les chercher, armée d'un tisonnier. Les deux amies regagnèrent alors les cuisines en riant aux éclats. Mais chaque fois que la grosse femme s'absentait, elles reprenaient leur conversation. Theresa confia ses préoccupations à Helga.

— Tu n'imagines pas tout ce qu'il y a à faire ! Les champs sont à moitié défrichés. Il me faudra une charrue, un bœuf et quelqu'un pour m'aider.

— Allons donc ! Si au lieu de terres tu avais des dettes, je suis sûre que tu serais moins inquiète.

Theresa garda le silence. La voyant accablée, la Noire lui passa un bras autour de la taille.

— Reprends courage ! J'ai encore une partie de l'argent que tu m'avais avancé quand tu as vendu la tête d'ours. Tu pourrais acheter un jeune bœuf avec cette somme.

— Mais cet argent est destiné à payer mon loyer...

— Ne t'inquiète donc pas. Je n'oublie pas que c'est toi qui m'as procuré ce travail. Et une pareille chance ne se présente qu'une fois dans la vie. Quand ton domaine commencera à rapporter, tu me rembourseras avec les intérêts.

Helga lui expliqua ensuite qu'un bouvillon valait douze deniers, alors que le prix d'un bœuf adulte oscillait entre quarante-huit et soixante-douze deniers, soit l'équivalent de trois mois de salaire.

Tandis qu'elles finissaient de préparer le dîner, Theresa reprit :

— Izam m'a dit que nous retournerions visiter mon domaine demain. Tu crois que je devrais lui donner un nom ?

— A qui ? A l'ingénieur ?

— Non, idiote... Au domaine.

— Eh bien, tu pourrais l'appeler... Laisse-moi réfléchir... Les merveilleuses terres de Theresa ! conclut Helga en riant.

La jeune femme fit mine de lui donner un coup sur la tête, mais la Noire l'esquiva. Toutes deux riaient comme des gamines.

Theresa retourna au scriptorium dans l'après-midi. Alcuin était toujours plongé dans les livres. Elle avait des dizaines de questions à lui poser, mais il la devança :

— J'ai discuté avec cet Izam. Il m'a dit que ton domaine était magnifique.

— Il le serait si j'avais de quoi le mettre en valeur.

— Tu as deux mains, me semble-t-il.

— Et pas grand-chose d'autre. Sans outils ni bétail, que vais-je faire de ces champs ?

— Tu pourrais les louer et en tirer une rente.

— C'est ce que m'a suggéré Izam. Mais à qui ? Ceux qui auraient les moyens de payer ont déjà plus que leur part de terres.

— Loue-les à quelqu'un qui te versera une partie de sa récolte en échange.

— Izam m'a expliqué que la plupart des métayers ne possèdent ni charrue ni bœufs.

— Je vais te dire ce que nous allons faire. Demain, c'est jeudi. Après tierce, nous irons au marché et nous t'achèterons un esclave travailleur. Il n'en manque pas en ce moment. Nous devrions obtenir un bon prix.

Theresa n'en crut pas ses oreilles. Plus elle y réfléchissait et plus la situation lui paraissait inextricable. Si elle ne possédait rien, comment achèterait-elle un esclave ?

Alcuin lui fit savoir que Charlemagne en personne avait suggéré cette solution, et il lui assura que l'entretien d'un esclave n'était pas très coûteux.

Le lendemain, ils se rendirent de bonne heure au camp que les soldats de Charlemagne avaient dressé à la sortie de la ville. Les marchands avaient l'habitude de suivre le roi dans ses déplacements pour acquérir de nouveaux esclaves parmi les captifs ennemis et vendre ceux qu'ils possédaient déjà. Au bout de quelques jours, ils baissaient généralement leurs prix pour se débarrasser de leurs rebuts.

— Douze sols ? s'exclama Theresa, horrifiée. Pour cette somme, je pourrais avoir trois bœufs adultes !

Le moine lui expliqua que c'était là le prix moyen d'un esclave jeune et vigoureux. En cherchant, ils trouveraient certainement moins cher. Lorsque la jeune femme lui dit de quelle somme elle disposait, il lui montra une bourse bien pleine.

— Je peux te prêter de l'argent.

Puis Alcuin aborda le sujet de la responsabilité d'un maître vis-à-vis de ses esclaves.

— Il ne s'agit pas simplement de leur donner des ordres. Les serviteurs sont aussi des créatures de Dieu. C'est pourquoi nous devons veiller à leur bien-être. Les nourrir, les vêtir et les éduquer comme de bons chrétiens.

A Constantinople, Theresa avait grandi entourée d'esclaves et, depuis toujours, elle considérait ceux-ci comme des créatures de Dieu. Mais elle n'aurait jamais imaginé que le rôle d'une maîtresse soit aussi compliqué. Elle fut d'autant plus consternée en apprenant que les propriétaires d'esclaves étaient également responsables des délits commis par ceux-ci.

— C'est pour cela qu'il vaut mieux ne pas les prendre jeunes. A cet âge, ils sont forts et agiles, mais aussi rebelles et irresponsables. A moins que tu n'aies envie d'user du fouet, il est préférable de les choisir mariés, avec une femme et des enfants à nourrir. Ainsi, ils ne pensent pas à fuir ou à mal se conduire. Le mieux serait de te trouver une famille dure à la tâche.

Il ajouta que trouver un bon travailleur ne la dispenserait pas de le surveiller. Par nature, les esclaves manquaient de jugement.

— Je ne suis pas sûre d'avoir besoin d'un esclave, finit par admettre Theresa. Et je ne crois pas non plus que ce soit une bonne chose.

— Que veux-tu dire ?

— Je ne comprends pas pourquoi un homme devrait décider de la vie d'un autre. Ces malheureux ne sont-ils pas baptisés ?

— J'imagine que la plupart d'entre eux ne le sont pas. Mais, même si le baptême efface le péché originel, Dieu n'en dispose pas moins de l'existence des hommes. Il fait de certains des serviteurs, et des autres, des maîtres. Par nature, l'esclave est enclin au mal. Seul le retient le pouvoir de celui qui le domine. Si l'esclave ne connaissait pas la peur, qu'est-ce qui l'empêcherait d'agir avec perfidie ?

A court d'idées et d'arguments, Theresa préféra mettre fin à la discussion.

Peu après les remparts, une âcre odeur de sueur les assaillit, annonçant la proximité du marché aux esclaves. Les étals et les tentes usées s'alignaient le long de la rivière. Les esclaves les plus jeunes étaient enchaînés à de gros pieux enfoncés dans le sol, tandis que les plus âgés assuraient l'entretien du campement. Plusieurs vendeurs proposèrent leur marchandise à Alcuin. L'un d'eux, qui avait le visage couvert de boutons, l'interpella :

— Regardez celui-là. Il est fort comme un taureau ! En voyage, il portera vos bagages et les défendra contre les voleurs. Mais vous préférez peut-être un jeune homme ? ajouta-t-il d'un ton entendu. Doux comme le miel, prévenant comme un chiot...

Le moine le foudroya du regard. Le marchand se retira, déconfit. Theresa et Alcuin continuèrent à déambuler entre les étals, où, en plus des esclaves, on vendait toutes sortes de produits.

— Qui veut des armes bien affûtées ? criait un homme, montrant un arsenal d'épées et de poignards.

— Onguents contre les pustules ! Emplâtres contre les blessures infectées ! annonçait un autre, qui aurait eu bien besoin de sa propre marchandise.

Alcuin et Theresa laissèrent cette partie du marché derrière eux pour pénétrer dans l'enclos où étaient vendus les animaux. Chevaux, vaches et chèvres y jouissaient de davantage de liberté que les esclaves qu'ils venaient de voir. Alcuin s'intéressa à un bœuf aussi haut qu'une montagne, qui paissait derrière une clôture sur laquelle étaient exposés des fromages. Un maquignon s'approcha pour lui faire l'article.

— Eh, mon père, vous avez l'œil ! Vous avez repéré un bel animal.

Alcuin lui jeta un regard oblique. Il n'aimait pas traiter avec des gens à la langue trop bien pendue, mais le bœuf lui avait fait forte impression. Il demanda son prix et l'homme réfléchit.

— Puisque c'est pour un moine... Cinquante sols.

Devant l'expression indignée d'Alcuin, l'homme rabattit immédiatement ses prétentions à quarante-cinq sols.

— C'est encore beaucoup...

— Si vous voulez juste une bête à cornes, je peux vous vendre une chèvre pour trente-cinq sols, lâcha le maquignon d'un ton dédaigneux.

Alcuin demanda à réfléchir. Ensuite, Theresa et lui regagnèrent l'allée des esclaves. A l'entrée, le moine proposa à la jeune femme de le laisser faire pour gagner du temps. Ils convinrent de se retrouver au même endroit quand le soleil serait à son zénith.

Pendant qu'Alcuin commençait à marchander, Theresa retourna vers l'enclos du bétail. Au passage, un soldat lui proposa quelques pièces en échange de son corps et elle pressa le pas. Quand elle s'arrêta devant le bœuf qui intéressait Alcuin, un petit homme approcha en clopinant.

— Je n'en donnerais pas plus de dix sols, lui glissa-t-il à mi-voix.

Surprise, Theresa se retourna. Appuyé contre la barrière, un homme d'âge moyen, à l'air négligé, la fixait avec effronterie. Ses cheveux blonds étaient assortis à ses yeux d'un bleu glacial. Mais le plus remarquable chez lui, c'était qu'il n'avait qu'une jambe.

— J'ai perdu l'autre au travail, expliqua-t-il devant la surprise de Theresa. Mais je peux encore être utile.

— Et que peux-tu bien connaître au bétail ? lui jeta-t-elle d'un air hautain.

De toute évidence, cet homme était un esclave, et si elle en possédait un jour, elle devait apprendre à se conduire avec eux.

— Je suis né en Frise. Là-bas, il y a plus de vaches que de prés. De toute façon, même un aveugle reconnaîtrait une bête malade.

L'infirme profita d'un instant d'inattention du marchand de bétail pour piquer le bœuf avec une baguette. La masse de muscles broncha à peine.

— Vous avez vu ? Quand vous l'aurez attelé à la charrue, il ne bougera pas davantage.

Theresa regarda ce qu'il lui indiquait du bout de sa baguette et aperçut du sang séché sur les sabots du bœuf.

— Si vous voulez une bête saine, adressez-vous à mon maître, Fior. Il ne vous trompera pas.

En voyant revenir le maquignon, l'esclave s'éloigna en s'appuyant sur la béquille qui lui servait à compenser l'absence de sa jambe. Theresa courut derrière lui et lui demanda où elle pourrait trouver ce Fior. L'esclave lui fit signe de le suivre.

En marchant, il lui expliqua que Fior ne vendait que des bœufs de petite taille.

— Quoique moins forts, ils sont assez robustes pour tirer une charrue légère, mangent peu et coûtent moins cher à l'entretien. Ils conviennent aux terres de ce pays comme l'anneau va au doigt.

Ils louvoyaient entre les chariots et les détritus qui descendaient en zigzaguant du campement vers le ruisseau. Soudain, une femme et deux enfants quittèrent un étal pour venir à leur rencontre. La femme enlaça l'infirme et les enfants se pressèrent contre lui. Theresa fut frappée par leur extrême maigreur. Leurs yeux paraissaient immenses dans leurs visages décharnés.

— Tu as trouvé quelque chose ? demanda la femme d'une voix pressante.

L'esclave tira un paquet de la jambe vide de son pantalon et le lui remit. Elle le huma en pleurant de joie. Puis elle entraîna les enfants derrière une tente pour partager le fromage qu'elle venait de recevoir. L'esclave s'approcha de Fior en clopinant et lui expliqua de quoi avait besoin Theresa. C'est alors qu'Alcuin apparut, le maquignon sur ses talons.

— Ce marchand dit qu'un esclave avec une seule jambe lui a volé un fromage. Et il affirme que cet homme t'accompagnait. Est-ce vrai ? demanda Alcuin à Theresa.

Derrière la tente, les deux enfants de l'infirme n'avaient pas encore fini de manger le fromage. Leur père serait sévèrement châtié pour sa faute.

— Cela ne s'est pas tout à fait passé ainsi, prétendit Theresa. C'est moi qui lui ai dit de le prendre. Je n'avais pas d'argent sur moi et je vous cherchais, mon père, pour vous demander de régler cet homme à ma place.

— C'est du vol ! s'écria le marchand.

— Essayer de nous vendre un bœuf malade, ça c'est du vol, rétorqua Theresa avec aplomb.

Sans lui laisser le temps de réagir, elle pêcha la bourse d'Alcuin dans sa soutane et tendit deux pièces au maquignon.

— Tenez ! Et disparaissez de ma vue avant que j'appelle le prévôt.

Le marchand prit l'argent et se retira en marmonnant. Alcuin fixa Theresa d'un regard sévère.

— Cet homme cherchait à nous tromper, plaida-t-elle. Et l'esclave a pris le fromage pour ses enfants. Regardez-les ! Ils sont affamés !

— C'est un voleur. Et il est stupide de ta part de vouloir le protéger.

— Très bien ! Allez donc retrouver votre maquignon et dépensez votre argent pour une bête blessée. Tout ce que je sais, c'est que l'esclave m'a prévenue contre cette fripouille, et que ses enfants ont l'air de ne pas avoir mangé depuis une semaine.

Alcuin secoua la tête. Puis ils allèrent tous deux discuter avec l'éleveur que l'esclave leur avait recommandé.

Fior, un Normand rondouillard, ne discutait affaires qu'une coupe de vin à la main. A peine eurent-ils fait connaissance qu'il les invita à boire, avant de leur montrer plusieurs bœufs débordant de santé. Finalement, il leur en proposa un de taille moyenne, à la robe tachetée, en leur assurant qu'il travaillerait comme un condamné dès le premier jour.

Ils s'accordèrent sur vingt deniers, un prix avantageux, sachant que l'animal avait plus de trois ans.

— Moi aussi, je suis corpulent et je me mets à la tâche dès que je me lève.

Fior eut un large sourire qui dévoila plusieurs dents en bois.

Il sortit ensuite quelques harnais de cuir et divers outils de labourage. Certains nécessitaient des réparations, mais Theresa en avait besoin et le marchand leur fit un prix pour le lot. Après avoir chargé leurs achats sur le bœuf, ils demandèrent à Fior où ils pourraient trouver des esclaves bon marché. Quand ils lui dirent de quelle somme ils disposaient, le Normand leur assura que ce ne serait même pas suffisant pour acheter un porc.

— Toutefois, je pourrais vous vendre Olaf. Il est dur à la tâche, mais depuis qu'il a perdu sa jambe, il ne me cause que des ennuis. S'il vous convient, vous pouvez l'emmener.

Comme Theresa se montrait intéressée, Alcuin l'entraîna à l'écart.

— Il n'a qu'une jambe, pour l'amour de Dieu ! Pourquoi Fior te le céderait-il à ce prix si cet estropié avait une quelconque utilité ?

Mais la jeune femme campa sur ses positions. Si elle devait posséder des esclaves, c'était à elle de décider combien de jambes ils devaient avoir.

— Sa femme et ses enfants pourraient aussi travailler, avança-t-elle.

— Le marchand ne te les vendra pas. Ou alors, il te demandera plus d'argent que nous n'en avons. Et puis, tu as besoin d'un esclave, pas d'une famille complète.

— C'est vous qui m'avez dit qu'il valait mieux les prendre mariés, pour éviter qu'ils ne s'enfuient.

— Par tous les saints ! Comment celui-ci pourrait-il fuir avec une seule jambe ?

Theresa lui tourna le dos et alla rejoindre Fior, qui attendait en sirotant son vin.

— D'accord, nous les prenons.

Elle montra la femme et les enfants qui écoutaient, serrés les uns contre les autres derrière un chariot.

— Ah, non ! La femme et les enfants ne sont pas inclus dans la vente. Si tu les veux, tu devras me verser cinquante deniers de plus.

— Cinquante deniers pour un lot de squelettes ? répliqua-t-elle avec indignation.

— Non, non. Cinquante pour chacun. Ça fait cent cinquante au total.

Theresa le fixa droit dans les yeux. Puis elle sortit son scramasaxe et trancha d'un coup sec la lanière qui retenait le ballot chargé sur le bœuf. Les outils tombèrent à terre dans un grand fracas.

— Quarante deniers pour toute la famille. C'est ça, ou je vous plante là avec votre estropié, votre bœuf nain et votre tas de ferraille.

L'homme serra les dents, regarda les outils éparpillés et finit par partir d'un grand rire.

— Vous autres, les femmes, vous avez le diable au corps !

Il rit de nouveau et accepta la bourse qu'elle lui tendait. On trinqua pour fêter la vente. Peu après, Theresa et Alcuin rentrèrent en ville. Olaf clopinait derrière eux, suivi de sa femme qui tirait le bœuf. Juchés sur sa croupe, les deux gamins encourageaient celui-ci.

Si Olaf n'avançait pas vite, en revanche il avait la langue bien pendue. Il avait eu une vie difficile, mais pas plus que n'importe quel esclave de naissance. Ses parents l'étaient déjà, et pour lui c'était un état naturel. N'ayant jamais connu la liberté, elle ne lui manquait pas. La plupart de ses maîtres l'avaient bien traité parce qu'il avait toujours travaillé dur.

En réalité, la seule chose que regrettait Olaf était sa jambe. Deux ans auparavant, il abattait un énorme sapin quand l'arbre était tombé plus tôt que prévu, lui rompant les os à partir du genou. Heureusement, un boucher était parvenu à amputer le membre écrasé avant que la gangrène s'installe. Depuis, son existence et celle des siens s'étaient peu à peu transformées en enfer.

Au début, Fior l'avait fait soigner dans l'espoir de le voir reprendre le travail comme avant son accident. Mais le Normand avait dû se rendre à l'évidence : Olaf était devenu une charge. Pendant sa convalescence, son expérience et son habileté manuelle lui avaient permis de compenser son infirmité, mais, par la suite, Olaf avait été relégué à des tâches réservées d'ordinaire aux femmes. Après avoir perdu son statut de chef des esclaves, il s'était trouvé dans l'obligation de nourrir les siens avec les restes qu'il parvenait à grappiller.

— Mais je peux encore être utile, insista-t-il tout en accélérant le pas. Je sais monter à cheval et le travail de la terre n'a aucun secret pour moi.

— Tu ferais bien de renoncer aux chevaux, ou il s'enfuira sur le premier que nous achèterons, glissa Alcuin à Theresa.

Alcuin proposa de loger Olaf et sa famille à l'abbaye en attendant que la cabane dans les bois soit habitable. Le bœuf fut conduit aux écuries et tout le monde se retrouva dans les cuisines du monastère. Les moines leur servirent de la soupe à l'oignon et des pommes dont se régalèrent les deux enfants. Après le dîner, on leur permit de s'installer près du feu, ce qu'ils acceptèrent avec reconnaissance. Epuisés, les enfants et leur mère sombrèrent rapidement dans le sommeil, mais Olaf ferma à peine l'œil. C'était la première fois qu'il dormait sur une paillasse de laine.

Le lendemain matin, Theresa vint les chercher au monastère pour les mener à son nouveau domaine. Avant de se mettre en route, la jeune femme remercia Alcuin de lui avoir accordé une journée de liberté et d'avoir obtenu de l'abbaye le prêt de quelques vieux outils et d'un chariot pour transporter le blé à semer et des provisions. Elle avait choisi l'itinéraire le plus court, pourtant le trajet leur prit presque la moitié de la matinée. Les enfants s'étaient arrêtés plusieurs fois pour se soulager et Olaf avait tenu à marcher pour prouver à Theresa qu'il en était capable.

Les gamins furent enchantés par la cabane. Ils commencèrent par grimper sur le toit comme des écureuils, puis ils coururent à travers champs jusqu'à l'épuisement. Olaf les traitait de « nains » ou de « piailleurs », mais il s'adressait toujours à sa femme en lui disant « Lucille chérie ».

Lucille et Olaf dressèrent une barrière provisoire autour de la cabane, nettoyèrent les alentours et entassèrent des pierres afin de pouvoir cuisiner à l'abri du vent. Ils préparèrent ensuite des navets au lard que les enfants engloutirent. Puis Olaf fabriqua des pièges qu'il posa dans les environs. Ajoutés aux légumes, les lièvres et les mulots qu'il espérait capturer devraient permettre à sa famille de survivre jusqu'au printemps.

Au milieu de l'après-midi, les enfants signalèrent l'approche d'un homme à cheval. Izam de Padoue, l'ingénieur de Charlemagne, apparut.

Olaf s'avança pour s'occuper de son cheval, mais Izam resta en selle. Il ordonna à Theresa de monter en croupe. Etonnée, elle obtempéra. Puis Izam éperonna sa monture et s'éloigna de la cabane.

— Alcuin m'a parlé de ta dernière folie, dit-il alors. Mais c'est encore pire que je ne l'avais imaginé. Qu'est-ce qui t'a pris d'acheter un estropié ?

— Je trouve qu'il ne se débrouille pas si mal.

Theresa montra Olaf qui rapportait un lièvre, mais Izam insista :

— Ici, il pleut, il grêle, il neige. Il faudra labourer, couper des arbres, conduire un attelage, moissonner et mille autres choses. Qui s'en chargera ? Un infirme et trois sacs d'os ?

Theresa se laissa glisser à terre et repartit à pied vers la cabane. Izam fit faire demi-tour à son cheval et la suivit au pas.

— Tu peux toujours me tourner le dos, cela ne changera rien au fait que tu vas devoir les revendre.

La jeune femme fit volte-face.

— Ces terres sont à moi, et j'en ferai ce qui me plaira !

— Ah oui ? Alors dis-moi comment tu comptes rendre l'argent qu'on t'a prêté.

Theresa resta sans voix. Elle avait cru que le domaine lui appartenait en propre, mais la réalité était différente. De plus, il lui fallait considérer sa responsabilité envers les esclaves. Comme le lui avait expliqué Alcuin, son devoir était de veiller sur eux, et s'ils ne travaillaient pas assez, cette terre pourrait devenir leur tombeau.

Izam lui répéta qu'il ne voyait pas d'autre solution que de revendre Olaf et sa famille.

— Je ne prétends pas qu'ils sont inutiles, mais ils ne te serviront à rien ici. Retournons au marché, nous arriverons peut-être à les céder sans trop de perte.

Theresa finit par convenir qu'il avait raison. Mais quand elle vit les deux petits jouer devant la cabane, l'idée de les en chasser si vite lui parut inacceptable.

— Attendons une semaine. S'ils ne m'ont pas donné satisfaction, je les conduirai alors moi-même au marché.

Izam soupira. C'était une semaine de perdue, mais au moins, cette tête folle constaterait son erreur par elle-même. Il descendit de cheval et entra dans la cabane pour se réchauffer. Stupéfait, il s'arrêta sur le seuil. Propre et bien rangée, l'unique pièce semblait habitée de longue date.

— Qui a réparé les murs ? s'enquit-il.

— L'estropié, répondit Theresa.

Elle l'écarta afin d'aider Olaf à redresser une table branlante.

— Tiens, prends ça, intervint Izam en tendant son couteau à l'esclave.

Olaf prit le couteau et s'en servit pour équilibrer la table, puis il le rendit à son propriétaire.

— Il fait froid dehors, fit remarquer l'ingénieur. Dis à ta femme d'entrer. Tu as des outils ?

Olaf lui montra ceux que leur avait prêtés l'abbaye : une hachette, un pic et une herminette. Il espérait fabriquer avant le soir une masse de bois et peut-être un râteau. Mais d'abord, il devait réparer la charrue qu'ils venaient d'acheter.

— Elle est en bois, précisa-t-il. Je dois changer le soc.

Izam répliqua qu'il lui faudrait un soc en métal et un bon versoir pour tracer les sillons. Puis il regarda la béquille de l'esclave.

— Je peux te l'emprunter ?

Il examina avec attention la branche de cerisier grossièrement taillée, éprouva sa flexibilité et la rendit à Olaf.

— Bien, je dois m'en aller.

Il se leva et sortit, suivi par Theresa. Celle-ci le remercia d'avoir fait preuve de compréhension.

— Je continue à penser que c'est une folie. Mais si j'en ai le temps, j'essaierai de lui fabriquer une jambe en bois.

Le jeune homme se remit en selle et prit congé. Theresa le vit tourner la tête vers elle avant de disparaître.

22

Durant toute la semaine, Theresa se partagea entre son travail à l'évêché et son domaine. Pour éviter les allées et venues incessantes jusqu'à la rivière, Olaf avait creusé un petit canal qui amenait l'eau du ruisseau aux abords de la cabane. Il avait aussi fabriqué un portail pour la barrière et quatre tabourets. Lucille et lui avaient également transformé l'intérieur de la vieille cabane. Helga la Noire leur avait cédé un coffre et une petite table, ainsi que quelques pans de tissu que Lucille avait tendus le long des murs afin d'empêcher le vent de se faufiler par les fentes. Olaf avait creusé un foyer au centre de la pièce et installé des paillasses autour. Quant à la charrue, elle avait été réparée, mais Olaf n'avait pas réussi à la manier. Lucille avait essayé à son tour. Toutefois, elle avait dû renoncer le troisième jour, les mains pleines d'ampoules.

— Dieu sait que ce n'est pas un travail pour une femme, grogna Olaf. C'est la faute de cette maudite jambe. Avant, je labourais un champ comme celui-ci en deux jours.

Theresa regarda les deux gamins qui riaient et couraient autour du bœuf, sales mais radieux. Ils commençaient à avoir un peu de chair sur les os. Le cœur serré, elle songea que, si Olaf ne parvenait pas à labourer le champ, elle se verrait dans l'obligation de le revendre ainsi que sa famille.

Elle l'observa à la dérobée pendant qu'il nettoyait le collier du bœuf.

— Je modifie le collier pour que le timon soit plus bas, expliqua-t-il comme s'il avait deviné sa perplexité. Ainsi, le bœuf baissera la nuque et la charrue appuiera plus fortement contre le sol.

Theresa secoua la tête, attristée. Olaf n'avait pas conscience de la futilité de ses efforts.

Soudain ils entendirent un bruit de sabots. En sortant, ils virent Izam de Padoue sur son cheval, tenant la longe d'un bourricot chargé de pièces de bois. L'ingénieur mit pied à terre et entra dans la cabane sans saluer personne. Puis il appela Olaf, regarda son moignon, et ressortit avec le même air décidé. Il revint peu après, les bras chargés.

— Un homme qui n'a qu'une jambe est comme une femme qui n'aurait qu'un sein, déclara-t-il.

Theresa jugea la comparaison offensante, mais ne s'y arrêta pas. Le jeune homme déchira la jambe de pantalon vide d'Olaf. Un moignon mal cousu apparut.

— A Poitiers, j'ai eu l'occasion d'examiner une jambe de bois d'excellente qualité. Rien à voir avec ces pilons qui vous permettent tout juste d'avancer à l'allure d'un escargot.

Il s'interrompit le temps de mesurer le diamètre du moignon et de reporter le chiffre sur un morceau de bois.

— La jambe dont je vous parle était remarquablement articulée. Apparemment, elle appartenait à un général arabe mort pendant la fameuse bataille. Un moine l'avait prélevée sur le cadavre et conservée.

Izam mesura également la bonne jambe d'Olaf, puis il saisit un objet étrange qui intrigua Theresa par sa ressemblance avec un genou.

— J'ai passé deux jours à le fabriquer, précisa-t-il. J'espère qu'il fonctionnera.

Olaf se laissa faire pendant que Lucille écartait les enfants, qui se chamaillaient en essayant d'assembler les morceaux de bois qui se trouvaient à leur portée.

Izam choisit une pièce cylindrique, ajusta une des extrémités à l'articulation et la tailla aux dimensions de la bonne jambe d'Olaf.

— Maintenant, occupons-nous de la cuisse.

Il enfila une sorte de bol en bois sur le moignon. Mais, à peine l'eut-il lâché que celui-ci tomba. Il le ramassa et le creusa jusqu'à ce qu'il s'ajuste à la cuisse d'Olaf. Puis il l'ôta et en doubla l'intérieur avec du tissu et du cuir.

— Bien, je crois que c'est prêt.

Il enfila de nouveau le bol sur le moignon et fixa la jambe artificielle à l'aide de courroies. Izam aida ensuite l'esclave à se lever. Olaf vacilla.

— Il manque encore le pied, précisa le Padouan. Mais je veux d'abord vérifier que la jambe tient. Essaie de marcher.

Olaf fit quelques pas mal assurés sans lâcher la main de l'ingénieur. A sa grande surprise, la jambe en bois se pliait au genou et reprenait sa rigidité première à la fin du mouvement, comme par magie.

— J'ai utilisé de l'if, expliqua Izam. Un bois souple, qui sert à fabriquer les arcs. Tu vois ces orifices ? ajouta-t-il en montrant quatre trous percés dans l'articulation du genou. Cette cale te permettra de régler la résistance du feuillard. Si tu l'enlèves, le mécanisme jouera librement. Ainsi, tu pourras monter à cheval

Olaf le fixait d'un air incrédule, n'osant pas marcher sans sa béquille. Mais Izam l'y encouragea. Au bout de quelques tentatives, il parvint à traverser la pièce. Quand il arriva dans les bras de Lucille, celle-ci sanglota de joie, comme s'il venait de repousser une jambe neuve à son mari.

Les deux hommes procédèrent ensuite à quelques réglages, puis tout le monde sortit pour voir Olaf faire ses premiers pas à l'extérieur. Si les déplacements sur le sol pierreux ne posaient aucun problème, en revanche le pilon s'enfonçait dans la terre.

— Le problème sera résolu quand on aura adapté le pied, assura Izam.

Au retour, Lucille offrit à l'ingénieur le lièvre qu'elle venait de faire cuire. Izam refusa sa proposition, conscient qu'il s'agissait du repas de la famille. Pendant qu'il taillait l'extrémité du pilon, le jeune homme songea que, s'il se donnait autant de mal, c'était pour Theresa. La ténacité de la jeune femme l'intriguait, et pour être tout à fait honnête, dès l'instant où il l'avait vue, il avait eu envie de lui être agréable.

Après une dernière vérification, il ajusta le pied au pilon et le fit bouger d'avant en arrière pour s'assurer qu'il jouait en souplesse. Il indiqua à Olaf qu'il pourrait l'enlever à sa guise.

Ils parlèrent ensuite de la charrue.

Izam vanta les mérites du soc métallique et du versoir. Les charrues en bois comme celle d'Olaf entamaient à peine le sol et se brisaient facilement. Quant au versoir, il écartait la terre retournée, élargissait le sillon et aérait le terrain. Ainsi, les semences pénétraient plus profondément. Ils devaient impérativement labourer les champs déjà défrichés avant le printemps. Ensuite, Olaf comptait débroussailler les terrains encore sauvages.

Après avoir félicité l'esclave pour la propreté de la cabane et l'ingénieux canal, Izam prit congé. Il ne dit pas s'il reviendrait, mais Theresa espérait qu'il le ferait.

Il fallut une semaine à Olaf pour se persuader que sa nouvelle jambe remplaçait avantageusement sa vieille béquille. En réalité, il en était tellement satisfait qu'il resta plusieurs jours sans l'enlever, même si elle écorchait son moignon. Il avait appris à enfoncer le soc de la charrue en prenant appui sur sa jambe valide et à profiter de la raideur de sa prothèse pour équilibrer sa poussée. Pour les travaux qui requéraient plus de force, il bloquait l'articulation du genou à l'aide de la cale.

Lucille et les enfants étaient heureux. Et Olaf, encore davantage.

Ils se levaient tous dès l'aube afin de labourer. Olaf ouvrait la terre. Derrière lui, Lucille semait le seigle pendant que les enfants chassaient les oiseaux qui tentaient de picorer les graines. Ensuite, ils recouvraient les sillons de terre préalablement émiettée. L'après-midi, Theresa et Helga venaient leur apporter un outil, des provisions ou de vieux tissus destinés à fabriquer des vêtements pour les petits.

Lucille et Helga s'étaient aussitôt bien entendues. Elles discutaient à n'en plus finir d'enfants et de grossesses, de cuisine, ou elles commentaient les derniers ragots. Parfois, Helga se donnait de l'importance en prodiguant des conseils à Lucille pour aménager sa cabane.

Même si elle lui consacrait moins de temps, Theresa aidait toujours Alcuin à copier et traduire des documents. Elle arrivait tôt au scriptorium et y restait jusqu'à midi, transcrivant les textes que lui confiait son maître. Toutefois, celui-ci délaissait de plus en plus la calligraphie au profit d'un travail plus théologique, auquel elle participait à peine. Le jour où Alcuin n'aurait plus besoin de ses services n'était sans doute pas très éloigné.

De temps à autre, des prêtres à l'allure altière se présentaient au scriptorium, où ils entraient sans s'annoncer et s'asseyaient près d'Alcuin. Ces Romains faisaient partie de la délégation pontificale qui accompagnait en permanence Charlemagne. Theresa les avait surnommés les scarabées, car ils étaient toujours vêtus de noir. A leur arrivée, elle devait quitter la pièce.

— Ces religieux, demanda-t-elle un jour, ce sont aussi des moines ?

— Non, répondit Alcuin en souriant. Ils l'ont peut-être été, mais maintenant ce sont des prêtres du chapitre romain.

— Monastères... chapitres... Ce n'est pas la même chose ?

— Bien sûr que non. Monastères et abbayes sont des lieux fermés où les moines se retirent et prient pour le salut des hommes. Le plus souvent, ils sont régis par des règles particulières et se trouvent à l'écart des villes et des terres qui y sont rattachées. Ils sont dirigés par un prieur ou un abbé. A l'inverse, un chapitre est une congrégation ouverte, composée de prêtres, sous la conduite d'un évêque administrant un diocèse.

Comme Theresa ne semblait toujours pas comprendre, Alcuin reprit sa démonstration :

— A Fulda, il y a d'un côté l'abbaye avec son abbé, ses moines, ses règles et ses murs. De l'autre, le chapitre, avec son évêque, ses prêtres et ses responsabilités ecclésiastiques. Les moines prient sans quitter le monastère, alors que les chanoines du chapitre s'occupent des fidèles dans les églises.

— Je n'ai jamais fait de différence entre les prêtres, les moines, les évêques, les diacres... Est-ce que ce ne sont pas tous des curés ?

— Non, pas du tout. Prends mon cas, par exemple. J'ai été ordonné diacre, toutefois, je ne suis pas prêtre.

— C'est possible ?

— Tout cela peut paraître un peu confus, mais, si tu y prêtes attention, tu comprendras aisément.

Il prit la tablette de cire de Theresa et traça une croix dans sa partie supérieure.

— Comme tu le sais, l'Eglise est gouvernée par le saint pontife de Rome, appelé aussi pape ou patriarche.

— Il y a aussi un pape à Byzance, affirma fièrement la jeune femme.

Alcuin acquiesça et traça quatre autres croix sur la tablette.

— Le pape de Rome dirige le patriarcat d'Occident, auquel il convient d'ajouter les quatre patriarcats d'Orient : Constantinople, Antioche, Alexandrie et Jérusalem. Chacun exerce sa tutelle sur plusieurs royaumes et nations. Dans chaque territoire, le doyen des archevêques dirige l'archidiocèse principal, qu'on appelle aussi primauté, et relaie l'autorité du patriarche.

— On pourrait dire que ce sont des gouverneurs spirituels, suggéra la jeune femme.

— Mieux que des gouverneurs, des guides.

Alcuin dessina un cercle sous la première croix pour symboliser l'archidiocèse principal, puis il reprit :

— De cette primauté dépend un ensemble d'archevêques...

Quatre petits carrés figurèrent les archidiocèses.

— Pontificat, archidiocèse du doyen, archidiocèse, récapitula Theresa.

— Je vois que tu as bien suivi, constata Alcuin. Chaque archidiocèse, avec son archevêque, gouverne une province ecclésiastique comprenant elle-même plusieurs diocèses, chacun dirigé par un évêque, que l'on appelle aussi une mitre.

— Pontificat, archidiocèse du doyen, archidiocèse et diocèse...

— ... correspondant respectivement au pape, au doyen des archevêques, à l'archevêque et à l'évêque.

— Ce n'est pas si compliqué que ça, admit Theresa. Et les prêtres romains qui vous rendent visite appartiennent au pontificat...

— Exactement. Mais cela ne veut pas dire qu'ils ont été évêques. En réalité, la plupart du temps, ces charges sont obtenues par des liens d'amitié ou de parenté. Mais dis-moi, d'où te vient cet intérêt soudain pour le clergé ?

Theresa rougit. Le fait qu'Alcuin lui confie de moins en moins de travaux d'écriture l'inquiétait, et elle pensait qu'il lui serait plus facile de garder son emploi si elle approfondissait ses connaissances en matière de religion.

Un jour, Alcuin expliqua à Theresa que Fulda n'était qu'une étape dans le périple qui devait conduire l'ambassade pontificale à Wurtzbourg. La délégation transportait de saintes reliques que Charlemagne comptait utiliser pour réfréner les insurrections continuelles au nord de l'Elbe. En apprenant qu'Alcuin serait du voyage, Theresa fit une tache sur le parchemin sur lequel elle écrivait.

Au cours de l'après-midi, elle croisa Izam près des écuries. Le jeune homme lui demanda des nouvelles de sa propriété, mais c'est à peine si elle lui répondit. Elle n'avait que Wurtzbourg en tête. Après le départ du Padouan, elle se reprocha son incorrection.

Cette nuit-là, elle eut du mal à fermer l'œil.

L'image de son père humilié et déshonoré ne la quittait pas. Depuis sa fuite, il ne s'était pas écoulé un jour sans qu'elle implore Dieu de lui accorder le pardon de Gorgias. Il lui manquait cruellement, ainsi que sa belle-mère. Elle aurait donné cher pour retrouver l'affection de cette dernière, ses rires, ses réprimandes... Elle mourait d'envie d'écouter de nouveau les histoires de Gorgias sur Constantinople, de partager sa passion pour la lecture ou ses nuits de veille dévorées par l'écriture...

Parfois, elle était tentée de regagner Wurtzbourg et de proclamer son innocence. Au fil des mois, elle avait réfléchi au rôle de Korne dans le déclenchement de l'incendie, repassant dans son esprit la chaîne des événements : les provocations du maître parcheminier, le coup qui avait renversé le châssis dans le feu, puis le déchaînement de la fournaise.

Mais la peur la retenait de mettre son plan à exécution, et elle enrageait d'être aussi lâche. L'amour de Hoos Larsson, l'amitié de Helga la Noire, la sagesse d'Alcuin, le domaine que lui avait accordé le roi... Si on la condamnait à Wurtzbourg, elle perdrait tout ce qui faisait sa nouvelle vie.

Il y avait près de trois mois qu'elle avait fui. Cette nuit-là, elle s'endormit en pensant qu'elle ne reverrait jamais Wurtzbourg.

Le lendemain, elle choisit une encre trop fluide et Alcuin la réprimanda.

— Je suis désolée. J'ai passé une mauvaise nuit.
— Tu as des ennuis avec ton domaine ?
— Pas exactement.

Theresa hésita brièvement, puis elle se lança :

— Hier, vous m'avez annoncé votre départ prochain pour Wurtzbourg...

— Eh bien ?

— J'ai réfléchi et j'aimerais vous accompagner.

— M'accompagner ? D'où te vient cette idée stupide ? C'est une expédition pleine de dangers. De plus, les femmes ne voyagent pas. Je ne vois pas l'intérêt...

— Je souhaite vous accompagner, insista-t-elle.

Sa véhémence surprit Alcuin.

— C'est donc à cause de cela que tu as si mal dormi ? Que feras-tu de tes esclaves ? De tes terres ?

— Helga s'en occupera. Je vous en supplie... Vous m'avez dit vous-même que vous aviez besoin d'aide.

— C'est vrai, mais ici, à Fulda, pas à bord d'un bateau.

Theresa refusa de lâcher prise. Il était temps qu'elle rentre affronter ses responsabilités.

— J'irai à Wurtzbourg, avec ou sans votre accord, affirma-t-elle d'un ton sans réplique.

Alcuin n'en croyait pas ses oreilles.

— Peut-on savoir ce que tu as bu ?

— Puisque vous ne voulez pas m'aider, je voyagerai seule, à pied.

D'abord irrité par son insolence, Alcuin finit par la prendre en pitié.

— Ecoute-moi, tête de bois ! Tu resteras à Fulda, que tu le veuilles ou non. Maintenant, oublie cette folie et applique-toi dans ton travail.

Sur ce, il sortit en claquant la porte du scriptorium.

Le lendemain, un acolyte informa Alcuin que la délégation pontificale avait décidé d'avancer son départ au dimanche suivant, dans la matinée. Apparemment, un émissaire était arrivé de Wurtzbourg avec de mauvaises nouvelles. Après le départ de l'acolyte, Alcuin referma la porte du scriptorium et se tourna vers Theresa.
— Devine qui est le messager.
— Je ne sais pas. Un soldat ?
— C'est ton ami, Hoos Larsson.

L'après-midi était déjà bien avancé et Theresa n'avait pas encore vu son bien-aimé. D'après Alcuin, Hoos avait été conduit auprès de la délégation pontificale pour l'informer de la situation à Wurtzbourg. Peu avant none, le jeune homme sortit de la salle de réunion, l'air contrarié. Theresa l'attendait dehors, transie de froid. Dès qu'il apparut, elle se leva d'un bond. Elle le trouva amaigri, le visage émacié, mais ses cheveux emmêlés et ses yeux bleus au regard profond le rendaient irrésistible. Lorsqu'il la reconnut, Hoos courut la rejoindre et lui donna un baiser interminable.

Ils passèrent la nuit chez Helga, qui s'était installée aux cuisines pour les laisser seuls. Theresa fit cuire un peu de viande, mais elle la laissa brûler. Le dîner fut frugal. Ils parlèrent peu, impatients de se dévorer de baisers. Cette nuit-là, Theresa eut l'impression qu'aucun livre ne pourrait la combler autant que l'amour de Hoos.

Au matin, le jeune homme lui apprit une terrible nouvelle.

— J'aurais aimé ne pas avoir à te dire une chose pareille, mais Gorgias, ton père... Il a disparu.

Theresa le fixa sans rien dire, puis elle s'écarta et le pressa de questions, lui reprochant de ne pas lui en avoir parlé la veille.

Hoos lui révéla que le comte Wilfred lui avait raconté l'incendie de l'atelier. Il n'avait pas fallu longtemps à Hoos pour comprendre que la jeune fille que tout Wurtzbourg tenait pour morte était celle dont il était épris.

— A notre première rencontre, tu m'as dit toi-même que tu travaillais dans une parcheminerie, que tu avais fui Wurtzbourg et que tu étais née à Constantinople. Tout concordait...

— Tu as dit à quelqu'un que tu m'avais retrouvée ?

— Bien sûr que non ! Mais Wilfred m'a appris que le père de la fille en question avait disparu. Apparemment, le comte tenait beaucoup à le retrouver.

— Comment ça, il a disparu ? Comment est-ce arrivé ? L'a-t-on cherché ?

— J'aimerais pouvoir t'en dire davantage, mais personne ne sait rien. Wilfred a ordonné de faire fouiller chaque maison, il a publié un avis. Il a même organisé une battue dans les environs. A la vérité, je crois que tu devrais retourner à Wurtzbourg. Peut-être que ta présence permettrait de le retrouver plus facilement.

Theresa acquiesça. Elle se réjouit d'avoir insisté pour accompagner Alcuin. C'est alors qu'elle se souvint de l'attaque dont son père avait été victime sur le chemin de l'atelier. Ce jour-là, il s'en était tiré avec une blessure, mais l'agresseur était peut-être revenu à la charge. Le chagrin lui brouillait l'esprit. Hoos s'efforça de la consoler, et, même s'il n'y parvint pas, elle apprécia la chaleur de ses bras.

Au milieu de la matinée, Theresa se rendit au chapitre, où elle trouva Helga qui préparait plusieurs dizaines de sacs de provisions. Theresa tenta de donner le change à son amie mais, quand celle-ci la questionna sur ses yeux rougis, elle lui avoua ce qui la torturait : l'incendie de la parcheminerie, la mort de Clotilde, la jeune vagabonde, puis la disparition de son père. Elle lui confia ensuite son intention de repartir pour Wurtzbourg.

Helga lui offrit un verre de lait chaud que Theresa but à petites gorgées. Puis elle lui demanda ce qu'elle comptait faire.

— Comment veux-tu que je le sache ? sanglota Theresa.

— Ecoute mes conseils et oublie ta famille. Profite de ta nouvelle vie. Tu as un amoureux et tu possèdes plus de biens que moi ou n'importe laquelle de mes amies. Si tu retournes à Wurtzbourg, on te prendra tout cela. Ce Korne m'a l'air d'être un fameux scélérat.

Theresa se jeta dans les bras de Helga et l'embrassa. Lorsqu'elle fut calmée, les deux femmes convinrent de se rendre ensemble aux remparts, où Theresa devait retrouver Olaf pour l'aider à transporter du matériel. Avant cela, elles firent cuire des galettes d'épeautre pour les enfants de Lucille. Après le déjeuner, elles demandèrent à Favila la permission de s'absenter.

Comme elles se dirigeaient vers le faubourg, Theresa remarqua un étranger qui semblait les suivre. D'abord, elle n'y fit guère attention, mais, au détour d'une ruelle, l'homme les rejoignit en courant et leur barra la route. Theresa reconnut alors Widukind, l'ancien amant de Helga, qui l'avait balafrée après l'avoir mise enceinte.

Visiblement ivre, l'homme les fixait avec un sourire stupide. Soudain, il voulut saisir Helga, mais celle-ci recula, et Theresa s'interposa.

— Pousse-toi, sale putain ! bredouilla-t-il d'un ton menaçant.

Il tenta d'écarter la jeune femme, mais il perdit l'équilibre. Theresa en profita pour dégainer son scramasaxe et appliqua la lame sur la gorge de l'ivrogne.

— Si tu ne t'en vas pas, je jure devant Dieu que je t'égorge comme un porc !

L'homme perçut sa détermination. Il cracha par terre et reprit son sourire stupide. Puis il s'éloigna en marmonnant des malédictions. Lorsqu'il eut disparu, Helga éclata en sanglots.

— Cela faisait des jours que je ne l'avais pas vu. Ce coquin ne sera pas satisfait avant de m'avoir tuée !

Theresa tenta en vain de la consoler. Elle la raccompagna au chapitre et se rendit seule au rendez-vous avec Olaf. Mais, quand elle atteignit les remparts, l'esclave avait disparu. Elle patienta, espérant qu'il reviendrait, puis décida de le rejoindre au domaine. Il se faisait tard, et elle voulait donner aux enfants les galettes encore chaudes.

En chemin, elle se promit d'avertir Hoos de ce qui venait de se passer. Il était fort et habile au maniement des armes. En parlant à Widukind, il parviendrait peut-être à le calmer. Elle avançait d'un bon pas, songeant à la nuit précédente. Non seulement Hoos était fort, mais elle ne pouvait rêver meilleur mari que lui.

On était samedi. La délégation romaine devait quitter Fulda le lendemain matin. Theresa hésita brièvement. Rester, s'occuper de ses terres et fonder une famille... C'était là une perspective tentante, mais elle désirait par-dessus tout retourner à Wurtzbourg et découvrir ce qui était arrivé à son père.

La rivière commençait à dégeler par endroits. Au printemps, elle achèterait des clous et demanderait à Olaf de fabriquer une barque.

Peu après, elle atteignit la forêt de hêtres qui s'étendait à la limite de son domaine. Elle lui fournirait du bois en quantité pour construire sa maison, et Olaf et ses fils y chasseraient pour améliorer l'ordinaire.

Theresa contemplait la couronne enneigée des arbres lorsqu'un bruit soudain la fit sursauter. Elle tendit l'oreille. Tout était calme. Elle s'apprêtait à reprendre sa route quand un nouveau craquement l'alerta. Sans doute un animal à l'affût, se dit-elle en empoignant son scramasaxe. Soudain, une silhouette surgit d'entre les arbres. Elle cria en reconnaissant Widukind, le visage déformé par la rage. Il avait un poignard dans la main droite et, dans l'autre, une outre de vin à moitié vide. Theresa réprima la panique qui menaçait de l'envahir. Elle jeta un regard furtif autour d'elle. La rivière courait à sa gauche, le bois s'étendait de l'autre côté. Widukind était tellement ivre qu'elle réussirait peut-être à le prendre de vitesse.

Sans attendre qu'il l'attaque, elle s'élança vers le bois. L'homme se rua à sa suite. Le sol était gelé. Theresa craignait à chaque pas de glisser.

Le sentier devint progressivement plus étroit, le terrain plus accidenté. Theresa jeta un coup d'œil en arrière. Ne voyant pas son poursuivant, elle décida de se cacher. Elle se tapit derrière des arbustes, juste au moment où Widukind surgissait, hurlant comme un fou. Elle se fit toute petite tandis que l'homme avançait, lardant de coups de poignard tout ce qui se trouvait sur son passage. Il semblait possédé par le démon.

Il s'arrêta et but avec une telle avidité que le vin coulait sur son menton. Puis il poussa un cri sauvage et recommença à frapper les broussailles autour de lui.

Craignant qu'il ne découvre sa cachette, Theresa empoigna son scramasaxe et se prépara à se défendre. Seuls quelques pas les séparaient. D'un instant à l'autre, il l'entendrait respirer. Soudain, l'homme lui tourna le dos. Theresa en profita pour reprendre sa course. Widukind se lança à sa poursuite en hurlant des malédictions. La jeune femme s'écorchait aux branches des arbres qui se dressaient de part et d'autre du sentier étroit. Il lui semblait sentir le souffle de Widukind sur sa nuque. Une souche barrait le chemin. Elle la franchit d'un bond. Widukind en fit autant, mais il trébucha en retombant. Theresa remarqua alors un petit terre-plein sur sa droite.

Elle s'y précipita, espérant rejoindre la rivière. Elle descendit la pente sur les fesses, se griffant aux ronces. Widukind la suivit. Si elle atteignait la berge, elle pourrait peut-être traverser à gué. De toute façon, elle était bonne nageuse. Au bas du terre-plein, elle se releva et courut de toute la vitesse de ses jambes, priant Dieu de lui permettre d'arriver à la rivière.

Soudain une silhouette se dressa devant elle. La collision fut brutale. Quand Theresa se releva, elle vit Olaf couché à terre. Sa jambe de bois s'était détachée sous le choc. Quand elle voulut l'aider à se relever, Widukind s'interposa et l'écarta d'un coup de poing. Olaf mesura le danger et cria à Theresa de se placer derrière lui. Widukind esquissa un sourire plein de mépris.

— Un estropié et une putain... Je vais me régaler quand je t'arracherai la jambe qui te reste. Quant à toi, je vais te baiser jusqu'aux yeux.

— Theresa, le scramasaxe ! lança Olaf.

Elle ne comprit pas.

— Le scramasaxe ! insista-t-il.

La jeune femme lui tendit l'arme.

L'ivrogne s'esclaffa tant la situation lui semblait absurde, mais Olaf saisit le lourd poignard et le lança avec adresse. Widukind sentit que quelque chose heurtait sa gorge. Puis il remarqua la tiédeur du sang qui se répandait sur sa poitrine. Et il perdit conscience.

Olaf se hâta de remettre sa jambe en place, puis il s'assura que Widukind ne respirait plus. Theresa et lui convinrent de garder le silence sur ce qui venait de se produire. A présent, Helga n'avait plus rien à craindre. Elle mettrait son enfant au monde sans que ce scélérat revienne la tourmenter.

Olaf dépouilla le mort de ses vêtements afin de les brûler.

— Si nous l'enterrons et qu'on découvre le corps, on saura qu'il a été assassiné, expliqua-t-il. A l'inverse, sans ses habits, il ne restera aucune trace quand les loups l'auront dévoré.

Il traîna le cadavre dans un fossé après l'avoir lardé de coups de poignard pour que le sang attire les bêtes sauvages. Puis ils se dirigèrent vers la propriété de Theresa, échangeant à peine quelques mots. Toutefois, avant d'arriver, la jeune femme remercia Olaf.

— N'importe quel esclave aurait fait de même pour sa maîtresse, se contenta-t-il de répondre.

Dans la cabane, Olaf fouilla les vêtements du mort avant de les jeter au feu. Il conserva le couteau et les chaussures, qui lui seraient bien utiles une fois teintes. Puis il tendit le couteau à Theresa, car un esclave ne pouvait posséder d'arme. Elle le refusa, ajoutant :

— Tu n'as qu'à le garder et en limer la pointe. Ainsi, personne ne pourra rien te reprocher.

Olaf la remercia et admira le poignard. Malgré la facture grossière, l'acier était de bonne qualité. Il lui suffirait de le modifier pour le rendre méconnaissable. Il s'inclina devant Theresa et Lucille fit de même. Puis ils préparèrent le dîner, car la nuit n'allait pas tarder.

Quand le cuissot de chevreuil fut cuit, la lune était déjà levée. Theresa décida de rester dormir.

Lucille lui fit une place entre les deux enfants. Elle-même s'étendit à sa gauche et Olaf passa la nuit dehors, enveloppé dans une cape.

Cette nuit-là, Theresa s'interrogea une fois de plus sur le sort de son père. Il était probablement mort, mais elle refusait de se résigner. Ensuite, elle repensa avec nostalgie à son apprentissage auprès d'Alcuin, à l'amabilité du moine et à son extraordinaire sagesse. Mais bientôt, elle fit le compte de tous ceux qui étaient morts par sa faute : Clotilde, les deux Saxons dans la maison des Larsson et maintenant Widukind... Méritait-elle vraiment la faveur que lui avait faite le roi en la dotant de terres ?

En entendant hurler les loups, elle pensa au cadavre de Widukind. Puis elle imagina son père dévoré par les bêtes sauvages et fondit en larmes.

Soudain elle se dressa comme un ressort. Lucille se réveilla, mais elle la rassura. Puis elle s'habilla et sortit. Olaf fut étonné de la voir debout, car il faisait encore nuit noire. L'esclave se redressa en prenant appui contre le bœuf qui le protégeait du froid et se frotta les paupières. Theresa regardait la lune sans rien dire. Quelques heures les séparaient de l'aube et du départ d'Alcuin pour Wurtzbourg. Elle prit une profonde inspiration et se tourna vers Olaf.

— Accompagne-moi à Fulda, lui dit-elle. J'ai des affaires à régler avant de partir.

Ce matin-là, les écuries de l'abbaye étaient le siège d'une activité fébrile. Sous le regard attentif des hommes de Charlemagne, des dizaines de moines couraient en tous sens, transportant vivres, armes et bagages. Les bouviers attelaient leurs bêtes, qui marquaient leur désaccord en mugissant et en donnant des coups de corne tandis que les domestiques chargeaient les dernières rations de lard salé.

Theresa trouva Alcuin alors qu'il installait son bagage dans un chariot. Quelques minutes plus tôt, elle avait réveillé Helga pour l'avertir de son départ. La Noire avait promis de s'occuper de ses terres jusqu'à son retour et Theresa lui avait confié toutes ses affaires, n'emportant qu'une robe de rechange et ses tablettes de cire. Quand Alcuin vit la jeune femme, il s'approcha d'elle, visiblement contrarié.

— Peut-on savoir ce que tu fais ici ?
— Cela ne vous regarde pas, répliqua-t-elle.
Puis elle posa sa besace sur un chariot.
— Enlève ça de là tout de suite. Que cherches-tu ? Tu veux que j'appelle les soldats ?
— Et vous ? Vous voulez que je fasse la route à pied, toute seule ? Parce que c'est ce que je ferai.
— Même si tu finis dans un ravin ?
— Exactement.

Alcuin prit une profonde inspiration. Jamais de sa vie il n'avait rencontré une créature aussi entêtée.

— Allez, grimpe dans le chariot ! soupira-t-il enfin.
— Pardon ?
— Tu ne m'as pas entendu ? Grimpe dans ce chariot !

Theresa lui baisa la main, ne sachant comment le remercier.

Izam de Padoue apparut au soleil levant, vêtu d'une magnifique tunique rouge sous une cotte de mailles étincelante. Un détachement de soldats le suivait. Ils formaient l'escorte de la délégation romaine. Quand l'ingénieur aperçut Theresa, il voulut s'approcher pour la saluer, mais il s'arrêta en voyant un jeune homme la rejoindre. Elle se laissa enlacer par Hoos Larsson, qui célébra leurs retrouvailles par un long baiser. Izam les observait, perplexe, quand Hoos le remarqua.

— Tu le connais ? demanda-t-il tandis que le Padouan battait en retraite.

— Qui ? L'homme à la cotte de mailles ? demanda Theresa d'un air innocent. C'est un des ingénieurs de Charlemagne. C'est lui qui a fabriqué une jambe de bois pour mon esclave. Tu sais, celui dont je t'ai parlé.

— En tout cas, tu parais l'intéresser.

Hoos sourit et l'embrassa de nouveau, après s'être assuré qu'Izam les regardait.

Theresa était étonnée qu'il ne soit pas davantage surpris de la voir partir, alors qu'elle ne lui avait rien dit de son intention de regagner Wurtzbourg. Jusque-là, elle les avait imaginés restant tous les deux à Fulda pour y poursuivre leur relation. Mais le destin les avait réunis pour qu'ils affrontent ensemble l'inconnu. Hoos lui expliqua que son ami l'ingénieur l'avait engagé comme guide.

— Si tu avais vu leurs têtes quand je leur ai dit que les cols étaient encore enneigés ! Alors, je leur ai proposé de remonter la rivière en bateau. Le dégel a déjà commencé. Pour peu que la chance soit de notre côté, nous atteindrons Wurtzbourg par voie d'eau.

— Et tu avais l'intention de partir sans me prévenir ?

— J'étais certain que tu viendrais. De toute façon…

— Quoi ?
— Je t'aurais emmenée de force s'il l'avait fallu.
Il la souleva en riant.

Theresa sourit du bonheur qu'elle éprouvait entre les bras de Hoos. Tant qu'il restait près d'elle, rien ne pourrait lui arriver.

Leur groupe comptait environ soixante-dix personnes. Une dizaine appartenaient à la délégation pontificale, une vingtaine étaient des soldats ou des hommes d'armes. Le reste comprenait des bouviers, des serviteurs et des gens de la région. Theresa était la seule femme, mais cela ne la préoccupait pas. Aux hommes s'ajoutaient huit chars à bœufs et autant de charrettes plus légères, tirées par des mules.

Sur l'ordre d'Izam, les bouviers et les muletiers firent claquer leurs fouets, et le cortège se mit lentement en branle. Alcuin marchait derrière le premier chariot avec des envoyés du pape. Theresa, juchée sur le deuxième, ne pouvait détacher les yeux de son amant qui ouvrait la marche. Izam fermait le convoi avec le gros de la troupe.

Ils quittèrent Fulda pour Francfort.

Durant le trajet, Hoos rejoignit Theresa à plusieurs reprises. La famine frappait toujours Wurtzbourg. C'était pourquoi douze des chariots contenaient du grain. A Francfort, ils embarqueraient en plus autant de vivres que les navires pourraient en contenir. De son côté, Theresa lui parla d'Alcuin et de la manière dont il avait résolu l'énigme du blé contaminé.

— Je te répète que tu ne dois pas te fier à lui. Ce moine est rusé comme un renard, mais obscur comme le diable.

— Pourtant, il s'est bien conduit avec Helga et il m'a procuré un emploi.

— Quand tout cela sera terminé et qu'on m'aura payé, tu n'auras plus besoin de travailler.

Theresa acquiesça sans enthousiasme et lui confia que la seule chose qui lui importait était de retrouver son père vivant. Lorsque Hoos lui répondit que rien n'était moins sûr, elle refusa de l'écouter et se blottit sous une couverture.

Pendant toute la matinée, l'expédition progressa lentement. Deux cavaliers munis de torches ouvraient la marche, pour repérer d'éventuels accidents du sol. A quelques pas derrière eux, quatre serviteurs gantés débarrassaient le chemin des pierres qui risquaient de gêner le passage des chariots. Les bouviers s'efforçaient d'éloigner les bêtes des ravins. Deux autres cavaliers, bien armés, surveillaient l'arrière-garde, attentifs au moindre danger.

Après avoir franchi un passage boueux où les hommes durent joindre leurs efforts à ceux des bêtes, Izam ordonna une halte, estimant que la piste était maintenant assez large pour installer un campement en toute sécurité. Après avoir aligné les chariots le long du ruisseau, les hommes attachèrent les chevaux au premier et déchargèrent le fourrage. Un serviteur alluma un feu et fit griller de la viande de cerf. Quand Izam eut fini d'organiser les tours de garde, les hommes s'assirent près du feu et commencèrent à boire en attendant que la viande soit cuite. Theresa aida à préparer le repas. Deux sentinelles rapportèrent quelques lièvres qui firent les délices de la délégation pontificale. Les moins chanceux durent se contenter d'une bouillie d'avoine et de jambon salé. Les pichets de vin passaient de main en main, alimentant les rires et les bavardages.

Izam s'approcha de Theresa, qui rassemblait des écuelles.

— Tu ne bois pas de vin ?

Surprise, elle se retourna.

— Non, merci. Je préfère l'eau.

Izam s'étonna. En général, les voyageurs buvaient du vin coupé ou à défaut de la bière, qui provoquaient moins de maladies qu'une eau contaminée. Il insista en voyant la jeune femme porter son gobelet à ses lèvres.

— Ce ruisseau n'est pas sûr. Il coule d'ouest en est. Il y a deux lieues de ça, nous sommes passés à proximité d'une colonie. Tu peux être sûre qu'ils y jettent tous leurs déchets.

Theresa recracha l'eau et accepta la coupe que lui tendait l'ingénieur. Le vin était fort et chaud.

— Je voulais te saluer plus tôt, mais tu avais l'air occupée.

Elle lui adressa un sourire de circonstance. Hoos mangeait un peu plus loin, et elle préférait qu'il ne les surprenne pas.

— C'est ton fiancé ? s'enquit Izam.

— Pas encore.

Theresa rougit sans savoir pourquoi.

— C'est dommage que je sois déjà engagé, mentit Izam.

Cette nouvelle causa à Theresa une inexplicable contrariété.

Ils bavardèrent encore un moment, puis Theresa céda à la curiosité.

— Tu sais, dit-elle, je ne crois pas que tu sois vraiment engagé.

Elle eut aussitôt honte de son effronterie, mais Izam éclata de rire. Alcuin les rejoignit sur ces entrefaites.

— Je vous félicite tous les deux. Toi, pour ta cuisine. Et toi, pour la manière dont tu conduis cette expédition.

Izam le remercia du compliment, mais des soldats l'appelèrent et il s'éloigna. Theresa ne put résister à la tentation d'interroger son vieux maître.

— Je serais bien incapable de te dire si Izam de Padoue a une fiancée, répondit Alcuin quelque peu décontenancé.

Ils atteignirent Francfort le lendemain à l'aube. Hoos et Izam passèrent la matinée à parcourir le port. De solides voiliers francs, des navires danois au fort tirant d'eau et des bateaux frisons aux flancs arrondis mouillaient à l'embarcadère. Izam était partisan de choisir des embarcations robustes, alors que Hoos privilégiait la légèreté.

— Si nous rencontrons de la glace, nous devrons peut-être les remorquer, souligna-t-il.

Finalement, ils arrêtèrent leur choix sur deux bateaux imposants, bien pourvus en rames, et sur un troisième plus léger que l'on pourrait haler pour remonter le courant.

A midi, on commença à charger et arrimer la cargaison. Tous mangèrent ensemble dans un grenier proche du quai. Deux heures plus tard, les trois bateaux chargés de prêtres, de bêtes et de soldats voguaient sur le Main.

23

Alcuin d'York n'aurait jamais imaginé qu'un tel chapelet de blasphèmes puisse sortir de la bouche d'un prélat. Flavio Diacono avait commencé à jurer quand il avait entendu craquer la coque et il n'avait cessé qu'après avoir constaté que leur bateau était échoué sur la glace.

— Nous n'aurions jamais dû entreprendre cette traversée, pesta le légat du pape en débarquant, les bras chargés. Mais que veut donc cette canaille ? Nous tuer tous ?

Izam de Padoue lui jeta un regard dédaigneux, puis il cracha le morceau de viande séchée qu'il mâchonnait. Il avait déjà assez à faire pour libérer la coque sans s'occuper des jérémiades des curés trop délicats. Il regarda devant lui et jura à son tour. La rivière semblait entièrement gelée.

Depuis qu'ils avaient quitté Francfort, le voyage s'était déroulé sans incident, jusqu'à la rencontre avec ces premières plaques de glace. Par chance, les bateaux qui les suivaient avaient évité le choc et flottaient paisiblement en aval. Izam avait posté deux vigies sur le front gelé et ordonné à l'équipage de vider la cale. Pendant l'opération, il s'était assuré que vivres et animaux étaient débarqués là où la glace était le plus solide. Hoos avait pris la tête d'un groupe qui se dirigeait vers la berge.

— Qu'on me coupe les mains si je comprends ce qui se passe ! Et maintenant, que compte faire cet homme ? tempêta le légat du pape.

— Je ne sais pas, répondit Alcuin en rangeant ses livres. Ce pour quoi nous le payons, sans doute. C'est-à-dire nous sortir d'ici. Tenez, prenez bien soin de cette bible, c'est un exemplaire très précieux.

Flavio saisit le livre que lui tendait le moine et le lâcha sans précaution sur une pile de paquets. De la présence de Theresa ou du sang-froid que manifestait Alcuin, il n'aurait su dire ce qui l'irritait le plus.

— Ils organisent peut-être le retour, suggéra Theresa.

— J'en doute. On dirait plutôt qu'ils ont l'intention de soulever le bateau et de le haler sur la glace, remarqua Alcuin.

— Etes-vous devenu fou ? Comment va-t-on traîner ce bateau jusqu'à Wurtzbourg ? intervint de nouveau le Romain.

— Mon cher Flavio, observez ce qui se passe autour de vous, rétorqua Alcuin sans lever les yeux. S'il s'agissait de rebrousser chemin, un autre navire nous remorquerait. En l'occurrence, on a fixé des cordes sur l'étrave, et non à la poupe. D'autre part, on a attelé les bœufs. Tout cela semble indiquer qu'on s'apprête à soulever le bateau.

— Mais c'est de la démence ! Comment trente hommes pourraient-ils tirer un bateau ?

— Trente et un, mon père, précisa Theresa qui les avait comptés.

— Et vous seriez prêt à participer à cette folie, Alcuin ?

— Comment faire autrement, si nous voulons atteindre Wurtzbourg ? répondit le moine, occupé à envelopper des flacons. Puisque vous n'envisagez pas de pousser, au moins aidez-moi à trouver une place à ces plumes. Posez-les par ici, près des encriers.

— Mais c'est impossible, insista Flavio en s'exécutant. Trente hommes pour déplacer un bateau... Ou trente et un, s'il vous plaît de mourir dans l'effort... Regardez cette coque, elle mesure plus de vingt pas de long. Et les vivres ? Que va-t-on en faire ?

— Vous devriez peut-être poser la question au commandant.

— Izam de Padoue ? Depuis que nous avons appareillé, il ne m'a même pas adressé la parole !

Le Romain se planta devant Alcuin et le fixa droit dans les yeux.

— Vous voulez mon avis ? Nous ferions mieux de continuer à pied en suivant le cours du fleuve. Nous avons des bœufs, une escorte bien armée...

— Quant à moi, je crois que, si vous parliez moins et que vous vous activiez plus, nous aurions déjà fini de débarquer ce matériel.

— Alcuin ! N'oubliez pas que vous me devez le respect !

— Et vous, n'oubliez pas que je mérite un répit. Je ne suis plus de la première jeunesse. Si je veux aider à tirer le bateau, je dois d'abord me reposer.

— Puisque je vous dis que trente et un hommes n'ont aucune chance de...

— Nous serons peut-être davantage. Pendant que vous bavardiez, dix hommes d'équipage du deuxième navire ont installé une échelle pour nous rejoindre.

— Figurez-vous que vous n'êtes pas le seul à pouvoir émettre des hypothèses. A mon avis, si nous ne parvenons pas à dégager le bateau, nous transporterons nos bagages sur un autre et nous rentrerons à Francfort pour y attendre la fin du dégel. Ces hommes viennent aider au transfert.

— Avec leur matériel ? De toute évidence, ils viennent nous prêter main-forte comme je viens de l'expliquer. Cela dit, si cette idée vous déplaît tant, vous devriez embarquer sur un autre navire.

— Mais vous savez aussi bien que moi qu'il nous faut atteindre Wurtzbourg !

— Dans ces conditions, cessez de protester et descendez vos bagages. Theresa, prends donc ce livre. Regardez, dit-il en montrant les hommes sur la berge. Deux marins remontent le cours de la rivière, sans doute pour estimer l'étendue de la surface gelée. Les autres ont commencé à abattre des arbres.

— Pour réparer le bateau ? s'enquit la jeune femme.

— Je crois plutôt qu'ils fabriquent des leviers pour le déplacer. Le courant est plus calme dans ce secteur. Cela, ajouté à l'ombre de cette haute montagne, explique la présence inattendue de glace. Mais, en amont, l'ombre ne porte plus et la pente est plus forte. Je suis certain que l'eau y coule.

Hoos arriva à cet instant, visiblement porteur de bonnes nouvelles. Il laissa ses armes sur la glace et s'adressa à Izam :

— Comme vous le pensiez, nous devrons haler le bateau sur environ deux lieues. Plus loin, la glace a commencé à se briser.

— Et la berge ? demanda le commandant.

— En deux ou trois endroits, les deux rives se rapprochent, mais le reste ne présente aucune difficulté.

— Très bien. La vigie ?

— Postée en haut selon vos ordres.

— Alors, il ne nous reste plus qu'à dégager ce fichu bateau et à le haler en amont, jusqu'à l'eau libre.

Harnachés de cordages, les marins serrèrent les dents et tirèrent à l'unisson. A la première tentative, le bateau fit entendre un craquement qui se modula en une longue plainte discordante. Finalement, après un dernier effort, la quille s'éleva et retomba sur la surface gelée. Peu à peu, le navire progressa. Précédés par les bœufs, douze hommes halaient les câbles fixés à la proue, secondés par huit autres marins, placés de chaque côté de la coque, qui s'efforçaient de guider celle-ci. Les quatre derniers hommes avaient pour mission de surveiller la cargaison avec l'équipage du deuxième navire.

A chaque commandement, le bateau avançait avec une secousse et un râle presque imperceptible. Puis sa progression devint plus uniforme et il finit par glisser, laissant une profonde cicatrice dans la glace.

Au milieu de l'après-midi, on entendit la glace se briser sous la coque. Un chapelet de malédictions s'éleva.

— Arrêtez ! Arrêtez, vauriens ! La glace va céder et nous allons tous nous noyer !

Aussitôt, les hommes lâchèrent les cordages et reculèrent. L'épaisseur de glace diminuait et éclatait un peu plus loin en une multitude de blocs.

— Rassemblez les cordages, ordonna Izam. Creusez un trou dans la glace et donnez à boire aux bœufs. Vous deux, dès que les bêtes se seront reposées, retournez chercher les vivres.

Flavio, qui n'avait pas participé au halage, s'écarta du bateau. Peu après, Theresa et Alcuin apparurent, le visage congestionné. Le moine voulut prononcer quelques mots, mais seul un gémissement sortit de ses lèvres. Il se laissa tomber sur la glace et ferma les yeux, tentant de se remettre de ses efforts.

— Vous avez mal agi en leur prêtant main-forte, lui reprocha Flavio. Maintenant, ils me regardent comme une bête curieuse.

— L'exercice physique soulage l'esprit, plaida Alcuin, hors d'haleine.

— C'est là que vous vous trompez. Laissez le travail à ceux qui ont l'obligation de l'accomplir. Nous autres, les *oratores*, devons nous consacrer à la prière. C'est la mission que Dieu nous a confiée.

Il aida mollement à déplacer le plus léger des paquets.

— Ah, oui... Les règles qui régissent le monde : les *oratores* prient pour le salut des hommes, les *bellatores* luttent pour l'Eglise et les *laboratores* travaillent pour tous les autres. Pardonnez-moi, j'avais oublié, conclut Alcuin avec un sourire ironique.

— Eh bien, vous n'auriez pas dû, répliqua Flavio d'un ton vif.

— Vous conviendrez avec moi que les paysans doivent aussi prier de temps à autre. Passez-moi un peu d'eau, par pitié.

— Evidemment, ils doivent prier. Et pas seulement de temps à autre.

— De la même façon, vous admettrez que les *bellatores*, en plus de s'entraîner au combat, ne doivent pas négliger leurs obligations spirituelles.

Alcuin but une gorgée d'eau.

— Naturellement...

— Alors, je ne vois pas ce qui nous empêcherait de travailler à l'occasion.

— Vous oubliez que je ne suis pas un moine comme vous, mais le primat de Latran, un conseiller du pape.

— Avec deux jambes et deux bras, lui rappela Alcuin en se levant. Et maintenant, si vous voulez bien m'excuser, je n'en ai pas terminé.

Le moine scruta la berge. Puis il jeta un regard furtif à Izam, qui se tenait appuyé à la rambarde. Theresa lui désigna discrètement le jeune Padouan.

— Je suis certaine que le sort de la sentinelle le préoccupe. Cela fait longtemps qu'elle est partie.

— Pour l'amour de Dieu, ne dramatise pas tant, jeune fille, dit Flavio. Ce soldat se vide les intestins quelque part, ou bien il explore les environs.

— Mais voyez vous-même. Izam ne quitte pas le bois des yeux et il a l'air inquiet.

Le légat dut convenir de la justesse de cette observation. A présent, l'ingénieur marchait de long en large. Son arc à portée de main, il lançait des ordres incessants. Alcuin s'approcha du Padouan.

— Selon mes estimations, il nous reste encore un jour et demi de navigation. Je me trompe ? avança Alcuin.

Izam le regarda de travers.

— Pardonnez-moi, mais je ne suis pas d'humeur à me confesser.

— Je comprends. Vous n'êtes pas le seul à trouver que la vigie tarde à revenir. Moi aussi, je suis inquiet.

Izam le considéra avec surprise. Il n'avait confié ses craintes à personne, mais le moine semblait avoir lu dans ses pensées. Il fixa de nouveau les arbres en se caressant le menton.

— Je me demande ce qu'ils attendent pour nous attaquer. La tombée de la nuit, sans doute.

Il n'avait pas pris la peine d'être plus explicite, tenant pour acquis que son interlocuteur savait de quoi il parlait.

Hoos choisit ce moment pour se mêler à la conversation.

— Ils ne doivent pas être très nombreux, dit-il, ou ils auraient déjà donné l'assaut.

— Quand j'aurai besoin de votre opinion, je vous la demanderai, lui rétorqua Izam. Pour l'instant, contentez-vous de faire votre travail.

— Naturellement, répondit Hoos avant de se retirer.

— Vous le connaissez ? demanda Alcuin.

— Je l'ai croisé plusieurs fois à Aquisgranum. Tout ce que je sais, c'est qu'il connaît mieux la région que tous nos soldats réunis. Maintenant, si cela ne vous dérange pas, je dois préparer mes hommes.

Alcuin acquiesça, puis se dirigea vers l'endroit où l'on avait rassemblé les bœufs. Inquiet pour ses bagages, il avait décidé d'accompagner les attelages qui s'apprêtaient à retourner chercher la cargaison. Il aperçut Hoos et Theresa dans le groupe qui s'était rassemblé autour d'Izam. Le commandant divisa l'équipage en deux groupes.

— Ecoutez avec attention, commença-t-il. Il est possible que des maraudeurs soient postés derrière ces arbres. Si c'est le cas, nous devons nous dépêcher. Que ceux qui vont chercher la cargaison ouvrent l'œil et marchent au milieu de la glace. Vous trois, vous prendrez les bagages, les autres se chargeront des vivres. Si vous n'êtes pas revenus dans une heure, nous partirons sans vous.

Les hommes désignés se mirent en route. Alcuin et Flavio leur emboîtèrent le pas. Ceux qui étaient restés sur place tentèrent de remettre le bateau à flot, mais, au bout de plusieurs tentatives, il avait à peine avancé. Izam fit disposer des tonneaux remplis de flèches des deux côtés de la coque. Puis il se plaça à la proue, après avoir ordonné à Theresa de rester à bord, cachée derrière une pile de sacs.

Il réfléchissait à la situation quand il distingua un objet sombre qui flottait entre les blocs de glace en amont, mais il ne parvint pas à l'identifier, car le courant l'engloutit rapidement. En revanche, il put suivre sa progression sous la couche de glace. Ayant empoigné un harpon, il sauta par-dessus bord et se posta près d'un trou. Quand l'objet mystérieux arriva à sa hauteur, il enfonça son harpon dans l'eau à plusieurs reprises, jusqu'à ce qu'il parvienne à l'accrocher, puis il remonta l'objet à l'air libre. Il poussa un cri d'horreur en reconnaissant la tête de la sentinelle, affreusement mutilée.

Le délai imparti était presque écoulé quand les premiers marins du convoi apparurent au loin. Soudain, l'un des bœufs poussa un mugissement de douleur et tomba, foudroyé. L'assaut venait d'être lancé. Izam ordonna à ses hommes de charger leurs arcs. Les membres de l'autre groupe s'abritèrent derrière les traîneaux. Les archers tirèrent une volée de traits qui croisèrent ceux des assaillants, partis de la rive. Deux marins s'élancèrent vers le bateau, mais ils furent abattus au bout de quelques pas. Alcuin et Flavio restèrent accroupis derrière le dernier traîneau. Hoos les rejoignit.

— Ne bougez pas d'ici avant que je vous le dise.

Les deux religieux acquiescèrent. Hoos rampa jusqu'au bœuf blessé et libéra son compagnon d'attelage, indemne. Puis il appela les deux hommes.

— Placez-vous derrière le bœuf. Quand je le frapperai, courez avec lui en l'utilisant comme rempart.

— Flavio ne pourra pas, objecta Alcuin.

Une flèche avait en effet traversé la cuisse de l'envoyé pontifical.

— Je m'occuperai de lui, reprit Hoos en tendant la longe du bœuf à Alcuin. Dépêchons-nous.

— Et les bagages ?

Hoos s'accroupit derrière les sacs pendant que les flèches volaient de tous côtés.

— Je les remorquerai. Maintenant, courez, dit-il en levant la main pour frapper l'échine du bœuf.

Effrayé, l'animal se mit à courir, Alcuin cramponné à sa queue. Hoos lui cria de s'abriter et il s'exécuta. Un des marins tenta de s'accrocher au bœuf, mais à peine l'avait-il attrapé qu'il tomba, tué par une flèche. Hoos appela un autre homme pour lui prêter main-forte. Tous les deux allongèrent Flavio sur le traîneau derrière un rempart de planches, puis ils s'accroupirent et commencèrent à le pousser vers le bateau.

— Ces scélérats nous criblent de flèches ! cria Hoos quand ils atteignirent l'embarcation.

— Comment va Flavio ? demanda Izam depuis le pont.

— Une blessure à la cuisse.

— Et les provisions ?

— Dans les chariots !

Hoos montra un autre groupe de marins qui approchaient, abrités derrière des traîneaux.

— Vite ! Hissez la cargaison à bord et libérons ce bateau.

Malgré la fatigue, Alcuin unit ses efforts à ceux des hommes qui s'arc-boutaient contre la coque. Peu après, Hoos et les marins qui venaient d'arriver se joignirent à eux.

— Aidez Flavio à monter ! leur lança Izam.

Les flèches continuaient à les décimer. Plusieurs rameurs chargèrent les bagages et installèrent Flavio sur le pont pendant que les autres continuaient à essayer de déplacer le bateau.

— Par tous les diables ! Poussez, maudits coquins ! criait Izam.

A la seconde tentative, la coque bougea légèrement.
— Plus fort !
Soudain, la glace céda dans un vacarme assourdissant.
— En arrière, vite !
Terrifiés, les hommes s'écartèrent vivement. La glace craqua et le bateau s'enfonça jusqu'au plat-bord. Plusieurs marins, empêtrés dans les cordages, tombèrent à l'eau.
— Par ici, gibiers de potence ! Montez vite ! leur cria Izam sous une pluie de flèches.
Hoos atteignit le pont le premier. Les autres survivants abandonnèrent leurs arcs et s'accrochèrent à la rambarde. De l'eau jusqu'à la taille, Alcuin se débattait, soutenant un blessé.
— Il y a des hommes coincés, cria-t-il.
— Pas le temps. Montez ! dit Hoos en lui tendant le bras.
— Nous ne pouvons pas les abandonner, insista le moine sans lâcher son blessé.
— Montez, ou je descends vous chercher !
Alcuin refusa.
Hoos sauta par-dessus bord, puis il dégaina son épée et transperça l'homme que soutenait Alcuin avant d'en achever un autre, qui luttait pour échapper à l'eau glacée.
— Maintenant, il n'y a plus de raison de traîner !
Alcuin le fixa avec stupeur, puis il tendit le bras comme un somnambule. Deux marins l'aidèrent à regagner le bord.

Ils naviguèrent à contre-courant jusqu'au moment où le soleil se coucha derrière les montagnes. Peu après, ils s'arrêtèrent dans un petit bassin d'eau calme.

— Nous allons mouiller ici, décréta Izam.

Alcuin en profita pour s'occuper des blessés mais, manquant d'onguent, il se limita à nettoyer et bander les plaies. Une petite voix s'éleva derrière lui :

— Je peux vous aider ?

Alcuin adressa à Theresa un regard soucieux, puis il hocha gravement la tête. La jeune femme s'agenouilla près de lui. Lorsqu'ils en eurent terminé avec leurs patients, Theresa s'écarta un peu et pria pour les morts. Hoos s'approcha d'Alcuin, un quignon de pain à la main.

— Tenez, mangez.

— Je n'ai pas faim. Merci.

— Alcuin, pour l'amour de Dieu ! Ces malheureux étaient pris au piège. Il n'y avait rien d'autre à faire.

— Sans doute auriez-vous pensé autrement si vous vous étiez trouvé à leur place, rétorqua le moine avec colère.

— Cessez de vous obstiner. Je n'entends peut-être rien à la poésie, mais je vous ai sauvé la vie.

Alcuin se retira, irrité.

L'aube pointait à peine lorsqu'un marin se laissa descendre le long de la proue pour évaluer les dégâts. Quand il remonta, un peu plus tard, il avait l'air préoccupé.

— La coque a beaucoup souffert, expliqua-t-il pendant qu'on le frictionnait pour le sécher. Je doute que nous puissions réparer ici.

Izam secoua la tête. Ils auraient pu accoster et se procurer du bois sur la berge, mais pour cela, ils auraient dû prendre des risques inutiles.

— Nous continuerons tant que le bateau tiendra.

Alcuin fut réveillé par le clapotis des rames. Flavio, à moitié recouvert d'une couverture, et Theresa, blottie près de la besace de son père, dormaient près de lui. Il décida de les réveiller, craignant qu'ils n'aient trop froid. Pendant que Flavio émergeait du sommeil, la jeune femme leur servit un peu de vin et une tranche de pain de seigle.

— On a rationné les vivres, expliqua-t-elle. Apparemment, des provisions ont été perdues pendant l'attaque.

— J'ai mal à la jambe, se plaignit Flavio.

Alcuin souleva la soutane du Romain. Fort heureusement, celui-ci était corpulent, si bien que la flèche avait seulement pénétré la graisse.

— Nous ferions bien de l'arracher.

— Quoi, ma jambe ?

— Par Dieu, non ! La flèche.

— Je préfère attendre Wurtzbourg.

— Très bien. Pour le moment, goûtez donc ce fromage.

Pendant que Flavio attaquait son déjeuner, Alcuin saisit la flèche et l'arracha d'un coup sec. Le cri du légat résonna dans tout le bateau. Le moine versa un peu de vin sur la blessure et la pansa.

— Maudit apprenti chirurgien...

— Cette blessure aurait pu entraîner des complications, répondit Alcuin avec sérénité. Maintenant, levez-vous. Vous devez essayer de marcher un peu.

Flavio s'exécuta de mauvaise grâce, traînant les pieds comme s'ils étaient entravés. Il remarqua soudain qu'une voie d'eau s'était déclarée près d'un de ses coffres, qui était déjà trempé. Poussant des cris d'orfraie, il déplaça le coffre avec l'aide d'Alcuin.

— A en juger par votre réaction, il doit contenir quelque chose d'important, remarqua ce dernier.

— *Lignum crucis*... C'est une relique dont j'ai la responsabilité, expliqua Flavio, visiblement inquiet.

— *Lignum crucis ?* Un morceau de la Vraie Croix ? La relique conservée dans la basilique du palais Sessorien ?

— Je vois que vous êtes au courant.

— En effet, bien que je sois sceptique.

— Pardon ? Insinueriez-vous par hasard...

— Non, pour l'amour de Dieu ! Je crois évidemment au *lignum crucis,* de la même manière que je défends l'authenticité des corps de Gervais et de Protais, ou de la cape de saint Martin de Tours. Mais convenez avec moi qu'on trouve quantité d'osselets dans de nombreux évêchés et abbayes.

— *Breve confinium veratis et falsi,* dit doctement Flavio. Je ne me risquerais pas à discuter l'authenticité des reliques qui attirent des âmes vers le Royaume des Cieux.

— En la matière, il me semble que nous devrions nous en remettre aux commandements de Dieu.

— Je note que vous avez le don de la polémique, répliqua le prélat tout en séchant le coffre avec un morceau de tissu. Connaissez-vous au moins le véritable pouvoir d'une relique ? Etes-vous en mesure de faire la différence entre la lance de Longinus, le saint suaire ou le sang d'un martyr ?

— Cette classification m'est connue, mais je vous réitère mes excuses. Je n'avais pas l'intention de mettre en doute...

— Si telle n'était pas votre intention, alors ne le faites pas, rétorqua le prélat d'une voix forte.

— Pardon, Votre Grâce. Mais si cela ne vous dérange pas, permettez-moi une dernière question.

Flavio le regarda d'un air las, comme s'il hésitait à accepter.

— Je vous écoute, soupira-t-il enfin.

— Pourquoi emportez-vous cette relique à Wurtzbourg ?

Flavio réfléchit avant de répondre :

— Comme vous le savez, voilà des années que Charlemagne tente de soumettre les païens Abodrites, ceux de Pannonie et de Bavière. Mais les campagnes incessantes et les châtiments exemplaires n'ont pas ouvert leurs âmes à Dieu. Les païens sont des gens rudes, ancrés dans le polythéisme, l'hérésie, le concubinage... Avec de telles gens, il arrive que la force des armes ne suffise pas.

— Continuez, glissa Alcuin qui n'était pas certain de partager toutes ces opinions.

— Maudite blessure !

Flavio s'interrompit pour rajuster son pansement.

— Eh bien, il y a huit ans, Charlemagne et ses armées ont rejoint l'Italie pour répondre à la prière du souverain pontife. Ainsi que vous le savez peut-être, les Lombards avaient envahi les villes de Faenza et de Comacchio, assiégé Ravenne, soumis Urbino, Montefeltro et Sinigaglia...

— Vous parlez de Désiré, le roi des Lombards ?

— Cet homme, un roi ? Pour l'amour de Dieu, ne me faites pas rire ! Il se faisait peut-être appeler ainsi, mais ce n'était qu'un serpent à forme humaine...

— Mais une de ses filles n'était-elle pas mariée à Charlemagne en personne ?

— En effet. Est-il possible de concevoir plus grande félonie ? Le pape Adrien a convaincu Charlemagne de lui apporter son aide contre le Lombard. L'armée du roi a franchi le col du Grand-Saint-Bernard et a acculé le traître dans sa tanière de Pavie.

— Un geste de bon chrétien, à n'en pas douter...

— C'est vrai pour partie, mais ne vous y trompez pas : l'intérêt de Charlemagne était aussi de contenir les visées expansionnistes du roi lombard, tout comme celles du souverain pontife. Après une victoire prévisible, Charlemagne a non seulement restitué au pape ses territoires, conformément au *liber pontificalis*, mais il en a aussi profité pour s'approprier les deux duchés lombards de Spolète et de Bénévent.

— Très intéressant. Poursuivez, je vous en prie.

Theresa écoutait aussi avec attention.

— Vous connaissez le reste. Désiré s'est enfermé à Pavie, obligeant Charlemagne à assiéger la ville. Au bout de neuf mois, les armées du roi ont commencé à s'impatienter. De plus, une nouvelle révolte avait éclaté en terre saxonne. Cependant, le Lombard restait terré, attendant la suite des événements. Charlemagne envisageait de lever le siège...

— Mais il a obtenu la victoire, intervint Theresa, fière de montrer ses connaissances.

— C'est vrai, mais pas grâce à son armée. A peine informé du projet du roi, le pape Adrien a ordonné d'aller chercher le *lignum crucis* dans la basilique romaine de la Sainte-Croix-de-Jérusalem et de faire transporter la relique jusqu'au campement de Charlemagne. La semaine qui a suivi son arrivée, une épidémie a décimé les Lombards. Désiré s'est rendu et Charlemagne a pris la ville sans verser une goutte de sang.

— Et maintenant, il compte utiliser le *lignum crucis* contre les Saxons.

— Tout juste. Il a sollicité l'aide du pape, et celui-ci n'a pas hésité à lui envoyer la relique. Maintenant qu'elle est en sa possession, il souhaite la déposer dans une ville sûre.

— Veuillez pardonner mon indiscrétion, reprit Alcuin, mais pourquoi avoir entrepris un voyage aussi périlleux qu'inutile, avec une relique d'une telle importance sous votre garde ? Vous auriez pu attendre à Aquisgranum que Charlemagne entame sa prochaine campagne.

— Et laisser les habitants de Wurtzbourg en proie aux calamités ? Pour ma part, je ne considère pas que ce soit là une attitude très chrétienne...

— Si on voit les choses sous cet angle, vous avez raison. A propos, ne devriez-vous pas vérifier l'état de la relique ? demanda Alcuin en commençant à soulever le couvercle du coffre.

Flavio se jeta sur celui-ci et le referma d'un geste brusque.

— Je ne pense pas que cela soit nécessaire. L'intérieur est doublé de cuir graissé. De plus, le *lignum crucis* est déposé dans un coffret de plomb qui lui sert de reliquaire.

— Ah ! Parfait. Dans ce cas, pas d'inquiétude à avoir. Surtout si le coffret dont vous parlez est grand et solide.

— C'est le cas. A présent, si vous le permettez, j'aimerais prendre quelques instants de repos...

Flavio s'appuya contre le coffre. Alcuin mit sa brusquerie sur le compte du manque de sommeil. Toutefois, cela n'expliquait pas comment un coffre aussi léger pouvait contenir un coffret de plomb.

Au milieu de l'après-midi, l'eau infiltrait la coque plus rapidement que les marins ne pouvaient l'écoper. Izam ordonna un accostage immédiat. Après avoir disposé des sentinelles, il partagea ses hommes en deux. Le premier groupe garderait le bateau tandis que l'autre débarquerait. Il rejoignit ensuite Flavio et Alcuin pour s'enquérir de la santé du prélat romain.

— Nous resterons quatre heures au mouillage. Cela suffira à remettre le navire à flot. Comment va votre blessure ?

— Je souffre encore.

— Si vous le souhaitez, vous pouvez rester à bord. Nous avons du travail à terre.

— Je descendrai aussi, annonça Alcuin. Vous devriez en faire autant, ajouta-t-il en se tournant vers Flavio. Votre jambe a besoin d'exercice.

— Je préfère attendre ici, répondit le Romain d'un air dolent.

Theresa se joignit au groupe qui descendait à terre, car elle aspirait, ne serait-ce que pour quelques instants, à une intimité dont elle manquait à bord. Izam était déjà sur la berge, occupé à répartir les tâches entre les hommes. Certains répareraient le bateau pendant que les autres prendraient les tours de garde. Les premiers rafistolèrent la coque avec des planches prélevées sur le pont et la calfatèrent avec le goudron qu'ils transportaient à bord. Les autres établirent un périmètre de sécurité en cas de nouvelle attaque. Theresa en profita pour s'éloigner et fit sa toilette en toute tranquillité pour la première fois depuis qu'ils avaient appareillé. Elle n'avait pas terminé quand Hoos la surprit. Gênée, elle rajusta ses vêtements. Il l'enlaça. Theresa lui demanda de cesser, mais le jeune homme insista en riant. Elle tenta de le repousser et il la saisit sans ménagement. Izam apparut à cet instant.

— Les sentinelles ont besoin de toi, dit-il à Hoos d'une voix sèche.

Celui-ci lui jeta un regard mauvais, mais il obéit. Avant de s'éloigner, il vola un baiser à Theresa et lui donna une claque sur les fesses. Après son départ, Izam se baissa pour ramasser la broche de la jeune femme et celle-ci le remercia. Puis elle lui présenta ses excuses pour le comportement de Hoos, comme si elle en était responsable. Ils cheminaient depuis un moment lorsque Theresa rompit le silence embarrassé qui s'était installé entre eux.

— Nous n'en avons jamais parlé, mais tu n'es pas de cette région, dit-elle.

— Non. Je suis né à Padoue. Je suis italien.

— Figure-toi que je m'en doutais, plaisanta-t-elle. J'ai connu des nonnes romaines venues en pèlerinage à Constantinople. Leur latin ressemblait au tien, même si leur accent était plus nonchalant. Sais-tu que je suis née là-bas ?

— A Constantinople ? Quelle ville magnifique, par saint Gennaro !

— Tu connais Constantinople ?

— Et comment ! J'y ai passé plusieurs années. Mes parents m'y avaient envoyé pour apprendre l'art de la guerre. C'est une cité faite pour le commerce et l'amour, mais pas pour le recueillement. Je n'ai jamais rencontré de gens aussi bavards que ses habitants.

Theresa éclata de rire.

— C'est vrai ! On dit qu'un Byzantin est capable de parler plusieurs heures d'affilée, même mort. Mais tu n'apprécies pas une bonne conversation ?

— Je pourrais compter sur les doigts d'une main les fois où j'ai appris quelque chose d'intéressant au cours d'une discussion.

Theresa rougit.

— Pardon. Je n'avais pas l'intention de t'ennuyer.

— Je ne disais pas cela pour toi, s'empressa de préciser Izam. A propos, et toi, que fais-tu ici, en Franconie, et plus particulièrement sur ce bateau ?

Theresa l'observa à la dérobée. Il était coiffé d'une toque en peau de castor qui contrastait avec ses yeux verts. Comme le silence se prolongeait, elle se décida à répondre, sans toutefois lui révéler les raisons de son départ de Wurtzbourg et de sa participation à leur expédition. Elle préféra s'attarder sur son enfance à Constantinople, mais Izam ne lui prêtait guère attention. Il regardait de tous côtés, comme un animal aux aguets.

— Tu as eu une vie mouvementée, finit-il par commenter.

Soudain il se jeta sur elle et la projeta violemment au sol. Theresa n'eut pas le temps de crier. Une nuée de flèches passa au-dessus d'eux en sifflant. Izam donna l'alerte, mais plusieurs de ses hommes étaient déjà à terre. Le jeune homme se redressa tant bien que mal et chargea son arc, mais une nouvelle volée l'obligea à s'abriter. Des cris de douleur s'élevaient de tous côtés. Il constata alors qu'en tombant Theresa s'était cogné la tête et avait perdu connaissance.

Izam ordonna à ses hommes de le couvrir. A son signal, ils tirèrent tous en même temps. Il souleva Theresa dans ses bras et courut à toutes jambes vers le bateau. Flavio et Alcuin hissèrent la jeune femme à bord tandis que les autres remontaient comme ils pouvaient. Puis ils se jetèrent sur les rames et le navire commença à s'éloigner. Peu à peu, il prit de la vitesse et gagna le milieu du fleuve, échappant aux flèches ennemies.

24

A grands coups de rames, le bateau avança jusqu'à la jetée du port de Wurtzbourg, vira pour se présenter de flanc et finit par s'échouer sur le fond. Immédiatement, une bande de paysans se jetèrent à l'eau afin d'aider au débarquement.

L'équipage sauta à son tour et poussa pour dégager la coque tandis qu'Izam dirigeait la manœuvre depuis la proue. Quand ils atteignirent enfin le ponton, les cris de joie couvrirent les cloches de Wurtzbourg qui sonnaient à la volée, saluant l'arrivée des nouveaux venus.

Bientôt, un flot de désespérés prêts à tuer pour un quignon de pain se répandit sur la berge. Les gens se battaient, les gamins escaladaient les arbres et les vieux maudissaient quiconque cherchait à les déloger. Certains pleuraient de joie et la plupart rendaient grâce au ciel. On eût dit que d'un seul coup le souvenir des journées de famine s'était évanoui sans laisser de traces.

Un enfant s'approcha un peu trop des vivres et un marin lui allongea une gifle. Un autre, plus jeune, se moqua et le premier lui lança une pierre.

Peu après, les soldats de Wilfred approchèrent. Un paysan les apostropha avant de détaler tandis que les autres s'écartaient devant eux.

Quand les hommes de Wilfred furent parvenus au bateau, ils établirent un couloir gardé par des archers entre la passerelle et les chariots destinés au transport des provisions. Puis Wilfred apparut sur son chariot, précédé de ses chiens.

— Ecoutez-moi, tas de crève-la-faim ! dit-il d'une voix forte. Le premier qui touche ne serait-ce qu'à un grain de blé est un homme mort. Les vivres seront transférés dans les greniers royaux pour inventaire. La répartition aura lieu ensuite. Alors, écartez-vous et laissez ces hommes faire leur travail.

Les paroles du comte enflammèrent quelques esprits, mais la grogne s'apaisa dès que le premier paquet fut débarqué.

Wilfred fouetta ses chiens. Son chariot se mit en mouvement et la foule s'écarta encore plus, comme si cette moitié d'homme exerçait, d'un simple regard, un pouvoir de vie et de mort sur toute l'assemblée.

Arrivé au pied de la passerelle, le comte ordonna à deux de ses hommes de le hisser à bord. Là, il salua Alcuin et Flavio, jeta un coup d'œil aux provisions puis chargea ses domestiques de prendre soin des blessés. Izam, qui ignorait que le comte de Wurtzbourg était infirme, tarda à se présenter à lui.

— Nous voici enfin à Wurtzbourg, dit Alcuin. *Deum gratia !*

Il passa une main sur le visage de Theresa, qui n'avait pas repris connaissance.

— Toujours pareil ? s'enquit Flavio.

— J'en ai bien peur. Nous devrions la débarquer. J'espère que sa famille l'attend.

— Elle est de Wurtzbourg ?

— Elle est la fille de Gorgias, un scribe byzantin.

A cet instant, un des paysans qui participait au déchargement s'arrêta net et les fixa d'un air abasourdi, avant de se mettre à trembler de tous ses membres. Son fardeau lui échappa, et, comble de malchance, passa par-dessus bord.

— Maudit incapable ! gronda Wilfred. Ce blé vaut plus que ta vie !

Le paysan tomba à genoux et se signa. Puis, le visage décomposé, il montra les deux religieux.

— Que Dieu nous protège. La fille du scribe... La morte a ressuscité !

Wurtzbourg n'avait jamais connu pareil émoi, même l'année où la vache de dame Volz avait donné naissance à un veau à deux têtes. Les gens avaient alors évoqué l'intervention du diable, certains avaient même tenté de brûler la fermière avec le monstre. Toutefois, même le plus fervent des croyants n'aurait jamais imaginé qu'une résurrection fût possible.

La nouvelle du miracle se répandit comme la peste. La rumeur enfla jusqu'à devenir un grand cri dont l'écho se répercuta à travers la ville. Les plus audacieux s'attroupèrent devant le bateau, jouant des coudes pour approcher le plus possible de la passerelle.

Alcuin s'interrogeait encore sur les raisons de cette agitation lorsque la foule, impatiente de voir la ressuscitée, s'enfiévra brusquement. Certains prirent la passerelle d'assaut. Wilfred déploya ses hommes, mais une sorte de folie collective semblait avoir transformé les paisibles paysans en une horde de possédés. Sur un ordre du comte, un archer leur décocha une flèche. Le meneur de la troupe s'arrêta net puis bascula par-dessus bord, transpercé. A la deuxième flèche, tous les autres battirent en retraite.

Wilfred n'était pas le moins stupéfait. Il demanda à ce qu'on le mène près de la jeune femme. D'abord, il ne la reconnut pas, puis il écarquilla les yeux comme s'il voyait le diable. C'était bien Theresa, la fille du scribe.

Il tenta de se signer, mais ses nerfs le trahirent. Lorsqu'il eut enfin retrouvé son calme, Alcuin lui suggéra de transporter Theresa sur la terre ferme. Wilfred se rangea à son avis. Avec l'aide de Hoos, le moine improvisa une civière sur laquelle ils déposèrent la jeune femme. Wilfred ordonna qu'on leur ouvre la route et ils se dirigèrent vers la ville. Les gens s'agenouillaient sur leur passage, implorant la clémence divine. Certains tentaient de toucher la ressuscitée pendant que les autres priaient. La procession finit par atteindre la forteresse de Wilfred.

Cependant, un groupe d'incrédules, menés par Korne, s'étaient rendus au cimetière afin d'exhumer le prétendu cadavre de Theresa. Ne sachant où elle reposait, ils ouvrirent toutes les tombes récentes, en vain. Ayant renoncé à leur projet, ils revinrent à la forteresse et exigèrent de participer aux délibérations qui réunissaient Izam, Flavio, Alcuin et le comte. Entre-temps, Wilfred avait parlé au moine de l'incendie et du désir de Korne de venger la mort de son fils. Alcuin avait alors conçu un plan pour protéger Theresa.

Soucieux d'éviter une émeute, Wilfred finit par accepter la présence de Korne. Le parcheminier demanda à voir la ressuscitée, mais Alcuin s'y opposa, prétextant que Theresa était inconsciente. Il expliqua ensuite le lien qui l'unissait à la jeune femme et déclara que, grâce à Dieu, il pouvait expliquer sa prétendue résurrection.

Wilfred fit claquer son fouet, et les deux chiens le tirèrent vers une des fenêtres. Alcuin le regardait avec curiosité quand il s'avisa que tous attendaient ses explications.

— D'abord, il convient de vérifier que cette jeune femme est bien celle qu'elle paraît être, commença-t-il. Je sais que les personnes présentes l'ont reconnue, mais ses proches l'ont-ils vue ? A-t-elle confirmé qu'elle est bien la fille du scribe ?

— Que peut-elle confirmer tant qu'elle est inconsciente ? intervint Korne. Il ne reste plus qu'à attendre que sa belle-mère se calme. Nous verrons si elle peut nous apporter quelque éclaircissement.

— Et son père ? voulut savoir Alcuin.

— Il a disparu il y a près de trois mois.

Soudain, Zénon entra dans la pièce.

— Comment va-t-elle ? demanda Izam.

— Elle est aussi froide qu'un glaçon, mais la chaleur devrait vite la ranimer.

Le Padouan jeta un coup d'œil au feu. Alors que la plupart des maisons franques possédaient un foyer creusé dans le sol, la pièce où ils se trouvaient était équipée d'un foyer mural.

— Il paraît évident que la gamine n'est pas morte dans l'incendie, reprit Korne.

Alcuin se leva. Son ombre s'allongea jusqu'au parcheminier.

— Ne vous y trompez pas, je vous prie. Jusqu'à présent, le seul fait indéniable, c'est que cette jeune fille est en vie. Mais n'oubliez pas que ses parents ont identifié son corps après la catastrophe.

— Un cadavre méconnaissable. Zénon peut le confirmer.

Alcuin regarda le médecin, mais celui-ci détourna les yeux et porta son verre de vin à ses lèvres. Alcuin sortit alors une bible de ses bagages et en parcourut quelques lignes avant de la refermer.

— Avant cette conférence, dit-il, je me suis rendu à la chapelle de la forteresse pour prier Dieu de m'éclairer. Je venais de toucher les reliques de la *Santa Croce* quand j'ai eu une vision. Un ange a surgi des ténèbres. Une auréole étincelante nimbait ses longs cheveux blancs. Il flottait devant moi, tel un cygne glissant sur un lac, et son regard rayonnait de la Paix éternelle du Tout-Puissant. Il m'a montré le corps de Theresa, consumé par les flammes, et, à son côté, un tourbillon de lumière aveuglante qui grandissait et resplendissait jusqu'à former une Theresa neuve, vivante et sans péché.

— Une autre Theresa ? Vous insinuez que ce n'est pas la même ? demanda Wilfred.

— Oui et non. Imaginez une petite chenille. Imaginez la chenille de l'imperfection qui abandonne l'enveloppe du péché pour se transformer en papillon de vertu. Chenille et papillon sont le même être, mais le corps de la première gît à terre tandis que le second s'élève vers les cieux. Theresa est morte, sans doute. Peut-être avait-elle fait le mal, et son corps a brûlé pour cela. Mais parfois, Dieu, dans Son infinie sagesse, nous montre la voie de la rédemption en nous gratifiant d'un miracle. Le Créateur aurait pu se détourner, laisser l'âme de Theresa souffrir dans l'Achéron, le Phlégéton et le Cocyte des Grecs, afin qu'elle purge ses fautes dans le lieu où Il lave les immondices des filles de Sion. Mais à quoi cela aurait-il servi, si aucun de nous ne tirait un enseignement de son tourment ?

Wilfred et Flavio écoutaient avec fascination, oubliant presque de respirer. Korne, pour sa part, ne paraissait pas convaincu.

— Et qu'est-ce que ça prouve ? Le diable aurait tout aussi bien pu la ressusciter !

Alcuin se retint de sourire. Il avait réussi à pousser Korne à l'hérésie. Maintenant, il serait facile de détourner son attention en l'accusant de blasphème.

— Mettez-vous en doute l'intervention divine ? tonna-t-il. Oseriez-vous comparer le pouvoir infini du Tout-Puissant avec l'ignominie du diable ? A genoux, blasphémateur ! Repentez-vous sur-le-champ ou préparez-vous à subir votre châtiment !

Alcuin arracha à Izam son épée et l'appliqua contre le cou de Korne.

— Jurez devant Dieu de renoncer au diable ! exigea-t-il en lui tendant la Bible.

La sueur perlait sur le front du parcheminier pendant qu'il prononçait son serment. Puis il se leva et quitta précipitamment la pièce.

Après le départ de Korne, Flavio attira Alcuin à l'écart et lui glissa quelques reproches. En sa qualité de légat du pape, il était le seul autorisé à juger de la réalité d'une intervention divine.

— Je suis navré d'avoir à le dire, mais vous avez peut-être parlé trop vite, frère Alcuin. Zénon affirme que la morte était méconnaissable.

— Regardez vous-même, Flavio. Zénon serait incapable de reconnaître la mère qui l'a mis au monde.

Alcuin montra le médecin, qui en était à sa septième coupe de vin, mais Flavio insista :

— Vous auriez au moins pu attendre que Theresa se réveille et nous raconte ce qui s'est passé. S'il y a vraiment eu miracle, je serai le premier à m'en réjouir, croyez-le.

— Vous avez entendu Wilfred nous expliquer quel être vil était ce Korne. Manifestement, il était disposé à en finir avec Theresa. Si une intervention miraculeuse m'a aidé à la sauver, ne faut-il pas l'accueillir avec bonheur ?

— Quoi ? Vous avez tout inventé ? Vous n'avez pas eu de vision ?

— Non.

— Par le Très-Saint ! Et vous n'avez rien trouvé d'autre que d'inventer un miracle ?

— C'est déjà un miracle en soi que cette jeune femme ait réchappé de cet incendie. Elle aurait tout aussi bien pu ressusciter. Et puis l'aide de Dieu revêt des formes diverses. Pour vous, ce sont les reliques. Pour moi, des visions.

A cet instant, une servante entra, visiblement troublée.

— La petite se réveille, annonça-t-elle.

Tous s'empressèrent au chevet de Theresa. Alcuin observa le visage de la jeune femme, où perlait la sueur. Il tira sa couverture et demanda qu'on approche une chandelle. Puis il humecta un linge d'eau tiède et nettoya avec soin le visage de la blessée. Ensuite, il lui frictionna les deux bras en insistant sur les articulations. Peu à peu, la couleur revint aux joues de Theresa et, après quelques secondes, elle entrouvrit les yeux. Alcuin sourit et traça une croix sur son front. Puis il l'aida à se redresser et glissa un coussin sous sa tête.

— Bienvenue à la maison, lui dit-il.

Theresa essayait en vain de suivre les explications d'Alcuin. Sa tête la faisait souffrir comme si elle avait reçu un coup de sabot d'un cheval. Cette histoire de miracle était si confuse qu'elle semblait surgir du délire d'un fou. Elle demanda un peu d'eau. C'est alors que Wilfred entra. Alcuin murmura à Theresa de jouer le jeu.

— Theresa, tu me reconnais ? demanda le comte, heureux de la trouver réveillée.

La jeune femme regarda les chiens et acquiesça.

— Dieu se réjouit de ton retour et, bien sûr, nous tous avec Lui. Nous avons connu des jours de tristesse, mais tu ne dois pas t'en soucier. Bientôt, tout redeviendra comme avant.

Elle eut un sourire timide auquel Wilfred répondit, un rien crispé.

— J'aimerais que tu fasses un effort de mémoire. Te souviens-tu de ce qui s'est passé pendant l'incendie ?

Theresa regarda Alcuin comme pour quêter son soutien. Le moine se déroba et elle bredouilla une réponse positive.

— Alors, j'imagine que tu accepteras de nous le raconter. As-tu vu le Rédempteur ? T'est-Il apparu ? Réponds sans crainte. C'est Lui qui t'a ramenée parmi nous.

Alcuin s'avança.

— Il lui faut du repos, plaida-t-il. Son esprit est encore confus. Avec le coup qu'elle a reçu sur la tête, elle ne se souvient pratiquement de rien.

— C'est normal. Mais dès qu'elle aura retrouvé la mémoire, faites-moi appeler. N'oubliez pas que c'est moi qui ai inhumé son corps carbonisé.

Wilfred les salua avec tiédeur avant de se retirer. Alcuin ne se lassait pas d'admirer son chariot, qu'il conduisait d'une main experte, franchissant les seuils ou évitant les dalles abîmées avec une aisance qui trahissait une longue habitude.

Le moine alla ensuite s'asseoir auprès de Theresa.

— Les desseins du Seigneur empruntent parfois des chemins tortueux qui égarent les idiots, lui expliqua-t-il, mais pas ceux qui ont dédié leur vie à suivre Sa doctrine. De toute évidence, ton heure n'était pas arrivée. Peut-être parce que tu ne mérites pas encore d'entrer au Royaume des Cieux. Mais cela ne signifie pas que tu n'y parviendras jamais.

— Et mes parents ? demanda la jeune femme, décontenancée.

— Ta belle-mère attend à l'extérieur. Tu la verras bientôt.

Theresa reconnut alors la chambre de repos de Wilfred, où elle avait pénétré une fois avec son père. Elle se redressa lentement, aidée par Alcuin. Un martèlement pénible résonnait sous son crâne.

Une fois assise, elle se palpa la tête et découvrit une bosse douloureuse. Alcuin lui raconta qu'elle s'était assommée sur une pierre pendant une escarmouche avec les maraudeurs. La mémoire revint alors à la jeune femme, qui demanda des nouvelles d'Izam et de Hoos. Le moine répondit qu'ils surveillaient le déchargement du bateau.

— Je veux voir mes parents, répéta-t-elle.

Alcuin lui demanda d'avoir un peu de patience. Rutgarde paraissait bouleversée, et Gorgias était toujours porté disparu. La voyant se troubler, il lui promit d'interroger Wilfred à ce sujet. Quant au miracle, il lui avoua qu'il s'était retrouvé dans l'obligation de l'inventer.

— Korne n'aurait accepté aucune autre explication. Je sais que j'ai commis un sacrilège, mais je n'ai rien trouvé de mieux.

— Mais pourquoi un miracle ?

— Parce que, d'après Wilfred, on a trouvé ton corps carbonisé.

— Mon corps ?

— Plutôt, celui de quelqu'un qu'on a pris pour toi et qui, apparemment, portait les restes d'une robe bleue que Gorgias a reconnue comme étant la tienne.

— Mon Dieu ! Clotilde... J'ai tenté de la protéger avec ma robe humide.

Theresa lui raconta l'incendie dans les moindres détails.

— C'est à peu près ce que j'avais imaginé, commenta Alcuin quand elle eut terminé. N'importe qui avec deux sous de cervelle l'aurait compris, mais pas les dignitaires de cette ville. C'est pourquoi il valait mieux qu'ils voient la main de Dieu dans ton retour. J'ai aussi pensé à Korne et au désir qu'il avait de venger la mort de son fils. Je ne crois pas que le serment qu'il vient de prononcer l'arrêtera.

Alcuin annonça ensuite qu'il allait prévenir Rutgarde qu'elle pouvait rendre visite à sa belle-fille.

— Une dernière chose, ajouta-t-il en regardant Theresa d'un air sévère. Si tu tiens à vivre, ne parle à personne de ce prétendu miracle.

25

Alcuin fut logé dans une cellule de l'aile sud de la forteresse, contiguë à celle de Flavio et proche de la chambre d'Izam. Depuis sa fenêtre, il pouvait voir la vallée du Main et, au loin, les contreforts de la Rhön. Dans les prés, la neige avait presque entièrement fondu, mais, sur les cimes, elle brillait comme si elle avait été peinte à la main. En regardant avec attention, Alcuin distingua dans les endroits où la végétation était plus rare une myriade d'orifices qui évoquaient des galeries de mine. Tout en s'habillant, il se demanda si elles étaient encore exploitées.

Il descendit dîner après none et retrouva Wilfred dans la salle d'armes en compagnie de Théodore, le géant qui tirait son chariot quand les chiens étaient enfermés. Le comte parut se réjouir de voir Alcuin. Il semblait impatient d'en savoir davantage sur le miracle, mais le moine ne s'intéressait qu'au parchemin que Wilfred était censé lui remettre et se contenta de temporiser en attendant que le géant se retire. Malheureusement, Théodore resta posté derrière la chaise de Wilfred, impavide, jusqu'à ce que son maître le congédie.

— Quelle montagne d'homme ! s'exclama Alcuin après son départ. Je n'ai jamais vu quelqu'un d'aussi grand.

— Et loyal comme un chien. Il ne lui manque que de remuer la queue. Etes-vous satisfait de vos appartements ?

— Naturellement. La vue est magnifique.

— Une coupe de vin ?

Alcuin refusa et s'assit en face du comte, attendant le moment opportun.

— Vous enfermez vos chiens pour la nuit ? s'enquit-il.

Wilfred lui expliqua qu'il ne les utilisait que le matin, sur des trajets précis, dépourvus d'escaliers. Il aimait aussi se promener dans Wurtzbourg avec eux.

— Il m'arrive de me risquer sur les chemins hors de la ville, ajouta le comte. Vous verriez comment ils comprennent mes regards ! Il me suffirait de cligner les paupières pour qu'ils se jettent à la gorge du premier que je leur désignerais.

— Même attelés à votre voiture ?

— Je vais vous confier un secret, glissa Wilfred en souriant.

Il actionna un levier presque invisible à l'extrémité d'un des accoudoirs, et un ressort libéra les anneaux qui retenaient les mâtins.

— Très astucieux.

— N'est-ce pas ?

Le comte remit les anneaux en place et retendit le ressort.

— Mais oublions mes chiens et parlons plutôt de Theresa, dit-il.

Alcuin reprit son récit du début à la fin, l'enrichissant çà et là de quelque détail inventé. Lorsqu'il se tut, Wilfred acquiesça, puis il insista pour que le moine goûte le vin. Pour une fois, Alcuin accepta. Après avoir vidé sa coupe, il s'enquit du parchemin.

— Il n'est pas terminé. Vous pourrez bientôt le voir, assura Wilfred.

— Si cela ne vous dérange pas, je préférerais l'avoir tout de suite.

— Aidez-moi, je vous prie.

Alcuin se plaça derrière le chariot et poussa Wilfred dans la direction que celui-ci lui avait indiquée. Comme ils passaient à la hauteur d'une commode, le comte lui demanda de lui apporter un coffret posé dessus. Wilfred l'ouvrit, y plongea la main et souleva un double fond. Il en sortit un document qu'il tendit à Alcuin d'un geste nerveux. Celui-ci approcha le parchemin de la lumière d'un cierge.

— Mais c'est un brouillon !

— Je vous avais prévenu.

— Je sais, mais Charlemagne n'acceptera pas cette réponse. Plusieurs mois se sont écoulés. Comment se fait-il qu'il ne soit pas encore achevé ?

— L'original a été perdu dans l'incendie de l'atelier de Korne, et Gorgias a dû recommencer de mémoire. Mais, il y a quelques semaines, il a disparu.

— Disparu ?

— Il y a environ trois mois, je l'ai fait convoquer et il m'a assuré qu'il ne lui restait plus que quelques jours de travail. Mais, le matin même, il s'est volatilisé.

— Et depuis ?

— Personne ne l'a revu. D'après ce que je sais, Genséric a été le dernier à lui parler. Il l'a accompagné au scriptorium afin qu'il y récupère ses affaires, et il ne l'a plus revu.

Quand Alcuin demanda à parler à Genséric, Wilfred vida sa coupe de vin et regarda le moine d'un œil vitreux.

— J'ai peur que ce ne soit impossible. Genséric est mort le mois dernier. On l'a trouvé dans les bois, un stylet planté dans le ventre.

Si la nouvelle surprit Alcuin, son étonnement se mua en stupeur lorsque Wilfred déclara qu'il soupçonnait Gorgias d'avoir assassiné son coadjuteur.

Le lendemain matin, Alcuin se présenta aux cuisines de bonne heure. Comme c'était l'usage, celles-ci occupaient un bâtiment indépendant, pour éviter qu'en cas d'incendie le feu ne se propage au reste de la forteresse. De fait, la veille, le moine avait remarqué sur les murs des traces noires, signes d'incendies à répétition. Il demanda à une servante qui était le responsable des cuisines. La femme lui indiqua Bernardino, un religieux grassouillet, haut comme trois pommes. Le petit homme le salua presque sans le regarder, occupé qu'il était à ranger des provisions, courant çà et là avec l'agilité d'un écureuil.

Son travail achevé, il s'occupa d'Alcuin avec un plaisir manifeste et lui servit un verre de lait chaud.

— Excusez cette effervescence, mais nous avions besoin de ces vivres comme de la pluie en mai. C'est un honneur de vous rencontrer. On ne parle que de vous.

Alcuin accepta le lait avec reconnaissance. Depuis son départ de Fulda, il n'avait bu que du vin coupé. Puis il interrogea Bernardino sur Genséric, Wilfred lui ayant précisé que c'était le petit moine qui avait découvert le corps du coadjuteur.

Bernardino se jucha avec difficulté sur une chaise avant de répondre.

— C'est vrai. Je l'ai trouvé dans le bois, couché sur le dos et couvert d'écume. Il ne devait pas être mort depuis bien longtemps parce que les bêtes sauvages ne l'avaient pas touché.

Il lui décrivit également l'arme du crime : un stylet comme les scribes en utilisent pour écrire sur les tablettes de cire, profondément enfoncé dans le ventre du mort.

— Et vous pensez que c'est Gorgias qui l'a tué ?

Le nain haussa les épaules.

— Le poinçon appartenait à Gorgias, mais je ne l'ai jamais accusé. Tout le monde ici connaît sa bonté. Pourtant il est vrai que ces derniers temps il s'est passé d'étranges événements.

En dehors de Genséric, raconta Bernardino, plusieurs jeunes gens avaient été retrouvés morts. Et la rumeur publique attribuait également ces meurtres au scribe.

A la demande d'Alcuin, Bernardino lui expliqua où se trouvait la tombe du coadjuteur. En revanche, le nain s'étonna de l'intérêt du moine pour les vêtements que portait Genséric le jour de sa mort. La règle voulait que les habits des morts soient lavés et réutilisés quand leur état le permettait.

— Mais les siens empestaient l'urine, aussi avons-nous décidé de l'enterrer avec.

Alcuin vida son verre de lait et s'essuya les lèvres. Puis il demanda si les jeunes gens avaient également été poignardés.

— En effet. Etrange, n'est-ce pas ?

Alcuin acquiesça, puis il remercia Bernardino de son aide. Après réflexion, il lui proposa de le retrouver après l'office de sexte, afin qu'il lui montre l'endroit où il avait découvert le corps de Genséric. Puis il regagna ses appartements. Certains éléments dans le récit du petit moine avaient éveillé ses soupçons. A présent, il devait obtenir de Wilfred l'autorisation d'exhumer le corps du coadjuteur.

Dans le couloir qui menait à sa cellule, Alcuin croisa Flavio Diacono, les yeux bouffis et les cheveux emmêlés. Bien qu'il fût un peu tard pour se lever, le Romain ne paraissait pas pressé. Flavio semblait appartenir à cette catégorie de religieux moins soucieux d'obéir à la règle que de satisfaire leurs appétits. Dans un moment d'ivresse, il avait confié au moine anglais qu'à Rome il jouissait de la compagnie de plusieurs jeunes femmes, et il l'avait même incité à l'imiter. Si l'Eglise réprouvait le concubinage, il n'était pas rare que des religieux cohabitent avec des femmes qu'ils débauchaient en leur donnant de l'argent ou en agitant la menace de la damnation éternelle.

Alcuin rendit son salut à Flavio et l'accompagna au réfectoire. Son caractère lui interdisait de juger le comportement du prélat romain, mais, comme l'affirmait saint Augustin dans sa *Civitas Dei*, même si les hommes étaient nés avec la liberté de choix, il ne faisait aucun doute que certains se trouvaient devant une seule alternative : une mauvaise vie ou une très mauvaise vie.

Durant le déjeuner, la conversation porta sur le miracle de la résurrection de Theresa.

Izam ne donna pas son avis, mais plusieurs religieux proposèrent d'ériger un autel sur les cendres de l'ancien atelier. Un autre suggéra même de construire une chapelle. Wilfred était d'accord, mais il finit par se ranger à l'avis d'Alcuin, qui était d'attendre la réunion d'un concile œcuménique qui se prononcerait sur la question.

Quand les convives demandèrent où se trouvait la jeune femme, Wilfred expliqua que Zénon lui avait fait boire une infusion de sauge et de mélisse et qu'elle avait passé la nuit dans le magasin de la forteresse, veillée par sa belle-mère. Rutgarde avait à peine dormi entre les prières, les pleurs et les soins, implorant le ciel que la miraculeuse réapparition de sa belle-fille soit le présage du retour de son mari.

A cet instant, les deux petites filles de Wilfred firent irruption dans le réfectoire. Avec un rire coquin, les fillettes échappèrent à leur nourrice et, sans écouter ses avertissements, se mirent à courir entre les jambes des invités. Finalement, la dévouée servante se laissa tomber à terre, essoufflée, et menaça les petites d'une correction. Mais elles lui tirèrent la langue, réfugiées derrière Flavio et Alcuin.

Wilfred applaudit l'impertinence de ses jumelles, qui se jetèrent dans ses bras. Il les couvrit de baisers et les fillettes se tortillèrent en pouffant pendant qu'il leur chatouillait le ventre. Le comte joignit son rire aux leurs, puis il les embrassa de nouveau et, après leur avoir recommandé de bien se comporter, il les rendit à leur nourrice.

— Sacrées petites diablesses ! dit-il en souriant. Elles tiennent de leur mère.

Il prit la poupée de chiffon qu'elles avaient oubliée sur ses genoux et la posa sur la table.

La plupart des convives savaient que l'épouse de Wilfred était morte d'une fièvre maligne l'année précédente. Certains lui conseillaient déjà de se remarier, mais il n'était pas un homme à femmes.

— Rafraîchissez-moi la mémoire, lui demanda Flavio Diacono. Vous disiez que Theresa avait péri dans un incendie ?

— C'est exact, répondit Wilfred. Apparemment, elle est entrée dans une grande colère, je ne sais à cause de quoi, et elle aurait mis le feu à l'atelier où elle travaillait. Plusieurs personnes sont mortes.

— Cependant, pas plus tard qu'hier, vous avez déclaré que Theresa était incapable d'une mauvaise action.

— En effet. Un témoin m'a confié que c'était Korne qui avait provoqué l'incendie en poussant Theresa. Cela dit, je tenais également son père Gorgias pour un homme intègre, et pourtant, il est recherché pour meurtre.

Après le repas, Alcuin rejoignit Bernardino dans les écuries de la forteresse. Le nain chevauchait un baudet et il l'invita à partager sa monture, mais Alcuin préféra l'accompagner à pied. Chemin faisant, il tenta d'obtenir davantage de détails sur l'aspect du corps de Genséric. Bernardino confirma que le mort gisait sur le dos, les yeux ouverts et de la mousse sur le visage.

— De la mousse ? Vous voulez dire qu'il avait l'écume à la bouche ?

— Je n'en sais rien ! Il était raide comme tous les morts.

Ils avançaient sur un sentier dégagé qui traversait un bois de chênes proche de la forteresse. Le soleil était timide et les plaques de neige commençaient à fondre. Alcuin examinait les empreintes qui marquaient le sentier.

— C'est ici, dit soudain Bernardino en arrêtant sa monture.

Il sauta à terre, trottina jusqu'à un tas de pierres et montra l'endroit, triomphant.

— Vous vous souvenez du jour exact ?

— Bien sûr ! J'étais sorti ramasser des noix afin de faire un gâteau pour les filles du comte. Il y a des noyers plus bas. Je suis passé par ici, l'âne s'est arrêté et...

— Et c'était quel jour... ?

— Ah oui, pardon... C'était un vendredi du mois dernier. Le jour de saint Benoît.

Alcuin s'accroupit devant l'endroit que lui indiquait le nain. Quelques touffes d'herbe aplaties signalaient l'emplacement du cadavre. Puis il scruta les environs.

— Comment avez-vous fait pour transporter le mort ? Vous l'avez traîné ou bien vous l'avez hissé sur le baudet ?

— Je sais ce que vous pensez, dit Bernardino en riant. Vous pensez que, comme je suis un nain, je n'ai pas pu le soulever.

— Disons que cela m'est venu à l'esprit.

Le petit moine s'approcha de l'âne et lui donna un coup de bâton. L'animal se laissa tomber. Bernardino en profita pour grimper sur son dos, puis il agrippa fermement sa crinière et lui donna un nouveau coup. L'âne se releva, monté par un Bernardino hilare.

Au retour, Alcuin s'arrêta aux entrepôts pour prendre des nouvelles de Theresa. Il fut accueilli par Rutgarde, qui multiplia les courbettes, éperdue de reconnaissance. Le moine minimisa son rôle et demanda à voir la jeune femme.

— Seul à seule, si possible.

Rutgarde et Hoos, qui était là également, se retirèrent. Alcuin s'approcha de la paillasse de Theresa.

— Il fait froid, ici, dit la jeune femme.

— Comment te sens-tu ?

— Mal. Personne ne sait où se trouve mon père, répondit-elle, les larmes aux yeux.

Alcuin pinça les lèvres. Aucune parole n'aurait pu apaiser ce chagrin.

— Tu as parlé à quelqu'un du miracle ?

Elle secoua la tête. Une servante lui avait dit que son père était accusé de meurtre, et elle affirma qu'il était incapable de commettre de telles horreurs. Alcuin voulut savoir d'où elle tenait cette certitude.

— Ce ne sont que des mensonges, soutint-elle. Il n'aurait jamais...

Les sanglots l'empêchèrent de continuer.

— Rassure-toi, j'en suis aussi persuadé. Pour l'instant, l'essentiel est de le retrouver. Nous ne savons pas encore pourquoi il a disparu, mais je te promets que je percerai ce mystère.

Il attendit que les sanglots de Theresa se calment. Puis il l'aida à s'habiller, appela Rutgarde et les conduisit toutes les deux à la forteresse. Là, il obtint de Wilfred qu'on les loge dans le bâtiment principal, où elles seraient plus en sécurité. Il recommanda à Theresa de garder la chambre pendant quelques jours.

Au milieu de l'après-midi, Alcuin trouva Wilfred au scriptorium. Les chiens grondèrent en le voyant entrer, mais le comte les apaisa. Il secoua les rênes et fit avancer son attelage vers le moine. Celui-ci en profita pour donner aux mâtins deux morceaux de viande dérobés aux cuisines, qu'ils engloutirent comme s'ils n'avaient pas mangé depuis des jours.

Alcuin remarqua que Wilfred avait gardé la poupée oubliée par ses filles. Le pantin avait d'étranges yeux blancs, faits avec des cailloux sur lesquels on avait dessiné un iris bleu d'un trait maladroit.

— Comment faites-vous pour ouvrir les portes ? demanda le moine.

Wilfred montra une sorte de harpon relié à une baguette de noisetier.

— J'utilise ce crochet. Sinon, mes bêtes me rapprochent des poignées. Qu'est-ce qui vous amène ?

— Un sujet délicat. Vous m'avez dit que Genséric était mort poignardé.

— Exact. Transpercé par un stylet.

Il fit avancer les chiens, qui l'amenèrent près d'une niche. Il sortit d'une boîte un poinçon

comme ceux qu'utilisaient les scribes et le montra à Alcuin.
— Voilà. Exactement comme celui-ci.
Le moine regarda l'objet avec attention.
— Joli. Il appartenait à Gorgias ?
Wilfred acquiesça et rangea le stylet.
Alcuin considéra la table qui faisait office de scriptorium. Il demanda si Gorgias y travaillait, ce que le comte confirma. Plusieurs poinçons y étaient soigneusement alignés, à côté d'encriers et d'une bouteille de siccatif. Une épaisse couche de poussière recouvrait les instruments. La rangée se terminait par deux marques longues et fines qui paraissaient moins poussiéreuses. Alcuin poursuivit son examen à la dérobée, sans faire part de ses soupçons. Il s'étonnait de ne pas voir les textes grecs dont Gorgias avait forcément eu besoin pour réaliser le manuscrit.
Un peu plus tard, quand il aborda la question de l'exhumation de Genséric, Wilfred fronça les sourcils.
— Le déterrer ? Quelle drôle d'idée !
— J'aimerais lui accorder la faveur des saintes reliques, mentit Alcuin. Flavio a sous sa garde le *lignum crucis*, un morceau de la Vraie Croix.
— Oui, je le sais, mais je ne comprends pas...
— Genséric est mort brutalement, peut-être avec des péchés sur la conscience. Ce serait lui manquer de charité que de ne pas bénir son corps à l'aide de ces reliques.
— Et pour cela, il faut le sortir de sa tombe ?
Alcuin assura que c'était indispensable.

Après quelques secondes d'indécision, Wilfred donna son accord. Il confia Alcuin au géant Théodore, qu'il chargea de le conduire à la sépulture de Genséric.

Outre qu'il dépassait tout le monde de plusieurs têtes, Théodore était quasi muet. Pendant qu'il pelletait la terre sans répit, il n'ouvrit la bouche qu'une seule fois, pour dire que la tombe empestait le fumier. Alcuin ne releva pas, songeant que l'odeur de Théodore n'était guère plus agréable. Après une longue attente rythmée par les halètements du géant, la pelle heurta quelque chose de dur. Alcuin constata avec satisfaction qu'on avait enterré Genséric dans un cercueil en bois, qui aurait conservé les traces éventuellement laissées par l'assassin. Attrapant une seconde pelle, il finit de déblayer le cercueil et aida Théodore à le remonter. Mais, quand il lui demanda de l'ouvrir, le géant aux yeux bleus répondit que cela ne le concernait plus et il recula de quelques pas. Alcuin resta seul devant la tombe. Le couvercle céda à sa troisième tentative.

L'odeur qui jaillit du cercueil les fit vomir. Théodore s'éloigna encore, laissant Alcuin se débrouiller avec les vers qui grouillaient sur le cadavre. Le moine se protégea le nez avec un chiffon et écarta les asticots. Quand il fut parvenu au bout de ses peines, il inspecta les vêtements du mort, cherchant l'endroit par où avait pénétré le stylet. Il distingua à hauteur du ventre une petite déchirure nette et mesura approximativement le cercle de sang séché qui s'étalait autour : la tache avait environ le diamètre d'un cierge. Il examina ensuite le visage rongé, sans trouver trace de l'écume mentionnée par Bernardino. Toutefois, il en restait peut-être sur le col de Genséric. Alcuin prit un couteau et découpa un échantillon de tissu dont il chassa les larves avant de le ranger dans une petite bourse. Puis il étudia les paumes du mort. Celle de la main gauche semblait violacée et présentait deux étranges orifices. Il sortit un morceau de bois qu'il présenta comme une partie du *lignum crucis*, le posa dans le cercueil et prononça une prière. Finalement, il replaça le couvercle et demanda de l'aide au géant pour remettre le cercueil en terre.

Ce soir-là, on servit du poisson au réfectoire, ce qui parut offenser Flavio Diacono. Wilfred présenta ses excuses pour la frugalité du repas, mais les vivres arrivés par bateau ne lui permettaient pas d'offrir un festin à ses invités, et ses propres réserves étaient quasiment épuisées.

— Quel dommage qu'une partie de ces provisions ait disparu sous la glace ! déplora-t-il.

— Celles que nous avons apportées ne sont pas suffisantes ? demanda Flavio.

Wilfred eut un rire méprisant.

— Un bœuf à moitié mort, six boisseaux de blé et trois sacs d'avoine, vous appelez cela un ravitaillement ?

— Deux navires attendent en aval, lui rappela Izam. Si nécessaire, nous pouvons réparer notre bateau et descendre jusqu'à eux.

— Et comment vous êtes-vous alimentés, jusqu'à présent ? s'enquit Alcuin. D'après la rumeur, la famine frappait votre ville.

Wilfred avoua qu'ils avaient tenu jusqu'à l'épuisement de ses propres ressources, mais, quand les morts avaient commencé à s'accumuler, ils avaient dû puiser dans les greniers royaux.

— Vous n'arriviez pas, et les gens continuaient à mourir, se justifia-t-il. Comme vous le savez, le blé royal est destiné aux troupes en cas de bataille, mais la situation était devenue intenable. Alors j'ai décidé de le distribuer.

— En tout cas, vous ne semblez pas dans l'indigence. Entre les mugissements de vos vaches et les caquètements de vos poules, même un sourd perdrait l'ouïe, fit remarquer Flavio en indiquant la direction des basses-cours.

Wilfred s'approcha de lui dans son chariot.

— Est-ce ainsi que vous me récompensez de mes largesses ? clama-t-il, manifestement offensé. Depuis quand les Romains se soucient-ils des ennuis des paysans ? Vous vivez enfermés dans vos cathédrales en ignorant la misère de vos fidèles. Vous avez des jardins, du bétail, des terres qui vous rapportent des rentes, des domestiques qui défrichent vos champs et réparent vos murs en échange de nourriture. Vous obtenez un dixième de tout ce qui vous entoure, vous percevez des droits de passage sur des chemins que vous n'avez pas payés. Et vous osez me critiquer ? Bien sûr que j'ai des provisions, je ne suis pas idiot. Je suis un homme d'Eglise, mais aussi un gouverneur. Qu'arrivera-t-il quand les gens de cette ville n'entendront plus que la voix du désespoir et de la faim, qu'ils s'armeront de tout ce qui leur tombera sous la main pour attaquer nos magasins ?

Alcuin s'empressa d'intervenir.

— Je vous en prie, acceptez nos excuses. Je vous assure que nous vous sommes reconnaissants de votre hospitalité autant que de votre générosité. Est-il exact que les vivres que nous avons apportés ne suffisent pas ?

Son intervention froissa Flavio, même si celui-ci devait admettre qu'elle tombait à pic.

— Faites vous-même le compte, répliqua Wilfred. Sans compter les prêtres et les moines, trois cents familles vivent à Wurtzbourg. Mais au train où vont les choses, il n'en restera peut-être plus une seule le mois prochain.

— Et les jardins ? voulut savoir Alcuin. Vous devez avoir de l'ail, des échalotes, des poireaux, des choux, des radis, des navets...

— Le gel a brûlé même les chardons. Vous n'avez pas vu ces désespérés ? demanda Wilfred avec un geste vers la foule massée au pied des murs. Ils ne font même plus la différence entre un oignon et une pomme !

— Et vos réserves ?

— Dans les greniers, nous conservons une centaine de mesures de blé. Il nous reste aussi une trentaine de mesures d'épeautre, mais ce grain est un vrai poison et nous l'utilisons comme fourrage pour les animaux qu'il nous reste. Pourtant, des insensés ont attaqué les magasins pour en voler. Le lendemain, nous les avons retrouvés devant la maison de Zénon, vomissant tripes et boyaux. Par malheur, ils sont morts sans nous laisser le temps de les pendre.

Alcuin songea que, si les estimations du comte étaient exactes, ils étaient confrontés à un grave problème.

— Et vos reliques ? demanda le comte au moine. Ne pourraient-elles nous obtenir de quoi manger ?

— Sans doute, Wilfred. Sans doute.

MARS

26

Depuis son arrivée à Wurtzbourg, Hoos Larsson n'avait pas joui d'un instant de répit. Wilfred l'avait affecté à l'escadron d'Izam. En prévision de nouvelles attaques, celui-ci organisait des patrouilles quotidiennes dans les environs de la ville. Le matin, on vérifiait le périmètre des murailles et, au crépuscule, des détachements faisaient le tour du rocher qui formait l'assise de la forteresse. Hommes, femmes et enfants devaient surveiller ruisseaux et chemins, consolider les défenses et réparer les clôtures.

La deuxième semaine, Hoos prit la tête d'une expédition aux anciennes mines. Un berger y avait remarqué de la fumée, et Wilfred avait décidé de faire ratisser l'endroit.

Douze hommes partirent à l'aube, équipés de cuirasses, d'écus et d'arcs. Izam avait revêtu sa cotte de mailles et vantait celle-ci à Hoos, qui n'en avait jamais porté.

— Evidemment, sur l'eau, ça peut être dangereux : si tu tombes, le poids t'attire vers le fond. Mais sur la terre ferme, ça revient à porter un manteau de fer.

Hoos regarda Izam avec dédain, puis il estima la distance qui les séparait de la mine. Si des bandits apparaissaient, le Padouan n'aurait même pas le temps de compter ses blessures.

— Il se pourrait qu'on tombe sur Gorgias, avança Izam. La mine fait un bon refuge.

— Dans ce cas, tu as entendu ce qu'a dit Wilfred : « Si vous le trouvez, criblez-le de flèches. » Il n'a pas seulement tué Genséric, mais aussi plusieurs jeunes gens.

— Le comte paraît très affecté par la mort de son coadjuteur, mais Alcuin ne partage pas son avis. Si nous le trouvons, je crois que nous devrions le capturer vivant.

Hoos continua à chevaucher sans répondre. Si l'occasion se présentait, sa main ne tremblerait pas.

Ils atteignirent la mine au milieu de la matinée. Les éclaireurs rapportèrent que l'endroit semblait désert, mais, par précaution, Izam répartit ses hommes en deux groupes. L'un se chargerait des cabanes des esclaves tandis que l'autre se déploierait dans les galeries. Pendant la fouille des baraquements, Hoos découvrit des écailles de poisson frais mais, au lieu d'en informer Izam, il les dispersa avec le pied et les recouvrit de poussière. Ils scrutèrent chaque recoin sans rien trouver d'important. Après une ultime inspection, Izam et ses hommes rejoignirent ceux qui exploraient les tunnels.

Une obscurité de poix régnait dans la première galerie. Plus ils s'enfonçaient et plus le plafond s'abaissait, si bien qu'ils finirent par avancer courbés en deux. Soudain l'un des soldats trébucha et la terre sembla l'avaler. Impuissants, ses compagnons écoutèrent son corps heurter les parois pendant sa chute. Ils se demandaient s'ils devaient continuer ou sortir de cette souricière quand une partie du plafond s'effondra dans un vacarme assourdissant, manquant les ensevelir. La poussière envahit la galerie, menaçant de les suffoquer. Un des hommes courut vers la sortie et les autres le suivirent. Ils se regroupèrent devant l'entrée, enduits de terre. D'un commun accord, ils abandonnèrent leurs recherches et regagnèrent la forteresse.

Quand le silence fut revenu dans la galerie, Gorgias repoussa les chariots de mine disloqués qui le dissimulaient. Entre deux quintes de toux, il remercia le ciel de l'avoir aidé. Ensuite, il s'extirpa de sa cachette et écarta les poutres qui s'étaient écroulées dans l'éboulement qu'il avait provoqué.

Quelques jours plus tôt, au cours d'une de ses explorations, il avait découvert une poutre mal calée dans cette galerie. D'abord, il s'en était inquiété, mais, bien vite, il avait décidé d'en tirer avantage. Il avait creusé à la base du pilier qui la supportait, remplaçant au fur et à mesure la terre par des cailloux. Quand il en avait eu assez pour caler le poteau, il avait ôté le reste de terre et choisi une pierre longue et mince afin de soutenir le pilier. Avec mille précautions, il l'avait insérée dans l'espace libre en position verticale avant de retirer les cailloux. Ainsi, tout le poids reposait à présent sur la pierre longue. Ensuite, il avait attaché une corde au poteau, recouvert de sable les empreintes qu'il avait laissées et s'était glissé dans une anfractuosité. De là, il avait vérifié qu'en tirant sur la corde il pourrait déplacer la pierre plate et provoquer la chute du pilier, entraînant l'effondrement du plafond de la galerie.

Il se remémora les instants qui avaient précédé l'arrivée des soldats.

Ce matin-là, il se trouvait dans les baraquements lorsqu'il avait entendu hennir un cheval. Il s'était hâté de manger son poisson avant de sortir. Un groupe d'hommes approchaient. Vite, il avait ramassé Blanca et avait couru jusqu'à la galerie piégée. La première torche était apparue peu après. Il s'était alors abrité et avait attendu. Les soldats n'avaient pas tardé à se manifester. L'un d'eux s'était approché du chariot qui fermait la cachette de Gorgias. C'était le moment ou jamais. Gorgias avait enroulé la corde autour de son bras valide et tiré de toutes ses forces. Comme prévu, le pilier s'était effondré, entraînant une partie du plafond.

Après l'éboulement, il inspecta le tunnel, cherchant d'éventuels blessés. Il aurait voulu trouver le corps de l'homme au serpent tatoué au milieu des décombres.

Il n'eut pas cette chance.

Quand il atteignit la sortie, les hommes qui le recherchaient avaient disparu. S'il s'en réjouissait, il déplorait cependant la perte de Blanca, qu'il avait dû étrangler pour l'empêcher de caqueter.

En rentrant à Wurtzbourg, Hoos s'enquit de Theresa. Une servante l'informa qu'elle était sortie avec sa belle-mère. Celle-ci était partie chercher des vêtements tandis que la jeune femme se promenait dans les jardins de la forteresse. Hoos posa ses armes, se lava le visage et alla la retrouver.

Theresa était assise sur une souche. Il s'approcha par-derrière et lui caressa doucement les cheveux. Surprise, elle se retourna et eut un sourire triste. Quand elle lui avoua combien elle souffrait de l'absence de son père, Hoos lui promit son aide.

Ils traversèrent le cloître en s'abritant du vent sous les arcades. Hoos cueillit quelques fleurs qu'il tressa maladroitement pour en orner la chevelure de Theresa. Elle sentait le frais et l'herbe mouillée. Tout en marchant, elle le frôlait. Il glissa un bras autour de sa taille et lui murmura qu'il l'aimait. Theresa ferma les yeux pour ne jamais oublier ces paroles.

Ils coururent jusqu'à la chambre de la jeune femme, brûlant de se retrouver seuls. Ils ne croisèrent pas âme qui vive. Elle entra d'abord, il la suivit et referma la porte.

Hoos la couvrit de baisers passionnés. Il parcourait son cou, sa nuque, son menton, la serrait dans ses bras comme s'il voulait la retenir pour toujours. Theresa sentait la chaleur de son amant, son souffle précipité, sa bouche audacieuse qui parcourait son corps. Envoûté par les frémissements de sa chair, il était attentif à la montée inexorable de son désir, renforcée par chaque baiser. Il effleura des lèvres la suavité presque timide de ses seins, dont les pointes tendues palpitaient à travers le tissu. Elle le laissa la dévêtir, l'envelopper de sa langue, la réchauffer de ses murmures brûlants. A chaque instant, elle le désirait encore plus, chaque caresse en appelait une autre encore plus interdite.

Elle vibra quand le sexe de Hoos frôla son intimité.
Oubliant sa pudeur, elle le supplia de la pénétrer, entre deux gémissements. Il entra en elle avec lenteur, prolongeant le plaisir. Theresa le serra contre elle, noua les jambes autour de sa taille, sensible à son trouble, à ses mouvements, à chaque pore de sa peau. Elle s'accorda au rythme de ses hanches, de plus en plus rapide, de plus en plus fort, lui murmura de continuer, de ne plus jamais s'arrêter. Peu à peu, une houle puissante s'empara de son ventre, déferlant vague après vague jusqu'à lui faire perdre la tête.

Elle l'aimait et il le lui rendait. Quand Hoos se retira, elle caressa ses épaules, et l'étrange serpent tatoué sur son bras.

Quand Theresa se réveilla, Hoos était déjà habillé et se penchait sur elle en souriant. Il devait se rendre aux magasins royaux pour aider à répartir les vivres, mais il promit de revenir dès qu'il aurait terminé. Elle s'étira et lui tendit les bras. Hoos posa un baiser sur ses lèvres avant de quitter la chambre.

Peu après, on frappa à la porte. Imaginant que Hoos était de retour, Theresa courut ouvrir, à demi nue, et découvrit le visage grave d'Alcuin. Il lui demanda la permission d'entrer, qu'elle lui accorda. Le moine se mit à arpenter la chambre, attendant qu'elle ait fini de s'habiller. Puis il s'arrêta net et lui donna une gifle.

— On peut savoir ce que tu fabriques ? lui jeta-t-il. Qui voudra encore croire au miracle de ta résurrection, si tu continues à batifoler avec le premier qui te demande d'ouvrir les jambes ?

Theresa rougit de honte et lui lança un regard apeuré. Elle ne l'avait jamais vu aussi en colère.

— Et si quelqu'un t'avait vue ? Et si ce Hoos allait le raconter partout ?

— Je... Je ne...

— Par le Très-Saint, Theresa ! Ta mère vient de me confier qu'elle l'a vu sortir de tes appartements, alors ne joue pas les innocentes.

La jeune femme éclata en sanglots.

— Je suis désolée... Je l'aime.

— Tu l'aimes ? Alors, épouse-le et fais des enfants ! Pendant que tu y es, va donc sur le marché et clame aux quatre vents que tu couches avec Hoos. Raconte-leur que la ressuscitée a trouvé un ange plus plaisant et demande à ce que la chapelle qu'ils veulent te consacrer soit dédiée à la sainte pute !

Theresa ne savait que dire.

— Cesse de le voir, reprit Alcuin. Au moins jusqu'à ce que les esprits s'apaisent et que l'incendie ait disparu des mémoires.

Effrayée, Theresa acquiesça.

S'étant calmé, Alcuin la bénit et sortit sans ajouter un mot.

Quelques minutes plus tard, Rutgarde lui rendit visite à son tour. Elle avait passé la nuit chez sa sœur et attendu le départ d'Alcuin. Elle entra sans saluer Theresa, mais la fixa droit dans les yeux. Malgré leur différence de taille, elle empoigna la jeune femme par les épaules et la secoua avec force en la traitant de putain sans cervelle. Non seulement son comportement la mettait en danger, mais il donnait des ailes à ceux qui accusaient Gorgias de meurtre. Rutgarde lui dit tant de choses si horribles que Theresa aurait voulu devenir sourde sur-le-champ. Bien sûr, elle aimait son père, mais la situation la dépassait. Si seulement Wurtzbourg et tous ses habitants avaient pu disparaître et la laisser seule avec Hoos ! Elle ne désirait qu'une chose, se retrouver auprès de son amant. Ils n'auraient qu'à quitter cette ville affreuse et retourner ensemble à Fulda. Là-bas, ils pourraient commencer une nouvelle vie sur les terres de Theresa. Là-bas, ils pourraient vieillir tranquillement, délivrés de la peur et des mensonges.

Plantant là sa belle-mère, Theresa partit en courant vers les portes de la forteresse. Elle avait à peine pris le temps de se couvrir d'un vieux manteau. Se mêlant à un groupe de domestiques, elle franchit la porte et se dirigea vers les magasins royaux.

Les entrepôts royaux se dressaient sur une colline au nord de Wurtzbourg. Défendus par une épaisse muraille, ils étaient reliés à la forteresse par un passage souterrain. On y accédait habituellement par ce moyen et l'on n'ouvrait les portes qui donnaient sur les ruelles de la citadelle qu'en cas d'absolue nécessité. Theresa se heurta à la foule qui était massée devant l'entrée. Mais il était trop tard pour reculer. Hoos était à l'intérieur. Si elle voulait le rejoindre, elle devait attendre l'ouverture des grandes portes. Malgré elle, elle se trouva entraînée par ceux qui poussaient vers l'entrée. Pourvus de besaces et de sacs, les gens hurlaient et se battaient, provoquant de violents mouvements de foule qui menaçaient de renverser les portes. De temps en temps, des empoignades plus brutales ouvraient des trouées, aussitôt occupées par un essaim humain. Theresa craignait de périr écrasée. Dans la bousculade, elle perdit sa capuche et quelqu'un la reconnut.

Comme par enchantement, un cercle s'ouvrit autour d'elle. Les gens cessèrent de se battre pour la fixer avec fascination. Elle se demandait comment se comporter quand une voix menaçante monta de la foule.

Korne s'ouvrit un chemin jusqu'à Theresa. Celle-ci le regarda approcher, paralysée comme un mulot devant un serpent. Quand il fut à sa hauteur, le parcheminier se baissa comme pour lui rendre hommage, mais il saisit une pierre et lui en asséna un coup sur la tête. Heureusement, un groupe d'hommes s'interposèrent. D'autres transportèrent Theresa jusqu'aux portes des entrepôts, où deux soldats la prirent en charge.

Peu après, Hoos apparut, accompagné de Zénon qu'on avait fait appeler car la tête de Theresa saignait. Le médecin sortit de sa besace une paire de ciseaux crasseux dans l'intention de lui couper les cheveux, mais Theresa ne le laissa pas faire. A l'aide d'un peigne, il lissa alors sa chevelure pour examiner la plaie. Ayant diagnostiqué une blessure sans gravité, il versa dessus quelques gouttes d'un liquide si piquant qu'elle ne put retenir un cri.

Pendant que le médecin pressait un linge mouillé contre sa tête, Theresa remarqua à son cou un collier qui lui parut familier. Quand Zénon se pencha pour ramasser son matériel, le pendentif lui apparut nettement. Le cœur de Theresa s'emballa : ce bijou appartenait à son père.

Dès que Hoos fut retourné à ses affaires, la jeune femme courut derrière Zénon et le rattrapa dans le tunnel éclairé par des torches qui reliait les entrepôts à la forteresse. Le médecin marchait avec sa lenteur habituelle, mélange d'apathie et d'ivresse. Lorsque Theresa l'aborda, il se retourna, surpris. Mais son étonnement se transforma en stupeur quand elle le saisit par le col.

— D'où sors-tu ce pendentif ?
— Mais quelle mouche te pique ?

Il repoussa la jeune femme, qui roula au sol. Elle se releva d'un bond, toujours menaçante.

— Espèce de folle ! Ce coup sur la tête t'a fait perdre l'esprit ?
— D'où sors-tu ce bijou ? répéta-t-elle.
— Il est à moi. Et maintenant, ôte-toi de mon chemin, ou tu devras ramasser tes dents par terre.

Theresa le fixa droit dans les yeux.

— Tu connais Hoos Larsson, n'est-ce pas ?

Elle déchira sa robe, dénudant un de ses seins.

— Réponds immédiatement, ou je crie et il te tuera !
— Couvre-toi, pour l'amour de Dieu ! Tu vas nous faire envoyer tous les deux au bûcher !

Theresa s'apprêta à hurler, mais Zénon plaqua une main sur sa bouche. Le médecin tremblait comme un chiot apeuré. Son regard la suppliait de se taire et il ne la lâcha qu'après avoir lu un assentiment dans ses yeux.

— C'est ton père qui me l'a donné, avoua-t-il. Et maintenant, laisse-moi tranquille.

Theresa insista pour qu'il lui dise dans quelles circonstances il avait vu son père. A contrecœur,

Zénon lui raconta comment il avait soigné Gorgias dans un grenier abandonné, sur les ordres de Genséric. Il avait simplement l'intention de lui venir en aide, assura-t-il. Gorgias lui avait remis le collier en paiement de ses services. Toutefois, il évita de mentionner l'amputation. Lorsque Theresa voulut savoir où se trouvait à présent son père, Zénon ne put lui fournir de réponse. Elle exigea alors qu'il la conduise à l'endroit où il l'avait soigné.

Zénon tenta de fuir, mais elle l'en empêcha. Soudain, il changea d'expression.

— Jolis tétons, dit-il avec un rire gras.

Theresa recula en se couvrant la poitrine. Si elle l'avait pu, elle l'aurait giflé.

— Ecoute-moi bien, espèce de bouse ! Tu vas m'emmener tout de suite à ce grenier. Et si tu poses un doigt sur moi, je jure devant Dieu que je t'enverrai brûler sur le bûcher !

Theresa doutait de l'efficacité de ses menaces. Cependant, en entendant qu'elle l'accuserait d'avoir volé Gorgias, le médecin se redressa soudain, comme si on lui avait fourré un bâton entre les fesses. Son sourire stupide s'effaça et il accepta de lui servir de guide.

Après s'être rajustée, la jeune femme lui prit sa sacoche afin de se faire passer pour son aide. Puis elle lui emboîta le pas et ils quittèrent la forteresse par une porte latérale sans que personne les importune.

Zénon marchait en tête, plus nerveux que jamais, comme s'il désirait par-dessus tout être déjà arrivé à destination et que cette comédie s'achève. Aux abords de la cabane, le médecin s'arrêta. Il tendit le bras pour montrer l'endroit et fit mine de s'éloigner, mais Theresa exigea qu'il l'attende. Zénon s'exécuta de mauvaise grâce.

La jeune femme s'approcha de l'ancien grenier envahi par la végétation. Elle en poussa la porte, libérant un essaim de mouches qui semblait porté par la puanteur régnant à l'intérieur. Prise de nausée, elle entra à pas lents, chassant le nuage d'insectes qui l'environnait. Après avoir vomi, elle recommença à avancer dans l'obscurité, cherchant un indice qui pourrait la mener à son père. Soudain, elle buta contre quelque chose. Son cœur s'accéléra et elle baissa les yeux. Au milieu des feuilles mortes, un bras couvert d'asticots se dressait comme pour réclamer vengeance.

Theresa sortit de la cabane et vomit à nouveau. Pleine de haine et de chagrin, elle se mit à frapper la poitrine de Zénon de ses poings.

— Tu l'as tué, canaille ? Tu l'as tué pour le voler !

Inconsolable, elle ne cessait de pleurer. Le médecin tenta de la calmer. Il n'avait pas souvenir d'avoir abandonné le bras amputé sur le sol, mais, de ce fait, il ne pouvait plus dissimuler la vérité.

— Genséric m'a demandé de les emmener tous deux ailleurs, ce que j'ai fait avant de rentrer chez moi. Je n'ai aucune idée de ce qui s'est passé ensuite, mais Gorgias était encore vivant quand je l'ai quitté.

— Où l'as-tu laissé ?

Zénon cracha, puis il regarda Theresa.

— Je t'y emmène et je te laisse te débrouiller.

Theresa et Zénon longèrent les remparts jusqu'à l'endroit où leur tracé épousait les caprices d'un rocher escarpé. Le médecin lui indiqua une porte dissimulée par un rideau de lierre. De l'autre côté du mur, on devinait un bâtiment qui appartenait sans doute à la forteresse. Puis le médecin fit demi-tour et la laissa seule devant la porte.

Le battant gonflé par l'humidité refusa de s'ouvrir. Toutefois, au troisième essai, Theresa poussa avec assez de force pour le faire céder. La lumière du jour pénétra dans une chapelle circulaire dont les meubles étaient renversés. Le courant d'air souleva des débris de parchemin pareils à des feuilles mortes. Elle inspecta la pièce sans trouver d'indice, puis elle découvrit une petite porte qui donnait sur une cellule, où elle pénétra avec précaution. La pièce contenait du matériel d'écriture en désordre. Elle comprit immédiatement qu'il appartenait à son père.

Le cœur retourné, elle se précipita sur le codex à la reliure vert émeraude dans lequel son père avait coutume de ranger les documents importants. « Si par hasard il m'arrive quelque chose, cherche là-dedans », lui avait-il souvent répété.

Elle le prit sans l'examiner, puis elle recueillit tous les fragments de manuscrit qu'elle trouva dans la cellule ainsi qu'un stylet, des plumes et une tablette de cire. Après un dernier regard, elle sortit en courant comme si elle avait le diable à ses trousses.

A la forteresse, elle dut faire appeler Alcuin pour qu'on la laisse entrer. Quand le moine lui demanda d'où elle venait, elle baissa la tête et tenta de s'esquiver. Mais il la saisit par le bras et l'entraîna à l'écart.

— Je cherchais mon père ! Voilà d'où je viens ! répondit-elle en se dégageant.

Alcuin remarqua alors qu'elle était blessée à la tête. Il lui ordonna de le suivre au scriptorium. Là, il lui dit de s'asseoir et se mit à marcher de long en large, comme s'il hésitait à se confier à elle. Puis il se décida :

— Une fois déjà, je t'ai demandé de me faire une promesse et tu as manqué à ta parole. Maintenant, j'ai besoin de savoir si tu es capable de garder un secret extraordinaire.

— Un autre miracle ? Pardon, mais j'en ai assez de vos mensonges.

Alcuin s'assit à son tour.

— Il y a des choses que tu ne comprends pas encore. L'amour n'est pas aussi pur que tu l'imagines, ni forcément aussi impur que j'ai pu le prétendre. Les hommes ne sont ni totalement pervers et enclins au péché, ni naturellement innocents et pleins de compassion. Leurs actions dépendent de leurs ambitions, de leurs désirs et de leurs aspirations. Et, plus souvent que tu ne pourrais le penser, de l'influence du Malin.

Il se releva et recommença à faire les cent pas en poursuivant son raisonnement.

— Le comportement humain comprend autant de nuances que le temps qu'il fait. Parfois tiède et ensoleillé, il fournit de la chaleur et de bonnes récoltes. D'autres fois, il apporte le froid et la tempête. Où est la vérité et où est le mensonge ? Les accusations que Korne porte contre toi, confirmées par ses parents et ses amis ? Ou ta version des faits, qui te lave de toute faute ? Dis-moi, Theresa, n'abrites-tu pas dans ton âme un soupçon de rancœur, une ombre de ressentiment ?

Theresa savait parfaitement qui était responsable de l'incendie, mais elle préféra se taire.

— Quant aux miracles, je peux affirmer que je n'en ai jamais vu aucun, continua Alcuin. Du moins, pas le genre de prodige qu'imaginent les idiots. Mais comment affirmer que tu n'as pas ressuscité ? Comment ignorer que le manteau de la Providence t'a permis de sortir de cet enfer ? Que, grâce à cette protection, tu as rencontré Hoos et ce trappeur qui t'ont sauvée chacun leur tour ? Cette prostituée qui t'a accueillie, et même moi, alors que tu avais besoin d'un médecin ? Tu crois vraiment que Dieu n'est pas intervenu dans tous ces événements ? En fin de compte, je n'ai rien fait d'autre que te protéger. Au prix d'un mensonge, certes, mais je t'assure que j'étais guidé par le Très-Haut. Il a prévu pour toi une destinée que tu ignores, mais qui, un jour, te sera révélée. Et ton père Gorgias a toujours été impliqué dans la réalisation de cette destinée.

Theresa écoutait avec la plus grande attention. Elle ne comprenait pas tout, mais Alcuin semblait sincère. Il se rapprocha de la table et y posa les deux mains. Lorsqu'il les retira, leur trace demeura dans la poussière.

— Ton père travaillait sur cette table. C'est ici qu'il a passé les dernières semaines, à réaliser un document d'une valeur inestimable pour la chrétienté. Maintenant, réponds. Es-tu disposée à prêter serment ?

Malgré son effroi, Theresa acquiesça. A la suite d'Alcuin, elle répéta que jamais, sous peine de damnation éternelle, elle ne révélerait quoi que ce soit sur ce document. Elle le jura sur une bible qu'elle baisa ensuite avec dévotion. Elle promit que Hoos n'en saurait jamais rien. Alcuin reprit la bible et la reposa soigneusement sur l'empreinte qu'elle avait laissée sur la table. Puis il observa les traces des stylets de Gorgias.

— D'après Wilfred, ton père a disparu depuis trois mois. Genséric a été trouvé mort il y a un peu plus d'un mois. Maintenant, regarde bien ces traces. Que vois-tu ?

Theresa examina l'empreinte des mains d'Alcuin qui se détachait nettement sur la table, puis, au bout de la rangée de poinçons, elle remarqua deux marques de forme allongée.

— Je ne sais pas très bien... Il y a des marques dans la poussière.

— Observe-les de plus près. Celles qu'ont laissées mes mains sont nettes, alors que ces deux-là, qui correspondent à des poinçons, commencent déjà à se couvrir d'une couche de poussière. Et même...

— Oui ?

— Si leur forme est semblable, elles se distinguent par la quantité de poussière qui s'y est accumulée. La plus grande, celle de gauche, en a plus que l'autre.

Alcuin prit le stylet que l'on avait retrouvé dans le ventre de Genséric dans le coffret où Wilfred le conservait et le tint au-dessus de la plus petite des deux empreintes.

— Comme tu peux le voir, ici, le voile de poussière est plus fin, ce qui nous conduit à penser que le poinçon que je tiens en main, celui qui a tué le coadjuteur, a été pris sur la table plus tard que le grand qui se trouvait à sa gauche.

Le moine s'approcha alors d'une autre table sur laquelle se trouvaient plusieurs marques de livres.

— A l'inverse, ces empreintes montrent la même quantité de poussière que celle du plus grand des deux stylets. Wilfred m'a assuré que des codex et des poinçons ont disparu le même jour que ton père. Cependant, la moindre quantité de poussière sur la marque du petit stylet, celui qu'on a trouvé dans l'abdomen de Genséric, indique qu'il a été pris plusieurs jours plus tard.

— Et cela signifie... ?

— Il ne manque pas que des livres, ici, mais aussi des encriers, du siccatif, des plumes... Tout ce dont ton père aurait eu besoin pour exécuter la commande qui lui avait été confiée. Et, curieusement, toutes les traces présentent la même épaisseur de poussière que celle du grand poinçon, ce qui nous permet de déduire que matériel et poinçon ont été enlevés au même moment. Dans ce cas, la disparition ultérieure du petit stylet n'aurait aucun sens, d'autant plus que Wilfred a fait fermer le scriptorium après la disparition de ton père. Tout cela signifie que quelqu'un d'autre que Gorgias a pris ce stylet pour en transpercer Genséric.

— Mais pourquoi ?

— Manifestement pour faire accuser ton père. Et ce n'est pas tout. J'ai la certitude que le coadjuteur n'est pas mort poignardé, mais que son assassin l'a frappé avec le stylet après l'avoir tué.

— Comment pouvez-vous l'affirmer ?

— Sous le prétexte de déposer une relique sur son cadavre, j'ai fait déterrer le cercueil du coadjuteur et j'ai pu examiner ses vêtements. Nous avons eu de la chance : si Genséric n'avait pas souffert d'incontinence, on l'aurait enterré avec d'autres habits... J'ai repéré le point d'entrée du stylet, qui a transpercé le corps au niveau du ventre. Une telle blessure aurait dû le faire mourir d'hémorragie, mais curieusement il y avait à peine un petit cercle de sang sur le tissu.

— Je ne comprends pas...

— C'est pourtant évident. Les battements d'un cœur vivant auraient fait saigner la plaie, et Genséric se serait vidé de son sang.

— Vous voulez dire que la mort de Genséric est due à une autre cause et qu'après on a tenté de faire croire à un assassinat ?

— On l'a bien assassiné, précisa Alcuin. Reste à trouver comment.

Il avait examiné avec soin les vomissures recueillies sur les vêtements de Genséric, sans parvenir à déterminer la nature du poison.

— Car il ne fait aucun doute qu'il est mort empoisonné.

Theresa poussa un soupir de soulagement. Elle fut tentée de parler à Alcuin de son expédition avec Zénon, mais, sans savoir pourquoi, elle préféra attendre. Le moine avait entrepris de mettre de l'ordre dans le scriptorium, tout en réfléchissant à sa théorie.

— Nous pouvons affirmer que l'assassin de Genséric avait accès à ce scriptorium, dit-il soudain.
— Vous soupçonnez Wilfred ?
— Le pauvre Wilfred est infirme. En plus, il n'est pas le seul à posséder les clés de cet endroit. Genséric les avait aussi.
— Et alors ?
— C'est justement ce qu'il me reste à découvrir.

Alcuin expliqua ensuite à Theresa qu'avant sa disparition Gorgias travaillait sur un document d'une importance vitale pour Charlemagne et pour le pape. Un testament du IVe siècle, dans lequel l'empereur Constantin cédait à l'Eglise romaine les Etats pontificaux, lui reconnaissant ainsi la capacité de gouverner le monde chrétien.

— Gorgias n'a pas terminé la copie de l'original, lequel a été détruit. Il est essentiel d'achever ce travail et, pour cela, nous avons besoin de ton père.
— Que voulez-vous dire ?
— Que lui seul peut le faire. Cela dit, j'aimerais te proposer un marché. Tu t'installeras au scriptorium et tu travailleras à partir de ce brouillon réalisé par ton père avant l'incendie. Pendant ce temps-là, je me chargerai de retrouver Gorgias.
— Et que dois-je faire ?
— Mettre le texte au propre. Personne ne doit être au courant. Je m'adresse à toi, car il n'est pas facile de trouver un scribe qui domine le grec, l'écrive correctement et soit digne de confiance.

Alcuin lui expliqua en quoi consisterait son travail, en insistant sur son caractère confidentiel.

— Je ne dois même pas en parler à Wilfred ?

— Ni à lui ni à personne. Tu seras seule dans cette pièce. Si on t'interroge, tu répondras que tu copies un psautier. Tu demeureras à la forteresse. Je veux que tu viennes ici le matin et que tu travailles jusqu'à la tombée de la nuit. Pendant ce temps, je chercherai ton père. Il ne peut pas avoir disparu.

Theresa finit par surmonter ses réticences à lui parler de Zénon. Elle raconta comment elle avait découvert le bras de son père et la crypte à l'intérieur des remparts.

— Gorgias, amputé ? gémit Alcuin. Mon Dieu, Theresa ! Pourquoi ne me l'as-tu pas dit tout de suite ?

La jeune femme s'excusa, mais Alcuin, furieux, se mit à jurer en projetant les parchemins aux quatre coins de la pièce. Enfin, il se laissa tomber sur une chaise comme un pantin de chiffon et leva vers la jeune femme un regard égaré.

— Nous avons un problème, dit-il d'une voix posée. Un gros problème.

— Lequel ? demanda Theresa, encore effrayée.

— Même si nous retrouvons ton père, il ne pourra pas achever le travail !

La plume glissa des mains de Theresa.

— Et tu sais pourquoi ? continua Alcuin en criant. Parce que maintenant, c'est un infirme !

A cet instant, elle comprit qui était Alcuin. Il n'avait jamais eu l'intention d'aider son père. Il ne cherchait qu'à préserver ses intérêts et, à présent que Gorgias ne lui était plus d'aucune utilité, il allait abandonner ses recherches. La haine l'envahit. Elle s'imaginait le poignardant avec son stylet quand elle se rappela brusquement le parchemin caché dans la besace de son père.

Après avoir rassemblé son courage, elle lui proposa un marché.

— Si vous retrouvez mon père, vous aurez votre parchemin.

Alcuin lui jeta un bref regard avant de se détourner, mais elle le saisit par la manche.

— Vous m'avez entendue ? Je vous dis que je peux le terminer.

Devant le sourire ironique du moine, Theresa prit une plume et écrivit :

IN-NOMINE-SANCTÆ-ET-INDIVIDUAL-
TRINITATIS-PATRIS-SCILICET-ET-FILII-
ET-SPIRITUS-SANCTI

– – –

IMPERATOR-CÆSAR-FLAVIUS-
CONSTANTINUS

Alcuin blêmit.

— Mais comment, par tous les diables… ?

Les caractères étaient aussi nets que ceux de Gorgias, un véritable calque de l'original.

— Je le sais par cœur, prétendit-elle. Retrouvez mon père, et je me charge de le compléter.

Encore incrédule, Alcuin accepta néanmoins le marché. Après lui avoir demandé de dresser la liste du matériel dont elle aurait besoin, il lui ordonna de regagner ses appartements.

Alcuin retrouva Zénon à la taverne de la grande place, affalé sur la poitrine d'une putain et abruti de vin. En le voyant arriver, la prostituée fouilla les poches du médecin et, après lui avoir pris une pièce, elle quitta la table sans demander son reste. Alcuin parvint à persuader Zénon de l'accompagner à l'extérieur. Dès que le médecin eut posé le pied dans la rue, le moine lui lança un seau d'eau qui le dégrisa juste assez pour lui permettre de confirmer le récit de Theresa.

— Je vous jure que je n'ai rien à voir avec Genséric. J'ai juste amputé le bras de Gorgias.

Alcuin serra les dents. Il aurait préféré que Theresa se soit trompée, mais, si Zénon avait bien opéré Gorgias, ce dernier mourrait faute de soins adaptés à son état. Le médecin confirma qu'il avait agi sur l'ordre de Genséric.

— Genséric qu'on a retrouvé mort le lendemain, souligna Alcuin.

Zénon l'admit, mais, pour lui, Gorgias n'était pas l'assassin.

— Il a perdu beaucoup de sang quand je lui ai coupé le bras, précisa-t-il.

— Avez-vous remarqué quelque chose d'étrange chez le coadjuteur ? demanda Alcuin. Souffrait-il de malaises, d'étourdissements ?

— Maintenant que vous m'en parlez, il avait l'air ivre, alors qu'il ne buvait jamais. Je me rappelle qu'il s'est plaint de ce que sa main le démangeait. D'ailleurs, elle était toute rouge.

Zénon ne put fournir d'autres détails, mais il confirma l'emplacement de la cabane où il avait amputé Gorgias, ainsi que celui de la crypte. Puis il regagna l'intérieur de la taverne d'une démarche mal assurée.

Alcuin n'eut aucun mal à retrouver la cabane et la crypte. Si la première ne lui apprit rien de plus, il recueillit assez d'indices dans la seconde pour se faire une idée de ce qui s'y était passé.

Une grande agitation régnait devant la forteresse quand il voulut regagner celle-ci. Une femme lui expliqua que les gardes avaient fermé les portes et ne laissaient entrer personne.

— Je suis Alcuin d'York, dit-il en se présentant à une sentinelle, qui le traita comme un vulgaire fripier.

— Vous aurez beau hurler, ils n'ouvriront pas, lui assura un jeune homme qui poussait comme un beau diable.

— On ne peut ni entrer ni sortir, affirma un autre qui semblait mieux informé.

Alcuin escalada le talus sur lequel était posté le garde, mais celui-ci lui donna un coup de bâton. Le moine l'injuria copieusement avant de redescendre. Plusieurs paysans s'esclaffèrent devant sa colère.

Malgré les rumeurs, personne ne savait vraiment ce qui se passait. Certains prétendaient que la peste s'était déclarée. D'autres, que les Saxons avaient attaqué. Quelqu'un soutenait même que l'on avait trouvé d'autres jeunes gens assassinés. Soudain Alcuin aperçut Izam sur les remparts. Aussitôt, il se jucha sur un tonneau et agita les bras. L'ingénieur le reconnut et ordonna à ses hommes de le laisser entrer.

— Peut-on savoir ce qui se passe ? demanda Alcuin une fois entré. Cet idiot m'a frappé, protesta-t-il en montrant la sentinelle qui l'avait malmené.

Izam le prit par le bras et le pria de l'accompagner jusqu'à la salle d'armes. En chemin, il confia à Alcuin que le diable s'était emparé de la forteresse.

— Je ne comprends pas. Pourquoi me parlez-vous des fillettes de Wilfred ?

— On ne les a pas vues depuis ce matin.

— Mon Dieu ! Et c'est la cause de toute cette agitation ? Elles ont dû se cacher pour jouer avec leurs poupées. Que dit la nourrice ?

— Elle aussi a disparu, répondit Izam d'un air sombre.

La grande salle du palais grouillait de domestiques, de soldats et de moines. La plupart allaient d'un groupe à l'autre, en quête des dernières nouvelles, tandis que d'autres attendaient en silence. Izam et Alcuin trouvèrent Wilfred dans la salle d'armes. Le comte s'agitait sur son chariot.

— Du nouveau ? demanda-t-il à Izam.

Le jeune homme l'informa que ses hommes contrôlaient tous les accès de la forteresse et qu'il avait organisé la fouille des écuries, des entrepôts, des jardins, des latrines... Si les petites étaient à l'intérieur, on ne pouvait manquer de les trouver. Wilfred acquiesça, peu convaincu, puis il tourna un regard plein d'espoir vers Alcuin.

— Je viens seulement d'apprendre la nouvelle, s'excusa celui-ci. Avez-vous fouillé la chambre de vos filles ?

— Jusqu'à l'épaisseur des murs. Dieu tout-puissant ! Hier soir, elles avaient l'air si tranquilles...

Les fillettes dormaient toujours avec leur nourrice, laquelle n'avait jamais causé le moindre problème.

— Jusqu'à aujourd'hui, ajouta Wilfred en jetant son verre dans la cheminée.

Izam décida de faire interroger toutes les personnes présentes à l'intérieur de la forteresse, en particulier les serviteurs et les proches de la nourrice. Alcuin demanda l'autorisation de fouiller les appartements des petites, et Wilfred donna l'ordre à un domestique de l'accompagner.

La chambre était dans le plus grand désordre. Alcuin demanda si c'était la conséquence des recherches des hommes de Wilfred. Le domestique confirma son intuition, soulignant que la nourrice était très soigneuse.

— Tu as assisté à la fouille ?
— Oui, depuis le seuil.
— Et comment était la chambre à votre arrivée ?
— Propre et rangée, comme chaque matin.

Alcuin demanda à l'homme de l'aider à rassembler quelques-uns des vêtements éparpillés sur le sol, dont la plupart provenaient de deux coffres que les hommes de Wilfred avaient vidés. Le plus grand appartenait aux fillettes, l'autre à la nourrice. Ils ramassèrent les bas, les chaussures et les robes, séparant les affaires des jumelles de celles de la nourrice. Alcuin s'arrêta ensuite devant un buffet de facture grossière, sur lequel il recensa un plat de métal poli faisant office de miroir, un peigne en os, plusieurs rubans, deux fibules, deux flacons qui semblaient contenir des produits cosmétiques, un autre plus petit qui sentait la rose, un morceau de savon et une petite bassine, le tout disposé avec un soin qui confirmait le caractère ordonné de la nourrice. La chambre comportait également deux grands lits carrés. Celui de la femme se trouvait près de la fenêtre, celui des deux petites à l'autre bout de la pièce. Alcuin s'arrêta devant le premier, qu'il examina et renifla comme un chien de chasse.

— Sais-tu si la nourrice a une relation avec quelqu'un. Enfin... avec un homme ? demanda-t-il en prélevant quelques cheveux sur la couverture.

— Pas que je sache, répondit le domestique, visiblement étonné.

— Très bien. Maintenant, tu peux fermer la porte.

Sur le chemin du scriptorium, Alcuin croisa Theresa. La jeune femme était si bouleversée qu'elle ne le reconnut pas tout de suite. Des soldats étaient entrés dans sa chambre et l'avaient mise sens dessus dessous. Alcuin lui apprit que les filles de Wilfred avaient disparu et que la forteresse était fermée.

— Mais ma belle-mère est dehors !

— J'imagine qu'on rouvrira les portes dès qu'on aura retrouvé les fillettes. Maintenant, allons au scriptorium. J'ai besoin de ton aide.

Le scriptorium aussi avait été visité.

Alcuin rangea les manuscrits pendant que Theresa remettait les meubles en place. Ensuite, le moine s'assit et demanda à la jeune femme d'approcher une chandelle. Puis il l'informa des progrès de son enquête.

— Et toi, as-tu avancé ? demanda-t-il.

Elle lui montra les deux paragraphes qu'elle avait transcrits. Chaque soir, avant de s'endormir, elle lisait le parchemin caché dans la besace de son père et en mémorisait le contenu.

— C'est peu, mais je continue à travailler.

Après avoir ronchonné, Alcuin tira un mouchoir de son sac et le posa sur la table.

— Des cheveux ? s'étonna Theresa.

— Oui. Il fait trop sombre pour que j'arrive à les distinguer, avoua-t-il à contrecœur. Mais ils ont l'air différents.

Theresa approcha tellement la chandelle qu'une goutte de cire tomba sur les cheveux. Alcuin la pria de faire attention et elle s'excusa.

La jeune femme distingua trois types de poils : les uns bruns et fins, d'autres plus courts et plus sombres, légèrement frisés. Les derniers présentaient le même aspect que les seconds, excepté leur couleur qui tirait sur le blanc.

— Les plus courts, ce sont...

Elle rougit sans achever.

— Sans doute, acquiesça Alcuin.

Quand Theresa revint après s'être lavé les mains, il lui fit part de ses conclusions.

La nourrice semblait être une femme ordonnée, voire méticuleuse, sans amours connues et qui ne se préoccupait que des filles de Wilfred. Cette impression était renforcée par sa tenue austère et les soins qu'elle prodiguait aux fillettes. Néanmoins, dans la chambre qu'elle partageait avec les jumelles, Alcuin avait découvert du maquillage, des parfums et une robe précieuse, toutes choses que l'on s'attendait davantage à trouver chez une jeune fille de famille aisée. Or, la nourrice était d'âge mûr et son salaire ne lui permettait pas de telles fantaisies. De là à conclure qu'elle se les était procurées par des moyens illicites, il n'y avait qu'un pas.

— A moins qu'il ne s'agisse de cadeaux, souligna Alcuin.

De toute façon, ajouta-t-il, la femme n'était pas aussi dévouée aux fillettes qu'il le semblait, puisqu'elle n'avait pas hésité à partager sa chambre et sa couche avec un homme grisonnant, sans doute chauve, pas très vieux et appartenant au clergé.

— Comment pouvez-vous en être sûr ?

— Grâce aux poils. Les plus foncés appartiennent à la nourrice. Les longs sont des cheveux et les courts proviennent de l'endroit que tu imagines. Les autres poils appartiennent à un homme probablement chauve, sans quoi nous aurions également trouvé des cheveux gris. Quant à son âge... Il ne peut pas être très vieux pour s'agiter avec autant d'énergie.

— Et comment savez-vous qu'il est moine ?

— Les couvertures sentaient l'encens. L'odeur imprègne sans doute ses vêtements.

Passant du coq à l'âne, Alcuin enchaîna sur son entrevue avec Zénon. Selon lui, la crypte où le médecin avait transporté Gorgias devait communiquer avec l'intérieur de la forteresse. Il était également convaincu qu'on y avait retenu Gorgias, comme l'indiquaient les assiettes et les restes de nourriture qu'il avait retrouvés sur place.

A cet instant, quelqu'un frappa à la porte. Alcuin ouvrit à un soldat qui l'avertit qu'on avait besoin de lui.

— Que se passe-t-il ?

— On a trouvé la nourrice noyée dans le puits du cloître.

Des hommes étaient occupés à hisser le cadavre. Le corps gonflé de la femme finit par apparaître au-dessus de la margelle avant de s'étaler sur les pavés du cloître. Ses vêtements ouverts dévoilaient une poitrine volumineuse. Dès qu'il put accéder au puits, Izam se laissa glisser à l'intérieur. Il remonta quelques minutes plus tard et annonça à Wilfred que ses filles ne se trouvaient pas au fond. On transporta ensuite le cadavre aux cuisines. Après l'avoir examiné, Alcuin conclut que la femme avait été étranglée avant d'être jetée dans le puits. Elle avait les ongles abîmés, mais il ne découvrit pas de lambeaux de peau dessous. Il vérifia que ses poils pubiens correspondaient bien à ceux qu'il avait recueillis dans son lit. Ses vêtements ne lui apprirent rien. La morte portait une robe noire protégée par un petit tablier, la tenue traditionnelle des nourrices. Son visage bouffi ne portait aucune trace de crème ou de maquillage. Quand Alcuin en eut terminé avec elle, il donna l'autorisation de l'ensevelir. Puis il demanda à s'entretenir avec Wilfred en privé.

Il fit part au comte de ses découvertes, qui suggéraient qu'un membre du clergé avait séduit la nourrice afin d'enlever les fillettes, précisant que la malheureuse ne connaissait probablement pas les intentions de son amant.

— Comment pouvez-vous l'affirmer ?

— Dans le cas contraire, elle aurait préparé sa fuite. Or, toutes ses affaires sont restées dans sa chambre.

— Vous avez une piste pour retrouver cet homme ?

Alcuin décrivit le séducteur de la nourrice comme un individu d'âge moyen, atteint de calvitie, et qui avait accès aux chapelles.

— Le lit empestait l'encens, dit-il.

— Je vais faire arrêter tous les religieux. Si ce scélérat a osé toucher mes filles, je le pendrai avec ses propres tripes.

— Calmez-vous, Votre Grâce. Ils auraient déjà tué vos filles si telle avait été leur intention. Croyez-moi, elles ne courent aucun danger. Quant à la satisfaction d'un désir morbide, je n'y crois pas non plus. Cela aurait été beaucoup plus facile de s'attaquer à n'importe quelle autre fillette. On en trouve des dizaines qui traînent sans surveillance.

— Vous voulez que je me calme, alors que mes filles sont à la merci de cette canaille ?

— Je vous répète que, s'ils avaient voulu leur faire du mal, nous le saurions déjà.

— Pourquoi ce pluriel ?

Alcuin lui expliqua qu'il aurait été difficile pour un homme seul d'enlever et de cacher deux petites filles. Quant au motif, une fois que l'on avait écarté le vice et la vengeance, il ne restait qu'une possibilité.

— Vous voulez jouer aux devinettes ?

— Le chantage, mon cher Wilfred. En échange de leur vie, les ravisseurs de vos filles espèrent obtenir quelque chose de vous. Du pouvoir, des terres, de l'argent...

— Je vais leur faire bouffer leurs propres grelots, à ces saligauds ! hurla le comte en saisissant ses testicules à pleine main.

Les deux chiens s'agitèrent.

— Il est bien possible que le religieux dont je vous parlais se soit contenté de batifoler avec la nourrice sans participer à l'enlèvement.

— Et maintenant, que me conseillez-vous ? De rester les bras croisés ?

— Attendez et continuez les recherches. Faites surveiller les prêtres et demandez-leur de prêter serment. Interdisez la circulation des personnes et des marchandises. Dressez la liste de ceux qui, dans votre entourage, jouissent de votre confiance absolue, puis notez ceux qui vous semblent capables de se livrer au chantage. Mais surtout, espérez que les ravisseurs feront bientôt connaître leurs prétentions, car ensuite les choses s'arrangeront très vite.

Les deux hommes convinrent de partager toutes les informations nouvelles qui parviendraient à leur connaissance. Puis le comte fouetta ses chiens et sortit. Resté seul, Alcuin contempla la morte, déplorant que ses appétits charnels lui aient coûté la vie.

27

La journée s'écoula lentement pour Wilfred.

Izam et ses hommes explorèrent greniers, magasins, puits, tunnels, fossés, couloirs, combles, caves, chariots, ballots, tonneaux, coffres et armoires. Toutes les personnes présentes à la forteresse furent interrogées et fouillées de la tête aux pieds. Wilfred offrit cinquante arpents de vigne à quiconque lui apporterait une information sur l'endroit où se trouvaient ses filles, et trente de plus pour la tête de leurs ravisseurs. Il s'enferma dans la salle d'armes, exigeant de recevoir chaque heure un rapport sur l'avancement des recherches. Entre-temps, avec l'aide de Théodore, il avait dressé la liste de ses fidèles et celle de ses adversaires. La première comportait quatre noms, qui furent rapidement lavés de tout soupçon. La seconde en alignait tant que le comte renonça à la communiquer à Alcuin.

Au coucher du soleil, les hommes de Wilfred lancèrent la battue. Toute la nuit, on entendit des cris et des bruits de lutte. Plusieurs prêtres furent torturés mais, à l'aube, les soldats revinrent les mains vides.

Le lendemain fut la copie conforme du jour précédent.

A la première heure, Wilfred suspendit la répartition des vivres jusqu'à la résolution de l'affaire. Il ordonna également de fermer les portes pour empêcher que quiconque quitte la ville à son insu. Alcuin lui déconseilla d'exercer des représailles générales, mais le comte lui assura que, lorsque la faim pèserait suffisamment sur la population, celle-ci dénoncerait les ravisseurs.

Dès la première heure, Hoos avait participé aux recherches aux côtés d'Izam. Bénéficiant de la confiance de Wilfred, il s'était proposé pour fouiller les greniers royaux et les tunnels annexes. Wilfred avait exclu tous les nouveaux arrivants de la liste des suspects, considérant que le rapt de ses filles avait été organisé de longue date. Il s'était également rangé à l'avis d'Alcuin, qui avait suggéré de répartir les zones de recherches entre deux groupes, l'un formé par les hommes du comte, et l'autre par l'équipage du bateau. Hoos avait pris la tête des marins.

Theresa se languissait des caresses de son amant, de l'intensité de ses baisers, de la saveur de sa peau... C'est à peine si elle l'avait aperçu depuis leur dernière rencontre. Il avait toujours quelque chose à faire et, de son côté, elle se levait tôt pour se rendre au scriptorium et n'en sortait que pour prendre ses repas aux cuisines.

Elle en était venue à se demander si Hoos ne voyait pas une autre femme. Elle lui dévoila ses craintes dès qu'elle eut l'occasion de le croiser. Il semblait débordé mais, même dans ces circonstances, elle fut blessée lorsqu'il la quitta sans l'embrasser.

Pendant que Theresa avançait dans son travail, Alcuin étudiait les dénonciations qui arrivaient à la forteresse. Les témoignages faisant référence aux activités de sorcellerie de la défunte nourrice abondaient, de même que ceux accusant les loups d'avoir dévoré les deux fillettes. Certains semblaient partir d'une bonne intention, mais la plupart provenaient de gens sans scrupules, attirés par la récompense. Plusieurs hommes avaient reçu la bastonnade pour avoir fait de fausses déclarations. Cependant, une des dépositions retint son attention : il y était question de chaussons qui avaient disparu de la buanderie.

Alcuin interrogea Bernardino, qui confirma l'information.

— Il arrive que des vêtements s'égarent, mais nous sommes particulièrement attentifs à ceux des filles du comte.

Deux paires de chaussons s'étaient perdues, ainsi que deux torchons appartenant à la cuisine. Alcuin remercia Bernardino, puis il regagna le scriptorium, persuadé que les jumelles n'avaient pas quitté la forteresse. Plus tard, il proposa à Izam que l'on surveille les réserves et les cuisines.

— Si, comme je le crois, les petites sont encore ici, leurs ravisseurs auront sans doute besoin de se ravitailler.

— C'est impossible ! Nous avons retourné chaque pierre de cette forteresse.

— Je ne vous dis pas le contraire. Mais cet endroit comporte plus de pierres qu'une carrière.

Le moine demanda qu'un soldat garde jour et nuit la porte du scriptorium, ce qu'Izam lui accorda volontiers. De même, ils convinrent de faire surveiller les cuisines et d'informer Wilfred de ces dispositions dès le lendemain matin.

Cette nuit-là, profitant de l'absence de lune, plusieurs affamés franchirent le mur qui protégeait les greniers royaux. Ils furent repoussés, mais il était évident que les restrictions imposées par Wilfred n'allaient pas tarder à avoir des conséquences.

Le lendemain, pendant le déjeuner, Wilfred mangea à peine. Il écouta le compte rendu d'Alcuin d'une oreille distraite et ne prêta pas davantage attention au récit de l'assaut nocturne. Toutefois, il résolut de reprendre la distribution des vivres et d'autoriser de nouveau les mouvements de marchandises. Izam applaudit cette décision qui éviterait de nouveaux incidents. Mais, comme beaucoup d'autres, il se demanda ce qui motivait ce changement d'attitude. Quand Alcuin interrogea le comte, celui-ci refusa de lui répondre. Le moine insista, mais Wilfred lui suggéra de se consacrer au parchemin et de ne plus se mêler des recherches. Il allait se charger lui-même de retrouver ses filles.

La vie retrouva son cours normal à la forteresse. Peu à peu, les serviteurs se remirent au travail, on distribua du grain et on prépara la première chasse, qui devait avoir lieu au début du printemps. Izam et ses hommes reprirent les réparations du bateau, qui avaient été abandonnées. Les soldats de Wilfred regagnèrent leurs postes de garde.

Les célébrants de l'office de sexte pénétrèrent dans l'église Saint-Jean-Chrysostome avec la lenteur d'un troupeau de moutons. Flavio Diacono ouvrait la marche, coiffé d'une tiare violette semblable à celle d'un pape et suivi d'une file de prêtres parés comme des paons. Derrière eux venaient les représentants des ordres mineurs et les enfants de chœur. Une foule de curieux, de fidèles et d'affamés fermait le cortège.

La célébration était dédiée aux filles du comte, pour la réapparition desquelles on s'apprêtait à prier. L'église fut bientôt pleine. Lorsqu'on referma les portes, Casiano, le chantre, exhorta les enfants à chanter juste. Puis, après avoir sollicité la permission de Flavio, il écarta les bras et déclencha le miracle du chant grégorien. Les assistants courbèrent la tête lorsque la première antienne se déploya en une symphonie de notes célestes qui firent vibrer les murs de pierre. Casiano agitait les bras en cadence tandis que les voix angéliques s'élevaient sous les voûtes, s'enroulaient autour des colonnes, éveillant des échos qui donnaient le frisson.

Soudain, la voix d'un des enfants de chœur se brisa et son chant se mua en un hurlement de terreur. Les autres garçons se turent et toute l'église se tourna vers les petits chanteurs, qui reculaient comme s'ils fuyaient un pestiféré. Devant eux, étendu sur les dalles, Korne vomissait ce qui lui restait de vie entre deux râles. Alcuin se porta à son secours mais, lorsqu'il le rejoignit, le parcheminier était déjà mort.

Korne fut transporté à la sacristie, où Flavio lui administra l'onction dans une tentative désespérée pour le ranimer. Malgré ses efforts, le mort ne revint pas à la vie. Alcuin remarqua sa tête rasée, les poils grisâtres que laissait apparaître le désordre de ses vêtements et la forte odeur d'encens qui émanait de lui. Ses yeux étaient exorbités, une mousse blanchâtre sortait de sa bouche. En examinant ses mains, le moine trouva deux piqûres sur la paume droite.

Quand il alla le trouver, Wilfred dévorait une cuisse de poulet. Après avoir lancé l'os aux chiens, le comte jeta un regard indifférent à Alcuin et s'essuya d'un revers de manche. Le moine l'informa de la découverte d'une morsure de serpent sur la main droite de Korne.

— Qu'on l'enterre en dehors du cloître, se contenta-t-il de dire.

— Vous ne comprenez pas, insista Alcuin. Il n'y a pas de serpents à cette saison.

— Wurtzbourg est remplie de serpents, rétorqua le comte en détournant les yeux.

Alcuin ne comprenait pas la réaction de Wilfred. Non seulement le moine avait établi un lien entre la mort de Genséric et celle du parcheminier, mais il avait la quasi-certitude que ce dernier était impliqué dans l'enlèvement des fillettes. Tout coïncidait : les poils grisonnants, la calvitie de Korne et le fait que chaque matin, après avoir déjeuné aux cuisines, il accompagnait les jumelles à leur leçon de chant. A la place de Wilfred, n'importe qui aurait sauté de joie. Mais le comte demeurait impassible, comme si son destin était déjà tracé. Il congédia Alcuin sans même relever la tête.

En sortant, le moine aperçut des larmes dans les yeux de Wilfred.

Alcuin continua à s'interroger tout en marchant. La mélancolie du comte ne pouvait s'expliquer que par un accès de folie dû à la disparition de ses filles. Toutefois, le reste de ses facultés ne semblait pas affecté. En conséquence, il semblait plus logique d'imaginer que son comportement n'avait rien de fortuit. Connaissait-il déjà le lien entre les deux morts, celle de Genséric et celle du parcheminier ?

Alcuin décida de visiter la chambre que Korne occupait à la forteresse depuis l'incendie de son atelier. La pièce ne différait guère de sa propre cellule : un lit, une table grossière près de la fenêtre, un banc, des étagères sur lesquelles étaient rangés des vêtements, quelques peaux et l'habituel seau hygiénique. Alcuin inspecta le contenu du seau avant de s'en écarter avec dégoût. Quand il s'accroupit pour tâter le sol, quelque chose qui ressemblait à une perle roula sous ses doigts. La lumière lui révéla un petit caillou blanc marqué d'un cercle de peinture bleue. Un œil de la poupée des jumelles. Mortifié, Alcuin comprit que l'odeur d'encens l'avait conduit sur une fausse piste.

Il se rendit sans attendre au scriptorium, où il trouva Theresa en train de gâcher du vélin, ce qui ne lui ressemblait guère. En règle générale, la jeune femme s'exerçait sur un vieux parchemin avant de recopier son brouillon. Mais, ce jour-là, ses lettres dégoulinaient comme si elle avait écrit avec une brosse. Alcuin le lui fit sèchement remarquer. Mais il devina aussitôt après les raisons de cette maladresse inhabituelle.

— C'est à cause de Hoos, finit par avouer Theresa. Je ne sais pas si c'est parce que vous l'avez réprimandé, mais depuis la dernière nuit... Enfin, j'ai l'impression qu'il a changé.

— Eh bien non, je ne lui ai pas parlé. Qu'entends-tu par « changé » ?

La jeune femme versa quelques larmes en lui confiant que Hoos la fuyait. Pas plus tard que dans la matinée, elle l'avait rencontré par hasard et il l'avait repoussée.

— J'ai même cru qu'il allait me frapper, conclut-elle en sanglotant.

— Parfois, les hommes se comportent rudement, répondit Alcuin, tentant de la consoler. C'est une question de nature. Les circonstances peuvent troubler l'âme des calmes et obscurcir l'entendement des érudits. Alors, imagine ce qui peut se produire dans l'esprit de ceux qui se soumettent à leurs appétits les plus vils ?

— Ça n'a rien à voir, protesta Theresa comme si Alcuin ne comprenait rien.

Le moine lui tapota le dos d'un air compatissant, se disant qu'il avait déjà assez à faire avec la disparition des jumelles sans devoir encore débattre avec une jeune personne amoureuse.

Il lui demanda des nouvelles du parchemin.

— Je l'ai presque terminé. Toutefois, je dois vous parler d'une chose qui me préoccupe.

— Je t'écoute.

Theresa alla chercher un livre à la reliure vert émeraude, qu'elle posa devant Alcuin.

— Une bible, dit le moine en commençant à la feuilleter.

— C'est celle de mon père. Je l'ai trouvée dans la crypte où il était retenu prisonnier.

— C'est un bel exemplaire. En grec, par-dessus le marché.

— Il n'y a pas que ça...

Theresa reprit la bible et l'ouvrit à peu près au milieu.

— Avant l'incendie, mon père m'a dit que, s'il lui arrivait quelque chose, je devais regarder à l'intérieur de ce livre. A l'époque, je n'avais pas compris. Mais je crois qu'en travaillant pour Wilfred il s'est mis à craindre pour sa vie.

Theresa souleva la bible et en força le dos, jusqu'à créer un espace entre la reliure et les cahiers. Elle glissa les doigts à l'intérieur et en sortit un morceau de parchemin qu'elle déplia.

— « *Ad Thessalonicenses epistula i Sancti Pauli Apostoli.* 5, 21. *Omnia autem probate, quod bonum est tenete* », lut-elle avant de traduire : « Examinez toute chose, retenez ce qui est bon. »

— Qu'est-ce que cela signifie ? demanda Alcuin, intrigué.

— En apparence, rien. Mais si vous faites ce que dit la citation – examiner la bible – et que vous regardiez ici...

Theresa lui indiqua un paragraphe.

— Qu'est-ce qui est écrit ? Je distingue mal les lettres.

— Justement, on les voit à peine. Mon père a dû diluer l'encre avec de l'eau. Mais si vous regardez bien, vous apercevrez un texte entre les lignes.

Alcuin approcha son visage de la page, sans parvenir à la déchiffrer.

— Intéressant. Et que dit-il ?

— Je ne comprends pas bien. C'est une suite d'informations sur la Donation de Constantin. Je crois comprendre que mon père avait découvert quelque chose d'étrange dans ce document.

Alcuin fronça les sourcils.

— Il vaudrait mieux que je m'occupe de ce livre, décréta-t-il. Maintenant, remets-toi au travail. Je continue à chercher ton père.

Après le départ d'Alcuin, Theresa se sentit abandonnée. Elle se languissait d'une épaule sur laquelle se reposer, d'une oreille à qui elle puisse se confier.

Involontairement, elle pensa à Izam. Comme il était différent de Hoos ! Toujours attentionné, toujours disposé à l'aider. Elle s'en voulait d'avoir de telles pensées, mais ce n'était pas la première fois que l'image du Padouan s'imposait à son esprit. Son calme, sa voix chaude, la gentillesse qu'elle lisait dans son regard... Malgré son amour pour Hoos, elle se surprenait parfois à penser à Izam, et cela la gênait.

Même si l'attitude de son amant la troublait, elle lui faisait confiance. Elle l'aimait, tout simplement. Dans un avenir idéal, ils s'installeraient à Fulda pour y fonder une famille. Ils achèteraient peut-être une grande maison de pierre, avec des écuries séparées. Elle la décorerait de rideaux, parfumerait les pièces avec de la lavande et du romarin. Hoos partageait-il ses rêves ? Ou y avait-il quelque part une autre femme qui lui avait fait oublier leur amour ? Elle retourna à ses parchemins, mais dès la deuxième ligne elle recommença à penser à Hoos. Tant qu'elle n'aurait pas eu une conversation avec lui, elle n'arriverait pas à se concentrer.

Elle posa sa plume, nettoya ses instruments et se leva, décidée à récupérer coûte que coûte l'homme qu'elle aimait.

Le soldat qui gardait le scriptorium lui indiqua que Hoos Larsson se trouvait dans le tunnel qui reliait les entrepôts royaux à la forteresse. Theresa le trouva en train de charger des sacs de grains sur une charrette. Il se montra d'abord réticent, mais devant son insistance il interrompit son travail pour l'écouter.

Theresa lui parla de ses désirs et de ses rêves, lui expliqua qu'elle souhaitait se réveiller chaque matin auprès de lui, coudre ses vêtements, tenir leur maison et leur jardin, cuisiner pour lui... Puis elle le pria de l'excuser si elle avait commis quelque maladresse. Hoos l'écoutait d'une oreille distraite, comme s'il était impatient qu'elle en finisse. Lorsque Theresa exigea une réponse, il éluda, prétextant que cela faisait plusieurs jours qu'il sacrifiait son sommeil pour rechercher son père. Il avait interrogé la moitié de la ville, fouillé chaque recoin, mais on aurait dit que la terre avait englouti Gorgias. Theresa en eut les larmes aux yeux.

— Alors, tu m'aimes encore ?

Hoos dissipa ses craintes d'un baiser. Theresa retrouvait le bonheur. Blottie dans ses bras, elle lui relata son entrevue avec Zénon et sa visite de la crypte. Il s'écarta brusquement.

— Pourquoi ne m'en as-tu pas parlé plus tôt ?

La jeune femme lui fit remarquer qu'il était toujours occupé. De plus, elle craignait que quelqu'un ne l'entende et ne tente de capturer son père.

— On l'accuse de meurtre, ajouta-t-elle.

Hoos était au courant. Theresa défendit vigoureusement son père. Puis elle fondit en larmes. Hoos l'enlaça tendrement et lui caressa les cheveux, lui assurant qu'à partir de ce moment tout allait changer. Puis il lui demanda pardon de s'être conduit comme un idiot. Les événements des derniers jours lui avaient brouillé la cervelle, mais il l'aimait à la folie et l'aiderait à retrouver Gorgias.

— J'irai voir cette crypte dont tu m'as parlé. Quelqu'un d'autre sait-il où elle se trouve ?

Elle répondit que seul Alcuin était informé de son existence.

Hoos lui répéta qu'elle ne devait pas faire confiance au moine. Puis il lui conseilla de retourner au scriptorium. Dès qu'il aurait découvert quelque chose, il irait la chercher.

Theresa avait déjà rebroussé chemin lorsqu'il lui revint que, selon Alcuin, Genséric était déjà mort quand on l'avait poignardé. Il fallait qu'elle en informe Hoos. Elle avait promis à Alcuin de garder le silence, mais son serment ne portait que sur le parchemin. Elle retourna donc sur ses pas, mais elle ne trouva dans le tunnel que des sacs de grains abandonnés. Etonnée, elle regarda autour d'elle. Une petite porte attira son attention. Entrouverte, elle laissait passer des voix indistinctes. Theresa la poussa et pénétra dans un couloir étroit au bout duquel elle aperçut deux silhouettes faiblement éclairées. L'une semblait être un religieux, l'autre Hoos. La jeune femme se dirigeait vers eux quand elle constata avec surprise qu'ils parlaient d'elle.

— Je te répète que cette fille est un problème, affirmait l'homme en soutane. Si elle connaît l'emplacement de la crypte, elle peut en parler à n'importe qui. Il faut l'éliminer.

Theresa se figea.

— La petite me fait confiance, répliqua Hoos. Elle fera ce que je lui dirai. Elle ignore tout des filles du comte. Elle ne sait pas que son père se cache dans la mine. Nous nous débarrasserons d'elle quand elle aura fini de copier le document.

Le religieux secoua la tête, mais il finit par se ranger à l'avis de Hoos. Estimant que la conversation était terminée, celui-ci quitta son interlocuteur sans le saluer et se dirigea vers la sortie. Dès qu'elle eut compris ses intentions, Theresa courut jusqu'au tunnel principal, mais elle trébucha sur un des sacs de grains et tomba de tout son long. Lorsqu'elle se retourna, elle découvrit Hoos à ses côtés. Il lui tendait la main pour l'aider à se relever.

— Que fais-tu ici ? lui demanda-t-il sans lui lâcher la main.

— Je suis revenue te dire que je t'aimais, répondit-elle d'une voix tremblante.

— Par terre ?

Hoos lança un regard vers la porte qu'il avait laissée entrouverte.

— Il faisait sombre, alors je suis tombée.

— D'accord. Alors, dis-le-moi.

— Quoi ?

— Que tu m'aimes. Ce n'est pas pour ça que tu es revenue ?

Theresa parvint à sourire, mais elle tremblait toujours.

Hoos l'attira contre lui et l'embrassa. Elle se laissa faire.

— Maintenant, retourne au scriptorium.

Lorsqu'il la libéra enfin, elle détestait de toute son âme le serpent tatoué au poignet de Hoos.

Accablée à l'idée que son amant, à qui elle s'était fiée aveuglément, voulait l'assassiner, Theresa courut vers le scriptorium sans regarder où elle mettait les pieds. Elle tentait en vain de comprendre la situation. Dans son esprit se mêlaient des images de Hoos lui faisant l'amour et de son père caché au fond de la mine. Les larmes brouillaient sa vue. Et qui était l'homme en soutane qu'elle n'avait vu que de dos ? Peut-être Alcuin ?

La sentinelle la laissa entrer sans poser de question. Theresa chercha le manuscrit sur lequel elle travaillait. Alcuin devait l'avoir emporté, ou alors Wilfred. Apercevant la Bible de son père sous une pile de parchemins, elle la prit ainsi que quelques plumes et ressortit avec l'intention de fuir la forteresse.

Elle marchait au milieu du couloir, comme si elle craignait que quelqu'un ne surgisse de l'ombre pour l'arrêter. Aux abords de la salle d'armes, un homme en soutane lui barra le chemin. Son sang se glaça. Toutefois, le clerc voulait seulement lui signaler qu'elle avait laissé tomber une plume. La jeune femme la ramassa, remercia et s'éloigna rapidement.

Elle descendit un escalier et emprunta le corridor qui menait à la cour.

Tête baissée, elle avançait en tentant de se faire discrète lorsqu'elle aperçut Hoos et Alcuin en pleine conversation. Hoos la vit aussi. Elle détourna la tête et continua son chemin. Le jeune homme s'excusa auprès d'Alcuin et se dirigea vers elle à grands pas. L'extrémité du couloir était toute proche. Theresa déboucha dans la cour et se mit à courir, mais, en approchant des portes de la forteresse, elle constata avec horreur qu'elles étaient fermées. Hoos avançait vers elle. Comme elle jetait des regards désespérés autour d'elle, elle avisa Izam monté sur un cheval, près des écuries. Elle se précipita vers lui et le supplia de la faire sortir. Sans poser de question, le jeune homme la hissa en croupe, éperonna sa monture et ordonna qu'on lui ouvre.

Hoos les regarda franchir les portes et s'éloigner de la citadelle, maudissant sa malchance.

Izam guida son cheval à travers les ruelles et s'arrêta au-delà des remparts, près de quelques huttes abandonnées. Il mit pied à terre devant une sorte d'étable, conduisit le cheval à l'intérieur et l'attacha à une barrière. Puis il rassembla de la paille et invita Theresa à s'asseoir. Quand la jeune femme fut un peu calmée, il l'interrogea. Elle tenta de s'expliquer, mais les larmes la submergèrent. Izam fit de son mieux pour la consoler, sans y parvenir. Au bout d'un long moment, l'abattement succéda aux larmes. Sans réfléchir, le jeune homme prit Theresa dans ses bras. L'idée que quelqu'un était prêt à la protéger la réconforta.

S'étant ressaisie, elle lui rapporta la conversation qu'elle avait surprise dans le tunnel, et les menaces de Hoos, qui savait où se cachait Gorgias. Son père n'était pas un assassin. Au contraire, ils devaient le retrouver au plus vite car il était en danger. Izam l'encouragea à poursuivre. Elle lui confia tout ce qu'elle savait, sans toutefois parler du document de Constantin. Le jeune homme l'écouta avec attention avant de l'interroger en particulier sur le rôle d'Alcuin, mais elle ne put lui fournir aucune précision. Après un long moment de réflexion, le Padouan lui annonça qu'il était disposé à l'aider.

— Mais nous devrons attendre demain. La nuit ne va pas tarder, et si nous nous risquons à la mine maintenant, ce sera une aubaine pour les bandits.

Theresa maudit les Saxons, qu'elle haïssait de toute son âme. Elle songea à l'agression dont elle avait été victime dans la cabane des Larsson, à l'assaut sanglant durant leur remontée du Main. Pour une fois qu'ils auraient pu se montrer utiles, ils avaient laissé la vie à cette canaille de Hoos Larsson ! Toutefois, Izam la détrompa.

— Je ne pense pas que ce soient des Saxons qui nous aient attaqués, mais plutôt des proscrits. La population ne les distingue pas parce qu'ils identifient le païen avec le mal, et le mal avec le Saxon. Mais ceux qui résistent encore sont réfugiés dans le Nord, au-delà de la frontière du Rhin.

— Maraudeurs ou Saxons, ce sont tous nos ennemis.

— Bien sûr, et je les combats de toutes mes forces. Mais, si extraordinaire que cela puisse paraître, je n'ai jamais haï les Saxons. En fin de compte, ces gens défendent leur territoire, leurs enfants, leurs croyances. Ils sont rudes, c'est vrai. Et aussi cruels. Mais comment réagirais-tu si un matin, en te levant, tu trouvais une armée en train de dévaster tout ce que tu possèdes ? Ces païens luttent pour préserver un mode de vie auquel des étrangers prétendent les faire renoncer. J'avoue qu'il m'est arrivé d'admirer leur courage et d'envier leur énergie. Cela dit, je crois qu'ils haïssent vraiment Dieu, car le plus souvent ils combattent comme des diables. Mais je t'assure qu'ils sont seulement coupables d'être nés au mauvais endroit.

Déconcertée, Theresa le regardait intensément. Les Saxons étaient des fils de Dieu, comme tout être humain, soit. Mais comment les guider s'ils refusaient la Vérité ? Et d'ailleurs, que lui importaient les Saxons ? Le vrai démon était Hoos, la pire espèce de scélérat qui puisse exister. Le seul homme à qui elle avait cédé n'était qu'un fourbe qu'elle détestait maintenant avec tant de force qu'elle aurait pu le dépecer de ses propres mains. Comment avait-elle pu être aussi naïve, envisager d'épouser cette bête sauvage et de lui confier sa vie ?

Incapable de faire la différence entre le froid et la rage, elle oublia tout ce qui concernait Hoos et se blottit contre la poitrine d'Izam, dont la chaleur la réconforta. Elle lui demanda où ils passeraient la nuit et fut étonnée de l'entendre répondre qu'ils resteraient dans la cabane, car il n'avait confiance en personne à la forteresse. Il la recouvrit ensuite de sa cape et sortit un peu de fromage de sa besace. Quand il lui en offrit, Theresa refusa, mais Izam en coupa un morceau et le lui glissa de force dans la bouche. Ce faisant, ses doigts frôlèrent les lèvres de la jeune femme.

Izam la regarda manger, regrettant de ne pas avoir davantage de fromage pour recommencer. Il se remémora leur rencontre. Il avait d'abord été attiré par sa grâce, par la douceur de son regard – elle était si différente des jeunes filles aux joues pleines et roses que l'on croisait à Fulda ! Mais, par la suite, il avait été captivé par son caractère intrépide et impétueux. Le fait qu'elle sache lire, loin de le contrarier comme la plupart des hommes, le fascinait. Sa curiosité d'esprit l'enchantait et, de même, il adorait l'entendre évoquer avec passion sa Constantinople natale.

A présent, il était prêt à se tenir à ses côtés et à l'aider à se sortir d'une situation singulière, dans laquelle il ne parvenait pas à démêler la vérité des éléments issus de l'imagination fertile de la jeune femme.

28

Cette nuit-là, dans sa cabane, Gorgias fut réveillé par un bruit de voix. Il n'eut que le temps de se jeter dans un coin avec sa paillasse. Il retomba sur son moignon et une pointe de douleur le traversa. Puis il se fit aussi petit que possible, priant pour que l'obscurité le protège. Les voix se rapprochèrent et il finit par distinguer deux hommes qui brandissaient des torches. L'un était grand et blond, l'autre semblait vêtu d'une soutane. Après s'être séparés, les deux intrus furetèrent à l'intérieur de la cabane, écartant les vieux outils à coups de pied. A un moment, le blond se rapprocha de sa cachette. Gorgias se voyait déjà découvert quand l'homme se détourna et adressa un signe de la main à son compagnon. Ils déposèrent deux ballots à quelques pas du scribe, puis ils firent demi-tour et disparurent dans la nuit comme ils étaient venus.

Gorgias ne bougea pas avant d'être certain de leur départ. Puis il releva la tête et observa les ballots. Soudain, l'un d'eux remua, lui arrachant un petit cri de surprise. Etait-ce une bête blessée ? Lorsque les mouvements cessèrent, il quitta sa cachette avec difficulté et se traîna jusqu'aux ballots.

Il avait du mal à se déplacer. La semaine précédente, l'état de son bras avait tellement empiré qu'il avait passé plusieurs jours allongé sans rien avaler. La fièvre lui disait qu'il allait mourir. S'il en avait eu la force, il serait retourné à Wurtzbourg, mais il était trop faible pour y arriver.

Gorgias tâta le premier ballot avec un bâton. La surface céda légèrement et il entendit un gémissement qui le fit reculer. Le silence revint, puis une nouvelle plainte s'éleva, plus faible cette fois. Malgré la peur, Gorgias s'approcha lentement et défit un des deux paquets. Stupéfié par sa découverte, il fit la même chose avec l'autre. A ses pieds gisaient les jumelles de Wilfred, bâillonnées avec deux torchons de cuisine.

Reprenant ses esprits, Gorgias délivra les fillettes de leurs liens. Après avoir redressé celle qui était réveillée, il caressa avec anxiété le visage de la seconde, encore inconsciente. Comme elle ne réagissait pas, il la crut morte. Mais, quand il lui souleva la tête, la petite fille toussa et se mit à pleurer, réclamant son père entre deux sanglots. Gorgias songea aux ravisseurs. S'ils les entendaient, ils reviendraient sans doute sur leurs pas pour les tuer. Aussi se chargea-t-il des petites comme il le put et se traîna-t-il jusqu'à une galerie. Une fois à l'abri, les fillettes furent prises d'une étrange torpeur et s'endormirent.

Comme les nuits précédentes, Gorgias peina à trouver le sommeil. La fièvre le dévorait, mais la présence des fillettes lui avait rendu la lucidité qui lui manquait depuis quelque temps. Il se leva et les observa. Comme leurs visages étaient légèrement violacés, il les secoua doucement, puis il redressa la plus réveillée et l'assit comme une poupée de chiffon. La petite fille vacilla, sa tête heurta légèrement le wagonnet contre lequel il l'avait appuyée, mais elle conserva son équilibre. Gorgias songea qu'elle n'avait pas tous ses esprits, car le choc ne lui avait pas tiré une plainte. Quant à sa sœur, elle avait toujours le visage bouffi et son pouls était presque imperceptible. Il lui mouilla le front en puisant dans sa réserve d'eau, mais elle ne réagit pas davantage. S'il ne les ramenait pas rapidement à Wurtzbourg, il ne faisait aucun doute qu'elles mourraient.

Au lever du jour, Gorgias décida de remonter les fillettes à l'air libre. Dehors, le froid était saisissant, un signe annonciateur de tempête. Comment transporterait-il deux enfants alors qu'il tenait à peine debout ? En explorant les alentours, il tomba sur un coffre en bois auquel il attacha une corde. Après avoir noué l'autre extrémité autour de sa taille, il traîna le coffre dans la boue jusqu'à l'endroit où il avait laissé les fillettes. Avec le plus grand soin, il les installa à l'intérieur, leur expliquant qu'il s'agissait d'un chariot, mais les petites semblaient toujours hébétées. Gorgias tira de toutes ses forces sur la corde, mais le coffre ne bougea pas. Il écarta les pierres qui le bloquaient et recommença à tirer. Le chariot improvisé s'ébranla lourdement et commença à glisser à sa suite sur la piste qui menait à Wurtzbourg.

Au bout d'une demi-lieue, Gorgias s'abattit dans la boue. La première fois, il parvint à se relever. La seconde, il s'évanouit.

Il resta à plat ventre jusqu'à ce que la plainte d'une des petites filles l'aiguillonne. Il tenta de se relever, mais il n'en trouva pas la force. Haletant comme un animal blessé, il se traîna à l'écart du chemin. Il n'arriverait jamais au bout de son projet. La douleur de son moignon, de plus en plus lancinante, s'étendait jusqu'au poumon. Appuyé contre la roche, il versa des larmes de désespoir. Sa vie importait peu, il voulait seulement sauver celle de deux enfants.

De là où il se trouvait, on apercevait Wurtzbourg au loin. Dans la vallée, les cabanes se pressaient derrière les remparts, veillées par les tours de la forteresse. Gorgias aurait tout donné pour se trouver sous le ciel limpide de la ville, sillonné par la fumée qui s'élevait des maisons. La végétation toute neuve qui pointait çà et là dans les champs lui semblait hors de portée. L'idée que sa fille reposait sous cette terre et qu'il la rejoindrait bientôt lui apporta une singulière consolation.

Pendant qu'il contemplait les filets de fumée, il lui vint une idée. Il retira les fillettes du coffre et les allongea un peu plus loin. Puis il rassembla ses dernières forces pour briser les planches à coups de pied. Ensuite, il sortit son briquet et coinça le silex entre ses pieds, afin de diriger les étincelles vers le chiffon sec posé sur le tas de bois. Puis il battit le métal contre la pierre, priant pour que le tissu s'enflamme, mais ce fut un échec. Il s'acharna, encore et encore, jusqu'à ce que ses forces l'abandonnent. Enfin, excédé, il jeta le briquet au loin.

Au bout d'un moment, il se souvint du document qu'il avait dissimulé sur une poutre dans la mine. Le parchemin remplacerait sans doute avantageusement l'amadou. Mais, alors qu'il se redressait dans l'intention d'aller le récupérer, le monde se mit à tourner autour de lui.

Jamais il ne parviendrait à repartir. Son regard tomba sur les petites, toujours amorphes, comme abruties par l'effet d'un narcotique. Animé d'un regain de courage, il se traîna jusqu'au briquet, le saisit avec force et l'abattit sur le silex. A sa grande surprise, les étincelles jaillirent comme un torrent lumineux et s'éparpillèrent sur le tissu. Il répéta son geste, multipliant les particules incandescentes. Bientôt, de minces filets de fumée s'élevèrent du chiffon, s'épaissirent peu à peu, jusqu'à l'apparition d'une flamme vibrante.

Gorgias pria pour que quelqu'un aperçoive la fumée depuis Wurtzbourg. Si des secours venaient, il attendrait que les petites aient été repérées pour repartir vers son refuge. Comme les flammes commençaient à faiblir, il les entretint avec le reste de bois, mais le feu dévorait tout ce qu'il recevait aussi rapidement que Gorgias l'alimentait. Peu à peu, il s'éteignit et il ne resta bientôt qu'un monceau de braises.

Gorgias contempla les cendres avec amertume. Il venait de détruire l'unique moyen dont il disposait pour transporter les fillettes. Il n'y avait plus qu'à attendre que le froid et les bêtes sauvages en finissent avec eux. Il ôta sa cape et en recouvrit les jumelles. Pendant un instant, il lui sembla que la plus éveillée des deux lui souriait. Puis il se blottit contre elles pour les réchauffer et s'endormit. Il rêva de Theresa.

Gorgias comprit qu'il était mort, car, en ouvrant les yeux, il vit sa fille environnée d'un halo blanc, rayonnante d'allégresse. Ses grands yeux couleur d'ambre étaient humides de larmes, ses cheveux toujours aussi indociles et elle lui parlait tendrement. Elle l'étreignit et il l'entendit lui prodiguer des encouragements. Un ange aux cheveux noirs et au visage aimable l'accompagnait.

Le scribe tenta de parler mais seul un gémissement franchit ses lèvres. Puis il sentit qu'on le redressait. Son regard brouillé se posa sur les petites, toujours allongées près de lui, puis s'arrêta sur les vestiges du feu. Sans comprendre, il regarda de nouveau Theresa et s'abandonna entre ses bras avant de perdre connaissance.

Malgré tous ses efforts, Izam ne parvenait pas à apaiser Theresa.

Ce matin-là, quand la jeune femme avait aperçu un feu non loin de la mine, elle avait éclaté en sanglots, convaincue que son père était encore en vie. Plus tard, quand ils avaient découvert Gorgias serrant les fillettes contre lui, elle s'était précipitée vers lui en pleurant de joie. En constatant qu'il était encore vivant, elle l'avait étreint jusqu'à ce qu'Izam insiste pour qu'ils se remettent en route et retournent à Wurtzbourg.

Ils avaient chargé Gorgias toujours inconscient sur le cheval. Theresa guidait celui-ci tandis qu'Izam portait les jumelles. Dans sa joie, Theresa ne pouvait s'empêcher de parler à son père, même si celui-ci ne l'entendait pas. Elle lui expliqua où elle était allée, ce qui lui était arrivé à Fulda, et combien il lui avait manqué. Au bout d'un moment, toutefois, elle constata non seulement qu'elle parlait dans le vide, mais aussi que la blessure de Gorgias sentait mauvais. Elle le fit remarquer à Izam, qui soupira en secouant la tête. Il regretta aussitôt sa réaction et se hâta d'ajouter :

— Je voulais dire qu'il a besoin d'être soigné. Le médecin le guérira certainement.

Voyant que l'inquiétude de Theresa était toujours aussi vive, il tenta de la distraire en lui parlant des jumelles.

— Quelqu'un a dû les déposer à la mine...

Theresa ne répondit pas. Dans son état, il était évident que Gorgias n'aurait même pas pu porter une poule.

A mi-chemin de la ville, ils aperçurent une troupe de paysans qui se dirigeaient vers eux, brandissant fourches et faux. Les soldats qui ouvraient la marche leur ordonnèrent de faire halte. Izam comprit qu'ils convoitaient la récompense offerte par Wilfred. En revanche, il se demanda comment ils les avaient retrouvés. Par bonheur, il reconnut parmi eux un de ses hommes de confiance, un nommé Gratz, et lui cria de donner l'ordre aux archers de déposer leurs armes. Mais quand Gratz s'exécuta, plusieurs paysans, aveuglés par la cupidité, continuèrent à courir vers eux. Izam reposa les fillettes et dégaina son épée, mais, avant qu'il ait pu l'utiliser, une flèche abattit le meneur du groupe. Le Padouan se tourna vers Gratz, qui avait encore son arc à la main. Les autres paysans s'arrêtèrent net. L'un d'eux laissa tomber son arme, vite imité par les autres. Puis les soldats s'avancèrent et offrirent leurs chevaux à Izam et aux jumelles.

De retour à Wurtzbourg, Gratz expliqua à Izam comment ils avaient su où étaient les fillettes.

— Apparemment, un homme au visage dissimulé sous un capuchon s'est confessé à un prêtre, qui à son tour a parlé à Wilfred. Ce matin, on nous a ordonné d'organiser la battue.

La coïncidence éveilla les soupçons d'Izam. Non seulement le délateur savait où se trouvaient les jumelles, mais encore il accusait Gorgias de les garder prisonnières. Il remercia Gratz de son intervention et ils chevauchèrent en silence jusqu'aux portes de la citadelle, où les attendait une foule surexcitée.

Les portes s'ouvrirent devant Wilfred. Le comte fit claquer son fouet, et les chiens tirèrent son chariot, qui progressa difficilement sur le chemin. Derrière lui, Alcuin, Zénon et Rutgarde observaient le déroulement des événements. Quand Wilfred atteignit la grande porte, Izam s'avança avec les deux fillettes. Dès que leur père les reçut dans ses bras, la foule entière célébra la fin du cauchemar.

Dans la forteresse, Theresa attendait impatiemment que Zénon et une matrone aient terminé d'examiner les jumelles. Tous deux conclurent que les fillettes n'avaient pas été brutalisées et qu'elles se rétabliraient rapidement. Mais quand Zénon voulut soigner Gorgias, le comte le lui interdit et ordonna que le scribe soit jeté aux oubliettes.

Theresa le supplia de revenir sur sa décision, mais Wilfred se montra inflexible, allant jusqu'à la menacer de la faire également enfermer si elle insistait. La jeune femme lui rétorqua que son propre sort lui importait peu, mais Izam la fit sortir de force.

— Laisse-moi ! hurlait-elle entre deux sanglots.

Le jeune Padouan la prit dans ses bras et tenta de la calmer.

— Tu n'arriveras à rien de cette manière. Je m'occuperai de faire soigner ton père plus tard, promit-il.

A bout de nerfs, Theresa le laissa l'entraîner vers la salle du chapitre, où ils aperçurent Hoos en grande conversation avec Alcuin. Instinctivement, la jeune femme se serra contre Izam. Le Padouan, décidé à parler à Hoos, voulut se diriger vers lui, mais celui-ci quitta la salle avant qu'il ait eu le temps de le rejoindre.

Izam et Theresa déjeunèrent dans une des écuries, au milieu de la paille et du foin. Pendant qu'ils mangeaient, Izam lui confia qu'à l'exception de deux ou trois de ses hommes il ne savait à qui se fier.

— Même pas à cet Alcuin. Je l'ai connu à la cour. C'est un homme très sage et de bonne réputation, mais après tout ce que tu m'as raconté...

Theresa acquiesça d'un air absent. La seule chose qui lui importait était que son père soit soigné dans les plus brefs délais. Quand elle rappela sa promesse à Izam, il lui dit qu'il irait chercher Zénon dès la fin du repas. D'après ses informations, il suffisait de bien rémunérer le médecin pour s'assurer ses services.

— Je prétendrai que j'ai besoin d'interroger ton père. Personne ne devrait y voir d'inconvénient.

Theresa le supplia de lui permettre de l'accompagner, mais Izam lui opposa que cela ferait naître les soupçons.

— Alors, soudoie ses gardiens, ou dis-leur que ma présence est indispensable pour que tu puisses lui parler.

— Bien sûr ! Toi, Zénon, moi… Qui d'autre ? Ce n'est pas un banquet de bienvenue !

Choquée, Theresa lâcha soudain son assiette et sortit en courant. Regrettant de l'avoir brusquée, Izam la rattrapa afin de lui présenter ses excuses. Il lui avoua que le fait de ne pas savoir qui était son ennemi le rendait nerveux.

— Tu n'as pas vu l'expression de Wilfred ? S'il avait pu tuer ton père d'un regard, il l'aurait fait.

— Si c'est une question d'argent, dis-le-moi, pour l'amour de Dieu.

— Theresa ! Ces gens ont déjà tué deux personnes. Trois, en comptant Korne. Quant aux fillettes, personne ne peut dire si elles sont malades ou possédées. Si nous leur donnons l'alerte, nous serons les prochains.

Theresa se mordit la langue, mais elle insista néanmoins pour voir son père. Izam comprit qu'elle ne céderait pas. Il lui fit alors promettre qu'elle resterait à ses côtés tant que toute l'affaire ne serait pas éclaircie.

— Mais j'ai promis à Alcuin de l'aider au scriptorium, objecta-t-elle.

— Oublie un peu le scriptorium, Hoos et ce maudit Alcuin ! Et maintenant, allons trouver ce médecin avant qu'il n'engloutisse tout le vin des tavernes.

Zénon était occupé à soigner un homme qui avait perdu trois dents au cours d'une rixe. Il demanda à Izam le motif de sa présence, mais celui-ci éluda la question, feignant de s'intéresser à la santé des filles du comte. Lorsque le blessé se retira, le Padouan exposa à Zénon ses véritables intentions.

— Désolé, mais le comte m'a interdit de m'occuper de Gorgias, répondit le médecin en se lavant les mains. Cela dit, je ne comprends pas pourquoi il s'entête. De toute manière, le scribe va mourir.

En entendant ce pronostic, Izam se réjouit que Theresa ait accepté de l'attendre dehors.

— S'il doit mourir, cela ne changera rien que tu le voies, dit-il en faisant tinter sa bourse.

Le Padouan acheva de convaincre Zénon en lui disant qu'il remplacerait le garde de Wilfred par un de ses hommes. Le médecin tenta de se faire payer à l'avance, mais Izam ne lui remit que deux pièces.

— Un conseil, ajouta-t-il en lui attrapant le poignet. Reste sobre, ou c'est moi qui vais soigner tes dents.

Zénon sourit bêtement. Avant de se séparer, ils convinrent de se retrouver après l'office de sexte. Entre-temps, Izam espérait convaincre Wilfred de renforcer la garde des cachots. Il accompagna ensuite Theresa à sa chambre pour qu'elle y prenne tout ce dont elle avait besoin, car il ne voulait pas qu'elle continue à y coucher. La jeune femme emporta quelques vêtements, un poinçon et ses tablettes de cire, puis ils se dirigèrent vers la chambre d'Izam.

— Que comptes-tu faire ? demanda Theresa dès qu'Izam eut refermé la porte.

Le Padouan jeta son épée sur la table avant de lui exposer son plan. Il comptait proposer un de ses hommes à Wilfred afin de doubler la garde de Gorgias. Puis il faudrait attendre que le soldat du comte s'absente.

— Je trouverai le moyen de faire affecter Gratz à la surveillance de ton père, assura-t-il.

Il recommanda à Theresa de ne quitter la chambre sous aucun prétexte avant de glisser un poignard sous sa cape. La jeune femme le retint sur le pas de la porte. Elle avait peur de Hoos, mais il la rassura et appela le soldat qui montait la garde dans le couloir. Le jeune homme au visage imberbe constellé de boutons acquiesça vigoureusement quand Izam lui donna l'ordre de ne laisser entrer personne. Restée seule, Theresa se blottit sur le lit pour attendre le retour de son ami.

Le regard fixé au plafond, la jeune femme s'interrogeait sur ce qui avait pu pousser Wilfred à faire enfermer son père. Au bout d'un moment, elle décida d'examiner la bible émeraude qu'elle transportait toujours dans sa besace. Elle l'approcha de la fenêtre, chercha le verset des Thessaloniciens et relut les indications écrites à l'encre délavée. Au total, elle compta soixante-quatorze phrases, ou plutôt soixante-quatorze lignes, qui n'étaient organisées ni en paragraphes ni en phrases, mais formaient une succession de mots décousus, tous relatifs au fameux parchemin. Elle prit la peine de les copier intégralement sur ses tablettes de cire, puis elle gratta le texte caché à l'intérieur de la bible à l'aide d'un des poignards d'Izam.

Au bout d'un long moment, on frappa plusieurs coups à la porte. Theresa recula jusqu'au mur, étouffant un cri. A cet instant, un hurlement la fit sursauter. Elle monta sur le rebord de la fenêtre sans quitter du regard la flaque de sang qui filtrait sous la porte. Quelqu'un actionna le loquet. Theresa jeta un coup d'œil vers les douves en contrebas. Si elle tombait, c'était la mort assurée. Soudain le loquet sauta avec un grand bruit. Theresa se signa, enjamba la fenêtre et se cramponna à une saillie. Suspendue au-dessus du vide, elle implora l'aide de Dieu. A l'intérieur, quelqu'un mettait la chambre à sac. Très vite, ses bras se mirent à trembler sous l'effort. En regardant autour d'elle, elle découvrit à portée de main un crochet destiné à suspendre les provisions qu'on souhaitait conserver au frais. Elle risquait de se blesser en l'attrapant sans protection, mais si elle enveloppait sa main dans un pan de son vêtement... Pendant qu'elle réfléchissait, une de ses mains glissa. Elle se voyait tomber dans le vide quand une poigne solide la saisit par le bras. Elle cria et tenta de se libérer, mais une autre main l'agrippa et la hissa dans la chambre. Toutes ses peurs se dissipèrent quand elle reconnut Izam. Il la reposa doucement et la serra dans ses bras en lui murmurant des paroles apaisantes.

Encore tremblante, la jeune femme rassembla les objets éparpillés sur le sol pendant qu'Izam s'occupait de la sentinelle qui gisait en travers du seuil. En voyant la quantité de sang répandue autour de lui, Theresa comprit que le malheureux garçon était mort. Secouée de sanglots, elle se laissa tomber sur le lit. Izam l'interrogea, mais elle n'avait pas vu les meurtriers. Après avoir cherché partout, elle constata qu'ils avaient emporté la bible de son père.

Deux serviteurs emportèrent le corps. Puis, après avoir fourni les explications qu'on leur réclamait, Izam et Theresa ramassèrent leurs affaires et se mirent en quête d'un endroit plus sûr. Si Theresa regrettait d'avoir perdu la bible, elle était soulagée que les voleurs aient négligé les tablettes sur lesquelles elle avait recopié le texte caché. A ses yeux, l'identité du coupable ne faisait aucun doute : à part Alcuin, nul ne connaissait l'existence du message occulte.

Ils décidèrent d'aller demander des explications au moine, mais la porte du scriptorium était fermée à clé.

Ils s'attardèrent alors dans une des cours intérieures de la forteresse, s'interrogeant sur la nature du message caché dans la bible volée. Theresa avoua à Izam qu'elle avait été incapable de le décrypter.

— Mais mon père nous aidera, affirma-t-elle, confiante.

Izam leva les yeux vers le ciel pour avoir une idée de l'heure. Le médecin n'allait plus tarder.

Zénon apparut à l'heure convenue, muni de sa besace. Il sentait le vin, mais pas plus que dans la matinée. Il empocha la somme qu'Izam lui avait promise et tous trois se dirigèrent vers les cachots.

Theresa découvrit avec surprise que les prisonniers étaient enfermés dans d'anciennes glacières creusées dans la roche. En les remplissant de neige, on pouvait y conserver les aliments périssables jusqu'à l'arrivée de l'été. En hiver, elles faisaient office de magasins ou, le cas échéant, de prison improvisée.

— Dans d'autres villes, on jette les voleurs aux oubliettes, mais chez nous, elles sont réservées aux meurtriers, expliqua Zénon. On les balance dans le puits et ils n'en sortent que les pieds devant. Parfois, on leur lance du pain et on s'amuse à les regarder s'entretuer pour quelques miettes. Mais ils finissent tous par pourrir.

Izam eut beau le prier de leur épargner les détails, Zénon continua à pérorer comme si Theresa n'était pas là. Le Padouan dut le prendre au collet pour qu'il consente à tenir sa langue.

Les glacières étaient situées sous les cuisines. On y accédait par les caves, ou par une entrée proche des écuries. Ils choisirent la première solution, car l'autre passage n'était qu'un conduit étroit par où on déversait la neige.

Gratz, l'homme de confiance d'Izam, veillait en haut de la glacière. Il leur fit signe de se hâter, ignorant quand l'autre garde, éloigné avec la complicité d'une prostituée, allait revenir. Zénon et Izam descendirent dans la fosse grâce à une échelle de bois. Theresa les attendit en haut, le médecin lui ayant dit qu'elle les gênerait. Elle le vit examiner la cicatrice de l'épaule de Gorgias et secouer la tête. Son père fit entendre un gémissement de douleur lorsque le Padouan le redressa pour permettre à Zénon de l'ausculter. Celui-ci sortit un tonique de son sac et le donna à boire à Gorgias, mais le malade le vomit aussitôt. Le médecin lâcha une bordée d'injures, puis il se releva et entreprit de remonter.

— Tu peux descendre, si tu veux.
— Comment va-t-il ? demanda Theresa.

Au lieu de répondre, Zénon cracha et but une gorgée de tonique. A cet instant, Izam la pressa de descendre.

Quand Theresa prit pied au fond de la glacière, son père leva vers elle un regard étonné.

— C'est toi ? soupira-t-il.

La jeune femme l'enlaça, tentant de lui cacher ses larmes.

— C'est toi, mon petit ? répéta Gorgias.
— Oui, père. C'est bien moi, Theresa.

Il avait du mal à la distinguer, comme si ses yeux ne lui appartenaient déjà plus.

— Je vais te sortir d'ici, promit-elle en l'embrassant. Tout va s'arranger.
— Le document...
— Que dis-tu, père ?
— Le parchemin... fit Gorgias dans un souffle.

Les sanglots de Theresa redoublèrent. Les yeux de son père étaient opaques.

— J'entends du bruit, l'avertit Izam.

Il la prit par le bras, mais elle résista.

— *Sic erunt novissimi primi, et primi novissimi...*

Gorgias n'avait plus qu'un filet de voix.

— Sortons d'ici avant qu'on nous surprenne, insista Izam.

— Je ne peux pas le laisser ! gémit Theresa.

Le jeune homme la releva de force et l'obligea à remonter. Une fois en haut, il lui promit qu'ils reviendraient, mais pour le moment ils devaient déguerpir. Gratz venait juste d'enlever l'échelle quand le garde de Wilfred réapparut en fredonnant. Il s'étonna de la présence des deux jeunes gens, mais quelques pièces suffirent à le convaincre qu'Izam et Theresa venaient d'arriver des cuisines. Quand ils repartirent, la jeune femme était convaincue que son père ne sortirait pas vivant de la glacière.

Izam décida qu'ils s'installeraient sur un des bateaux qui mouillaient dans le port. Ainsi, ils seraient sous la protection de ses propres soldats. Une fois à bord, ils dînèrent à la gamelle commune, puis ils s'isolèrent à la poupe. Izam couvrit Theresa, qui accepta une gorgée de vin fort pour combattre le froid qui régnait sur le pont. L'étreinte d'Izam la réconforta et, presque sans le vouloir, elle posa la tête sur son épaule.

Theresa parla de son père, de la façon dont il se dévouait à son travail et de l'amour de la lecture qu'il lui avait inculqué. Elle évoqua les nuits où elle se levait pour lui préparer un bouillon pendant qu'il écrivait à la lueur d'une chandelle. Il lui avait non seulement enseigné le latin, mais aussi le grec, les commandements et les Saintes Ecritures. Gorgias s'était toujours efforcé d'entretenir le souvenir de sa Constantinople natale.

En sanglotant, elle supplia Izam de faire libérer son père. Quand il lui répondit qu'elle devait en parler à Alcuin, la jeune femme se redressa, surprise.

— Alcuin ? Quel rapport a-t-il avec la détention de mon père ?

Wilfred avait assuré à Izam que, si cela n'avait dépendu que de lui, le scribe aurait déjà été exécuté.

— Apparemment, Alcuin s'y est opposé. Du moins jusqu'à la résolution de l'énigme.

— Quelle énigme ?

— C'est ce que j'ai demandé à Wilfred, mais il s'est mis à bredouiller avant de détourner la conversation. La seule chose qui importe, c'est que ton père soit encore en vie.

— Mais tu sais que...

— La question n'est pas ce que toi et moi savons, mais l'opinion d'Alcuin. Si nous voulons sortir Gorgias de cette glacière, c'est lui qu'il faut convaincre.

Izam expliqua ensuite à Theresa qu'Alcuin était beaucoup plus puissant qu'elle ne l'imaginait.

— Tel que tu le vois, seul le roi est au-dessus de lui. Derrière son allure de simple moine, ses manières humbles et austères, se cache un homme qui tient l'Eglise d'une main de fer. Et qui contrôle les rouages secrets de l'empire. Charlemagne le considère comme un guide, un soutien, un appui. A ton avis, qui est l'auteur de l'*Admonitio generallis*, l'ordonnance qui définit les droits de tous les sujets du royaume, qu'ils soient clercs ou laïcs ? Alcuin a proscrit le meurtre par vengeance et les excès de pénitence. Il a interdit le travail, la chasse, les marchés et même les procès le dimanche. Alcuin d'York peut être aussi aimable pour ses amis que redoutable pour ses ennemis.

Ces révélations laissèrent Theresa sans voix. Malgré la perspicacité d'Alcuin, elle l'avait toujours considéré comme un moine ordinaire. Elle comprenait à présent comment il avait pu l'engager aussi facilement et la générosité dont Charlemagne avait fait preuve à son égard.

Izam s'absenta le temps d'organiser les tours de garde. Blottie sous la couverture, elle but une longue gorgée de vin, espérant que cela lui éclaircirait l'esprit. Mais l'alcool lui donna la nausée. Depuis qu'elle connaissait Alcuin, elle n'avait cessé de changer d'opinion sur lui. S'il lui avait été d'une aide précieuse, à d'autres moments il l'avait trompée. Ces derniers temps, elle le voyait plutôt sous les traits d'un suppôt du Malin. Pour récupérer la bible émeraude, Alcuin n'avait pas hésité à faire assassiner le jeune garde.

Hoos, un traître, et Alcuin, un assassin... Ou l'inverse, ce qui revenait au même.

Quand Izam vint la rejoindre, Theresa le trouva plus séduisant que jamais. Elle se sentait bien à ses côtés. Après avoir terminé son vin, elle lui prit la main et ferma les yeux quand il passa un bras autour de ses épaules. Elle rêva qu'il la délivrait de son incertitude et de ses craintes... Puis la torpeur l'envahit et elle s'endormit contre la poitrine du Padouan.

Theresa se réveilla à l'aube avec un violent mal de tête. Il faisait froid et le lent balancement du navire lui donnait envie de vomir. Toutefois, elle grimpa sur un ballot pour tenter d'apercevoir Izam. Avisant Gratz sur le pont, elle lui fit signe d'approcher. Le soldat l'informa que l'ingénieur était allé vérifier l'état des autres navires.

— Il m'a dit de te demander d'attendre son retour ici.

Theresa se résigna à rester à bord, accepta le quignon de pain que lui offrait Gratz et repartit vers la poupe. Elle mangea distraitement, le regard fixé sur la forteresse. Le pain sentait le rance, mais elle l'avala quand même. Puis elle profita du jour naissant pour relire ses tablettes.

Bientôt, le soleil s'éleva dans le ciel, et les marins commencèrent leurs allées et venues. Impassible, Theresa continua à examiner les mots recopiés dans la bible. Les fragments de phrases s'entrecoupaient sans ordre ni raison. Tout ce dont elle était certaine, c'était qu'ils concernaient la Donation de Constantin, citée à plusieurs reprises.

Elle eut l'idée de poser les quatre tablettes côte à côte sur un tonneau, comme si le fait de les avoir toutes sous les yeux allait lui donner la clé du mystère. Les paroles que son père avait prononcées dans la glacière lui revinrent brusquement en mémoire.

« *Sic erunt novissimi primi, et primi novissimi.* »

Elle se leva et demanda une bible à Gratz, qui lui confia celle du bord. Dès qu'elle fut à nouveau seule, elle chercha le chapitre vingt de *Evangelium secundum Matthaeum* : « *Sic erunt novissimi primi, et primi novissimi.* » « Les derniers seront les premiers et les premiers seront les derniers. » Elle examina le chapitre précédent et le suivant sans rien y trouver qui puisse l'aider. « Les derniers seront les premiers », se répéta-t-elle en effleurant les tablettes du bout des doigts.

Soudain, Theresa comprit. Elle tenta de lire le texte à l'envers, depuis le dernier mot jusqu'au premier, et, comme par enchantement, ceux-ci formèrent des phrases, elles-mêmes organisées en paragraphes. Quand elle eut terminé, elle saisit la portée de la découverte de son père. Elle cacha vivement les tablettes sous un banc et alla s'enquérir d'Izam auprès de Gratz.

— Il devrait déjà être revenu, répondit le soldat d'un ton léger.

Theresa se mit à arpenter le pont, apprenant par cœur le texte des tablettes. Quand elle fut lasse de l'exercice, elle retourna voir Gratz et lui demanda de l'accompagner à terre, mais celui-ci lui expliqua que c'était impossible avant le retour d'Izam.

— Et s'il ne revient pas ?
— Il finit toujours par revenir.

Theresa trouva l'argument un peu mince. Elle résolut de se rendre seule à la forteresse si Izam n'était pas rentré à midi.

29

Quand le soleil fut au zénith, Theresa s'enveloppa dans une cape de marin, empoigna un ballot et profita de ce que Gratz reprisait une voile pour descendre sur le quai et filer en direction des remparts. La tête couverte d'un bonnet de laine troué, elle entra facilement dans la ville. Mais, pour pénétrer dans la forteresse, elle dut attendre qu'un convoi de charrettes détourne l'attention d'une sentinelle trop zélée.

Deux chiens aboyèrent à son passage, mais elle les calma avec quelques caresses. Après avoir traversé un atrium, elle se dirigea vers le couloir où se trouvait la cellule d'Alcuin. La trouvant fermée, elle gagna immédiatement le scriptorium. Le moine était là, plongé dans la lecture de la bible volée. Il se leva en la voyant.

— Où diable étais-tu ? J'ai passé la matinée à te chercher.

Il mit le livre de côté après l'avoir soigneusement refermé.

Theresa prit une profonde inspiration et avança. Malgré sa frayeur, elle était résolue à obliger cet assassin à tirer son père de son cachot. Il lui offrit de s'asseoir, et elle accepta. Puis Alcuin sortit le parchemin sur lequel elle avait travaillé et le posa devant elle comme si de rien n'était.

— Il te reste à nettoyer le texte et à le réviser, dit-il avant de se pencher de nouveau sur la bible.

— Vous ne me demandez pas des nouvelles de mon père ?

Alcuin interrompit sa lecture.

— Pardonne-moi, mais avec tous ces événements j'ai l'esprit un peu embrouillé. Je ne sais pas si tu es au courant, mais hier on a égorgé une sentinelle à l'intérieur de la forteresse.

Le cynisme du moine désarçonna quelque peu Theresa, mais elle repoussa la Donation de Constantin.

— Je n'y toucherai pas, affirma-t-elle.

Alcuin fronça les sourcils.

— Que voulez-vous de plus ? s'exclama la jeune femme en se dressant comme une furie. Vous l'avez, votre maudit document !

— Enfin, qu'est-ce qui te prend ? demanda Alcuin, s'efforçant de la maîtriser. Il manque encore les conclusions...

— Croyez-vous que j'ignore ce que vous tramez ? Mon père, les filles du comte, et ce malheureux garde...

Alcuin se figea comme s'il avait vu un fantôme. Il se dirigea vers la porte d'un pas mal assuré et poussa le verrou. Puis il se laissa tomber sur une chaise et leva un regard étonné vers Theresa. La jeune femme glissa la main dans son sac et empoigna le stylet qui s'y trouvait.

— Il y a deux jours, dans le tunnel, j'ai surpris votre conversation avec Hoos. Je vous ai entendu lui suggérer de me tuer. Tous les deux, vous avez parlé de mon père, de la mine. Et aussi de la crypte et des jumelles.

— Pour l'amour de Dieu, d'où sors-tu toutes ces bêtises ?

— Vous niez ? Et pour la bible, c'est également faux ? dit-elle en soulevant le livre à la reliure vert émeraude.

— Qu'est-ce qui est faux ? Et pourquoi faire tant d'histoires à propos de cette bible ?

Quand Theresa lui jeta à la figure que c'était à cause d'elle qu'il avait tué la sentinelle, le moine sourit.

— D'accord ! Et si je t'entends bien, je serais convenu avec Hoos de te tuer dès que tu aurais terminé le document...

— Exactement.

— Mais si ce que tu dis est vrai, qu'est-ce qui m'empêcherait de te tuer tout de suite ?

Il s'approcha de Theresa et posa une main sur son épaule, non loin de son cou. Elle frémit à son contact. Puis Alcuin alla tirer le verrou.

— Si tu veux connaître la vérité, tu devras me faire confiance. Dans le cas contraire, tu peux partir tout de suite.

Theresa raffermit sa prise autour du manche du stylet, caché à présent sous ses vêtements. Elle n'avait aucune confiance en Alcuin, mais elle était prête à risquer sa vie pour sauver son père. Elle se rassit. Apparemment satisfait, le moine prit place à l'autre bout de la table et classa des documents avant de regarder la jeune femme.

— Une galette ? proposa-t-il.

Elle refusa d'un geste. Alcuin ne fit qu'une bouchée de la pâtisserie, puis il se lécha les doigts avant de tendre à Theresa le document sur lequel elle avait travaillé.

— Comme tu le sais, ceci est la copie d'un original perdu depuis des années. Ce parchemin ancien portait le sceau de l'empereur Constantin, et il accordait au pape romain un certain nombre de terres et de droits.

Theresa acquiesça sans lâcher son arme.

Alcuin versa un peu de lait dans un calice mal lavé avant de poursuivre.

— Tu l'ignores peut-être, mais il y a quarante ans, après la conquête de Ravenne par les Lombards, le pape de cette époque, Etienne II, demanda l'aide de Constantinople contre ces païens. N'obtenant pas de réponse, le pape traversa les Alpes et alla trouver celui qui était alors roi des Francs, Pépin, le père de Charlemagne. Etienne II oignit Pépin et ses fils, puis il leur concéda le titre de patrice des Romains. En échange, il sollicita leur protection contre les Lombards. Tu es sûre de ne pas vouloir une galette ?

Theresa garda le silence. Si elle ne voyait toujours aucun rapport entre cette histoire et la récente série de meurtres, l'exposé d'Alcuin commençait à l'intéresser.

— Pépin conduisit alors ses troupes en Italie et elles vainquirent les Lombards. Cette victoire donna au pape l'exarchat de Ravenne, qui comprenait entre autres les villes de Bologne et de Ferrare, mais aussi la marche d'Ancône, avec la Pentapole, Rome elle-même. Il reprit aussi aux Lombards le reste du duché qu'ils occupaient. Pour résumer : les Lombards attaquèrent Rome, qui demanda l'aide de Constantinople. N'obtenant rien, le pape se tourna vers Pépin, qui rendit ses terres à Rome après avoir vaincu les Lombards.

Alcuin s'assura d'un coup d'œil que Theresa le suivait.

— Tout se serait passé sans heurt si Constantinople n'avait exigé du pape qu'il lui restitue l'exarchat de Ravenne, qui lui appartenait avant l'invasion lombarde. Rome fit alors valoir la Donation de Constantin, qui lui attribuait ces terres, mais les Byzantins n'en firent aucun cas et continuèrent à réclamer. Pis encore, ils s'allièrent aux barbares lombards qui tentaient de reprendre les terres conquises par le roi franc.

— Vous dites que Constantinople a aidé les Lombards à combattre les Romains ?

— Chrétiens contre chrétiens... Etrange, n'est-ce pas ? Mais qu'est-ce que la politique, sinon l'appétit de pouvoir, l'envie qui a poussé Caïn à tuer son frère ? Avec le concours des Grecs, les Lombards mirent les armées du pape en déroute et le confinèrent sur quatre arpents de terre. Toutefois, Rome possédait toujours le document qui légitimait ses demandes, et Adrien Ier, le pape nouvellement élu, accourut en France pour l'agiter sous le nez de Charlemagne.

Alcuin s'éloigna et revint avec deux autres galettes. Il en mordit une et offrit l'autre à Theresa, qui cette fois l'accepta.

— Charlemagne mena son armée en Italie, où il défit les Lombards et rappela Constantinople à ses obligations envers la papauté. Les territoires restitués au pape comprenaient Bologne, Ferrare, d'autres villes du bassin du Pô et du nord de la Toscane, comme Parme, Reggio et Mantoue, mais aussi Venise et l'Istrie, les duchés de Spolète et de Bénévent. Charlemagne céda à Rome presque toute l'Italie du Sud, hormis l'Apulie, la Calabre, la Sicile, ainsi que les enclaves de Naples, Gaète et Amalfi, jusque-là sous l'autorité byzantine. Il faut aussi compter l'île de Corse, la Sabine, des rentes en Toscane et à Spolète. Quelques années plus tard, Charles ajouta quelques villes du sud de la Toscane, comme Orvieto et Viterbe, puis de Campanie, telles Aquino, Arpino et Capoue. Evidemment, tout cela déplut à Byzance.

Theresa se taisait toujours, mais, à son expression, Alcuin comprit qu'elle s'impatientait.

— Ce qu'il faut retenir de tout cela, c'est que Charlemagne parvint à appliquer les termes de la Donation de Constantin, s'attirant ainsi la reconnaissance éternelle du pape.

Theresa se mit à tambouriner sur la table. S'en étant aperçu, Alcuin prit une inspiration avant de poursuivre.

— Laisse-moi terminer, et tu comprendras la raison de cet exposé. L'Empire byzantin avait accepté ces pertes de mauvais gré, en partie à cause de l'indolence de son empereur, Constantin VI, en partie par crainte des armées de Charlemagne. La situation se prolongea pendant deux ans. Mais, à cette époque, Irène d'Athènes, la mère de Constantin VI, fit emprisonner son propre fils et ordonna qu'on lui crève les yeux. Puis elle se fit couronner impératrice.

— Elle a fait assassiner son fils ?

— Oh, non ! Elle s'est contentée de l'enfermer après l'avoir fait aveugler. Une mère charitable, tu ne trouves pas ? Comme tu peux l'imaginer, cette harpie a comploté contre le pape. Une fois montée sur le trône, elle envoya un espion à Rome, avec pour mission de dérober le document qui reconnaissait le legs.

— La Donation de Constantin.

— Exactement.

Theresa contempla le parchemin. Il lui semblait entrevoir la solution de l'énigme. Cependant, elle ne s'expliquait toujours pas les agissements d'Alcuin. Celui-ci reprit :

— Grâce à des pots-de-vin, l'espion accéda au document et le détruisit juste avant d'être surpris par la garde pontificale. Le voleur fut exécuté, mais, du document, il ne restait plus que des cendres sur le sol du Vatican et une copie sur un parchemin ordinaire, celle que j'ai confiée à ton père. Par la suite, Irène envoya plusieurs ambassades, exigeant de vérifier l'authenticité de la Donation. Mais elle est devenue plus insistante depuis qu'elle est au courant des intentions du pape. En effet, Léon III souhaite sacrer Charlemagne empereur.

Theresa ne put dissimuler sa stupeur. Chacun savait que le titre d'empereur était réservé au souverain de l'Empire byzantin.

— Rome désire être liée avec un empereur à la fois énergique et compréhensif, qui a fait la preuve de son courage et de sa générosité. Irène a vu dans ce projet une manœuvre destinée à écarter les Byzantins. C'est pourquoi elle a tenté d'empêcher sa réalisation. En détruisant la Donation, l'impératrice voulait saper l'autorité du pape. A l'avenir, rien ne retiendra cette diablesse d'attaquer Rome pour éviter le sacre de Charlemagne.

— Je ne comprends pas. En quoi l'existence de ce document est-elle si importante ? Après tout, ce n'est qu'un parchemin...

Theresa était lasse de cet exposé interminable, alors que son père agonisait dans une glacière.

— C'est peut-être ce qu'il te semble, mais, tôt ou tard, Irène mourra. Et quand nous aurons tous disparu, ceux qui nous succéderont éprouveront les mêmes désirs, les mêmes ambitions. Ce n'est pas seulement le caprice d'une femme qui est en jeu, mais l'avenir de l'humanité. Pour gagner cette bataille, il est indispensable de donner une légitimité aux Etats pontificaux. Cette garantie assurera à son tour le sacre de Charlemagne comme empereur du Saint-Empire romain. Charlemagne guidera l'Occident sur la voie voulue par Notre-Seigneur, il luttera contre l'ignorance et l'hérésie, écrasera le païen et l'infidèle, unifiera les croyants et soumettra les blasphémateurs. C'est la véritable raison pour laquelle ce document doit être achevé. Dans le cas contraire, nous verrons se succéder des batailles qui finiront par détruire la chrétienté.

Alcuin se tut, satisfait. Sa démonstration aurait convaincu même le dernier des sots. Mais Theresa semblait indifférente.

— Pour cela, il faut absolument achever la copie avant le concile que le pape convoquera à la mi-juin, reprit Alcuin. Tu comprends ?

— Ce que je comprends, c'est que Rome aspire au pouvoir et que Byzance le lui dispute. Quant à vous, tout ce qui vous intéresse, c'est de faire couronner Charlemagne empereur. Maintenant, dites-moi pourquoi je devrais croire l'homme qui laisse mon père croupir dans un trou ? Qui a manipulé les autres, menti, tué ? Dites-moi pourquoi je devrais vous aider ?

Savoir que le document était encore incomplet conférait à Theresa un pouvoir qu'elle croyait avoir perdu.

— Je vous renouvelle néanmoins mon offre, reprit-elle, magnanime. Libérez mon père, et j'ajouterai les conclusions au texte.

Alcuin s'approcha de la fenêtre et respira le parfum de résine qui émanait d'un bosquet proche.

— Belle journée, dit-il en se retournant. D'accord, petite, je vais te dire tout ce que je sais. Mais n'oublie pas ton serment. Si tu oses le trahir, je te prédis un cauchemar.

Theresa ne recula pas. Le stylet caché sous ses vêtements lui donnait du courage.

— Mon père agonise, le pressa-t-elle.

Alcuin se détacha de la fenêtre et se mit à marcher de long en large.

— Ce que tu dois d'abord savoir, c'est que je connais Gorgias depuis longtemps, dit-il enfin. Et je t'assure qu'il a toute mon estime et mon admiration. Nous avons fait connaissance à Pavie. A l'époque, tu n'étais encore qu'une petite fille. Il avait fui Constantinople et trouvé refuge dans une abbaye où je me reposais après mon départ de Rome. Ton père était un homme cultivé, résolu, complètement étranger à la corruption qui régnait à la cour et au Vatican. Il dominait le grec et le latin, avait lu les classiques et se conduisait en bon chrétien. Dans notre intérêt mutuel, je lui ai proposé de m'accompagner à Aquisgranum. A cette époque, il me fallait un traducteur du grec, et Gorgias avait besoin d'un emploi. Nous sommes donc arrivés ensemble dans la région, et il s'est installé à Wurtzbourg en attendant l'achèvement des écoles palatines d'Aquisgranum. Puis il a fait la connaissance de Rutgarde, ta belle-mère, et l'a épousée peu après. Il pensait aussi à ton avenir, j'imagine. J'aurais préféré qu'il s'établisse à la cour, mais la famille de Rutgarde vivait ici, et nous sommes finalement convenus qu'il traduirait les codex que je lui ferais parvenir par l'entremise de Wilfred.

Cette fois, l'intérêt de Theresa était bien éveillé, mais le lien entre le récit d'Alcuin et la série de meurtres lui échappait encore. Quand elle le fit savoir au moine, il lui demanda un peu de patience.

— Voyons ces assassinats... D'un côté, nous avons la mort de Genséric. De l'autre, celles de la nourrice et de Korne, qui a probablement été son amant et son assassin.

— Et le jeune garde, rappela Theresa.

— Ah oui... Sans compter les jeunes gens qu'on a retrouvés poignardés. Mais nous parlerons plus tard du garde. Pour ce qui est du coadjuteur, nous pouvons écarter le coup de stylet comme cause du décès. Je pencherais plutôt pour un empoisonnement à l'aide d'un venin savamment administré. Zénon m'a parlé de tremblements, d'une main irritée. Korne aussi présentait des traces de piqûres sur la main. J'en ai fait un dessin...

Il produisit un parchemin sur lequel on voyait deux petites marques circulaires au centre d'une main.

— Je l'ai exécuté après sa mort. Regarde. Ça ne te rappelle rien ?

— Une piqûre ?

— Avec deux incisions ? Non. On dirait plutôt la morsure d'un serpent. J'ai consulté Zénon à ce sujet, et nos conclusions concordent. Par leur aspect et leur écartement, ces marques évoquent la morsure d'une vipère. Mais intéressons-nous à leur disposition. Pour se faire mordre la main par un serpent, il faut être assez fou pour vouloir l'attraper. Et même ainsi, le serpent atteindra peut-être le dos de la main, voire un doigt, mais la paume... Tiens, donne-moi ta main.

Theresa s'exécuta.

— Maintenant, imagine que tes doigts soient les mâchoires d'un serpent, et essaie de me mordre.

Le moine tendit la main à son tour. Theresa la pinça entre son index et son majeur d'un côté, le pouce appliqué sur la paume refermant la tenaille. Alcuin lui ordonna de serrer et elle obéit jusqu'à enfoncer ses ongles dans sa peau. Quand il laissa échapper un gémissement, elle relâcha la pression. Il lui montra alors les marques. La première se trouvait à proximité du poignet, l'autre près des doigts. Puis il les compara avec celles du dessin :

ces dernières semblaient tracer une ligne qui aurait traversé la paume horizontalement.

— Un animal aurait mordu comme tu l'as fait. Sur le dos ou la paume de la main, mais dans l'alignement du bras. En revanche, les blessures de Korne sont transversales.

— Ce qui signifie ?

— Que l'assassin est un homme habile, qui prend son temps pour tuer et évite ainsi les soupçons. Il se pourrait même que ses victimes ne se soient aperçues de rien. Notre homme s'y connaît aussi en venins.

— Zénon ?

— Cet ivrogne ? Quel intérêt aurait-il eu à commettre ces meurtres ? Non, ma chère Theresa. *Ad panitendum properat, cito qui iudicat.* Pour découvrir un criminel, il faut trouver son mobile. Quel rapport y avait-il entre Genséric et Korne ?

— Ils étaient tous les deux des hommes. Ils vivaient à Wurtzbourg...

— Et tous les deux avaient une tête et des jambes. Pour l'amour de Dieu, essaie d'être un peu plus perspicace !

Theresa n'était pas d'humeur pour les devinettes et elle le fit savoir.

— Tous deux travaillaient pour Wilfred, déclara Alcuin. Je sais qu'à Wurtzbourg tout le monde travaille pour le comte, mais Genséric était son coadjuteur, son bras droit. Par ailleurs, Korne était un intime de Genséric. Mais continuons nos suppositions... Si le mobile de l'enlèvement des jumelles était le chantage, leur ravisseur était certainement Korne...

— A cause des poils frisés que nous avons trouvés ? suggéra Theresa.

— Et de l'œil de poupée que j'ai ramassé dans la chambre qu'il occupait depuis l'incendie.

Alcuin sortit d'une boîte un petit caillou blanc qu'il montra fièrement.

— Il appartient à la poupée de chiffon avec laquelle les jumelles jouaient le jour où elles ont disparu. Nous pouvons donc déduire que Korne désirait quelque chose qu'il jugeait impossible à obtenir autrement que par le chantage... Une chose d'une telle valeur que, pour parvenir à ses fins, il n'a pas hésité à mettre en jeu sa propre vie et à sacrifier celle de son infortunée maîtresse.

— La Donation de Constantin ?

— Exactement. Et si Genséric et Korne sont tous les deux morts empoisonnés, on peut logiquement en conclure qu'ils ont été tués par la même personne.

Theresa jeta un encrier à terre, constellant la soutane d'Alcuin de taches sombres.

— Vous savez ce que je crois ? dit-elle. En réalité, c'est vous le coupable. Vous connaissez l'importance du parchemin, vous savez comment Genséric et Korne ont été assassinés. Je vous ai révélé l'existence d'un texte caché dans la bible de mon père, et vous avez tué le garde pour la récupérer. Je vous ai vu parler avec Hoos Larsson.

— Avec Hoos ? Quand ? Dans le tunnel ? Je t'assure que ce n'était pas moi.

— Et aussi plus tard, dans le cloître.

— Je crois que tu divagues.

Il tendit une main vers Theresa, mais celle-ci l'écarta d'un geste brusque.

— Je te répète que je n'ai jamais vu Hoos dans le tunnel. En revanche, je me suis bien entretenu avec lui dans le cloître, et aussi avec Wilfred, quelques serviteurs et deux autres prélats. Mais de là à conclure que je suis impliqué... Pour l'amour de Dieu, petite ! Genséric est mort pendant que nous étions à Fulda. Et si c'était moi le coupable, t'aurais-je dit de quelle manière ils ont été assassinés ?

— Si vous êtes innocent, pourquoi ne libérez-vous pas mon père ? Vous me cachez encore quelque chose ?

Alcuin la considéra avec tristesse, puis il lui demanda de s'asseoir. La jeune femme resta debout, même si elle pressentait qu'il s'apprêtait à lui faire une révélation. Alcuin s'épongea le visage avec un mouchoir et marqua une courte pause avant de reprendre :

— Je crois être en mesure d'affirmer que Wilfred a tué Korne et Genséric.

— Je ne vous crois pas. Wilfred est infirme.

— C'est vrai. Et son mal est son meilleur allié. Personne n'irait le soupçonner... Lui ou sa mécanique.

— Je ne comprends pas.

— Il y a environ quatre jours, comme je l'interrogeais sur la manière dont les chiens étaient attelés à son chariot, Wilfred a actionné un ressort qui les a délivrés comme par enchantement. Auparavant, je m'étais déjà intéressé à son seau hygiénique, fixé au moyen d'un mécanisme tout aussi astucieux. J'ai donc rendu visite au forgeron qui les a conçus, selon les dires de Wilfred. Au début, l'homme a refusé de parler, mais quelques pièces ont suffi pour lui délier la langue. Il a installé un dispositif étonnant à l'arrière du chariot. Concrètement, il s'agit de deux petits clous recourbés qui affleurent à la surface d'une des poignées et pointent comme des dards lorsqu'on les actionne depuis les accoudoirs. Le forgeron m'a juré qu'il n'a jamais su quelle était l'utilité de ce mécanisme, ce qui est compréhensible quand on connaît l'usage insolite qu'en a fait Wilfred.

— Il s'en est servi pour…

— Pour inoculer le poison. Peut-être du venin de serpent. Je pense que c'est ainsi que Genséric et Korne ont été tués.

— Mais pour quelle raison Wilfred aurait-il commis ces crimes ? Il avait accès au parchemin. Et les jeunes gens qui sont morts ? Pourquoi accuse-t-on mon père de les avoir poignardés ?

— Je n'ai pas encore toutes les réponses, mais j'espère les obtenir bientôt. Maintenant que tu connais la vérité et qu'il a été prouvé que ton père n'est pas un assassin, je te demande, s'il te plaît, de reprendre ton travail.

Theresa examina le document. Il n'y manquait que trois paragraphes. Puis elle fixa Alcuin droit dans les yeux.

— Je le terminerai quand vous aurez libéré mon père.

— Ton père, ton père ! Il y a des choses plus importantes que ton père ! Ne comprends-tu pas que ceux qui cherchent à s'approprier ce manuscrit peuvent encore parvenir à leurs fins ? Si on veut les attraper, il faut leur laisser croire que l'on tient déjà le coupable. Ton pauvre père est innocent, mais Jésus-Christ l'était aussi. Or n'a-t-Il pas donné sa vie pour nous sauver tous ? Lui as-tu demandé s'il n'était pas prêt à se sacrifier ? Je suis sûr que s'il pouvait parler il me serait reconnaissant. Maintenant, cessons de nous voiler la face. Nous savons tous les deux qu'il va mourir. Combien de temps lui reste-t-il à vivre ? Deux jours ? Trois ? Quelle différence qu'il meure dans un lit ou dans un cachot ?

Theresa se redressa comme un ressort et le gifla avec force.

Alcuin resta figé quelques secondes, puis il s'approcha de la fenêtre et porta lentement la main à sa joue meurtrie.

— Pardon, dit-il. Je n'aurais pas dû te parler ainsi. Ce n'est pas facile à entendre, je l'admets, mais ton père mourra de toute façon. Zénon me l'a confirmé, et rien de ce que nous pourrons faire n'y changera quoi que ce soit. L'avenir de ce document dépend de nous. Je t'ai déjà exposé son importance, et c'est pour cela que je te demande de m'obéir.

Theresa laissa libre cours à ses larmes.

— Vous voulez savoir ? Je me fiche qu'on nous vole le parchemin et que nous finissions tous en enfer, mais je n'accepterai jamais que mon père meure dans ce trou.

— Tu ne comprends pas, Theresa. Je suis sur le point...

— Vous êtes sur le point de le tuer. Et, tôt ou tard, vous m'assassinerez aussi. Me croyez-vous stupide ? Vous vous moquez bien de mon père ou de moi.

— Tu te trompes.

— Ah oui ? Alors, dites-moi d'où vous tenez sa bible ? Serait-elle arrivée ici en volant, par hasard ?

Alcuin referma la bible et la lui tendit.

— Flavio Diacono l'a ramassée dans le cloître. Si tu ne me crois pas, pose-lui toi-même la question.

— Alors pourquoi n'avez-vous pas fait libérer mon père ?

— Par tous les diables ! Je te l'ai déjà expliqué. J'ai besoin de découvrir qui sont les personnes qui cherchent à s'approprier ce document.

— Un document aussi faux que Judas, répliqua Theresa d'un ton sans concession.

— Faux ? Que veux-tu dire ?

Le ton d'Alcuin avait changé.

— Que je sais très bien ce que vous tramez. Vous, Wilfred et les Etats pontificaux... Un ramassis de fourbes et d'imposteurs. Je sais tout, frère Alcuin. Ce parchemin sur lequel vous fondez tant d'espoirs et d'ambitions... Mon père a découvert que c'était un faux. C'est pourquoi vous souhaitez qu'il meure et emporte votre secret avec lui.

— Tu ignores de quoi tu parles, protesta faiblement Alcuin.

— Ah oui ?

Theresa sortit les tablettes de son sac et les jeta sur la table.

— C'est la copie du message caché. Ne vous fatiguez pas à chercher l'original dans la bible, parce que je l'ai gratté.

— Que dit-il ?

— Vous le savez aussi bien que moi.

— Que dit-il ? insista Alcuin.

Theresa lui tendit les tablettes. Alcuin y jeta un bref coup d'œil, puis il fixa à nouveau la jeune femme.

— Mon père connaît la diplomatie byzantine. Il a étudié des épîtres, des exordes et des panégyriques. C'est pour cela que vous l'avez engagé, mais aussi parce qu'il est un bon chrétien. Et c'est en cette qualité qu'il a découvert que Constantin n'avait jamais rédigé cette Donation. Les territoires dont il y est question appartiennent à Byzance.

— Silence !

— Si ce n'est pas le cas, dites-moi pourquoi ce document fait référence à Byzance comme à une province, alors qu'au IVe siècle ce n'était qu'une ville ? Pourquoi y est-il question de la Judée, alors qu'à cette époque celle-ci n'existait pas ? Et que dire de l'emploi de *synclitus* à la place de *senatus*, de *banda* au lieu de *vexillium*, *censura* pour *diploma*, *constitutum* quand il faudrait écrire *decretum*, de *consul* pour *patricus*...

— Tais-toi, femme !

— Et ce n'est pas tout. Comment un document du IVe siècle pourrait-il contenir un récit de la conversion de Constantin fondé sur les *Acta o Gesta Sylvestri*, ou des références aux décrets du synode de Constantinople, qui a eu lieu plusieurs siècles plus tard ?

— Les erreurs que comporte ce document n'entament en rien la légitimité de la Donation, répliqua Alcuin en frappant un grand coup sur la table. La différence entre le vrai et l'authentique est aussi mince que celle qui existe entre le faux et l'approximatif. En tant que descendante d'Eve la pécheresse, comment prétends-tu juger la *pia fraus* réalisée *cum pietate* ? Comment oses-tu condamner ce qui a été réalisé sous *instinctu Spiritus Sancti* ?

— C'est avec de tels arguments que vous pensez convaincre les Byzantins ?

— Tu joues avec le feu... Pour ma part, je ne te ferai aucun mal, mais tout le monde n'est pas comme moi. Souviens-toi de Korne.

Le tintement des cloches sonnant l'alarme les interrompit.

— Libérez mon père et je terminerai votre document. Inventez ce que vous voudrez. Un autre miracle, ou ce qui vous viendra à l'esprit. En fin de compte, vous êtes un expert dans l'art du mensonge.

Sur ces paroles, Theresa ramassa ses tablettes et fit savoir à Alcuin qu'elle attendrait sa réponse à bord du bateau d'Izam. Puis elle sortit sans lui laisser le temps de protester.

Sur le chemin de l'embarcadère, Theresa se vit bientôt entourée d'une foule qui courait et poussait des cris de joie. Etonnée, elle se mêla à un groupe et finit par comprendre que toute cette agitation était due à l'arrivée de quatre nouveaux navires chargés de vivres. Un des bateaux, à la coque rouge ornée d'écus, se distinguait par sa taille. Theresa chercha Izam du regard et finit par l'apercevoir sur le dernier bateau. Elle tenta de monter à bord, mais on l'en empêcha. Cependant, lorsque Izam la remarqua, il descendit la saluer.

Quand il s'approcha, elle constata qu'il boitait.

— Que t'est-il arrivé ? demanda-t-elle, inquiète.

Sans réfléchir, elle se jeta dans ses bras. Il lui caressa les cheveux, tâchant de la rassurer.

Ils s'éloignèrent de la foule et gagnèrent un rocher à l'écart. Izam lui expliqua qu'il était parti à la rencontre du *missus dominicus* dont un éclaireur avait signalé l'arrivée.

— Par malheur, il semble que le propriétaire de cette flèche en était aussi informé, ajouta-t-il en montrant sa jambe.

Theresa examina la blessure. On avait coupé l'extrémité de la flèche, à environ une paume de la chair. Elle lui demanda s'il était gravement atteint.

— Si une flèche ne te tue pas immédiatement, il est rare qu'elle le fasse après. Et toi ? D'où viens-tu ? J'avais donné l'ordre à Gratz de te garder à bord.

Theresa lui raconta sa dernière entrevue avec Alcuin. Tandis qu'elle parlait, Izam manifesta son mécontentement tout en s'employant à arracher la flèche de sa jambe. Après avoir reposé les tenailles ensanglantées, il appliqua un tampon d'herbes sur la plaie et demanda à Theresa pourquoi elle avait désobéi à ses ordres. Elle lui expliqua qu'elle craignait qu'il ne revienne pas.

— Eh bien, tu as failli avoir raison...

Il jeta le morceau de flèche à l'eau et sourit. Puis il repensa au récit de Theresa et son sourire céda la place à une expression soucieuse. Il insista sur le fait qu'Alcuin bénéficiait de la faveur de Charlemagne, et que s'opposer à lui relevait du suicide.

Quand la foule se fut dispersée, Izam voulut faire cautériser sa blessure. Theresa le soutint tandis qu'il montait à bord. Pendant qu'un fer rougissait au feu, le jeune homme lui révéla qu'il avait parlé d'elle au *missus dominicus*.

— Enfin, pas vraiment de toi, plutôt de ton père et de sa situation. Il ne m'a rien promis, mais il en parlera à Alcuin pour savoir de quoi on l'accuse.

Il ajouta que l'envoyé de Charlemagne, un certain Drogon, lui avait paru être un homme juste.

— Je suis certain qu'il accédera à nos demandes.

30

Le marin qui soignait Izam avertit celui-ci avant d'appliquer le fer incandescent sur la plaie. Le Padouan mordit le bâton glissé dans sa bouche. Après avoir éloigné le fer, le marin étala un onguent sombre sur la jambe blessée et la pansa.

Izam et Theresa partagèrent du poisson frais et des saucisses tandis que les hommes d'Izam vidaient les cales. Au total, quatre bœufs, un troupeau de chèvres, des poules, plusieurs dizaines de pièces de venaison, des poissons, plusieurs lots de blé, d'orge, de pois chiches et de lentilles furent transférés dans des chariots et emportés à la forteresse. Quand le déchargement fut terminé, une foule de paysans escorta Drogon et ses hommes le long des ruelles tortueuses.

Comme la jambe d'Izam le faisait encore souffrir, il resta à bord. En vérité, il se sentait plus à l'aise sur son bateau aux côtés de Theresa qu'à terre, entouré d'étrangers. Il cherchait comment venir en aide à son amie quand un domestique envoyé par Alcuin se présenta sur le quai. L'homme se renseigna et apprit que Theresa se trouvait à bord.

Voyant qu'on avait retiré la passerelle, il demanda à la jeune femme de descendre. Izam lui déconseilla de débarquer, mais, après l'avoir embrassé sur la joue, elle rejoignit le quai au moyen d'une échelle avant qu'il ait pu la retenir. Le domestique l'informa qu'Alcuin avait accepté ses conditions et qu'il l'avait chargé de l'escorter jusqu'à la citadelle.

Le serviteur la conduisit aux cuisines, où un essaim de domestiques apportaient les vivres dont on régalerait le *missus dominicus* au dîner. Theresa eut l'impression de se trouver dans un endroit inconnu, tant elle voyait de visages nouveaux. Ils se dirigèrent ensuite vers les glacières. Là, le garde installa l'échelle pour permettre à Theresa de descendre auprès de son père. Gorgias grelottait sous une couverture mitée. Du coin de l'œil, elle vit le garde enlever l'échelle, mais elle n'y prêta pas attention. Accroupie près de son père, elle l'embrassa avec tendresse. Son visage semblait dégager autant de chaleur qu'une torche allumée.

— Père, tu m'entends ? C'est Theresa.

Gorgias entrouvrit les yeux. Il leva une main tremblante pour caresser le visage de l'ange qu'il avait tant pleuré et sembla la reconnaître au toucher.

— Ma fille, balbutia-t-il.

Sa main était brûlante.

Elle lui mouilla le front avec l'eau sale qui remplissait une jarre. Gorgias la remercia dans un murmure, puis il se força à sourire.

Theresa lui promit que sa libération était proche. Elle lui parla de Rutgarde, de ses neveux, qu'il adorait, prétendit qu'Alcuin s'était engagé à lui rendre son travail et que Zénon avait affirmé qu'il guérirait. Puis elle se mit à pleurer en constatant que la vie lui échappait.

— Ma petite, murmura-t-il.

Il fut pris d'une brusque quinte de toux. Dans un instant de lucidité, il se souvint du document dissimulé au-dessus d'une poutre, dans les baraquements des esclaves de la mine. Il avait tant travaillé... Mais aucun mot ne franchit ses lèvres.

— Où sont mes livres ? demanda-t-il. Et mes encriers ?

Il agonisait.

— Tout est là, mentit-elle en caressant sa joue.

Gorgias regarda autour de lui et son visage s'illumina comme si ses livres et ses instruments étaient vraiment là. Il serra la main de Theresa.

— C'est beau, l'écriture, n'est-ce pas ?

— Oui, père.

Puis sa main mollit et un dernier râle s'échappa de sa gorge.

Deux hommes durent remonter Theresa car elle était incapable de le faire seule. Puis ils hissèrent le corps de Gorgias avec une corde et le transportèrent aux cuisines, tel un vulgaire sac de fèves. Pendant qu'on s'occupait de l'ensevelir, une servante apporta à Theresa une infusion de sauge. Les gens parlaient autour d'elle, sans égard pour son chagrin. Au bout d'un moment, des aboiements signalèrent l'arrivée du comte Wilfred. Theresa essuya ses larmes d'un geste maladroit et se leva en sentant le souffle des chiens sur son visage.

— Il est déjà mort ? s'enquit Wilfred sans une once de compassion.

Theresa jeta un regard haineux à l'infirme qui semblait se réjouir de son malheur. Par respect pour son père, elle préféra se taire, mais au même moment, un des mâtins approcha son mufle du corps et commença à le lécher. Theresa fit volte-face et lui décocha un coup de pied. Le chien montra les dents, mais Wilfred le retint.

— Attention, gamine. La vie de mes molosses vaut plus que celle de beaucoup de gens.

Si elle n'avait pas craint les crocs de ses chiens, Theresa l'aurait volontiers giflé. Sa fureur parut amuser Wilfred. Puis il changea subitement d'expression et lança :

— Emmenez-la à la glacière !

Avant que Theresa ait pu réagir, deux soldats l'empoignèrent et la traînèrent vers les cachots. Elle leur demanda des explications, mais ils ne lui répondirent pas. Arrivés au bord de la fosse, ils la frappèrent pour l'obliger à descendre, puis ils enlevèrent l'échelle. Theresa regarda vers le haut. Les parois de la glacière étaient aussi hautes que trois hommes. Toute évasion était impossible. Peu après, les museaux des mâtins de Wilfred se profilèrent au-dessus de l'ouverture, suivis de la tête de leur maître.

— Je regrette sincèrement la mort de ton père, petite. Mais tu n'aurais pas dû menacer Alcuin, et encore moins lui dérober son manuscrit.

— Mais je n'ai rien volé ! protesta Theresa.

— A ta guise... Mais je tiens à te prévenir, si tu ne t'es pas confessée avant l'aube, tu seras accusée de vol et de blasphème. Tu subiras la torture et tu mourras sur le bûcher.

— Maudit infirme ! Je vous répète que je n'ai rien volé.

Elle lui lança une écuelle vide qui se brisa contre la paroi et dont les débris retombèrent au fond de la fosse.

Wilfred fit claquer son fouet. Les molosses entraînèrent le chariot qui disparut bientôt de la vue de Theresa.

La jeune femme se laissa tomber à l'endroit même où son père avait expiré un peu plus tôt. Elle était revenue à Wurtzbourg afin de retrouver Gorgias. Pour lui, elle était allée jusqu'à défier Alcuin. A présent qu'il était mort, tout lui était égal. Elle s'allongea sur la mince couche de paille, aussi piquante qu'un lit d'aiguilles. Secouée par d'amers sanglots, elle se demanda dans quel cimetière on enterrerait son père.

Elle maudit le parchemin. A cause de lui, Genséric, Korne, le jeune garde dont elle ignorait le nom, la nourrice, tous étaient morts... Et aussi Gorgias, le meilleur des pères. A la douleur s'ajoutait le froid, qui l'engourdit peu à peu, jusqu'à ce qu'elle ne sente plus rien.

Après minuit, un caillou heurta la joue de Theresa. Sans doute s'était-il détaché de la paroi. Mais un autre impact, celui-ci sur la jambe, acheva de la réveiller. Elle leva les yeux et ne vit personne. Puis un autre caillou tomba par le conduit où on versait la neige près des écuries. Le tuyau avait le diamètre d'un petit tonneau, et une grille en scellait l'extrémité. Theresa tendit l'oreille et entendit du bruit.

— Oui ? chuchota-t-elle.

— C'est moi, Izam, fit une voix lointaine. Tu vas bien ?

Theresa se rallongea sans répondre en apercevant la tête d'un garde au-dessus du bord de la fosse. L'homme l'observa un instant avant de reculer. La jeune femme se releva et lança à son tour un caillou vers le haut du conduit.

— Il y a aussi des gardes dehors, fit la voix d'Izam. Je vais te tirer de là, reprit-il après un bref silence. Tu m'entends ?

Elle lui répondit qu'elle l'entendait et attendit qu'il poursuive. Mais Izam n'ajouta rien.

Ne parvenant plus à retrouver le sommeil, Theresa attendit que les coqs annoncent l'aube. Peu après, une faible clarté pénétra dans son cachot par le conduit, comme pour lui rappeler que son unique chance de salut venait de là. Tandis qu'elle guettait en vain l'apparition d'Izam, elle remarqua sur la paroi des marques qui semblaient dessiner un groupe de maisons. Elle ne se rappelait pas les avoir vues lors de sa première visite, quand Zénon avait soigné son père. Dans une des maisons, un trait horizontal plus prononcé évoquait une poutre. Peu après, on descendit une échelle de bois et deux gardes lui ordonnèrent de remonter. Quand elle fut en haut, les deux hommes lui lièrent les mains, la bâillonnèrent et lui bandèrent les yeux. Puis ils la guidèrent à travers les cuisines, qui sentaient le pain tout juste sorti du four et la tarte aux pommes. Ils traversèrent ensuite l'atrium, où elle perçut le froid piquant du matin, et pénétrèrent dans la grande salle, où Wilfred les attendait. Elle sut que le comte était là, car, à son entrée, ses chiens grondèrent comme s'ils voulaient la dévorer. Soudain une baguette s'abattit sur son dos, zébrant sa peau. On lui demanda où se trouvait le parchemin et elle répéta qu'elle l'ignorait. L'interrogatoire se poursuivit jusqu'à ce que ses bourreaux se lassent de la frapper.

Theresa se réveilla dans une flaque de sang. On lui avait enlevé le bandeau qui l'aveuglait. En regardant autour d'elle, elle reconnut le scriptorium. Un garde ne la quittait pas des yeux. Elle avait les mains et les pieds enchaînés. A cet instant, Hoos Larsson fit son entrée, glissant quelques pièces dans la main du garde, qui quitta aussitôt la salle. Puis Hoos s'accroupit auprès de Theresa et la considéra avec mépris, comme s'il ne s'était jamais rien passé entre eux.

— Le sang te va bien, lui chuchota-t-il.

Il lui frôla le lobe de l'oreille du bout de la langue.

Theresa lui cracha au visage. Il éclata de rire avant de la gifler.

— Allez, ne fais pas ta mauvaise tête, continua Hoos. On a passé de bons moments ensemble, non ?

Il ponctua sa question d'un autre petit coup de langue sur le visage de Theresa. Ensuite, il lui attacha les mains dans le dos et la bâillonna avant d'approcher les lèvres de son oreille.

— Il paraît que tu as volé le manuscrit. C'est vrai ? Dire qu'il y a quelques mois j'ai agressé ton père pour tenter de le lui prendre... Et toi, tu l'as subtilisé !

Theresa se tordit comme si elle venait d'être mordue par un serpent, mais Hoos se contenta de rire sans cesser de la frôler. Il lui rapporta que, selon la rumeur, elle n'aurait même pas droit à un procès.

— Il faut croire que tu les gênes. Ils ont déjà préparé ton supplice.

Hoos se releva immédiatement quand la porte s'ouvrit, livrant passage à Alcuin, Drogon, le *missus dominicus*, et Wilfred. Ce dernier s'étonna de le trouver avec Theresa.

— Je voulais la voir une dernière fois, se justifia le jeune homme. Elle et moi...

Alcuin confirma que le couple entretenait une relation coupable. Wilfred acquiesça et ordonna à Hoos de sortir. Quand la porte se fut refermée derrière le jeune homme, il fit avancer ses chiens vers Theresa.

— Au nom de Dieu et de son fils Jésus-Christ, je t'exhorte pour la dernière fois à nous révéler où se trouve le parchemin que tu as volé. Nous savons que tu connais son importance, alors avoue, et tu t'épargneras bien des souffrances. Mais si tu persistes dans ton attitude, tu connaîtras le tourment du feu.

Comme Theresa semblait vouloir dire quelque chose, Wilfred demanda à ce qu'on lui ôte son bâillon, mais Alcuin s'interposa.

— Si elle avait voulu avouer, elle l'aurait déjà fait. Attendons que les flammes lui lèchent les pieds. Nous verrons bien alors si cela lui délie la langue.

Drogon marqua son approbation d'un signe de tête. Alcuin lui avait relaté toute l'affaire, et ils étaient convenus de mener la jeune femme au bûcher après le repas et les vêpres. Les trois hommes se retirèrent ensuite, laissant Theresa en compagnie d'un garde qui avait pour ordre de ne laisser approcher personne.

Izam apprit ce qui se tramait grâce à Urginde, une grosse cuisinière qui avait lié amitié avec Gratz quand celui-ci lui avait livré des vivres. En plus de la commande destinée à son bateau, la femme offrit à Izam un gâteau à la citrouille et lui raconta que le supplice aurait lieu dans l'enceinte de la forteresse car, au dire d'Alcuin, les gens de la ville auraient désapprouvé qu'on mette à mort une jeune femme ressuscitée quelques jours plus tôt.

— Je l'ai entendu de mes propres oreilles, alors que je me cachais derrière un rideau, précisa-t-elle en ajoutant une pomme au paquet. Je n'y comprends rien. Si sa résurrection était un miracle, comment se fait-il qu'elle soit bonne à brûler, maintenant ? Moi, elle me plaît bien, cette fille. Mais à part la cuisine, je n'y connais pas grand-chose. Tiens, goûte !

Izam accepta une bouchée de gâteau, qu'il trouva dure et insipide. Après avoir payé la femme, il calcula l'heure qu'il était. Puis il pria pour que son plan soit meilleur que la pâtisserie d'Urginde.

Laissant les provisions dans la réserve, il se dirigea vers la tour au pied de laquelle, selon Urginde, on allait brûler Theresa. Le bâtiment imposant, dressé sur un rocher escarpé, formait l'ultime bastion de la forteresse. Depuis son sommet, on dominait non seulement Wurtzbourg, mais aussi tous les accès à la ville, la vallée du Main et les collines au-delà. Au fil des ans, faute d'entretien, l'échauguette avait commencé à s'affaisser et on l'avait étayée avec une énorme poutre calée contre la muraille.

Izam fit la grimace en découvrant un bûcher dans la cour qui s'étendait devant la tour. L'endroit était difficile d'accès, bordé par un précipice qui se jetait directement dans les douves. Il s'accroupit derrière le tas de bois et attendit.

Il se mit à pleuvoir. Izam s'emmitoufla dans sa cape et se consola en se disant que l'humidité ralentirait la combustion. Peu après, les cloches se mirent à sonner. Tout en patientant, il considéra la poutre qui soutenait l'échauguette. Elle pouvait sans doute servir de pont pour franchir l'abîme qui séparait la tour du rempart.

Au bout d'un moment, le chariot de Wilfred apparut. Derrière lui marchaient Drogon, Alcuin et Flavio Diacono, richement vêtu. Ensuite venait Theresa, encadrée par deux gardes. Lorsque les deux chiens approchèrent du bûcher, Izam se fit tout petit. Les serviteurs qui secondaient Wilfred plantèrent leurs torches dans le sol et quittèrent la cour. La pluie redoubla. Sur un ordre du comte, les soldats empoignèrent Theresa, qui paraissait dolente. Ils s'apprêtaient à la hisser sur le bûcher quand Izam se dressa.

— Par tous les diables ! marmonna Wilfred.

Les gardes saisirent leurs armes, mais Drogon les retint.

— Izam ? C'est vous ? demanda le *missus dominicus*, étonné.

Le jeune homme s'inclina devant lui.

— Maître, cette jeune femme est innocente. Je ne peux laisser commettre une telle injustice.

Il tenta de se rapprocher de Theresa, mais les soldats l'en empêchèrent. Wilfred excita ses chiens, qui se mirent à aboyer comme des possédés, puis il cria aux soldats d'obéir à ses ordres, mais Izam sortit son poignard et le lança. La lame se ficha dans le chariot, juste sous les parties intimes de Wilfred. Le jeune homme tira une autre dague de sa ceinture et visa le comte.

— Si vous avez un cœur, je vous jure que je pourrai l'atteindre, dit-il d'un ton menaçant.

— Izam, ne faites pas l'idiot, intervint le *missus dominicus*. Cette jeune femme a dérobé un document d'une extrême importance. Je ne sais pas ce qui vous pousse à la défendre, mais j'ai décidé qu'elle paierait ce vol de sa vie.

— Elle n'a rien pris du tout, affirma l'ingénieur sans baisser son arme. Elle ne m'a pas quitté depuis son départ du scriptorium.

— Ce n'est pas ce que m'a rapporté Alcuin.

— Eh bien, Alcuin ment, dit Izam d'un ton sans réplique.

— Blasphémateur ! s'écria le moine.

Pendant de longues secondes, on n'entendit que le tambourinement insistant de la pluie. Izam prit une profonde inspiration. C'était le moment de jouer sa dernière carte. Il avança de quelques pas, saisit le crucifix suspendu autour de son cou et tomba à genoux devant Drogon.

— Je réclame le jugement de Dieu !

Un silence stupéfait s'abattit sur la cour. Le jugement de Dieu se soldait toujours par la mort du vaincu.

— Si vous cherchez à la sauver... commença Wilfred.

— Je l'exige !

Izam arracha le crucifix de son cou et l'éleva vers le ciel.

Drogon regarda le comte, puis Flavio et enfin Alcuin. Les deux premiers secouèrent la tête, mais Alcuin assura qu'il était impossible de se soustraire à une telle requête.

— Approchez, ordonna Drogon à Izam. Savez-vous à quoi vous vous exposez ?

Izam acquiesça. Le plus souvent, on obligeait l'accusé à marcher pieds nus sur une grille chauffée au rouge. S'il se brûlait, il était condamné. Mais si Dieu lui accordait de guérir, il était déclaré innocent. On pouvait aussi le jeter dans le fleuve, pieds et poings liés : s'il flottait, il était absous. Toutefois, Izam souhaitait recourir au duel judiciaire, et pour cela, il avait décidé de défier Alcuin.

— Ce n'est pas lui qui est accusé, lui objecta Wilfred.

— Alcuin assure que Theresa l'a volé, mais moi, j'affirme que c'est lui qui ment. Dans ce cas, seul Dieu peut désigner la brebis égarée.

— Quel argument stupide ! Auriez-vous oublié qu'Alcuin est le pasteur et Theresa la brebis ?

A cet instant, Alcuin s'approcha d'Izam, le regarda droit dans les yeux et lui prit le crucifix.

— Je relève le défi.

Il fut convenu que le duel aurait lieu à l'aube, près du bûcher. Avant de regagner son navire, Izam fit promettre à Drogon qu'il n'arriverait rien à

Theresa entre-temps. De leur côté, Wilfred, Flavio et Alcuin se réunirent pour discuter du déroulement de l'épreuve.

— Vous n'auriez pas dû accepter ! s'indigna Wilfred. Vous n'aviez aucune raison de...

— Soyez certain que je sais ce que je fais. Ce que vous prenez pour une folie nous permettra de justifier une exécution que la foule réprouverait autrement.

— Que voulez-vous dire ?

— Le peuple idolâtre Theresa. Il la croit ressuscitée d'entre les morts. Son exécution paraîtrait d'autant plus injuste qu'elle est accusée d'un crime dont nous ne pouvons rien révéler.

— Mais vous ne connaissez rien aux armes. Izam vous tuera.

— C'est une possibilité, mais le Seigneur est avec moi.

— Ne soyez pas stupide, intervint Flavio Diacono. Izam est un soldat expérimenté. Au premier coup qu'il vous portera, vos tripes dégringoleront dans le précipice.

— J'ai foi en Dieu.

— A votre place, je ne me fierais pas autant à Lui.

Alcuin parut réfléchir, puis il se leva d'un air enthousiaste.

— Un champion. Voilà ce qu'il nous faut ! Quelqu'un qui affronte Izam en mon nom. Pourquoi pas Théodore ? Il est fort comme un taureau et il a une tête de plus qu'Izam.

— Théodore est un bon à rien, rétorqua Wilfred. Il serait incapable de peler un oignon sans se couper les doigts. Prenez quelqu'un d'autre.

— Et Hoos Larsson ? proposa Flavio.
— Hoos ? s'étonna Wilfred. Il est adroit, en effet. Mais pour quelle raison nous aiderait-il ?
— Pour de l'argent, répondit Flavio.

Alcuin admit que le jeune homme avait toutes les qualités qu'on pouvait attendre d'un champion, mais il ne le croyait pas prêt à courir ce risque. Flavio, en revanche, n'en doutait pas, et se proposa comme médiateur. Wilfred et Alcuin acceptèrent son offre.

Avant l'aube, un émissaire se présenta au bateau d'Izam avec une tablette portant le sceau de Drogon et l'informa qu'il devait se rendre sur-le-champ à la forteresse. Le Padouan prit son arbalète, son scramasaxe, enfila une pelisse pour se protéger de la pluie et suivit l'envoyé. Celui-ci le conduisit au pied de l'escarpement sur lequel se dressait la tour. De là, les vestiges d'un échafaudage s'élevaient jusqu'au tronc qui étayait l'échauguette. Quand son guide lui demanda de l'escalader, Izam s'en étonna, mais l'homme pointa le doigt vers le ciel sans répondre à ses questions. Izam leva les yeux et aperçut Drogon tout en haut, au niveau de la cour d'armes. Le *missus dominicus* lui fit signe de le rejoindre. Avant de le laisser, l'émissaire demanda au Padouan de lui remettre son arbalète. Izam s'exécuta, puis il se signa et entama l'escalade.

L'échafaudage lui parut d'abord solide, mais, comme il poursuivait, l'assemblage de planches et de cordes se mit à grincer. Izam choisissait ses points d'appui avec soin, mais, plus il progressait, plus l'échafaudage branlait. Aux deux tiers de la montée, il s'arrêta pour reprendre son souffle. La pluie et le vent lui fouettaient le visage. En bas, le long des douves, une langue rocheuse semblait attendre que ses forces l'abandonnent. Il prit une profonde inspiration et continua. Il finit par atteindre le sommet, juste à l'endroit où s'appuyait le tronc qui reliait la muraille à la tour.

Wilfred, Flavio Diacono, Drogon et Alcuin l'attendaient. Un peu à l'écart, deux soldats encadraient Theresa. Malgré la distance, Izam lut la terreur dans le regard de la jeune femme. Près d'elle se tenait un homme de haute taille, armé d'une hache. Le cœur du Padouan se serra. Au même moment, Drogon s'avança et lui demanda de prêter serment.

— Au nom du Seigneur, signez-vous et préparez-vous au combat. Alcuin a désigné un champion pour le représenter, ajouta Drogon en montrant l'homme à la hache. Etant l'offensé, tel est son droit. A présent, jurez d'être loyal à Dieu et demandez-Lui de soutenir votre bras.

Izam prêta serment. Puis Drogon se retourna vers l'homme à la hache et lui fit signe de se préparer.

— L'honneur au vainqueur, l'enfer pour celui qui tombera !

Izam comprit que le duel se déroulerait au-dessus du vide. En attendant son adversaire, il considéra le tronc qui allait devenir leur champ de bataille. L'énorme poutre avait été grossièrement équarrie, comme si on avait souhaité l'utiliser comme pont. Malgré cela, la pluie incessante la rendait glissante. Vers le milieu, il remarqua plusieurs outres de peau fixées à sa surface, mais il ne parvint pas à deviner leur contenu et encore moins leur usage.

Le champion d'Alcuin monta sur le tronc en s'aidant de sa hache. Son torse était protégé par une cuirasse et il portait des bottes cloutées. Izam reconnut Hoos Larsson à ses tatouages.

Le Padouan dégaina son poignard et se prépara au combat. Depuis la cour d'armes, Drogon ordonna à Hoos de poser sa hache. Celui-ci la planta dans le bois et tira à son tour son scramasaxe. Puis il marcha vers son adversaire sans se soucier de l'endroit où il posait les pieds. Izam avança également, préoccupé par sa blessure qui l'élançait.

Les deux hommes s'approchèrent prudemment l'un de l'autre. Le visage d'Izam était constellé de gouttes de pluie. Hoos était impassible. Le tronc craqua quand ils atteignirent sa partie centrale. Hoos se lança le premier, mais Izam contint l'assaut et riposta. Son adversaire para aisément le coup.

Hoos sourit. Il était expert au couteau, et ses bottes ferrées l'ancraient au tronc comme des serres. Il attaqua de nouveau. Cette fois, le Padouan recula et attendit le coup suivant. Mais Hoos fit quelques pas en arrière, comme s'il voulait jouir de ce qui se préparait. A cet instant, Drogon ordonna à ses archers de tirer. Une nuée de flèches fendirent l'air et se plantèrent dans les petites outres qui séparaient les combattants.

— Eh ! dit Hoos en riant. Tu crois que les pierres en bas te feront mal quand tu tomberas ?

Dès lors, Hoos regarda mieux où il posait les pieds. En effet, les outres percées laissaient échapper des litres d'huile qui imbibaient le tronc, le transformant en un véritable piège. Soudain Hoos s'élança. Izam esquiva, mais il glissa et perdit son arme. Par bonheur, il reprit son équilibre et se redressa. D'un geste vif, il arracha sa ceinture et s'en servit comme d'un fouet pour tenir son adversaire à distance.

Soudain le tronc craqua derrière Izam. Il constata avec horreur que l'échafaudage commençait à céder. Une pluie de planches tomba dans l'abîme. Avant qu'il ait pu réagir, l'extrémité du tronc qui reposait sur le rempart s'affaissa brutalement tandis que l'échafaudage craquait et grinçait de plus belle. Confrontés à un danger imminent, les deux adversaires se replièrent en hâte vers l'autre extrémité. Malgré la pente, Hoos n'eut pas de mal à atteindre l'échauguette, mais Izam dérapa sur l'huile. Pendant une seconde, il oscilla au-dessus du vide, mais il parvint à s'accrocher à une branche.

Izam cherchait désespérément une prise quand ses doigts se refermèrent sur une flèche profondément fichée dans le bois. Cramponné au manche de sa hache, Hoos le regardait se débattre comme un oiseau pris au piège avec un sourire narquois.

— Tu as besoin d'un coup de main ? plaisanta-t-il.

Izam ne parvenait pas à se rétablir. Hoos fit quelques moulinets avec la hache.

— Tu sais, Izam, j'aimais bien la baiser ! Et elle adorait ça...

Il s'apprêtait à lancer la hache quand l'extrémité du tronc qui soutenait la tourelle céda à son tour. Hoos bascula en arrière, rebondit contre le mur de pierre et fut projeté vers Izam. Heureusement, le tronc se stabilisa, ce qui permit au Padouan de prendre appui sur une autre branche.

Hoos sourit. On aurait dit un prédateur guettant une proie impuissante.

Il avança, le regard fixé sur Izam qui se débattait au-dessus du gouffre, et abattit sa hache de toutes ses forces. Le Padouan esquiva le coup et se retrouva suspendu dans le vide. Hoos dut faire un effort pour dégager la hache. Izam en profita pour se hisser sur le tronc. Les deux hommes s'observèrent : Hoos accroupi, sa hache à la main ; Izam, désarmé, à plat ventre, déterminé à se défendre. Soudain la hache traversa l'air en sifflant et s'enfonça à une paume du visage d'Izam, qui saisit sa chance au vol. Agrippant le manche, il libéra le fer d'un geste vif et tenta d'atteindre Hoos, qui évita le coup avec l'agilité d'un chat. Au même moment, il y eut une succession de craquements suivis d'un bruit assourdissant. Le tronc s'affaissa du côté du rempart tandis que l'autre extrémité résistait. Les deux hommes s'accrochèrent tant bien que mal, mais une nouvelle secousse déséquilibra Hoos et le précipita dans le vide. Izam le rattrapa in extremis. Le tronc se remit à trembler et s'inclina encore plus. Izam tenta de soulever Hoos, qui le suppliait de le sauver. Le Padouan lâcha la hache pour s'accrocher à une branche et, dans un ultime effort, il parvint à hisser Hoos.

Les deux hommes devaient absolument gagner l'échauguette avant la chute imminente du tronc. Hoos arracha une flèche au passage, et, au moment où Izam allait atteindre la tour, il la lui planta dans le dos.

Theresa retint un cri. Depuis un moment, elle tentait de défaire ses liens distendus par la pluie. Les gardes avaient relâché leur surveillance et s'étaient avancés pour mieux suivre le combat. En tirant de toutes ses forces, la jeune femme parvint à libérer une main, puis l'autre. Elle frotta ses poignets presque insensibles. Puis elle attrapa un bâton sur le bûcher et se glissa vers les gardes. L'arbalète d'Izam était posée juste derrière eux. Elle allait s'en emparer quand l'un des hommes se retourna. Theresa le frappa avec la bûche et il s'effondra. Attrapant l'arbalète d'une main, une flèche de l'autre, elle courut vers la tourelle. Le second garde tenta de l'arrêter, mais déjà elle s'engouffrait à l'intérieur et barricadait la porte. Elle grimpa l'escalier deux à deux, le cœur au bord des lèvres. Quand elle atteignit la fenêtre, Hoos s'efforçait de jeter Izam dans le vide.

L'arbalète était chargée. Theresa visa et tira, mais le trait manqua sa cible. Elle maudit sa précipitation. Hoos frappait Izam, qui se cramponnait au tronc. Il ne restait qu'un trait à Theresa. En voulant tendre l'arbalète, elle se blessa la main. Izam ne tiendrait plus longtemps. Elle empoigna le levier, regarda Hoos, pensa à ses caresses trompeuses, à son père mort, et tira, tira... La corde claqua, retenue par l'encoche. Elle glissa le trait dans la rainure et visa. Elle n'aurait pas d'autre chance. Elle attendit que ses bras cessent de trembler, ferma un œil et décocha calmement le carreau. Hoos s'apprêtait à abattre son poignard quand un frisson le secoua. Il baissa les yeux vers sa poitrine d'un air incrédule. Sa vision se brouilla, lui cachant le trait ensanglanté qui traversait sa cuirasse. La dernière chose qu'il vit avant de tomber fut l'expression triomphante de Theresa.

Izam atteignit la tourelle juste avant que le tronc ne bascule dans le vide, entraînant le muret de la cour d'armes.

Sitôt relevé, Izam enlaça Theresa, qui l'embrassa en pleurant à chaudes larmes. La pluie les trempait. Ils descendirent lentement, en silence. Les soldats tentaient d'enfoncer la porte en bois massif de la tourelle, mais celle-ci leur résistait. Izam ôta la barre. Drogon, Alcuin, Flavio Diacono et les gardes les attendaient de l'autre côté. Seul Wilfred était demeuré en retrait, près du muret qui achevait de s'écrouler.

— Merci, dit Alcuin à Izam.

Theresa ne comprit pas. Izam venait de vaincre le champion du moine, et celui-ci le félicitait ? Elle comprit encore moins quand Alcuin se tourna vers elle et l'enveloppa dans un pan de sa soutane pour la protéger de la pluie. Drogon donna l'ordre aux soldats de les laisser.

— Tout sera bientôt éclairci, affirma-t-il d'un air serein.

La pluie se calmait. Alcuin fit quelques pas vers Flavio, qui, étrangement, avait reculé jusqu'au bord du précipice.

— Vous m'avez donné du mal, lui dit-il. Vous, Flavio Diacono, émissaire pontifical et nonce de Rome... Qui aurait pu croire que vous étiez à l'origine de tant de malheurs ?

Theresa voulut intervenir, mais Izam la retint.

— L'agression de Gorgias, énuméra Alcuin, la mort de la pauvre nourrice, l'enlèvement des fillettes, l'assassinat du jeune garde... Dites-moi, Flavio, jusqu'où seriez-vous allé ?

— Vous divaguez, répondit le Romain avec un sourire forcé. L'issue du duel ne laisse aucun doute, n'est-ce pas ? La défaite de votre champion vous accuse.

— Mon champion ? C'est vous qui avez choisi Hoos Larsson.

— Pour vous défendre, prétendit Flavio.

— Plutôt pour vous sauver ! Si Hoos avait gagné, comme vous l'espériez, la petite aurait fini sur le bûcher. Et s'il perdait, il emportait votre secret dans la mort. Hoos a toujours agi sur vos ordres. Et que dire de Genséric, votre autre allié ? Vous les avez grassement payés avec de l'or frappé à Constantinople, accusa Alcuin en brandissant une bourse. Comme chacun le sait, cette monnaie est interdite en territoire franc. D'où tenez-vous ces pièces ?

— J'ai donné cet argent à Hoos pour qu'il accepte d'être votre champion, rétorqua le nonce. Vous m'aviez autorisé à le payer.

— Flavio, Flavio ! Pour l'amour de Dieu. J'ai découvert ces pièces avant qu'Izam me défie. En fait, je les ai trouvées le jour où Theresa vous a surpris dans le tunnel, en train de comploter avec Hoos Larsson.

Flavio ne répondit pas, mais il se glissa vivement derrière le chariot de Wilfred, menaçant de précipiter le comte dans le vide.

— Pour ma part, je ne trouverais rien à y redire, affirma Alcuin sans s'émouvoir.

La frayeur du comte se mua en stupéfaction tandis que le moine poursuivait :

— C'est Wilfred qui a tué Genséric. Quand il a découvert que son coadjuteur avait organisé la disparition de Gorgias et cherchait à s'approprier le parchemin, il n'a pas hésité à l'assassiner. Il a agi de même avec Korne, ajouta-t-il en montrant les poignées du chariot.

Wilfred comprit le message. Quand les mains de Flavio Diacono se refermèrent sur le chariot, le comte actionna le ressort secret. Le nonce romain sentit une légère piqûre, mais il n'y prêta pas attention.

— Avez-vous oublié à qui vous parlez ? dit-il. Je suis l'émissaire du pape.

— Et un partisan d'Irène, l'impératrice renégate, qui a crevé les yeux de son propre fils. La pire ennemie du souverain pontife. La femme qui vous a corrompu, que vous servez et à qui vous pensiez remettre la Donation de Constantin pour empêcher le sacre de Charlemagne. Maintenant, laissez Wilfred et dites-nous ce que vous avez fait du document que vous avez volé dans le scriptorium.

Flavio vacilla. Le venin commençait à faire son effet. Il passa la main sous ses vêtements et en sortit un parchemin plié.

— C'est cela que vous cherchez ? Ce faux ? Dites-moi, Alcuin, qui de nous deux est le plus coupable ? Celui qui, comme moi, lutte pour faire triompher la vérité, ou celui qui, comme vous, emploie le mensonge pour parvenir à ses fins ?

— La seule vérité appartient à Dieu. Celle qui désire que vive le pape.

— Lequel ? Celui de Rome ou de Constantinople ?

Alcuin voulut s'approcher, mais Flavio l'arrêta.

— Un pas de plus et je détruis le parchemin.

Le moine n'insista pas. Pour récupérer le précieux document, il lui suffisait d'attendre que le venin fasse son effet. Mais Wilfred, lui, n'était pas disposé à patienter. Voyant Flavio tituber, il libéra ses chiens et ceux-ci, obéissant à ses ordres, se jetèrent sur le Romain. Flavio tenta de protéger sa gorge des crocs du premier tandis que le second s'accrochait à son habit. Dans la mêlée, il lâcha le parchemin. Un des chiens s'acharna dessus et le réduisit en miettes. Flavio voulut le ramasser, mais l'autre mâtin lui sauta au visage et lui fit perdre l'équilibre. L'espace d'une seconde, le regard de Flavio croisa celui d'Alcuin, qui y lut de l'incrédulité. Puis homme et chien basculèrent dans le vide.

Quand Alcuin s'approcha du muret en ruine, il aperçut au fond de l'abîme le corps de Flavio Diacono auprès de celui de Hoos Larsson.

Après avoir recueilli les débris du parchemin, Alcuin comprit qu'il ne pourrait jamais le reconstituer. Il se signa et se retourna vers Drogon. Theresa crut voir une larme briller dans ses yeux.

31

La messe d'enterrement de Gorgias fut célébrée dans la grande église, en présence de Drogon, de la délégation pontificale et d'un chœur d'enfants dont les chants semblaient ouvrir l'antichambre des cieux. Inconsolable, Rutgarde sanglotait à chaudes larmes, soutenue par sa sœur Lotaria, venue avec toute sa famille. Izam assista à l'office non loin de Theresa, qui apparut presque apaisée et fière de son père. A la fin, le cercueil fut transporté en procession jusqu'au cimetière. Sur la requête d'Alcuin, Gorgias fut enseveli près des défunts les plus illustres de la région, qui par leur vertu ou leur vaillance avaient défendu Wurtzbourg et ses valeurs chrétiennes.

Ce samedi de mars fut le plus triste de la vie de Theresa.

Le dimanche matin, elle se rendit au scriptorium à la demande d'Alcuin. Elle ne tenait guère à le voir, mais Izam avait insisté pour qu'elle y aille. Quand elle entra, elle constata que le Padouan était là. Theresa salua les deux hommes et prit place sur la chaise qu'ils lui avaient réservée. Le moine lui offrit des petits pains au lait tout chauds, qu'elle refusa.

— Tu es sûre que tu n'en veux pas ? insista-t-il.

Ecartant les petits pains, il étala les restes du parchemin sur la table.

— Tant de travail pour rien, déplora-t-il.

Theresa ne pensait qu'à son père disparu.

— Comment te sens-tu ? lui demanda Izam.

— Bien, répondit-elle avec un filet de voix.

Mais il comprit qu'elle mentait en voyant ses yeux humides. Alcuin inspira profondément et prit la main de la jeune femme, qui se dégagea. A son tour, Izam prit sa main entre les siennes tandis qu'Alcuin rassemblait les débris de parchemin.

— Je ne sais par où commencer, dit-il, brisant le silence. D'abord, je prie Dieu de me pardonner mes succès comme mes erreurs. Je m'honore de L'avoir servi par les premiers et je me repens d'avoir commis les secondes en Son nom. Il connaît la vérité, et je me remets entre Ses mains.

Il regarda les deux jeunes gens avant de reprendre :

— Maintenant, il est facile de juger. Il se peut que j'aie menti, mais je me console en pensant que mes décisions ont été guidées par une pensée juste et chrétienne. *Accidere ex une cintilla incendia passim.* « En certaines occasions, d'une simple étincelle peut naître un grand incendie. » J'admets ma responsabilité dans les derniers événements, et je te dois des excuses, Theresa, ne serait-ce que pour les amères conséquences de mes actes. Cela dit, il faut que tu connaisses les circonstances qui ont conduit ton père au tombeau.

Theresa leva un regard confiant vers Izam et celui-ci lui serra la main. Puis elle accorda toute son attention à Alcuin.

— Comme je te l'ai déjà dit, ton père et moi avons fait connaissance en Italie. C'est là que je l'ai convaincu de m'accompagner à Wurtzbourg et de travailler pour moi. Ses connaissances en latin et en grec m'ont été précieuses. Il disait souvent qu'une page d'écriture lui procurait autant de plaisir, sinon plus, qu'un rôti, rapporta Alcuin avec un sourire triste. C'est peut-être pour cette raison qu'il a accepté sur-le-champ lorsque je lui ai proposé de copier la Donation de Constantin, au début de l'hiver. Il connaissait l'importance de ce document, mais il ignorait qu'il s'agissait d'un faux, ce dont, je le répète, je me repens.

Alcuin se leva et continua à parler en marchant de long en large.

— Wilfred, Sa Sainteté le pape et, bien sûr, Charlemagne étaient au courant des activités de Gorgias. Par la tromperie et la corruption, l'impératrice Irène s'était assuré les services de Flavio. Par malheur, lui aussi a eu connaissance du travail que j'avais confié à ton père. Il a alors conçu un plan diabolique. Il a d'abord convaincu le pape de l'envoyer à Aquisgranum avec les reliques de la sainte Croix. Il avait rencontré Genséric à Rome, avant que celui-ci ne s'établisse à Wurtzbourg. Il lui envoya donc un émissaire pour le persuader de devenir son informateur. Flavio s'est ensuite rendu à Fulda avec le coffret contenant le *lignum crucis*, dans lequel il comptait cacher la Donation de Constantin afin de la rapporter à sa maîtresse. A son tour, Genséric acheta la complicité de Hoos Larsson, un jeune homme sans scrupules.

Theresa se demanda brusquement pourquoi elle continuait à écouter cet homme qui l'avait accusée de vol. Sans la victoire d'Izam, il aurait insisté pour la faire brûler.

— Genséric avait la faveur de Wilfred, poursuivit Alcuin. Il avait accès au scriptorium et pouvait suivre les progrès de ton père. Croyant que Gorgias avait terminé de copier le manuscrit, il donna l'ordre à Hoos de lui voler le parchemin. Hoos blessa ton père, sans toutefois parvenir à ses fins. Par chance pour Gorgias, son agresseur mit la main sur un brouillon qui reprenait seulement le début du texte.

« Par chance pour ton père »... En son for intérieur, Theresa maudit Alcuin.

— Et c'est maintenant qu'entre en scène le sceau de Constantin...

Alcuin s'approcha d'un buffet d'où il sortit une dague délicatement ouvragée. Theresa reconnut le poignard de Hoos Larsson.

— Nous l'avons trouvée sur le corps de Hoos, expliqua le moine.

En forçant, il fit pivoter la poignée jusqu'à ce qu'on entende un déclic. Il retira alors du manche un cylindre avec un visage gravé à une extrémité. Alcuin l'imprégna d'encre et l'appliqua sur un parchemin.

— Le sceau de Constantin, annonça-t-il. Après l'avoir volé à Wilfred, Genséric l'a confié à Hoos pour qu'il le cache.

— C'est Wilfred qui détenait le sceau ? demanda Izam.

— Exactement. Comme tu le sais, le document final devait comporter trois aspects : le support proprement dit, fait du plus fin des vélins, le texte en latin et en grec que devait copier Gorgias, et le sceau de Constantin. Sans le concours de ces trois éléments, il n'aurait eu aucune valeur. Lorsque Genséric s'aperçut qu'il ne détenait qu'un brouillon incomplet, il pensa à dérober le sceau.

— Mais que désirait Flavio ? demanda Theresa. Le sceau ou le parchemin ?

— Pardonne-moi si je t'égare, s'excusa Alcuin. Flavio voulait empêcher que le document soit présenté au concile. Pour cela, plusieurs possibilités s'offraient à lui. Voler le manuscrit, voler le sceau ou éliminer ton père. Il les a toutes tentées, dans cet ordre. Qui plus est, en s'appropriant le document original, il espérait démontrer qu'il s'agissait d'un faux.

— Et c'est pour cela qu'il a gardé mon père en vie.

— Si Gorgias avait eu le temps de finir son travail, Flavio l'aurait fait mettre à mort sans la moindre pitié. Mais revenons à Hoos et au sceau de Constantin...

Alcuin prit un petit pain dont il ne fit qu'une bouchée, puis il nettoya le sceau et le rangea dans la poignée de la dague.

— Cherchant une cachette pour le sceau, Hoos se rendit à la cabane de sa mère. Et là, d'après ce que tu m'as raconté, il t'a trouvée en fort mauvaise posture.

— Même s'il m'en coûte de l'admettre, il m'a sauvée de deux Saxons.

— Et tu l'as récompensé en t'enfuyant avec sa dague.

Theresa avoua. L'empressement de Hoos à la retrouver devenait soudain beaucoup plus compréhensible.

— Dès que je t'ai vue à Fulda, j'ai su qui tu étais. Je ne me souvenais pas de ton visage, évidemment. Mais à part la fille de Gorgias, je ne crois pas qu'il y ait dans la région une autre jeune femme capable de déchiffrer une étiquette rédigée en grec. C'est la raison pour laquelle je t'ai proposé un emploi. Sitôt rétabli, Hoos a récupéré sa dague et a disparu en emportant le sceau. Il est retourné à Wurtzbourg, où il a rejoint Genséric, qui avait organisé l'enlèvement de ton père. Leur plan consistait à obliger Gorgias à achever de transcrire la Donation. Heureusement, il est parvenu à s'évader. Après la mort de son complice, Hoos s'est retrouvé perdu. Au bout d'un moment, il est donc revenu à Fulda pour s'entretenir avec Flavio Diacono. C'est sans doute celui-ci qui lui a suggéré de t'utiliser pour retrouver ton père. Ou, au pire, pour le remplacer.

— Wilfred a tué Genséric ?

— Cela faisait un moment que le comte soupçonnait son coadjuteur de l'avoir trahi. Gorgias était introuvable mais, étrangement, ses affaires n'avaient disparu que deux jours plus tard. Wilfred avait chargé Théodore de surveiller le scriptorium. C'est ainsi que le géant a surpris Genséric alors qu'il venait de dérober le matériel d'écriture de ton père.

— Mais Wilfred aurait pu le faire suivre ! L'obliger à révéler l'endroit où il détenait mon père !

— Et qui te dit qu'il ne l'a pas fait ? Il a dû essayer, mais Théodore se ferait semer par un enfant. Wilfred, furieux, a saisi la première occasion d'inoculer le poison à Genséric, après quoi Théodore a suivi celui-ci jusqu'à l'endroit où était détenu Gorgias. Sitôt qu'il en a été informé, le comte lui a donné l'ordre de délivrer ton père. Mais quand Théodore est retourné à la crypte, Genséric était déjà mort et Gorgias avait disparu.

— Ainsi, c'est Théodore qui a déplacé le corps de Genséric et qui l'a poignardé.

— En effet, toujours sur les ordres de Wilfred. Théodore a pris le grand stylet de Gorgias au scriptorium et a simulé un meurtre, fournissant ainsi à son maître un motif pour faire rechercher le scribe en fuite. A partir de là, tu connais la suite de l'histoire. Ton retour à Wurtzbourg, ta « résurrection » et l'enlèvement des jumelles.

— Cet enlèvement, je ne l'ai pas compris.

— Ce n'est pas très compliqué. Après la mort de Genséric, Flavio s'est attaché les services de Korne, un homme de peu de moralité, comme le prouve sa liaison avec cette nourrice. Grâce à Hoos, Flavio connaissait les faiblesses du parcheminier. En lui promettant une récompense, et sans doute aussi ta tête, il l'a persuadé d'enlever les filles de Wilfred.

— Dans l'intention de faire chanter le comte...

— Certainement. En faisant pression sur Wilfred, Flavio espérait récupérer le document que tu étais en train de rédiger, celui de ton père étant donné pour perdu. Mais son plan a échoué, car le comte a également empoisonné le parcheminier.

— Mais tout cela n'a aucun sens ! Que gagnait-il à tuer Korne ?

— Sans doute escomptait-il lui faire avouer où se trouvaient ses filles en échange de la promesse d'un antidote. Malheureusement, Korne ignorait où étaient détenues les petites filles. Il a pris la fuite et est mort peu après, dans le chœur de l'église.

— Alors, pourquoi avoir abandonné les filles du comte dans la mine ?

— Je ne saurais répondre à cette question. Peut-être la mort de Korne a-t-elle effrayé les ravisseurs. Ou alors, ils ont craint d'être démasqués. Sans compter que, jusque-là, ils pouvaient compter sur Korne pour nourrir, cacher et surveiller les enfants... Après la mort de leur complice, Hoos et Flavio auraient dû s'occuper eux-mêmes de leurs captives et justifier leurs absences répétées. Pour s'éviter ces problèmes, ils leur ont administré un narcotique...

— Et ils les ont emmenées à la mine non pour les y abandonner, mais pour simuler leur découverte.

— C'était sans doute leur plan. Souviens-toi que, le lendemain, ils ont organisé une battue, à l'issue de laquelle ils seraient passés pour des héros, et non pour les canailles qu'ils étaient.

— Et du même coup, ils auraient rejeté la faute sur mon père...

Alcuin acquiesça, puis il se dirigea vers la porte et demanda à un domestique qui passait dans le couloir d'aller leur chercher quelque chose à manger.

— Je ne sais pas pourquoi, mais cette conversation m'ouvre l'appétit, dit-il en revenant. Où en étions-nous ? Ah, oui ! Flavio et Hoos ont toujours essayé de faire accuser ton père. J'ai découvert que Hoos ne travaillait pas uniquement pour Flavio. Tu te souviens des jeunes gens assassinés ? J'ai pu discuter avec leurs proches. Ils m'ont dit qu'au moment de les ensevelir ils leur avaient trouvé les pieds et les mains noirs. Ça te rappelle quelque chose ?

— Le blé contaminé ! s'exclama Theresa.

— Tout juste. Lothaire a nié, mais, par recoupements, j'ai déduit qu'il avait fait disparaître un lot de blé. Hoos a quitté Fulda à cheval, c'est bien cela ?

Theresa acquiesça d'un air penaud.

— Pourtant, au dire de Wilfred, il est arrivé à Wurtzbourg avec un chariot. Ainsi, il semble que quelqu'un l'ait aidé à Fulda. Rothaart, le rouquin, ou Lothaire.

— Pourquoi dites-vous cela ?

Alcuin fouilla dans ses poches et sortit une poignée de grains.

— Parce que, dans le grenier où on a amputé ton père, j'ai trouvé du blé contaminé.

Il expliqua ensuite que Hoos avait sans doute voulu profiter de la famine qui frappait Wurtzbourg pour faire des affaires. Il avait engagé des jeunes gens pour effectuer diverses tâches et les avait payés en grains. Mis en garde par Lothaire, il s'abstenait d'en consommer lui-même. Il ignorait sans doute que les effets seraient aussi rapides, mais le fait est qu'il s'est retrouvé avec plusieurs malades sur les bras. Craignant d'être découvert, il a décidé de les éliminer sans attendre.

— Et de rejeter encore une fois la faute sur mon père, ajouta Theresa.

— En effet. Il devait absolument retrouver Gorgias. En le faisant accuser de plusieurs meurtres, il était certain que toute la ville le rechercherait. Je ne peux affirmer qu'il savait que ton père s'y cachait quand il a déposé les filles du comte dans la mine. Sans doute avait-il des soupçons, ou peut-être était-ce un tour du destin. Toujours est-il que Gorgias gênait beaucoup de monde. Flavio et Hoos voulaient sa mort, car, s'il se rétablissait, rien ne l'empêcherait de se remettre au travail.

— Vous aussi, sa mort vous arrangeait, lança Theresa d'un ton accusateur. Car, entre-temps, il avait découvert que votre précieux document était un faux.

Alcuin fronça les sourcils. A cet instant, le domestique apporta la nourriture demandée, mais le moine le renvoya.

— Je te répète que j'appréciais ton père. Mais laissons ce sujet de côté. J'aurais pu faire n'importe quoi pour lui, cela ne l'aurait pas empêché de mourir.

— Mais pas comme un chien.

Alcuin accusa le coup. Il prit une bible et y chercha le Livre de Job, dont il lut un passage à voix haute, comme pour justifier son comportement.

— Dieu exige de nous des sacrifices, ajouta-t-il en conclusion. Il nous envoie des épreuves sans que nous sachions pourquoi. Ton père a offert sa vie, et tu devrais lui en être reconnaissante.

Theresa le fixa d'un air déterminé.

— Si je dois lui être reconnaissante de quelque chose, c'est d'avoir vécu assez longtemps pour savoir qu'il n'a jamais été comme vous.

Et elle sortit, laissant Alcuin sans voix.

Tandis qu'ils regagnaient le port, Izam expliqua à Theresa pourquoi Alcuin l'avait accusée d'avoir volé le parchemin.

— En réalité, il voulait te protéger. S'il ne l'avait pas fait, Flavio aurait ordonné ton exécution. C'est lui que tu as aperçu dans le tunnel avec Hoos. Quand ce dernier a tué le jeune garde, c'était toi qu'il cherchait. Il a emporté la bible de ton père, croyant qu'elle contenait le parchemin. Quand il a compris son erreur, il l'a abandonnée dans le cloître pour qu'on ne la trouve pas en sa possession.

— Et c'est pour ça qu'Alcuin m'a fait jeter au cachot ? Qu'il a permis que je sois fouettée ? Et qu'il voulait me faire brûler vive ?

— Allons, calme-toi. Il a pensé que tu serais plus en sécurité dans la glacière. Si tu as été battue, c'est à cause de Wilfred. Le comte ignorait le plan d'Alcuin.

— Quel plan ?

— Alcuin est venu me trouver après ton emprisonnement. Il ne savait comment te sauver et en même temps démasquer les coupables. Il m'a alors suggéré de réclamer le jugement de Dieu, ce que j'ai fait. Alcuin a demandé à être représenté par un champion. Flavio s'est trahi en proposant Hoos Larsson.

— Et tu le crois ? Réfléchis un peu : si Hoos t'avait vaincu, on m'aurait brûlée.

— En aucun cas. Drogon était au courant de tout. Même si j'étais mort, on t'aurait libérée.

— Dans ce cas, pourquoi t'es-tu battu ?

— Pour toi, Theresa. Hoos a assassiné ton père. Il méritait son châtiment.

— Mais il aurait pu te tuer, dit-elle en se mettant à pleurer.

— Dieu ne l'aurait pas permis.

Trois jours plus tard, un conclave innocenta Wilfred des meurtres de Genséric et Korne. En tant que juge suprême, Drogon estima que la mort des deux hommes n'était que la juste récompense de leurs crimes. Toute l'assistance applaudit à ce verdict. Malgré tout, Alcuin condamna l'ambition qui avait guidé les actions du comte.

A l'issue du conclave, le moine anglais alla trouver Theresa, qu'il trouva entourée de paquets de livres et de vêtements. Il proposa de nouveau à la jeune femme de retranscrire la Donation de Constantin en échange d'un bon salaire, mais elle refusa catégoriquement.

— Tu es sûre de vouloir partir ?

Theresa hésita. La veille, Izam lui avait proposé de l'accompagner à Aquisgranum, mais elle ne lui avait pas encore donné sa réponse. D'un côté, elle souhaitait commencer une nouvelle vie, tout oublier et le suivre sur le bateau qui devait appareiller le lendemain. Mais ses sentiments la poussaient aussi à rester auprès de Rutgarde et de ses neveux. Tout l'enseignement de son père, ses efforts pour faire d'elle une femme cultivée et indépendante semblaient morts avec lui. Un instant, la jeune femme s'imagina suivre les conseils de sa belle-mère, se marier à Wurtzbourg et avoir des enfants.

— Tu peux rester et travailler pour moi, proposa de nouveau Alcuin. J'ai prévu de séjourner un moment à la forteresse, le temps de régler certains problèmes et de mettre le scriptorium en ordre. Wilfred sera reclus dans un monastère, de sorte que tu pourrais m'aider et décider ensuite de ton avenir.

Mais Theresa avait d'autres projets. Elle qui avait toujours rêvé de travailler parmi les livres aspirait à présent à découvrir le monde dont lui avait parlé Izam. Tandis qu'il l'aidait à charger ses affaires sur son dos, Alcuin la questionna à nouveau à propos de la Donation de Constantin.

— La première transcription... Ton père a dû la terminer en captivité.

— Je ne l'ai pas vue, prétendit la jeune femme.

— C'est très important. Si nous la retrouvions, nous pourrions encore la présenter au concile.

— Je vous répète que je ne sais rien. Et même si je savais quelque chose, je ne vous la donnerais pas. Il n'y a pas de place dans mon esprit pour le mensonge, la mort, l'ambition ou la convoitise, même au nom du christianisme. Alors, gardez votre Dieu, et moi je reste avec le mien.

Après avoir pris congé d'Alcuin, Theresa chassa la Donation de Constantin de son esprit. Elle ne voulait plus en entendre parler. Elle avait d'ailleurs détruit le parchemin trouvé dans la besace de son père.

Tandis qu'elle se dirigeait vers l'embarcadère, elle repensa aux dessins que Gorgias avait tracés sur la paroi de son cachot et se demanda brièvement pourquoi il avait tant insisté sur les poutres de la cabane.

Elle trouva Izam sur le quai, où il aidait ses hommes à calfater la coque de son bateau. Quand il la vit, il lâcha le seau de goudron et se précipita afin de l'aider à porter ses paquets. La jeune femme éclata de rire quand il la barbouilla de noir en prenant son visage entre ses mains. Elle s'essuya avec un linge et l'embrassa, déposant à son tour du goudron sur ses cheveux sombres.

AVRIL

32

La traversée se déroula sans incident. Les berges de la rivière étaient couvertes de fleurs, et les canards, avec leurs cris discordants, semblaient leur souhaiter un bon voyage. Theresa et Izam débarquèrent à Francfort, où ils se séparèrent de Drogon et se joignirent à un convoi qui allait vers Fulda. Là-bas, ils retrouvèrent Helga la Noire. Quand elle l'eut reconnue, son amie laissa tomber la botte de foin qu'elle transportait et la serra avec tant de force que Theresa crut que son énorme ventre allait exploser. En apprenant qu'ils avaient décidé de s'établir à Fulda, Helga sauta de joie.

Tandis qu'ils se dirigeaient vers le domaine de Theresa, Helga lui demanda à mi-voix si elle comptait épouser Izam. La jeune femme sourit. Il n'avait pas encore fait sa demande, mais cela ne saurait tarder. Puis elle exposa ses projets : augmenter la surface de terre cultivée et construire une maison vaste et sûre, comme celles qu'on trouvait à Constantinople, avec plusieurs chambres et des latrines. Izam jouissant d'une certaine aisance, Theresa ne doutait pas qu'ils parviendraient à leurs fins.

En apercevant Theresa et Izam, Olaf courut à leur rencontre comme un jeune homme, utilisant sa jambe de bois avec une adresse qui étonna l'ingénieur. Pendant que les deux hommes parlaient mécanique, labourage et chevaux, Theresa et Helga se rendirent à la cabane qui abritait la famille d'Olaf. Theresa remarqua que les enfants avaient pris du poids.

Cette nuit-là, ils dormirent mal, serrés les uns contre les autres, malgré l'absence d'Olaf, qui s'était installé dehors. Le lendemain, ils visitèrent les champs, où les semailles commençaient à germer, ainsi que les terres encore en friche. Dans l'après-midi, ils rapportèrent du bois et des outils de Fulda. Les jours suivants, ils entreprirent de construire une nouvelle maison.

Le quatrième jour, Izam profita de l'absence d'Olaf et de Lucille, qui avaient à faire en ville, pour parler seul à seule avec Theresa. Lâchant le bois qu'il portait, il s'approcha d'elle par-derrière et l'enlaça tendrement, plaquant son torse moite de transpiration contre son dos. Elle se retourna et posa un baiser sur ses lèvres pulpeuses. Izam caressa ses mains pleines d'ampoules.

— Elles étaient si délicates, avant, déplora-t-il.

— Avant, je ne t'avais pas, répondit-elle avant de l'embrasser encore.

Izam épongea la sueur de son front et regarda autour de lui. Les travaux avançaient lentement et la maison ne serait pas aussi vaste que le désirait Theresa. De plus, les terres vierges exigeaient plus d'efforts que prévu – peut-être trop, au regard du rendement qu'on pouvait en attendre. Toutefois, il admirait l'enthousiasme et la ténacité de la jeune femme.

Ils se promenèrent le long du ruisseau. Izam donnait des coups de pied dans les cailloux. Quand Theresa lui demanda à quoi il pensait, il finit par dire qu'il ne voulait pas de cela pour elle.

— De quoi parles-tu ?

— De ce genre de vie. Tu mérites mieux.

Theresa lui rétorqua qu'il lui suffisait de savoir qu'il l'aimait.

— Et tes livres ? Je te vois chaque nuit relire tes tablettes.

Elle tenta de lui cacher les larmes qui lui montaient aux yeux.

— Nous pourrions aller à Nantes, proposa Izam. Un parent m'a légué des terres là-bas. Le climat y est doux, et en été les plages sont couvertes de mouettes. Je connais l'évêque, c'est un homme bon et simple. Je suis certain qu'il te prêterait des livres et de quoi écrire.

Le visage de Theresa s'illumina. Comme elle s'inquiétait du sort d'Olaf et de sa famille, Izam l'étonna en lui avouant qu'il y avait déjà réfléchi. Ils les emmèneraient avec eux et ils les serviraient dans leur nouveau foyer.

Les jours suivants furent consacrés aux préparatifs du départ. Après en avoir cédé plusieurs arpents à Helga, ils vendirent le reste des terres de Theresa et envoyèrent une partie de l'argent à Rutgarde. Le premier dimanche de mai, ils se mirent en route avec quelques commerçants qui se rendaient à Paris. A mesure qu'ils approchaient de Nantes, Theresa observa que le ciel s'éclaircissait, conformément à la promesse d'Izam. Elle pensa tendrement à son père et célébra d'un baiser les étonnants détours du destin.

Epilogue

Si Eric le Sale avait perdu une dent au cours de la dernière rixe à laquelle il avait pris part, il crachait toujours plus loin que tous les autres garçons. Grâce à ce talent, et parce qu'il avait les poings les plus rapides de Wurtzbourg, il était le chef incontesté des gamins du faubourg.

Ce jour-là, Eric avait décidé d'emmener sa troupe dans son repaire favori.

En arrivant aux baraquements, ils mesurèrent les dégâts causés par l'hiver. Puis ils s'enfoncèrent dans les galeries et rassemblèrent tous les objets qu'ils purent trouver. Eric décréta qu'ils s'établiraient dans la cabane la mieux conservée et nomma le petit Thomas gardien de la mine. Après l'avoir obligé à monter sur les poutres, il le menaça de l'y laisser s'il ne cessait pas de pleurer. Au bout d'un moment, Eric le Sale s'aperçut que le gamin avait cessé de sangloter et se déplaçait le long de la poutre.

— Il y a quelque chose de caché, annonça Thomas.

Il se redressa et montra un paquet enveloppé de cuir et soigneusement attaché. Eric exigea qu'il le lui remette. Tous se regroupèrent autour de leur chef, qui leur intima le silence.

— Qu'est-ce que c'est ? demanda l'un des gamins.

Eric lui donna une claque pour avoir osé tendre la main vers la trouvaille de Thomas. Puis il dénoua le cordon avec autant de soin que s'il avait déballé un trésor. Constatant que le paquet ne contenait que des parchemins, il fit la grimace et le jeta. Les autres éclatèrent de rire devant sa déception, mais il les bourra de coups de pied jusqu'à leur faire regretter leur insolence.

— Pourquoi croyez-vous que je suis votre chef ? leur lança-t-il. Je vais aller à la forteresse et j'échangerai ces manuscrits contre de la pâte de coing.

De retour en ville, Eric tenta d'entrer dans la forteresse, mais le garde l'écarta d'une bourrade en lui disant de retourner jouer avec les autres gamins. Le garçon était sur le point de déchirer les parchemins lorsqu'un moine de haute taille se présenta à la porte. Eric rassembla son courage. C'était pour cette raison qu'il était le chef. S'étant lissé les cheveux, il s'approcha du moine et lui tendit le paquet. Quand celui-ci eut jeté un coup d'œil aux documents qu'il contenait, il tomba à genoux et bénit Eric en le couvrant de baisers. Puis Alcuin courut jusqu'au scriptorium, rendant grâce à Dieu qui lui avait restitué la Donation de Constantin.

Ce soir-là, la bande de gamins acclama Eric le Sale et le nomma le meilleur chef du monde, car, en plus des gâteaux à la pâte de coing, il avait réussi à leur obtenir quatre tonneaux de vin.

Tout est un roman

Au commencement

En octobre 1999, j'assistais à un congrès sur l'ingénierie automobile non loin de Francfort, dans la magnifique ville de Wiesbaden. Comme lors des précédentes éditions, les communications étaient ennuyeuses, mais, le dernier jour, j'eus la chance de lier conversation avec le Dr Gerhard Müller, un homme affable et distrait qui n'avait cessé de me saluer jusqu'à ce que j'aie réussi à le convaincre qu'il se trompait de personne. Toutefois, la rencontre prit un tour providentiel, car je finis par me retrouver dans sa cuisine, en train de l'assister dans la préparation du dîner. N'allez pas croire que j'avais une vocation de cuisinier à cette époque, mais Frida Müller, l'épouse de mon hôte, étant absorbée par la rédaction de sa thèse de doctorat, Gerhard avait proposé que nous nous mettions aux fourneaux.

Au cours du repas, je découvris en Frida une femme exceptionnelle, non par son apparence, plutôt ordinaire, mais par l'enthousiasme contagieux avec lequel elle parlait de la thèse qui l'occupait. Ses recherches sur les intrigues qui avaient entouré le sacre de Charlemagne comme empereur d'Occident éveillèrent mon intérêt au point qu'à mon retour en Espagne je commandai tous les ouvrages sur le sujet que je me rappelais l'avoir entendue citer.

Par la suite, tandis que je travaillais avec acharnement sur l'intrigue de *La Scribe*, j'échangeai d'innombrables courriers non seulement avec Frida Müller, mais aussi avec son directeur de thèse, Hans Reück, professeur adjoint à la chaire d'histoire médiévale à la faculté Heinsurrgtruck de Francfort, et Albert Sacker, conservateur du musée d'Aix-la-Chapelle.

Parce que j'avais toujours désiré écrire un roman.

Certaines personnes trouvent leur plaisir dans la possession d'un yacht luxueux, devant un menu composé de plats aux noms imprononçables, ou en achetant le dernier sac à main de marque. Pour ma part, je préfère la compagnie d'un livre ou celle d'un bon ami, quoique ces derniers soient plus difficiles à trouver.

Au fil des ans, j'ai lu des dizaines de pamphlets et d'opuscules, des traités d'histoire et de philosophie, des contes et des essais, des romans d'aventures, de suspense ou historiques, des journaux intimes édifiants et des récits comiques ou futiles. J'ai appris avec chacun, tout en me distrayant. Mais si je devais privilégier un genre, ce serait sans doute celui qui m'a permis de respirer l'humidité pénétrante d'une abbaye, d'avoir la gorge desséchée par la poussière asphyxiante du désert d'Iran ou de partager l'existence fruste d'un paysan anglais du Moyen Age. Celui qui m'entraîne dans d'autres époques et m'y fait vivre à travers ses personnages. Je choisirais le roman historique.

Le combat

Un roman historique est un roman avant d'être de l'histoire. La documentation ne fournit que le décor, le vernis qui fait briller les personnages, l'emballage qui les rend vraisemblables. Mais si cette documentation opacifie la toile, comme cela arrive avec un vernis trop épais, le tableau sera gâché. Car l'essentiel est le roman lui-même. Son intrigue doit être rapide et précise, ses revirements inattendus, son dénouement terrible. Dans ce genre, malgré la distance temporelle, les personnages doivent paraître au lecteur aussi crédibles et proches que le voisin qui ronchonne dans l'ascenseur chaque matin, ou que le malheureux qui lui demande l'aumône sur un trottoir.

Pendant deux ans, j'ai lu des milliers de pages, jusqu'à ce que je m'arrête sur la paternité littéraire de la Donation de Constantin, ce fameux document du VIIIe siècle, sur lequel repose l'intrigue de *La Scribe*.

Le témoignage le plus ancien se trouve dans le Codex Latin 2777 de la Bibliothèque nationale de Paris. Daté du IXe siècle, ce manuscrit n'est qu'une copie de l'original, qui n'a jamais été retrouvé. De nombreux auteurs l'attribuent au rédacteur des *Fausses Décrétale*s, tandis que d'autres, comme César Baronius, y voient la main de l'Orient ou d'un Grec schismatique. Des thèses récentes se sont penchées sur le rôle de Rome dans cette affaire, le pape étant le principal bénéficiaire de la Donation, même si l'interprétation plus ancienne de Zacharie, partagée par d'autres, désigne avec insistance l'empire d'Occident. Cette dernière théorie, défendue par Hergenröther et Grauert, souligne que la *Donatio* est d'abord apparue dans les *Fausses Décrétales* et dans le manuscrit de Saint-Denis. D'autre part, le document légitimait la *translatio imperii* aux Francogermains, c'est-à-dire le transfert du titre impérial au moment du sacre de Charlemagne.

J'aurais pu me référer à d'autres hypothèses, comme celles de Martens, Friedrich et Bayet sur la présence de plusieurs auteurs, ou celles de Colombier et Genelin sur la date de rédaction de la Donation, sans que cela change quoi que ce soit à ma conclusion : les vides de l'Histoire me permettaient de loger les personnages dont j'avais besoin sans qu'ils aient l'air d'imposteurs.

Une fois cet écueil franchi, d'autres apparurent (évidemment), comme la géographie (j'avais besoin d'un fleuve, de deux villes proches l'une de l'autre, d'une abbaye et d'une chaîne montagneuse), les armes (Theresa ne pouvait pas apprendre à manier un arc en un jour), ou la lointaine possibilité que des bandes de Saxons se soient aventurées aussi loin en territoire étranger.

J'ai situé l'action du roman à Wurtzbourg et Fulda, deux villes que j'ai visitées à plusieurs reprises pour m'assurer qu'elles convenaient. J'ai remplacé l'arc par une arbalète, mais, si ce choix résolvait un problème, il en suscita aussitôt un autre. Si cette arme existait bien à l'époque, elle était peu répandue.

Mais tous ces postulats appartenaient au domaine du possible, et je me suis efforcé de soigner les détails pour les rendre vraisemblables.

Parmi les personnages, il convient de ne pas oublier frère Alcuin, un homme qui a joué un rôle crucial dans la construction de l'Europe. Je me suis emparé de son existence pour en faire un enquêteur aux motifs parfois obscurs.

Ces précisions étant apportées, l'Histoire pourrait apparaître comme le moteur du roman. En réalité, ce sont les personnages et les péripéties – aventures, amours, crimes – qui en tissent la trame.

Les souhaits

Ceux des lecteurs, bien sûr.

Quand je me suis attelé à l'écriture de ce roman, je n'ai pas pensé à moi, ni à ce que j'aurais aimé lire.

Celui qui devait se régaler, c'était le lecteur, pas moi, et pour cela, j'ai interrogé ceux qui en savent le plus sur les livres : les libraires.

J'ai recueilli des opinions diverses, entre ceux qui soulignaient l'importance du titre et de la couverture, et ceux qui insistaient sur l'utilité d'une bonne affiche. Toutefois, presque tous s'accordaient pour dire que tout cela ne servirait à rien si le livre manquait d'âme. « Insuffle de l'âme à tes personnages, et ton roman sera émouvant. » Ils m'ont parlé du rythme, du pouvoir du divertissement. « Les critiques ont l'air de mépriser les romans divertissants, pourtant, je t'assure que ce sont ceux-là les meilleurs », m'avoua Peter

Hirling, qui dirige depuis trente ans une minuscule librairie au centre de Londres.

Tout ce que je peux dire, c'est que je me suis efforcé de suivre leurs conseils. J'ai pesé chaque paragraphe, chaque chapitre, et le plus beau, c'est que j'y ai pris beaucoup de plaisir.

A présent, je tiens à remercier ma femme Maite pour son amour et son soutien tout au long des sept années qu'aura duré cette aventure, et des presque vingt années que nous avons déjà vécues ensemble. Merci également à mes parents et à mes frères (surtout à toi, Javier) pour leur intérêt et leur vigilance.

Pour finir, je n'exprimerai jamais assez ma reconnaissance à Carlos García Gual, écrivain, essayiste et critique, également éditeur de la revue *Historia* du National Geographic, pour les éloges dont il m'a gratifié après avoir lu la première version de mon manuscrit. De surcroît, ses conseils directs et précis m'ont aidé à peaufiner le récit, et ses encouragements m'ont soutenu tout au long de ce chemin ardu. J'aimerais aussi mentionner ma fille Lidia, Juan Montesa, mon meilleur ami, et Antonio Penadés, écrivain d'une générosité inestimable, qui m'a orienté vers mes agents actuels, Ramón Conesa et Gloria Masdeu, de l'agence Carmen Balcells, que je félicite pour leur magnifique travail et leur attitude à mon égard. Et, bien sûr, je remercie Carmen Pinilla, René Strien, mon éditeur allemand, et Lucía Luengo, mon éditrice aux Ediciones B, pour la confiance presque gênante qu'ils m'accordent.

A eux tous, et surtout à mes lecteurs, je voue une reconnaissance éternelle.

Photocomposition Nord Compo
59650 Villeneuve-d'Ascq

*Achevé d'imprimer par N.I.I.A.G.
en mars 2010
pour le compte de France Loisirs, Paris*

N° d'éditeur : 59138
Dépôt légal : février 2010

Imprimé en Italie